HEYNE <

Das Buch

Es ist eine Droge für den reichen Mann und sie wird über das Internet verkauft – für über tausend Dollar pro Kapsel. Es handelt sich um eine Mischung Psychodelica, Angeldust und Steroiden. Die Droge kann einen fünfzigjährigen Mann in eine aggressionsgeladene und sexbesessene Bestie verwandeln. Das Net-Force-Team muss den Hersteller dieser gefährlichen Designerdroge so schnell wie möglich ausfindig machen, bevor weitere Morde passieren und keine Frau sich mehr auf die Straße wagen kann.

Die Autoren

Tom Clancy, geboren 1947 in Baltimore, begann noch während seiner Tätigkeit als Versicherungskaufmann zu schreiben und legte schon mit seinem ersten Roman *Jagd auf Roter Oktober* einen Bestseller vor. Mit seinen realitätsnahen und detailgenau recherchierten Thrillern hat er Weltruhm erlangt. Tom Clancy lebt in Maryland.

Steve Pieczenik ist von Beruf Psychiater. Er arbeitete während der Amtszeiten von Henry Kissinger, Cyrus Vance und James Baker als Vermittler bei Geiselnahmen und als Krisenmanager.

Von Tom Clancys Jack-Ryan-Romanen liegen bei Heyne als Taschenbücher vor: *Ehrenschuld, Befehl von oben, Der Kardinal im Kreml, Jagd auf Roter Oktober, Der Schattenkrieg, Operation Rainbow, Im Zeichen des Drachen, Red Rabbit*.

Von Tom Clancy und Steve Pieczenik sind als Heyne Taschenbücher die Serien *OP-Center* und *Net Force* lieferbar.

Von Tom Clancy und Martin Greenberg stammt die Serie *Power Plays,* die ebenfalls im Heyne Taschenbuch lieferbar ist.

TOM CLANCY und STEVE PIECZENIK

TOM CLANCY'S NET FORCE ZEITBOMBE

nach einer Idee von
Tom Clancy und Steve Pieczenik
geschrieben von Steve Perry

Roman

Aus dem Amerikanischen
von Heinz-W. Hermes

WILHELM HEYNE VERLAG
MÜNCHEN

Die Originalausgabe
TOM CLANCY'S NET FORCE:
POINT OF IMPACT
erschien 2001 bei Berkley

Umwelthinweis:
Das Buch wurde auf
chlor- und säurefreiem Papier gedruckt.

Deutsche Erstausgabe 10/2004

Printed in Germany 2004
Umschlagillustration: Getty Images/Stewart Cohen
Umschlaggestaltung: Nele Schütz Design, München
Gesetzt aus der Palatino
Satz: Pinkuin Satz und Datentechnik, Berlin
Druck und Bindung: GGP Media GmbH, Pößneck

ISBN 3-453-87817-5

http://www.heyne.de

Danksagung

Wir bedanken uns für die Unterstützung durch Martin H. Greenberg, Larry Segriff, Denis Little, John Helfers, Robert Youdelman, Esq., und Tom Mallon, Esq., sowie Mitchel Rubinstein und Laurie Silvers von Hollywood.com, Inc. Des Weiteren danken wir den wundervollen Menschen bei Penguin Putnam Inc. und dort besonders Phyllis Grann, David Shanks und Tom Colgan. Wie stets gilt auch diesmal mein Dank Robert Gottlieb, ohne den dieses Buch nicht möglich geworden wäre. Am wichtigsten ist jedoch, dass nun Sie als unsere Leser entscheiden, wie erfolgreich unsere gemeinsamen Bemühungen waren.

Prolog

Samstag, 1. Oktober 2011
Atlantic City, New Jersey

»Wir sollten wirklich mal raus in die Sonne«, meinte Mary Lou.

Bert grinste boshaft. »Na klar«, stellte er im breiten New Yorker Slang fest. »Wir sind schließlich den ganzen Weg von der Bronx nach Atlantic City gefahren, bloß um uns die Scheißsonne anzugucken. Wenn ich will, dass mir heiß wird, kann ich mich auch zu Hause in die Loggia setzen, oder? Nein danke. Nichts für mich. Ich fühl mich ganz wohl hier.«

Damit steckte er einen weiteren Dollar in den Schlitz des Spielautomaten und drückte die Starttaste. Eigentlich konnte er diese neuen elektronischen Maschinen bei weitem nicht so gut leiden wie die alten mit mechanischem Antrieb. Sie waren einst in den Hinterzimmern der Bars in New Jersey zu finden gewesen, in die sich sein Vater mit ihm gern verdrückte, als Bert ein Kind war. Die Dinger hatten noch wirklich Spaß gemacht. Hatten einen dicken, langen Arm, an dem man noch richtig ziehen musste, um die echten Räder rotieren zu lassen. Ein Spiel kostete damals nur einen Vierteldollar. Bert traute diesen neuen Dingern nicht über den Weg. Wer konnte schon wissen, ob die ihre vorgeschriebenen Quoten auch wirklich ausspuckten? Für irgendwelche Computerfreaks dürfte es kein unüberwindliches Problem sein, die Dinger so zu frisieren, dass sie keinen einzigen Dime herausrückten, den man in den Schlitz gesteckt hatte. Aber was soll's, dachte Bert, so ist das nun mal. Was rege ich mich auf? Schließlich habe ich bislang gut fünfundsiebzig Dollar Gewinn gemacht.

Überall um ihn herum blinkten bunte Lichter, summten und schwirrten die Spielautomaten, dudelte ihre hirnrissige Musik, und hin und wieder ließen die Maschinen auch einmal ein paar Münzen in die Auffangschale klimpern.

»Da ist was, das du bestimmt nicht alle Tage zu sehen kriegst«, sagte Mary Lou.

Der Computerbildschirm des Spielautomaten wirbelte, um kurz darauf mit einer Kirsche, einem Goldbarren und dem Abbild irgendeines verblichenen Rockstars zum Stillstand zu kommen. Scheiße. Da waren's nur noch vierundsiebzig Dollar.

»Was denn?«, fragte Bert irritiert.

»Da drüben. Guck dir *das* bloß mal an.«

Er blickte in die von Mary Lou gewiesene Richtung und wusste im gleichen Augenblick, was sie gemeint hatte. Da spazierte gerade ein fetter, weißhaariger alter Kerl, der bestimmt um die fünfundsechzig war, ins Kasino und bewegte sich dabei wie ein Mann, der eine ganz bestimmte Aufgabe zu erfüllen hatte. Im Grunde also nichts Außergewöhnliches, sah man einmal von der Tatsache ab, dass dieser Typ mit nichts als einem winzig kleinen roten Tanga bekleidet war.

»Ach du lieber Himmel. Ich versuche hier, Geld zu gewinnen, und du willst, dass mir die Kotze hochkommt? Es sollte ein Gesetz geben, das es Typen mit dreißig Pfund Übergewicht verbietet, in so einem Fummel herumzulaufen.«

»Das ist vielleicht ein Prolet. Sicher gibt es in den Kasinovorschriften einen Absatz in der Art von: keine Badekleidung ohne Bademantel und Sandalen oder Schuhe.

Na bitte, schau mal, jetzt geht's los. Der Wachmann ist schon unterwegs, um ihn rauszuschmeißen.«

Ein fast einen Meter neunzig großer uniformierter Wachmann bahnte sich nachdrücklich einen Weg zu dem fetten Typ im roten Tanga. Vielleicht lohnt es sich ja doch, wenn ich noch ein bisschen zusehe, dachte Bert. So was kriegt man schließlich nicht alle Tage geboten: ein Fettsack, der nur mit einem roten Bikiniunterteil bekleidet ist und vom Sicherheitspersonal eines Kasinos an die frische Luft befördert wird. Genau genommen, musste Bert eingestehen, hatte er so etwas noch nie erlebt.

Mr. Tanga lächelte dem gewaltigen Wachmann freundlich entgegen. Als dieser ihn erreicht hatte, griff er ihm in Höhe der Schultern unter die Arme, hob ihn hoch und schleuderte ihn so locker davon, als handele es sich um eine Kinderpuppe. Sekunden später landete der Wachmann mit einem lauten Scheppern in einem der Spielautomaten.

»Ach du dicke Scheiße!«, entfuhr es Bert.

Zu diesem Zeitpunkt war er schon längst nicht mehr der Einzige, der auf Mr. Tanga aufmerksam geworden war. Zwei weitere Angehörige des Sicherheitspersonals spurteten heran und zogen im vollen Lauf ihre ausziehbaren Schlagstöcke.

Man hatte allerdings nicht den Eindruck, als wäre Tanga davon besonders beeindruckt. Er bewegte sich lediglich auf einen wenige Schritte entfernten Spielautomaten zu. Da die Maschinen fest mit dem Boden verbolzt waren, hatte Bert keine Ahnung, was der Typ mit dem Ding vorhaben mochte.

Immer noch lächelnd, riss Mr. Tanga den Spielautomaten aus dem Boden. Für Bert hörte es sich fast so an, als würde ein Nagel aus nassem Holz gezogen. Dann benutzte der Typ das Ding als Wurfgeschoss, was erneut mit höllischem Lärm verbunden war.

Bert stand wie zur Salzsäule erstarrt da. Das konnte doch nicht wahr sein. Schließlich ging er selbst zwei- bis dreimal die Woche ins Fitnessstudio, um sich in Form zu halten, da er bereits auf die vierzig zuging, und schaffte da seine zweimal fünfzig Klimmzüge. Es war schlicht nicht möglich, dass dieser schwabbelige alte Kerl mit dem Igelhaarschnitt die erforderlichen Muskeln hatte, um das zu tun, was er gerade getan hatte. Keine Chance! Niemand war so stark.

Der zweite Sicherheitsmann, der in Mr. Tangas Nähe kam, schaffte es noch, mit dem Schlagstock zumindest auszuholen, und beinahe wäre es ihm sogar gelungen, den weißen Schädel des Mannes damit zu treffen. Doch Tanga griff fast wie in Zeitlupe nach oben, erwischte den Stock im Niedersausen, entwand ihn dem Griff des Wachmanns und warf ihn beiläufig von sich. Allerdings wirbelte der Schlagstock pfeifend und mit einer solchen Geschwindigkeit davon, dass Bert es nicht einmal schaffte, dem Ding mit dem Blick zu folgen. Im gleichen Augenblick stieß Mr. Tanga den Wachmann mit nur einer Hand, aber so kraftvoll zur Seite, dass der in zwei Gaffer hineinflog und zusammen mit ihnen zu Boden ging.

Mary Lou starrte Mr. Tanga an, als wäre sie paralysiert, was Bert nur zu gut verstehen konnte. Schließlich ging es ihm nicht anders. Als hätte man ihn hypnotisiert, schaffte er es nicht, den Blick vom Geschehen abzuwenden.

Der dritte Wachmann, dem das Schicksal seiner Kollegen nicht entgangen war, ließ den Schlagstock fallen und griff nach der Pistole, was Bert für eine ausgezeichnete Idee hielt.

Tanga machte ein paar schnelle – wirklich schnelle – Schritte und griff nach dem Handgelenk des Sicherheitsmannes, bevor dieser es geschafft hatte, die Waffe vollständig aus dem Lederhalfter zu ziehen.

Obwohl Bert gut zehn Meter vom Ort des Geschehens

entfernt war, konnte er deutlich hören, wie der Unterarmknochen des Wachmanns brach.

Oh, Mann!

Der Typ vom Sicherheitsdienst fiel brüllend vor Schmerzen auf die Knie, und Mr. Tanga schritt ohne Umstände an ihm vorbei, als handele es sich um Hundedreck auf dem Bürgersteig.

Dann kamen die Dinge richtig in Gang. Tanga walzte durch das Kasino, wie weiland General Sherman durch Georgia, und zerstörte dabei alles in Reichweite. Er warf mit Gegenständen um sich und verbreitete Chaos in Reinkultur. Hier stieß er Spielautomaten um, dort kippte er Kartentische auf die Seite, und schließlich stellte er einen Roulettisch samt Rad einfach auf den Kopf. Die anderen Gäste versuchten, ihm schnellstmöglich aus dem Weg zu gehen.

Dieser Typ war eine Mensch gewordene Abrisskugel und *lächelte* ununterbrochen, während er diese Verwüstungen anrichtete. Bert war nicht einmal ansatzweise in der Lage nachzuvollziehen, wie der Kerl das alles schaffte. Also blieb ihm nichts anderes, als nur dazustehen und zu staunen.

Es schien ihm, als wäre eine endlos lange Zeit vergangen, tatsächlich konnten jedoch kaum mehr als ein bis zwei Minuten verstrichen sein, bis die Cops auf der Bildfläche erschienen. Sie kamen zu sechst und in voller Kampfausrüstung.

Die ersten beiden Polizisten versuchten, kaum dass sie in Tangas Nähe gekommen waren, ihn mit ihren Schlagstöcken niederzuschlagen und ihm Handschellen anzulegen. Eigentlich hätte man annehmen können, dass sie es – da ihnen nicht entgangen sein konnte, was der Kerl bereits angerichtet hatte – besser hätten wissen müssen, was jedoch nicht der Fall war. So schnappte sich Tanga den Ersten und verwendete ihn gegen den Zweiten wie einen Baseballschläger.

Glücklicherweise erwiesen sich die restlichen vier Cops doch als etwas cleverer. Einer zauberte mit einer blitzartigen Bewegung Pfefferspray hervor, während ein anderer seinen Air-Teaser zog, den er fast gleichzeitig mit der Spraywaffe seines Kollegen auslöste.

Doch Mr. Tanga stürmte geradewegs durch den Nebel aus Pfeffer weiter auf die Cops zu. Von seiner Position aus konnte Bert deutlich erkennen, dass mindestens zwei elektrische Teaser-Nadeln in der Brust des Alten steckten. Dennoch hätte er nicht gerade behaupten können, dass das Pfefferspray oder die Nadeln den Kerl irgendwie behindert hätten. Dabei hätte eines der Teaser-Projektile im Grunde schon ausreichen müssen, ihn wie eine Spinne auf der heißen Herdplatte zappeln zu lassen. Doch der Typ wurde nicht einmal langsamer. Mr. Tanga walzte in die nächsten beiden Cops hinein und fällte sie, wobei er selbst zwar ebenfalls zu Boden ging, aber kaum einen Herzschlag später stand er schon wieder auf den Beinen. Jetzt machte er allerdings den Eindruck, als wäre er erst richtig sauer und hätte endgültig die Nase voll. Er riss einen der Cops – einen riesigen Farbigen, der sicherlich über zwei Zentner auf die Waage brachte – vom Boden hoch und warf ihn kurzerhand durch einen Raumteiler aus dickem Glas, der den Cafeteriabereich vom Kasino trennte.

Der gut zwei Meter entfernte Raumteiler erzitterte kurz und zersprang dann in tausend Scherben, die überall herumflogen. Der Cop, dachte Bert, kann von Glück reden, wenn er nicht auf der anderen Seite als Hamburger herausgekommen ist.

»Alles runter auf den Boden!«, brüllte einer der beiden letzten Polizisten, die noch auf den Füßen waren. »Runter, runter, runter!«

Die Menschen warfen sich zu Boden. Mr. Tanga gehörte allerdings nicht dazu, und auch Bert blieb stehen, um den weiteren Verlauf beobachten zu können.

Beide Polizisten hatten inzwischen ihre Pistolen gezogen – riesige alte Glocks – und zielten auf den Mann.

Tanga blickte sie jedoch nur an und lächelte auf eine merkwürdige Art traurig. Fast hätte man meinen können, die beiden hätten ihm Leid getan. Dann setzte er sich in Richtung der Cops in Bewegung.

»Stehen bleiben, du Arschloch!«

Keine Reaktion.

Beide Polizisten feuerten zweimal, dann ein drittes Mal.

Doch Tanga schritt unbeirrt auf sie zu, und so blieb ihnen nichts anderes übrig, als weiterzuschießen.

Bert konnte die Treffer am Körper des Alten sehen, dunkle Flecken auf Armen und Brust. Er sah die Wunden, aus denen das Blut hervorschoss. Doch der Kerl stand immer noch und lief sogar weiter.

Die Menschen kreischten Zeter und Mordio, und die Cops feuerten weiter. In einem entlegenen Winkel seines Verstandes versuchte Bert zu zählen, wie viele Schüsse die Polizisten inzwischen abgegeben hatten, gab es aber schnell auf. Es waren zu viele. Wie viele Patronen fasste das Magazin einer Glock? Fünfzehn? Achtzehn? Jedenfalls gingen die Cops in die Vollen.

Irgendwie erinnerte Bert das alles an einen Horrorfilm. Der alte Typ in seiner roten Badehose lief nach wie vor auf die Cops zu, dabei hatte er mindestens sechs bis acht Treffer abbekommen. Aber er wollte einfach nicht stehen bleiben.

»Scheiße!«, kreischte einer der beiden Polizisten, wirbelte herum und ergriff die Flucht.

Ein Klicken der Pistole des anderen verkündete, dass er die letzte Patrone verschossen hatte. Er warf die Glock auf Mr. Tanga, als dieser schon fast über ihm war.

Ja, unglaublich. Der Typ hatte tatsächlich eine verdammte Scheißladung Kugeln eingesteckt und war außerdem von der Pistole selbst getroffen worden. Aber er zeigte kaum mehr Wirkung, als hätte man ihn mit Watte-bällchen beworfen. Bert starrte auf den Polizisten. Was stehst du da noch rum, du Blödmann?

Der alte Mann griff sich den Cop, hob ihn zwanzig oder dreißig Zentimeter hoch – und in diesem Moment ging ihm schließlich doch die Luft aus. Er ließ den Polizisten fallen, stürzte und schlug mit dem Gesicht auf dem Boden auf.

Urplötzlich war es mucksmäuschenstill im Kasino.

»Heilige Scheiße!«, sagte Bert leise.

»Amen, gütiger Gott«, antwortete Mary Lou. »Amen.«

1

Sonntag, 2. Oktober
Washington, D.C.

Alex Michaels brummte ärgerlich, als der Steckschlüssel von der Sechskantmutter abrutschte, was zur Folge hatte, dass seine Hand unkontrolliert nach vorn schoss und er sich am Kipphebel die Haut von den Knöcheln schrammte.

»Au! Mist!«

In solchen Augenblicken hätte er nur zu gern die Mutter oder den Steckschlüssel verflucht, doch da er den Bolzen selbst eingesetzt hatte und es sich um fast neue Profiwerkzeuge handelte, musste er fairerweise sich die Schuld an seinem Missgeschick geben.

»Bist du okay?«, hörte er Toni aus der Küche rufen.

Da muss ich wohl lauter geschrien haben, als ich dachte, schoss es ihm durch den Kopf, bevor er antwortete. »Ja, ja. Mir geht's gut. Es ist nur dieser blöde Chevrolet.«

Toni schob sich in den Eingang zur Garage. Michaels stand unter der Motorhaube, über den Kotflügel auf der Beifahrerseite gebeugt, und konnte sie sehen. Im fünften Monat schwanger, mit einem seiner T-Shirts und einer Jogginghose bekleidet, fand er sie, wenn überhaupt möglich, noch schöner denn je zuvor.

Sie lächelte. »Das klingt aber ganz anders als das, was du gesagt hast, um mich davon zu überzeugen, dass du dieses Auto unbedingt brauchst – ›ein 55er Bel Air Cabrio, ein Klassiker!‹«

»Das war, bevor ich die Gelegenheit hatte, mich eingehender damit zu befassen. Das Ding ist gebaut wie ein Panzer.«

»Wenn ich mich recht entsinne, war genau das doch ebenfalls ein Argument für den Kauf.«

Er blickte auf die Mutter. Sie saß fest genug, entschied er. Also legte er den Schraubenschlüssel nieder, griff nach einem roten Putzlappen, gab etwas von dem stechend riechenden Lanolin-Handreiniger darauf und begann, sich damit das Fett von den Fingern zu reiben. Nun, der Wagen *war* ein Klassiker. Von Edwards Coles gebaut, der nach dem Zweiten Weltkrieg Chefingenieur bei General Motors war, und vom legendären Konstrukteur Harvey Earls entworfen, war der 55er das erste Auto mit dem kleinen V-8 Motor, dem so genannten 256er, aus dem später der 286er und schließlich der 327er wurde. Diese Maschinen wurden zu dem Standard, an dem sich sämtliche anderen Motoren für einen Zeitraum von über vierzig Jahren hatten messen lassen müssen. Der Preis für ein Cabrio im Spitzenzustand bewegte sich zwischen sechzig- und fünfundsiebzigtausend Dollar. Selbst wenn es nur in einem halbwegs guten Zustand war, musste man noch erkleckliche Summen hinblättern.

Michaels erwiderte ihr Lächeln. »Und ich dachte immer, es wäre dein Job, mich vor Reinfällen zu bewahren.«

»An einen solchen Passus in unserem Ehevertrag kann ich mich nicht erinnern.«

Er ging zu ihr. »Wie läuft's mit deinen Djuru-Übungen?«

Ihr Lächeln erlosch, und Falten bewölkten ihre Stirn. »Scheußlich. Ich bin völlig aus dem Gleichgewicht! Ich habe versucht, die Drehungen zu machen, und bin dabei fast umgefallen. Beim Gleiten laufe ich dauernd Gefahr, nach vorn zu kippen, und als ich bei *djuru* fünf in die Hocke ging, habe ich *gefurzt!*«

Er konnte nicht anders und brach in schallendes Gelächter aus.

Ihr Gesicht verdüsterte sich noch mehr, und die ersten Tränen begannen zu fließen. »Das ist überhaupt nicht lustig, Alex! Ich fühle mich wie eine dicke, fette *Kuh!*«

Mit einem Schritt war Michaels bei ihr und zog sie in seine Arme. »He, ist schon gut.«

»Nein, ist es nicht! Niemand hat mir gesagt, was passieren würde! Wenn ich meine Silat-Übungen nicht machen kann, werde ich noch verrückt!«

Dies war sicherlich nicht der richtige Zeitpunkt, sie daran zu erinnern, dass ihr Arzt sie darauf hingewiesen hatte, sie solle Anstrengungen vermeiden, da es sonst – besonders in dieser ersten Phase der Schwangerschaft – zu Blutungen kommen könne. Alles sei in Ordnung, aber zur Sicherheit solle sie es etwas lockerer angehen lassen. Theoretisch bedeutete das auch, dass sie auf die Kurztänze der indonesischen Kampfsportart verzichtete, in der sie Meisterin war. Nein, entschied Michaels, jetzt war wirklich nicht der richtige Zeitpunkt, ihr das in Erinnerung zu bringen. Noch ein falsches Wort, und es würden weitere Tränen fließen. Eine Reaktion, die für sie völlig untypisch war und ihn deshalb stets aufs Neue überraschte. Die Hormone, hatte der Arzt gesagt – all das sei ganz normal bei einer Schwangerschaft. Doch Michaels hatte sich immer noch nicht daran gewöhnt. Toni konnte den meisten Männern die Seele aus dem Leib prügeln, sogar solchen, die selbst ernst zu nehmende Kampfsportexperten waren – er hatte es mehr als einmal mit eigenen Augen gesehen. Sie jetzt von einer Sekunde auf die andere in Tränen ausbrechen zu sehen war … nun, irgendwie gespenstisch.

»Weißt du, vielleicht wäre es nicht schlecht, wenn du

für eine Weile mit deinen *djurus* pausieren würdest. Es sind jetzt kaum noch vier Monate, bis das Baby auf die Welt kommt.«

»Pausieren? Ich habe die *djurus* praktisch an jedem Tag praktiziert, seit ich dreizehn war. Sogar als ich die Lungenentzündung hatte, habe ich gerade einmal drei Tage damit ausgesetzt. Und jetzt soll ich sie *ganze vier Monate* aufgeben?«

»Okay, okay, war doch nur ein Vorschlag.«

Vielleicht ist es wirklich besser, wenn ich die Klappe halte, dachte er. Schließlich war es schon geraume Zeit her, dass er zum letzten Mal mit einer Schwangeren zusammengelebt hatte. Als seine erste Frau, Megan, mit ihrer gemeinsamen Tochter Susie schwanger gewesen war, hatte er selbst noch im Feldeinsatz gestanden. Damals war er nicht gerade oft zu Hause, manchmal etliche Wochen hintereinander nicht. Deshalb waren ihm einige Erfahrungen entgangen, was ihm jetzt sehr Leid tat. Mittlerweile war er Kommandeur der Net Force, einer Elite-Unterabteilung des FBI. Vielleicht sollte er ein wenig mehr Zeit im Büro verbringen, solange es zu Hause stürmte, und erst zurückkommen, wenn sich die Wogen geglättet hatten …

Im gleichen Augenblick hatte er auch schon ein schlechtes Gewissen, weil er an eine solche Möglichkeit auch nur gedacht hatte.

»Ich weiß, dass es nicht dein Fehler ist …«, räumte Toni ein. »Na ja, obwohl es rein technisch gesehen eigentlich *sehr wohl* dein Fehler ist.« Sie schmunzelte. »Aber ich mache dir deswegen keinen Vorwurf.«

Er lächelte zurück. Ihre Stimmungsschwankungen liefen mit einer Geschwindigkeit ab, die es mit dem Zappen durch die Fernsehprogramme aufnehmen konnte. Einfach so, von wütend auf glücklich und wieder zurück.

»Nun mach schon und bau endlich den Vergaser ein«, schlug sie vor. »Nimmst du jetzt den Vierfach?«

Er schüttelte den Kopf. »Nein, ich habe mich doch entschlossen, den Dreifach-Register zu nehmen. Der peppt ihn etwas mehr auf, weißt du.«

Jetzt war es an ihr, den Kopf zu schütteln. »Gib's zu, du hast dir schon wieder diesen alten Schinken *American Graffity* reingezogen, stimmt's? Jungs und ihre Spielzeuge. Mit dem Vergaser kannst du es dir nicht leisten, den Wagen zu unterhalten, und das weißt du auch. Was würde das Ding dann schlucken? Vierzig Liter auf hundert Kilometer? Um den Tank immer voll zu haben, wird dir dann nichts anderes übrig bleiben, als eine Hypothek aufs Haus aufzunehmen.«

»Na ja, vielleicht sollte ich die Kiste wirklich wieder verkaufen. Vielleicht.«

»Hört, hört. Na komm, mach weiter, schramm dir die Pelle von den Knochen und fluch auf die Typen, die diesen Riesenhaufen aus Detroitstahl zusammengeschraubt haben. Ich werde mich inzwischen ein wenig hinsetzen und versuchen, deinen Sohn zu überreden, nicht weiter auf meiner Blase herumzutrampeln.«

»Du bist wunderschön, wenn du schwanger bist.«

»Vergiss es. Ein Baby, das ist mein Limit.«

Toni ging zu ihrem Computer, ließ das VR-Band nach unten über ihre Augen gleiten und justierte Ohrmuscheln und die Geruchsballons so, dass sie bequem saßen. Dieses Set arbeitete kabellos und verfügte über eine recht ordentliche Reichweite, sodass sie, falls ihre Fußgelenke anzuschwellen begannen, zur Couch gehen und sich dort ausstrecken könnte. Dann hätte sie die Möglichkeit, die Füße auf einem Kissen hochzulegen, während sie online war. Zum Schluss streifte sie die Tasthandschuhe über und war bereit.

Sie gestattete es dem System, mit dem voreingestellten Szenario zu starten, und fühlte sich einen kurzen Augenblick lang desorientiert, während das Virtual-Reality-Programm übernahm und ein Einkaufszentrum an die Stelle des kleines Büros treten ließ, das einmal als Gästezimmer genutzt worden war. Schließlich fand sie sich vor einem virtuellen Fahrstuhl wieder, dessen Türen sich gerade öffneten. Zusammen mit einigen anderen Kunden trat sie in die Kabine.

»Kunst und Kunstgewerbe, bitte«, sagte sie.

Irgendjemand drückte einen Knopf.

Sie hatte das vage Gefühl, dass es nach oben ging. Einen Moment später erklang ein Glockensignal, und die Türen öffneten sich. Toni trat aus dem Fahrstuhl und blickte auf die wenige Meter vor ihr angebrachte Anzeigetafel. DU BIST ANGEKOMMEN verkündete eine pulsierende Leuchtschrift in blassem Grün. *Nein, ich bin zu Hause in meinem Büro, und meine Schuhe werden mir langsam zu eng.*

Doch in der VR war es einfach, die Realität zu vergessen. Sie fand die Geschäftsanschriften und hielt nach dem Eintrag »Hergert's Scrimshaw« Ausschau. Wie sich herausstellte, hatte sie nicht weit zu laufen – obwohl sie in der VR, wenn es denn ihr Wunsch gewesen wäre, auch stundenlang hätte gehen können. Sie machte sich auf den Weg.

Als sie mit Alex die Flitterwochen auf Hawaii verbracht hatte, waren sie in Lahaini auf der Insel Maui auch in einer Kunstgalerie gewesen, die eine Ausstellung von Weltklasse-Arbeiten beherbergte. Alle Medien und Materialien waren vertreten – wirklich alles, angefangen von Bleistiftzeichnungen über Ölgemälde bis hin zu Skulpturen aus Holz, Bronze und sogar Glas. Die Meerespanoramen, Delfine und Wale waren großartig. Doch was sie damals am meisten beeindruckt hatte, war eine kleine Ausstellung von Schnitz- beziehungsweise Gravurkunstwerken, die als »Mikro-Scrimshaw« bezeichnet wurden. Winzige Stücke versteinerten Elfenbeins, Klaviertasten oder Billardkugeln trugen solche Gravuren, und es waren sogar zwei Pottwalarten dabei. Einige der Kunstwerke waren kleiner als ihr Daumennagel. Wenn man sie unter einer Lupe betrachtete, zeigten sie eine Detailvielfalt, die sie niemals für möglich gehalten hätte. Da gab es Darstellungen von Segelschiffen und Walen, Porträts, Akte, Tiger und etliche mit reinen Fantasiegebilden. Ganz besonders hatte sie ein winziger schwarzweißer Akt einer langhaarigen Frau fasziniert, die in Lotosstellung in den Himmel blickte und scheinbar einen halben Meter über dem Boden schwebte. Das Bildnis befand sich auf einer blassen Elfenbeinscheibe, die schätzungsweise die Größe einer Vierteldollarmünze hatte.

»Kennst du den Künstler?«, fragte sie Alex, doch der schüttelte nur den Kopf.

»Keine Ahnung. Aber wir können ja mal fragen.«

Der Direktor der Galerie war regelrecht glücklich, ihnen alles erklären zu können. »Nun, in dieser Kunst gibt es verschiedene Methoden«, begann er, »in diesem Fall hat sich der Künstler einer bedient, bei der das Elfenbein zunächst glatt poliert wird. Anschließend verwendet er ein äußerst spitzes Instrument – wahrscheinlich eine Art Nähnadel, um tausende winzige Punkte in das Material zu stechen. Diesen Vorgang nennt man Punktieren oder Aufrauen. Dann hat er Farbe auf das Material gerieben. Das Stück, für das Sie sich interessieren, ist eine Arbeit von Bob Hergert, und von ihm weiß ich, dass er Ölfarbe zum Einfärben bevorzugt. Ich glaube, er nimmt meist eine Schattierung namens Lampenruß.

Nachdem das Stück mit Farbe bedeckt ist, wischt der Künstler es ab, wobei die Ölfarbe in den punktierten Vertiefungen zurückbleibt, während sie sich von der übrigen, polierten Oberfläche entfernen lässt. All das geschieht natürlich unter der Lupe und ist, wie Sie sich denken können, eine Arbeit, die mit äußerster Sorgfalt erfolgen muss.«

»Ich kann's mir nur vage vorstellen«, nickte Toni. »Diese Arbeit ist wunderschön.«

»Da bin ich voll und ganz Ihrer Ansicht. Bob gehört zu den besten Künstlern, die sich diesem Medium verschrieben haben. Wir handeln auch mit anderen Scrim-Künstlern, die ebenfalls ausgezeichnet sind – Karst, Benade, Stahl, Bellet, Dietrich und sogar Apple Stephens. Doch die Arbeiten von Bob sind nicht nur wunderschön, sondern auch verblüffend preiswert. Nebenbei übernimmt er auch Auftragsarbeiten an Messergriffen und Griffschalen von Pistolen.«

»Was soll das hier kosten?«, fragte Alex.

»Achthundert Dollar.«

»Wir nehmen es«, entschied Alex.

»Nein, Alex, das können wir nicht …«

»Doch, das können wir. Es wird dein Hochzeitsgeschenk sein.«

»Aber …«

»Kein Aber. Ich habe mit der Restaurierung meines letzten Klassikers einen guten Deal gemacht, und wir können es uns leisten.«

Während das kleine Kunstwerk eingepackt wurde und sie auf die Abbuchungsmitteilung von Alex' Kreditkarte warteten, bemerkte der Direktor, zu Toni gewandt: »Wenn Sie mehr darüber wissen wollen, wie der Künstler arbeitet, hätte ich vielleicht eine interessante Information für Sie: Bob bietet auch Online-Kurse an.«

Damals hatte Toni nur genickt und eine höfliche Floskel gemurmelt, weil sie der Ansicht war, dass sie für diese Art von Kunst nie die notwendige Zeit würde aufbringen können.

Während sie jetzt durch das virtuelle Einkaufszentrum schlenderte, musste sie über sich selbst lächeln. Jetzt habe ich Zeit. Jede Menge Zeit. Da erwartet man doch tatsächlich von mir, dass ich die verbleibenden vier Monate nur herumsitze und Däumchen drehe. Selbst wenn sie sich mit dem Wunsch durchsetzen sollte, weiterhin Silat zu praktizieren, musste sie sich doch eingestehen, dass gewisse Ähnlichkeiten mit einem gestrandeten Walfisch nicht von der Hand zu weisen waren. Wie ein Wal würde auch sie nur herumzappeln, sobald sie versuchte, irgendetwas zu unternehmen, das mit körperlicher Bewegung zu tun hatte. Dieses Bild stand klar vor ihrem geistigen Auge, und dabei hatte sie gerade einmal fünf Monate der Schwangerschaft hinter sich. Mit sieben oder acht Monaten würde sie beim Versuch, in eine Djuru-Drehung zu schwingen, wie ein Kartenhaus in sich zusammensacken. Dagegen sollte es wohl möglich sein, an einem Tisch zu sitzen und mit einer Nadel in Elfenbeinimitat herumzukratzen. Ja, das könnte sie, und die Vorstellung, etwas auch nur annähernd so Hübsches wie diese kleine Scrimshaw zu schaffen, die Alex ihr geschenkt hatte, hatte schon etwas Verlockendes an sich. Natürlich verfügte sie über kein berauschendes künstlerisches Talent, aber vielleicht konnte man sich das eine oder andere ja noch aneignen. Den Versuch wert war es allemal.

Inzwischen war sie vor einem kleinen Ladenlokal angekommen, auf dessen Schaufenster »Bob Hergert, Mikro-Scrimshaw – www.scrimshander.com« prangte.

Toni holte tief Luft, atmete wieder aus und betrat das Geschäft.

Der Innenraum war ansprechend und hübsch gestaltet. In Glasvitrinen lagen Elfenbeinarbeiten, die auf schwarzem Samt drapiert waren. Es gab fast alles, von Messergriffen über Pistolengriffe und Billardkugeln bis hin zu größeren Stücken. Über etlichen der kleineren Ausstellungsstücke waren Lupen auf zierlichen Stativen befestigt worden, damit man die darunter liegenden Arbeiten besser betrachten konnte.

Hinter dem längsten Verkaufstisch hing eine Gitarre an

der Wand. Toni hatte keine große Ahnung von Gitarren, doch diese trug auf ihrem Resonanzkörper eine Elfenbeinplatte, in die liebevoll das Konterfei eines Mannes eingraviert worden war.

In diesem Augenblick trat ein mittelgroßer Mann mit mächtigem Schnurrbart aus einem Hinterzimmer in den Verkaufsraum. »Der King«, erklärte er und lächelte Toni an, »auf dem Höhepunkt seiner Karriere. Muss so um 1970 gewesen sein, bei dem Fernsehkonzert, in dem er ganz in schwarzes Leder gekleidet war.«

Toni nickte. »Ich habe auf Hawaii eine Ihrer Arbeiten gekauft«, sagte sie. »Ein weiblicher Akt, in Lotusstellung schwebend.«

»Ah. Cynthia, die Mondgöttin. Hat Spaß gemacht, daran zu arbeiten. Was kann ich für Sie tun, Mrs. ... äh ...?«

»Michaels«, antwortete Toni. Sie kam sich immer noch ein wenig merkwürdig vor, wenn sie Alex' Name auf diese Weise verwendete. »Toni.«

»Toni. Nett, Sie kennen zu lernen.«

»Ich habe erfahren, dass Sie Unterricht geben, wie man so etwas macht.« Sie deutete mit einer alles umfassenden Bewegung des Armes auf die Ausstellungsstücke im Laden.

»So ist es, Ma'am.«

»Dann würde ich mich gern dafür anmelden, wenn das möglich ist.«

»Absolut kein Problem, Toni.«

Sie lächelten einander an.

2

Lager für technische Neuanschaffungen
im Net-Force-Hauptquartier, Quantico, Virginia

»Sie sehen scheußlich aus, Julio.«

»Herzlichen Dank, General Howard, Sir, für Ihre messerscharfe Beobachtung.«

»Was ist passiert?«

»Ich war die halbe Sonntagnacht auf den Beinen, um das Baby zu füttern. Ihr Patensohn übrigens, wenn ich das erwähnen darf.«

»Ach, ich dachte, Joanna würde stillen.«

»Tut sie auch. Aber irgendjemand hat ihr etwas über eine kleine Pumpe erzählt, mit der man die Muttermilch praktischerweise aus ihrem Originalcontainer in kleine Flaschen pumpen kann. Auf diese Weise kann auch ein Vater in den Stillprozess eingebunden werden.«

»Schauen Sie mich nicht so an. Von mir hat sie es nicht.«

»Nein, aber von Nadine, Ihrer liebenswerten Gemahlin. Sie war die Schlange im Paradies.«

Howard lachte. »Na ja, Sie wissen doch, wie Frauen sind: Lass einen Mann in einer Angelegenheit niemals zu lange unbehelligt.«

»Amen.«

»Also, Sergeant Fernandez, was werden wir uns denn an diesem wunderschönen Morgen ansehen?«

»Drei neue Bestandteile der Feldausrüstung, die nichts mit Waffensystemen zu tun haben.«

Howard blickte sich in dem vergleichsweise kleinen Lagerraum um. Überall standen Kisten, Kästen und mit Planen abgedeckte Gegenstände herum. Also nichts, was in seinen Augen besonders bemerkenswert gewesen wäre. »Fahren Sie fort.«

»Hier drüben haben wir unsere neuen taktischen Computersysteme. Angeblich sollen sie stoßsicher sein, auf dem Rücken getragen und an die SIPE-Anzüge angeschlossen werden können. Dreieinhalb Kilo schwer, umfangreicherer Flash-Speicher, mehr DRAM- und ROM-Kapazität als ein Hochschul-Computerlabor und schneller als ein geölter Blitz. Darüber hinaus eine Keramikpanzerung, Gurtzeug aus Seidengewebe, schussfest, wasserdicht und alles, was es sonst noch gibt. Ich habe so ein Ding mal eingeschaltet und aus Brusthöhe auf den Boden knallen lassen. Lief anschließend genau so einwandfrei wie vorher. Batterien der Größe D, mit zwölf Stunden Laufzeit. Wenn man ein paar davon hat, kann man etliche Tage arbeiten, ohne sie wieder in eine Ladestation stecken zu müssen.«

»Gut. Wurde auch langsam Zeit, dass die endlich mal etwas herausgebracht haben, was nicht bei jedem Niesen den Geist aufgibt. Was sonst noch?«

»Hier entlang bitte. Dies ist unser Funkstörer für den Notfall. Das Ding schafft es, jedes Funkgerät im Umkreis von zehn Kilometern absolut nichts mehr von sich geben zu lassen außer statischem Rauschen. Angeblich soll es sogar den Sender KAAY in Little Rock zur Spitzensendezeit lahm gelegt haben. Ich selbst hab's aber noch nicht ausprobiert.«

»Nun, auch böse Jungs verfügen über LOS-Technologie.«

»Was soll ich sagen? Das hier ist alles RA-Zeugs. Sie wissen doch, wie die sind.«

Howard nickte. Die RA – also Regular Army – hatte ihre eigenen Vorgaben, was das Warum und Wofür anging. Schließlich hatte er selbst lange genug dazugehört. Doch er war froh, mittlerweile Kommandeur der militärischen Abteilung der Net Force zu sein. Eigentlich hatte er damit gerechnet, dass das Leben hier wesentlich beschaulicher ablaufen würde, als er es als Colonel der RA gewohnt gewesen war. In den letzten paar Jahren war aber eher das Gegenteil der Fall gewesen. Tatsächlich hatte er nach dem letzten Krawall sogar ernsthaft mit dem Gedanken gespielt, in den Ruhestand zu treten. Seine alten Wunden schmerzten immer noch jedes Mal, wenn es kalt wurde, und auch die Vorstellung, nicht dabei sein zu können, während sein Sohn aufwuchs, machte ihm zu schaffen.

Währenddessen sprach Julio weiter. »Unter dieser Plane befindet sich unser Spielzeug der Woche. Ta-tah!« Mit diesem Tusch zog er die leichte Persenning zur Seite und legte etwas frei, das im Grunde aussah wie ein Tisch. Nur dass aus diesem vier miteinander verbundene Arme nach oben hervorstanden. Zwei befanden sich an den Ecken am einen Ende, zwei in der Mitte der »Tischplatte«. Das Ding verfügte über Räder und ein verschlossenes Fach unterhalb der Platte.

»Und was soll das darstellen? Einen elektrischen Hi-Tec-Golfwagen?«

»Nein, Sir. Darf ich vorstellen: Das ist Rock Scarm – oder genauer ein R-O-C-C-S-R-M. Dieses Akronym steht für Remote-Operated Computer-Controlled Surgical Robot Modul. Im Klartext ein fernbedienbarer, computergesteuerter Robot-Operationstisch.«

Howard runzelte die Stirn. »So eine Art ›Doktor im Handkoffer‹?«

»Genau genommen ein ›Chirurg im Handkoffer‹, wobei dies hier allerdings nur der Koffer ist. Wetten, dass Sie dieses Ding noch in Ihr Herz schließen werden? Es könnte sich eines Tages tatsächlich als äußerst hilfreich erweisen.«

»Dann schießen Sie mal los.«

»Also: Man braucht einen PA, zwei Schwestern und Pfleger. Die machen aus diesem Lutscher hier ein komplettes Feldlazarett. Nehmen wir einmal an, da wird ein Typ hereingebracht, der total zerschossen ist und dringend zusammengeflickt werden muss. Der PA – für alle, die nicht an der medizinischen Grundausbildung teilgenommen haben, das ist der Physician's Assistent, der Assistenzarzt – macht die Triage, untersucht den Typ und stellt eine erste schnelle Diagnose. Dann schnallen sie den Verwundeten auf den Tisch, bereiten ihn vor und rufen einen erstklassigen REMF-Chirurgen an, der sich durchaus ein paar tausend Kilometer weit weg aufhalten kann. Der wiederum legt seine Geräteeinheit an … Das Teil befindet sich da drüben, kommen Sie.«

Sie gingen zu einem anderen abgedeckten Gerät hinüber, und Julio zog auch dessen Persenning ab. Es bestand aus einem Stuhl und einer Plattform davor, auf die man einen Computermonitor montiert hatte. Außerdem gehörten zu der Einheit einige merkwürdige Anhängsel an den Armlehnen des Stuhls.

»Der Chirurg sitzt also hier und schlüpft mit den Fingern in die Operations-Steuerkontrollen. Das sind diese Ringe da. Außerdem kann er die Pedale am Boden betätigen. Eins auf jeder Seite. Darüber hinaus hat er das Einfrierpedal in der Mitte. Ist so eine Art Bremse.«

Inzwischen saß Julio auf dem Stuhl und steckte die Finger in die miteinander verbundenen Ringanordnungen. Gleichzeitig erwachte der Computermonitor zum Leben.

»Diese Steuerungen sind so genannte Waldos, Werkzeuge, die mit den Armen auf dem Operationstisch verbunden werden können. Mit dem linken Fuß wird das Endoskop bedient, auf dem die Lichtquelle und die Kamera befestigt sind. Die Handgeräte halten die Skalpelle, Haemostaten, das chirurgische Nahtmaterial, Scheren und haufenweise andere Sachen.«

»Wollen Sie mir allen Ernstes einreden, dass ein Chirurg aus tausenden von Kilometern Entfernung einen Patienten mit diesem Ding operieren kann?«

»Jawohl, Sir. Zumindest behaupten die RA-Stabsärzte das. Die Chirurgen, die die Qualifikation dafür erworben haben, mussten erst mal haufenweise Schweine und andere Kadaver zerlegen und Soldaten der RA zerschnippeln, bevor man sie an richtige Menschen herangelassen hat. Sie haben Innereien operiert, Blutgefäße geflickt, Herzfehler beseitigt, na, eben das ganze Programm. Dabei haben ihnen die Schwestern und der PA assistiert, genau wie in einem richtigen OP. Die Stabsärzte der RA behaupten, dass einer, der an diesem Ding wirklich gut ist, es ohne weiteres geschafft hat, Schrotkörner der Größe sechs zu sortieren, ohne dabei auch nur ein einziges fallen gelassen zu haben.«

Julio bewegte die Finger, was zur Folge hatte, dass von dem in der Nähe stehenden Tisch ein mechanisches Summen zu vernehmen war, als sich dort die chirurgischen Arme zu bewegen begannen.

»Alles ist hermetisch verkapselt und hat außerdem eine Batteriereserve für den Fall, dass man es nicht schafft, einen Generator in Gang zu bringen. Man braucht das Ding also nur noch hinauszurollen, die Jungs auf den Tisch zu klatschen, und schon kann das Schnippeln und Flicken losgehen.«

»Herr im Himmel!«

»Jawohl, Sir. Ich denke, Er dürfte ganz schön beeindruckt sein.«

»Nachteile?«

»Das Ding ist schwer, teuer – anderthalb Millionen pro Stück –, und man braucht einen Servicetechniker, der für die Reparatur qualifiziert ist, sollte es einmal ausfallen. Trotzdem ist es, haben die bei der RA berechnet, immer noch billiger als die Ausbildung und der Ersatz eines

Chirurgen, der sich beim Operieren einen Querschläger eingefangen hat.«

»Gutes Argument.«

»Seit kurzer Zeit gibt es auch eine zivile Version, die aber weder so kompakt noch transportabel ist.«

»Erstaunlich.«

»Ja. Toll nicht? Na dann. Wenn der Herr General geruht, ausreichend von der modernen Hardware beeindruckt zu sein, würde ich mich jetzt gern ein wenig aufs Ohr legen.«

»Erlaubnis erteilt, Sergeant. Ach, einen Augenblick noch. Dauert nur eine Sekunde. Ich hab was für Sie.« Howard konnte sich ein breites Grinsen nicht verkneifen. Er freute sich geradezu diebisch auf das, was jetzt folgen würde.

Julio stutzte. Howard warf ihm eine kleine Plastikdose zu, und Julio fing sie auf und bemühte sich gleich, sie zu öffnen. »Nanu. Ich hab doch gar nicht Geburtstag. Wofür soll das denn sein?«

Doch Howard hüllte sich in Schweigen und grinste noch breiter.

Als Julio die Dose schließlich geöffnet hatte, weiteten sich seine Augen. »Ach du Scheiße! Nein!«

»Doch. Überspringen wir das Unwesentliche und fangen mit dem Wichtigsten an: herzlichen Glückwunsch, *Lieutenant* Fernandez.«

»Das können Sie nicht machen, John. Damit komme ich bei Gunny niemals durch.«

»Ist längst passiert, Julio. Der Papierkram ist erledigt, abgesegnet und rechtskräftig.«

»John …«

»Höherer Sold. Für den haben Sie mit dem Baby sicherlich Verwendung. Darüber hinaus brauchen Sie jetzt von Ihrer Frau keine Befehle mehr anzunehmen. Genauso wenig, wie wir anderen Befehle von unseren Frauen annehmen müssen.« Julios Frau, Joanna Winthrop, war ebenfalls Mitarbeiterin der Net Force und stand im Range eines Lieutenant, befand sich zurzeit aber natürlich im Erziehungsurlaub.

»Aber … aber … wer soll mich denn ersetzen?«

»Niemand wird je in der Lage sein, Sie zu ersetzen, Julio. Aber es gibt etliche Rekruten, die es schaffen könnten, die Routineangelegenheiten ihres Vorgesetzten zu erledigen, wenn Sie ihnen zeigen, wie's geht.«

Julio schüttelte den Kopf. »Es muss ein Fluch auf mir lasten.«

»Zweifellos. Aber wenigstens können Sie dem Teufel jetzt erzählen, dass Sie zumindest eine gewisse Zeit Ihrer Laufbahn damit verbracht haben, ehrliches Geld zu verdienen, bevor Sie den Freifahrschein bekamen.«

Julio nickte bedächtig und blickte schließlich auf. »Also gut. Danke, Sir.«

»Jetzt schauen Sie nicht so sauer in die Weltgeschichte, Julio. Willkommen im Klub der Offiziere und Gentlemen. Oder wenigstens in dem der Offiziere.«

»Ja, ja, schon gut.«

Doch Howard hegte keinen Zweifel daran, dass sich Julio trotz aller Meckerei insgeheim sehr freute. Er arbeitete jetzt seit über zwanzig Jahren mit ihm zusammen, zunächst in der RA, später bei der Net Force. So hatte Julio beispielsweise lange vor Howard von dessen Beförderung zum General gewusst, und es gab Phasen, in denen die beiden Männer etwas verband, das man fast als Telepathie bezeichnen konnte. Es mochte vielleicht sein, dass Julio nicht über die Ausbildung anderer Offiziere verfügte, doch wenn eine Situation überzukochen begann, war er genau der Mann, den man sich wünschte, um einem den Rücken zu decken. Auch er hatte noch einige Jahre vor sich, bevor er daran denken konnte, in den Ruhestand zu treten, und je höher sein Dienstgrad dann war, desto höher würde seine Pension ausfallen. Er war ein verheirateter Mann mit einem Baby. Er konnte es gebrauchen.

»Jetzt hauen Sie sich aufs Ohr, Lieutenant.«

»Zu Befehl, Sir.«

Washington, D.C.

Normalerweise würde sich Jay Gridley um sieben Uhr morgens im Hauptquartier der Net Force aufhalten und, mit seinem Computer verbunden, Jagd auf die bösen Jungs machen. Er würde die Mistkerle jagen, die gerade den neuesten Virus auf die Welt der E-Mails losgelassen hatten oder nach Anzeichen von Computerkriminalität suchen. Möglicherweise hätte seine Beschäftigung auch darin bestanden, Spuren für die Herkunft von Kinderpornografie zu verfolgen, die sich sogar in den Websites von Kirchen versteckte. Hin und wieder gab es jedoch auch Zeiten, in denen ein wirklich fetter Hai die virtuellen Gewässer des Internets durchstreifte. Das war beispielsweise bei diesem verrückten Russen, dem durchgeknallten Rassisten aus Georgia oder dem britischen Genie der Fall gewesen. Letzterer hatte unter Verwendung eines Quantencomputers versucht, die verloren gegangene Herrlichkeit des britischen Empire neu entstehen zu lassen. Doch solch dicke Fische gab es eher selten. Vor einigen Monaten hatte Jay aber seinen Online-Guru gefunden, der ihm bei der Erholung von einer Art Schlaganfall geholfen hatte, den ihm ein Feind zugefügt hatte. Dieser Guru war in der VR als tibetanischer Mönch namens Sojan Rinpoche erschienen. Wie sich später jedoch herausstellte, handelte es sich bei diesem scheinbar alten Mann in der Realität um ein junges und überaus hübsches Mädchen, das Saji gerufen werden wollte. Nun, eins führte zum anderen, und am Ende lief es darauf hinaus, dass diese Frau nun neben Jay in dessen Bett lag.

Inzwischen waren etliche Tage vergangen, in denen er sich krankgemeldet hatte. In der gesamten Zeit war er nur aus dem Bett gestiegen, um aufs Klo zu gehen.

Jay kicherte wie ein Teenager.

»Was ist so lustig?«, fragte Saji.

Er lächelte sie an. »Na, du und ich. Das alles hier. Wir beide.«

»Wie spät ist es eigentlich?«

»Wen interessiert's?«

»Dich vielleicht nicht, du junger Bock. Aber ich muss heute Vormittag eine Online-Klasse unterrichten.«

»Na und? Dazu brauchst du doch nicht einmal aufzustehen. Bleib einfach da liegen, wo du liegst.«

Jetzt war sie es, die lachen musste. »Ich denke, das lasse ich besser. Ich kann mich noch gut daran erinnern, was passiert ist, als ich es das letzte Mal versucht habe. Irgendjemand konnte nicht damit aufhören, mich abzulenken.«

»Was denn? Ich denke, du bist eine Meisterin des Buddhismus. Von solchen Leuten sollte man doch eigentlich erwarten können, dass sie der Meditation so weit mächtig sind, kleine Ablenkungen ganz einfach ausblenden zu können.«

»Stimmt schon. Wenn es dabei nicht das Problem gegeben hätte, dass die kleine Ablenkung jedes Mal größer wurde, wenn ich sie ansah.«

Diese letzte Bemerkung löste bei beiden schallendes Gelächter aus.

»Im Dienst ist zurzeit nichts los. Ich kann also ebenso gut zu Hause bleiben. Im Moment ist es absolut langweilig. Ehrlich.«

»Das kannst du nicht bringen«, erwiderte sie.

»Du bist ein richtiger Party-Killer.«

»Tja, das Leben ist nun mal hart und ungerecht. Hast du das immer noch nicht begriffen?«

Jay rollte aus dem Bett, kratzte sich die Brust und tappte in Richtung Badezimmer. »Wird dir noch Leid tun, wenn ich weg bin. Wenn du mit deinem Unterricht fertig bist, wirst du dich in diesem riesigen alten Haus furchtbar einsam fühlen und dir wünschen, ich wäre da geblieben.«

»Dann werde ich eben versuchen, tapfer zu sein.«

»Möchtest du duschen?«

»Ja. Aber erst, wenn du weg bist.«

»Du vertraust mir nicht. Oh, das tut weh.«

»Ja, und wie sehr, das sehe ich klar und deutlich. Jetzt mach schon. Ich werde uns auch ein Abendessen kochen, bis du wieder zu Hause bist.«

»Was denn? Wurzeln und Sprossen?«

»Du hast behauptet, du magst meine Küche.«

»Das war, bevor du mich in die Kälte hinausgejagt hast«, jammerte Jay.

»Soll heute fast vierzig Grad warm werden, also kann von Kälte wohl kaum die Rede sein.«

»Ich hab's ja auch nur bildlich gemeint.«

»Geh duschen, Jay.«

Er grinste sie spitzbübisch an. Mann, war das ein gutes Gefühl, sie um sich zu haben. Wirklich. Sogar ein sehr gutes Gefühl. Genau genommen sogar besser als alle Gefühle, derer er sich entsinnen konnte. Er machte sich auf den Weg unter die Dusche und durchdachte dabei bestimmt zum hundertsten Mal etwas, das ihm in den letzten Wochen ständig im Kopf herumgegangen war. War es möglich, daraus etwas Dauerhaftes werden zu lassen? Im Sinne von dauerhaft vor dem Gesetz? So etwas in der Art von Heiraten? Was würde sie davon halten?

Eigentlich gab es nur einen Weg, das herauszufinden, doch er zögerte noch. Was, wenn sie Nein sagte?

Das wäre … übel.

Das heiße Wasser begann das Bad langsam mit Dampf zu füllen. »He …«, rief er.

»Nein«, schnitt Saji ihm das Wort ab. »Die Antwort ist definitiv: Nein.«

Doch als er gerade dabei war, das Shampoo aus dem Haar zu spülen, glitt die Tür der Duschkabine auf, und Saji folgte einem Zug kühler Luft ins Innere – lächelnd, bildschön und nackt, wie Gott sie schuf.

»Na hör mal, Sojan Rinpoche! Was treibst *du* denn hier?«

»Ich wollte dir nur den Rücken waschen. Nichts weiter.«

»Aha.«

»Dreh dich um.«

»Jawohl, Madam.«

Er drehte sich um. Sie reckte sich und begann, ihn mit den Händen einzuseifen.

Allerdings seiften diese Hände, um der Wahrheit die Ehre zu geben, definitiv *nicht* seinen Rücken ein – mitnichten, Sir, ganz und gar nicht!

Er lachte, und sie stimmte ein.

Ja, er würde zu spät zum Dienst erscheinen, daran gab es jetzt keinen Zweifel mehr.

»He, kann es sein, dass du da ein Fleckchen übersehen hast?«

»Hab ich nicht – ich hab es *ignoriert*. War auch ganz einfach, weil es so … klein ist.«

»O Mann, du bist wirklich ein grausames Weib. Absolut grausam.«

»Sei duldsam, mein Großer, und trag es mit Fassung …«

3

Malibu, Kalifornien

Robert Drayne blickte von seinem Labortisch vor dem großen Panoramafenster auf, als zwei junge Frauen in Tanga-Bikinis, an der Wasserlinie entlang, über den harten, nassen Sand vorbeijoggten. Heute hatte es nicht geregnet, und der Pazifik lag ruhig und in strahlendem Blau vor ihm, während die blonden, braun gebrannten Mädchen unter klarem Himmel davonhüpften. Gar nicht schlecht für einen Montag. Drayne grinste. Er liebte diese Stadt.

Sein Blick kehrte auf den Labortisch zurück. Wieder eine Charge pünktlich fertig gestellt und in Kapseln abgefüllt. Dieses Mal waren es nur sechs, und er fragte sich, wo Tad wieder blieb. Es passte ihm gar nicht, wenn die Zeit lief und das Zeugs hier für ein bis zwei Stunden auf dem Tisch herumlag. Dadurch würde alles ein wenig enger werden. Selbst für ein Ass, wie er es war, konnte eine Stunde mehr oder weniger schon Probleme herbeiführen.

Wie aufs Stichwort hörte er in diesem Augenblick das »Ding-ding« der Alarmanlage, das ihn darüber informierte, dass jemand den Alarm der Eingangstür abgeschaltet und das Haus betreten hatte.

Besser für dich, wenn du es bist, Tad …

Drayne kippte ein wenig Katalysator in die weiße Mischung und rührte das feine rote Pulver unter, wodurch die Mischung eine blassrosa Färbung annahm. Er arbeitete nach optischem und Geruchsempfinden und fügte so lange Katalysator zu, bis die richtige Schattierung – irgendwo zwischen Tittenrosa und Bubblegum – erreicht war. Der dazugehörige Kirsch-Mandel-Geruch stieg ihm in die Nase. Ein weiteres Zeichen dafür, dass das richtige Verhältnis erreicht war.

Ah, da sind wir ja.

»Hast du keine Uhr?«, fragte Drayne. In seiner Stimme lag keinerlei Anzeichen von Verärgerung, sondern es klang eher so, als hätte er nur eine beiläufige Bemerkung fallen lassen.

»Ziemlicher Verkehr auf dem Coastal Highway«, erklärte Tad. »Die Touristen fahren alle langsam, um das Haus zu sehen, das langsam im Moor versinkt. Wie läuft's denn?«

»Vor etwa dreißig Sekunden habe ich den Katalysator eingerührt.«

Tad warf einen Blick auf die Uhr.

Drayne griff nach einer der großen, violetten Gelatinekapseln, eine Spezialanfertigung, die er vor etwa drei Jahren für einen Typ in Mexiko angefertigt hatte, der allerdings zwischenzeitlich schon nicht mehr unter den Lebenden weilte. So waren ihm mehr als tausend Kapseln geblieben, die er selbst verwenden konnte. Allerdings fragte er sich schon, was er nehmen sollte, wenn die Dinger einmal verbraucht waren.

Er öffnete die Steckkapsel und füllte routiniert die beiden Hälften mit genau der richtigen Menge seiner Mischung, sodass er die Kapsel wieder zusammenstecken konnte, ohne dass etwas daneben ging. Er blickte auf und lächelte. Das war der eindeutig leichtere Teil der Arbeit. Die wirkliche Herausforderung hatte im Austüfteln und der Mischung der verschiedenen Komponenten bestanden. So etwas konnte nur in einem richtigen Labor geschehen, und das augenblicklich von ihm genutzte befand sich in einem Wohnmobil, das er an einem kümmerlichen Ort am Rande der Mojave-Wüste abgestellt hatte, etliche Stunden Fahrt von hier entfernt. Schon morgen würde es viele hundert Meilen weiter stehen. Dafür sorgte das Rentnerehepaar, welches das Wohnmobil bewegte und ihm damit den Anschein verlieh, alles wäre etwa so illegal und gefährlich wie eine Schüssel Backpflaumen. In diesem Geschäft zählte der äußere Anschein unglaublich viel. Wer würde schon Mama und Papa Yeehaw in ihrem Wohnmobil mit Missouri-Kennzeichen für etwas anderes herauswinken als eine normale Verkehrskontrolle? Darüber hinaus verstand sich Ma ausgezeichnet darauf, sich so auszudrücken und zu geben, dass jeder Cop bald glaubte, seiner eigenen lieben, alten Oma gegenüberzustehen. Und sollte sich ein Cop wirklich mal als halsstarrig herausstellen, würde ihm Pa eine SIG Kaliber .40 unter die Nase halten, die er unter dem Fahrersitz verborgen hielt.

Tad Bershaw war etwa in Draynes Alter, genau genommen war er mit seinen einunddreißig ein Jahr jünger. Aber er sah aus, als hätte er längst die fünfzig erreicht, weil er auf der Überholspur lebte, jede Pfütze mitnahm, wie Draynes Großmutter es immer ausgedrückt hatte. Tad war schwarzhaarig, nur noch Haut und Knochen, hatte schwarze Ringe unter den Augen und repräsentierte praktisch den Inbegriff eines Heroinsüchtigen. Er war stets schwarz gekleidet und das selbst im Hochsommer. Er trug langärmelige Hemden, lange Hosen und spitz zulaufende Lederstiefel und natürlich eine dunkle Sonnenbrille. Er sah aus wie ein Vampir oder zumindest einer dieser alten Beatniks, denn er hatte sich einen kleinen Kinnbart unter den Lippen stehen lassen.

Drayne dagegen sah aus wie ein Surfer, der er tatsächlich auch einmal gewesen war: braun gebrannt, sonnengebleichtes Haar und immer noch muskelbepackt genug, um als Leichtathlet oder Schwimmer durchzugehen. Er musste zugeben, dass sie schon ein merkwürdiges Paar abgaben, wenn sie einmal zusammen ausgingen. Was allerdings eher selten vorkam.

Drayne legte die fertige Kapsel zurück und griff nach der nächsten leeren. Er hatte einen ausreichenden Ansatz gemischt, um sechs Kapseln mit dem Pulver füllen zu können. Fünf sollten verkauft werden, und die sechste war für Tad bestimmt.

»Hast du von dem Typ in Atlantic City gehört?«, fragte Tad.

Drayne arbeitete inzwischen an der dritten Kapsel. »Olivetti?«

»Yeah.«

»Nein. Was ist passiert?«

»Der Hammer hat ihn fertig gemacht. Er ist Amok gelaufen, hat ein Kasino verwüstet, ein paar Leute vom Sicherheitsdienst und einen Polizisten zusammengeschlagen, bevor sie ihn alle gemacht haben. TbE – Tot bei Einlieferung.«

Drayne zuckte nur mit den Schultern. »Zu blöd. War ein guter Kunde.«

»Wir haben da jemanden aus New York City, der Olivetti als Referenz angegeben hat. Sind wir interessiert?«

Drayne stellte die vierte Kapsel fertig und suchte dann eine der ganz speziellen für Nummer fünf heraus. »Nein. Olivetti ist tot. Also werden wir seinem Kontakt auch nichts verkaufen.«

»Hab ich mir schon gedacht«, meinte Tad. »Ich wollte mich nur vergewissern.«

»Brauchst du nicht. Du weißt, wie der Deal läuft. Ein verbrannter Kunde verbrennt immer den mit, den er neu gewonnen hat. Im dem Augenblick, in dem wir an einen Typ geraten, den wir nicht überprüfen können, können wir so gut wie sicher sein, dass wir es mit einem Narc-Mann zu tun haben, klar?«

»Klar.«

Drayne machte die fünfte Kapsel fertig und griff nach der letzten leeren, die für Tad bestimmt war.

»Wie bringst du die Produktion von heute unters Volk?«

»Drei haben übers Netz bestellt, und die gehen mit FedEx raus, sobald wir die Mitteilung der Zahlungseingänge haben. Einer ist Abholer über drei verschiedene Kurierdienste. Bei einem geht es von Hand zu Hand.«

»Wer ist der mit der persönlichen Übergabe?«

»Der Zee-ster.«

Drayne grinste. »Vergiss nicht, ihn daran zu erinnern, dass wir Karten für seine nächste Premiere haben wollen.«

»Schon gespeichert.«

»Okay. Dann kann's ja losgehen. Die Letzte, die ich gemacht habe, ist für dich, und du kannst sicher sein, dass sie etwas ganz Besonderes ist. Ist die Fünfte ihrer Art.«

»Du bist verrückt, und das weißt du auch«, meinte Tad, als er die Kapseln in Empfang nahm.

»Yeah. Gibt's sonst noch was an Neuigkeiten?«

Die beiden Männer grinsten sich an.

»Was haben wir im Kühlschrank?«, fragte Drayne. »Ich muss jetzt erst mal ein bisschen auf der Terrasse sitzen und die anrollenden Wellen betrachten.«

»Wir haben noch eine Flasche Blue Diamond, eine Clicquot und einen Perrie-Jouët kalt. Keine Ahnung, was noch in der Garage liegt.«

»Ich denke, ich nehme den Diamond Blue«, entschied Drayne. »Willst du auch ein Glas, bevor du fährst?«

»Ich werd mir doch nicht die Leber ruinieren. Danke bestens.« Diese Bemerkung löste bei den beiden erneutes Gelächter aus.

»Ich bin dann weg.«

»Bis später.«

Tad verließ das Haus, und Drayne machte sich auf, eine Flasche Champagner zu öffnen. Er hatte stets eine Dreiviertelmillion Dollar Bargeld in einem Koffer, den er in einem Bodensafe unter seinem Bett versteckt hielt. Darüber hinaus warteten weitere zweihunderttausend Dollar im Safe einer Bank in Tarzana ebenso auf ihn, wie fünf Kisten mit verschiedenen Champagnersorten. Letztere waren alle absolute Spitzenqualität und lagerten im Kühlraum seines Kellers.

Das Leben war schon verdammt toll.

Tad lenkte seinen aufgemotzten, restaurierten Dodge Charger R/T, den Drayne ihm geschenkt hatte, auf den Pazific Coastal Highway, der von den Einheimischen nur »PCH« genannt wurde. Er trat das Gaspedal durch und fuhr in Richtung Süden auf Santa Monica zu. Der mächtige Motor röhrte auf und hinterließ mit kreischenden und qualmenden Reifen den Gegenwert von knapp tausend Kilometern Gummi auf dem Asphalt. Tad grinste, während der Wagen weiter beschleunigte. Kein Verlust für ihn. Die Reifen waren gut für achtzigtausend Kilometer, und er ging davon aus, dass sowohl er als auch der Wagen nicht mehr existieren würden, wenn die Garantie ablief.

Er hatte nie damit gerechnet, älter als dreißig zu werden, allenfalls noch fünfunddreißig. Aber das wäre wirklich das Äußerste. Je nachdem, aus welchem Blickwinkel man es betrachtete, war er bezüglich des langen Schlafes entweder seit einem Jahr überfällig, oder er hatte noch vier Jahre vor sich. Gleichwohl war es ihm ziemlich egal, welche der beiden Versionen sich als die richtige erweisen würde. Schließlich lebte er im Grunde schon jahrelang auf geborgte Zeit.

Er röhrte an einem weißen Allrad-Fahrzeug mit den Kennzeichen eines anderen Bundesstaates vorbei. Vorn saß ein Pärchen mittleren Alters, und hinten schauten zwei deutsche Schäferhunde durch die Seitenscheiben. Verdammte Touristen. Er scherte knapp vor dem Geländewagen ein, doch die Touristen waren viel zu sehr in die

Betrachtung des Ozeans versunken, als dass sie ihn bemerkt hätten. In diesem Fahrzeug waren die Hunde mit Sicherheit wachsamer als die Menschen.

Sein Freund Bobby war ein ganz Ausgeschlafener. Er war obendrein ein regelrechtes Genie, und das sogar mit einem Diplom. Kein Scheiß. Sein IQ lag wahnsinnig hoch, irgendwo bei hundertsechzig oder hundertsiebzig, obwohl man ihm das nicht anmerkte. Der erste Eindruck, den er vermittelte, war der eines großen, dummen, in die Jahre gekommenen Surfers. Er hätte praktisch jede Art legaler Tätigkeit ausüben und dabei eine Stange Geld verdienen können, wären da nicht diese beiden Macken gewesen. Macke Nummer eins: Er hasste seinen Vater. Bobbys alter Herr war ein im Ruhestand lebender FBI-Agent. Macke Nummer zwei: Er wünschte sich nichts sehnlicher, als einer dieser Flower-Power-Drogengurus aus den Sechzigerjahren zu sein. Sein Idol war ein Typ namens Owsley, der aus der psychedelischen Bewegung hervorgegangen war. Die Zeit von Owsley lag schon weit in der Vergangenheit. Als er damals damit anfing, LSD zu produzieren, war das Zeugs sogar noch völlig legal. Die Probleme hatten sich erst später dadurch ergeben, dass er mit der Produktion auch dann noch weitergemacht hatte, als LSD längst nicht mehr legal war. Folglich hatte es dann nicht lange gedauert, bis er aufflog. Doch Bobby war nicht davon abzubringen, dass seine Sonne im Schatten dieses Mannes auf- und unterging.

Bobby hatte die fixe Idee, der Owsley des 21. Jahrhunderts zu sein. Ein in der Wolle gefärbter Outlaw alter Schule.

Tad klopfte zum vierten Mal auf die Jackentasche, um sich zu vergewissern, dass die fünf Kapseln an Ort und Stelle waren. Die sechste Kapsel – *seine* Kapsel – hatte er bereits in sein Spezialversteck praktiziert. Dabei handelte es sich um eine Tasche in seinem rechten Stiefel, wo sie unmittelbar neben dem kurzen Damaszenerdolch steckte, der ebenfalls dort untergebracht war.

Er zündete sich eine Zigarette an, inhalierte tief und musste husten. Seine Lungen waren schlecht und durch die überstandene Tuberkulose auch nicht gerade kräftiger geworden. Diese TB war faktisch ausgeheilt, und er hatte auch noch eine gewisse Rekonvaleszenzzeit in einem Sanatorium in New Mexico zugebracht. Aber das Rauchen machte eben alles schlechter. Zum Teufel damit. Er würde sowieso nicht mehr so lange leben, dass der Krebs eine Chance hatte, ihn in die Fänge zu bekommen.

Die Luftaustrittsdüse der Klimaanlage blies den Rauch davon, als er sich zur Stereoanlage beugte, um die Lautstärke aufzudrehen. Im Moment lief da irgendetwas mit so viel Bass, dass einem die Knochen vibrierten, aber wenigstens nichts von diesem Techno-Scheiß, auf den die Kids von heute abfuhren.

Er warf einen Blick auf die Uhr. Immer noch gut eine halbe Stunde Zeit bis zu seiner ersten Auslieferung.

Tad kurbelte die Seitenscheibe herunter, nahm einen letzten Zug aus der Zigarette und schnippte sie dann aus dem geöffneten Fenster. Im Augenblick musste er noch die Finger vom Hammer lassen. Es gab zu viel zu tun. Na gut, dann eben entweder heute gegen Abend oder morgen. Er wusste genau, wann er es sich leisten konnte, high zu sein, und wann nicht. Tad verspürte nicht die geringste Lust, das optimale Zeitfenster zu verpassen. Sicher, Bobby konnte ihm jederzeit eine neue Kapsel mischen, aber das wäre eine Verschwendung, die Tad nicht bereit war zu akzeptieren.

Also, dann bis heute Abend. Er würde Thor sein und den Hammer ganz hoch und weit schwingen und sich dabei verdammt gut fühlen.

Oh, ja …

Irgendein Arschloch in einer flachen italienischen Kiste

zischte an Tad vorbei und hinterließ einiges an Gummi auf der Straße, als er hochschaltete und davonzog. Der Typ sah aus wie ein Filmstar, war vielleicht sogar tatsächlich einer: sonnengebräunt, fit, Pullunder, Designer-Sonnenbrille und mit einem großen, teuren Lächeln, als er seine Kronen zeigte, um Tad zu signalisieren, dass diese Aktion nicht böse gemeint war.

So, wie sich Tad im Augenblick fühlte, verspürte er überhaupt keine Lust, auf den Kerl Jagd zu machen. Selbst wenn er ihn geschnappt hätte, wäre die Möglichkeit nicht völlig auszuschließen gewesen, dass der ihm dann aus lauter Enttäuschung in den Hintern getreten hätte.

Komm heute Abend zurück, Alter. Dann werden wir sehen, wie blass du Möchtegern-Schönling und harter Junge aussiehst, wenn ich den Mjollnir hoch, weit und immer wieder schwinge. Dann sieht's nämlich anders aus, mein Bester, ganz anders.

4

Auf der I-95, kurz vor Quantico, Virginia

Michaels befand sich gerade auf dem Weg ins Büro, als sein Virgil die ersten Akkorde von »Mustang Sally« schmetterte. Einmal mehr schlich sich ein leichtes Schmunzeln über dieses kleine Stück Elektronik in seine Mundwinkel. Jay Gridley hatte das Kommunikationsgerät wieder einmal in die Finger bekommen und bei der Gelegenheit den Rufton neu programmiert. Es war eine der kleinen Freuden, die sich Jay gestattete, so oft er konnte. Gewöhnlich kamen dabei stets solche Musikstücke heraus, mit denen Michaels am wenigsten gerechnet hätte.

Er schüttelte noch den Kopf, als er das Virgil vom Gürtel hakte, um den Global Interface Link zu ermöglichen.

Mit einem Blick erkannte er, dass der signalisierte Anruf von seiner Chefin, Melissa Allison, der Direktorin des FBI, kam. Im gleichen Augenblick, als er die Voxax-Steuerung des Virgils mit den Worten »Anruf annehmen« aktivierte, erschien auch schon ihr Bild auf dem winzigen Bildschirm.

»Guten Morgen, Alex.«

»Direktorin.«

»Seien Sie bitte so freundlich, und schauen Sie kurz bei mir herein, wenn Sie ins Haus kommen. Es hat sich etwas ergeben, um das sich die Net Force meiner Ansicht nach kümmern sollte.«

»Jawohl, Ma'am. Ich bin im Augenblick noch unterwegs, schätze aber, dass ich in etwa einer Viertelstunde bei Ihnen sein kann.«

Er bemerkte, dass sie auf irgendetwas außerhalb des Bildschirms blickte.

»Wie ich sehe, befinden Sie sich im Moment auf dem Freeway. Vielleicht sollten Sie lieber eine andere Strecke nehmen. Etwa drei Kilometer in Ihrer Fahrtrichtung hat es einen Unfall gegeben, und der dadurch ausgelöste Stau wächst rasch.«

»Danke für den Hinweis«, sagte Michaels. Mit der Anweisung »Verbindung trennen« an das Virgil beendete er das Gespräch.

Es ärgerte ihn immer wieder, dass man ihn per GPS orten konnte, indem einfach das Trägersignal des Virgil dazu herangezogen wurde, um auf den Punkt genau festzustellen, wo er sich im Augenblick befand. Dann kam ihm der Gedanke, dass er das Gerät eigentlich nur abzuschalten brauchte, wenn er die Lokalisierung seines Standortes verhindern wollte. Das war sicherlich der einfachste Weg, es sei denn, das Innenleben des Virgil verfügte über irgendeine versteckte Batterie, die den Träger selbst dann noch aufrechterhielt, wenn das Gerät scheinbar abgeschaltet war.

Bei diesem Gedanken musste er lächeln. Ist das schon Verfolgungswahn? Vielleicht. Immerhin gab es noch merkwürdigere Dinge, die bei den amerikanischen Geheimdiensten tatsächlich passiert waren. Das war eine nicht von der Hand zu weisende Tatsache.

Der Mann war groß, splitternackt und hatte eine Erektion. Er marschierte durch den Hotelkorridor, erreichte das Fenster am Ende und blieb stehen.

Dann legte er seine Hände gegen das Fensterglas und begann, Druck darauf auszuüben.

Die Scheibe zerbarst explosionsartig nach außen. Der Mann trat ein paar Schritte zurück, nahm kurz Anlauf und hechtete durch das zertrümmerte Fenster, als spränge er von den Klippen bei Acapulco. Vielleicht dachte er auch, er wäre Superman.

»Agent Lee?«, sagte Melissa Allison.

Der Mann, der Michaels als Brett Lee von der Drug Enforcement Administration (DEA) vorgestellt worden war, stellte den InFocus-Projektor ab und schloss den Laptop-Computer, worauf das Bild des zerbrochenen Fensters verschwand.

»Diese Aufnahmen stammen von den Überwachungskameras im neuen Sheraton in Madrid«, führte er aus. »Der Name des Mannes war Richard Aubrey Barnette. Alter: dreißig Jahre. Seine Internetfirma namens License-to-Steal.com hat ihm allein im vergangenen Monat vierzehn Millionen Dollar eingebracht. Er fiel achtundzwanzig Stockwerke tief auf ein Taxi, tötete dessen Fahrer und löste einen Verkehrsunfall aus, bei dem drei weitere Menschen ums Leben kamen und fünf verletzt wurden.«

»Verstehe«, sagte Michaels. »Und dieses Ereignis steht im Zusammenhang mit dem Vorfall in dem Kasino, bei dem ein Mann aus dem Laden eines seiner Konkurrenten

Kleinholz machte, bevor er von der Polizei getötet wurde?«

»Ja.«

»Und mit der Sache, bei der eine Frau einen Trupp Bauarbeiter angriff, nur weil sie ihr nachgepfiffen hatten, und sieben von ihnen auf die Intensivstation schickte?«

»Richtig«, nickte Lee, »und mit einigen anderen Vorfällen ähnlicher Natur.«

Michael blickte zunächst seine Chefin und dann Lee an. »Wenn ich richtig kombiniere und dabei einbeziehe, dass Sie zur DEA gehören, komme ich zu dem Schluss, dass Ihrerseits die Ansicht vertreten wird, hier wären auf die eine oder andere Weise Drogen im Spiel?«

Lee runzelte die Stirn. Er schien sich nicht sicher zu sein, ob Michaels mit ihm an einem Strang zog oder nicht. Womit er, wie sich Michaels eingestehen musste, zumindest teilweise gar nicht so falsch lag. Aber Lee erschien ihm über alle Massen steif.

»Ja«, bestätigte Lee schließlich. »Wir sind uns sogar völlig sicher.«

Michaels nickte. »Bitte verstehen Sie mich richtig, Mr. Lee, aber würden Sie mir bitte erklären, inwieweit das alles die Net Force etwas angehen soll?«

Lee warf Allison einen Hilfe suchenden Blick zu, und die Direktorin des FBI reagierte auf die unausgesprochene Bitte. »Mein Amtskollege bei der DEA hat in dieser Angelegenheit um Amtshilfe gebeten. Natürlich schätzen das FBI und alle ihm unterstellten Organisationen sich glücklich, auf jede nur denkbare Art und Weise unterstützend tätig werden zu können.«

»Selbstverständlich«, bestätigte Michaels, der natürlich genau wusste, dass die Zusammenarbeit zwischen den Diensten weit mehr der Auseinandersetzung konkurrierender Fußballvereine glich als einer wirklichen Kooperation. Die Rivalitäten zwischen dem runden Dutzend Behörden, die die nachrichtendienstliche Gesellschaft in den Vereinigten Staaten bildeten – dazu gehörte alles von CIA über FBI, NSA, DIA bis hin zum NRO – waren alt und durchaus üblich. In diesem Spiel wich niemand auch nur einen Zentimeter zur Seite, wenn es nicht gleichzeitig ein Quidproquo gab. Selbstverständlich spielten alle Beteiligten rein technisch gesehen in derselben Mannschaft. Praktisch gesehen nutzten jedoch sämtliche Dienste jede sich nur bietende Gelegenheit gnadenlos aus, das eigene Image aufzupolieren. Wenn dies gleichbedeutend damit war, das Hemd eines anderen Dienstes zu benutzen – nun, so wurde dieses Spiel eben gespielt. Michaels hatte solche Erfahrungen bereits ganz zu Anfang seiner Karriere machen müssen, und zwar schon geraume Zeit, bevor er den Außendienst verlassen hatte, um die Leitung der Net Force zu übernehmen. Dabei war die DEA in dieser Liga nicht einmal ein Hauptakteur, was, bedingt durch ihren eingeschränkten Einsatzbereich, auch gar nicht anders zu erwarten war.

»Also«, nahm Michaels den Faden wieder auf, »was kann die Net Force ausrichten, wozu die DEA nicht auch selbst in der Lage wäre?«

Lee, ein kleiner, grimmig aussehender Mann lief rot an. Michaels konnte sehen, wie er sich sprichwörtlich auf die Zunge biss, um nicht das auszusprechen, was er wirklich hatte sagen wollen, nämlich eine grobe Unhöflichkeit. Stattdessen stellte er dem Chef der Net Force eine Gegenfrage: »Was wissen Sie über die Drogengesetze, Commander Michaels?«

»Nicht allzu viel«, räumte Alex ein.

»Also gut. Dann darf ich Ihnen zunächst einmal kurz einen groben Überblick verschaffen. Was die Drogenregelung auf Bundesebene angeht, so unterliegt diese in den Vereinigten Staaten einem Gesetz, das die Bezeichnung Controlled Substances Act trägt. Genau genommen handelt es sich hier besonders um Paragraf zwei des CSA. Er entstammt seinerseits nämlich ursprünglich dem Comprehensive Drug Abuse Prevention and Control Act, also dem allgemein gefassten Gesetzeswerk aus dem Jahre 1970 zur Verhinderung des Drogenmissbrauchs und zu dessen Überwachung. Seitdem ist dieser CSA-Erlass etliche Male aktualisiert worden. Ganz gleich, ob sie nun de jure legal oder illegal sind, Drogen werden hier grundsätzlich fünf Kategorien zugeordnet. Diese Kategorien stehen in Abhängigkeit davon, zu welchem Verwendungszweck die jeweiligen Drogen eingeführt wurden und welches Missbrauchspotenzial ihnen innewohnt. Dabei ist die Kategorie I den wirklich gefährlichen Drogen vorbehalten, für die es keinerlei medizinische Verwendungsmöglichkeiten gibt, während Kategorie V all jene Drogen enthält, die lediglich ein geringfügiges Missbrauchspotenzial aufweisen.«

»Also reden wir hier, wenn ich recht verstanden habe, quasi über den Unterschied zwischen ... sagen wir einmal Heroin und Aspirin, oder?«

»Genau. Das CSA befasst sich ziemlich eingehend mit dererlei Dingen.«

»Fahren Sie fort. Bislang kann ich Ihnen folgen.«

»In den letzten Jahren hat es eine Art Wiedergeburt der so genannten Designer-Drogen gegeben. Das hatte zur Folge, dass sich diese Dopes nicht einfach in die Schubladen der traditionellen Kategorien einordnen ließen. Das betrifft sowohl die Varianten und Kombinationen aus Mitteln wie MDA und Ecstasy, als auch beispielsweise bestimmte neue, anabolisch wirksame Steroide. Die Regierung hat erkannt, dass bestimmte Individuen versuchen, die Absichten des Gesetzes zu unterlaufen, indem sie hier ein Molekül hinzufügen und dort eines weglassen, um die Droge damit zumindest so weit zu verändern, dass sie technisch gesehen nicht mehr illegal ist. Folglich besteht ein erheblicher Bedarf an Analogiedrogen, die nicht durch das Gesetz erfasst werden.

Im Grunde ist jedes Salz, jede Verbindung, sämtliche Derivate sowie optische oder geometrische Isomere, die Salze von Isomeren, und was immer sonst noch auf eine bereits erfasste Droge zurückgeführt werden kann, de facto bereits im Augenblick der Entstehung automatisch ebenfalls den Buchstaben des Gesetzes unterworfen.«

Wieder nickte Michaels, wobei er sich fragte, worauf das alles hinauslaufen sollte.

»Und für den Fall, dass wir es mit einem wirklich cleveren Pharmazeuten oder Chemiker zu tun haben, der mit einer echten Neuentwicklung herauskommt oder eine völlig abweichende Verbindung findet, kann der Generalbundesanwalt eine solche Substanz im Rahmen einer Notfallmaßnahme der Kategorie I zuordnen. Allerdings ist so ein Fall ziemlich unwahrscheinlich, wenn nicht sogar absolut unmöglich, wenn man bedenkt, was es alles an bekannten Substanzen gibt, die von Menschen missbraucht werden können. Gleichwohl geschieht eine Zuordnung zur Kategorie I immer dann, wenn der Generalbundesanwalt bestimmt, dass eine immanente Gefahr für die öffentliche Sicherheit vorliegt, die missbräuchliche Verwendungsmöglichkeit auf der Hand liegt und Import, Herstellung oder Verteilung der besagten Substanz in aller Heimlichkeit betrieben wird.

Üblicherweise läuft die Sache dann so ab, dass der Bundesanwalt eine Mitteilung an das Bundesregister schickt. Nach Ablauf von dreißig Tagen wird die Angelegenheit für einen Zeitraum von bis zu einem Jahr rechtskräftig.«

Erneut nickte Michaels, wobei ihm sich allerdings der Eindruck aufdrängte, dass Lee ein ziemlich aufgeblasener Armleuchter war, der noch einmal einen kleinen Dämpfer brauchte.

»Das mag ja alles äußerst interessant sein, wenn man

DEA-Agent ist. Aber könnten wir langsam zur Sache kommen?«

Sofort lief Lee wieder rot an. Michaels war sich ziemlich sicher, dass dem DEA-Mann die Pferde durchgegangen wären, hätte nicht die FBI-Direktorin mit am Tisch gesessen. Womöglich hätte er es sogar nicht bei rein verbalen Angriffen belassen. Aber wahrscheinlich würde er sich wieder fangen, wenn man ihm ein wenig Leine gab.

»Was ich damit sagen wollte, ist, dass wir über einige spezielle Möglichkeiten verfügen, gefährliche, illegale Drogen von der Straße zu bekommen. Im uns vorliegenden Fall können wir sie aber leider nicht einsetzen.«

Das war nun wirklich interessant. »Und warum nicht?«

»Weil wir es bislang noch nicht geschafft haben, ausreichende Mengen dieser speziellen Droge zu beschaffen, mit denen wir präzise Analysen hätten durchführen können. Wir wissen genau, was die Droge bewirkt: Sie macht einen schnell, stark, böse und potent. Möglicherweise macht sie einen auch intelligenter, was aber aus den uns vorliegenden Proben noch nicht grundsätzlich abzuleiten ist. Dagegen sprächen allerdings die Gesetze der Logik, denn wenn sie die Konsumenten cleverer machen würde, hätte es keine Todesopfer unter ihnen gegeben. Wir wissen auch einiges darüber, wie die Droge aussieht: Sie wird in großen, purpurfarbenen Kapseln ausgeliefert. Schlussendlich haben wir aber derzeit keine Chance, sie für illegal zu erklären. Dazu müssten wir nämlich erst einmal eine Vorstellung davon haben, was sie überhaupt *enthält*.«

Michaels schmunzelte verhalten. Er konnte sich eine solche Unterredung recht plastisch vorstellen: *Jawohl, Sir, das ist richtig, es ist dieser widerwärtige Stoff. Würden Sie es freundlicherweise auf die Liste setzen, damit wir die Typen hochnehmen können, die es herstellen? Was es enthält? Also, wie soll ich sagen … so genau wissen wir das auch nicht. Äh …*

könnten Sie nicht einfach, äh … sagen wir mal … zumindest vorübergehend große purpurfarbene Kapseln generell für illegal erklären?

Wäre interessant zu hören, wie die Antwort des Generalbundesanwaltes auf diese Frage ausfallen würde.

»Und wie soll die Net Force da ins Spiel kommen?«

»Wir verfügen über Hinweise, dass die Hersteller der Droge – nebenbei bemerkt haben sie ihr den Namen ›Thors Hammer‹ gegeben – auf das Internet zugreifen, um die Auslieferung zu arrangieren.«

»Nun, wenn die Droge nicht illegal ist, dann ist logischerweise auch die Verwendung des Internets für den Vertrieb ebenso wenig illegal«, bemerkte Michaels.

»Das wissen wir auch. Aber wenn wir sie ausfindig machen können, hätten wir wenigstens, wenn ich es einmal so ausdrücken darf, die Möglichkeit, die Unkreaturen dahingehend zu motivieren, uns eine Probe zu überlassen.«

Unkreaturen? Michaels konnte sich nicht entsinnen, dieses Wort jemals im Rahmen einer Unterhaltung vernommen zu haben. »Entschuldigen Sie bitte die dumme Frage, aber wäre es nicht erheblich leichter, einfach etwas davon auf der Straße zu kaufen und dann zu analysieren?«

»Glauben Sie es, oder lassen Sie es bleiben, Commander, dieser Gedanke ist uns auch schon gekommen, weil so etwas mit zu unserem Job und den damit verbundenen Abläufen gehört. Aber es handelt sich leider nicht um eine gewöhnliche Straßendroge. Der Preis liegt extrem hoch, und die Dealer sind enorm wählerisch, was ihre Kundschaft angeht. Bislang hat es noch keiner unserer Agents geschafft, eine Verbindung herzustellen.

Einmal waren wir erfolgreich und konnten eine Kapsel beschlagnahmen, als jemand nach Einnahme der Droge verstorben war. Unglücklicherweise haben wir es in diesem Fall aber mit einem äußerst gewitzten Chemiker oder

Pharmazeuten zu tun. Er hat eine Art enzymatischen Katalysator in die Mischung eingearbeitet. Als wir das Zeugs endlich in unseren Laboratorien hatten und mit den Analysen begannen, stellte sich heraus, dass sich die aktiven Substanzen irgendwie umgesetzt hatten … sie waren inert, also chemisch neutral oder besser inaktiv geworden. Offenbar enthält die Droge eine Art Zeitmechanismus. Wenn man sie nicht rasch verwendet, verwandelt sie sich in ein farbloses, inertes Pulver, das keinerlei Wirkung mehr entfaltet.«

»Heißt das, Sie können keine Angaben über die Einzelbestandteile machen?«

»Natürlich sind unsere Chemiker in der Lage, bestimmte Schlüsse zu ziehen, um welche Bestandteile es sich gehandelt haben könnte. Es gibt immer Rückstände und verräterische Komponenten. Weil die Ausgangssubstanzen in ihrer ursprünglichen Form schlicht nicht mehr existent sind, haben wir es aber nicht geschafft, sie zu dokumentieren, geschweige denn, die prozentuale Konzentration der Einzelsubstanzen zueinander aufzuschlüsseln.«

»Hm. Muss frustrierend für Sie sein.«

»Dabei wissen Sie noch nicht einmal die Hälfte, Sir. Der rote Faden, der sich durch diese plötzlichen Wahnsinnsausbrüche zieht, ist Geld. Jede einzelne der zwölf Personen, die durch die Einnahme der Droge starben, ist oder besser war reich, da sind wir uns ziemlich sicher. Keiner auf unserer Liste machte weniger als eine Viertelmillion pro Jahr und einige davon sogar das fünfzehn- bis zwanzigfache.«

»Aha.« Michaels verstand. Es war kein Problem, einem kriminellen Straßendealer auf die Schliche zu kommen, ihn unter Druck zu setzen und vielleicht ein wenig hart anzufassen, um das von ihm zu bekommen, was man haben wollte. Millionäre hingegen neigten dazu, gleich mit

Rechtsanwälten in Kompaniestärke anzurücken, und kein Straßencop, der seinen Job behalten wollte, stieg jemandem, der auf ein dickes Bankkonto zurückgreifen konnte, bedenkenlos auf die Zehen. Also hielten sich die Cops zurück, so lange sie nicht genügend Beweise zusammengetragen hatten, um damit vor Gericht erscheinen und eine Verurteilung erwirken zu können. Und selbst dann traten sie noch sehr vorsichtig auf. Reiche verfügten eben über Verbindungen, die Normalsterblichen nicht zugänglich waren.

»Folglich sind uns die Hände bis zu dem Zeitpunkt gebunden, an dem wir es entweder geschafft haben, eine Probe in unseren Besitz zu bringen, der das Enzym noch nicht zugesetzt wurde, oder aber schnell genug an eine zu kommen, damit wir Zeit für die Analyse haben, bevor die Deaktivierung der Komponenten stattfindet. Dazu sind wir auf Ihre Hilfe angewiesen.«

Michaels nickte. Vielleicht war der Typ doch nicht ganz so schlimm. Er wusste, wie er selbst sich gefühlt hätte, wenn er in der Situation seines Gegenübers gewesen wäre. Darüber hinaus war im Augenblick bei der Net Force so wenig los wie noch nie. »Also gut, Mr. Lee. Dann wollen wir mal sehen, ob wir es nicht schaffen, ihre Dope-Dealer in die Knie zu zwingen.«

Lee nickte. »Danke.«

5

Washington, D.C.

Toni lächelte dem UPS-Fahrer nach, als dieser ging. Er war heute später gekommen. Dann schaffte sie die letzten Pakete in die Garage. Alex hatte ihr gestattet, die Hälfte seiner Werkbank mit Beschlag zu belegen, obwohl sie eigentlich nur ein Viertel brauchte. Dort hatte sie begonnen, ihre Utensilien auszubreiten. Inzwischen standen schon die Lupenlampe, der kleine, mit Alkohol betriebene Bunsenbrenner und der Wachskessel auf der Bank, und zwei Tuben mit der rußschwarzen Ölfarbe lagen neben ein paar Lappen und Reinigungsutensilien. In den eben eingetroffenen Paketen sollten sich die Nadelhalter, ein Sortiment Nähnadeln, Reinigungspapier für die Linsen, Lanolin-Handreiniger und zwei Skalpelle nebst Ersatzklingen befinden. Darüber hinaus mussten auch das Spezialwachs für Juweliere und eine Poliermischung in der Sendung sein. Sie hatte sich bereits einige Stücke Elfenbeinimitat besorgt – alte Klaviertasten und quadratische Micartaplättchen –, die echtem Elenbein verblüffend ähnlich sahen, aber wesentlich härter waren. Hochleistungssägen und Polierscheiben hatte sie nicht erst kaufen müssen, da Alex ein Dremel-Multitool besaß, das durchaus für das Polieren kleiner Gegenstände geeignet war. Obwohl ein Stereomikroskop in der Art, wie es ihr Lehrer benutzte, sicherlich eine schöne Sache war, hätte sie ein schlechtes Gewissen gehabt, wenn sie acht- bis neunhundert Dollar für so ein Gerät ausgegeben hätte. Darauf wollte sie verzichten, bis sie die ersten Arbeiten verkauft hatte – was mit einiger Wahrscheinlichkeit wohl nie der Fall sein würde. Genau genommen war sie sich nicht einmal sicher, ob sie das überhaupt versuchen wollte.

Toni hatte sich bislang nie der Illusion hingegeben, über ein besonders großes künstlerisches Talent zu verfügen. Beim Kunstunterricht in der Schule hatte es für eine befriedigende Note gereicht, und sie konnte auch ein wenig zeichnen. Nach der in der VR-Online-Klasse von Bob Hergert – immerhin einem Künstler von Weltruhm – vertretenen Ansicht war es aber für diese Kunstform auch nicht unabdingbar, über großes Talent zu verfügen. Bedingt durch die Wunder des modernen Computerzeitalters, war heute eine Menge Technik durchaus in der Lage, einen nicht unerheblichen Teil fehlenden Talentes zu ersetzen. Wenn sie daran dachte, was sie bis jetzt schon alles gelernt hatte, konnte sie sich recht gut vorstellen, dass es nicht einmal schwer war, einer Menge Leute den Eindruck zu vermitteln, man hätte eine Ahnung von dem, was man da tat, obwohl dies in Wahrheit gar nicht der Fall sein musste.

Sie öffnete die Pakete, packte Werkzeuge und Verbrauchsmaterialien aus und sortierte sie auf der Werkbank. Schwanger zu sein war überhaupt nicht so, wie sie es sich vorgestellt hatte. Sicher, auch sie hatte mit morgendlicher Übelkeit und Stimmungsschwankungen zu tun gehabt, doch das hatte sich als erträglich erwiesen. Es war auch nicht gerade so, als hätte sie die Formen eines Wals angenommen – sie war auch erst im fünften Monat –, aber sie hatte sich immer fit gehalten und stets darauf geachtet, dass der Bauch flach und fest und die Muskulatur straff blieb. Jetzt nur herumliegen und hilflos dabei zusehen zu müssen, dass sie sich wie ein Ballon aufblähte, war schon … nun, irgendwie schaurig. Etwas zu tun zu haben, das Konzentration und handwerkliches Können erforderte, wie diese Scrimshaw-Arbeit, mochte unter Umständen genau der richtige Weg sein, damit zurechtzukommen. Die morgendliche Übelkeit – die genau genommen fast den ganzen Tag angedauert hatte und darüber hinaus jedes Mal aufgetreten war, wenn sie Speisen zu sich nahm, die auch nur einen Hauch würziger als trokkener Zwieback waren – hatte schließlich ein Ende gefunden. Vielleicht stimmte es tatsächlich, dass sich die Hormonschwankungen ab dem sechsten Monat wieder stabilisierten.

Vielleicht.

Sie hatte schon einige Ideen, was sie als Erstes in Angriff nehmen wollte, doch dazu musste sie zunächst einmal zurück an ihren Computer. Dort gab es unzählige Möglichkeiten, Bilder zu finden, die nicht urheberrechtlich geschützt waren. Für den Fall, dass diese nicht gut genug waren, gab es immer noch genug Anlaufstellen, wo man gegen eine geringe Gebühr die Lizenz für den privaten Gebrauch eines Bilds erwerben konnte. Später einmal, wenn sie besser war, konnte sie sich an eigenen Freihandzeichnungen versuchen. Doch jetzt, am Anfang, sollte alles so einfach wie möglich bleiben.

Toni betrachtete ihre Ecke der Werkbank. Auf der restlichen Fläche lagen säuberlich sortiert Alex' Werkzeuge und Autoersatzteile. Er ging wesentlich ordentlicher mit derlei Dingen um als sie. Doch bislang hatten ihre Scrimshaw-Utensilien auch nicht einmal so viel gekostet wie ein guter Satz Schraubenschlüssel in seiner Werkzeugkiste. Sollte sich herausstellen, dass dieses Hobby zu einer puren Zeitverschwendung für sie wurde, hätte es wenigstens bis dato keine Unsummen verschlungen.

Sie seufzte. Bevor sie sich an den Computer setzte und mit dem Online-Shopping begann, musste sie wieder einmal die Blase erleichtern. Diese dauernde Rennerei zur Toilette würde sich im weiteren Verlauf der Schwangerschaft nicht bessern. Sie hoffte nur, dass die Elternschaft all diese Mühen wert war …

John Howard beugte sich vor, um die Schnürsenkel seiner Laufschuhe mit einer Doppelschleife zuzubinden, die zumindest theoretisch verhinderte, dass sich die Senkel von allein lösten. Als er fertig war, streckte er sich und beugte den Rücken nach hinten, um die Bauchmuskulatur zu dehnen. Dann schlenkerte er mit den Armen, um auch deren Muskeln zu lockern.

Normalerweise lief er auf dem Stützpunkt oder dem Net-Force-Gelände, doch heute stand ihm der Sinn mehr nach einer Tour durch die eigene Nachbarschaft. Für Anfang Oktober war es noch recht warm, fast schwül, weshalb er lediglich Laufhose und Pullunder trug. Allerdings hatte er eine Gürteltasche umgelegt, in der sich Virgil, Personalausweis und eine kleine Handwaffe – eine schon fast als winzig zu bezeichnende Seecamp Automatik Kaliber 38 – befanden. Diese Minipistole ließ selbst eine Walther PPK wie einen Riesen wirken, dafür wog sie aber auch nur etwas über dreihundert Gramm und war ungemein praktisch, wenn man Sommer- oder Sportkleidung trug. Zugegeben, eine 38-er war nicht gerade ein Elefantenstopper, und die Seecamp verfügte weder über eine Visiereinrichtung, noch konnte man mit ihr verschiedene Munitionsarten verschießen. Darüber hinaus neigte sie dazu, einem den Abzugsfinger zu prellen, wenn sie zurückschlug. Aber auch wenn sie seiner Lieblingshandwaffe, der Phillips & Rogers Medusa, nicht das Wasser reichen konnte, erfüllte sie doch die oberste Regel für eine Schießerei: Hab eine Pistole dabei. Richte sie auf den Kerl, der dich mit einem Messer oder einer abgeschlagenen Flasche bedroht, drück vier- bis fünfmal auf den Abzug, und diese Aktion wird für deinen Widersacher ein nachdrücklicher Anreiz zum Rückzug sein. Schnallte man die Gürteltasche so fest, dass sie nicht herumrutschen konnte, stellte sie eine akzeptable Lösung dar. Früher hatte Howard zusätzlich eine Flasche Pfefferspray gegen Hunde dabeigehabt. Dann hatte er einmal festgestellt, dass es in den meisten Fällen reichte, laut und nachdrücklich »Böser Hund! Mach Platz!« zu sagen. Die meisten Tiere blieben dann stehen, wurden unsicher und verzogen sich. Zumindest waren das die Erfahrungen, die er bislang gemacht hatte.

Nachdem er die Muskeln gelockert hatte, begann Howard, die Straße hinaufzujoggen.

Die Blätter fielen bereits; spätestens bis Halloween, wenn die ersten stürmischen Kaltfronten durchgezogen waren, würden die Bäume gänzlich kahl sein. Die Sonne war zwar warm, aber auf eine andere Weise als im Frühling – erstes Zeichen dafür, dass der Winter vor der Tür stand.

Er lief an Carlson vorbei, der in seinem Garten arbeitete. Der alte Mann, der bestimmt schon um die achtzig war, versuchte gerade mit einem tragbaren Gebläse, die Blätter zusammenzutreiben, fand aber die Zeit, Howard lächelnd zuzuwinken. Carlson war ein sonnengebräunter, lederhäutiger alter Vogel und ein eingeschworener Fan der Orioles. Nach vierzig Jahren im Postdienst war er nun in Rente, und es gab sicherlich im gesamten Distrikt keine einzige Straße, zu der er einem nicht den Weg hätte weisen können.

Howard erreichte die Straßenecke und bog nach rechts ab, weil er die Absicht hatte, die Sackgassen, die von der Hauptstraße abgingen, der Reihe nach abzulaufen, um auf dem Bürgersteig und damit unter den niedrigen, überhängenden Baumkronen bleiben zu können.

Heute hatte Tyrone aus Kanada angerufen, wo er auf Klassenfahrt war. Er würde noch weitere zehn Tage und alles in allem dann rund zwei Wochen unterwegs sein. Es war eine Besuchsreise im Rahmen der internationalen Partnerklassen-Aktion, die an seiner Schule neu eingeführt worden war. Howard hielt es für eine gute Idee, weil man so die Gelegenheit geboten bekam, andere Kulturen kennen zu lernen. Auf jeden Fall war es besser als die Art und Weise, wie so etwas bei der Army geregelt wurde. Er musste lächeln, als er an den alten Slogan dachte, den ihm sein Spieß einmal über den Schreibtisch gehängt hatte: »Komm zur Army und lern die Welt kennen! Erfahre etwas über andere Kulturen! Triff die unterschiedlichsten und interessantesten Menschen – und töte sie!«

Er legte ein wenig an Geschwindigkeit zu und fiel in einen raumgreifenderen Schritt und Laufrhythmus. Gerade eben so schnell, dass er nicht außer Atem kam.

Die Narben der Wunden, die er bei der Schießerei in Alaska abbekommen hatte, waren nach der Operation gut verheilt. Zumindest schmerzten sie die meiste Zeit nicht, wenigstens nicht mehr als sonst, wenn er sich sportlich verausgabt hatte. Ganz anders sah das allerdings mit den Erinnerungen aus. Bei einem Schusswechsel mit wirklich üblen Typen in der Mitte von Nirgendwo hatte er zwar mehr ausgeteilt als eingesteckt, und dennoch wäre er beinahe daran gestorben. Solche Erinnerungen verschwanden nicht so einfach und binnen weniger Monate. Jedes Feuergefecht – und er hatte etliche erlebt – stand noch so klar vor seinem geistigen Auge, als hätte es in der vergangenen Nacht oder tags zuvor stattgefunden. Der Gedanke daran, vielleicht irgendwo im Wald zu verbluten oder von den Geiern gefressen zu werden, stellte für ihn nicht den Horror an sich dar. Zum Teufel, er war schließlich Berufssoldat, und es gehörte schlussendlich zum Berufsrisiko, eventuell das Leben zu verlieren. Nein, es war vielmehr der Gedanke, zu sterben und seinen Sohn zurückzulassen, der gerade erst ein Teenager und auf dem besten Weg war, zum Mann zu werden. Diese Vorstellung bedrückte Howard weit mehr, als er je für möglich gehalten hätte. Alles, was er brauchte, war eine realisierbare Alternative, und er würde wahrscheinlich sofort zugreifen. Bislang hatte er sehr viel Glück gehabt und auch noch nie an einem richtigen Krieg teilgenommen. Nachdem er zur Net Force gekommen war, gab es einiges an Aktion, und hier und dort flogen auch Kugeln, die ihn jedoch allesamt verfehlten. Julio bekam im Feuergefecht mit den Söhnen-des-was-weiß-ich bei der Rückeroberung des gestohlenen Plutoniums eine Kugel ins Bein. Einige seiner Leute fielen durch Minen oder Kugeln des russischen Killers Ruzhyó, eines ehemaligen Speznaz-Mitglieds. Realistisch gesehen war ihm natürlich klar gewesen, dass es sehr viel mit Zufall und sehr wenig mit Können zu tun hatte, dass er kein einziges Mal selbst einen Treffer abbekommen hatte. Rein gefühlsmäßig hielt er sich deshalb irgendwie – zumindest bis zu einem gewissen Grad – für unverwundbar. Als würde Gott ihn quasi persönlich ganz besonders im Auge behalten, weil er es wert war. Das galt aber nur bis zu dem Augenblick, als ihn der Schuss in der Dunkelheit traf. Die Kugel entstammte einem Gewehr, das aus Pistolendistanz auf ihn abgefeuert worden war. Diese Kugel hatte das Gefühl der Unsterblichkeit ausgelöscht. Ja, das hatte sie, und zwar ein für alle Mal.

Selbst Achilles hatte seine Ferse, und in einem Krankenhaus aufzuwachen, nur um feststellen zu müssen, dass man an Dutzende Schläuche und Kabel angeschlossen war, konnte einem recht nachdrücklich Einhalt gebieten und klar machen, dass man nicht ewig leben würde.

Obwohl er keine Angst davor hatte, ins Gefecht zu ziehen – wenigstens glaubte er, dass er keine hatte –, war ihm die Vorstellung zuwider, Frau und Sohn zu hinterlassen, falls er starb. Die beiden waren ihm noch wertvoller geworden, nachdem er festgestellt hatte, dass er sie tatsächlich verlieren konnte. Er glaubte fest an die Existenz des Himmelsreiches und hatte immer versucht, sein Leben auf moralische und aufrechte Weise zu leben. Doch in dieses Reich einzugehen stand für ihn nun einmal nicht auf der Liste der noch in diesem Jahr dringend zu erledigenden Aufgaben.

Er erhöhte das Lauftempo ein wenig und begann, heftiger durch den Mund zu atmen, während er in die nächste Sackgasse einbog und Kurs auf den Wendehammer an deren Ende nahm.

Dabei erinnerte er sich an einen anderen Witz, den sein Vater gern erzählt hatte: »Steht ein Pfarrer vor seiner Gemeinde und fragt: ›Wie viele von euch wollen in den Himmel kommen?‹ Worauf alle Hände in die Höhe gehen, mit Ausnahme der von Bruder Brown. Daraufhin blickt der

Pfarrer Bruder Brown an, von dem allgemein bekannt war, dass er sonntags vor der Messe gern mal ein Schlückchen trank, und sagte: ›Bruder Brown! Willst du denn nicht in den Himmel kommen, wenn du einmal stirbst?‹ Darauf Bruder Brown: ›Wenn ich einmal sterbe? Aber selbstverständlich, Reverend.‹ ›Und warum hast du dann eben nicht auch deine Hand gehoben?‹, fragt der Pfarrer. Bruder Brown: ›Ganz einfach. Weil ich dachte, dass Sie eine Busladung zusammenbekommen wollen, die sich *jetzt gleich* auf den Weg macht.‹«

Howard machte am Ende der Sackgasse kehrt und lief zurück in Richtung Hauptstraße. Ein Zwergpudel rannte hinter der Einfriedung eines Grundstücks auf und ab, wobei er wie verrückt bellte. Als »Fischköder« hätte sein Vater einen solchen Hund bezeichnet oder als »Verschwendung von Hunderaum«.

Er könnte, und das wusste Howard genau, ohne weiteres auch ein Schreibtischgeneral werden, ein Sesselfurzer, der die Einsätze aus sicherer Entfernung leitete. Bei der Net Force würde man ein solches Verhalten sogar durchaus gutheißen, und niemand würde ihn deswegen gering schätzen, vielleicht mit Ausnahme derjenigen, die sich schon einmal mit ihm im Einsatz befunden hatten. Aber einen Mann irgendwo hinzuschicken, ohne selbst zu gehen, erschien ihm einfach nicht richtig. So war es immer schon gewesen.

Damit blieb nur noch die andere Alternative, nämlich sich in den Ruhestand versetzen zu lassen. Er konnte in seinem gegenwärtigen Dienstrang als General ausscheiden, eine ansehnliche Pension beziehen und irgendwo einen Job als Berater, Lehrer oder etwas in dieser Art annehmen. Rein finanziell würde er sich dann wahrscheinlich sogar noch besser stehen als im Augenblick. Darüber hinaus konnte er sicher sein, dass er dabei sein würde, wenn sein Sohn Highschool- und Collegeabschluss machte, heiratete und ihm die ersten Enkel nach Hause brachte. Natürlich lag das alles zehn bis fünfzehn Jahre in der Zukunft, doch das waren genau die Ereignisse, die er nicht um alles in der Welt verpassen wollte.

Außerdem war ihm der Gedanke zuwider, Nadine verlassen zu müssen. Für den Fall, dass ihm einmal etwas zustoßen sollte, hatte er ihr immer wieder nahegelegt, nach einem guten Mann zu suchen und wieder zu heiraten. Sie war einfach ein viel zu wertvoller Mensch, als dass ihr Leben im Alleinsein verschwendet werden durfte. Obwohl er wirklich so dachte, musste er sich tief im Inneren eingestehen, dass auch die Vorstellung, Nadine mit einem anderen Mann lachen und diesen lieben zu sehen, nicht gerade ganz oben auf der Liste der Gedanken stand, die ihm Freude bereiteten.

Aber er war nun mal Soldat. Ein professioneller Krieger. Das war der Beruf, den er liebte.

Irgendwie musste er eine Lösung finden. Es war wichtig. Vielleicht war die Suche danach nicht ganz einfach, aber irgendetwas musste er unternehmen.

Howard beschleunigte erneut und näherte sich seiner höchsten Laufgeschwindigkeit. Er versuchte stets, vier Meilen zu schaffen, und zwar vier- bis fünfmal pro Woche. Obwohl die Zeiten, als er die Meile in sechs, ja sogar fünf Minuten geschafft hatte, längst vorbei waren, brachte er es immer noch auf sechseinhalb bis sieben Minuten.

Allerdings nur dann, wenn er nicht so intensiv nachdachte, sondern sich ausschließlich aufs Laufen konzentrierte.

Lauf, John. Nachdenken kannst du später.

Malibu, Kalifornien

Tad Bershaw war auf dem Weg zurück zum Haus am Strand. Er fuhr langsam, denn es bestand keinerlei Grund zur Eile. Er hatte seine Auslieferungen erledigt, das Geld kassiert und vor etwa einer halben Stunde entschieden, dass es nichts ausmachte, wenn er jetzt die violette Kapsel nahm. Nun würde es noch einige Minuten dauern, bis sie ihre volle Wirkung entfaltete, doch schon jetzt sah er auf allen Dingen Muster, komplizierte geometrische Überzüge und pulsierende Raster. Eine Auswirkung der psychedelischen Komponenten der Droge. Auf jeden Fall machte es das Autofahren richtig interessant.

Bobby gab sich ausgesprochen zugeknöpft, was seine Rezeptur anging. Noch nie hatte er jemandem verraten, welche Bestandteile sie genau enthielt. Doch Bershaw hatte im Laufe seines Leben schon genug illegales Zeug genommen, um sich eine gewisse pragmatische Kenntnis über solche Dinge anzueignen.

Jedenfalls musste irgendein MDMA-/Ecstasy-Derivat in der Rezeptur der Hammers sein, vielleicht sogar in Kombination mit ein wenig Mescalin. Der Körper nahm die Stoffe sehr schnell auf, und bereits nach rund einer Stunde war die Wirkung sehr intensiv. Sogar das pure Atmen war schon orgastisch, wenn sich der Stoff im Kreislauf befand.

Tads Erfahrungen beruhten nicht auf wie auch immer gearteten Kenntnissen in Chemie, aber er erkannte die Wirkung eines Stoffes, wenn er sie spürte. Obwohl es wirklich keine Rolle spielte, hatte er im Geiste einige Male in etwa nachvollziehen können, was Bobby da möglicherweise kreiert hatte. Was die psychedelischen – »entheogenen«, wie Bobby sie nannte – Komponenten anging, war er seiner Sache sogar völlig sicher. Auf jeden Fall war das Amphetamin-Derivat MDMA, Mescalin oder LSD, möglicherweise sogar etwas Psilocybin aus unbekannten Pilzarten mit im Spiel. Nicht auszuschließen, dass sogar alle vier vertreten waren. Diese Stoffe vermittelten einem das Gefühl, im Kontakt mit dem inneren Selbst zu stehen und die ganze Welt zu lieben. »Entactogenesis« und »Emphatogenesis« hatte Bobby das einmal genannt. Darüber hinaus steigerten die Stoffe die sensorische Wahrnehmung und machten jede Empfindung sehr, sehr intensiv.

Die Kapsel musste außerdem einige der so genannten smarten Drogen enthalten, weil er fraglos schneller reagierte, schärfer durchblickte und bessere Entscheidungen traf, wenn sich die Wirkung des Hammers voll entfaltet hatte. Er wusste nicht allzu viel über nootrope Substanzen, also Stoffe wie Deprenyl, Adrafinil oder das Narkolepticum Modasomil und all diesen Mist. Allerdings wusste er ganz genau, wie man sie für eine sofortige Reaktion einsetzen konnte.

Ebenso sicher war er, dass die Mischung Psychostimulanzien in der Art von Tradon, Ritalin oder Fenitylin und zum Ausbalancieren ein paar Tranquilizer enthielt, damit man einerseits reaktionsschnell, andererseits aber nicht zappelig wurde. Auch ein Schmerzmittel musste darin sein oder etwas anderes, das die körpereigenen Schmerzdämpfer mobilisierte. Tad vermutete, dass die Kapsel eine Kombination aus Tranquilizern und Steroiden tierischer Herkunft enthielt, obwohl er nicht nachvollziehen konnte, was diese bei der Kürze der Wirkdauer ausrichten sollten. Schließlich beinhaltete sie etwas in der Art von Viagra, da man von dem Stoff eine lang anhaltende Erektion bekam. Der Zee-ster hatte einmal auf einem Trip sechs Frauen im Bett gehabt, und keine von denen konnte am nächsten Tag noch richtig laufen. Möglicherweise machte das Zeug auch die Frauen geil.

Darüber hinaus fügte Bobby aber auch einige geheimnisvolle Zutaten bei, von denen Tad keinen Schimmer hatte. Er wusste zwar, was sie bei ihm auslösten, hatte aber keine Ahnung, warum und wie sie das bewirkten.

Alle Komponenten zusammen wirkten synergistisch – was bedeutete, dass ihre Gesamtwirkung stärker war als ihre Einzelwirkung. Aber eigentlich spielte es keine Rolle, *wie* die Kapsel ihre Wirkung entfaltete. Wichtig war nur, *dass* sie es tat.

Als Bershaw nach links blickte, zuckte aus dieser Richtung ein heller orangefarbener Blitz auf, für den es eigentlich keinen Grund gab. Er grinste. Yeah, es ging los. Halluzinationen, wirkliche Halluzinationen, mit denen man reden konnte und die einem antworteten, hatte er noch nie erlebt, seit er den Hammer nahm. Dafür gab es immer wieder parallel zum Wirkverlauf auftretende Lichtblitze, visuelle Verzerrungen und leichte Veränderungen in der Realität. Der eigene Motor schien auf Vollgas zu laufen – ohne Drehzahlbegrenzer.

Er atmete tief ein. Trotz des immer noch warmen Santa-Ana-Windes, der jetzt, am Spätnachmittag, durch das offene Fenster blies, bekam er am ganzen Körper eine Gänsehaut.

Wow, was für ein Rausch!

Siebzehnmal hatte er Thors Hammer bis jetzt kreisen lassen und dabei kein einziges Mal einen schlechten Trip erlebt. Etwa einer von fünf, die den Hammer nahmen, drehte durch. Wie der Typ im Kasino. Vielleicht lag es daran, dass irgendetwas mit ihrer Körperchemie nicht stimmte, oder daran, wie ihre Nerven miteinander vernetzt waren. Bobby hatte auch keine Ahnung, was die Ursachen sein konnten. Doch Tad war das gleichgültig, denn er kannte diese Probleme nicht. Siebzehnmal war er mehr gewesen, als er war, und hatte sich praktisch in einen Superman verwandelt. Stärker, schneller, cleverer, schmerzunempfindlich und frei von Ermüdungserscheinungen, hätte er in die nächste Kung-Fu-Schule platzen und allen Anwesenden in den Hintern treten können.

Und dann, o Mann, war da noch der Sex, obwohl dieser Aspekt bei ihm nie an vorderster Stelle gestanden hatte. Yeah, er bekam stets einen eisenharten Ständer, hatte bislang aber nie, wie es schien, die Zeit gehabt, ihn in jemanden zu versenken. Es gab einfach zu viel zu *tun*, als dass er bewegungslos hätte herumliegen wollen – na ja, zumindest *relativ* bewegungslos.

Obwohl, im Augenblick fühlte er sich nur etwas angeheitert. Der Wunsch, mit dem Wagen loszujagen und rabiat zu werden, würde erst noch kommen. Das wusste er. Vielleicht würde er sich zu einem Spaziergang am Strand entschließen, sobald es dunkel wurde. Eventuell würde er auch schwimmen gehen. Normalerweise war er ein lausiger Schwimmer, doch einmal war er fast einen Kilometer weit hinaus aufs Meer und wieder zurück geschwommen, ohne dass er kurzatmig geworden wäre. Er hatte, ein Küchenmesser in der Hand, nach einem Hai Ausschau gehalten, weil er wissen wollte, ob es ihm gelingen würde, dem Fisch nur damit bewaffnet den Garaus zu machen. Aber er war keinem begegnet – was seiner Gesundheit vermutlich nicht geschadet hatte. Ohne den Hammer wusste man, dass man seine Grenzen beachten musste. Schwang man ihn jedoch, gab es keine Grenzen mehr. Aber zum Teufel noch mal, vielleicht hätte er es wirklich geschafft, den Hai in kleine Scheibchen zu schneiden und zu Katzenfutter zu verarbeiten. Wer konnte das schon wissen?

Ein neuer Schub erfasste ihn, und er war froh, dass er es jetzt nicht mehr weit bis zum Haus hatte. Es war keineswegs so, dass er sich nicht mehr genug unter Kontrolle gehabt hätte, um in der ersten Phase des Trips noch Auto fahren zu können. Nein, bestimmt nicht. Es störte ihn nur etwas, dass er dabei zu viel Aufwand für eigentlich lächerlichen Mist verschwendete. Er würde den Wagen in die Garage stellen, sobald er zu Hause war, und sich dann erst einmal auf die Terrasse setzen. Schließlich war das Draußen nur die vergrößerte Version des Drinnen, oder etwa nicht?

Er grinste. Das war eine ähnliche Entdeckung wie damals, als er erkannt hatte, dass Schokolade nicht das Gegenteil von Vanille war, sondern dass es sich lediglich um zwei verschiedene Geschmacksrichtungen handelte. Er war sich vorgekommen, als hätte er das große Geheimnis des Universums enträtselt. Scheiße, wie jeder wusste, *war* dies das große Geheimnis des Universums.

6

Washington, D.C.

Michaels war fast zu Hause und wünschte, er wäre schon dort. Was ihm im Kopf herumgeisterte, war die Vorstellung von einem hübschen, kalten Bier, das er, die Füße auf den Tisch gelegt, genoss. Während er sich die Nachrichten im Fernsehen ansah, würde er vielleicht auf der Couch einschlafen oder sich ein Sandwich machen, falls ihm danach war. Er war müde. Es war ein langer Tag gewesen, der sich zusätzlich dadurch in die Länge gezogen hatte, dass er langweilig und überwiegend uninteressant gewesen war. Als er gerade im Begriff gewesen war, das Büro zu verlassen, hatte es doch noch eine kleine Krise wegen eines Hackers gegeben, der jede Website von Kirchen, die seine Suchmaschine finden konnte, mit obszönen Bildern überschwemmte, die bei einer Orgie in einem thailändischen Bordell aufgenommen worden waren.

Das war die Art von Staatsbedrohung, mit der sie sich zurzeit auseinander setzen mussten.

Im Laufe der Jahre hatten sich die mit einfachen Farbspraydosen hergestellten Graffities auf den Wänden des örtlichen Drugstore zwar auf das Medium Elektronik verlagert, waren aber ebenso stupide geblieben. Wem brachten solche Dummheiten etwas? Hatte dieser Idiot vielleicht angenommen, dass Menschen, die seine Bilder betrachteten, deswegen vom Glauben abfielen? Dass sie schreiend auf die Straße rennen würden?

Nein, wahrscheinlich hielt er das alles lediglich für einen tollen Witz. Was allenfalls auf einen etwas einfältigen Sinn für Humor schließen ließ.

Die Väter und Mütter der Kirchen zeigten sich natürlich alles andere als amüsiert. Einige hatten ausreichend hohe Positionen in der Regierung inne – einschließlich des Präsidenten höchstpersönlich –, um die Aufmerksamkeit der Net Force unverzüglich auf diese Vorfälle lenken zu können. Noch dümmer aber war, dass auf diese Weise eine eher geringfügige Verärgerung zu einer Angelegenheit höchster Priorität hochstilisiert wurde.

Finden Sie heraus, wer dafür verantwortlich ist, und sorgen Sie dafür, dass das aufhört. Und zwar sofort.

Die andere Wange hinzuhalten schien offenbar nicht opportun, wenn sich diese Wange unterhalb der Gürtellinie befand.

Der elektronische Graffity-Künstler nannte sich DER TASMANISCHE TEUFEL, und das war, wie sich anschließend herausstellte, ein entscheidender Hinweis. Einsatzkräfte der Net Force verfolgten die Sendungen bis in die Stadt Devonport zurück, die an der Nordküste Tasmaniens die kalten Gewässer der Bass-Meerenge überschaute. Der Tagger war clever und hatte Mittel und Wege gefunden, sich durch jede Menge Firewalls zu mogeln, war aber letzten Endes dennoch aufgefallen. Sein anonymer Reposter war ein halbes Jahr alt, und in diesem Geschäft gehörte alles nach sechs Monaten bereits zur Antike. Jay Gridleys Team verfolgte die Kabelsignatur bis zu einem bestimmten Haus, informierte die einheimische Schutzpolizei, die sich auch gleich auf den Weg gemacht und an die richtige Tür geklopft hatte. Dort schnappten sie einen

Sechzehnjährigen, der an einem sechs Jahre alten I-Mac saß.

Der Junge entpuppte sich als Sohn des Ortspfarrers, was wahrscheinlich eine Menge erklärte.

Es hatte dann noch eine Weile gedauert, bis alles erledigt war. Anschließend hatte Michaels eine Reihe politischer Schwergewichte angerufen und ihnen mitgeteilt, dass der Grund für ihre Aufregung beseitigt war. Als auch das getan war, konnte er endlich das Gebäude verlassen, um sich auf den Weg nach Hause zu machen.

Er war kaum noch zwei Kilometer von zu Hause entfernt, als sein Virgil zum Leben erwachte. Eigentlich hatte er große Lust, es zu ignorieren, doch möglicherweise versuchte Toni, ihn zu erreichen. Also zog er das Gerät vom Gürtel und blickte auf die Anzeige der Rufnummernerkennung.

Sie war leer.

Michaels runzelte die Stirn. Die Telefon-Überwachungssoftware des FBI sollte angeblich in der Lage sein, jedweden kommerziellen ID-Blocker zu unterlaufen. Folglich waren die einzigen Personen, die ihn unter seiner Nummer anrufen konnten, ohne ihn wissen zu lassen, wer sie waren, irgendwelche Leute auf Bundesebene. Er drückte auf den Knopf für die Gesprächsannahme.

»Ja?«

»Commander Michaels, hier spricht Zachary George von der National Security Agency. Guten Abend. Ich hoffe, ich störe nicht gerade beim Abendessen?« Die Stimme war weich, jedoch tief genug, um amtlich zu klingen. Da die Bildübertragung offensichtlich abgeschaltet war, blieb der winzige Bildschirm dunkel.

»Noch nicht. Was kann ich für Sie tun, Mr. George? Hoppla! Können Sie einen Augenblick in der Leitung bleiben? Da kommt noch ein Gespräch herein.«

Das entsprach zwar keineswegs der Wahrheit, verschaffte Michaels jedoch ein paar Sekunden Zeit, die Anrufer-Rückverfolgung auszulösen. Er konnte es nicht leiden, wenn er im Unklaren darüber gelassen wurde, mit wem er es zu tun hatte.

»Tut mir Leid. Bitte fahren Sie fort.«

»Sir, wie wir erfahren haben, ist Ihre Dienststelle in eine gemeinsame Untersuchung mit der DEA eingebunden. Darüber möchten wir uns mit Ihnen unterhalten, wenn das möglich ist.«

»Sie können sich gerne von meinem Assistenten einen Termin geben lassen, Mr. George. Allerdings ist mir nicht ganz klar, welches Interesse die NSA an einer Sache haben könnte, die so … nun, auf die ich jedenfalls am Telefon nicht näher eingehen möchte.«

Die Diode, welche ein eingehendes Gespräch signalisierte, begann zu blinken. Das war die angeforderte Gesprächsrückverfolgung. Michaels tippte auf die Diode, und sofort rollte eine Nummer über den Bildschirm, der die Teilnehmerkennung folgte: George, Zachary, National Security Agency. Na gut. Wenigstens das stimmte.

»Ich habe vollstes Verständnis für Ihre Zurückhaltung, Sir, und würde mich glücklich schätzen, Ihnen alles erläutern zu können, wenn wir uns sehen. Bei diesem Gespräch handelt es sich in erster Linie um eine Geste der Höflichkeit, mit der wir Sie von unserem Interesse in Kenntnis setzen wollten.« Er machte eine kurze Pause. »Aha. Wie ich sehe, haben Sie meinen Anruf zurückverfolgt und meine ID bestätigt bekommen. Ausgezeichnet. Ich werde Ihren Assistenten anrufen und mir von ihm den nächstmöglichen Termin bei Ihnen geben lassen, Sir. Danke für das Gespräch. Trennen.«

Das Gespräch war beendet. Erneut runzelte Michaels die Stirn. Was hatte die NSA mit einer Drogenermittlung zu tun? Und wie konnte es angehen, dass deren Stealthware für die Identifikationsunterdrückung besser war als die des FBI? Darüber musste er unbedingt einmal ein Wörtchen mit Jay reden. Vielleicht schaffte der es ja, ein besseres Programm zu entwickeln.

Er ließ das Virgil auf den Beifahrersitz fallen und schüttelte den Kopf. Noch zwei Blocks, dann war er zu Hause.

Bier. Couch. Fernsehen. Gleich …

So einfach, wie er es sich vorgestellt hatte, war es dann aber doch nicht. Als er das Haus betrat, sprudelte Toni förmlich über, was ihr neues Hobby anging. Also musste er ihr zunächst einmal in die Garage folgen und die neuen Spielsachen bewundern.

Aber was soll's, dachte er, es macht sie glücklich, und das wiederum macht mich glücklich. Seitdem sie diese Stimmungsschwankungen hatte, war jeder Moment, in dem sie lächelte, per se ein guter Moment. Also war es besser, wenn sie so oft wie möglich Grund hatte zu lächeln.

»… und das ist der Nadelhalter. Sieh mal, so führt man die Nadel ein, dann muss man sie drehen … etwa so … und schon hält sie. Ich habe ein Angelgewicht draufgeklebt … das ist diese kleine Bleikugel hier … um dem Ganzen ein wenig Gewicht zu geben. Dann verkrampfen meine Muskeln bei der Arbeit nicht so.«

»Kluges Mädchen«, bemerkte er mit einem Lächeln.

Sie lächelte ebenfalls. »Und schau mal hier, das ist die Lupe …«

Er hörte nur noch mit halbem Ohr zu, da er künstlerischer Tätigkeit schon von Hause aus kein besonders großes Interesse entgegenbrachte. Als sie fertig war, lächelte er wieder. Toni durfte, bedingt durch die Schwangerschaft und die Begleitumstände, selbst nichts Alkoholisches trinken, daher fragte er sie, ob es ihr etwas ausmache, wenn er sich ein kaltes Bier genehmige.

»Später«, sagte sie.

»Was?«

»Zuerst musst du trainieren. Es ist Zeit für deine *djurus*.«

Fast wäre Michaels ein Fluch herausgerutscht, aber es gelang ihm klugerweise im letzten Augenblick doch noch, sich zurückzuhalten. Toni war schließlich nicht nur seine Frau, sondern auch seine Silat-Lehrerin. Und das war genau die Rolle, in die sie gerade geschlüpft war. Wenn er jetzt Ausflüchte zu machen versuchte, würde er damit ganz schlecht ankommen.

»Oh. Natürlich meinte ich *nach* dem Training.«

Selbstverständlich hatte er sie durch diese Äußerung keine Sekunde hinters Licht führen können, dafür war sie viel zu clever. Da hätte er sie entweder auf dem falschen Fuß oder im Halbschlaf erwischen müssen.

»Man braucht schon ein paar tausend Wiederholungen«, erklärte sie, »bevor man die Bewegungsabläufe wirklich verinnerlicht hat, Alex. In den letzten wissenschaftlichen Veröffentlichungen, die ich darüber gelesen habe, war von fünfzig bis hundert Stunden die Rede.«

Er überschlug diese Angabe rasch im Kopf. »Das heißt, bis ich die achtzehn *djurus* wirklich beherrsche, muss ich zwischen neun- und achtzehnhundert Stunden üben? Bei einer halben Stunde pro Tag komme ich auf hundertachtzig Stunden im Jahr. Wir reden also über einen Zeitraum von etwa zehn Jahren?«

»Nun, um sie wirklich glatt hin zu bekommen, werden noch weitere fünf Jahre erforderlich sein, denke ich.«

»Bis dahin bin ich ja in Rente!«

»Na prima. Dann hast du genug Zeit für die Übungen.«

Er lachte. »Du bist ein Sklaventreiber.«

Er ging ins Schlafzimmer, legte die Straßenkleidung ab und zog stattdessen Jogginghose und Sweatshirt an. Seit er das Haus betreten hatte, brauchte er keine Schuhe mehr. Er kehrte ins Wohnzimmer zurück, setzte sich und begann mit einigen Grundübungen des Yoga, die Toni ihm beigebracht hatte. Vorher Dehnübungen durchführen zu können war ein Luxus, den man sich in einem echten Kampf natürlich nicht leisten konnte. Doch für jemanden, der die vierzig bereits überschritten hatte, war es auf jeden Fall besser, sie vor dem eigentlichen Training zu absolvieren. Ein Straßenkampf mochte vielleicht zehn Sekunden dauern, während das Training zwischen einer halben und einer ganzen Stunde in Anspruch nahm, was davon abhing, wie engagiert man es angehen ließ. Und je älter man war, desto länger dauerte es, sich von einer Überanstrengung zu erholen. Als er gerade dabei war, die Wirbelsäulendrehungen zu absolvieren, kam Toni aus der Garage herein. »Na, wie war dein Tag?«

Bedachte man, dass sie seine Assistentin gewesen war und über die Arbeit genauso viel – in manchen Bereichen sogar etwas mehr – wusste wie er, war es ebenso normal für sie, das zu fragen, wie für ihn, ihr darauf zu antworten.

»Totenstille«, sagte er. »Sieht man mal von einer geringfügigen Aufregung ab, die gegen Ende für einen kleinen Wirbel sorgte, weil ein halbwüchsiger Hacker Pornos verschickte.«

»O Mann, wie ich das vermisse.«

»Nun, es gab da auch noch zwei Sachen, die zumindest ein wenig interessanter waren.«

Er erzählte ihr von der Drogenangelegenheit und dem merkwürdigen Anruf des Typs von der NSA.

Sie überwachte seine Übungen, während sie zuhörte. »Halt deinen Rücken gerade, wenn du dich drehst«, warf sie ein, um dann sofort zum Gesprächsthema zurückzukehren. »Und was hält Jay davon, einen Drogendealer zu verfolgen?«

»Er hat gemeckert. Scheinbar haben sich Drogenverkäufe über das Internet schon immer als Problem erwiesen. Früher waren etliche davon technisch gesehen ungesetzlich, wurden aber nicht weiter verfolgt.«

»Wie das?«

»Also, stell dir einmal vor, du bist siebzig Jahre alt und lebst irgendwo in Nord-Dakota oder in Texas in sozial gesicherten Verhältnissen. Wenn du krank wirst und Medikamente brauchst, kostet dich das Arzneimittel sagen wir fünfzig Dollar pro Packung. Nehmen wir weiter an, du brauchst davon zwei bis drei Packungen pro Monat und das über Jahre hinweg. Das könnte ein ganz hübsches Loch in deine Haushaltskasse reißen. Also steigst du in einen Bus nach Kanada oder Mexiko, wo das gleiche Arzneimittel bloß sechzehn oder achtzehn Dollar kostet. Dort stellt dir ein einheimischer Arzt ein Rezept auf der Basis deiner amerikanischen Verschreibung aus. Selbst wenn er für das Ausstellen des Formulars zwanzig Dollar fordert, rechnet sich die Sache für dich trotz der langen Anfahrt immer noch.«

»Tatsächlich?«

»Außerdem brauchst du heute mit dem Internet und einem billigen PC oder einem Netzzugang via Kabel oder dergleichen noch nicht einmal mehr einen Bus zu besteigen. Du loggst dich einfach ein und bestellst, was du brauchst, beantwortest eventuell noch ein paar Fragen, um die gesetzlichen Bestimmungen in Kanada oder Mexiko zu erfüllen, und ein bis zwei Tage später hast du dein Medikament im Briefkasten. Immer vorausgesetzt, du hast einen anständigen Eindruck gemacht.«

»Ganz bis nach unten«, kam ihre nächste Korrektur, »und nicht die Knie beugen.«

Er lachte leise vor sich hin. »Die Schwangerschaft hat dich bösartig gemacht, Frau.«

»Ach, meinst du? Wart's nur ab. Also hat sich die DEA überhaupt nicht um die Leute gekümmert, die auf ungesetzlichem Weg Arzneimittel importiert haben?«

»Ha! Denk mal eine Sekunde über das nach, was du gerade gesagt hast. Da ist die kleine, alte, herzkranke Oma, die nach vierzig Jahren Arbeit als Lehrerin an einer Grundschule mit ihrer kleinen Pension auskommen muss. Möchtest *du* der DEA-Beamte sein, der sie verhaftet, weil sie ihr Nitroglycerin-Spray oder was auch immer jenseits der Grenze gekauft hat, um ein bisschen zu sparen, damit sie sich nicht von Hundefutter ernähren muss? Überleg mal, wie viele Anklagevertreter auf Bundesebene weiterhin in dieser Band mitspielen wollen, wenn sie Karriere machen wollen. Die Presse würde über dich herfallen wie ein Schwarm hungriger Heuschrecken. Hast du nicht die Schlagzeile vor Augen? ›Großmutter wegen Herzmedikamenten verhaftet!‹«

»Das könnte ein politisches Problem sein«, kommentierte sie.

»O ja, das könnte es tatsächlich. Denn es gibt ja schließlich auch noch Wirkstoffe, die in anderen Ländern völlig legal im Handel und frei verkäuflich sind, aber von der FDA keine Zulassung bekommen haben. Das ist, wie Jay meinte, eine weitere Madenbüchse. Nehmen wir einmal an, du willst Memoril, eins dieser neuen, pfiffigen Arzneimittel, die die Leistung deines Kurzzeitgedächtnisses um bis zu siebzig Prozent steigern. Die FDA hat diesem Medikament bislang die Zulassung verweigert, obwohl es in den meisten Ländern Europas schon seit einigen Jahren völlig legal im Verkehr ist. Also loggst du dich auf einer Website in Spanien ein, hinterlässt dort deine Kreditkartennummer und bestellst dir die Hunderterpackung. Zwei Tage später bekommst du ein Päckchen aus Schottland, das aussieht wie ein Geburtstagsgeschenk von deinem Onkel Angus, doch darin befindet sich dein Arzneimittel, das von einem Pharmaunternehmen in Deutschland hergestellt wird. Und all das ist in Spanien, Schottland und Deutschland absolut gesetzeskonform.

Sollte der Zoll ganz zufällig darüber stolpern, was sich in diesem Päckchen befindet, wird er es beschlagnahmen, weil der Inhalt technisch gesehen illegal ist. Aber es ist halt eine Grauzone. Wenn du nämlich nach Spanien reist und das Zeug dort von einem Arzt verschrieben bekommst, kannst du es zum Eigenverbrauch ohne Probleme mit nach Hause nehmen. Wo also liegt der Unterschied, ob du es nun per Post geschickt bekommst oder im eigenen Koffer nach Hause transportierst? Es ist *malum prohibitum*, also schlecht, weil ungesetzlich, und nicht *malum per se*, schlecht an sich.«

»Seit wann kannst *du* Latein?«

»Seit ich unsere Rechtsanwälte deswegen befragt habe.«

»Achte auf deine Schultern.«

»Und dann haben wir da noch all das Zeug, das strafrechtlich gesehen leichter zu verfolgen ist, weil man davon ausgehen kann, dass du als Konsument weißt, worum es sich handelt und dass es illegal ist. Und genau mit einer solchen Situation haben wir es hier zu tun. Große violette Kapseln als solche sind keineswegs illegal.«

»Ipso facto.«

»Komm du mir noch mal mit Lateinkenntnissen. Aber da hast du es. Im Grunde wäre alles das Problem der FDA, wenn unser Boss es nicht auch zu meinem gemacht hätte. Ich denke, dass sie irgendjemandem bei denen einen Gefallen schuldig sein muss, und das war's dann auch schon. Andererseits hört die NSA praktisch alles ab, was durchs Kabel oder über den Äther geht, weshalb ich auch nachvollziehen kann, wie sie davon wissen konnten. Was ich allerdings nicht verstehe, ist die Frage, was sie daran interessieren könnte. Da es aber im Augenblick sehr ruhig ist, habe ich genügend Zeit, mir darüber meine Gedanken zu machen. Ich wünschte, du wärest auch noch in der Dienststelle. Dann könnte alles noch erheblich interessanter sein. Alle im Büro vermissen dich und ich am meisten.«

»Du bist jetzt warm genug. Hoch mit dir. Mach deine *djurus*. Du wirst dich besser fühlen, wenn du die Übungen gemacht hast.«

Er kam auf die Füße. Es stimmte tatsächlich. Meist fühlte er sich anschließend wirklich wesentlich besser. Es war eben immer wieder nur die verdammte Trägheit, die es zu überwinden galt. Wie gut, dass er Toni hatte, die ihn antrieb. Ein weiterer ihrer zahlreichen Vorzüge.

7

Malibu, Kalifornien

Drayne tappte nackt in die Küche, um sich den Rest Champagner aus dem Kühlschrank zu holen. Langsam sollte er sich wirklich einen kleinen Zweitkühlschrank fürs Schlafzimmer anschaffen, der würde ihm eine Menge Lauferei ersparen.

Das Leben war ja *so* hart.

Nicht etwa, dass das Mädchen ihn vermisst hätte. Wie hieß sie doch gleich? Misty? Bunny? Buffy? Na ja, irgend so etwas in der Art. Wenn er sie einfach »Süße« nannte, reichte das schon. Sie war geschafft. Rechnete man zu den athletischen Anstrengungen noch die erste Flasche Sekt, die sie gemeinsam geleert hatten, schätzte er, dass sie jetzt tief und fest schlief. Sie war Schauspielerin – in der Art wie alle hier in der Gegend –, Anfang zwanzig, schlank, fit und selbstbewusst. Ein echter Rotschopf, wie er zu seiner großen Freude festgestellt hatte, nachdem der schwarze Seidenbikini kaum erwähnenswerter Größe auf dem Boden gelandet war.

Ach die Jugend, nichts kam ihr gleich.

Er hatte sie in einem Fitnessstudio aufgerissen, wo er, nebenbei bemerkt, die meisten Mädchen aufriss, die er mit nach Hause brachte. Sportstudio-Jockeys sind eben meist fitter, weniger krankheitsanfällig und halten länger durch, bevor sie schlapp machen. Er mochte keine zu muskulösen Frauen, weshalb er sich auch von denen fern hielt, die mit schweren Hanteln arbeiteten. Aber es gab immer eine Misty-Bunny-Buffy im Studio, die mit den Aerobic-Rädern und leichten Gewichten arbeitete. Bislang hatte er nie Probleme gehabt, mit ihnen ins Gespräch zu kommen. Schließlich sah er selbst auch nicht gerade schlecht aus, und der Zwanzigtausend-Dollar-Diamantring und das Mercedes-SL-Cabrio taten ein Übriges, die Mädchen zu beeindrucken. Er verfügte sogar über Visitenkarten, die ihn als unabhängigen Filmproduzenten – Bobby Dee Productions – auswiesen, und wenn nichts zog, halfen diese Karten in den meisten Fällen selbst dann noch, wenn die Mädchen bereits im Begriff waren zu gehen. »Oh, das tut mir aber Leid, dass wir nicht zusammenkommen. Hier ist meine Karte. Wenn Sie irgendwann in Malibu sind, sollten Sie mich mal anrufen.«

Sex war in dieser Stadt für jedermann verfügbar und keineswegs ausschließlich für die Typen vom Film. Darüber hinaus verfügte Mutter Draynes kleiner Bobby über mehr als nur ein wenig Ausdauer in dieser Disziplin, und zwar ohne dass er dazu pharmazeutische Hilfestellungen nötig gehabt hätte. Na ja, räumte er in Gedanken ein, wenn man den Champagner nicht mitrechnete. Noch nie hatte er Drogen, die er herstellte, selbst genommen. Vielleicht später einmal, wenn er alt wurde und keinen mehr hoch bekam, würde er sich eventuell eine Mischung handelsüblicher Potenzmittel zusammenstellen. Doch wenn er ehrlich war, glaubte er nicht daran, dass dieser Fall jemals eintreten würde. Auf diesem speziellen Spielfeld hatte er – dem Himmel sei Dank – noch nie eine Fehlleistung gebracht, und vier- bis fünfmal pro Nacht war überhaupt kein Problem. Allerdings war er auch noch nicht einmal fünfunddreißig. Vielleicht würde die Sache anders aussehen, wenn er die sechzig oder gar siebzig erreicht hatte.

Als er vom Korridor in die Küche abbog, sah er Tad am Strand stehen und hinaus auf den Ozean starren.

Drayne schüttelte den Kopf. Dieser verrückte Kerl schluckte den Hammer. Eines Tages würde ihn der Drogenkonsum umbringen, das stand außer Frage. Tad befand sich in wirklich schlechter Verfassung, und es grenzte eigentlich an ein Wunder, dass es ihn nicht längst erwischt hatte. Ein platzendes Blutgefäß im Gehirn mit anschließender Erblindung, Verkrüppelung und Geistesgestörtheit – nicht zwangsläufig in dieser Reihenfolge – waren eigentlich überfällig. Für jemanden in ausgezeichneter körperlicher Verfassung konnte eine Nacht mit dem Hammer des Thor anschließend eine Woche oder mehr Erholungszeit erforderlich machen. Tad hingegen dürfte kaum mehr in der Lage sein, sich je wieder zu erholen. Dabei hatte er den Hammer wahrscheinlich schon häufiger kreisen lassen als jeder andere noch lebende Mensch. Dennoch war es ihm irgendwie gelungen, weiterhin zu atmen. Natürlich verfügte er über eine umfangreiche Apotheke, die er dauernd mit sich herumschleppte und aus der er ständig irgendwelche Präparate schluckte, schnupfte oder sich injizierte, nachdem er einen Hammer-Trip hinter sich hatte. Vermutlich zirkulierten permanent mehr Drogen als Blut in seinem Kreislauf. Gleichwohl hatte er es immer geschafft, dem Sensenmann einen Schritt voraus zu bleiben. Schon erstaunlich, das Ganze.

Drayne öffnete den Kühlschrank und zog die zweite Flasche Champagner heraus. Er hob sie an die Lippen, überlegte es sich dann aber anders und nahm eines der vorgekühlten Gläser aus dem Regal im Eisschrank. Aus der Flasche zu trinken wäre primitiv. So konnten sich keine Perlen entwickeln.

Schließlich wollen wir ja zivilisiert bleiben, oder etwa nicht?

Er goss den eiskalten Schaumwein in das geeiste Glas und beobachtete, wie die Flüssigkeit zu sprudeln begann und aufschäumte, um sich dann ganz langsam wieder zu beruhigen.

Die Zeit, in der man darauf wartet, dass sich Champagnerperlen beruhigen, zählt nicht.

Draußen am Strand liefen drei riesengroße, muskelbepackte Kerle an der Wasserlinie entlang, die ganz offensichtlich damit beschäftigt waren, ihr Fitnessprogramm abzuspulen. Drayne blickte besorgt in Tads Richtung. Wenn dem das Aussehen der Typen nicht passte, hätten sie nicht einmal mehr die Chance gehabt, ein Gebet zu sprechen, bevor Tad sie trotz ihrer Größe und Kraft wie ungebackene Brezeln zusammenknoten würde, falls ihm danach war.

Doch das Trio joggte vorbei, und ob Tad sie überhaupt wahrgenommen hatte, konnte Drayne aus seinem Blickwinkel nicht sicher sagen. Tad dabei zu beobachten, wenn so etwas passierte, war fast so, als beobachtete man die Entscheidungsfindung eines römischen Kaisers. Daumen hoch oder Daumen nach unten – wobei niemand wusste, wie die Entscheidung ausfallen würde.

Er schüttelte den Kopf. Früher oder später würde Tad einen falschen Schritt tun und die Aufmerksamkeit des Gesetzes auf sich ziehen. Es lag schon eine Weile zurück, dass dies zum letzten Mal passiert war, und glücklicherweise war es damals nicht möglich gewesen, die Spuren bis zu Drayne zurück zu verfolgen. Darüber hinaus hatte das Haus stets sauber zu sein, damit nicht von dieser Seite Probleme entstehen konnten. Bobby achtete stets darauf, dass sich illegale Substanzen niemals länger im Haus befanden, als für die Mischung und die Aussendung unabdingbar erforderlich. Was er nämlich absolut nicht brauchen konnte, waren Ortspolizisten, die an seine Tür klopften und ihm Fragen nach einem verrückten, ganz in Schwarz gekleideten Arschloch stellten, das sich urplötzlich in den Hulk verwandelt und den Strand verwüstet hatte. Den Ball flach halten war die Devise. Was die Bullen nicht wussten, konnte sie auch nicht heiß machen.

Inzwischen hatte er das Glas bis zum Rand gefüllt, trank ein wenig ab und stellte die Flasche zurück in den Kühlschrank. Dann trat er hinaus auf die Terrasse, wobei er hin und wieder am kalten Champagner nippte. Kräftig und dabei doch einen Hauch lieblich, ein gutes Finish ohne bitteren Nachgeschmack. Nicht gerade der Beste, doch nach fünf bis sechs Gläsern gab es keinen Grund mehr, den besten Champagner zu verschwenden, weil man zu diesem Zeitpunkt die wirklich exotischen Geschmacksnoten und zarten Nuancen sowieso nicht mehr herausschmeckte. So lange einem der Stoff kein Sodbrennen bescherte, war er als zweite Flasche allemal gut genug.

Ein wenig nördlich von San Francisco lebte ein Typ, den alle nur »Wein-Nazi« nannten. Er hatte sich am Ende einer serpentinenreichen Straße im Lucas Valley niedergelassen und stellte den besten Champagner der Welt her. Grand Brut, trocken wie die Sahara. Der Mann verkaufte seine Produkte wie verrückt. Man bestellte, was man sich leisten konnte, und man bekam einen Anruf, wenn es fertig war. Sollte der Sekt einem dann nicht schmecken, hatte man eben Pech gehabt. Der Preis lag bei rund fünfhundert Dollar pro Flasche – wenn man eine ganze Kiste abnahm –, und man durfte nur eine Kiste pro Jahr bestellen. Also sechstausend Dollar pro Kiste, und das war nur das Nicht-Jahrgangszeug. Manchmal dauerte es anderthalb Jahre, bis der letzte Schwung Flaschen zur Zufriedenheit des Wein-Nazis gereift war. Das *wirklich* gute Zeugs kostete zwei Riesen die Flasche. Unabhängig davon musste man sich zunächst einmal auf eine Warteliste setzen lassen. Bislang hatte es Draynes Name noch nicht geschafft, bis an die Spitze der Liste aufzurücken. Doch im nächsten Jahr, da war er ganz sicher, war er dabei.

Drayne war einmal zur Kellerei hinausgefahren. Sie war winzig, nur eine Art Schlupfloch im Berghang, und bevor er akzeptiert war, hatte der Wein-Nazi von ihm verlangt, auf die Fässer zu klettern und die roten und weißen Weine direkt aus dem Fass zu kosten. Dazu hatte er die Proben mit einem langen Gummischlauch angesaugt und anschließend in ein Glas tröpfeln lassen. Nachdem Drayne einige Weine gekostet hatte, folgte die Erklärung des Typen, wie man mit Champagnerflaschen umzugehen hatte. Er erfuhr, dass sie mehrmals pro Tag gedreht werden mussten, damit sich die Salze absetzen konnten, und so weiter und so weiter.

Doch Drayne war ein dankbarer Zuhörer. Schließlich war der Mann ohne Frage ein anerkanntes Genie, wenn es um Wein ging, und sein Champagner war der beste, den man für Geld kaufen konnte. Natürlich hätte sich der Wein-Nazi dagegen verwahrt, von Champagner zu reden, da diese Bezeichnung rein technisch gesehen bedeutete, dass ein so bezeichnetes Produkt ausschließlich aus einer ganz bestimmten Gegend in Frankreich kommen durfte. Deshalb sprach er immer nur von Schaumwein oder Sekt, und dabei blieb er, obwohl seine Produkte jeden Jahrgangschampagner wie schales Ginger Ale schmecken ließen.

Das war das Zeug, das man sich für ganz besondere Gelegenheiten aufsparte. Es war definitiv etwas, das man als erste Flasche öffnete, und keineswegs ein Stoff, den man mit einer Misty-Bunny-Buffy teilte, nur um sie ins Bett zu bekommen. Er hatte jetzt noch sechs Flaschen, und wenn er Glück hatte, würde nur noch ein halbes Jahr ins Land gehen, bevor er die nächste Kiste kaufen durfte. Folglich musste er seinen Bestand rationieren. Eine Flasche pro Monat, keinesfalls mehr, und selbst dann konnte es ihm noch passieren, dass er warten musste. Eine furchtbare Vorstellung.

Er grinste. Er war doch wirklich ein armer Kerl, der sich über so vieles beklagen musste, oder etwa nicht? Ein Leben in einem großen Haus in Malibu, eine gut aussehende, nackte Frau im Bett, ein Haufen Geld und sechs Flaschen des besten Champagners, den kaum jemand in dieser Stadt besaß. Zum Teufel, sehr viel besser konnte es eigentlich nicht mehr kommen, oder?

Scheinbar hatte Tad nicht die Absicht, auszurasten und die Nachbarschaft zu verwüsten. Also sollte er vielleicht wieder ins Bett zurückkehren und das Häschen aufwecken. Er hatte keine Zweifel, dass ihm noch das eine oder andere einfallen würde, was sie miteinander ausprobieren konnten.

Yep! Das schien eine ausgezeichnete Idee zu sein. Er hob das Glas zu einem Toast auf seine eigene Cleverness. *Hei, ho, Bobby. Dann nichts wie los!*

Er machte sich auf den Weg zurück ins Schlafzimmer.

Tad fühlte die Kraft.

Sie durchströmte ihn wie ein elektrisches Spannungsfeld, erfüllte ihn mit pulsierenden Blitzen des Wohlgefühls und ließ ihn innerlich summen, wie einen Dynamo auf höchsten Umdrehungen.

Hier draußen war er ein Gott, der über das Schicksal all jener entschied, die ihn passierten. Alles ausschließlich nach seinem Wunsch und Willen, wie Götter sich eben zu verhalten pflegten, wenn er richtig informiert war.

Er atmete tief ein, und im direkten Vergleich ließ das daraus resultierende Gefühl jeden Orgasmus farblos erscheinen. Die Schauer durchströmten seinen ganzen Körper, und er konnte sie überall gleichzeitig spüren, in den Händen, dem Rumpf, ja sogar in den Zehen. *Mann! Was für ein Rausch!*

Er war ein Gott. Es gab nichts, was er nicht vermochte.

Doch was er gerade am meisten wollte, war ... spazieren gehen. Nur den Strand hinunterschlendern und dabei an seinen Untertanen vorbeigehen. Verkleidet als spindeldürrer, tuberkulöser Mann, der ganz in Schwarz gekleidet war und über jedem Normalsterblichen stand. So weit über ihnen wie der Mensch über der Ameise.

Sie hatten keine Ahnung davon und taten ihm Leid. Es tat ihm Leid, dass sie so schwach, so dumm waren. So unvollkommen.

Er setzte sich in Bewegung und empfand, als er das knirschende *Krsch-krsch-krsch* vernahm, das jeder seiner Schritte auslöste, den Sand unter seinen Stiefeln wie ein lebendiges Wesen. Er spürte die abendliche Brise auf der Haut, schmeckte das Salz und Jod der See, ja sogar den Geschmack der Luft selbst. Er nahm einfach *alles* wahr, nicht nur den Strand, sondern sogar die Strahlung der Galaxis in einer Entfernung von Milliarden Lichtjahren. Und all das war sein Reich. Er brauchte nur die Arme zu heben und es zu umfassen, mit einem einzigen Griff.

Er lachte.

Vor ihm beendete jemand ein Frisbee-Spiel, und die Mitspieler gingen zu ihren Strandtüchern zurück. Woanders endete gerade ein Beach-Volleyballspiel. Das Rauschen des Verkehrs drang vom Highway herüber, und die Autos und Laster nahmen das Erscheinungsbild von Drachen an: Furcht erregende Kreaturen in ihrem Element, die allerdings genau wussten, dass sie seinen Weg besser nicht kreuzen sollten. Er war Tad Bershaw, und jedes vernunftbegabte Wesen würde wissen, dass es ihn zu fürchten hatte, wenn es ihn erblickte.

Er wandelte durch sein Königreich und empfand in seiner Allmacht für den Augenblick nichts als Wohlwollen.

Für den Augenblick zumindest.

Jayland/Quantico, Virginia

Jay hatte schon immer zu den Männern gehört, die ausgesprochen viel Spaß daran fanden, sich schnell zu bewegen. Immer, wenn er in seine Sensorenausrüstung geschlüpft war und sich das Netz mit seinen unglaublichen Möglichkeiten für ihn geöffnet hatte, war seine Wahl auf geschwindigkeitsträchtige Fortbewegungsmedien gefallen. Fuhr er ein Auto, war sein Favorit ein Dodge Viper, eine richtige Rakete auf Rädern, der alles hinter sich ließ, was sonst noch auf der Straße herumfuhr. Manchmal zog er es auch vor zu fliegen. Besonderen Spaß machten ihm dann Raketenanzüge, Jets, Hubschrauber, kurz alles, was sich eben anbot, um mit der Geschwindigkeit einer Gewehrkugel durch die virtuellen Szenarien, die er schuf, zu zischen. Sauber, schnell und glatt.

Allerdings leistete er sich hin und wieder auch einmal historische Eskapaden. So hatte er einmal eine Westernstadt kreiert, in die er auf dem Rücken eines Pferdes eingeritten war. Manchmal wählte er auch ein Schiff. Doch sich schnell zu bewegen war und blieb seine große Leidenschaft, die sich auch in den meisten seiner Programme widerspiegelte. Unabhängig davon stand für ihn jedoch immer an erster Stelle, die gestellte Aufgabe vollständig zu erledigen. Erst danach folgte die Art und Weise, *wie* er das tat.

Heute jedoch galt all das nicht, denn der »Rasende Jay« befand sich auf einem Bummel durch einen fernöstlichen Garten. Er war sicherlich nicht bis ins letzte Detail authentisch, sondern beinhaltete eine bunte Mischung unterschiedlicher Elemente. Genau dort, wo er sich im Augenblick befand, stand ein japanisches Teehaus, hinter dem ein kleiner Bach vorbeiplätscherte. Unmittelbar vor Jay öffnete sich ein Zen-Garten mit drei Felsen, die in einer Sandböschung ruhten. Zu seiner Linken erhob sich ein Shaolin-Tempel, vor dessen Eingang Mönche mit Kung-Fu-Übungen beschäftigt waren. Der unmittelbar rechts von ihnen stehende Tempel gehörte allerdings eigentlich nach Bangkok. Vor Jay tanzten Siamesen mit schlangenartiger Geschmeidigkeit ihre traditionellen Folkloretänze. Gleich dahinter lag das Taj Mahal, und dahinter wiederum ragten ein paar Pyramiden in die Höhe. Ein durchaus veritabler Themenpark also, ganz von fernöstlicher Religion geprägt.

An diesem Tag schien die Sonne, und eine leichte Brise wehte, die eine Mischung aus Gerüchen von Jasmin, Sandelholz, Rosen und Moschus mitbrachte.

Willkommen im Land der Glückseligkeit und der netten Menschen, mein lieber Jay. Du gehörst dazu.

Er lächelte und spazierte langsam, ohne eine Andeutung von Hast, voran. Was er suchte, musste sich hier irgendwo befinden, doch er hatte keine genaue Vorstellung davon, was es genau war. Er würde es schon erkennen, sobald er es erblickte.

Wenn er ehrlich blieb, musste er sich eingestehen, dass er die Grundsätze des Buddhismus noch nicht in vollem Umfang nachvollzogen hatte. Ein achtfacher Pfad hier, vier Wahrheiten da – das alles war ihm noch nicht klar. Aber in dem, was Saji tat, und in ihrer emotionalen Verbindung dazu lag eine Art von Energie, die es ihm wert war, sich näher damit zu befassen. Was ihn selbst anging, so hatte er nie geglaubt, von etwas anderem als Computern fasziniert sein zu können. Doch diese Beweg-dich-mit-dem-Fluss-Theorie – das war mehr Taoismus als Buddhismus, oder? Egal, auf jeden Fall übte es einen nicht zu verachtenden Reiz auf ihn aus.

Das war – genau wie bei ihren anderen, irdischeren Talenten – das Verdienst von Sojan Rinpoche.

Auf der Suche nach Pollen summte eine Biene vorbei.

O ja, was konnte schöner sein, als in kosmischen Gärten spazieren zu gehen …

»He, Jay, bist du wach?«, drang eine dissonante Stimme in sein Szenario ein.

Jay verließ die virtuelle Realität und befand sich in der gleichen Sekunde wieder in seinem Net-Force-Büro. Im Türrahmen standen Alan und Charlie, zwei seiner Mitarbeiter.

»Eigentlich sollte diese Tür abgeschlossen sein«, meinte Jay leicht irritiert.

»Yep, und wenn du jemanden hättest haben wollen, der nicht genug drauf hat, so eine Fingerübung hinzubekommen, dann hättest du jemand anders einstellen müssen«, meinte Charlie und wedelte mit seiner Schlüsselkarte. »Wie wäre es, wenn du wenigstens einmal im Jahr den Code ändern würdest, Jay?«

»Und was soll das bringen?«

»Etwa genau so viel, wie wenn ich die Codes an meinem Roller ändere«, behauptete Alan.

Jay lachte. Das Einhacken in den Computer von Alan's batteriebetriebenem Roller ging auf sein Konto. Nachdem er ihn umprogrammiert hatte, schaffte das Ding nicht einmal mehr zwanzig Kilometer pro Stunde. Nun, das war allerdings noch der alte Jay gewesen. Jetzt war er ein neuer Mensch, der Schülerstreichen abgeschworen hatte.

»Kommst du mit? Wir wollen auf ein paar Hamburger und ein Bier zu *Pud's*.«

Ohne nachzudenken antwortete Jay: »Nein, danke. Ich passe. Ich habe den Verzehr von Lebewesen aufgegeben.«

Sowohl Alan als auch Charlie starrten für zwei Sekunden Löcher in die Luft, bevor sie wie auf Kommando losplatzten. Sie schüttelten sich vor Lachen, lachten immer lauter. Verdammt, sie *johlten* regelrecht.

»Lebewesen? Hast du *Lebewesen* gesagt? Ah. Hahaha!«

»Mensch Jay, wir haben nicht von dir erwartet, dass du die Kellnerin oder sonst jemanden um die Ecke bringst und anschließend verspeist. Oh, ich kann's fast hören: ›Entschuldigen Sie, Madam, kann ich bitte einen Lebewesen-Burger auf einem Zwiebelbrötchen bekommen, und wären Sie bitte so freundlich, das Ganze mit ein wenig Menschenschädel zu servieren?‹«

»Also, ich weiß nicht, Charlie, wenn ich so darüber nachdenke, sollten wir vielleicht nicht zu *Pud's* gehen, sondern in dieses neue Restaurant, ich glaube, es heißt *Kannibalen-Moe*. Ich habe gehört, dass sie dort ausgezeichnete frittierte Hähnchen haben.«

»Quatsch, Alan. Wir sollten in das neue *Donners Pass Pizza* gehen und uns dort eine Pizza mit Fingern und Brustwarzen bestellen. Oder Spaghetti mit Augäpfeln.«

»Haut ab und krepiert endlich«, meckerte Jay, »ihr wisst genau, wie ich es gemeint habe.«

Die beiden Männer blickten einander an und schüttelten in gespielter Traurigkeit den Kopf.

»Ts, ts, ts«, kam es von Alan. »Der Mann ist total *verknallt*. Das Nächste, was wir von ihm hören werden, wird sein, dass er in einer Kutte herumläuft und gregorianische Gesänge plärrt, während er in der Eingangshalle auf und ab pilgert.«

»Yeah, und dabei überall Rosenblätter streut, während er jeden wie ein Blödmann angrinst.«

»Macht endlich, dass ihr rauskommt«, polterte Jay.

Zu guter Letzt leisteten sie seiner Aufforderung Folge, doch ihr Gackern war noch zu hören, bis sie aus dem Korridor waren.

Na also. Das hat doch schon mal nicht schlecht geklappt, oder? Vielleicht solltest du dich aber mit deinen Kommentaren über vegetarische Lebensweise in Zukunft etwas mehr zurückhalten, hm?

Egal. Jetzt war es zu spät. Spätestens morgen würde die Geschichte im ganzen Haus die Runde gemacht haben. Er wusste, dass die Hänseleien kommen würden, und vielleicht war es wirklich besser, wenn er sein Schloss und den Zugang zu seinem Computer neu kodierte. Andernfalls würde es tatsächlich nicht mehr lange dauern, bis sein Rechner mit allem möglichen Mist voll gepackt war.

Aber dann musste er schmunzeln. Er hatte kein Problem mit derartigen kleinen Reibereien. Schließlich war er jetzt der neue, verbesserte Jay Gridley, der wesentlich abgeklärter war als der alte. Ganz erheblich abgeklärter sogar.

8

Washington, D.C.

Von einer Sekunde zur anderen war Toni wach und warf einen Blick zur Uhr auf dem Nachttisch. Zwei Uhr früh, und sie war hellwach, ohne eine Spur von Benommenheit. War das nicht unglaublich?

Aber was, fragte sie sich, hat mich geweckt? Ein weiterer hormonüberladener Traum, an den sie sich nicht mehr erinnern konnte?

Sie sah zu Alex hinüber. Der schlief, in die Bettdecke gewickelt, tief und fest zwischen seinen beiden Kopfkissen. Hin und wieder schnarchte er. Vielleicht hatte sie das Schnarchen geweckt, aber es war eigentlich nicht mehr als ein tiefes Atmen, das kaum nennenswerte Geräusche verursachte.

Also horchte sie angestrengt weiter, doch im ganzen Haus war es totenstill. Keine Schritte auf dem Korridor, keine knarrenden Türangeln, die auf ein heimliches Öffnen hingewiesen hätten. Kein Gefühl, jemand wäre ins Haus eingebrochen.

Oder war es vielleicht nur geschehen, weil sie schon wieder ihre Blase leeren musste?

Kaum, denn sie musste derzeit praktisch unentwegt zur Toilette, und der Druck auf die Blase war im Augenblick nicht so stark, dass es wirklich nötig gewesen wäre. Sie war inzwischen sogar mehr als einmal mit größerem Druck eingeschlafen. Weil sie aber nun mal wach war …

Sie stand auf, ging hinüber ins Badezimmer, tat was getan werden musste, und tappte zurück zum Bett. Alex rührte sich nicht. Der schlief so fest, dass jemand ihn samt Haus hätte mitnehmen können, ohne dass er aufgewacht wäre. Er hatte ihr erzählt, dass er früher nie so tief schlafen konnte. Erst seit er mit ihr verheiratet sei, könne er sich richtig entspannen. Einerseits amüsierte sie das, und sie freute sich darüber, andererseits fand sie es auch ein wenig irritierend. Lag damit nicht ihrer beider Sicherheit für diese Stunden allein in ihren Händen? Nicht, dass sie keine ausreichende Qualifikation besessen hätte, sie zu gewährleisten. Aber trotzdem …

Vorsichtig glitt sie zurück unter die Bettdecke und fing damit an, ihre *djurus* mental zu trainieren, wobei sie die Übungen Schritt für Schritt vor dem geistigen Auge ablaufen ließ und stets darum bemüht war, sämtliche Details jeder einzelnen Bewegung zu erfassen. Normalerweise schaffte sie es, darüber einzuschlafen, bevor sie allzu weit gekommen war. Doch heute Nacht wollte es nicht funktionieren. Sie schaffte es tatsächlich, alle achtzehn Übungen für die rechte Seite durchzuspielen und war auch schon mit der Hälfte der Übungen für die linke Seite durch, als das Telefon klingelte.

Kaum die Hälfte des ersten Klingeltons war vorüber, als Toni auch schon den Hörer in der Hand hatte. »Hallo?«

»Toni? Ich bin's, Mama.«

Plötzlich hatte Toni das Gefühl, als würden ihre Därme und mit ihnen ihr ganzer Bauch in Bewegung geraten. Mama hätte sie niemals um zwei Uhr morgens angerufen, wenn nicht jemand ernsthaft verletzt war oder im Sterben lag. »Ist was mit Papa?«

»Nein, Liebes. Papa geht es gut. Aber ich fürchte, Mrs. DeBeers ...«

»Die Meisterin? Was ist passiert?«

»Vor etwa einer Viertelstunde hatte sie einen Schlaganfall.«

Toni blickte noch einmal auf die Uhr. Genau der Zeitpunkt, an dem sie aufgewacht war. War das nun eine Art bizarrer Zufall, oder waren sie und ihre alte Lehrerin mental tatsächlich so stark miteinander verbunden, wie die Meisterin so oft behauptet hatte?

»Sie ist schon auf dem Weg ins Krankenhaus«, fuhr ihre Mutter fort. »Als es passierte, hat sie es noch irgendwie geschafft, den Alarmknopf für den medizinischen Notdienst zu erreichen, und die Rettungssanitäter haben uns mit ihrem Krankenwagen geweckt. Papa ist mit deinem Bruder auf dem Weg ins Krankenhaus. Ich dachte, dass du vielleicht Bescheid wissen möchtest.«

Schließlich war Alex doch aufgewacht. »Toni?«

Sie bedeutete ihm, still zu sein. »Welches Krankenhaus, Mama?«

»Saint Agnes.«

»Danke, dass du angerufen hast, Mama. Wir sprechen später noch einmal miteinander.«

Sie legte den Hörer auf die Gabel zurück. Alex saß inzwischen aufrecht im Bett. »Wer ...?«

»Die Meisterin hatte einen Schlaganfall.«

»Wie schlimm?«

»Keine Ahnung.«

Er nickte. »Ich fahre dich zum Flughafen.«

Sie blinzelte ihm zu. Einfach so. Keine Fragen. Er wusste genau, was in ihr vorging. »Danke, Alex. Ich liebe dich.«

»Ich weiß. Und ich liebe dich auch. Ich werde schon mal telefonieren und dir einen Flug besorgen, während du dich anziehst.«

Toni nickte nur, während sie aufstand und sich auf den Weg unter die Dusche machte. Seit mehr als fünfzehn Jahren hatte die Meisterin sie unterrichtet und ihr die Kunst des Pentjak Silat beigebracht. Schon damals war die Meisterin längst Rentnerin gewesen, und Toni war in diesem Jahr achtunddreißig Jahre alt geworden. Die Meisterin hatte immer noch eine durchtrainierte Figur, war aber eben kein junges Mädchen mehr. *Ein Schlaganfall.*

Gott im Himmel.

Sie drehte die Mischbatterie der Dusche auf und wartete, bis das Wasser die richtige Temperatur hatte. Durfte sie in ihrem Zustand überhaupt fliegen? Egal, ob erlaubt oder nicht, sie würde sich auf den Weg machen. Die Meisterin war für sie fast so etwas wie die eigene Großmutter. Was auch immer ihr passiert sein mochte, sie sollte es nicht allein durchstehen müssen.

Auf der Fahrt zum Flughafen hüllte Alex sich überwiegend in Schweigen. Allerdings hatte er ihr angeboten mitzufliegen.

»Es gibt nichts, wobei du ihr helfen könntest«, lehnte sie dankbar ab.

»Ich habe auch nicht sie gemeint. Aber ich könnte für dich da sein.«

Sie lächelte ihm zu. »Ich wusste schon, warum ich dich geheiratet habe. Hüte du nur das Haus. Ich rufe dich an, sobald ich genau weiß, was läuft.«

Es kam sie hart an, sich mit dem Gedanken anfreunden zu müssen, dass die Meisterin vielleicht im Sterben lag.

Von ihrer Jugend an bis nach ihrer Collegezeit war die Meisterin fester Bestandteil ihres Lebens gewesen. Jeden Morgen, bevor Toni zur Schule und ins College ging, hatten sie gemeinsam trainiert. Am Nachmittag lief sie, nachdem sie ihre Hausaufgaben erledigt hatte, erneut über die Straße zum Haus der alten Dame, und sie widmeten sich der indonesischen Kampfsportkunst für weitere ein bis zwei Stunden. Meisterin DeBeers war schließlich zu einem Teil der Familie geworden und hatte an sämtlichen Familienfesten teilgenommen, wie Weihnachten, Ostern, Thanksgiving, Geburtstagen, Hochzeiten oder College-Abschlussfeiern. Letztendlich hatte sie es sogar aufgegeben, ihre hässliche, alte Pfeife zu rauchen. Allerdings trank sie nach wie vor zweieinhalb Liter Kaffee pro Tag und aß, worauf sie Appetit hatte. Obwohl längst in den achtzigern, hätte sie es immer noch geschafft, den meisten Männern eine Tracht Prügel zu verpassen, sollten diese sie einmal über Gebühr reizen. Natürlich war sie langsamer und gebrechlicher geworden, doch ihr Verstand und ihr Können befanden sich nach wie vor in bester Verfassung.

Toni war mit einer Ausnahme, als sie ihre Mutter zu Hause besucht hatte, schon lange in keiner Heiligen Messe mehr gewesen, doch nun versprach sie in einem lautlosen Gebet Besserung: *... wenn du sie nur am Leben bleiben lässt.*

9

Hauptquartier der Net Force, Quantico, Virginia

Nach Tonis Abflug nach New York hatte Michaels es nicht mehr geschafft, wieder einzuschlafen, weshalb er jetzt ein wenig müde war. Glücklicherweise würde er das Büro wahrscheinlich pünktlich verlassen können, weil im Augenblick so wenig los war wie selten.

Er hatte eine Besprechung für Teile des Stabes angesetzt, und als er eintraf, saßen seine Leute bereits um den Konferenztisch – John Howard, Jay Gridley und der frisch beförderte Julio Fernandez. Vor ein paar Monaten hätten auch noch Julios Frau, Joanna, und Toni mit am Tisch gesessen. Er vermisste beide.

»Guten Morgen«, begrüßte er die Runde.

»Commander«, kam es unisono von Howard und Fernandez zurück.

»He, ich dachte, Sie wären dran, die Donuts mitzubringen, Boss«, maulte Jay, während Michael sich setzte. Das war keineswegs ernst gemeint, sondern ein alter Scherz, denn sie hatten bei den morgendlichen Besprechungen noch nie Donuts gegessen. .

»Wie, hast du nicht auch dem Zucker entsagt, als du den Fleischverzehr aufgegeben hast?«, fragte Fernandez scheinheilig.

»Ausgesprochen witzig, Julio.«

Michaels hob eine Augenbraue, und Fernandez beantwortete die unausgesprochene Frage. »Unser Computergenie ist auf dem besten Weg, Buddhist zu werden. Keine Ambitionen mehr, was den Verzehr von *Lebewesen* angeht. Wahrscheinlich wird er demnächst sogar einen Bogen um Ameisen auf dem Fußboden machen und dabei *om mani padme hum* skandieren.«

Michaels schüttelte den Kopf. *In dieser Runde war Trübsinn ein Fremdwort*. »Okay. Was liegt an? John?«

Der General begann mit seinem wöchentlichen Report. Neue Ausrüstung, neue Soldaten, alte Aufgaben. Es war eben im Moment sehr ruhig. Vorbehaltlich einer Krisensituation waren verschiedene Einheiten für Übungen in den kommenden Wochen eingeplant.

Auch Jay hatte nicht viel zu berichten. »Bislang nichts

Neues, was die Dope-Dealer angeht«, schloss er seine Ausführungen. »Die Info der DEA war recht mager und endete in einer Sackgasse. Ich werde aber ein paar andere Sachen in Gang bringen. Mal sehen, was dabei herauskommt.«

Michaels wandte sich wieder Howard zu. »Ich habe Ihnen ein Memo zukommen lassen. Für den Fall, dass Sie noch keine Gelegenheit hatten, es zu lesen, nur so viel vorab: Im Augenblick unterstützen wir die DEA in der Ermittlung, bei der es um eine neue Designerdroge geht, die den Konsumenten vorübergehend in eine Art Superman verwandelt. Allerdings führt die Einnahme von Zeit zu Zeit dazu, dass sich die Leute von Hochhäusern stürzen.«

»Ja, Sir«, bestätigte Howard, »ich habe das Memo gelesen. Thors Hammer.«

»Hier gibt es allerdings eine neue Wendung. Gestern erhielt ich einen Anruf von einem Typ, der zur NSA gehört. Er hat sich für heute einen Termin bei mir geben lassen. Mein Assistent hat mir eben mitgeteilt, dass der Kerl in etwa einer Stunde hier sein wird. Er ist ebenfalls an der Sache mit der Designerdroge interessiert. Ich frage mich schon die ganze Zeit, wieso.«

»Wie heißt er?«, fragte Jay. »Ich meine den Typ von der NSA.«

»Nachname George, Vorname Zachary.«

Jay zuckte mit den Schultern, tippte dann aber etwas in die Tastatur seines Flatscreen ein. »Nie von ihm gehört, aber ich werde schon etwas über ihn herausbekommen.«

»John?«

»Nein. Bei mir klingelt es auch nicht. Aber ich kann auf jeden Fall mal bei meinen Kontaktleuten im Pentagon nachfassen.«

»Was ich mich immer noch frage, ist: Welches Interesse mag die NSA an dieser Sache haben?«, dachte Michaels laut. »Drogen gehören doch nun überhaupt nicht zu deren Aufgabenbereich, oder irre ich mich da?«

»Leitlinien sind das Papier nicht wert, auf dem sie festgehalten wurden, Sir«, sagte Howard. »Jeder versucht, sie so zu interpretieren, dass sie auf das passen, was man gerade braucht.«

Michaels lächelte. Genau das hatte er selbst mehr als einmal praktiziert, und jeder in dieser Runde war sich dessen bewusst.

»Ich denke, ich werde abwarten, bis der Mann hier ist, und dann fragen. Allerdings habe ich so meine Zweifel, ob er sehr mitteilsam sein wird. Hat jemand Vorschläge, worauf ich besonders achten soll?«

»Vielleicht haben die ihr Budget überzogen und brauchen jetzt ein bisschen zusätzliches Bargeld?«, meinte Jay. »Wäre ja schließlich nicht das erste Mal, dass ein Dienst Drogen verscherbelt hat, um ein Defizit auszugleichen.«

»Ich dachte, Buddhisten wäre es untersagt, zynisch zu sein?«

»Nichts da. Zumindest hat Saji das nicht erwähnt. Man kann sehr vieles sein und dennoch Buddhist bleiben. Zynismus ist okay.«

»Nur fleischliche Gelüste sind nicht okay«, warf Fernandez ein.

»Das ist nicht ganz zutreffend. In einigen Teilen der Welt, wie beispielsweise in Tibet, wo ein Mangel an Nahrungsmitteln herrscht, ist auch der Fleischverzehr okay. Immer vorausgesetzt, man hat die richtige Einstellung dazu.«

Fernandez lachte. »Yeah. Ich sehe sie vor mir, wie sie Gebete über einen Whopper sprechen und dazu singen. Wetten, dass die bei Burger King so was lieben werden?«

»Dann waren Sie allem Anschein nach noch nie in einem Burger King in D.C.«, parierte Jay. »Dort können Sie einen hawaiianischen Feuertanz über Ihren Pommes Frites aufführen, und keiner würde Sie eines zweiten Blickes würdigen.«

Fernandez lachte. Dann sah er zu Michaels hinüber. »Vielleicht ist einer von denen drogenabhängig, und sie führen nur so eine Art interne Sicherheitskontrolle durch.«

Howard stieß einen kleinen Seufzer aus. »Es gibt da eine andere Sache, die mir spontan in den Sinn kommt: die militärischen Verwendungsmöglichkeiten dieser Droge.«

Michaels blickte ihn auffordernd an.

»Wenn man eine Mischung von irgendetwas besitzt«, fuhr Howard fort, »das einen Mann denken lässt, er ist schneller als eine abgefeuerte Kugel und stärker als eine Lokomotive, und man einem solchen Mann eine Waffe in die Hand drückt, die er auf einen Feind richten kann, ergibt sich daraus durchaus ein militärischer Wert. Immer unter der Voraussetzung, es besteht die Möglichkeit, bestimmte Kontrollmechanismen einzubauen.«

»Haben die Nazis so etwas nicht auch probiert?«

»Ja, Sir, und verschiedene andere Streitkräfte danach ebenfalls. Angefangen von Aufputschmitteln bis hin zu Steroiden. Doch bislang ist noch niemand mit einer Substanz herausgekommen, die ausreichend zuverlässig und preiswert gewesen wäre. Sollte dies aber einmal der Fall sein, bin ich sicher, dass man zweckdienliche Verwendungsmöglichkeiten dafür finden wird.«

»Würden Sie selbst ein solches Mittel auch einsetzen, General?«

»Wenn es sicher und legal wäre und meinen Leuten einen Vorteil gegenüber einem Gegner verschaffen würde? Wenn es dazu führen würde, dass mehr von ihnen lebend nach Hause zurückkehren? Jawohl, Sir, ohne zu zögern.«

»Nun, was wir bislang von der DEA haben, weist aber darauf hin, dass es weder sicher noch legal ist.«

»Es könnte aber zu beidem gemacht werden. Es legal zu machen dürfte dabei noch der leichtere Schritt sein, wenn sich das Zeug als hilfreich erweisen sollte. Es sicher zu machen ist da schon etwas schwieriger, doch auch das sollte möglich sein. Meiner Ansicht nach dürfte es eine Menge Behörden geben, die sich nur zu gern bereit erklären würden, die entsprechenden Möglichkeiten zu erkunden. Außerdem gibt es etliche Streitkräfte, die keinerlei Skrupel hätten, so etwas an den eigenen Leuten zu testen.«

»Na, na, General«, warf Jay ein, »seit wann kennt das amerikanische Militär denn so etwas wie Skrupel? Denken sie doch nur einmal an das *Atom-Café*. ›Hier, Leute, setzt diese Brillen auf, wenn ihr in eine Atomexplosion schaut, und macht euch keine Sorgen wegen des strahlenden Niederschlages, der auf euch herabregnet. Klopft den Staub einfach ab.‹«

»Das ist aber schon lange her«, insistierte Howard.

»Tatsächlich? Und was war mit *Agent Orange* in Vietnam oder den Impfstoffen gegen Nervengas und biologische Kampfstoffe während *Desert Storm*? Oder mit den neuen, verbesserten und angeblich sicheren Entlaubungsmitteln in Kolumbien?«

Bevor Howard antworten konnte, schaltete sich Michaels ein. »Nun mal mit der Ruhe, Jay. Wir sitzen hier nicht, um uns über Aspekte der Militärgeschichte zu streiten. Was auch immer geschehen sein mag, General Howard können wir es ganz sicher nicht zur Last legen, oder?«

Jay schwieg, nachdem er Gelegenheit gehabt hatte, seine liberale Einstellung klar zu machen.

»Also gut. Wenn es sonst nichts mehr gibt … ich muss noch tonnenweise Akten durchsehen.«

Eine Dreiviertelstunde später war Michaels auf dem besten Weg, seine Augen bei der Lektüre von Computerdateien zu überanstrengen. Dabei trug er eine neue Lesebrille, die angeblich die Buchstaben so klar halten sollte, dass eine Übermüdung der Augen ausgeschlossen werden konnte. Da klopfte es an der Tür.

»Jay.«

»Ich habe alles, was ich über diesen Typ namens George finden konnte, auf Ihren Rechner geladen, Boss. Ich wusste nicht, ob Sie es sich noch ansehen wollen, bevor er eintrifft.«

»Danke, Jay, das weiß ich zu schätzen.«

Nachdem Jay den Raum verlassen hatte, öffnete Michaels den Ordner und las die Informationen durch. Viel war es nicht. Eine Kurzbiografie von Zachary George – Geburtsdatum und -ort, Schulausbildung, Familie und ein kurzer Abriss seiner bisherigen beruflichen Tätigkeit. Wie es schien, war Mr. George bei der NSA, seit er vor fünfzehn Jahren das College verlassen hatte. Der einzige Hinweis auf seinen Status war die Angabe der Besoldungsklasse, die nur eine Stufe unter Michaels eigener lag, bevor man ihn die Karriereleiter hinaufkatapultiert hatte.

»Sir?«, klang die Stimme seiner Sekretärin aus der Gegensprechanlage. »Ihr Neun-Uhr-Termin ist da.«

Also, wenn man vom Teufel spricht. »Bitten Sie ihn herein.«

Auf den ersten Blick erschien Mr. George nicht besonders beeindruckend. Durchschnittlich groß, durchschnittliches Gewicht, kurz, aber nicht zu kurz geschnittenes braunes Haar, ansehnliche Gesichtszüge und die Kleidung eines Bürokraten im mittleren Dienst: ein grauer Anzug, der teuer genug war, um dezent zu erscheinen, aber nicht so teuer, dass er einem in Erinnerung blieb. Schwarze Lederschuhe. Diesen Mann konnte man mit vier anderen in einen Raum stellen, und er wäre so gut wie unsichtbar nach dem Motto: Der Typ da drüben in der Ecke, der so total durchschnittlich aussieht? Nein, nein, ich meine nicht den, sondern den, der unmittelbar *daneben* steht.

Michaels erhob sich und streckte dem Besucher die Hand entgegen. »Mr. George.«

»Commander. Gut, dass Sie mich empfangen.«

»Nun, wir sind stets bemüht, die Beziehungen zu unseren Schwesterdiensten positiv zu gestalten. Korpsgeist und so was in der Richtung.«

»Bei allem Respekt, Sir, das ist Blödsinn. Fast jeder in meiner Dienststelle wäre bereit, jedem Einzelnen von Ihnen die Kehle durchzuschneiden, wenn es ihm ein paar Pluspunkte in der Personalbeurteilung einbrächte. Und das ist die Erfahrung, die wir auch mit sämtlichen anderen Sicherheitsdiensten gemacht haben, mit denen wir es bislang zu tun hatten.«

Michaels musste über diese Eröffnung lächeln. »Bloß keine Glasur, gleich heraus mit dem, was man wirklich denkt.«

George erwiderte das Lächeln. Was immer er auf dem Herzen hatte, interessant war er jedenfalls.

»Bitte nehmen Sie Platz.«

Der Mann von der NSA setzte sich und schlug im Zurücklehnen ein Bein über das andere. »Sie haben inzwischen herausbekommen, worum es sich bei der Sache handelt, hinter der ich her bin?«

»Ich habe einige Vermutungen. Warum erzählen Sie mir nicht einfach, worum es sich dreht?«

George lächelte wieder. Dieses Lächeln nahm seinen Anfang auf der rechten Gesichtshälfte und zog sich anschließend über das ganze Gesicht. »Nun, Sir, ganz so einfach wollte ich es Ihnen denn doch nicht machen.«

»Offen gestanden liegt mir nicht viel daran, mit Ihnen die Klingen zu kreuzen. Ich habe noch etliche Dinge auf meinem Schreibtisch, die dringend der Erledigung bedürfen. Spielchen in der Art der ›Zwanzig Fragen‹ stehen also im Augenblick nicht besonders weit oben auf der Liste. Kurz gesagt: Reden Sie, oder verschwinden Sie.«

George nickte, als wäre das genau das, was er zu hören erwartet hatte. »Sir, möglicherweise sind Sie bereits darüber im Bilde, dass es mehrere Eigenschaften bei dieser Droge gibt, über die wir gesprochen haben, die vielleicht für einige unserer militärischen Organisationen von Nutzen sein könnten.«

»Dieser Gedanke ist mir durch den Kopf gegangen.«

»Wie es der Zufall will, verfügt meine Organisation über eine ... Forschungseinrichtung, die sich mit Studien über die Verwendungsmöglichkeiten pharmazeutischer Produkte als mögliche Hilfen bei ... Feldeinsätzen befasst.«

»Was Sie nicht sagen.«

»Weitere Informationen gehen über das hinaus, was ich Ihnen sagen darf. Tut mir Leid. Nur so viel dazu: Wir haben außerordentliches Interesse daran, uns mit dem Chemiker oder Pharmazeuten, der diese Mischung herausgebracht hat, zu unterhalten, sobald Sie ihn gefunden haben.«

»Und warum sprechen Sie deswegen nicht gleich mit der DEA?«

George lächelte. »Ehrlich gesagt haben wir das bereits getan. Wir sind aber nicht der Ansicht, dass die DEA große Chancen hat, den Kerl zu schnappen.«

»Aber es liegt doch in deren Kompetenzbereich, oder etwa nicht?«

»Was glauben Sie wohl, warum wir mit Ihnen Kontakt aufgenommen haben und Sie um Unterstützung bitten?«

Ein Punkt für ihn, dachte Michaels, ohne es auszusprechen. Stattdessen stellte er George eine Frage. »Warum verfolgen Sie den Dealer nicht selbst? Die NSA hat schließlich ihre Finger in so ziemlich jedem Kuchenteig, den es gibt, oder nicht?«

»Das ist richtig. Und genau das ist auch der Grund, weshalb wir personell ein wenig unterbesetzt sind. In der letzten Zeit hat die Net Force einige recht beachtliche Erfolge für sich verbuchen können, und wenn ich weiter offen sprechen darf, Ihre Computerjockeys sind besser als alles, was sich sonst mit der Materie beschäftigt ... unsere Leute eingeschlossen. Wahrscheinlich wird es Ihnen zu Ohren gekommen sein, dass wir sogar versucht haben, einige äh ... für uns zu rekrutieren.«

Michaels lächelte. Natürlich wusste er davon. »Pech gehabt?«

»Allerdings. Und zwar reichlich. Ihre Mitarbeiter scheinen Ihrer Organisation einen sehr hohen Grad an Loyalität entgegenzubringen.«

»Wissen Sie, wir versuchen lediglich, unsere Leute gut zu behandeln.«

»Scheint so. Aber zurück zum Thema. Wir vertreten die Ansicht, dass Sie es eher als die DEA oder unsere eigenen Leute schaffen, diesen Dealer zu entlarven, und es wäre nicht schlecht, wenn Sie uns im Hinterkopf behalten, wenn es so weit ist.«

Michaels lehnte sich im Schreibtischsessel zurück und drückte für eine Sekunde die Fingerspitzen vor dem Gesicht gegeneinander, legte die Hände dann jedoch rasch wieder auf den Tisch. Irgendwo hatte er gelesen, dass das Zusammendrücken der Fingerspitzen als Zeichen von Überheblichkeit empfunden werden konnte. Obwohl er im Augenblick tatsächlich das Gefühl hatte, die besseren Karten zu haben, lag es keineswegs in seiner Absicht, sie auch aufzudecken. »Selbst wenn wir es schaffen sollten«, nahm er den Faden wieder auf, »was würde es Ihnen bringen? Das alles liegt im Zuständigkeitsbereich der DEA. Wir leiten nur die Informationen an sie weiter. Sie führt auch die Verhaftung durch. Damit ist auch schon das Ende unserer Beteiligung erreicht.«

George zögerte eine Sekunde, bevor er darauf einging. »Natürlich haben Sie Recht. Wir haben auch keinesfalls die Absicht, die gesetzlich festgelegte Position der DEA auszuhebeln. Allerdings würde es uns ein gezielter Hinweis Ihrerseits erlauben, die Verhandlungen mit diesem Dienst aus, äh … einer informierten Position heraus aufzunehmen. Ich bin mir ganz sicher, dass wir sie dahingehend überzeugen können, dass der Nation sehr gedient wäre, wenn man uns gestattet, dem Kriminellen ein paar Fragen zu stellen, bevor er hinter Gittern verschwindet.«

Michaels musste wieder lächeln. Zweifellos war sich George der Tatsache bewusst, dass ihre Unterhaltung mitgeschnitten wurde, und hütete sich natürlich, irgendetwas von sich zu geben, was auch nur im Entferntesten illegal klingen konnte. Dennoch war es ein Kinderspiel für ihn, zwischen den Zeilen zu lesen. Wenn man in Washington arbeitete, entwickelte man fast zwangsläufig gewisse Fertigkeiten in verbaler »Komposition«. Man sagte etwas, meinte aber etwas völlig anderes und verwendete dabei Ausdrücke, Tonlagen oder Gesten, mit denen man sicherstellte, dass der Zuhörer keinen Zweifel daran haben konnte, was das war. Tonbandaufzeichnungen konnten keine visuellen Eindrücke vermitteln, und selbst Videoaufnahmen waren nicht in der Lage, das wiederzugeben, was zwischen den Zeilen stand.

Georges »Komposition« war einfach nachzuvollziehen: Ihr gebt uns den Drogendealer, wir nehmen ihn uns vor und holen aus ihm heraus, was wir wissen wollen. Erst dann übergeben wir ihn an die DEA.

Interessant.

Michaels verspürte den spontanen Wunsch, Mr. Zachary George aufzufordern, wieder in seinem NSA-Loch zu verschwinden, und das möglichst so schnell, dass ihm die hinter ihm zugeschlagene Tür nicht in die Hacken knallen konnte. Doch auch er hatte in dieser Stadt schon einige Lektionen gelernt, was das politische Überleben anging, und dazu wiederum gehörte ganz sicher die, dass es kein besonders cleverer Schachzug war, jemandem in die Cornflakes zu pinkeln. Besonders dann nicht, wenn dieser jemand über beachtlichen Einfluss verfügte. Die NSA wusste, wo eine Menge Leichen vergraben waren … im übertragenen wie auch im wörtlichen Sinne. Also war eine direkte Konfrontation, so befriedigend sie auch sein mochte, kein besonders kluger Schachzug. Dabei ging es in erster Linie nicht einmal um Michaels selbst, sondern um seine Dienststelle, und das durfte er auf keinen Fall übersehen. Eine harte Lektion, zweifellos. Aber er lernte ununterbrochen dazu.

»Nun, ich denke, wir können Sie auf dem Laufenden halten«, schloss er. »Quasi aus Höflichkeit einer Schwesterbehörde gegenüber.« Bei dieser Aussage handelte es sich noch nicht einmal um eine sprachliche »Komposition«. Er brachte damit lediglich zum Ausdruck, dass er nicht die Absicht hatte, sich zu beugen, sondern vielmehr einen Eindruck im Sinne von: *Selbstverständlich sind wir bereit, euch den Rücken zu schrubben. Aber was bekommen wir als Gegenleistung?* zu hinterlassen.

George ließ sein schiefes Lächeln wieder aufblitzen. »Wir würden das sehr begrüßen, Commander. Ich bin sicher, dass wir uns für dieses Entgegenkommen zumindest ein wenig erkenntlich zeigen werden.«

Das Treffen war zu Ende. George hatte das gesagt, weshalb er gekommen war. Wenige Minuten später schüttelten sie einander die Hände und verabschiedeten sich.

Interessant. Wirklich interessant. Also schien die National Security Agency irgendeine verdeckte Operation laufen zu haben, bei der es auch um Drogen ging. Nicht, dass dies eine wirkliche Überraschung gewesen wäre, wenn man kurz intensiver darüber nachdachte. Bei sämtlichen Nachrichtendiensten liefen mehr halboffizielle Operationen, als ein Hund Flöhe hatte. Von diesen Operationen waren einige bekannt, andere gingen in aller Heimlichkeit vonstatten, und wieder andere waren so gut versteckt, dass niemand rein zufällig darüber stolpern konnte. Die Net Force stand ziemlich stark im Rampenlicht, doch auch hier wurde bestimmte Wäsche nicht in aller Öffentlichkeit zum Trocknen aufgehängt. Ganz sicher hatte auch das FBI schwarze Operationen laufen, die man im Schatten zu halten vorzog. All das gehörte nun einmal mit zum Spiel. Es war unmöglich, sich an jemanden anzuschleichen und dabei gleichzeitig Trompete zu spielen und sämtliche Warnleuchten blinken zu lassen. Selbst die Dorfpolizei wusste, dass sie manchmal auf zivile Einsatzwagen zurückgreifen musste.

Wenn, oder besser: falls sie es schaffen sollten, dem Dealer auf die Schliche zu kommen, war es für Michaels immer noch früh genug, die Entscheidung zu treffen, ob er die NSA darüber informieren sollte oder nicht. Sollte sich die NSA einschalten und der DEA den Dealer vor der Nase wegschnappen, würden zwangsläufig Köpfe rollen, wenn jemand durchsickern ließ, dass dies mit dem Einverständnis der Net Force geschehen war.

Doch im Augenblick war es müßig, sich darüber den Kopf zu zerbrechen. Es gab nämlich nichts, was sie hätten weitergeben können.

Bevor Michaels zur Aktenlektüre zurückkehren konnte, zwitscherte die Gegensprechanlage erneut.

»Sir, Agent Brett Lee ist hier. Er hat keinen Termin, aber es sieht so aus, äh … als wollte er Sie mit allem Nachdruck sprechen.«

»Lassen Sie ihn herein.«

Mit finsterem Blick und offensichtlich eingeschnappt stürmte Lee herein. »Was zum Teufel hat Zach George hier zu suchen?«

»Ich freue mich auch, Sie zu sehen, Mr. Lee.«

»Das ist keine Antwort auf meine Frage!«

»Ich habe auch nicht die Absicht, sie zu beantworten.

Was sich hier in meinem Büro abspielt, geht Sie einen Dreck an. Ist das klar?«

Lee trat einen Schritt vor, als stünde er kurz davor, handgreiflich zu werden.

Michaels war müde und griesgrämig. Doch er war sofort auf den Füßen und bereit zu reagieren. *Nun mach schon, Kumpel. Gib mir Gelegenheit, dir zu zeigen, was meine Frau mir alles beigebracht hat!*

Doch Lee blieb stehen, da ihm offensichtlich bewusst geworden war, dass es seiner Karriere sehr abträglich sein konnte, wenn er einen tätlichen Angriff auf den Leiter der Net Force startete.

Schade. Wie gerne hätte ich dir eine verpasst, dachte Michaels. Dieser Clown hatte nicht das Recht, in sein Büro zu stürmen und irgendwelche Forderungen zu stellen!

»Sie und George hecken irgendetwas aus, und ich möchte Sie warnen, uns in die Quere zu kommen! Es würde meinen Boss lediglich einen Anruf bei Ihrem kosten!«, fauchte Lee mit immer noch vor Wut hochrotem Gesicht.

»Nun, dann hoffe ich, dass die beiden sich gut unterhalten werden, Mr. Lee. Doch leider bin ich im Augenblick ziemlich beschäftigt. Wenn Sie mich jetzt also bitte entschuldigen wollen, ich habe zu arbeiten.« Damit setzte er sich wieder und griff nach der Lesebrille.

Eine Sekunde später war Lee verschwunden, eine Heckwelle der Verärgerung hinter sich herziehend.

Das war eine wirklich *außergewöhnlich* interessante Entwicklung. Auf jeden Fall erfrischender, als an diesem trüben Morgen Berichte zu lesen.

10

Malibu, Kalifornien

Nachdem Drayne den Löwenanteil von zwei Flaschen Champagner getrunken hatte, verspürte er kaum einen Hauch von Kopfschmerzen. Er schlurfte in die Küche und bemerkte im Vorübergehen Tad, der, für den Rest der Welt unerreichbar, ausgestreckt auf der Couch lag.

Auch gut. Wohl wieder einer dieser Trips, von denen Tad irgendwann einmal nicht mehr zurückkehren würde. Drayne war jedenfalls froh, dass dieser Zeitpunkt nicht auf den heutigen Tag gefallen war. Er würde den Typ vermissen, wenn es einmal so weit war. Tad stand zwar mit dem Rücken an der Wand und war völlig daneben, aber es gab nicht allzu viele wie ihn. Er war absolut loyal, und so etwas war mit Geld nicht zu erkaufen.

Drayne öffnete die Tür des Oberschranks über der Mikrowelle und wühlte sich durch die Vitaminpräparate, bis er das Ibuprofen gefunden hatte. Dann schüttete er sich vier der braunen Tabletten auf die Handfläche, schluckte sie trocken und stellte die Packung zurück. In dem Schränkchen standen reihenweise Schachteln mit Vitaminen, denn er schwor auf solche Präparate. Allerdings hatte er nicht vor, auch nur eines davon zu schlucken, bevor er etwas gegessen hatte. Er pflegte so viele Vitamine, Mineralien und andere gesundheitsorientierte Nahrungsergänzungsmittel einzunehmen, dass ihm glatt schlecht geworden wäre, wenn er sie jetzt alle auf einmal und auf nüchternen Magen geschluckt hätte. Seine normale morgendliche Dosis bestand aus zwanzig bis fünfundzwanzig verschiedenen Pillen, Tabletten, Dragees und Weichgelatinekapseln. Zwei Gramm Vitamin C in zwei Dragees, drei Vitamin E, die zusammen 1200 I.E. ergaben, 120 Milligramm Ginkgo Biloba, zwei Dragees zu 60 mg, zwei Schmerztabletten, die eine Kombination aus 1000 mg Glucosamin und 800 mg Chondroitin waren, dazu zwei so genannte Fettverbrenner, die in erster Linie aus Chromsalzen und L-Carnitin bestanden. Dazu 705 mg Ginseng in drei Weichgelatinekapseln, 50 000 I.E. Beta-Carotin in zwei Weichgelatinekapseln, 100 mg Prasteron – das waren vier Tabletten und ein paar Kürbiskerne –, die er nicht wirklich brauchte, doch bei seinem aktiven Geschlechtsleben zur Vorbeugung von Prostataproblemen für besser hielt. Den Schluss bildeten fünf Milligramm Deprenyl, damit sich keine Trübsal breit machen konnte, und eine Reihe Creatin-Kapseln. Letztere brauchte er, wie er glaubte, immer dann, wenn er im Training war. Folglich wechselte er die Dosierung von Tag zu Tag in Abhängigkeit von der Intensität seiner Arbeit mit den Gewichten.

Bevor er zu Bett ging, kamen noch Multivitamine und Melatonin und hier und da ein paar andere Kleinigkeiten hinzu. Bei solchen Unmengen Pillen pro Tag war es für ihn eine Fingerübung, vier Ibuprofen trocken hinunterzuwürgen. Sein Arzneimittelcocktail schien jedenfalls zu wirken, und so lange dies der Fall war, würde er damit auch weitermachen. Vorbeugen war in jedem Fall besser als heilen.

Champagner war sein einziges Laster – wenn man Sex nicht mitrechnete –, und er achtete stets darauf, gut mit seinen Gesundheitsmitteln eingedeckt zu sein. Er ernährte sich ausgewogen, trainierte regelmäßig und verwendete selbst zu dieser Jahreszeit einen Sunblocker als Sonnenschutzmittel. Er hatte sich vorgenommen, ein langes, reiches und erfülltes Leben zu führen und hatte damit ganz andere Vorstellungen als Tad, der voraussichtlich in höchstens einem Jahr, vielleicht sogar schon erheblich früher tot sein würde.

Drayne hatte versucht, ihm die Hammer-Trips auszureden. Aber Tad war nun einmal, wie er war, und wenn er damit aufhörte, würde er nicht mehr derselbe sein wie zuvor. Drayne besaß die Fähigkeit, Dinge geruhsam angehen zu lassen. Tad konnte das nicht, und genau das war sein Problem.

Misty-Bunny-Buffy war nicht mehr da. Sie hatte sich offensichtlich irgendwann im Laufe der Nacht verzogen. Er nahm an, dass sie einen Freund oder Ehemann hatte, zu dem sie zurück musste. Mit einem Produzenten zu schlafen, um auf diese Weise möglicherweise eine Rolle zu bekommen, zählte hier nicht als Seitensprung. Besonders dann nicht, wenn man vor Morgengrauen wieder zu Hause war. Aber wie auch immer, er war fertig mit ihr. Sie war großartig, aber es war schließlich auch das erste und einzige Mal mit ihr gewesen. Also gab es auch keinen Grund, sich eingehender Gedanken über sie zu machen, oder? Solange diese Frauen nicht wirklich spektakulär waren – und über einen bestimmten Punkt hinaus schienen alle nicht mehr besser werden zu können –, warum sollte man sich dann weiter mit ihnen auseinander setzen? Möglicherweise wartete schon eine noch bessere auf ihn.

Er blickte auf die Armbanduhr. Es war eine Seiko aus der Kinetic-Serie, die man nicht aufzuziehen brauchte und deren Batterie nicht gewechselt werden musste. Diese Uhren verfügten über eine Art winzigen Generator, der bei jeder Bewegung des Handgelenks einen Kondensator oder so etwas Ähnliches auflud. Diese Uhr würde so lange gehen, wie man in der Lage war, den Arm auch nur ein bisschen zu bewegen. Lebenslange Garantie hatte sie auch. Und sollten sich die Dinge einmal bis zu einem Punkt entwickelt haben, an dem er seine Arme nicht mehr bewegen konnte, gab es bestimmt auch keinen Grund mehr, sich Gedanken um die Uhrzeit zu machen.

Im Augenblick war es jedenfalls kurz vor zehn Uhr morgens.

Er seufzte. Zu spät, um zu trainieren oder am Strand zu joggen. Besser, er stieg gleich unter die Dusche und sah zu, dass er weg kam. Eine Fahrt hinaus in die Wüste stand auf dem Programm, denn er musste unbedingt die Bestände seines fahrbaren Labors ergänzen. Selbst wenn es keine Verkehrsstaus gab, würden Hin- und Rückfahrt jeweils einige Stunden in Anspruch nehmen. Er konnte die Vitaminpräparate ja mitnehmen und später eine Kleinigkeit essen. Gegen sechs musste er zurück sein, denn er war mit dem Zee-ster zum Essen verabredet, und so etwas war immer eine lustige Angelegenheit. Wenn Tad ansprechbar gewesen wäre, hätte er ihn geschickt. Aber das war eben leider nicht der Fall, und so blieb es halt wieder an ihm hängen. Auch gut.

Nun ja, wenigstens sah es so aus, als wäre das Wetter in Ordnung. Wenn er erst einmal aus der Smog-Glocke heraus war, konnte er das Verdeck öffnen und den Sonnenschein richtig genießen. Das Großartige an Kalifornien war, dass man hier fast das ganze Jahr über offen Auto fahren konnte. Sicher, im Winter regnete es, und manchmal war es dann tatsächlich auch mal richtig kühl. Andererseits hatte er aber schon mehr als einmal bereits im Januar am Strand gelegen und sich von der Sonne braten lassen. Natürlich war auch das Wasser zu dieser Jahreszeit kälter. Mit einem Nasstauchanzug konnte man aber trotzdem surfen, wann immer man Lust dazu verspürte. Nicht, dass er in letzter Zeit öfter von dieser Möglichkeit Gebrauch gemacht hätte. Dafür hatte er einfach zu viel zu tun gehabt. Aber er nahm sich vor, alles möglichst bald nachzuholen.

Er grinste, als er sich fragte, was sein Vater wohl sagen würde, wenn er eine Ahnung gehabt hätte, wie viel Geld sein kleiner Bobby bereits beiseite geschafft hatte. Oder noch besser: Wenn er wüsste, womit sein Sohn es verdient hatte. Bei dem alten Mann würde glatt eine Dichtung durchknallen. Das war mal sicher, und den dann austretenden Dampf würde man meilenweit sehen. Dreißig Jahre beim FBI. Immer aufrecht wie ein Zinnsoldat, den man in einen Anzug gesteckt hatte. Sein alter Herr war jemand, der es vorzog, seine Knöllchen selbst zu bezahlen, statt mit der FBI-Marke zu wedeln.

Und wofür? Was hatte dem alten Mann dieser Aufrecht-und-unbestechlich-Scheiß letztendlich eingebracht?

Es hatte ihn in den Ruhestand gebracht, den er in einer Eigentumswohnung in Tucson, Arizona, zusammen mit seinem kleinen Terrier namens Franklin verbrachte. Dort regte er sich jetzt darüber auf, dass die Welt langsam den Bach hinunterging. Tatsächlich mochte Drayne den Hund irgendwie. Die beste Entscheidung, die der alte Mann nach dem Tod von Bobbys Mutter getroffen hatte, war, diesen Hund anzuschaffen, ohne groß darüber zu reden. In der ersten Woche, in der er das Biest hatte, war es stolz mit einer riesigen alten, selbst gefangenen Ratte in die Wohnung spaziert. Diese Ratte war beinahe so groß wie der Hund, und kaum einer hätte es für möglich gehalten, dass der kleine Kläffer sie tatsächlich gejagt und erlegt hatte. So etwas gehörte zu den Dingen, die Drayne mochte.

Seit dem letzten Besuch bei seinem Vater war mittlerweile mehr als ein Jahr ins Land gegangen. Inzwischen musste Franklin neun oder zehn Jahre alt sein. Damit konnte man ihn wahrscheinlich als Hund mittleren Alters bezeichnen, zumindest in Hundejahren gerechnet.

Drayne hatte sich oft gefragt, ob der alte Herr ihn festnehmen lassen würde, wenn er einmal herausbekommen sollte, was er trieb. Es gab Tage, an denen war sich Bobby völlig sicher, dass ihn der ehemalige Special Agent in Charge Rickover Drayne, der von seinen Freunden, alle ebenfalls Feds, nur »RD« genannt wurde, fraglos einlochen würde. Dann wiederum gab es Tage, an denen er sich da keineswegs so sicher war. Möglicherweise hatte der alte Herr doch irgendwo eine weiche Stelle, was seinen einzigen Sohn anging. Nur hatte Drayne eine solche bislang noch nicht entdecken können.

Der alte Mann glaubte, dass Bobby für eine kleine Chemiefabrik arbeitete, die Kunststoffe zur Verwendung in industriell genutzten Müllcontainern herstellte. Angeblich bekam er ein anständiges Gehalt, das einen Hauch über dem lag, was sein Vater in den letzten Jahren vor seiner Pensionierung bezogen hatte. Er hatte diese Legende bewusst so aufgebaut, damit der alte Herr in dem Bewusstsein leben konnte, die Studiengebühren für seinen Abschluss in Chemie seien nicht umsonst gewesen. Es mochte vielleicht der Fall sein, dass er Differenzen mit seinem Sohn hatte, aber so konnte er jederzeit behaupten, sein Sprössling habe einen seriösen Job, in dem er gutes Geld verdiene.

Natürlich hatte er diese Legende hauptsächlich zum eigenen Schutz aufgebaut und erst in zweiter Linie, um seinen Vater stolz zu machen. Es hatte ihn einige Zeit gekostet, die Firma Polymers Products entstehen zu lassen. Doch jetzt handelte es sich um eine ordnungsgemäß in Delaware eingetragene Firma, die bescheidene Kontobewegungen bei verschiedenen Internetbanken auswies und bei der er offiziell auf der Liste der Gehaltsempfänger geführt wurde. Nur für den Fall, dass sein Vater einmal auf die Idee kommen sollte, alles nachzuprüfen, was Bobby nicht für gänzlich unmöglich hielt. Für seinen lediglich auf dem Papier bestehenden Job zahlte Drayne auch treu und brav Steuern, Sozialversicherungsabgaben und den ganzen Kram. Das Finanzamt interessierte sich nämlich nicht dafür, was man tat, so lange man nur pünktlich seine Abgaben entrichtete. Er hätte sogar erklären können, dass er seine Einkünfte aus Drogenverkäufen bezog, und das IRS hätte es wahrscheinlich noch nicht einmal für nötig befunden, die DEA darauf hinzuweisen. Er kannte Leute, die tatsächlich so verfahren waren.

Die Regierung – egal, in welcher behördlichen Erscheinungsform – war strohdumm. Er würde sie auch weiterhin austricksen, und sie würde ihm nie auf die Schliche kommen.

Drayne schlenderte ins Bad und drehte die Mischbatterie der Dusche auf. Es war eine wirklich gewaltige Dusche. Groß genug, um fünf Personen Platz zu bieten, und ganz in blassgrünen Kacheln kombiniert und mit Glasbausteinen gefliest. Rund ein Dutzend Duschköpfe waren oben, in der Mitte und unten verteilt. Wenn man die Düsen auf volle Kraft stellte, war es fast so, als würde man von flüssigen Nadeln aufgespießt. Keine Frage, dass sie Unmengen an Wasser verbrauchte. Deshalb hatte er vorsorglich zwei dreihundert Liter fassende Warmwasserbereiter in der Garage installieren lassen. Doch wenn man wieder herauskam, fühlte man sich sauber und wie neugeboren. Das war mal sicher.

Er trat in die Kabine und schnappte unter der Kraft des Sprühnebels erst einmal nach Luft.

Tad würde voraussichtlich die nächsten achtzehn bis zwanzig Stunden, möglicherweise sogar noch länger, außer Gefecht sein und wahrscheinlich immer noch auf der Couch liegen, wenn Drayne zurückkehrte. Vielleicht atmete er dann sogar noch. Wie auch immer, die kommende Woche würde er wahrscheinlich ohnehin damit zubringen, auf der Couch, dem Fußboden, oder, falls er es so weit schaffte, im Bett herumzuliegen. Sich vom Hammer zu erholen war eben eine lästige Angelegenheit, und Tad fiel es augenscheinlich immer schwerer.

Drayne stellte das Denken ein und gab sich ganz dem Wasser hin.

Bronx, New York

Toni saß auf einem Stuhl neben dem Bett der Meisterin und wachte über deren Schlaf. Nach Aussage des Arztes hatte Mrs. DeBeers großes Glück gehabt, weil der Schlaganfall einerseits nicht allzu heftig gewesen war und sie sich andererseits für eine Dreiundachtzigjährige einer wirklich bemerkenswerten Gesundheit erfreute. Da Greif- und Sprachfähigkeit nur geringfügig beeinträchtigt waren, durfte man mit einer völligen Wiederherstellung rechnen. Natürlich standen immer noch verschiedene Tests an, und für die kommenden Tage musste sie auch ihre Medikamente exakt nach Vorschrift einnehmen. Aber die vorherrschende Einschätzung der behandelnden Ärzte lief darauf hinaus, dass sie aus hartem Holz geschnitzt war.

All das hatten ihr die Ärzte allerdings nur erzählt, weil die Meisterin sie als den ihr am nächsten stehenden Verwandten bezeichnet hatte. Was nicht den Tatsachen entsprach.

Auf jeden Fall war Toni mehr als nur ein wenig erleichtert. Meisterin DeBeers war von jenem Augenblick an, in dem sie sich kennen gelernt hatten, zu einem festen Bestandteil in Tonis Leben geworden. Damals war ihre Lehrerin fünfundsechzig gewesen und hatte gerade vier Rüpel aus der Nachbarschaft, die versucht hatten, sie zu drangsalieren, nach Strich und Faden verprügelt. Toni war von dem, was sie da gesehen hatte, sofort fasziniert. In der gleichen Sekunde hatte für sie festgestanden, dass sie lernen wollte, wie man sich auf diese Art gegen körperliche Angriffe zur Wehr setzte. Männer gehen wie selbstverständlich davon aus, Frauen körperlich beherrschen zu können. Selbst die damals gerade einmal dreizehn Jahre alte Toni wusste jedoch schon ganz genau, dass sie sich keinesfalls einem Mann auf Gnade und Ungnade unterwerfen wollte, der etwas von ihr verlangte, was sie nicht zu geben bereit war. Seitdem war das Training des Pentjak Silat – zunächst noch im Stil des relativ einfachen *bukti negara*, später dann mit dem komplizierteren *serak* – in Tonis Leben zu einem festen Bestandteil geworden. Auch jetzt versäumte sie es nie, wenn sie ihre Eltern besuchte, zu ihrer Lehrerin hinüberzugehen, und diese Ausflüge auf die andere Straßenseite waren nie langweilig verlaufen.

So alt Mrs. DeBeers auch sein mochte, Toni konnte sich einfach nicht vorstellen, dass es die Meisterin einmal nicht mehr geben würde.

»Ah, wie geht's meiner *tunangannya* denn heute?«

Toni lächelte. *Bestes Mädchen*. Sie sprach nur geringfügig undeutlicher als gewöhnlich. Kaum erkennbar für jemanden, der die Meisterin nicht genau kannte. »Mir geht's gut, Meisterin. Aber wie fühlst du dich?«

»Hab mich schon schlechter gefühlt. Allerdings auch besser. Wäre das schön, wenn ich jetzt ein Schlückchen Kaffee bekommen könnte.«

»Da würden die Ärzte aber eine ganze Menge gegen einzuwenden haben. Kein Kaffee nach einem Schlaganfall.«

»Bis jetzt habe ich es geschafft, drei Sätze Ärzte zu überleben, und die hier werde ich wohl auch noch schaffen, wenn sie glauben, dass der Kaffee mich umbringt. Und sollte er es tatsächlich schaffen, sterbe ich wenigstens glücklich.«

Toni lächelte wieder, griff in ihre Handtasche und brachte eine kleine Thermoskanne aus Edelstahl zum Vorschein.

Das Lächeln der alten Dame hätte man als strahlend bezeichnen können, wäre da nicht eine geringfügige Lähmung der Muskeln in der linken Gesichthälfte gewesen. »Ah, du bist eine gehorsame Schülerin.«

»Er ist nicht mehr frisch«, entschuldigte sich Toni. »Aber ich habe leider nicht die Zeit gefunden, in deine Wohnung zu gehen, um dort die Bohnen zu mahlen, die du von deinem Großneffen bekommst. Darum habe ich den Kaffe vor über einer Stunde bei Starbucks gekauft. Tut mir Leid.«

Die Meisterin hatte dafür nur ein Achselzucken übrig. »Ist schon in Ordnung. Heb mal das Kopfende des Betts an.«

Toni bediente die entsprechenden Steuerelemente, und der Stellmotor summte, während er die Meisterin in eine mehr oder weniger sitzende Position brachte. Toni goss den Kaffee in die Tasse der Thermoskanne und reichte sie hinüber.

Die Meisterin inhalierte den Duft tief durch die Nase. »Espresso?«

»Natürlich. Der dunkelste, den sie hatten.«

»Na ja, abgestanden oder nicht, mir kommt er gerade recht. Danke dir, mein bestes Mädchen.« Die Meisterin führte die Tasse an die Lippen und nahm einen kleinen Schluck. »Nicht schlecht, wirklich nicht schlecht«, verkündete sie dann. »Noch etwa hundert Jahre, und auch die Amerikaner werden gelernt haben, wie man Kaffee richtig aufbrüht. Auf jeden Fall ist das hier aber schon mal besser als gar nichts.« Sie nahm einen weiteren Schluck und lächelte wieder. »Und wie geht es deinem Baby?«

»Prima, so weit ich es beurteilen kann. Die meiste Zeit ist er damit beschäftigt, mir einen Ellbogen in die Blase zu rammen, oder er rollt herum und versucht, meinen Magen nach draußen zu treten.«

»Ja, das ist typisch. Und dabei ist er noch ganz klein. Warte nur ab, bis du im achten oder neunten Monat bist, dann tritt er so hart zu, dass dir die Hose runterrutscht.« Sie kicherte.

»Welch angenehme Vorstellung.«

»Du machst dir Sorgen, weil du nicht mit deinem Training weitermachen kannst«, stellte die Meisterin fest.

Toni schüttelte den Kopf. Wie konnte sie so genau wissen, was ihr gerade durch den Kopf ging?

»Ich hatte vier Kinder«, erklärte die Meisterin. »Alle sind zur Welt gekommen, nachdem ich mit dem Training begonnen hatte. Jedes Mal musste ich meine Vorgehensweisen verändern.«

»Das stelle ich im Augenblick auch fest.«

»Du kannst *djuru-djuru* auch im Sitzen machen«, erklärte die alte Dame. »Dein *langkas* wird später wieder in Form gebracht werden müssen, aber es besteht kein Grund, deswegen die Bewegungen des Oberkörpers zu vernachlässigen.«

Toni nickte. Die von der Meisterin unterrichtete indonesische Kampfsportart bestand aus zwei Teilen: Oberkörper, oder *djurus*, und Unterkörper, oder *langkas.* Normalerweise wurden sie zusammengefasst und insgesamt als *djuru* bezeichnet, obwohl dies technisch gesehen nicht korrekt war.

»Ich habe noch einige Sachen für dich in meiner Wohnung. Die sollst du mitnehmen, wenn du wieder nach Hause fährst. Ich habe sie in einen großen Karton neben den Eingang gestellt.«

Bevor Toni protestieren konnte, sprach die Meisterin schon weiter. »Nein, meine Zeit ist noch nicht gekommen, und ich werde dir auch nichts vererben, bevor ich nicht endgültig gehe. Bei diesen Sachen handelt es sich lediglich um Gegenstände, von denen ich hoffe, dass sie dir Freude machen, und für die ich selbst keine Verwendung mehr habe.«

»Danke, Meisterin.«

»Ich bin auf dich sowohl als Schülerin wie auch als Frau stolz, bestes Mädchen, und ich gehe davon aus, dass ich noch lange genug leben werde, um dein Kind verhätscheln zu können.«

Toni lächelte. Sie baute darauf.

11

Quantico, Virginia

Die Frau war jung, etwa zwei- oder dreiundzwanzig Jahre alt, und mit Jeans, einem schwarzen T-Shirt und Laufschuhen bekleidet. Es gab nichts, das an ihrer Erscheinung auffällig gewesen wäre. Jedenfalls gehörte sie nicht zu den Menschen, derentwegen man ein weiteres Mal die Straße überqueren würde, um sie näher in Augenschein nehmen zu können. Andererseits war sie auch nicht so hässlich, dass man die Straßenseite gewechselt hätte, um ihr aus dem Wege zu gehen. Sie sah eben absolut durchschnittlich aus.

Sie näherte sich einem Bargeldautomaten, führte ihre Karte ein und trat zurück. Offensichtlich hatte der Automat eine Störung. Die Frau lächelte und jagte dann ohne Vorankündigung ihre Faust in den Bildschirm des Automaten. Glassplitter spritzten in sämtliche Richtungen. Noch bevor sie den Erdboden berührt hatten, schnappte sich die Frau bereits einen auf dem Bürgersteig stehenden Mülleimer. Sie riss ihn hoch und begann, damit wie wild auf den Bargeldautomaten einzudreschen. Dabei lächelte sie die ganze Zeit.

Alex Michaels lehnte sich im Schreibtischsessel zurück. »So etwas bekommt man wirklich nicht alle Tage zu sehen.«

»Laut Angaben der FBI-Agents, mit denen ich gesprochen habe, passiert etwas Derartiges tatsächlich sogar vergleichsweise häufig. Dabei liegt der Grad der Gewaltanwendung normalerweise allerdings wesentlich niedriger. Die Leute neigen eher dazu, den Bildschirm oder die Kamera anzuspucken, ein- bis zweimal mit der Faust dagegen zu schlagen oder sogar dagegen zu treten. Manchmal zerkratzen sie auch die Bildschirme mit ihren Schlüsseln. Aber noch keiner von ihnen hatte je zuvor … äh … *Aktivitäten* solchen Ausmaßes gesehen.«

»Was ist passiert, nachdem sie den Videocamcorder in Schrott verwandelt hatte?«

»Augenzeugen haben berichtet«, fuhr Jay fort, »dass die Zerstörung in dieser Form weiterging, bis sie *wirklich* sauer wurde. Kurz darauf riss sie den ganzen Bargeldautomaten aus der Bettung. Etliche tausend Dollar flatterten in Zwanzig-Dollar-Scheinen über den Bürgersteig. Es entstand ein kleiner Aufruhr, als besorgte Mitbürger versuchten, das Geld … äh … für die Bank sicherzustellen.«

Jays Boss lachte schallend über diese Formulierung. »Darauf halte ich jede Wette. Und wie viel ist dann tatsächlich zurückgegeben worden?«

»Rund fünfzehn Prozent.«

»Nun, wie es scheint, gibt's wenigstens noch ein paar aufrichtige Mitbürger unter uns. Also haben wir inzwischen einen weiteren Drogenberserker, der diesmal einen Bankautomaten zerstört hat. Was hebt diese Angelegenheit aus den ähnlich gelagerten hervor?«

»Bei der Frau handelte es sich um Mary Jane Kent.«

»Verwandt oder verschwägert mit den Waffen- und Chemiefabriken-Kents?«

»Jawohl, Sir. Sie ist die Tochter des Verteidigungsministers.«

»Herrjeh.«

»Hat sich wohl in diesen Klamotten unters Volk gemischt«, erläuterte Jay weiter. »Soweit ich gehört habe, hätte sie sich komplett mit ihren Diamanten zudecken können. Anschließend hätte sie noch weniger Haut gezeigt als in diesen Jeans und dem T-Shirt und trotzdem noch genug für einen Umhang übrig gehabt.«

»Sieht ganz so aus, als verfügte ihre Familie über ein bisschen Bargeld.«

Jay nickte. Wenn *das* keine Untertreibung war, was dann? Die Familie Kent war während des Spanischen Bürgerkrieges in den Dreißigerjahren zu bescheidenem Wohlstand gelangt, weil sie über Portugal Waffen nach Spanien verschoben hatte. Im Zweiten Weltkrieg hatte sie dann richtig zugelangt und anschließend recht gut an Grenzgefechten und Revolutionen aller Art verdient. Die männliche Seite der Familie übernahm stets für eine gewisse Zeit die Leitung des Familienunternehmens, um danach einen Posten als Botschafter, Kabinettsmitglied oder Senator anzutreten. Die weibliche Linie betätigte sich in wohltätigen Organisationen und hatte einen ausgesprochenen Hang dazu entwickelt, sich für die falschen Ehemänner zu entscheiden. Hin und wieder tauschten die Sprösslinge auch einmal die Rollen, und eines der Mädchen managte die Firma, während ein männlicher Nachkomme sich um die Stiftungen kümmerte.

Natürlich hatten auch die Reichen ihre Probleme, doch es fiel Jay außerordentlich schwer, Mitleid mit jemandem zu haben, der zig Milliarden Dollar beiseite geschafft hatte, die jetzt darauf warteten, dass er in Rente ging. Es war immer noch eine Sache, seinen Weg arm zu beginnen und sich einen Weg in den Luxus zu erarbeiten, und eine völlig andere, mit einem Platinlöffel im Mund geboren zu werden.

»Sie hat vier Jungs vom LAPD verprügelt, und zwar vom Feinsten«, erzählte Jay weiter, »bevor ihr schließlich der Dampf ausging. Zufällig kam im Laufe des Tumults ein Arzt vorbei, der es schaffte, sie zu sedieren. Er hat ihr

Thorazin enthaltende Beruhigungsmittel in einer Menge verpasst, die dem Vernehmen nach gereicht hätte, ein Schlachtross umfallen zu lassen. Das Arzneimittel hat sie zwar etwas langsamer werden lassen, aber nicht völlig ausgeschaltet. Jetzt schweigt sie sich beharrlich darüber aus, welche Droge sie genommen hat und von wem sie sie bezogen hat. Offensichtlich war sie auf einer Einkaufstour, bei der sie ihre Kreditkarte verwendete, bis deren Limit überschritten war. Das war dann auch der Grund, weshalb der Geldautomat nichts Bares mehr ausspucken wollte.«

»Aha.« Michaels dachte ein paar Sekunden nach, bevor er die nahe liegende Frage stellte. »Weiß man denn, wie viel die Tochter eines Milliardärs ausgeben muss, bevor sie ihre Kreditkarte überstrapaziert?«

»Wenn Sie bitte einmal einen Blick auf das hier werfen wollen.«

Er übergab Michaels ein Speichermedium, und der drückte den entsprechenden Knopf. »Gütiger Gott!«, entfuhr es ihm, als die Zahl erschien.

»Amen. Genug, um eine Jacht zu kaufen und die Insel, zu der man sie segeln will, gleich mit«, sagte Jay. »Ich habe die Buchungen über diese Kreditkarte bekommen. Für den Fall, dass wir sie zurückverfolgen können, besteht vielleicht die Möglichkeit herauszufinden, wie und wo sie ihr Geld ausgegeben hat. Der Typ von der DEA, den sie mir kürzlich geschickt haben, sagte, dass sie bereit wären, weitere Leute auf die Straße zu schicken, um alles zu überprüfen. Es ist zwar nicht gerade viel, aber es ist leider alles, was wir im Moment haben.«

Michaels nickte und warf noch einmal einen Blick auf den gespeicherten Abbuchungsbeleg.

»Keine Angst, Boss, ›der rasende Jay Gridley‹ nimmt sich der Sache an.«

Er zeigte Michaels mit zwei Fingern den Gruß der Pfadfinder-Wölflinge und verließ das Büro.

Michaels' Telefon zirpte, und die Rufnummernidentifikation zeigte ihm, dass Toni ihn zu erreichen versuchte. Er nahm den Hörer auf. »Hey.«

»Hey.«

»Wie geht's der Meisterin?«

»Ganz gut«, berichtete Toni. »Der Arzt meint, sie kommt wieder auf die Beine.«

»Prima. Ich weiß, dass es dich sehr erleichtert haben muss, das zu hören.«

»Ja, allerdings. Ich werde heute im Laufe des Nachmittags den Flieger zurück nehmen. Wahrscheinlich bin ich dann etwa um dieselbe Zeit zu Hause wie du.«

»Klasse. Soll ich von unterwegs etwas zum Abendessen mitbringen?«

»Nö. Wir rufen beim Chinesen an und lassen uns was kommen, wenn du zu Hause bist. Einverstanden?«

»Nur wenn du mir versprichst, nicht noch einmal dieses Octopus-Kalamares-Spezialgericht zu bestellen.«

Sie lachte. »Was soll ich sagen? Ich hab eben manchmal so meine Gelüste. Muss mit der Schwangerschaft zusammenhängen.«

»Dann ist die Tatsache, dass ich in einem anderen Zimmer essen werde, während du dieses schleimige Zeugs in dich hineinschlürfst, wahrscheinlich ebenfalls eine Auswirkung der Schwangerschaft, was?«

Sie lachte wieder. »Wie geht's im Büro?«

»Das Übliche. Wir haben jetzt einen Hinweis wegen der Droge, über die wir gesprochen haben. Ist zwar nicht viel, aber Jay hat sich der Sache angenommen. Ansonsten ist es hier ziemlich ruhig. Genau genommen ist sogar das große Gähnen angesagt. Wäre nicht schlecht, wenn sich endlich mal etwas täte.«

»Sei vorsichtig mit deinen Wünschen … Du fehlst mir.«

»Ich vermisse dich auch und wünsche dir einen guten Flug.«

»Danke. Bis heute Abend.«

Sie legte auf, und er stieß einen erleichterten Seufzer aus. Mit all diesen Schwangerschaftsbelastungen wäre der Tod ihrer Silat-Lehrerin eine weitere Bürde für Toni gewesen, die sie gerade jetzt am wenigsten gebrauchen konnte.

Der Gedanke an einen gemütlichen Abend zu Hause und mit einem Essen vom Chinesen gefiel ihm ganz gut.

»Sir, Richard Sharone auf Leitung fünf.«

Michael schüttelte den Tagtraum vom Abendessen mit Toni ab. »Wer bitte ist Richard Sharone, und weshalb will er mich sprechen?«

»Er ist Vorstandsvorsitzender und Generaldirektor des Pharmakonzerns Merit-Wells.«

Michaels blinzelte erstaunt. Weshalb sollte der Oberhäuptling eines der größten Pharmakonzerne der Welt ausgerechnet ihn sprechen wollen?

Ah … Michaels starrte auf den Telefonhörer. Er mochte vielleicht nicht der schnellste Hund im Rudel sein, aber komplett mit Dummheit geschlagen war er nun auch wieder nicht. Was hatte die Net Force mit Drogen zu tun? Nichts, bis die DEA ihr Amtshilfebegehren wegen dieser esoterischen Droge gestellt hatte, die sie im Augenblick zu finden versuchten. Irgendjemand war wirklich wie der Teufel hinter dem Zeug her.

Wahrscheinlich würde das Gesundheitsministerium als Nächster in der Leitung sein.

»Hier spricht Commander Alex Michaels. Was kann ich für Sie tun, Mr. Sharone?« Er war sich allerdings ziemlich sicher, dass er die Antwort auf seine Frage bereits kannte.

Schießstand der Net Force, Quantico, Virginia

John Howard stand startbereit vor der Linie am Boden des Schießstandes. »Acht Meter, einfach. Los.«

Acht Meter vor ihm materialisierte sich urplötzlich ein

gut hundertfünfzig Kilo schwerer, verrückter Biker, der gerade eine Brechstange hob und, ohne zu zögern, in Howards Richtung zu schwingen begann.

Außerdem war der Typ dafür, dass er so fett war, auch noch bemerkenswert schnell.

Howard fuhr mit der rechten Hand in seine Net Force-Windjacke, schlug sie zurück und fasste die glatten, hölzernen Griffschalen seiner Seitenwaffe, die in einem speziell für ihn angefertigten Halfter steckte. Er zog die Philips & Rogers Medusa Modell 47 und richtete sie einhändig auf den Biker, als wollte er ihm damit einen Boxhieb verpassen.

Der Biker war jetzt kaum noch vier Meter von ihm entfernt, jetzt nur noch drei, zwei ...

Howard betätigte den Abzug, einmal, zweimal ...

Der Revolver brüllte auf und erzeugte dabei einen ziemlichen Rückschlag.

Zwei Kugeln trafen den Biker, als er noch anderthalb Meter vor Howard war. Der rennende Mann brach zusammen und schlitterte, vom eigenen Schwung mitgerissen, weiter, bis er wenige Zentimeter vor Howards auf Hochglanz polierten, ledernen Halbschuhen endgültig zur Ruhe kam.

Das war ein bisschen knapp, John.

Der Biker verschwand, als hätte man eine Lampe ausgeschaltet.

Und genau das war es auch, was hier gerade ablief. Ein Hologramm war eben letzten Endes nichts anderes als eine spezielle Mischung kohärenten Lichtes. Doch die Computerkameras, die hier alles überwachten, hatten die Flugbahn von Howards Kugeln Kaliber .357 berechnet, während sie davonflogen, und sie hatten entschieden, dass lebenswichtige Bereiche eines wirklich lebenden Ziels getroffen worden wären. Daraufhin hatten sie Howard eine Art Ersatzsieg zugesprochen.

Ein Punkt für die Guten.

Er steckte die Waffe ins Halfter zurück und warf einen Blick zum Bildschirm, auf dem die Ergebnisse angezeigt wurden. Er sah das Bild des Bikers und bemerkte die roten pulsierenden Punkte, wo dieser von seinen Kugeln getroffen worden war. Die mit »1« gekennzeichnete saß direkt im Herzen, und die »2« lag nur geringfügig höher und nach rechts versetzt. Mit den besten Geschossen des Kalibers .357 Magnum oder .40 lag die Fällquote für einen einzelnen Schuss zwischen vier- und sechsundneunzig Prozent, wenn ein fester Körper getroffen wurde, wobei es bei dieser Handwaffe noch nicht einmal ein besonders bedenklicher Bereich sein musste. So hätte sein erster Schuss bereits völlig ausgereicht, und ein realer Angreifer wäre schon so gut wie tot gewesen. Doch der Tod eines Zielobjekts stand nicht an erster Stelle der Anforderungen, sondern die Aufhaltkraft einer Waffe. Man konnte jemandem beispielsweise mit einer .22er ins Bein schießen und dabei unter Umständen eine Hauptschlagader treffen, was das Opfer töten würde. Tatsache war aber, dass ein solcher Treffer möglicherweise nichts brachte, wenn der Typ weiterhin auf einen zustürmte und einen mit einer Eisen- oder Brechstange zu Brei schlug. Dann konnte er es eventuell sogar noch schaffen, bis nach Hause zu entkommen, und würde vielleicht erst Minuten, Stunden oder gar Tage später sterben. So etwas war ganz und gar nicht gut. Wenn man auf jemanden schoss, sollte dieser Jemand *hier und jetzt* zusammenbrechen. Etwas anderes war nicht akzeptabel. Ob der Getroffene dabei am Leben blieb oder starb, war etwas, über das man sich anschließend Gedanken machen konnte. Im entscheidenden Moment hatte man jedenfalls keine Zeit, darüber nachzudenken.

Handwaffen, also Revolver und Pistolen, waren, was das sofortige Aufhalten eines Angreifers anging, lausig schlecht – relativ gesprochen. Eine Schrotflinte war da schon günstiger und ein gutes Gewehr noch einmal besser. Howard schmunzelte, als er an die alte Geschichte über einen Zivilisten dachte, der eine Handwaffe trug. Ein Freund fragte ihn: »Warum hast du eine Pistole? Erwartest du Ärger?«, und der Typ antwortete: »Ärger? Nein. Wenn ich wirklich Ärger erwarten würde, hätte ich ein Gewehr genommen.«

Andererseits war es unmöglich, ein Scharfschützengewehr Kaliber .308 mit Zielfernrohr unter einer Windjacke aus Gore-Tex verschwinden zu lassen. Die oberste Regel aller Schießereien lautete schließlich ...

Nun mach schon, John. Willst du jetzt schießen oder hier herumstehen und deinen Tagträumen nachhängen?

»Neustart!«, rief er.

Der Bildschirm wurde schwarz.

»Zehn Meter, doppelt. Dreißig Sekunden Verzögerung. Los.«

Diesmal lieferte ihm der Szenariencomputer zwei Angreifer. Einer davon hielt ein langes Messer in der Hand und sah aus wie ein Profi-Ringkämpfer, während der andere Ähnlichkeit mit einem Verteidiger der NFL hatte und mit einem Baseballschläger bewaffnet war. Die beiden kamen näher.

Howard zog, gab zwei Schüsse auf den Ringer ab, wechselte die Hand und feuerte zweimal auf den Football-Verteidiger. Die letzte der vier Kugeln verließ den Revolver etwa in derselben Sekunde, als der Footballspieler in Schlagreichweite kam.

Beide Angreifer gingen zu Boden.

Howard löste die Trommelverriegelung mit dem Daumen der rechten Hand und schlug hart genug mit der linken auf den Auswurfdorn, um die leeren Patronenhülsen aus den Kammern zu befördern, die auf den Boden des Schießstandes klimperten. Dann zog er einen Speed Loader aus der linken Tasche der Windjacke. Einen P & R nachzuladen war etwas komplizierter als bei seinem alten Smith & Wesson. Sein mit schwarzem Teflon beschichteter P & R hatte Federclips in den Kammern, die es ermöglichten, unterschiedliche Kaliber mit und ohne Patronenkragen zu verschießen. Das Einzige, was man tun musste, um .380er, .38er, .38er Spezial, 9 mm und .357er Magnum einsetzen zu können, war, den Auswerfer ein wenig herauszudrücken, damit der Speed Loader angesetzt werden konnte. Allerdings gestaltete sich der Vorgang dadurch vom Ablauf her etwas langsamer als bei seinem alten S & W.

Aber wenn man es schon mit sechs Patronen nicht schaffte zu überleben, schaffte man es wahrscheinlich überhaupt nicht.

Er bekam alle sechs Patronen in die Kammern, ließ den Speed Loader zu Boden fallen, schlug noch einige Male mit dem Handballen auf die Patronen, um sicherzustellen, dass sie fest saßen, klappte die Trommel zurück und ließ sie einrasten. Dann hob er die Waffe, umfasste sie mit beiden Händen und richtete sie auf den sich nähernden dritten Angreifer.

Bei diesem handelte es sich um eine nackte Frau, die ein Samuraischwert in den Händen hielt.

Auch gut. Hier schien jemand seine Kreativität unter Beweis stellen zu wollen, was die Programmierung von Szenarien anging. Howard fragte sich, ob Gunny hierfür verantwortlich zeichnete. Er musste daran denken, ihn bei Gelegenheit darauf anzusprechen.

Da er bereits fertig war, als die Frau auf der Bildfläche erschien, hatte er Zeit genug. Er zielte in aller Ruhe auf ihre Nase und drückte ab.

Ein Schuss in den Kopf war mehr als genug.

Der General warf einen Blick auf die Ergebnisanzeige. Drei für drei. Gar nicht schlecht für einen alten Mann.

Gunnys Stimme drang aus der Gegensprechanlage und

war durch die pfiffigen Ohrstöpsel, die laute Geräusche blockierten, aber normale durchließen, gut zu verstehen. »General, in ein paar Minuten wird eine Gruppe Explorer-Scouts eintreffen. Hätten sie was dagegen, wenn die Ihnen ein wenig beim Schießen zusehen?«

Bevor Howard die Gelegenheit hatte zu antworten, setzte Gunny noch nach: »Nur, weil wir denen einmal vorführen wollen, wie man es *nicht* machen sollte.«

»Ach, haben Sie vielleicht Lust, herunterzukommen, Sergeant, damit ich Ihnen zeigen kann, *wie* es richtig gemacht wird?«

Gunny kicherte, und auch Howard konnte sich ein Schmunzeln nicht verkneifen. Sein Angebot war kaum mehr als eine leere Drohung. Gunny konnte selbst Typen wie Wyatt Earp, Wild Bill Hickok und John Wesley Hardin gleichzeitig aus den Hosen schießen, und das mit der Linken wie mit der rechten Hand. Er war ein Ausnahmeschütze mit allem, was man anfassen und womit man schießen konnte. Unter anderem sicherlich auch ein Resultat seiner Vollzeitbeschäftigung als Leiter einer Schießhalle und der damit verbundenen Möglichkeit, täglich zu üben. Eigentlich zu schade, dachte Howard, dass Gunny sich weigerte, weiterhin bei Wettbewerben anzutreten. Sie hätten ihn so gut bei den jährlich stattfindenden Ausscheidungsschießen mit den anderen Diensten gebrauchen können. Aber er behauptete, er sei zu alt dazu. Dabei war er gerade einmal drei oder vier Jahre älter als Howard. Also, nicht gerade die Art von Äußerungen, die der General gern hörte.

Howard selbst war froh, wenn er es schaffte, drei- bis viermal pro Monat zum Schießstand zu kommen. Normalerweise fanden seine Besuche dann immer zusammen mit Julio statt. Doch seit der einen Säugling zu Hause hatte, kam er seinen väterlichen Pflichten nach, was die Zeit einschränkte, die ihm zum Üben blieb.

Julio war gerade dabei, die Lektion zu lernen, dass ein Baby sämtliche Prioritäten, die einmal gültig gewesen sein mochten, über den Haufen warf.

»*Dreißig* Sekunden zum Nachladen«, klang Gunnys Stimme wieder aus dem Lautsprecher, »und über zwei Sekunden, um die beiden Kobolde auszuschalten. Lieber Himmel, wir hätten zu Abend essen, ins Kino gehen und wieder zurück sein können, bevor Sie mit allem fertig gewesen wären. Ich denke nicht, dass Sie in absehbarer Zeit auch nur in die Nähe von Ragin' Cajun's Rekord kommen werden, Sir.«

Howard kicherte in sich hinein. Ragin' Cajun's richtiger Name war Jerry Miculek, und der war ein Profi-Scharfschütze. Er hatte vor rund zwölf Jahren unten in Mississippi den immer noch aktuellen Rekord für Revolver mit einem achtschüssigen des Kalibers .38 Special aufgestellt. Miculek hatte damals alle acht Schuss in unter einer Sekunde auf ein Ziel abgegeben. Außerdem feuerte er je zwei Schuss auf vier verschiedene Ziele und traf alle gerade einmal 0,06 Sekunden langsamer. Darüber hinaus hatte er es geschafft, mit einem Sechsschüsser sechs Treffer auf einem Ziel anzubringen, nachzuladen und in einer Zeit von insgesamt etwas über drei Sekunden sechs weitere Treffer zu landen. An solchen Standards gemessen waren Howards dreißig Sekunden natürlich Ewigkeiten.

Howard hatte seinen Revolver mit Griffschalen ausstatten lassen, wie sie auch von Miculek verwendet wurden. Gebracht hatte es allerdings kaum etwas.

Natürlich durfte man auch den legendären Ed McGivern nicht vergessen, der schon '65 fünf Schuss aus einem Smith & Wesson Modell 1905 Hand Ejector Military and Police Kaliber 38 in gerade einmal vier Zehntelsekunden auf eine Spielkarte abgegeben hatte.

Keine Chance für Howard, jemals auch nur in die Nähe solcher Ergebnisse zu kommen. Dazu hätte er jeden Tag der Woche und zusätzlich noch zweimal am Sonntag üben müssen. Aber trotzdem. Seiner Ansicht nach war er für die Bedürfnisse der Regierungsarbeit gut genug. Tests hatten erwiesen, dass ein mittelklassiger Schütze zwischen einer und anderthalb Sekunden brauchte, um eine Handwaffe aus dem Halfter zu ziehen und einen Schuss auf das Ziel abzugeben. Wenn einem ein Mann mit einer Brechstange oder einem Messer in der Hand schon näher als sechs Meter gekommen war und sich dabei schnell bewegte, konnte er einen erreicht haben, bevor man die Möglichkeit hatte, einen Schuss auf ihn zu lösen. Sollte er einem sogar noch näher gekommen sein, und der eigene Revolver befand sich immer noch im Halfter, konnte man sich nur noch darauf einstellen, wenige Sekunden später in ein Handgemenge verwickelt zu sein, oder man musste sich beeilen, Raum zwischen sich und ihn zu bringen. Nur so war es dann noch möglich, die Zeit zu gewinnen, die man brauchte, um die eigene Waffe zu ziehen.

Für Howard stand jedoch fest, dass er ein Gewehr mitnehmen würde, sollte er irgendwohin gerufen werden, wo Ärger in der Luft lag. Vielleicht auch eine Maschinenpistole. Die brauchte er nur grob in die Richtung zu halten, aus der sich der Verdruss näherte.

Gleichwohl konnte er immer Gefahr laufen, erschossen zu werden, wenn er einmal nicht damit rechnete, was sicherlich ein guter Grund war, in Übung zu bleiben.

»Denken Sie bitte daran, auf dem Weg hinaus kurz stehen zu bleiben, damit wir Ihren Ring neu programmieren können, Sir.«

Howard nickte. Sämtliche Schusswaffen der Net Force verfügten jetzt über die so genannte Smart-Technologie. Dazu musste jeder einen Ring tragen, der einen Code enthielt. Dieser wurde etwa jeden Monat geändert. Wenn also jemand eine Net Force-Waffe erbeutete und keinen dazu passenden Ring trug, würde sich die Waffe nicht abfeuern lassen. Howard traute der Sache nicht so recht, doch bislang hatte es in diesem System noch keine Fehlfunktionen gegeben. Zumindest, was seine Leute anging. Rein theoretisch war es jedenfalls eine gute Idee, doch sollte einmal jemand aus seinem Team die Waffe auf jemanden richten müssen und die dann nicht im entscheidenden Augenblick auch tatsächlich *Peng!* machen, würde es dieser jemand unter Umständen mit dem Leben bezahlen. Er selbst würde sich dann freiwillig für die Leitung des Teams zur Verfügung stellen, das anschließend die Untersuchungen durchführte, ob eventuell eine Fehlfunktion der Waffe für den Tod seines Mannes verantwortlich sein konnte.

»Neustart«, befahl er schließlich, »sieben Meter, einer.«

Nun, dieses Mal wollen wir die Sache so gestalten, dass sie eine etwas größere Herausforderung darstellt …

»Los!«

Er griff nach der Waffe.

12

Los Angeles, Kalifornien

Als Bobby aus der Wüste zurückfuhr, hatte er plötzlich die Idee zu einem tollen Streich.

Gekommen war sie ihm nur, weil ihm plötzlich eingefallen war, dass er vor etwa einem Jahr ein halbes Pfund eines Zeugs zusammengebraut und es kurz als »KS« – »Kicherstaub« – bezeichnet hatte. Damals war einer seiner Kunden an so etwas interessiert gewesen. Dann war irgendetwas passiert und die Sache geplatzt. Er hatte das Zeug anschließend in einer Schublade des Wohnmobils verstaut und völlig vergessen. Als er sich heute mit Ma und Pa Yeehaw unterhielt, die wirklich miteinander verheiratet waren und aus Missouri stammten, zog er rein zufällig genau diese Schublade auf und … Teufel auch, das war's. Fast zwei Kilogramm des graugrünen Pulvers, das gut und gern seine vier Riesen wert war, wenn er es verkaufen wollte. Steuerfreies Geld.

KS war eine Mischung, die MMDA – ein Derivat von MDA oder Ecstasy – und Psilocybin enthielt, das aus getrockneten Pilzen der Familie Baeocystis gewonnen wird. Diese Pilze hatte er sich damals von einem Typ aus Britisch-Kolumbien mitbringen lassen und die Rezeptur mit ein wenig Dexadrin abgerundet. Natürlich reagierten nicht alle Menschen auf das Pulver gleich. Doch bei den meisten führte es dazu, dass sie einen wirklich glückseligen Trip erlebten, viel lachten, richtig in Gang kamen, jeden anstrahlten, der ihnen begegnete, und alles unglaublich lustig fanden. Das Problem bestand darin, dass die Mischung schwer reproduzierbar war. Eine Charge wirkte ausgezeichnet – er hatte Tad damals etwas davon zum Ausprobieren überlassen –, während die nächste miserabel war. Der Schlüssel lag in den Pilzen, weil deren Inhaltsstoffe in Abhängigkeit von Wachstumsort und Erntezeitpunkt enorme Schwankungen aufwiesen. Eine Nebenwirkung bestand darin, dass das Pulver einen sehr durstig machte, aber kein Wasser lassen ließ. Folglich verbrachte man, wenn die Wirkung endlich abgeklungen war, eine Ewigkeit auf der Toilette.

Der Streich, den er im Sinn hatte, würde alles KS erfordern, über das er noch verfügte. Aber was soll's, zum Teufel, dachte er, wenn man seinen Spaß haben kann, ist es das allemal wert. Ihm lagen Bestellungen für eine komplette Charge des Hammers vor. Der Gegenwert allein dieser Vorbestellungen belief sich auf fünfzehn Riesen, und bis er die Vorbereitungen traf, diese Charge anzumischen, würden daraus leicht noch fünf- bis achttausend mehr werden. Geld war kein Problem. Davon hatte er mehr als genug.

Je länger er darüber nachdachte, desto besser gefiel ihm der Gedanke. Wahrscheinlich würde er zu seiner Verabredung zum Abendessen mit dem Zee-ster zu spät kommen, aber das war sowieso keine große Sache. Zee würde ohnehin noch jenseits von Gut und Böse sein, wenn er letzte Nacht den Hammer geschwungen hatte. Er war allerdings in keiner derart katastrophalen Form wie Tad. Zee war durchtrainiert, aber selbst mit Hilfe der pharmazeutischen Chemie würde er heute ziemlich daneben sein. Außerdem pflegte er sowieso unpünktlich zu sein, selbst wenn er nichts genommen hatte.

Drayne grinste. Yeah. Er würde es machen. Er konnte auf die 405 wechseln, in Westwood oberhalb von Wilshire abfahren und wäre auch schon da. Kein Problem also. In einer halben bis Dreiviertelstunde würde er in unmittelbarer Nähe des FBI-Gebäudes parken. Schließlich war er oft genug dort gewesen, als sein Alter noch den Staat beschützt hatte.

Oh, yeah, das würde ein richtiger Heuler werden.

Malibu

Immer noch kaum in der Lage, sich zu bewegen, schaffte Tad es wenigstens, sich aufzusetzen und Bobby anzustarren. Es gab nur sehr wenige Tage, an denen er der Ansicht war, Bobby könnte noch verrückter sein als er selbst. Dies war einer davon. »Du willst mich doch verscheißern, oder?«, fragte er.

»Nee.«

»Du hast allen Ernstes Kicherstaub im Gegenwert von viertausend Dollar verpulvert, nur um das FBI-Hauptquartier von L.A. *stoned* zu kriegen?«

»Ja.«

»Du bist total bescheuert, Bobby.«

»Ich hab dazu nicht mehr Zeit gebraucht als eine Fliege, die sich auf eine Wand setzt. Vielleicht bekommen wir eines Tages eine der Aufzeichnungen von den Sicherheitskameras. Dann können wir selbst sehen, wie sich all diese aufrechten Kotzbrocken abrollen vor Lachen, Händchen halten und mit dem Universum eins sind und so.«

»Mensch, Bobby. Das kannst du vergessen. Die machen doch nur ihre Arbeit, oder? Das ist es schließlich, wofür sie eingestellt werden.«

»Du weißt doch nicht, wovon du redest, Tad.«

»Ja, ja. Ist ja schon gut. Wie hast du die Nummer denn durchgezogen?«

»War ganz leicht. Klar, dass die da enorm auf die Sicherheit achten, aber ich bin einfach hineinspaziert, weil ich mich angeblich auf der Etage über ihnen um einen Job bewerben wollte. Von dort bin ich weiter hinauf aufs Dach, dann zu den Klimaanlagen. Nachdem ich die richtigen Ventile gefunden hatte, brauchte ich nur noch ein paar Filter auszubauen und, voilà! Die Luft war voller Magie.«

»Vier Mille. Und das alles für einen Streich.«

»Tad, Tad, Tad. Ich werde dir mal eine Geschichte erzählen.«

»Au Mann. Nicht schon wieder einer deiner endlosen Witze ohne Pointe.«

»Halts Maul, Tad. Hör zu und lern was dazu: Also, da gab es einmal dieses Pärchen in Las Vegas, das nach einem langen Tag ziemlich müde auf sein Zimmer ging, um zu schlafen. Die Frau hatte die Matratze kaum berührt, als sie auch schon tief und fest schlief. Ihr Mann konnte nicht einschlafen. Also stand er wieder auf, zog sich an und ging hinunter ins Kasino. Er hatte aber nur zehn Dollar eingesteckt. Damit ging er an den Würfeltisch, setzte seine zehn Dollar, warf einen Natural, und schon war er ein Gewinner!

Also ließ er es laufen und gewann weiter. Und weiter. Und noch einmal!

Es war absolut unglaublich. Er warf einen Natural nach dem anderen und sammelte Punkte, als könnte er gar nicht verlieren.

Also, im Lauf der Zeit hat der Typ seine Wetten immer weiter gesteigert, bis er bei fast einer Million Dollar lag. Und immer noch fühlte er sich unschlagbar. Also spielte er noch eine Runde. Nur noch eine. Wenn er wieder gewinnen würde, hieße das, er würde als reicher Mann nach Hause fahren.

Aber er warf einen Einserpasch und verlor alles.

Er ging zurück auf sein Zimmer. Als er sich ins Bett legte, wachte seine Frau auf. ›Wo warst du?‹, wollte sie wissen.

›Bin noch mal runter gegangen, um ein bisschen zu würfeln‹, antwortete er.

›Und? Wie ist es gelaufen?‹

Der Typ schlüpfte unter die Bettdecke, zuckte mit den Schultern und sagte: ›Hab zehn Dollar verloren.‹«

Bobby unterbrach seine Erzählung für einen Augenblick.

»Okay.« meinte Tad. »Ist ja ganz lustig. Aber jetzt verrat mir, worauf du eigentlich hinauswillst.«

»Ganz einfach, Tad. Die Moral von der Geschichte ist die: Alles ist nur ein Trinkgeld. Heute Morgen wusste ich nicht einmal mehr, dass ich den Kicherstaub überhaupt noch hatte, und als ich schließlich über ihn gestolpert bin, war es eine Gratisgabe. Ich hab's verbraucht. Ich hab mich kaputt gelacht, und es hat mich nichts gekostet. Zum Teufel, ich hab noch nicht einmal zehn Dollar verloren wie der Typ in meiner Geschichte. Ich bin mit genauso viel Geld in der Tasche nach Hause gekommen, wie ich am Morgen hatte, als ich losgefahren bin. Sieht man von dem Tofu-Burger ab, den ich unterwegs gegessen hab.«

»Mann, du brauchst aber verdammt lange, um auf den Punkt zu kommen. Außerdem werde ich nie kapieren, wie du diesen Tofu-Scheiß essen kannst.«

»Weißt du, Vorfreude ist nun mal die größte Freude. Hab ich Recht?«

Jetzt musste Tad zustimmend nicken. »Ja. Ich denke, damit liegst du richtig. Aber in meinen Augen bist du trotzdem ein bescheuertes Arschloch.«

»Also, warum regst du dich dann auf?«

»Herr im Himmel«, war Tads letztes Wort dazu. Nach einer kurzen Pause fragte er: »Was war denn mit dem Zeester?«

»Der war wahrscheinlich genau so fertig wie du. Hab ihn nicht getroffen. Wie fühlst du dich?«

»Ging schon schlechter.«

»Was zu essen?«

»Nö. Noch nicht. Vielleicht in ein bis zwei Tagen. Ich werf mir jetzt erst mal ein paar Pillen ein.«

»Lass es sein, Tad. Es dauerst nicht mehr lange, und dann reicht schon eine Tannennadel, um dich von den Beinen zu holen.«

»*Die Mumie* mit Boris Karloff in der Hauptrolle«, kommentierte Tad. Wie fast die Hälfte der Bevölkerung von Los Angeles war auch Tad ein fanatischer Anhänger alter Filme. Seine ganz besondere Vorliebe galt den alten, in Schwarzweiß gedrehten Monsterschinken von Universal.

»Na prima. Scheint ja so, als würde zumindest ein Teil deines Gehirns noch funktionieren. Ich hol mir etwas Champagner. Willst du auch?«

»Und meine Leber ruinieren? Scheiß drauf.«

Bobby lachte. »Ich werde dich vermissen, Tad«, sagte er.

Tad nickte. »Weiß ich. Aber das steht noch in den Sternen. Alles steht in den Sternen.«

13

Hemphill, Texas

Jay Gridley folgte gemächlich einer Landstraße, die, nicht allzu weit vom Toledo Bend Reservoir entfernt, am Sabine River entlang und gerade eben jenseits der Staatsgrenze von Louisiana verlief. Als Kind war er schon einmal hier gewesen. Langnadelige Pinien, roter Staub und träge summende Fliegen vervollständigten das sommerliche Bild. Er war etwa acht Jahre alt gewesen, doch der Besuch hatte damals in der Realzeit und gemeinsam mit seinem Vetter Richie und seiner Cousine Farah stattgefunden. Richie und er waren etwa gleichaltrig, während Farah zu jener Zeit gerade erst vier war. Die drei Kinder hatten beobachtet, wie sich eine lange rotbraune Schlange über die Straße schlängelte. Dann waren Richie und er völlig aufgeregt zurückgerannt, um den Eltern von ihrer Entdeckung zu erzählen. Jay hatte überhaupt nicht verstehen können, weshalb seine Mom und Tante Sally in panischer Angst aufgesprungen waren. *»Wo ist Farah?«*

»Macht euch keine Sorgen. Wir haben ihr gesagt, sie soll da bleiben und die Schlange im Auge behalten. Sie wird sie schon nicht entwischen lassen.«

Bei der Erinnerung an diese Szene zog ein breites Lächeln über Jays Gesicht.

Unmittelbar vor ihm tauchte ein alter Mann in schmutzigem T-Shirt und Overall auf. Ohne Schuhe an den Füßen saß er im Schatten einer hohen Kiefer und schnitzte mit einem Barlow-Klappmesser an einem langen Stock herum. Jay hatte ein Faible dafür, selbst die winzigsten Details eines Szenarios wirklichkeitsgetreu zu gestalten.

»Howdy«, grüßte Jay.

»Gleichfalls Howdy«, antwortete der Schnitzer, während sich ein langer Holzspan vor der Schneide des Messers kräuselte.

In der realen Welt durchsuchte Jay einen Server nach Informationen, die er in den Speicher seines Rechners herunterladen konnte. Ihm machte es aber wesentlich mehr Spaß, das Ganze in der virtuellen Realität ablaufen zu lassen.

»Was läuft denn so?«, fragte Jay.

»Nicht viel«, räumte der Schnitzer ein. »Dies und das. Schon gehört, dass die Jungs vom FBI vergiftet wurden?«

»Nicht vergiftet, sondern high gemacht«, korrigierte Jay und lächelte. Ja, das war in der Tat ein Spaß gewesen. Endlich einmal etwas, womit man die Jungs vom Bureau auf den Arm nehmen konnte, wenn sie einem in der Kantine über den Weg liefen. Die regulären Mitarbeiter des FBI regten sich praktisch dauernd über die Net Force auf. Mal über dieses, ein anderes Mal über jenes. Folglich kam Jay jede Munition recht, mit der er in ihre Richtung zurückschießen konnte. Das galt in diesem Fall ganz besonders, weil bei dem Zwischenfall in L.A. niemand verletzt, sondern alle Betroffenen lediglich lächerlich gemacht worden waren.

»Ist hier in der letzten Zeit einer durchgekommen, der Schlangenöl verkaufen wollte?«

In diesem Fall stand der Begriff »Schlangenöl« stellvertretend für die violetten Kapseln, hinter denen die DEA wie der Teufel her war. Und, wie es jetzt schien, nicht nur die DEA.

Auf seiner Wanderung hatte sich Jay schon mit etlichen Einheimischen unterhalten, wobei bislang aber noch nichts Verwertbares herausgekommen war. Doch diesmal schien es anders zu laufen.

»Nun, Sir, kürzlich ist hier so ein Kerl vorbeigekommen, der etwas von dem Zeug hatte … glaube ich wenigstens.«

Jays gelassenes Zen-Verhalten verschwand wie Nebel in der Sonne. »Was? Wann? Wohin ist er gegangen?«

Der Schnitzer spuckte einen Strahl dunkler, stinkender Substanz aus und wies mit dem Messer in eine bestimmte Richtung. »Ich hab gesehen, wie er die Straße hinunter in Richtung Hemphill gelaufen ist.«

Herrgott! Sollte es tatsächlich so einfach sein?

»War er zu Fuß?«

»Nein, er war mit einem Pferdewagen unterwegs.«

Jetzt war Geschwindigkeit gefragt, wollte er den Dope-Dealer verfolgen und einholen. Er blickte sich um. Selbstverständlich konnte er dieses Szenario verlassen und ein anderes aufsuchen oder in der wirklichen Welt die Daten über die Tastatur oder die Sprachsteuerung in den Computer eingeben … Nein, einen Augenblick mal. Er hatte eine Schaltung, auf die er jetzt zurückgreifen konnte. Eine Art Sicherung, die er jetzt auslöste. Plötzlich lehnte auch schon ein Moped am Baum.

»Was dagegen, wenn ich mir Ihr Moped mal ausleihe?«

»Nein.«

Jay lief zu dem Zweirad, das im Grunde nicht mehr als ein schweres Fahrrad mit Hilfsmotor war, den man zum Laufen brachte, indem man kräftig in die Pedale trat. Nicht gerade eine Harley, aber auf jeden Fall schneller als ein Pferdewagen und um Klassen besser, als über eine Schotterstraße laufen zu müssen – selbst in der virtuellen Realität.

Er schwang sich auf seinen fahrbaren Untersatz und stieg in die Pedale.

Das mit dem kontemplativen Denken des Buddhismus war ja gut und schön, aber wenn die Dinge in Bewegung gerieten, musste man in der Lage sein, sich zu bewegen!

Der kleine Zweizylindermotor rülpste kurz, spuckte

eine kleine Wolke weißen Qualms aus dem Auspuffrohr und erwachte zum Leben.

Der Boss würde höchst erfreut sein, wenn er es schaffte, diese Sache aufzuklären.

Washington, D.C.

Michaels war gerade dabei, die Pakete einzuräumen, die Toni von der Meisterin bekommen hatte, als ihm eine kleine, auf Hochglanz polierte Holzschatulle auffiel, die selbst unter einer Staubschicht noch zu glänzen schien. »Hübsch«, sagte er und hielt die Schatulle hoch.

Toni sortierte gerade Schuhe und warf einen Blick herüber. In der Diele hatte sie bereits einen beachtlichen Schuhhaufen aufgetürmt, der so bedrohlich weiter zu wachsen schien, dass es offenbar nur noch eine Frage der Zeit war, bis er die Tür zum Schlafzimmer völlig blockieren würde. »Oh, die hatte ich ganz vergessen.«

Sie kam zu Michaels herüber, nahm ihm die Schatulle aus den Händen, schob die Verriegelung aus Messing zur Seite und hob den Deckel an. Dann drehte sie das geöffnete Kästchen so, dass er hineinsehen konnte.

»Wow!«, entfuhr es Alex.

Sie nahm zwei kleine Messer aus den mit Samt ausgeschlagenen Vertiefungen der Schatulle und entfernte anschließend ein Brettchen, unter dem ein kleines Geheimfach zum Vorschein kam. Darin lag eine dicke Lederscheide, die aussah, als hätte jemand etwa ein Drittel von einer Banane abgeschnitten und deren Seiten anschließend flach geklopft. Auch diese Scheide nahm sie heraus und steckte die beiden gebogenen Klingen hinein, sodass sie unmittelbar nebeneinander lagen und nur durch einen dünnen, dazwischen liegenden Lederstreifen voneinander getrennt wurden. Die Messer waren komplett aus Metall gefertigt, wobei das knaufseitige Ende aus einem kräftigen Ring bestand. Mit einer raschen Bewegung zog Toni die beiden Klingen, ließ die Scheide auf den Teppich fallen und führte die Hände kurz zusammen. Als sie sie wieder trennte, befand sich in jeder eines der Messer, wobei die kurzen, bösartig wirkenden, gebogenen Klingen in Höhe des kleinen Fingers entlang der Handfläche etwa fünf Zentimeter nach vorne ragten und die Zeigefinger in den Ringen der Knäufe steckten.

»Bei diesen Messern handelt es sich um eine Spielart der so genannten *kerambits*«, erklärte Toni. »Hin und wieder werden sie auch als *lawi ayam* bezeichnet. Es sind indonesische Nahkampfmesser.«

Sie drehte die Hände mit den Flächen nach oben, damit er alles besser erkennen konnte.

Michaels trat etwas näher und erkannte, dass die Dinger wirklich kurz waren. Kaum mehr als zehn bis zwölf Zentimeter lang, bestanden sie zum größten Teil aus dem flachen Knauf mit dem Fingerloch. Die Schneiden selbst erinnerten stark an kleine Klauen, und ihr Stahl wies ein verschlungenes Muster aus Linien und Kreisen auf.

»Die traditionelle Ausführung ist normalerweise länger und beidseitig geschliffen. Die Meisterin hat sich diese hier bei einem Waffenschmiedemeister anfertigen lassen, der gleichzeitig auch ein Meister des Kampfsports war. Steve Rollert hieß der Mann, er lebte in Keenesburg, Colorado. Ich schätze, das dürfte jetzt etwa zehn bis zwölf Jahre her sein. Die Klingen sind aus Damaszenerstahl hergestellt, wobei das Material immer wieder gefaltet und geschmiedet wurde, bis hunderte oder gar tausende von Lagen im Stahl entstanden waren. Die Schneiden wurden auf eine andere Art hitzebehandelt als die Klinge, damit sie härter wurden und scharf bleiben, während der Klingenkörper eine höhere Flexibilität aufweisen sollte.

Schau mal ... So führt man den Zeigefinger durch das Loch und greift danach so zu. Aber man kann es auch umdrehen und den kleinen Finger nehmen. Dann kommt die Schneide auf der Daumenseite heraus … etwa so.«

Dabei demonstrierte sie die Bewegung und brachte das Messer anschließend wieder in die erste Position zurück.

»Und es ist wahrscheinlich auch absolut legal, sie bei sich zu haben, oder?«

Sie grinste. »Tatsächlich ist es in einigen Bundesstaaten erlaubt, wenn du sie offen am Gürtel trägst. Sie allerdings versteckt mit dir zu führen ist in den meisten Bundesstaaten verboten.«

»Damit sind sie also so etwas wie Schlagringe. Oder genauer *ein* Schlagring.«

»Aber viel besser«, meinte sie. »Diese Klingen sind extrem scharf, und man kann außerdem auch nur mit dem Ring zuschlagen, ohne sich am Finger zu verletzen.«

»Klasse.«

Sie überhörte oder ignorierte den Sarkasmus in seiner Stimme. »Ja, nicht?« Sie vollführte eine kleine Serie von Bewegungen, wobei sie die beiden Messer vor- und zurückschnellen ließ.

Nur ein kleiner Fehler, und alles würde hier sofort mit Blut besudelt sein. Michaels zog es vor, einen Schritt zurückzutreten.

»Besonders lang sind sie aber nicht gerade«, bemerkte er und war im gleichen Augenblick froh, dass sie nicht länger waren.

»Das macht auch Sinn. Sie sind mehr als Hieb-, denn als Stichwaffen gedacht. Fast alle wichtigen Arterien – Carotis, Antecubitalis, Femoralis und Poplietalis – liegen dicht unterhalb der Hautoberfläche. Wird eine solche Arterie durchtrennt, verblutet man ziemlich schnell, wenn man nichts dagegen unternimmt. Das kann einen schneller umbringen als eine gleich lange Unterbindung der Luftzufuhr, wobei Blut auch noch erheblich schwerer zu ersetzen ist als Luft.«

»Wie hübsch.«

»Wenn ich mich recht entsinne, verfügte Rollert auch noch über einen ausgeprägten Sinn für Humor. Diese Messer hier hat er im Kundenauftrag angefertigt, aber er stellt auch eine Version aus Werkzeugstahl her, die mit Teflon beschichtet ist. Er nennt sie Box Cutter und vertreibt sie auch unter diesem Namen. ›Warum das denn, Officer? Wo liegt das Problem? Das ist doch nur ein Messer zum Öffnen von Paketen, wie sie aus der Beschriftung auf dem Handgriff ersehen können. Ich habe sie nur so gut eingesteckt, weil sie etwa das Zwanzigfache der normalen Ausführung kosten.‹«

Sie wedelte noch einmal mit den Messern und begann dann mit den Übungen. Es war schon gespenstisch, die Klingen nur noch verschwommen schwirren zu sehen, während sie sie herumwirbeln ließ.

»Was kosten die denn in der preiswertesten Ausführung?«

»Rund fünfhundert pro Stück.«

»Wie bitte? Diese beiden winzigen Stückchen Stahl sollen allen Ernstes tausend Dollar kosten?!«

»Qualität hat nun mal ihren Preis.«

Michaels schüttelte ungläubig den Kopf. Seine geliebte Gattin, die seinen ungeborenen Sohn unter dem Herzen trug, war eine Meisterin des Todes und der Zerstörung. Sie sprach über solches Spielzeug wie andere Frauen über die Art und Weise, wie sie sich die Haare frisierten.

»Du kannst auch deine *djurus* machen und dabei eines in jeder Hand halten. Mit einer geringfügigen Anpassung kann man sie auch zusammen in einer Hand anwenden.«

»Klar, und mir mal eben die Nase aus dem Gesicht schneiden, wenn ich einen Fehler mache.«

»Besser deine Nase als eine … andere Extremität«, kommentierte sie, spitzbübisch grinsend. »Aber mach dir keine Sorgen. Wenn du alle achtzehn *djurus* beherrschst, wirst du auch in der Lage sein, diese hier, längere Messer oder einen Schlagstock zu beherrschen. Natürlich kannst du dich dabei auch mal schneiden, wenn du schludrig wirst, aber so lange du dich in Form hältst, wird dir nichts passieren. Du darfst nicht vergessen, dass Silat eine Kampfsportart ist, die sich auch auf Waffen stützt und von der Philosophie ausgeht, nur dann die Hände einzusetzen, wenn nichts anderes zur Verfügung steht.«

Während der ganzen Zeit hatte sie ununterbrochen weiter mit den kleinen Messern vor- und zurückgewedelt und dabei die Hände in Mustern übereinander und untereinander her bewegt, die verdammt gefährlich auf ihn wirkten.

Aber sie freute sich und war so glücklich, wie er sie schon lange nicht mehr gesehen hatte.

»Das hier waren die ersten Messer, in deren Gebrauch mich die Meisterin einführte. Traditionell dienten sie ausschließlich als Sicherheitsreserve und wurden sehr oft gerade von Frauen getragen, weil man sie gut ins Haar binden oder in den Falten eines Sarongs verschwinden lassen kann. Die hier haben eine Scheide aus Leder, aber die klassischen, wie sie üblicherweise auf Java hergestellt werden, sind aus Holz. Angeblich gab es früher Typen, die in der Lage waren, die Messer mit ihren Zehen zu greifen, und deine Beine, einschließlich der Weichteile, zu Hackfleisch verarbeitet haben, während du noch dabei warst, ihre Hände nach Waffen abzusuchen.«

»Allerliebst.«

Während Toni sprach, hörte sie keinen Augenblick auf, die Messer in der Luft herumzuwirbeln. »Sie stellen sie auch in längeren Versionen her, aber diese kurzen eignen sich am besten für *djurus*. Obwohl die *djurus* Übungen und die Messer für die praktische Anwendung gedacht sind, kannst du die Bewegungen mit stählernen Händen machen. Pass auf.«

Sie unterbrach ihre Bewegungen und begann dann mit *djuru* drei. Bei diesen Übungsabläufen bewegten sich ihre Hände keinen Deut langsamer als ohne Waffen. Zumindest konnte er keinen Unterschied feststellen. »Siehst du? Du blockst einen Schlag wie gewohnt ab, doch allein durch die Messer bekommen die Bewegungen einen größeren Biss.«

»Einen ›Biss‹. Richtig. Wahrscheinlich solltest du dann bei *djuru* zwei ganz besonders vorsichtig sein«, stellte er fest. »Wenn ich sehe, wie deine Oberweite ständig wächst und wie du dir mit diesem Innenblock über die Brust fährst, befürchte ich, dass du dir irgendwann die Brustwarzen abschneiden wirst.«

Sie lachte und legte die Messer zurück in ihre kleinen Nester aus Samt. »Danke. Jetzt fühle ich mich besser und kann mich wieder daranbegeben, meine Schuhe zu sortieren.«

Damit reichte sie ihm die Schatulle. »Bring die bitte irgendwo unter, wo wir sie nicht wieder vergessen. Ich werde dir, wenn wir einmal die Gelegenheit dazu haben, zeigen, wie man richtig mit ihnen spielt.«

Sie wandte sich um und ging zurück zu ihrem Schuhhaufen, während er die Schatulle musterte. Na ja. Schließlich hatte er gewusst, was sie zum Spaß betrieb, als er sie heiratete. Sie hatte ihm schon mehr als einmal das Leben gerettet, und er hatte inzwischen einiges von ihr gelernt, was er selbst anwenden konnte … wenigstens ein bisschen. Es war jetzt bald ein Jahr, dass er intensiv trainierte, und es hatte nur äußerst selten einmal einen Tag gegeben, an dem er sich – dank Tonis Nähe – die Übungen geschenkt hatte. Nachdem er einmal von einem Meuchelmörder, der sich als kleine alte Dame verkleidet hatte, mit einem Rohr beinahe umgebracht worden wäre, hatte sich Michaels Einstellung zum schmutzigen Kampf ohne jede Regel gründlich gewandelt. Pentjak Silat war eine solche

Art zu kämpfen, und wenn jemand versuchen sollte, einem den Schädel einzuschlagen, gab es bei Silat keine Hemmungen, alles zu tun, um ihn daran zu hindern. Wenn man schon tief in die Trickkiste greifen musste, war das genau die Fähigkeit, mit der man dann aufwarten zu können sich wünschte. Begegnete man also einem Kerl, der die Absicht hatte, einem schweren körperlichen Schaden zuzufügen, würde dieser es sich sicherlich zweimal überlegen, seine Absicht in die Tat umzusetzen, wenn er die bösartigen kleinen Klauen entdeckte, die man selbst mit einem leicht blöden Grinsen im Gesicht herumwirbeln ließ. Ja, ganz sicher würde er es sich zweimal überlegen.

Regeln? Bei einer Messerstecherei? Nein, denn es gab nur eine, nämlich die, dass es keine Regeln gab!

Er lächelte auf die kleine Schatulle hinab und machte sich auf den Weg, sie in einem Regal im Wohnzimmer unterzubringen. Auf jeden Fall würde dieses Kästchen für einigen Gesprächsstoff sorgen, sollten sie einmal Gäste zum Abendessen bewirten. Vielleicht würden sie auch jegliche Unterhaltung versiegen lassen. Es kam schließlich immer darauf an, was man erreichen wollte.

Mit Sicherheit würde es interessant werden, einmal zuzusehen, was sie beide ihrem Sohn beibringen würden, wenn er alt genug war, sich die Frage zu stellen, welche merkwürdigen Tänze Mama und Papa da aufführten. Ganz sicher würden sie ihm beibringen, wie er sich schützen konnte. Michaels' Vater hatte seinem Sohn, als der sechs oder sieben Jahre alt war, ein wenig Boxen beigebracht. Obwohl Michaels es im Boxsport nie weit gebracht hatte, waren es doch gerade diese Kenntnisse gewesen, die ihm einen Sinn für ein gesundes Selbstbewusstsein vermittelt hatten, was seine Selbstverteidigung anging.

Doch erst nachdem er mit der Erlernung des Silat angefangen hatte, war ihm richtig klar geworden, wie wenig er tatsächlich über Selbstverteidigung wusste. Jetzt, da er erhebliche Zeit auf das Training verwandte, hatte sich vieles auf diesem Gebiet gebessert.

Eigentlich ein lustiger Gedanke, dass er sich jetzt schon den Kopf darüber zerbrach, wie er seinem Sohn, der noch nicht einmal das Licht der Welt erblickt hatte, das Kämpfen beibringen sollte. Die nächste Aktion, dachte er, wird dann darin bestehen, ihm Baseball-Handschuhe und eine elektrische Eisenbahn zu kaufen.

14

Quantico, Virginia

Michaels war mit einem nagenden Gefühl des Unbehagens aus dem Büro der Direktorin gekommen. Direktorin Allison hatte zwar vorgegeben, ihn zur Berichterstattung einzubestellen, doch er war sich sicher, der wirkliche Grund war, dass man sie aufgefordert hatte, ihm mehr Feuer unter dem Hintern zu machen. Tatsächlich schien sich seine Kehrseite nach dem Gespräch auch schon um einiges wärmer anzufühlen als zuvor. Nicht etwa, dass sie auf ihm herumgehackt hätte, was seine Dienststelle bisher geleistet oder nicht geleistet habe, aber es musste mehr als ein Dutzend Mal gewesen sein, dass sie im Laufe der Unterredung den Begriff »dienstübergreifende Amtshilfe« verwendet hatte. So sehr er persönlich politische Verhaltensweisen auch hasste, wusste Michaels doch genau, was das zu bedeuten hatte.

Den Letzten beißen die Hunde, und das Gebiss der Direktorin war genau in seine Richtung gebleckt …

Unglücklicherweise liefen die Geschäfte schleppend, und weil das so war, wurde diese Angelegenheit schnell zu *dem* Fall, der unbedingt gelöst werden sollte … und zwar umgehend. Wären im Augenblick ein größerer E-Terrorismus, ernst zu nehmende Computerbetrügereien oder gelangweilte Hacker zu verfolgen gewesen, hätte er sich vielleicht mit dem Verweis darauf herauswinden und seine Hände anschließend in Unschuld waschen können. Aber seine Leute waren nun einmal sehr gut und befanden sich auf dem neusten Stand. Obwohl es sich bei der fraglichen Sache eindeutig um eine Angelegenheit der DEA handelte, diese darüber hinaus auch noch so gut wie nichts mit Computern zu tun hatte und die Net Force schlussendlich lediglich Amtshilfe leistete, bedeutete das keineswegs, dass es nicht höllisch ungemütlich werden konnte, wenn sie nicht verdammt schnell etwas unternahmen.

Es brauchten schließlich nur noch ein paar Millionäre mehr durchzudrehen, und Leute, die etwas zu sagen hatten, würden sich auf die Suche nach einem Sündenbock begeben. Natürlich sollte dieser dann eigentlich DEA heißen, aber es war keineswegs auszuschließen, dass sich diese Angelegenheit zu einer größeren Grillparty ausweitete, bei der sich letzten Endes die Net Force unversehens mit auf dem Spieß über der Kohle wiederfinden konnte.

Während er sich seinem Büro im Hauptquartier der Net Force näherte, sah er aus einiger Entfernung einen breit grinsenden Jay Gridley in der Tür stehen.

»Sagen Sie mir, dass Sie gute Neuigkeiten für mich haben, Jay.«

»O ja. Ich glaube, ich bin auf eine solide Spur zu unserem Drogendealer gestoßen.«

»Echt?«

»Jawohl, Sir, Boss.«

»Wie?«

»Durch die Tochter des reichen Mannes. Ich habe ihre diversen Ausgaben zurückverfolgt. Dabei stieß ich auf jemanden, der sich erinnern konnte, dass sie einen öffentlich zugänglichen Computer benutzt hatte, um eine Art Online-Überweisung zu tätigen. Daraufhin habe ich sämtliche Computer ausgesiebt, die sie möglicherweise benutzt haben könnte, und habe sämtliche E-Mails gefunden, die in der Zeit versandt wurden, in der sie sich in dem Laden befand. Dann bin ich einigen Querverweisen und Passwörtern nachgegangen, nur für den Fall, dass sie einen falschen Namen verwendete ... was sie, nebenbei bemerkt, auch getan hat.«

»Fahren Sie fort, mich zu beeindrucken.«

»Ich habe Suchroutinen ausgelöst, die sich auf Schlüsselworte wie ›Thor‹, ›Thors Hammer‹ und alles konzentrierten, was auf dieser Linie liegt. Dabei habe ich einen Treffer erzielt und diesen dann weiter verfolgt.«

»Und das Schlüsselwort war ...?«

»Violett.«

»Violett?«

»Ja, wie die Farbe der Kapseln. Hier ist die E-Mail, die ich zurückverfolgt habe.«

Er reichte Michaels einen Bildschirmausdruck. Der Text lautete: »Yo, Freitagsmädchen – ich hab ein violettes Dingelchen für dich, wenn du vorbeikommst.«

Unterzeichnet war die Mail mit »Mittwoch«.

»Kein Verbrechen, Jay, aber ohne Zweifel ein Hinweis. Ein ›violettes Dingelchen‹? Könnte natürlich auch eine Art Plüschspielzeug für Kinder sein. Und Wochentage als Codenamen? Warum sollte es sich bei denen hier ausgerechnet um das reiche Mädchen und den Dealer handeln?«

Jay grinste. »Genau das ist der Schlüssel, Boss. Der ›Freitag‹ erhielt seinen Namen nach der nordischen Göttin Frigga. ›Mittwoch‹ leitet sich vom Namen Wodin ab, der, soweit ich informiert bin, im südlichen Skandinavien ›Odin‹ lautet.«

»Faszinierend. Aber worauf wollen Sie hinaus?«

»Frigga und Odin waren Thors Mama und Papa.«

Michaels dachte ein paar Sekunden über diese Eröffnung nach. »Aha. Das sieht mir allerdings schon nach einem sehr merkwürdigen Zufall aus. Oder?«

»Ja, so sehe ich das auch. Es muss nicht unbedingt bedeuten, dass sich der Chemiker persönlich dahinter verbirgt, aber ich bin bereit, ein Monatsgehalt gegen ein auf der Straße platt gefahrenes Kaninchen zu wetten, dass dieser ›Mittwoch‹ irgendetwas mit der besagten Droge zu tun hat.«

»Gute Arbeit, Jay.«

»Ich habe den Kerl nicht identifizieren können. Dafür hat er sich zu stark im Hintergrund gehalten. Aber jetzt kann ich ihn zumindest eingrenzen.«

»Besser als gar nichts.«

»Na ja, Tatsache ist aber, dass die Sache positive *und* negative Seiten hat. Sehen Sie, wenn ich es geschafft habe, darauf zu stoßen, werden es die Jungs von der NSA ebenfalls schaffen ... wenn sie es nicht sogar schon geschafft haben.«

»Wie kommen Sie denn darauf?«

»Nun, deren Einsatzbereich ist die Kommunikations-Überwachung außerhalb der USA auf mögliche terroristische Aktivitäten und alle Arten von Verschwörungen. Eben sämtliche Aktivitäten dieser Art, über die wir grundsätzlich gern Bescheid wissen wollen. Folglich verfügen sie über eine unglaublich umfangreiche Liste von Schlüsselworten, die sofort ein Aufzeichnungsgerät aktivieren, sollten sie im Rahmen eines Telefongesprächs, Funkverkehrs, einer telegrafischen Übermittlung oder E-Mail fallen. Diese Botschaft wird dann gespeichert und auf einen Großrechner transferiert, von denen sie Unmengen haben. Dort wird der Vorgang erneut gescannt und schließlich durch ein Computerprogramm gejagt, das die Mitteilung liest und ihr einen Prioritätscode auf einer Skala zuordnet, die von eins bis zehn geht. Alles, was über fünf liegt, wird an einen menschlichen Auswerter weitergeleitet. Je höher dieser Zahlenwert angesiedelt ist, desto schneller erfolgt die Weiterleitung. Wenn Sie also beispielsweise Wörter wie ›Himmelfahrtskommando‹ und ›Bombe‹ in einer von hundert Haupt- und zwanzig Nebensprachen in ihrer E-Mail verwenden und die NSA darüber stolpert, wird es jemand überprüfen. Meistens kommt nichts dabei heraus, weil irgendwelche Typen nur herumgealbert haben, aber hin und wieder ergibt sich doch etwas. Ein Satz in der Art von ›Schieß auf den Präsidenten und jag dann ganz Washington D.C. in die Luft‹ sollte dann besser aus einer TV-Show oder der Buchbesprechung eines Technothrillers stammen.«

»Wie kann jemand nur so blöd sein?«

»Sie würden sich wundern. Bescheuerte gibt es in Legionsstärke.«

»Also gut«, sagte Michaels. »In groben Zügen zumindest sind mir die Fakten, was die NSA angeht, ebenfalls geläufig. Aber jetzt sagen Sie mir, worauf Sie eigentlich hinaus wollen.«

»Glauben Sie allen Ernstes, die NSA richtet ihre Augen und Ohren ausschließlich auf die Bereiche *außerhalb* unserer Grenzen? Natürlich ist nominell ausschließlich das FBI für Heimspiele zuständig, aber jeder in unserem Geschäft weiß doch, woher der Wind weht. Die NSA hat nun mal die richtigen Geräte, und wie soll denn irgendjemand wissen, was sie wirklich damit veranstalten, wenn sie es uns nicht gerade auf die Nase binden? Einen Scheiß tun die. Wenn die wirklich so heiß darauf sind, diesem Dope-Dealer auf die Schliche zu kommen, werden sie längst allem, was mit Thor zu tun hat, eine sehr hohe Priorität eingeräumt haben. Wenn wir sie im Wettlauf zu diesem ›Mittwoch‹ schlagen wollen, dann sollten wir besser jemand auf die Straße schicken, und zwar verdammt schnell. Der

Dealer würde vielleicht so oder so geschnappt werden, und das wäre sicherlich eine gute Sache. Aber für uns wäre es besser, wenn wir dabei auch ein paar Lorbeeren ernten könnten, oder nicht?«

»Stimmt«, räumte Michaels ein. »Jetzt lassen Sie mich erst mal in mein Büro und einen Telefonanruf erledigen. Vorerst schon mal recht herzlichen Dank, Jay.«

»Die entsprechenden Informationen finden Sie im Ordner ›Reiches Mädchen‹. Vergessen Sie mich nicht, wenn es an die Verteilung von Bonuspunkten geht.«

Malibu, Kalifornien

Als Tad wieder aufwachte, warf er als Erstes einen Blick auf die Uhr. Er war weniger an der genauen Zeit als vielmehr an der Anzeige für den aktuellen Wochentag interessiert. Es hatte Fälle gegeben, da war er nach einem Hammer-Trip drei bis vier Tage lang mehr oder weniger bewusstlos gewesen.

Ein paarmal war er kurz wach geworden, weil er die Blase erleichtern, etwas Wasser trinken oder Schmerztabletten einnehmen musste. Irgendwie konnte er sich auch dunkel daran erinnern, dass ihm Bobby eine Geschichte erzählt hatte, in der es darum ging, dass das ganze FBI-Hauptquartier von L.A. stoned gewesen sein soll. Konnte aber auch sein, dass er das nur geträumt hatte. Würde auch mehr Sinn machen, wenn es ein Traum war, fand er.

Gar nicht mal schlecht, wenn die Uhr richtig ging. Diesmal war er nach dem Zusammenbruch gerade einmal zwei Tage aus dem Rennen gewesen. Zumindest wenn er den Tag richtig behalten hatte, an dem er auf diesen Trip gegangen war.

Und wenn seitdem nicht eine komplette Woche vergangen war.

Es gab an seinem ganzen Körper keine einzige Stelle, die nicht geschmerzt hätte. Es war fast so, als wäre er aus einem hohen Gebäude gefallen und dann wie ein Superball mehrere Blocks weit gehüpft, wobei bei jedem Aufprall ein anderer Teil seines Körpers auf den Betonboden aufgeschlagen war. Selbst die geringste Bewegung führte dazu, dass er sich von heißen Nadeln durchbohrt und anschließend von kalten, stumpfen Rasierklingen zerschnitten fühlte. Doch er schaffte es schließlich, sich in eine sitzende Stellung zu rollen und anschließend auf die Füße zu kommen. Für einen Moment schwankte er und kämpfte ums Gleichgewicht, bevor er sich endlich in Richtung Klo in Bewegung setzte. Nur immer schön langsam voran. Nachdem er sich erleichtert hatte, fühlte er sich ein wenig besser. Allerdings war dieses »ein wenig« im Verhältnis dazu, wie beschissen er sich insgesamt fühlte, eigentlich nichts. Aber das war nun einmal der Preis, den man zahlen musste. Nach dem ersten Mal konnte man sich noch in Ausflüchte retten, doch danach gab es keine Entschuldigungen mehr. Dann wusste man, was auf einen zukommen würde, und konnte niemand anderem als nur sich selbst die Schuld zuweisen.

Er schaffte es tatsächlich, das Badezimmer zu erreichen, ohne hinzufallen, obwohl er sich auf dem Weg dorthin etliche Male an der Wand abstützen musste. Er zog sich aus, trat in die Duschkabine und drehte die Wasserhähne für alle Duschköpfe gleichzeitig voll auf ... was auch notwendig war. Hätte er es nicht getan, dann hätte ihn das aus nur einer Richtung auf ihn einströmende Wasser glatt von den Füßen geholt.

Als er es fast geschafft hatte, die Hälfte des im Haus vorhandenen Vorrats an heißem Wasser zu verbrauchen – was schon einiges heißen wollte –, steckte Bobby den Kopf ins dampfwabernde Badezimmer. »Du lebst also immer noch? Verblüffend.«

»Leck mich ...«, brüllte Tad zurück.

»Bist du wenigstens so weit wieder auf dem Damm, dass du was erledigen kannst?«

»Ich stehe, oder etwa nicht?« Damit drehte er das Wasser ab, trat aus der Dusche, griff sich eins der Strandtücher und begann, sich abzutrocknen.

Bobby beobachtete ihn und schüttelte den Kopf. »Du siehst aus wie plattgetretene Hundescheiße.«

»Danke. Also, was liegt an?«

»Das Geschäft ruft. Ich habe ein Dutzend Bestellungen, die heute noch rausgehen müssen. Weitere acht für morgen und noch einmal vier für übermorgen.«

»Hast du meine Kapsel im ersten Durchgang mitgemacht?«

»Himmel, Tad. Du musst tatsächlich unter Todessehnsucht leiden, oder liege ich da falsch?«

Tad würdigte ihn keiner Antwort und trocknete sich zu Ende ab. Dann betrachtete er sich im beschlagenen Spiegel. Dürr wie die Hölle, ja, aber in den verschwommenen, weichzeichnenden Reflexionen des Spiegels sah er eigentlich gar nicht so schlimm aus.

Bobby seufzte theatralisch. »Yeah, ich hab eine für dich mitgemacht.«

Tad nickte und schaffte es sogar irgendwie zu grinsen. Bislang hatte er noch nie innerhalb einer Woche zweimal den Hammer geschwungen, weil es immer sehr lange dauerte, bis man sich völlig davon erholte. Aber mit ausreichender Unterstützung der pharmazeutischen Chemie sollte er es eigentlich schaffen, die Schmerzen und Verletzungen in den Griff zu bekommen, die er sich auf einem solchen Trip zuzog. Natürlich würden sie anschließend immer noch da sein, aber er würde sie nicht mehr spüren. Na ja, zumindest nicht allzu sehr. Tatsache war, dass er im Laufe der Jahre fast immun gegen Wirkstoffe wie Demerol und Morphin geworden war. Er konnte eine Hand voll

Tabletten in der Stärke 50 mg nehmen und immer noch herumlaufen, als wenn nichts wäre, obwohl diese Dosis wesentlich kräftigere Männer niedergestreckt und auf eine Traumreise von wenigstens sechs bis acht Stunden geschickt hätte. Morphinpräparate waren jedenfalls erheblich bessere Schmerzstiller als Demerol, und Heroin wirkte noch einmal besser. Natürlich brachten diese Wirkstoffe aber ihre eigenen Probleme mit sich. Er war nämlich kein großer Freund von Nadeln oder mit Gas betriebenen Hochdruck-Injektoren, mit denen man sich die jeweilige Droge in den Körper jagte. Süchtig zu werden war kein Problem, über das er sich den Kopf zerbrach, und er griff auch hin und wieder zu Morphin oder Heroin, wenn es ihn wirklich bös erwischt hatte. Dies geschah dann jedoch ausschließlich zur Schmerzstillung und nicht, um davon high zu werden. Einige Leute mochten halt Hypnotika, was Opiate letzten Endes auch waren. Tad dagegen bevorzugte Anregungsmittel. Er mochte es, *mobil* zu sein, etwas zu tun. Er war die Erinnerung an jene Monate, in denen er mit seiner offenen Tuberkulose nur im Bett gelegen und blutigen Auswurf gespuckt hatte, nie losgeworden. Jedenfalls hatte er nicht die Absicht, einmal im Bett zu sterben. Lebe schnell, stirb jung, und ob du nun einen hässlichen oder schönen Körper hattest, was spielt das dann noch für eine Rolle? Schließlich lief er ja nicht herum, um sich feiern zu lassen oder Bekundungen des Abscheus zu hören.

Die Zeit lief ab. Geh jetzt auf deinen Trip, oder du verpasst etwas. Tot ist man noch lange genug, stimmt's?

Selbst mit den Demerol-Tabletten, die er zuletzt genommen hatte, und der Dusche fühlte er sich genau so, wie Bobby sein Aussehen beschrieben hatte: Scheiße. Also war jetzt etwas vom mexikanischen Weißen angesagt, um allem die Schärfe zu nehmen. Dann ein paar Relaxantien zur Muskelentspannung, dazu einige Steroide gegen die

Schwellungen und Entzündungen und schließlich ein bisschen Speed, um die Sache auszubalancieren. Damit würde er schon über die Runden kommen. Und wenn er noch einmal zum Hammer greifen würde? Nun, dann wäre alles auf einmal wie weggeblasen.

Superman braucht keine Schmerztabletten.

»Ich bin gleich so weit«, sagte er. »Gib mir noch zehn Minuten.«

Bobby nickte. »Dann werde ich jetzt mit dem letzten Teil der Mischung anfangen.«

Tad winkte ihn hinaus. Sein Arzneimittellager befand sich in seinem Auto, das in einer Parktasche stand. Von dort musste er nur das holen, was er brauchte, hierher zurückkehren und darauf hoffen, dass er eine Vene fand, die sich stechen ließ.

Washington, D.C.

Toni spielte eine Stunde mit der Scrimshaw und musste dann Schluss machen. Ihre Gelenke begannen anzuschwellen, und der rechte Daumen und Zeigefinger waren schon ganz taub vom Griff um den Nadelhalter. Vom angestrengten Starren durch die Arbeitslupe glaubte sie halb blind geworden zu sein. Ein Stereomikroskop wäre schon ganz praktisch.

Ja. Allerdings auch etwas künstlerische Begabung und erheblich mehr Geduld. Tausend winzige Punkte zu setzen, die alle nicht größer waren als das Auge einer Fliege, erforderte eine extrem genaue Arbeitsweise. Einige Male hatte sie schon Konzentrationsschwächen gehabt und sofort einen Punkt außerhalb der Linie gesetzt, den sie dann wieder ausschleifen und polieren musste. Eine nicht ganz unkomplizierte Arbeit, wie sie schnell festgestellt hatte.

Vielleicht war es doch keine ganz so gute Idee gewesen,

sich etwas auszusuchen, das eine derartige Präzision erforderlich machte. Vielleicht vertat sie hier nur ihre Zeit und eine Menge Kraft.

Sie ging ins Bad, wusch sich mit kaltem Wasser Hände und Gesicht ab und ging anschließend ins Wohnzimmer, wo sie sich auf der Couch niederließ. Sie konnte den größten Teil ihrer *djuru*-Handübungen im Sitzen absolvieren. Bei der Fußarbeit würde es schon schwieriger werden, auch dabei, die beiden Übungsabläufe miteinander zu kombinieren. Die Meisterin hatte ihr empfohlen, sich deswegen keine Gedanken zu machen. Sie hatte die Ansicht vertreten, dass alles wieder in den gewohnten Bahnen laufen würde, wenn das Baby erst einmal auf der Welt war. Dennoch machte Toni sich Sorgen. Schließlich war ihr so etwas noch nie passiert.

Der indonesische Kampfsport war, nachdem sie das dreizehnte Lebensjahr vollendet hatte, nach und nach zu einem Teil ihrer selbst geworden. Als junges Mädchen hatte sie an Teamsportarten, Schülergruppen oder Aktivitäten außerhalb des Lehrplans weder auf der Highschool noch am College allzu großes Interesse gehabt. Nein. Ihre ganze Leidenschaft hatte stets dem Studium der ausgewogenen Bewegung und der Fähigkeit gegolten, einem Angreifer gezielt begegnen zu können, ganz gleich, ob dieser stärker, größer, schneller oder sogar besser trainiert sein mochte. Ja, sie hatte am Schulunterricht teilgenommen und das mit gar nicht einmal schlechten Resultaten, und noch einmal ja, sie hatte auch ihre Freunde, Liebhaber und einen Job. Doch nach ihrer ganz persönlichen Ansicht war sie in erster Linie eine Kriegerin.

Eine Kriegerin, wie sie sich allerdings jetzt eingestehen musste, mit derzeit einigen Einschränkungen, was die Körperbeherrschung anging.

Eine dicke, fette, bleiche, schwangere Kriegerin mit Einschränkungen in der Körperbeherrschung, was?

Halt's Maul!

Kratzer und klitzekleine Pünktchen aus Elfenbeinimitat machen, statt anderen in den Hintern zu treten. Du bist mir vielleicht eine Kriegerin.

Tränen stiegen ihr in die Augen und drohten zu fließen, doch Toni wischte sich nur ärgerlich über die Augen. Nein. Sie hatte nicht die Absicht, diesem emotionalen Durcheinander nachzugeben. Die Hormone waren dafür verantwortlich, nur diese gottverdammten Hormone! Sie hatte gelernt, wie man die Menstruation steuern konnte, und hatte es nie zugelassen, dass die Periode sie von der Arbeit oder ihren Übungen abhielt. Sie würde auch hiermit fertig werden! Es war alles eine Frage des Willens!

Klar doch! Sicher ist es das. Du brauchst schließlich nur auf Typen zu achten, die nicht nur ein Holzbein, sondern auch eine Augenklappe tragen und eine Harpune in der Hand halten, Walmädchen.

Ihr Ärger war im Augenblick zwar stärker als jedes andere Gefühl, dennoch begannen jetzt Tränen zu fließen, ohne dass sie eine Chance gehabt hätte, sie zurückzuhalten.

Das Telefon klingelte. Sie starrte es an. Es klingelte weiter. Schließlich nahm sie ab.

»Hallo.«

»Hi, Schätzchen. Ich bin's. Wie geht es dir?«

Alex. Oh, Mann. Ob das vielleicht die falsche Frage gewesen war? »Ich hasse mein Leben«, antwortete sie.

Er sagte keinen Ton, doch er brauchte auch gar nichts zu sagen, denn sie hatte mehr, was sie loswerden musste. Sehr viel mehr.

15

Quantico, Virginia

»Sie wollen, dass ich bei einer *Drogenrazzia* mitmache?«, fragte John Howard.

Michaels nickte. »Ja. Wir haben ein persönliches Interesse an der Sache, obwohl es sich offiziell um eine Angelegenheit der DEA handelt. Ich habe gerade eben ein Telefonat mit Brett Lee hinter mir. Sie haben sich bereit erklärt, einen Verbindungsmann der Net Force teilnehmen zu lassen ... wenn er über eine entsprechende Qualifikation für den Feldeinsatz verfügt. Natürlich alles nur im Sinne einer guten Zusammenarbeit zwischen den Diensten, versteht sich.«

»Dann wollen wir doch einmal sehen, ob ich alles richtig verstanden habe. Wir brauchen in dieser Sache Anerkennung. Richtig?«

»Verdammt richtig sogar. Das wird ein hochkarätiger Einsatz. Es besteht von ganz oben in der Nahrungskette ausgehend ein enormes Interesse daran, dieser Leute habhaft zu werden. Besonders, wenn die Medien herausbekommen, in welche Bereiche das alles hineinspielt. Schließlich wollen wir nicht gerade im Regen stehen bleiben. Sie werden mit dabei sein und ihre Net-Force-Jacke unübersehbar in den Sechs-Uhr-Nachrichten zur Schau stellen. Das wird gewährleisten, dass niemand – so ganz aus Versehen – zu erwähnen vergisst, dass wir es waren, die diesen Bösewicht ausfindig gemacht und seinen Aufenthaltsort an die DEA weitergeleitet haben.«

Howard schmunzelte. »Sie werden immer besser, was den politischen Nahkampf angeht, Commander.«

»Ich würde mich ja gern bedanken, wenn ich mir sicher sein könnte, dass das ein Kompliment war.«

Howard zuckte mit den Schultern. »So etwas geht mit dem Job einher. Ist bei allen Organisationen fast dasselbe. Sobald man erst einmal über den Rang eines Majors hinaus ist, muss man stets ein Auge auf die Befehlskette und das andere auf die internen und externen politischen Auswirkungen haben, die die eigene Einheit betreffen könnten. Das kann es einem manchmal recht schwer machen, nicht die Dinge aus den Augen zu verlieren, die man eigentlich erreichen will. Wenn Sie das nicht für uns erledigen, können Sie sicher sein, dass es niemand sonst tun wird. Schon gar nicht die DEA oder die NSA.«

»Ich würde Ihnen niemals den Befehl geben, daran teilzunehmen. Sie handeln absolut freiwillig, General.«

»Nun, Sir, ich schätze mich glücklich, dabei sein und unseren Schwesterorganisationen bei der Verbrechensbekämpfung helfen zu dürfen, damit dieser Dealer dingfest gemacht werden kann. Im Augenblick ist bei uns sowieso ziemlich wenig los.«

»Jetzt klopfen Sie aber rasch auf Holz«, meinte Michaels und klopfte selbst auf die Schreibtischplatte. »Nur für den Fall, dass es irgendwelche gelangweilten Engel gibt, die das mitbekommen haben und uns nur zu gerne etwas verschaffen, über das wir uns den Kopf zerbrechen können.«

»Amen.«

Nachdem Howard gegangen war, meldete Michaels' Sekretärin, dass ein Anruf für ihn in der Warteschleife sei.

»Wer?«

»Greta Henkel.«

»Wieso kommt mir der Name bekannt vor?«

»Sie ist die Vorstandsvorsitzende und Inhaberin der Aktienmajorität des deutschen Pharmaunternehmens Henkel mit Sitz in Mannheim.«

Michaels rollte mit den Augen. Herr im Himmel, die Buschtrommeln waren aber wirklich emsig, was diese Drogenangelegenheit betraf. Er griff nach dem Telefon.

Die Unterhaltung dauerte nicht besonders lange. Nachdem sie vorüber war, lehnte sich Michaels zurück und schüttelte den Kopf. Mrs. Henkel von Henkel Pharmazeutika, der größten Pharmafirma Europas und der viertgrößten der Welt, hatte ihm einen Job angeboten.

Angeblich war Mrs. Henkel auf der Suche nach jemandem, der die Leitung ihrer Abteilung für Computersicherheit übernehmen sollte, und wer wäre da wohl besser geeignet als der Mann, der den Computer-Sicherheitsdienst für die amerikanische Regierung leitete? Sie habe von ihm schon großartige Dinge vernommen, behauptete Mrs. Henkel. Ob er nicht vielleicht Lust hätte, alles einmal in einer persönlichen Unterredung mit ihr zu erörtern? Sie würde ihm auch gern einen der firmeneigenen Jets schicken, der ihn zu einem Gespräch nach Mannheim abholen würde. Nebenbei erwähnte sie, dass sein Anfangsgehalt umgerechnet etwa das Vierfache dessen betragen würde, was er als Regierungsbeamter verdiente. Natürlich zuzüglich Aktienoptionen und einem Krankenversicherungs- und Altersvorsorgepaket, das ihn innerhalb der kommenden zwanzig Jahre zu einem wohlhabenden Mann machen würde. Außerdem stünde es ihm selbstverständlich frei, zwei oder drei seiner besten Leute mitzubringen, wenn er den Job annehmen würde, wobei auch die Gehälter dieser Leute ganz erheblich angehoben werden würden.

Es war verführerisch, sich vorzustellen, dass ihr Angebot wirklich dem entsprach, was sie sagte. Es wäre eine Anerkennung seiner Fähigkeiten gewesen, komplexe technische Operationen zu leiten. Ein Angebot in Anbetracht seiner Verdienste. Eine verdiente, großartige Gelegenheit.

Michaels musste dennoch darüber lächeln. Er hatte sich selbst nie für das hellste Licht in der Kette gehalten, allerdings auch nicht für das schwächste.

Was aber wirklich dahintersteckte, war wieder einmal diese verdammte violette Kapsel, hinter der jeder her war. Möglicherweise schwebte Mrs. Henkel vor, sie könnte ihren Konzern durch diese Kapsel von Platz vier in der Welt auf den Spitzenplatz bringen. Vielleicht wünschte sie sich auch, die Deutschen könnten durch sie für einen neuen Krieg mit Supersoldaten aufrüsten. Im Grunde spielten die Beweggründe für ihn aber keine Rolle. Jedenfalls schien sie davon auszugehen, dass Michaels das geheimnisvolle Zeug mitbringen würde, wenn sie ihm nur den Weg zu ihr mit Platin pflasterte. Eigentlich wäre es ganz interessant zu erfahren gewesen, ob das Jobangebot auch dann noch Bestand haben würde, wenn er nicht an diese Informationen kommen oder sie nicht weitergeben würde. Ebenso offen blieb die Antwort auf die Frage, wie lange er diesen Job behalten würde, wenn er ihn übernähme.

Er lächelte breit, als er sich vorstellte, wie er Toni darüber berichtete. »Hi, Schatz, ich bin zu Hause! Jetzt rate mal. Ja, wir ziehen nach Deutschland!«

Deutschland, Deutschland über alles …

Bei dem Gedanken musste er kichern.

Er hatte das Angebot mit allem gebotenen Respekt abgelehnt und Mrs. Henkel für ihre Freundlichkeit gedankt.

Gleichwohl musste das, was immer sich in dieser mysteriösen Kapsel befinden mochte, unglaublich interessant sein.

Beverly Hills, Kalifornien

Er hätte auch einen Jet der Net Force anfordern können. Doch nachdem er es bei der regulären Army in allen Ehren zum Colonel gebracht hatte, bevor er die militärische

Abteilung der Net Force übernahm, hatte John Howard immer noch einige Freunde, die in anderen Teilstreitkräften nach wie vor ihren aktiven Dienst versahen. Ein alter Kumpel von der Air Force, der es wie er selbst in die höchste Ranggruppe gebracht hatte, verschaffte ihm den Platz auf dem Rücksitz eines Kampfjets, der quer über die Staaten flog. Der Ausbildungsflug wurde während des Fluges in der Luft betankt. Da es deshalb keine Zwischenlandung gab, traf Howard mehr als zwei Stunden vor Mr. Brett Lee ein, der einen Linienflug genommen hatte, und wartete bereits am Flughafen auf ihn, als Lee seiner Maschine entstieg. Ein kleiner Sieg, der aber die Mühe wert war. So konnte er sich am Anblick der verblüfften Miene eines Mannes erfreuen, der Washington eine Stunde vor Howard verlassen hatte und dies auch nur zu gut wusste.

Auf dem Weg nach Beverly Hills lieferte Lee ihm dann die weiteren Details.

»Der Name des Verdächtigen ist George Harris Zeigler, einunddreißig Jahre alt.« Er blickte Howard an, als erwartete er eine Reaktion von ihm, doch diesem sagte der Name nichts, was er Lee auch mitteilte.

»Er ist ein ziemlich bekannter Schauspieler«, erklärte Lee. »Ein hübscher Junge, der Actionhelden spielt und auf den alle weiblichen Teenager abfahren. Sie nennen ihn den Zee-ster.«

»Na bitte«, meinte Howard, »ich bin eben weder ein Teenager noch weiblichen Geschlechts und darüber hinaus kein besonders großer Kinogänger.«

»Egal. Wir haben jedenfalls die entsprechenden richterlichen Entscheidungen in der Tasche, und unsere Überwachungsteams melden, dass er zu Hause ist. Er lebt in einem großen, eingezäunten Privatbesitz in Beverly Hills.«

»War auch nicht anders zu erwarten.«

»Wir gehen ›heiß und schnell‹ rein. Das ist erforderlich,

weil wir nur so eine Chance haben, noch Muster der Droge beschlagnahmen zu können. Er hat Leibwächter und ein kommerzielles Sicherheitssystem. Dass er selbst der Chemiker ist, dürfte mehr als unwahrscheinlich sein. Er ist nämlich von der Highschool geflogen, bevor er Schauspieler wurde. Wir sind allerdings der Ansicht, dass er entweder mit dem Zeug handelt oder es an Freunde, speziell an Freundinnen, weitergibt. Er hat das Geld dafür nicht nötig, weil er zwischen fünfzehn und zwanzig Millionen Dollar für jeden der Filme kassiert, in denen er Hauptdarsteller ist. Und Sie haben wirklich noch nie von ihm gehört?«

»Wahrscheinlich sollte ich etwas häufiger ausgehen«, räumte Howard ein.

Lee starrte ihn an, schaffte es dann aber doch noch, so etwas wie ein Lächeln zustande zu bringen. Es war sein Einsatz, und er würde Howard eine entsprechende Rolle zuweisen. Er würde schließlich das letzte Wort haben. »Sie werden die Agents unterstützen, die für die Deckung der Garage zuständig sind«, legte er fest. »Nur für den Fall, dass Mr. Zeigler den Versuch unternehmen will zu fliehen. Es ist eine Garage, in der zwölf Autos Platz haben, obwohl er im Augenblick nur zehn hat. Eben die normalen Spielzeuge, einschließlich eines Ferrari, eines Land Cruisers, eines Ford Cobra, eines Dodge Viper und zwei Rolls-Royce-Oldtimern.«

»Muss ja ganz nett sein. Wie viele Ihrer Leute werden ins Haus eindringen?«

»Sechzehn.«

»Aha. Gut. Falls er also an Ihnen vorbeikommen sollte, werden wir unser Bestes geben, ihn zu stoppen.«

Lee kommentierte diese Feststellung nicht weiter, und Howard lehnte sich in den Sitz zurück, um aus dem Fenster zu schauen. *Ziemlich dunstig heute. Was für eine Überraschung.*

Nachdem sie am Sammelpunkt, einem örtlichen Parkgelände, angekommen waren, zog Howard seine Ausrüstung aus dem Einsatzbeutel. Er hatte seine Seitenwaffe, die Medusa, seinen blauen Overall und die Seidenweste mitgenommen, auf deren Rücken in großen, phosphoreszierend gelben Lettern »Net Force« gestickt war. Er streifte das Halfter über, schob den Revolver hinein, schlüpfte dann in seinen Overall und rückte die Weste zurecht. Die eng gewebte Seide mit den einander überlappenden Keramikplättchen würde ihn vor Kugeln aus Faustfeuerwaffen und den meisten Gewehren schützen, wenn man davon ausging, dass der Schütze auf den Körper und nicht auf Kopf, Arme oder Beine zielte. Aber irgendwie konnte er sich nicht so recht vorstellen, dass ein Schauspieler, der sich Zee-ster nennen ließ, eine große Schießerei vom Zaune brechen würde. Reiche Leute kämpften gewöhnlich mit ihren Anwälten und nicht mit Feuerwaffen. Darüber hinaus dürften seine Chancen, an zahlreichen, mit Maschinenpistolen bewaffneten DEA-Agents vorbeizukommen, etwa so groß sein wie die eines Schneeballs in der Hölle.

Ursprünglich hatte Howard auch seine Thompson mitnehmen wollen. Die uralte Maschinenpistole Kaliber .45 hatte einmal seinem Großvater gehört, der in der Prohibitionszeit inoffizieller Hilfspolizist war. Dann war er jedoch zu dem Schluss gekommen, dass dies vor laufenden Kameras vielleicht ein wenig zu protzig gewirkt hätte. Bei derartigen Operationen dauerte es nie lange, bis die ersten Hubschrauber der Nachrichtensender herumschwirrten, und ein Stahlauge John Howard mit Chicagoer Schreibmaschine war möglicherweise nicht ganz das Image, um das die Net Force bemüht war.

Während des Briefings prägte sich Howard die Pläne ein. Dort traf er auch die beiden Agents, mit denen er die Garage überwachen sollte. Sie hießen Brown und Peterson, eine hoch gewachsene Frau und ein kleiner Mann. Lee hielt trotz seines hitzköpfigen Temperaments ein ausgezeichnetes Briefing ab und umriss die Einsatzvorgaben präzise. Dann glichen alle die Uhren ab und setzten die auf einem niedrigfrequenten Operationskanal arbeitenden Hör-Sprechgarnituren auf. Wie auch immer die politischen Absichten der DEA sein mochten, sie hatte genug Drogenrazzien durchgezogen, um genauestens zu wissen, wie man ein gesichertes Gelände effizient stürmte.

Man hatte sich von der Ortspolizei ein gepanzertes Einsatzfahrzeug ausgeliehen, das nun durch das schwere Stahltor brach, als wäre es eine Kulisse aus Pappmaché. Gleich dahinter folgten die insgesamt fünf PKWs und rasten auf ihre vorgegebenen Einsatzorte zu. Howard war sich nicht ganz sicher, aber es schien ihm so, als sprängen mehr als sechzehn Agents aus den Autos und spurteten auf das Haus zu. Auch Howard, Peterson und Brown stiegen aus und setzten sich in Richtung Garage in Bewegung. Agent Brown hatte einen elektronischen Generalschlüssel dabei, den sie nun betätigte, und das ausgesandte Signal bewirkte, dass die Garagentore hochrollten. Alle sechs gleichzeitig.

Peterson ging hinter der Verbindungstür zwischen Garage und Haupthaus in Stellung, wobei er die erhobene Waffe etwa in Ohrhöhe hielt.

Brown hockte sich hinter den Wagen, welcher dieser Tür am nächsten stand. Bei dem Fahrzeug handelte es sich um ein typisches Muscle-Car der Siebzigerjahre, einen Charger, der liebevoll in etwa zwanzig Lagen handgeschliffenem, zuckerapfelrotem Flitterlack lackiert worden war. *Wäre glatt eine Schande mit ansehen zu müssen, wie diese Lackierung durch einen Kugeleinschlag ruiniert würde,* dachte Howard.

Er blickte sich um. Welchen der Wagen würde er wählen, wenn er wirklich in Eile wäre? Wahrscheinlich den

Cobra. Nein, noch besser wäre der Viper, der im Grunde eine Rakete auf Rädern war. Dann würden sie Straßensperren einrichten müssen, denn es gab nichts, womit man dieses Geschoss bei einer Verfolgungsjagd hätte stellen können.

Er ging hinüber zu dem Viper und blickte ins kleine Cockpit des Cabriolets. *Kaum zu glauben, aber das Ding hat doch tatsächlich ein Armaturenbrett und Lenkrad aus Echtholz. Hallo, hallo. Was haben wir denn da?*

Offen im Blickfeld lag auf dem Beifahrersitz einer dieser durchsichtigen Plastikbeutel mit Klemmverschluss, wie man sie auch für Sandwiches verwendete.

In der Tasche wiederum lagen vier der großen violetten Kapseln.

Howard grinste. Verdammter Hurensohn!

Brown und Peterson konzentrierten sich voll und ganz auf die Tür. Lee bellte gerade eine Serie von Befehlen über den Einsatzkanal der Kopfhörerfunkgeräte. Sie hatten nach einiger Anstrengung endlich die Eingangstür aufgebrochen und drangen nun in das Innere der Villa vor.

Howard griff nach unten, nahm den Plastikbeutel, öffnete ihn und schüttelte eine der Kapseln auf die Handfläche. Er warf einen Blick zu den beiden DEA-Agents hinüber. Soweit es die beiden anging, hätte er genauso gut auch unsichtbar sein können.

Er ließ die Kapsel in eine Tasche seines Overalls gleiten, drückte den Beutel wieder zu und ließ ihn zurück auf den Sitz des Wagens fallen.

Über die Kopfhörer war der Lärm von Schüssen aus automatischen Waffen zu hören, der immer wieder von Lees kreischender Anweisung »Feuer erwidern, Feuer erwidern!« überlagert wurde.

Na ja. Es sah stark danach aus, als wären die Bodyguards gerade dabei, sich ihr Gehalt zu verdienen.

Immer mehr vollautomatische Waffen stimmten jetzt in

den Lärm ein. Das Angriffsteam der DEA war mit MP-5 ausgerüstet, und das unverwechselbare Belfern dieser Waffe erklang nun ebenfalls. Da ist aber wirklich fast alles an Pistolenkalibern vertreten, dachte Howard, aber nichts, was laut genug für ein Gewehr gewesen wäre. Die Leibwächter des Verdächtigen kämpften wahrscheinlich mit MAC-10, Uzis oder etwas Ähnlichem. Auf jeden Fall hörten sie sich anders an als die H&K-Waffen der DEA-Agents.

»... an alle verfügbaren Agents! Sie bewegen sich in Richtung Küche!«

Die Küche lag, wie Howard sich von der Sichtung der Grundrisse her entsinnen konnte, nur einen kurzen Korridor von der Garage entfernt.

Brown und Peterson werteten dies als Aufforderung hineinzugehen. Peterson trat die Tür auf, und Brown ging mit der Pistole in Vorhalte über die Schwelle. Sie blickten sich nicht einmal nach Howard um, als sie im Haus verschwanden.

Howard, dessen Pistole immer noch im Halfter steckte, überdachte die ihm zur Verfügung stehenden Möglichkeiten. Wenn es sechzehn DEA-Agents nicht schafften, einen Schönling-Filmstar samt seiner Leibwächter auszuschalten, konnte er auch keine zusätzliche Feuerkraft bieten, die von entscheidender Bedeutung gewesen wäre. Also würde er einfach hier bleiben, wie man es ihm aufgetragen hatte.

Immer mehr Schüsse schallten aus dem Inneren des Hauses. Irgendjemand schrie. Es schien sich um zwei oder drei verschiedene Stimmen zu handeln.

»Mist!«

»Scheiße!«

»Ah. Au. Ich bin getroffen!«

Zehn Sekunden später tauchte ein Mann aus dem Haus auf und kam in die Garage. Mit dem rechten Arm hielt er eine junge Frau in Haushälterinnenuniform in Hüfthöhe umklammert. Das Gesicht der jungen Frau war von Todesangst gezeichnet, was auch berechtigt schien, denn mit der anderen Hand presste der Typ ihr ein kurzes Messer an die Halsschlagader. Es handelte sich um einen ausgesprochen gut aussehenden jungen Mann.

Dürfte der Zee-ster sein, vermutete Howard.

Er zog den Revolver, nahm auch die zweite Hand nach oben, umfasste die Waffe im Zweihandgriff und zielte auf den Messerhelden.

»Keine Bewegung, Zeigler!«

Der Mann erstarrte.

Howard gestatte es seinen Händen, sich eine Winzigkeit zu entspannen. Den Revolver fest zu umspannen war ein Muss für einen sicheren Schuss, ihn aber über mehr als ein bis zwei Sekunden eisern zu umklammern würde zwangsläufig zur Folge haben, das er verkrampfte. Wie es aussah, würde sich das hier eine Weile hinziehen. Aber man konnte ja nie wissen.

Zeigler hielt das Messer an die Kehle seiner Geisel, während er versuchte, sich selbst so klein wie möglich zu machen. Ein sinnloses Unterfangen. Ein hundert Kilo schwerer Mann von einem Meter und achtzig Körpergröße schaffte es nun einmal nicht, sich hinter einer Frau, die vielleicht anderthalb Meter groß und fünfzig Kilo schwer war, zu verstecken. Howard hatte schon mit sämtlichen Arten von Zielen geübt, einschließlich denen, die eine sofortige Ausschaltung mit dem Kopfschuss erforderten.

»Runter mit der Kanone! Runter mit der Kanone, oder ich bring sie um!«

Howard hatte ihn im Visier. Kimme und Korn waren genau auf dem linken Auge des Geiselnehmers in Deckung. Auf anderthalb, maximal zwei Meter konnte er einfach nicht daneben schießen. Es blieb nur das Restrisiko, dass der Typ es schaffte, in allerletzter Sekunde den

Kopf der Geisel genau dorthin zu reißen, wo sich im Augenblick noch sein eigener befand. Obwohl das Risiko für die junge Frau eher gering war, blieb es bestehen. Außerdem würde er den Filmstar töten müssen, weil ein Schuss ins Gehirn eben die einzig sichere Methode war, ihn mit sofortiger Wirkung auszuschalten.

Also, wenn er kein Filmstar wäre, dann …

»Jetzt hören Sie mir mal zu«, versuchte Howard zu beschwichtigen, »und lassen Sie uns reden.«

»Nichts da! Keine Scheißdiskussion! Runter mit der Kanone, oder ich schneid ihr die Kehle durch!«

Das Hausmädchen wimmerte.

»Das wollen Sie doch eigentlich gar nicht. Wenn Sie das Mädchen umbringen, stehen Sie völlig ungeschützt und nur mit einem Messer in der Hand da. Denken Sie doch einmal nach. Das Mädchen ist im Moment die einzige Lebensversicherung, die Sie haben. Stirbt sie, sterben Sie auch. So einfach ist das.«

»Das können Sie nicht machen. Wissen Sie eigentlich, wer ich bin?«

»Ich bin kein Cop, mein Sohn. Ich bin Soldat. Man hat mich dazu ausgebildet, andere zu töten, nicht, sie gefangen zu nehmen. Sobald ich Blut auf dieser Klinge sehe, ist der Deal gelaufen. Mich interessiert nicht die Bohne, wer Sie sind. Gott hat nicht besonders viel übrig für Männer, die unschuldige Frauen töten, und ich gehe davon aus, dass Er mich geschickt hat, Ihnen das beizubringen.«

Der Mann stand auf der Schwelle zur Panik. »Lassen Sie mich laufen, dann lasse ich das Mädchen frei.«

»Wie bitte? Trage ich vielleicht das Wort ›blöd‹ auf die Stirn tätowiert? Jetzt weg mit dem Messer, und Sie werden die Gelegenheit bekommen, Ihre Geschichte einem Richter aufzutischen. Sie sind Millionär. Reiche und Berühmte schickt man nicht so einfach in die Gaskammer.

Bringen Sie aber diese Frau um, dann garantiere ich Ihnen, dass Sie noch schneller hinüber sind als das Mädchen. *Game over.*«

»Sie könnten das Mädchen treffen, wenn Sie auf mich schießen.«

Howard stieß einen theatralischen Seufzer aus. »Jetzt lassen Sie mich mal ein paar Dinge klarstellen, mein Sohn. Die Waffe, die ich hier in meinen Händen halte, ist eine Phillips & Rodgers Modell 47 Medusa, Kaliber .357. Als Double-Action-Revolver ist er mindestens so gut wie der beste, den Sie heute kaufen können, aber als Single-Action, also mit vorgespanntem Abzug, wie ich ihn jetzt auf Sie gerichtet habe, ist er sogar *extrem* genau. Ich kann den ganzen Tag lang einen Apfel auf fünfundzwanzig Meter treffen, und Sie stehen im Augenblick noch nicht einmal ein Drittel dieser Entfernung vor mir. Verstehen Sie, was ich meine? Vielleicht sollten Sie einmal einen Gedanken daran verschwenden, wie viel ich von Ihrem Körper sehen kann, das nicht von Ihrer Geisel verdeckt wird. Meinen Sie nicht?«

Zeigler schwieg.

Deshalb fuhr Howard fort: »In der Trommel stecken sechs etwas über acht Gramm schwere Hohlmantelgeschosse. Wenn ich damit auf Sie schieße, und nur eine einzige Kugel trifft Sie irgendwo an einem Knochen – und das wird der Fall sein, mein Sohn –, können Sie Haus und Hof darauf verwetten, dass die Kugel mit einer Geschwindigkeit von knapp vierhundert Metern pro Sekunde eindringen wird. Im Klartext heißt das, die ist schon da, bevor Sie überhaupt den Knall des Schusses gehört haben. In Ihrem Körper wird sich die überschallschnelle Kugel dann auf etwa das Doppelte ihrer Größe aufpilzen und ein gewaltiges Loch in so ziemlich alles reißen, was ihr in den Weg kommt. Es ist eine aus Schießberichten belegte Tatsache, dass Sie durch diese Munitionsmarke in diesem

Kaliber mit 96,4-prozentiger Wahrscheinlichkeit zu Boden gehen und an nichts anderem mehr interessiert sein werden als einer Möglichkeit weiterzuatmen. Aber selbst damit werden Sie sich nicht mehr allzu lange zu befassen brauchen.«

Zeigler schluckte.

»Also, hier ist mein Angebot. Ich gebe einen Scheiß darum, ob Sie hier rausmarschieren oder von den DEA-Typen im Leichensack hinausgeschleppt werden, weil es mir absolut egal ist. Wenn ich aber gezwungen bin abzudrücken, veranstaltet diese Waffe hier in der Garage einen elenden Krach, und mir werden anschließend für zwei Wochen die Ohren klingeln, weil ich nicht daran gedacht habe, mir Stöpsel in die Gehörgänge zu schieben, bevor ich durch diese Tür getreten bin. Ich habe nicht die geringste Lust, mir einen größeren Hörschaden als unvermeidbar zuzuziehen. Also, wenn ich gezwungen bin zu schießen, werde ich stinksauer. Vielleicht reicht ja auch ein Schuss nicht aus, und ich muss noch einmal abdrücken. Können Sie mir folgen? Also werden Sie jetzt das Messer fallen lassen, und zwar sofort, oder ich stanze ein Loch in Sie hinein, und während Sie fallen, noch ein paar mehr, nur weil Sie dann schuld daran sind, dass ich mir die Ohren verletzt habe. Ihre Karriere als Filmstar wird einen Gefängnisaufenthalt möglicherweise überstehen, aber wenn Sie tot sind, ist sie leider zu Ende. So einfach ist die Sache. Sie haben die Wahl. Entweder das Messer fällt zu Boden oder Ihr Körper.«

Irgendjemand hörte alles über Funk mit, denn Howard erhielt die Anweisung: »Nicht erschießen! Nicht erschießen! Wir sind unterwegs!«

Howard fingerte nach dem Schalter des Funkgeräts. Er konnte zwar das Mikrofon nicht abschalten, aber wenigstens die Lautstärke des Kopfhörers reduzieren. Jetzt konnte er keinerlei Ablenkung gebrauchen.

Dann atmete er tief ein und ließ einen Teil der Luft wieder entweichen, als würde er sich darauf vorbereiten zu schießen. Aber in einer Situation wie dieser bluffte man nicht. Er schob den Zeigefinger durch den Schutzbügel und legte ihn auf den Abzug. Es wäre keine große Kraft erforderlich, ihn zu betätigen. Kaum anderthalb Kilo. Ein netter, kleiner Zug, gerade so, als würde man einen Eiszapfen abbrechen.

»Nicht! Bitte töten Sie mich nicht! Bitte!«

Zeiglers linke Hand löste sich von dem Mädchen. Dann ließ er die Geisel ganz los und machte eine auffordernde Geste in Howards Richtung.

»Na los. Wir können den Deal auch gleich hier durchziehen! Ich … ich nenne Ihnen meinen Lieferanten. Das ist es doch, was Sie wollen, oder?«

Das Messer bewegte sich immer weiter vom Hals des Mädchens fort. Zeigler hatte es zwar noch nicht fallen gelassen, stand aber unmittelbar davor. Seine Messerhand war fast vollständig entspannt, und er war einen guten halben Schritt von seiner Geisel zurückgetreten.

Howard stieß einen weiteren Seufzer aus, diesmal allerdings leiser. *Gott sei Dank.* Das hätte ihm gerade noch gefehlt. Millionen von Teenagern, die ihn hassten, weil er ihr Leinwandidol abgeknallt hatte. Er wäre am liebsten selbst wie der Blitz verschwunden, wenn nur erst einmal das Messer am Boden lag …

Da kam von draußen jemand um die Ecke in die Garage gestürmt und feuerte zweimal und traf den Verdächtigen direkt in die Brust.

Zeigler brach zusammen. Das Mädchen kreischte und fiel auf Hände und Knie, um so schnell wie möglich hinter dem Sportwagen Deckung zu suchen.

Instinktiv wirbelte Howard mit der Waffe herum.

Es war Brett Lee.

Sofort riss Lee die Waffe hoch und richtete die Mündung gegen die Decke, wobei er die andere Hand öffnete und erhob. »Immer mit der Ruhe!«

»Warum haben Sie geschossen?«, brüllte Howard ihn an. »Sie bescheuerter Trottel! Er hatte die Waffe längst gesenkt!«

»Sorry. Aber für mich sah es so aus, als stünde er kurz davor, die Geisel zu verletzen.«

»Ich dachte, Sie wollten ihn lebend?«

Lee hüllte sich in Schweigen und steckte seine Waffe zurück ins Halfter.

Howard schüttelte den Kopf. Dann ging er hinüber zu Zeigler, um diesen zu untersuchen. Ein Schuss direkt ins Herz und der zweite in den oberen Brustkorb. Er würde schon lange tot sein, bevor die Rettungssanitäter ihn in den Krankenwagen schaffen konnten. So ein Mist!

Howard stand auf, steckte die Waffe unter die Windjacke und half der Geisel auf die Beine zu kommen. »Es ist alles vorbei, Ma'am. Sie sind jetzt in Sicherheit.« Er starrte zu Lee hinüber. *Gütiger Gott.*

Auf einmal hörte er das Geräusch von Hubschraubern, die sich dem Ort des Geschehens näherten, und fluchte in sich hinein. Er sollte schnell die Windjacke ablegen. Nach diesem Fiasko stand ihm der Sinn wirklich nicht danach, den Namen »Net Force« gut sichtbar in allen Abendnachrichten erscheinen zu lassen.

Commander Michaels würde diese Ansicht sicherlich teilen.

Immer mehr DEA-Agents strömten mit Waffen in den Händen aus der Villa. *Einen Schritt zu spät und das Beste verpasst.*

Was für ein Schlamassel.

Herr im Himmel.

16

Hauptquartier der Net Force in Quantico, Virginia

»So, damit kühlt jetzt also die einzige Verbindung, die wir zu dem Dealer hatten, in einer Wanne des Leichenschauhauses im sonnigen L.A. aus. Habe ich das richtig verstanden?«

»Ja, Sir«, bestätigte John Howard. »Scheinbar zur großen Trauer der weiblichen Teenager im ganzen Land.«

»O Gott«, stöhnte Michaels.

»Besser hätte ich meine Gefühle auch nicht ausdrücken können. Ich schätze, dass der gute Mr. Lee von der DEA jetzt seinen Vorgesetzten eine ungeheure Menge von Dingen zu erklären haben wird.«

Michaels schüttelte den Kopf. John Howard und Jay Gridley blickten ihn an, als ob sie jetzt von ihm eine weise Bemerkung erwarteten. Tatsache war jedoch, dass er nichts dergleichen zu bieten hatte. »Na ja«, meinte er schließlich, »wenigstens waren es unsere Informationen, die es der DEA ermöglicht haben, der NSA um eine Nasenlänge voraus zu sein.«

»Wäre vielleicht anders herum besser gelaufen«, bemerkte Jay. »Irgendwie fand ich nämlich die Filme mit dem Zee-ster gar nicht so schlecht. Ein gewisser persönlicher Stil war ihm jedenfalls nicht abzusprechen.«

Der erste Teil von Jays Bemerkung traf genau das, was Michaels ebenfalls schon durch den Kopf gegangen war, es ihm aber keineswegs leichter gemacht hatte. Obgleich er den Schauspieler schon in einigen Filmen erlebt hatte und nicht besonders von ihm beeindruckt gewesen war, blieb tot nun einmal tot. Und jemanden zu erschießen, der schon die Hände gehoben hatte, war ein böses Omen, da gab es keine Diskussionen. Ganz besonders böse wurde dieses Omen noch, weil es sich um ein reiches und berühmtes Opfer handelte.

»Also, wenn man Leuten ein Messer in die Hand drückt, und die schneiden sich anschließend damit in den Finger, ist das deren Problem«, sagte er. »Die Direktorin kann uns wohl kaum für etwas zur Rechenschaft ziehen, was die DEA versaut hat. Was ist überhaupt mit dem DEA-NSA-Deal? Hat es da böses Blut gegeben?«

»Nicht, dass ich wüsste«, meinte Jay, »zumindest nicht mehr als bei jeder anderen Rivalität zwischen den Diensten sonst. Läuft alles in der Art: Man bekommt den Ball, spielt ihn nicht weiter und schießt selbst. Auch wenn alle in derselben Mannschaft spielen.«

»Wie sieht es mit den personellen Hintergründen aus? Haben die Agents Lee und George vielleicht konkurrierende Schulen besucht? Ist der eine mit der Freundin des anderen ins Bett gestiegen?«

Jay sah überrascht auf. »Hm. Hab ich noch gar nicht drüber nachgedacht.«

»Kann durchaus sein, dass das für die augenblickliche Situation auch nicht relevant ist, aber warum stochern Sie nicht einfach mal ein bisschen herum und sehen, was Sie herausfinden können? Bei den bisherigen Treffen hatte ich nicht den Eindruck, dass die beiden sich besonders gut ausstehen können, und ich habe auch nicht das geringste Interesse daran, dass die Net Force zwischen den Fronten steht, wenn die beiden anfangen, sich mit Dreck zu bewerfen.«

Jay nickte. »Gute Idee, Boss. Ich werde mich darum kümmern.«

»Obwohl die ganze Angelegenheit natürlich in erster Linie deren Problem ist, können wir unsere Hände dennoch nicht völlig in Unschuld waschen. Wir sind nun mal verpflichtet, ihnen bei den Recherchen zu helfen. Und jetzt ist alles, was wir vorzuweisen haben, ein toter Filmstar und eine Sackgasse.«

»Nicht ganz«, widersprach Howard, während ein spitzbübisches Grinsen die weißen Zähne im schokoladenbraunen Gesicht aufblitzen ließ. »Wir hätten da noch die Sache mit den sichergestellten Kapseln. Unglücklicherweise standen sie kurz vor Ablauf des Verfalldatums. Dieser Filmstar konnte es sich leisten, die Dinger zu kaufen und verfallen zu lassen, wenn ihm danach war. Jedenfalls waren sie zu dem Zeitpunkt, als die DEA sie schließlich in ihren Labors hatte, so unwirksam wie Körperpuder.«

»Was uns auch nicht besonders weiterhilft, oder?«, fragte Michaels.

»Nun, Sir, wahrscheinlich nicht. Aber Sie werden wahrscheinlich festgestellt haben, dass im Bericht von drei Kapseln die Rede ist. Bei dieser Angabe handelt es sich leider um einen Irrtum.«

Michaels blickte ihn an und wartete.

Howard streckte die Hand aus und ließ eine violette Kapsel auf den Schreibtisch fallen.

Jay grinste. »General! Sie haben eine geklaut?«

»Sagen wir: mitgehen lassen«, korrigierte Howard schmunzelnd. »Chemisch gesehen bringt sie uns wahrscheinlich nicht so viel wie denen bei der DEA, aber ich hab mir gedacht, was die aus vier von den Dingern analysieren könnten, schaffen die genau so gut auch mit dreien.«

Michaels nahm die Kapsel auf und betrachtete sie eingehender. »Das kleine Ding sieht gar nicht so aus, als ob es für so viel Ärger verantwortlich sein könnte.«

»Diamanten sind auch klein, Boss, was auch für elektronische Bausteine und dergleichen gilt.«

»Nun, wie es der Zufall will, haben wir einen Freund

im FBI-Labor, der sicher gerne einmal so ein Ding in die Finger bekommen würde«, meinte Michaels. »Auf diese Weise würden wir dann wenigstens ebenso viel wissen wie die DEA, was ihre Inhaltsstoffe angeht. Das könnte sich eines Tages vielleicht mal als wichtig erweisen. Möglicherweise ist da irgendein seltenes Gewürz drin, das man nur in der Fischsuppe findet, wie sie im Rotlichtviertel von Marseille serviert wird.«

»Sir?«

»Entschuldigung, General. Das war ein Zitat aus einer alten Spionagekomödie, die ich einmal auf Video gesehen habe. Aber die Jungs vom regulären FBI verfügen über enorme Datenbänke und ein langes Gedächtnis. Außerdem brauchen sich deren Laboranten auch hinter niemandem zu verstecken. Vielleicht schaffen die es sogar, etwas herauszubekommen. Gute Arbeit.«

»Danke, Sir.«

»Übrigens war ich sehr froh, dass ich Sie nicht in den Abendnachrichten gesehen habe.«

»Das habe ich mir gleich gedacht«, sagte Howard.

Nachdem Howard und Jay gegangen waren, packte Michaels die Kapsel in eine leere Pappschachtel und steckte sie in die Tasche. Die Beweiskette war alles andere als gut, wenn man berücksichtigte, wie sie daran gekommen waren, doch ihm ging es nur um die Information als solche. Der ganze Schlamassel war immer noch ein uneheliches Kind der DEA, und je eher er es schaffte, die Net Force aus der Verpflichtung zu bekommen, dieses Kind zu versorgen, desto besser. Er würde kurz im Labor vorbeischauen und sich mit dem stellvertretenden Abteilungsleiter unterhalten, den er noch aus seinen Tagen im Feldeinsatz kannte. Gemeinsam konnten sie sicherlich etwas austüfteln.

»Nimm den Hammer nicht«, sagte Bobby.

Tad, dessen kleine Dosis Heroin langsam an Wirkung verlor, runzelte wegen der einsetzenden Kopfschmerzen die Stirn. »Und warum nicht?«

»Weil ich dich klar brauche.«

Tad grinste schief.

»Na gut, okay, dann eben *relativ* klar. Wir haben nämlich Probleme.«

»Wir sind reich und sehen gut aus, kann also nicht so schlimm sein, oder?«

Bobbys Lächeln schwand so schnell, wie es gekommen war. »Der Zee-ster ist tot.«

»Das gibt's nicht! Ich hab ihn doch erst kürzlich noch gesehen, als ich ihm die Kapseln aus der letzten Charge gebracht habe. Da sah er klasse aus. Der kann nicht tot sein.«

»Also, ich habe da einen Kontakt bei der Polizei, der mir gesagt hat, dass sein Körper jetzt in einer großen Schublade des neuen Bezirksleichenhauses liegt und die Pathologen dabei sind, Münzen zu werfen, wer ihn aufschneiden darf. Er ist hin.«

»Au Mann, das ist aber ganz bescheiden. Ich mochte ihn. Er konnte Partys feiern. Wie hat er das geschafft? Hat er eines seiner Autos um einen Baum gewickelt? Er war ein beschissener Autofahrer.«

»Ein DEA-Agent, der eine Razzia in seiner Villa leitete, hat ihn zweimal ins Herz geschossen.«

»Wow. Du willst mich auf den Arm nehmen.«

»Nein. Sturm und Drang, seine Leibwächter, eröffneten das Feuer, als die Narcs die Tür eintraten. Tatsache ist, dass die Wände von dem Haus vom Zee-ster jetzt mehr Löcher als ein Sieb haben. Die beiden Bodyguards wurden sprichwörtlich in Stücke geschossen, aber Sturm wird es wahrscheinlich sogar überleben. Drang liegt immer noch auf dem Operationstisch, und sie meinen, er wird es nicht schaffen, und wenn doch, wird er nur noch eine Frikadelle sein … Er hat zwei Kugeln in den Kopf bekommen.«

»Scheiße.«

»Yeah. Ist schon furchtbar, das alles. Aber jetzt lass das mal außer Acht und denk drüber nach, was es für uns bedeutet. Warum sollten die Feds hinter dem Zee-ster her gewesen sein? Er war ein Verbraucher, kein Dealer.«

»Er hat ein paar davon verteilt«, sagte Tad. »Ich glaube wenigstens, dass er das gemacht hat. Könnte doch sein, dass sie jemanden geschnappt haben, der damit rumgelaufen ist und ihn verpfiffen hat.«

»Was auch immer. Auf jeden Fall bringt uns das irgendwie in ein schlechtes Licht. Wir waren mit ihm zusammen, und irgendjemand könnte sich an uns erinnern.«

»An *mich* erinnern, meinst du wohl. Du siehst aus wie zehntausend andere Surfer. Ich steche da schon ein bisschen aus der Menge hervor.«

Bobby winkte ab. »Worauf es ankommt, ist, dass wir uns öfter mit ihm in der Öffentlichkeit gezeigt haben, als gut für uns ist. Schließlich war er ein Filmstar, cool und alles, was sonst noch dazu gehört. Wenn er tatsächlich die Hammer-Kapseln bei sich hatte, als sie ihn aus dem Spiel genommen haben, werden sie seinen Hintergrund mit dem Mikroskop untersuchen … Wo er überall gewesen ist, mit wem er da war und so. Ein Kerl wie er kann sich in dieser Stadt nicht unerkannt bewegen. Es sei denn, er stülpt sich eine Tüte über den Kopf, und Zeigler gehörte ganz bestimmt nicht zu denen, die ihr hübsches Gesicht verbergen. Die Cops und Feds werden schon eine Menge Schuhsohlen abzulaufen haben, wenn sie jeden verfolgen wollen, mit dem sich dieser Mann hat sehen lassen. Wahrscheinlich werden sie jemanden zur Überwachung all der

Lokalitäten abstellen, die im Moment in sind, und wo der Zee-ster seine Partys steigen ließ.«

Tad nickte.

»Also, gut. Ich möchte, dass du Folgendes erledigst. Zunächst einmal wirst du dein Gedächtnis durchforsten und jeden Zeitpunkt zu Tage fördern, an dem du Zee in aller Öffentlichkeit getroffen hast, und diese Orte dann darauf abchecken, ob es dort Überwachungskameras gibt. Dann machst du dich so schnell wie möglich auf den Weg dorthin, bevor die Feds oder die Ortspolizei dort auftaucht. Sieh zu, dass die Aufzeichnungen gelöscht werden oder sonst irgendwie verschwinden.«

»Das kriege ich hin.«

»Er war nie hier im Haus, und wenn ich ihm einen ausgegeben oder ihn zum Essen eingeladen habe, hab ich immer bar bezahlt. Also gibt's von daher keine Möglichkeit, diese Ausgaben elektronisch zu mir zurück zu verfolgen. Ich habe schon mal eine Liste all der Orte aufgestellt, wo ich mich allein mit ihm getroffen habe oder wo wir zu dritt gewesen sind. Die kannst du dann zu deiner Liste hinzufügen. Bei den Menschenmassen, mit denen er sich umgeben hat, ist es nicht sehr wahrscheinlich, dass sie uns erkennen und hier aufsuchen. Und die meisten von denen waren zum Teufel noch mal sowieso zu stoned, um überhaupt noch zu wissen, wer sie *selbst* sind, geschweige denn, dass sie sich an uns erinnern könnten. Bei den Videoaufzeichnungen ist das allerdings eine andere Sache. Wenn wir auf einem Band, einer Festplatte oder einer DVD gespeichert sind, wäre das ganz übel. Wenn diese Aufnahmen nicht mehr existieren, sind wir aus dem Schneider.«

Tad nickte wieder. »Yeah. Das hab ich kapiert. Damit sind die Orte, wo man uns möglicherweise aufgenommen hat, auf einige wenige zusammengeschmolzen.«

»Bei Touristen, die uns zusammen mit Zeigler gefilmt haben, als wir in Disneyland, am Strand oder sonst wo waren, können wir natürlich nichts machen. Allerdings ist es auch nicht sehr wahrscheinlich, dass die Typen vom FBI sie ausfindig machen. Ich denke, das können wir abhaken.«

»Ich frage mich die ganze Zeit, wie sie wohl ausgerechnet auf ihn gekommen sind.«

»Er hat sie auf sich aufmerksam gemacht. Er liebte es, damit anzugeben, dass er fünf Mädels auf einmal geschafft hat, wenn er auf dem Hammer-Trip war, und außerdem hast du ja selbst gesagt, dass er Dope wie Kaugummi an die Leute in seiner Umgebung verteilt hat. Darüber hinaus spielt es auch gar keine Rolle, wie sie auf ihn gestoßen sind. Das Einzige, worauf es ankommt, ist, dass sie uns nicht finden.«

»Hab ich kapiert.« Tad verspürte nicht die geringste Lust, die wenige Zeit, die er noch auf Erden hatte, in einer Zelle zu verbringen. Er würde seine eigene Fahrkarte stempeln, bevor er diesen Fall eintreten ließ.

»Wir werden in den kommenden beiden Monaten in Urlaub sein«, bestimmte Bobby. »Also keine Produktion, keine Auslieferungen. Wir machen Betriebsferien. Vielleicht fliegen wir mal nach Maui, fahren die Serpentinenstraße nach Hana entlang, lassen uns den schwarzen Sand am Strand durch die Zehen rieseln und gaffen eine Zeit lang den Mädels nach.«

Tad nickte abwesend. »Yeah.« Woran er jedoch wirklich dachte, war, dass sich noch eine Kapsel Thors Hammer in seiner Tasche befand. Die letzte, die Bobby angefertigt hatte. Sie war noch ein paar Stunden wirksam, bevor sie verfiel. Wenn er sie nicht nahm, bedeutete das für ihn eine enorme Verschwendung, denn so wie es aussah, würde Bobby zumindest so lange keine neuen Kapseln mehr produzieren, bis er sich in Sicherheit wähnte.

Für Tad dagegen konnte bereits in wenigen Monaten alles vorbei sein. Wer wusste das schon?

Sollte er sie schlucken? Er und Bobby hatten schließlich nicht allzu viel Zeit zusammen mit dem Zee-ster in der Öffentlichkeit verbracht. Da kamen in den letzten Monaten nur ein halbes Dutzend Plätze in Frage. Keinesfalls waren es mehr gewesen. Die meisten davon verfügten über keine Video-Aufzeichnungsgeräte, bei denen die Aufnahmen länger als ein bis zwei Tage, allenfalls eine Woche aufbewahrt wurden, bevor sie überspielt wurden. Er konnte die Sache zügig angehen, die ersten paar Adressen checken, dann die Kapsel schlucken und die letzten Anschriften überprüfen, bevor der Hammer seine volle Wirkung entfaltet hatte. Aber selbst wenn es später werden würde, war er immer noch in der Lage, sich unter Kontrolle zu halten und um das Überwachungszeugs zu kümmern. Da war er seiner Sache völlig sicher. Für ein bis zwei Stunden allemal.

Natürlich bestand ein gewisses Restrisiko. Aber was soll's, dachte er, schließlich hab ich ja nicht viel zu verlieren, oder?

Es gab allerdings auch eine andere Möglichkeit, die er jedoch noch nicht ausprobiert und immer als letzte Option in der Hinterhand gehalten hatte. Sie stand für den Fall, dass Bobby einmal etwas passierte, bevor er selbst ins Gras biss. Natürlich konnte er die Kapsel verfallen lassen, mit dem Überwachungszeug aufräumen und mit Bobby zu den Inseln fliegen. Dann, so nach ein bis zwei Wochen, würde er einen Grund finden, sich für ein paar Tage von Bobby zu trennen. Er würde ihm erzählen, dass er ein paar Tage an den heiligen Wasserlöchern oder sonst wo kampieren wolle – Bobby hasste Camping –, tatsächlich aber den nächsten Flug zurück nach L.A. für sich buchen würde.

Er hatte schon einige Zeit mit Bobby verbracht, und obwohl er sicherlich als Chemiker nicht in derselben Liga wie Bobby spielte, wusste er doch eine ganze Menge über

Drogen. Er hatte es so einrichten können, dass er sich im Laufe der Zeit, in der sie den Hammer vertrieben, immer zu einem anderen Zeitpunkt in Bobbys Nähe aufgehalten hatte, wenn dieser die Bestandteile der Droge zusammenstellte und mischte. So hatte er nach und nach den gesamten Ablauf kennen gelernt. Klar, er hatte keine Ahnung, um was es sich bei den Einzelbestandteilen handelte, doch er wusste, wo die Pulver zu finden waren und wie viel er von jedem zu nehmen hatte.

Natürlich war er bei weitem nicht ein solches Genie wie Bobby, der so ein Zeug, bei null anfangend, bis zu Ende durchentwickeln konnte. Nein, beileibe nicht. Aber andererseits konnte auch nicht jeder, wie es Mozart getan hatte, mit einem leeren Notenblatt beginnen und eine ganze Symphonie erschaffen. Dennoch gab es immer mehr als genug Leute, die diese Symphonie spielen konnten, wenn man ihnen die Noten vorlegte. Tad kannte Bobbys Routinen. Er hatte sie beobachtet, verinnerlicht und traute sich auch zu, sie nachzuvollziehen. Ma und Pa draußen im Wohnmobil hatten all den Stoff, fein säuberlich in kleine Flaschen abgefüllt, an Bord, den man für Thors Hammer brauchte. Er brauchte ihnen nur einen Besuch abzustatten. Sie würden sich nicht einmal wundern. Schließlich hatte er das Zeugs schon mehr als einmal für Bobby abgeholt.

Natürlich hätte er schlechte Karten, wenn Bobby einmal dahinter kommen sollte. Also würde Tad wahrscheinlich nichts anderes übrig bleiben, als Ma und Pa zu eliminieren, das Wohnmobil in Brand zu setzen und darauf hoffen, dass Bobby die Konkurrenz oder irgendwelche Gesetzesvertreter dafür verantwortlich machen würde. Außerdem war es ja auch alles andere als sicher, dass er überhaupt noch am Leben sein würde, wenn Bobby alles herausfand. Das Loch, aus dem er sich ans Licht des Tages zurückarbeiten musste, war nach jedem Mal tiefer. Eines Tages würde er auf dem Grund aufschlagen und es nicht mehr schaffen, den Weg nach oben zu bewältigen. Dieser Fall würde wahrscheinlich eher früher als später eintreten.

Gleichwohl war es etwas, über das es sich nachzudenken lohnte.

»Hast du eigentlich vor, den ganzen Tag lang nur da zu sitzen und Löcher ins All zu starren, oder was?«

»Häh? Oh, ja. Bin schon unterwegs. Ich muss mich nur noch ein bisschen, äh, frisch machen, dann kann's losgehen.«

»Fein. Tu, was du tun musst, aber sieh zu, dass sie dich nicht wegen einer Verkehrübertretung anhalten und kontrollieren. Sei also vorsichtig, wenn's geht, ja?«

»Yeah, yeah. Jetzt mach dir mal keine Sorgen.«

»Mach ich mir aber, Tad, und zwar um uns beide.«

Tad ging ins Bad, um sich einen Schuss vom weißen Mexikaner nachzusetzen. Während er ging, fingerte er in der Westentasche nach der violetten Kapsel, um sich davon zu überzeugen, dass sie noch da war. Was würde es denn ausmachen, sie zu nehmen, so lange er nur darauf achtete, das Geschäft vorsichtig zu betreiben? Es wäre ja schon bald ein Verbrechen, die Kapsel verfallen zu lassen.

Und selbst wenn er sie nahm, in ein paar Wochen von heute an konnte er immer noch nach L.A. zurückkehren. Wenn er dann den abschließenden Schritt, bei dem der Selbstzerstörungskatalysator hinzugefügt wurde, einfach übersprang, würden die Kapseln anschließend vielleicht nicht mehr ganz so stark sein. Andererseits würden sie aber auch nicht wirkungslos werden. Dann könnte er sich täglich eine genehmigen, bis sie ihn irgendwann schließlich umbrachten. Wäre bestimmt nicht der schlechteste Weg aus dem Leben zu scheiden, oder?

Er lächelte sich im Badezimmerspiegel zu.

Es war, als grinste ihn ein Totenschädel an.

Drayne ärgerte sich über sich selbst. Er hatte gewusst, dass es besser war, keinen persönlichen Kontakt zu den Leuten zu haben, die man belieferte. Bevor er auch nur die erste Pille verkaufte, hatte er im Laufe der Jahre mit unzähligen Drogendealern gesprochen, sich über seinen Vater – natürlich ohne dass der Alte eine Ahnung davon gehabt hätte – Zugang zu unzähligen FBI-Akten verschafft und dabei jede Menge über das Geschäft gelernt.

Die positive Seite war, dass man einen Haufen Geld machen und jede Menge Nervenkitzel erleben konnte. Clevere Dealer verdienten ein Vermögen und schafften es immer wieder, dabei die ganze Bandbreite von Polizeiinstitutionen ziemlich dämlich aussehen zu lassen. Großes Geld, großer Spaß, der Rausch des Sieges und alles, was man brauchte, um die Maschine in Gang zu halten.

Natürlich gab es auch eine Schattenseite. Dumme Dealer konnten leicht das Opfer eines Konkurrenten werden. Ebenso gut konnten sie auch von einem Kunden ausgeraubt oder getötet werden. Natürlich konnten sie auch auffliegen und für zwanzig Jahre hinter die schwedischen Gardinen eines Zuchthauses wandern. Genauso wenig war es völlig auszuschließen, dass sie von einheimischen Tölpeln verpfiffen wurden. Es gab halt eine ganze Menge Minenfelder im Bereich des illegalen Handels, und außerdem fehlte einem natürlich die Möglichkeit, zum nächsten Cop zu rennen, wenn einem jemand die Pistole unter die Nase hielt und den Stoff und das Geld klaute.

Fest stand jedenfalls, dass man, wollte man als Dealer tätig werden und lange genug im Geschäft bleiben, ständig in Bewegung bleiben musste. Tat man dies nicht, flog man früher oder später auf. 99,9 Prozent der Dealer, die ihr Geschäft mehr als nur ein paar Jahre an einem Ort betrieben hatten, wurden irgendwann geschnappt. Manchmal war es ein Verteiler, der sie verpfiff, ein anderes Mal eine Exfrau oder eine frustrierte Freundin. Oder die Cops schafften es aus eigenem Antrieb.

Sobald man eine Menge bares Geld in Händen hatte, konnte es einen verleiten, leichtsinnig zu werden. Dann wurden teure, protzige Spielzeuge angeschafft, und auf einmal fühlte man sich unbesiegbar, und das alles nur, weil man zu Geld gekommen war. Das Beispiel Zeigler bewies jedoch eindeutig, dass alles Geld nichts wert war, wenn Kugeln in die eigene Richtung zu fliegen begannen.

Folglich hatte Drayne stets darauf geachtet, ein durchschnittliches Profil zu pflegen. Keine Jachten, kein Auto, für das nicht auch die Hälfte der Einwohner von Los Angeles eine Finanzierung durchbekommen hätte. Keine Leibwächter mit schwellenden Muskeln und den typischen Ausbuchtungen in den Achselhöhlen ihrer Jacken. Die ließen bei den Leuten nämlich schnell die Frage aufkommen, wer man war, dass man einen Leibwächter brauchte. Absolut minimales Risiko beim Verkauf, der Auslieferung und der Annahme neuer Kunden. Das war Draynes Devise. Mit Ausnahme von drei Leuten wusste außer ihm selbst niemand, was er wirklich tat, und diese drei Menschen waren Tad und das alte Ehepaar, das sein Wohnmobil fuhr. Tad würde ihn niemals verraten, und Ma und Pa Yeehaw waren zeitlebens Kriminelle gewesen, die lieber mit rauchenden Pistolen in den Händen untergingen, als sich festnehmen zu lassen. Wäre das nicht der Fall gewesen, hätte er sie längst aussteigen lassen und zum Schweigen gebracht, bevor die Feds eine Ahnung davon gehabt hätten, wen sie da geschnappt hatten.

Das war zwar alles andere als perfekt und sicherlich auch keine betonsichere Garantie, aber er war darüber hinaus auch stets sehr vorsichtig. Zumindest so lange, bis er in den glitzernden Sog von Zeiglers Filmstarclique geraten war. Aber selbst dann hatte Drayne immer darauf geachtet, dass er im Schatten der Frackschöße des Zee-ster blieb. Andererseits hatte es zum Teufel noch mal Spaß gemacht zu beobachten, wie sich vor ihnen jede Tür öffnete und sich die Mädels darum rauften, auch nur in ihre Nähe zu kommen, weil sie meinten, sich so in den Strahlen einer Berühmtheit sonnen zu können.

Ihm war nie auch nur im Entferntesten der Gedanke gekommen, Zeigler könnte einmal das Ziel einer Razzia sein. Normalerweise traten die Feds keine Türen von berühmten Millionären ein. So etwas tat man einfach nicht.

Na ja, jetzt war es eben doch passiert. Und obwohl, was sie anging, wahrscheinlich alles in Ordnung war, schien es Bobby doch besser, zunächst einmal auf Tauchstation zu gehen und so lange unsichtbar zu werden, bis sich der Staub gelegt hatte. Es bestand schließlich kein Grund zur Eile. Er lag in diesem Spiel vorn. Die Feds waren langsam, aber sie waren wie die sprichwörtliche Schildkröte im Rennen gegen den Hasen: Während der Hase ein Nickerchen machte, holte die Schildkröte auf und biss ihm in den Hintern. Drayne war nicht geneigt, ihnen diese Chance einzuräumen. Nein, Sir. Mit den beschissen besten Empfehlungen: Nein, danke.

Ein oder zwei Monate im Herbst auf Hawaii? Es gab Schlimmeres. Und etwas Schlimmeres war nie ein erstrebenswertes Ziel für ihn gewesen.

Sobald Tad die ihm aufgetragenen Dinge erledigt hatte, würden sie in den nächsten dieser dicken, röhrenden Jumbo-Jets springen und auf die Inseln abzischen. Wenn sie irgendwann zurückkamen, würde all das andere Zeugs schon wieder zu den Nachrichten von gestern gehören.

Von vorgestern sogar.

17

Washington, D.C.

Toni stand kurz davor, einen Gefängniskoller zu bekommen. Ihre Nerven lagen blank, und sie musste einfach aus dem Haus, bevor sie völlig durchdrehte. Ja, ja, der Arzt hatte ihr gesagt, sie solle zu Hause bleiben und ihre Aktivitäten so stark einschränken wie möglich. Das müsse eben sein, hatte er erklärt, sonst würde sie, wenn sie das Baby bekommen wollte, bei weiteren Problemen mit Krämpfen und Blutungen damit rechnen müssen, den Rest der Schwangerschaft im Bett zu verbringen. Also wäre es das Beste, wenn sie keine Dinge unternahm, die sie zu übergroßer Aktivität verleiteten.

Natürlich hatte sich Tonis Mutter voll und ganz auf die Seite des Arztes geschlagen. Wäre auch ein Wunder gewesen. Dabei hatte gerade sie während ihrer Schwangerschaft auch nicht alles langsamer angehen lassen. Aber, hatte Mama gesagt, das war auch etwas völlig anderes. Sie habe schließlich die Gesundheit eines Pferdes gehabt, und nebenbei bemerkt würde all dieser Kampfsportkram, den Toni da veranstaltete, das Baby wahrscheinlich sowieso nur unnötig aufregen.

Im Grunde wusste Toni nicht wirklich, was sie eigentlich wollte oder wohin sie gehen sollte. Wenn ihr nichts anderes einfiel, würde es eben ein Schaufensterbummel sein müssen. Alles war besser, als hier allein herumzusitzen, während Alex im Büro war.

Sie vermisste die Arbeit mehr, als sie erwartet hatte, und die lächerlich kleinen, beratenden Tätigkeiten, die sie übers Netz abwickelte, waren kein wirklicher Ersatz, weil man dabei keinen persönlichen Kontakt zu den Menschen hatte, ganz gleich, wie gut die Szenarien auch sein mochten. Daran änderte auch die Tatsache nichts, dass die ScentWare-Ultraschall-Geruchsgeneratoren schon recht authentische Gerüche erzeugten. Die letzte Generation des sensomotorischen Programms von SensAble Technology ermöglichte es einem darüber hinaus, Druck und Berührungen zu empfinden, und selbstverständlich wurden auch die visuellen Möglichkeiten von Tag zu Tag besser. Doch selbst die beste Stimulationssoftware der VR vermochte nicht die Lichtjahre zu überbrücken, die sie hinter der wirklichen Welt herhinkte. Bis zu dem Zeitpunkt, da sie diesen Unterschied wettgemacht hatte, würde geraume Zeit ins Land gehen.

Aus einer Laune heraus rief Toni bei Joanna Winthrop an.

»Hi, Toni! Wie läuft es mit deiner Schwangerschaft?«

»Scheußlich. Ich fühl mich wie eine aufgeblähte Kuh.«

Joanna lachte. »Hab ich schon gehört. Glaub mir, ich kann's nur zu gut nachvollziehen. Bei mir hat es auch keine Rolle gespielt, wie oft Julio mir gesagt hat, ich sei wunderschön. Ich wusste nämlich genau, dass ich mich neben den Nilpferden im Zoo hätte aufstellen können und niemand in der Lage gewesen wäre, uns auseinander zu halten.«

»Alex versteht das aber alles überhaupt nicht. Ich weiß, dass ich herumjammere, aber ich bin einfach machtlos dagegen. Sobald ich wieder damit anfange, haut er ab und verzieht sich in die Garage. Das alte Auto, an dem er herumbastelt, wird wahrscheinlich der am opulentesten restaurierte Klassiker aller Zeiten werden. Ich glaube, er verlässt das Haus morgens so früh wie möglich und kommt abends später aus dem Büro zurück, nur um mir aus dem Weg zu gehen.«

»Darauf kannst du wetten.«

Toni seufzte. »Und was macht dein Baby?«

»Dem Abkömmling aller Dämonen der Hölle?«

»Wie bitte?«

Joanna lachte. »Er macht sich großartig. Wir nennen ihn nur so, wenn wir uns absolut keinen Reim darauf machen können, warum er gerade wieder mal schreit.«

»Passiert das denn oft?«

»Nicht wirklich. Aber hin und wieder habe ich den Eindruck, dass absolut nichts so läuft, wie es soll. Er hat keinen Hunger, er ist nicht nass, er braucht kein Bäuerchen zu machen, er scheint nicht besonders müde zu sein, und er ist noch viel zu klein, als dass er schon Zähne bekommen könnte. Bislang hat es aber die kleine, batteriebetriebene Wiege fast immer geschafft, ihn wieder ruhig zu bekommen, und wenn selbst die versagt, packen wir ihn im Auto in seinen Kindersitz und fahren eine Runde. Das beruhigt ihn dann sicher. Was auch hilft, ist, wenn Julio ihn mit auf einen langen Spaziergang nimmt. Nach fünf bis sechs Kilometern ist er gewöhnlich wieder okay, sagt Julio.«

»Jesus«, entfuhr es Toni. »Was habe ich getan?«

Joanna lachte wieder, diesmal allerdings lauter. »Ich hab dich auf den Arm genommen, Schätzchen. Er ist nämlich ein Wahnsinnskind und einfach unbezahlbar. Also, was treibst du denn so?«

Toni erzählte ihr von der Elfenbeinschnitzerei, und dass ihr langsam die Decke auf den Kopf falle.

»Warum kommst du dann nicht einfach rüber und besuchst uns mal? Das Baby schläft, Julio kommt erst in ein paar Stunden nach Hause, und ich freue mich, wenn ich dich mal wieder sehe. Ich hab den ganzen Verein von der Dienststelle sehr vermisst.«

»Ich auch«, sagte Toni. »Und du bist ganz sicher, dass das klar geht?«

»Natürlich. Ich bin eine junge Mutter, und du wirst in ein paar Monaten ebenfalls eine sein. Wenn wir einander nicht helfen können, wer dann?«

Toni fühlte sich, als wäre ihr eine unglaubliche Last von den Schultern genommen worden.

»Dank dir, Joanna. Ich bin schon unterwegs.«

Bobbys »Firmentelefon« zwitscherte, als er gerade in der Garage nach seinem Koffer suchte. Er runzelte die Stirn. Es gab nur ganz wenige Leute, die diese Nummer, die angeblich die direkte Durchwahl zu seinem »Büro« war, kannten.

Er ging in die Küche und drückte auf den Knopf für die Rufnummernidentifikation des Anrufers.

Nichts. Wer auch immer da anrufen mochte, er hatte die Nummernübermittlung unterbunden. Wahrscheinlich hatte sich nur jemand verwählt. Er drückte den Knopf für die Gesprächsannahme.

»Polymers, Drayne«, meldete er sich.

»Hallo, Robert.«

Heiliger Strohsack! »Dad?«

»Wie geht es dir?«, fragte sein Vater und hörte sich dabei sehr alt an.

»Mir? Danke, gut. Und … äh … wie geht's dir? Alles in Ordnung?«

»Bei mir schon.«

»Was macht der Hund?«

»Dem geht es auch gut.«

Es folgte eine lange Pause.

»Was … äh … was liegt denn an, Dad?«

»Ich habe schlechte Nachrichten, fürchte ich. Du erinnerst dich doch noch an Carlton, Tante Edwinas Sohn?«

Tante Edwinas Sohn. Hätte er nicht einfach »deinen Vetter« sagen können?

»Na klar.«

»Nun, er hatte gestern einen Bootsunfall und ist heute Morgen im Krankenhaus gestorben.«

»Creepy ist tot?«

»Ich habe dich gebeten, ihn nicht so zu nennen, Robert.«

Drayne schüttelte den Kopf. Sein Vater ließ so etwas nicht durchgehen, selbst jetzt nicht, wo der Mann tot war.

Carlton Post war »Creepy« gerufen worden, so lange Drayne sich zurückerinnern konnte. Er war drei Jahre jünger als Drayne gewesen, und wann immer seine Verwandtschaft zu Besuch gekommen war – Edwina war die etwa fünf Jahre jüngere Schwester seines alten Herrn –, hatte sie ihre vier Sprösslinge mitgebracht. Creepy war der einzige Junge unter ihnen, und er hatte normalerweise auf ihn aufpassen müssen. Drayne wusste nicht, wer ihm als Erster diesen Spitznamen verpasst hatte. Möglicherweise war es Irene, seine älteste Cousine und Creepys Schwester, die ihm den Namen einmal verraten hatte, als sie einander das Doktorspiel beigebracht hatten. Der Name leitete sich jedenfalls von der Art ab, wie Creepy die Leute anzustarren pflegte – auf eine merkwürdige, unheimliche Weise. Er war ein krabbenartiger, kleiner, schwarzhaariger Junge gewesen, der einen, wie es manchmal schien, zehn Minuten lang schief anblicken konnte, ohne dabei auch nur ein einziges Mal zu blinzeln.

»Was ist passiert?«, fragte Drayne. Er hatte Creepy nicht sehr gut gekannt, aber jetzt zu erfahren, dass er tot war, löste schon ein irgendwie merkwürdiges Gefühl in ihm aus.

»Er ist auf dem Lake Mead Wasserski gelaufen. Angeblich ist er gestürzt und wurde von einem anderen Boot überfahren. Er verlor das Bewusstsein, und anschließend hat ihn auch noch die Schiffsschraube erwischt. Hat eine Menge Blut verloren, bevor sie ihn mit einem schweren Hirntrauma herausgefischt haben.«

Sein Vater gab diese Informationen von sich, als spräche er über das Wetter. Keine Erregung, kein Zeichen von Kummer, mit monotoner Stimme und ohne Modulation. Gestürzt. Überfahren. Immer der coole Bundesermittler.

»Oh, Mann. Das ist ja schrecklich. Wie hat Tante Edwina es denn verkraftet?«

»Sie ist natürlich äußerst bekümmert.«

Creepy war tot. Kaum zu glauben. Der Junge war aufgewachsen, zur Schule gegangen, hatte ein Mädchen geheiratet, das er dort kennen gelernt hatte, hatte seinen Abschluss in Geschichte gemacht und war dann in Salt Lake City geblieben, um in irgendeiner Vorstadt-Highschool zu unterrichten. War das nicht in Orem? Ja, so ähnlich hieß der Ort wohl. Er und – wie hieß sie doch gleich – ach ja, Brenda dürften dort die einzigen Nicht-Mormonen weit und breit gewesen sein. Nach ein paar Jahren hatten sie sich scheiden lassen, und Creepy hatte sich entschieden, dort zu bleiben. Inzwischen war es fünf oder sechs Weihnachtsfeste her, dass er Creepy zum letzten Mal gesehen hatte. Letzten Endes hatte sein Vetter sich als ganz in Ordnung und netter Kerl erwiesen.

»Die Beerdigung wird übermorgen in Edwinas Gemeindekirche in Newport Beach stattfinden. Ich fahre hin.«

Edwina und ihr Mann waren Presbyterianer. Gottes menschliche Tiefkühlkost.

Sein Vater kam also nach L.A. So ein Scheiß aber auch. Das war's dann wohl erst mal mit dem Jetten nach Hawaii. »Du … äh … brauchst doch bestimmt eine Übernachtungsmöglichkeit, oder?«

»Nein, entweder bleibe ich bei Edwina, oder ich suche mir ein Hotel in der Nähe. Sie wird familiäre Unterstützung brauchen. Die Beisetzung findet um zehn Uhr statt. Kannst du frei bekommen und dabei sein?«

Das war sein Vater, wie er leibte und lebte. In der Zeit, als er noch beim FBI war, hätte er sich über den Tod seines Neffen zwar den Kopf zerbrochen, dann aber einen Tag bezahlten Urlaub genommen und wäre gekommen. Allerdings hätte er sich gleichzeitig über die verlorene

Arbeitszeit geärgert. Pflichterfüllung war stets der Hauptgrund für ihn gewesen, morgens überhaupt aufzustehen.

»Sicher«, antwortete Drayne. »Kein Problem, ich kann mir frei nehmen.«

»Ich werde um neun bei Patrick und Edwina sein und dann hinüber zur Kirche fahren. Du kannst mich dann treffen, wo du willst. Weißt du noch, wie man zum Haus kommt?«

Es war schon lange her, dass er zum letzten Mal dort gewesen war. »Ist es noch das, von dem man einen Blick auf den Highway hat?«

»Ja.«

»Ich werd's finden.«

»Gut. Bis dann. Auf Wiederhören, Robert.«

Drayne drückte auf den Knopf für die Gesprächtrennung und schaltete das Telefon anschließend ganz ab. So war sein alter Herr. Nur die nackten Tatsachen – wer, wo, was, wann – und fertig. Keine Spur von Gefühl in der Stimme. Dabei war der einzige Sohn seiner Schwester, sein Neffe, tot. Alles nur ein glatter Vortrag: *Dein Vetter ist tot. Wir werden ihn beerdigen. Ich treffe dich dort. Auf Wiederhören.*

Gottverdammt.

Drayne seufzte. Na gut. Okay. Es würde seine Planungen nur unwesentlich beeinflussen, aber immerhin war Creepy sein einziger Cousin gewesen. Er gehörte zur Familie. Da konnte man nicht einfach fernbleiben. Zumindest nicht, wenn man vermeiden wollte, die gesamte restliche Familie gegen sich aufzubringen. Um diese Tageszeit würde ein irrer Verkehr sein. Also musste er früh aufstehen und spätestens um sieben, besser noch um halb sieben auf dem PCH sein. Schließlich sollte man es tunlichst vermeiden, ausgerechnet auf dem Weg zu einer Beerdigung in einen Verkehrsstau zu geraten.

Scheiße. Erst Zeigler, dann Creepy. Schlechte Dinge kamen immer im Dreierpack. Er hoffte nur, dass die Nummer drei nicht Tad sein würde.

Oder er selbst …

Dezember 1991
In der Cafeteria der Stonewall Jackson-Highschool,
Cool Springs, Georgia

Jay Gridley hatte sich in die Schlange in der Cafeteria eingereiht. Die Frau hinter dem Tresen klatschte ihm eine große Kelle mit Kartoffelbrei auf den in einzelne Abteilungen aufgeteilten Teller. Dann drehte sie die Kelle um und drückte zunächst eine Delle in den Kartoffelbrei, um anschließend mit der Kelle in einen Topf mit fettiger brauner Brühe zu fahren, wobei sie etwas wie »Willsuauchsoseüberntoffelbrei?« von sich gab.

Im Geiste übersetzte Jay die Frage in: *Möchtest du auch Soße über den Kartoffelbrei?*

Leider hatte die Bedienung zu dem Zeitpunkt, da Jay endlich mit der Übersetzung fertig war, die braune Brühe bereits auf den Teller gekippt und dabei die grünen Bohnen, das Hacksteak und den kleinen Bereich überflutet, auf dem Jay eigentlich vorhatte, ein Stück Kirschkuchen unterzubringen. *Na, das kannst du wohl vergessen.*

»Äh … bitte gern«, antwortete er, allerdings ein bisschen sehr spät.

Sie reichte ihm den Teller unter dem abgewinkelten Hygieneschutz aus Glas zurück.

Dies hier war der Ort, an dem Mr. Brett Lee von der Drug Enforcement Administration zur Highschool gegangen war und als Dritter des Jahrgangs 1991 seinen Abschluss gemacht hatte. Von hier aus war er zu Georgia Tech gewechselt, wo er sein Diplom in Kriminologie gemacht hatte. Ein Jahr nach seiner Graduierung hatte er den Job bei der DEA angenommen und die nachfolgenden dreizehn Jahre für diese Behörde gearbeitet.

In der wirklichen Welt hätte Jay sich die Jahrbücher der Ausbildungsstätte angesehen, sich mit Dozenten und Kommilitonen unterhalten, Bilder und Arbeiten heruntergeladen und so den schulischen Werdegang des Mr. Lee erstellt. In der virtuellen Realität dagegen hatte er sich ein Szenario geschaffen, in dem er durch die Schule selbst spazieren konnte. Zumindest durch eine Institution, von der er glaubte, sie würde dem Ort, der nach einem Bürgerkriegshelden im Süden der Staaten benannt war, in Aussehen und Flair am meisten entsprechen. Dabei hatte er vor, Informationen auf erheblich interessantere Art und Weise aufzunehmen als in der wirklichen Welt.

Lee war beliebt, hatte gute Noten bekommen und mit Freunden herumgehangen. Er war als Mittelstreckenläufer auch Mitglied in der Leichtathletikmannschaft der Schule gewesen. Jay war bis ins Highschool-Alter zurückgegangen, weil er weder in der Zeit der beruflichen Laufbahnen noch der College-Zeit irgendwelche Verbindungen zwischen Brett Lee und Zachary George gefunden hatte. Die beiden Männer waren altersmäßig lediglich ein Jahr auseinander – George war siebenunddreißig und Lee sechsunddreißig. Allerdings war Lee in Georgia geboren und aufgewachsen, während George aus Vermont stammte. Als Lee auf der Georgia Tech war, besuchte George in der gleichen Zeit die New York University. Ihre Wege hatten sich, wenigstens soweit Jay das derzeit beurteilen konnte, bis zu dem Zeitpunkt nicht gekreuzt, da sie in den Staatsdienst eingetreten waren. Obwohl keinerlei Aufzeichnungen über ihre erste Begegnung existierten, gab es doch sichere Hinweise darauf, dass es irgendeine Art von Reibung zwischen ihnen gegeben haben musste, nachdem sie einige Jahre im Dienst gewesen waren.

Jay hatte zwar herausgefunden, dass die beiden sich

ganz offensichtlich nicht ausstehen konnten und sich vielleicht einmal auf die verkehrte Art und Weise aneinander gerieben hatten, doch der eigentliche Grund beziehungsweise die Ursache für den Konflikt lag immer noch im Dunkeln.

Er könnte das, was er bislang herausgefunden hatte, schon an Michaels weitergeben, doch ließen diese Informationen keinerlei neue Schlüsse über das hinaus zu, was sie ohnehin wussten.

Der kleine Lee saß hier zusammen mit vier Jungs und einem Mädchen aus der Leichtathletikgruppe an einem Tisch. Er hatte gerade Pommes frites in Ketschup getunkt und schob sie sich in den Mund, als Jay vorbeiging, um an einem praktischerweise leeren Tisch hinter der Gruppe Platz zu nehmen.

Praktischerweise. Quatsch. Er hatte das Set-up schließlich selbst so gestaltet, dass genau dieser Tisch frei sein musste.

Die Unterhaltung, die er mitbekam, brachte allerdings kaum neue Erkenntnisse. Sie sprachen über Dinge, für die Teenager nun einmal besonderes Interesse entwickeln: Musik, Filme, wer mit wem ging, Lehrer, die sie hassten, eben das Übliche. Und das alles in einem zwanzig Jahre alten Jargon, der dummerweise längst überholt war. Lee war damals etwa in Jays Alter gewesen, und wenn er sich heute auf diese Weise ausgedrückt hätte, müsste er auf jeden vorbeigehenden Erwachsenen den Eindruck einer ziemlich trüben Tasse hinterlassen. Sämtliche der von den Jungen schnell und hitzig hervorgebrachten Sätze wurden in ihren Formulierungen nach eigenem Gutdünken gemischt und ganz nach Bedarf angepasst:

»Yeah, na, Austin ist eine trübe Tasse von Schwanzkopf«, meinte einer. »Hat er mir doch tatsächlich eine scheiß Drei in Kunst verpasst, bloß weil ich die verkehrte Farbe genommen hab!«

»Ja, Austin ist ein Blödi, das ist mal richtig«, meinte ein anderer.

»Schon, aber irgendwie ist er süß«, wiegelte eins der Mädchen ab, eine Flachsblonde mit einem grauen T-Shirt, das von Sicherheitsnadeln zusammengehalten wurde.

Das andere Mädel, eine Brünette, die ihr Haar schon fast militärisch kurz hatte schneiden lassen, fügte mit leichtem Bedauern in der Stimme hinzu: »Yeah. Ist aber auch zu blöd, dass er schwul ist.«

»Schwul?«, fuhr einer der Jungs auf. »So'n Scheiß. Der ist alles, bloß nich' schwul. Hab doch selbst gesehen, wie er Sissy Lou bei der ersten Debatte unter den Rock gegafft und dabei einen Steifen gekriegt hat, so wie die ihre Beine gespreizt hat. Du bist bloß sauer, weil er dich nicht genauso angeglotzt hat. Vielleicht würde es dir auch passieren, wenn du mal einen Rock statt immer nur Jeans anziehen würdest.«

»Ich glaub nicht, dass unsere Jessie hier überhaupt einen Rock hat«, hänselte der dritte Junge und klopfte dem Mädchen mit der Igelfrisur auf die Schulter. »Allerdings ist mir zu Ohren gekommen, dass sie sich ein geiles schwarzes Bikinihöschen zugelegt hat.«

Jessie schlug nach dem dritten Jungen. »*Du* Schlappschwanz wirst ganz bestimmt der Letzte sein, der erfährt, ob's stimmt oder nicht.«

»Was auch immer«, meinte das Mädchen mit den Sicherheitsnadeln und wechselte das Thema.

Hier könnte ich vor Langeweile glatt eingehen, dachte Jay. Oder was noch schlimmer wäre, er könnte einen derartigen Lachkrampf bekommen, dass ihm die Milch aus der Nase hervorsprudelte.

»Er ist absolut nicht merkwürdig«, meldete sich Brett Lee zu Wort. »Ich halte ihn ganz im Gegenteil sogar für ziemlich ausgeschlafen. Habt ihr schon vergessen, dass er uns den Trip zum Debattierfinale in Washington D.C. verschafft hat?«

»Wahrscheinlich hat er dafür jemandem einen geblasen«, insistierte Sicherheitsnadel.

»Und ich sag euch, der ist nicht schwul«, bekräftigte der zweite Junge.

»Zum Teufel noch mal, Hayworth, vielleicht hat er auch dich angekuckt und nicht Sissy, als er einen Steifen kriegte«, sagte Jessie.

»Du Arsch!«, wehrte sich Hayworth.

»Was auch *immer*«, meinte Sicherheitsnadel.

Jay schüttelte den Kopf. Oh, ja, hier würde er wahrscheinlich eine Menge erfahren. Gütiger Gott.

»Also«, wandte sich Jessie an Brett, »wirst du zu dieser Debattierangelegenheit gehen?«

»Yeah. Schließlich werden da Leute aus dem ganzen Land zusammenkommen.«

»Überwiegend Yankees«, behauptete Hayworth. »Sind immer nur schwule Yankees dabei.«

»Ich geh jedenfalls hin«, bekräftigte Lee. »Schließlich hab ich keinen Bock, den Rest meines Lebens hier in Hicksburg zu versauern. Ich will Leute kennen lernen, neue Freunde und genau da einen Job finden, wo ich einen Haufen Geld machen und in Rente gehen kann, bevor ich vierzig bin.«

»Du Arsch«, war Hayworth's Kommentar dazu.

Jay schüttelte erneut den Kopf. Für den Augenblick hatte er genug gehört.

Doch dann, als er gerade gehen wollte, kam ihm ein Gedanke.

Vielleicht hatte auch Zachary George Interesse an diesen Highschool-Debatten gehabt?

Hm. Was sprach dagegen, einen kleinen Abstecher zur Montpelier High zu machen und der Sache dort nachzugehen. Einfach genug, wenn man Jay Gridley hieß und in der virtuellen Welt der ungekrönte König von Raum und Zeit war.

18

Washington, D.C.

Michaels betrat den Columbia Scientific Shop, obwohl er sich bei der vergleichsweise kleinen Schaufensterfront eigentlich wenig von diesem Geschäft erhofft hatte. Ein ziemlicher Irrtum, wie er schon sehr bald erkennen musste.

Es mochte vielleicht sein, dass der Laden keine besonders beeindruckende Fassade hatte, doch der Verkaufsraum wies eine verblüffende Weitläufigkeit auf. Natürlich nicht in den Dimensionen von Costco oder vergleichbaren Institutionen, aber auf jeden Fall erheblich größer, als er erwartet hatte.

Regale über Regale mit den unterschiedlichsten Artikeln, angefangen von Van de Graaf-Generatoren über Sezierkästen für den Hobbypräparator und Chemiebaukästen bis hin zu gewaltigen Teleskopen.

Lieber Himmel, hier hätte er für den Rest seines Lebens herumstöbern mögen.

»Kann ich Ihnen behilflich sein, Sir?«

Michaels drehte sich um und sah sich einer lächelnden Frau gegenüber, die eine perfekte Fernsehgroßmutter abgegeben hätte. Sie war klein, machte einen schwächlichen Eindruck, trug ihr Haar zu einem Knoten gebunden und eine Lesebrille mit einer Fassung in Form von Katzenaugen an einer Kette um den Hals. Ihren Sweater hatte sie sich locker über die Schultern geworfen. Der wahrscheinlich selbst entworfene Rock reichte in seiner ganzen Länge bis fast auf den Boden. Sie sah aus, als wäre sie Ende sechzig.

»Ja, Ma'am«, sagte er, »ich suche mach einem Stereomikroskop.«

»Oh, ja. In Gang Nummer neun. Wie groß soll denn die Arbeitsentfernung zwischen Objektiv und Objekt sein?«

Michaels hatte absolut keine Ahnung. »Weiß ich nicht.«

»Vielleicht kommen wir weiter, wenn Sie mir sagen, wozu es verwendet werden soll?«

»Äh. Es ist für meine Frau. Sie ist schwanger und muss zu Hause bleiben. Deshalb hat sie mit Scrimshaw-Arbeiten angefangen.«

Großmütterchen strahlte und nickte dabei. »Meinen Glückwunsch! Ihr erstes Kind?«

»Ja.« Nun, zumindest war es das erste Kind, das Toni und er zusammen hatten. Und wahrscheinlich auch ihr letztes, wenn es nach Toni ging.

»Wenn Sie mir bitte folgen wollen.«

Was er auch tat. Im Handumdrehen standen sie in Gang neun vor einem Regal mit optischen Geräten, von denen er die meisten noch nicht einmal dem Namen nach kannte. Allerdings gab es auch keines, das besonders billig ausgesehen hätte.

»Ihre Frau wird eine Brennweite brauchen, die wenigstens der Länge ihres Gravierwerkzeugs entspricht. Damit dürfte sie schätzungsweise bei um die zwanzig Zentimeter liegen. Dieses Gerät hier verschafft ihr einen Arbeitsbereich von rund dreißig Zentimetern, was meiner Ansicht nach mehr als ausreichen sollte. Es ist ein Witchey, Modell III, und verfügt über eine zehn- und eine zwanzigfache Vergrößerung. Damit ist es leistungsstärker, als eigentlich für die Arbeiten Ihrer Frau erforderlich. Aber hier haben wird eine 0,3er Hilfslinse, die Ihre Frau an dieser Stelle vorsetzen kann. Dadurch wird die Vergrößerung auf dreifach beziehungsweise sechsfach reduziert, was für

Scrimshaw-Arbeiten mehr als ausreicht. Nur um ganz sicher zu gehen, können wir auch noch eine andere Linse dazu nehmen, die den Bereich von fünf- bis zehnfach abdeckt.«

Michaels nickte, obwohl er nicht wirklich verstanden hatte, wovon sie sprach.

»Wir können bei diesem Gerät auch mit einem Gelenkarm arbeiten, obwohl ich glaube, dass es die als Standard vorhandene Objekt-Haltebühne auch tun wird.« Sie blickte sich um und beugte sich dann ein wenig näher zu ihm. »Mein Abteilungsleiter würde es natürlich sehr gern sehen, wenn ich Ihnen dazu noch eine fiberoptische, schattenfreie Ringlampe verkaufe. Offen gestanden geht es aber auch ebenso gut mit einer Schwenkarmlampe, wenn Sie eine hundert Watt Birne hineindrehen. Das kommt sie locker dreihundert Dollar günstiger.«

Michaels blinzelte. »Oh … hm. Schönen Dank für den Tipp.«

Sie schenkte ihm ein perfektes Lächeln, das ihre Gesichtszüge mit Lachfältchen und Grübchen schmückte. »Das Gerät kostet in der Grundausstattung achthundert Dollar, und die beiden Vorsatzlinsen kosten noch einmal je hundert Dollar. Aber ich kann Ihnen die Sachen ein wenig billiger lassen. Wie wäre es mit neunhundertfünfzig Dollar für alles zusammen? Die Schwenkarmlampe lege ich dann noch oben drauf. Als Sonderrabatt sozusagen.«

Michaels stieß einen kleinen Seufzer aus und nickte. Der Gewinn, den er mit der Restaurierung des Mazda Miata MX5 gemacht hatte, war nach der Hochzeitsreise und dem Kauf des Chevy ziemlich zusammengeschmolzen. Aber um die tausend Dollar hatte er immer noch übrig. Er wusste, dass Toni sich dieses Gerät zwar wünschte, aber niemals selbst gekauft hätte, und wenn er sich gegenüber ehrlich war, so musste er zugeben, dass er sich irgendwie schuldig fühlte, sie nicht mehr bei ihrer Schwangerschaft zu unterstützen. Schließlich war es sein Sohn, den sie unter dem Herzen trug, und da war es das Mindeste, was er tun konnte, ihr die erzwungene Inaktivität ein wenig erträglicher zu machen.

»Ich nehme es«, entschied er.

Omas Lächeln traf ihn erneut wie ein Laserstrahl. »Ausgezeichnet. Wenn Sie mir dann bitte folgen wollen, ich werde Ihnen eines zum Packtisch bringen lassen.«

Michaels folgte ihr in den vorderen Teil des Ladens. Auf dem Weg dorthin rannten gerade zwei kleine Jungs den Quergang vor ihnen entlang. Kaum eine Sekunde später krachte es, und unter großem Geschrei war das unverkennbare Geräusch von splitterndem Glas zu vernehmen.

»Scheiße!«, fluchte Großmutter. »Ihr kleinen Bastarde! Ihr wisst genau, dass es hier *verboten* ist herumzurennen!« Mit diesen Worten legte sie einen erstaunlich schnellen Sprint hin. Der lange Rock flog dabei eben hoch genug, um Michaels verblüfft erkennen zu lassen, dass Großmutter knallrote Nike SpringGels an den Füßen hatte. Diese Sportschuhe der Spitzenklasse kosteten immerhin die Kleinigkeit von fast hundert Dollar und waren die letzte Fußbekleidung, die er bei der alten Dame erwartet hätte.

Er musste unwillkürlich grinsen. Ein weiteres Beispiel dafür, dass die Dinge nicht immer so waren, wie sie auf den ersten Blick erschienen.

Quantico, Virginia

John Howard, nur mit Shorts, T-Shirt und seinen alten Turnschuhen bekleidet, schwitzte nach allen Regeln der Kunst bei der Bewältigung des Hindernisparcours in der Nähe des Hauptquartiers der Net Force. Er hatte bemerkt, dass neben einigen Typen vom FBI auch noch ein paar Offiziere vom Marine Corps auf der Bahn waren, und etwas weiter, an einer der Reckstangen, entdeckte er niemand Geringeren als Lieutenant Julio Fernandez.

Auch Julio hatte Howard entdeckt, machte aber mit seinen Klimmzügen weiter, wobei er die Handflächen nach vorn und die Arme etwas weiter als Schulterbreite gespreizt hielt.

Howard blieb stehen, um ihn zu beobachten. Er zählte acht Klimmzüge mit, bevor Julio mit der Schufterei aufhörte, die Stange losließ und sich nach vorn beugte, um den Bizeps eines Arms zu massieren.

»Wie viele haben Sie geschafft?«

»Zwölf«, antwortete Julio.

Howard zog eine Augenbraue hoch.

»Ja, ja, ich weiß. Normalerweise habe ich fünfzehn, an guten Tagen sogar auch mal zwanzig geschafft. Ich bin eben nicht so oft hier rausgekommen, wie ich eigentlich sollte.«

»Die Freuden des Familienlebens«, bemerkte Howard.

»Jawohl, Sir. Um nichts auf der Welt möchte ich darauf verzichten, aber es ändert doch einiges. Bevor ich Joanna kennen lernte, konnte ich mitten in der Nacht aufwachen und, wenn mir danach war, aufstehen und hinüber in den Gymnastikraum gehen, ein paar Meilen laufen oder sonst etwas in dieser Art unternehmen. Wenn ich heute mitten in der Nacht wach werde, geschieht das durch das Geräusch eines schreienden Babys. Um drei Uhr in der Früh eine mit stinkender gelber Babykacke gefüllte Windel zu wechseln hat vorher kein einziges Mal auf meinem Flugplan gestanden. Ich glaube, in den letzten drei Monaten waren mir nie mehr als drei Stunden Schlaf an einem Streifen vergönnt.

Wie haben Sie das geregelt bekommen, John? Wie haben Sie sich mit einem Baby arrangiert?«

Howard lachte. »Ich habe meine Übungen gänzlich fallen lassen. Darüber hinaus gab es auch keine abendlichen

Drinks mehr mit den Kameraden, weil ich schon eingepennt bin, wenn ich mich auch nur in den Sessel vor dem Fernseher fallen gelassen habe. Man muss eben seine Prioritäten gründlich verlagern.«

»Das kann man wohl sagen. Ich seh es schon vor Augen: Irgendwann werde ich noch zu so was wie dieser fette, alte General, der zu steif und träge ist, um sich von der Couch ins Bett zu bewegen. Außerordentlich jämmerliche Vorstellung.«

»Fetter, alter General? Wollen Sie diesen Parcours vielleicht einmal zurücklegen, Lieutenant, nur um festzustellen, wie fett und alt ich tatsächlich bin? Vielleicht sollte ich Ihnen anständigerweise eine kleine Vorgabe bewilligen? Sagen wir, zehn Sekunden? Oder besser gleich eine ganze Minute?«

»Ist Ihre Blamage, General, Sir. Ich mag vielleicht in grauenhafter Form sein. Das aber nur im Vergleich zu einem fünfundzwanzigjährigen SEAL, nicht zu jemandem in Ihrem Alter.«

»Ich bin kein Mann in meinem Alter, Julio. Ganz im Gegenteil, ich werde sogar von Tag zu Tag besser.«

»Haben Sie Ihre Stoppuhr dabei?«

Howard schmunzelte. »Wie es der Zufall will ... ja.« Damit zog er die Uhr unter dem T-Shirt hervor, wo er sie an einem alten Schnürsenkel um den Hals trug.

»Dann setzen Sie sie schon mal in Gang. Ich sehe Sie dann am Ziel. Wenn Sie angekommen sind, habe ich mit Sicherheit schon geduscht, bin frisch rasiert und habe mein Schlafdefizit ausgeglichen.«

»Dann mal los, Lieutenant. Die Uhr tickt. Passen Sie aber bitte auf Ihre Pumpe auf.«

Julio grinste und legte los.

Auf dem Weg nach Hause intonierte Michaels' Virgil ein paar Takte eines Préludes von Franz Liszt. Diese düstere, majestätische Musik war nach Aussage von Jay Gridley die Grundlage für die Fanfare, mit der in den alten Flash-Gordon-Filmen aus den Dreißigerjahren Kaiser Ming angekündigt wurde. Jay hatte ihm auch erzählt, dass damals der Schwimmchampion Buster Crabbe in diesen Filmen mitgespielt hatte. Als kleiner Junge hatte Jay einmal in Kalifornien ein Haus besichtigt, in dem Buster angeblich lebte. Im Garten gab es einen gewaltigen Swimmingpool. Genau genommen sogar einen gigantischen …

Es war Susie. Michaels sah, wie sich ihr Bild auf dem winzigen Monitor des Virgil aufbaute. Er hatte die Minicam eingeschaltet, damit sie ihn ebenfalls sehen konnte.

»Hey, yo, Daddy-o!«

»›Daddy-o‹? Was ist denn mit ›Dadster‹ passiert?«

»Oh, das ist so was von gestern«, antwortete sie. »Du bist ja wohl wirklich noch mit den Dinosauriern zur Schule gegangen, häh?«

»Stimmt. Jeden Morgen musste ich einen fünfzehn Kilometer langen, prähistorischen Trampelpfad entlanglaufen, und das bei tropischer Hitze, hin und zurück nur bergauf, und dabei musste ich immer aufpassen, dass ich in keine Teerpfütze trat. Du hast es da viel leichter, Kiddy-o.«

»Sagt Mama auch immer.«

»Wie geht es dir?«

»Toll.«

»Läuft denn auch mit … äh … Byron alles glatt?«

»Yep. Er ist ein guter Kerl. Wirklich.«

Michaels fühlte, wie sich plötzlich ein Knoten in seinem Magen bildete. Nach den unschönen Auseinandersetzungen, die sich mit Megan im Anschluss an die Scheidung abspielten, hatte er schon befürchtet, völlig den Kontakt zu seiner Tochter zu verlieren. Doch irgendwie schien seine Exfrau jetzt etwas nachgegeben zu haben. Gott sei Dank schienen doch immer wieder einmal größere Wunder zu geschehen.

»Ich freue mich, das zu hören«, antwortete er. Junge, diesen Satz auszusprechen war ihm aber verdammt schwer gefallen.

»Er hat sich ziemlich heftig mit Mom gefetzt, als es darum ging, ob ich dich sehen durfte oder nicht.«

Michaels fühlte, wie ihm doch wieder die Galle hochkochte und er Gefahr lief, nicht mehr atmen und klar sehen zu können. *Dieser Mistkerl!*

»Er hatte wohl nicht allzu viel übrig für diesen Gedanken, was?«, schaffte er gerade noch zu sagen. Dabei setzte er ein falsches Lächeln auf.

»Oh, nein, Daddy-o. *Mom* war diejenige, die dagegen war. Byron meinte, dass es nicht recht wäre, einen Vater daran zu hindern, seine Tochter zu sehen. Er hat nicht nachgegeben, bis sie endlich einverstanden war.«

Michaels' Zorn verwandelte sich schlagartig in völlige Verblüffung. »Wirklich?«

»Es ist immer noch nicht gerade so, dass er dich besonders gut leiden kann, nachdem du Mom beleidigt und ihn k.o. gehauen hast, aber er versucht, fair zu sein. Er ist eben anders als du. Ich vermisse dich, Dad.«

Wie immer brach ihm dieser Satz erneut das Herz. »Würdest du mir einen Gefallen tun und Byron in meinem Namen danken?«

Für einen Augenblick kämpfte er mit sich, ob er seiner Tochter, die noch nicht einmal das Teenageralter erreicht hatte, die Eröffnung machen sollte, dass sie demnächst ein Brüderchen bekommen würde. Na ja, zumindest einen Halbbruder. Doch schließlich entschied er, dass sie es am besten von ihm persönlich erfahren sollte.

»Ich habe noch eine Neuigkeit für dich. Wusstest du schon, dass du in ein paar Monaten einen kleinen Bruder bekommst?«

»Hast du das von Mom?«, fragte sie. »Mir hat sie nämlich strikt verboten, dir auch nur ein Sterbenswörtchen davon zu verraten. Aber es wird kein Bruder, sondern eine Schwester.«

Für einen Moment konnte er ihr nicht ganz folgen. Es war fast so, als hätte sie Worte ausgesprochen, die er zwar verstanden, aber nicht in die richtige Reihenfolge gebracht hatte. Was sie da erzählte, ergab für ihn überhaupt keinen Sinn.

Doch dann ging ihm mit einem Schlag ein Licht auf.

Megan war schwanger!

»Träumst du, Daddy-o?«

»Häh? Oh, nein. Entschuldige, mein Schatz. Ich sitze im Auto und musste nur gerade mal … äh … die Spur wechseln.«

»Ganz schön cool, was?«, fragte sie. »Ein Schwesterchen. Fast keine meiner Freundinnen hat eine, die noch so klein wäre. Chellies Bruder ist schon zwei, und Marlene hat eine Schwester, die gerade ein Jahr alt geworden ist. Aber keine von den Müttern ist im Moment schwanger.«

»Wirklich cool«, bestätigte er schließlich. »Meinen Glückwunsch.«

Susies Ausrutscher brachte in ihm eine ganze Welle von Dingen hoch, über die er eigentlich keine Lust hatte nachzudenken. Er liebte Toni, und sie liebte ihn auf eine Art und Weise, wie es Megan nie gekonnt hatte. Letzten Endes war er durch sie doch noch über seine Exfrau hinweggekommen. Na ja, so ziemlich wenigstens. Für ihn blieb jedoch irgendwie immer noch die Frage offen, ob es vielleicht noch Wege gegeben hätte, die sie nicht gesehen hatten, obwohl sämtliche Wege, die sie in den letzten Jahren ihrer Ehe beschritten hatten, ziemlich schmutzig gewesen waren. Aber sie war und blieb nun einmal Susies Mutter, und schließlich hatte es in ihrer Ehe auch ein paar gute Zeiten gegeben. Am Anfang waren es sogar wundervolle Zeiten gewesen.

Doch jetzt, da sie das Kind eines anderen Mannes erwartete, versuchte die alte Eifersucht ihren Vipernkopf wieder zu erheben, und für einen kurzen Augenblick hätte er ihr auch beinahe nachgegeben.

Nein, diese Schlange war endgültig tot.

Aber was sollte er Susie jetzt über ihren Halbbruder erzählen? Sollte er ihr überhaupt etwas sagen? Er hatte ebenso wenig Lust, mit Megan in eine wie auch immer geartete Wettbewerbssituation zu geraten, wie einen solchen Wettstreit möglicherweise zu verlieren.

Gleichwohl, wenn er auch weiterhin ein Bestandteil von Susies Leben sein wollte, würde auch Toni ein solcher werden, und das Gleiche galt auch für ihr ungeborenes Kind.

Früher oder später würde Megan doch davon erfahren, wie es bislang immer der Fall war, und deshalb war es auf jeden Fall besser, Susie hörte die Neuigkeit von ihm.

»Also, weißt du, Kleines, es sieht fast so aus, als wärest du auf dem besten Weg, *wirklich* cool zu werden.«

»Häh?«

Er lächelte in die Linse seines Virgil.

19

Santa Monica, Kalifornien

Das *Safari Bar and Grill* stand auf Tads Liste ganz weit oben. Bei dem Lokal handelte es sich um ein eingeführtes, aber weniger bekanntes Wasserloch in der Nähe des Santa Monica City College. Hier schmeckte das Essen gut, und die Drinks waren großzügig bemessen. Außerdem lag es weit genug von den Hauptstraßen entfernt, sodass die Einheimischen es in den meisten Fällen vor den Touristen verschweigen konnten.

Tad marschierte auf den stellvertretenden Geschäftsführer vom Dienst zu und servierte ihm eine erfundene Geschichte, die er sich vorher zurechtgelegt hatte. »Pass mal auf, Mann, ich hab da ein Problem, bei dem du mir wahrscheinlich helfen kannst.«

Der Stellvertreter des Geschäftsführers, ein Farbiger von etwa dreißig Jahren, in Khaki-Shorts mit passendem T-Shirt, zeigte lächelnd seine blendend weißen Zähne. »Was ist das denn für ein Problem, Bruder?«

»Okay. Pass auf. Vor einiger Zeit hatten mein Bruder und dessen Frau einigen Stress miteinander. Ich ... äh ... hab mich mit ihr getroffen, weißt du, na, um ein wenig auszuhelfen. Wir haben hier bei euch ein paar Mal zu Mittag gegessen.«

»Aha ... und?«

»Na ja. Eins führte zum anderen. Meine Schwägerin und ich, also ..., wie soll ich sagen ..., nun wir haben eine bestimmte Grenze überschritten, du weißt schon, was ich meine, oder?«

»Du hast die Frau von deinem Bruder gevögelt? Schlechte Einlage, Bruder. Kann einem das schönste Essen versauen.«

»Yeah, yeah, weiß ich jetzt auch. Aber ist nun mal passiert, verstehst du. Aber wie auch immer, die beiden haben ihren Mist geregelt bekommen und sind jetzt wieder zusammen. Was aber meinen Bruder angeht, der ist ein verdammt eifersüchtiger Vogel. Er hat den Verdacht, dass seine Frau während der Auszeit, die sie sich genommen haben, möglicherweise Dinge getan hat, die sie besser hätte bleiben lassen sollen.«

»Und damit liegt er auch genau richtig, oder?«

Tad senkte den Blick auf seine Stiefelspitzen. »Yeah, und ich fühle mich beschissen deswegen, okay? Aber im Augenblick hat er eben nur den Verdacht und keine *Gewissheit*, und so sicher, wie es in der Hölle nicht schneit, weiß er nichts von *mir*. Egal wie. Mein Bruder ist ein Riese, unglaublich stark und hängt dauernd mit irgendwelchen Cops herum. Wenn der erst anfängt, richtig herumzustochern, und herausfindet, dass seine Frau was mit *mir* gehabt hat, bin ich am Arsch.«

»Kann ich mir gut vorstellen.«

»Also, wie gesagt, wie waren ein paar Mal hier, haben zusammen gegessen, was getrunken und unseren Spaß gehabt. Wenn er aber hier auftaucht und die Videobänder aus eurer Überwachungsanlage in die Finger bekommt, stecke ich bis zum Hals in der Scheiße.«

Der stellvertretende Geschäftsführer lächelte. »Mann, jetzt mach dir mal keinen Kopf deswegen. Wenn du vor mehr als einer Woche hier gewesen bist, wird er absolut nichts mehr finden. Wir lassen die Bänder immer drei Tage durchlaufen. Wenn niemand das Lokal in Brand setzt oder sich hier mit der Polizei anlegt, überspielen wir sie einfach wieder. Archivierte Aufzeichnungen haben wir nicht.«

Tad grinste breit. »Hey, Mann, du weißt gar nicht, wie es mich freut, das zu hören.« Damit zog er ein paar klein gefaltete Zwanzig-Dollar-Scheine aus der Tasche und streckte die Hand aus. Als sie einander die Hände schüttelten, drückte er sie dem Geschäftsführer in die Handfläche. Der grinste und nickte. »Kein Problem, Bruder. Du solltest aber schon etwas vorsichtiger sein, meinst du nicht? Die Muschis können einen umbringen, wenn man nicht vorsichtig ist.«

Nach dem *Safari* klapperte Tad mit seinem großen Dodge noch zwei Restaurants ab, die ein paar Straßen weiter und nur wenige Kilometer voneinander entfernt lagen, um dort dieselbe Geschichte zu erzählen.

Im *Sun 'n' Shore* lief es fast genau so ab, nur dass hier die Zeit eine andere war, in der er seine Story stattfinden ließ. Aber dort wurden die Bänder der Überwachungskameras bereits nach vierundzwanzig Stunden überspielt. Also nichts, weshalb man ins Schwitzen zu kommen brauchte.

Im *Irish Pub* hatten sie zwar Überwachungskameras, die aber lediglich an Monitore und nicht an Band- oder Festplatten-Aufzeichnungsgeräte angeschlossen waren.

Tad fühlte sich ausgezeichnet, weil alles so glatt lief. Jetzt brauchte er nur noch drei Adressen anzusteuern und war auch schon fertig. Eigentlich konnte er die Hammer-Kapsel schon nehmen und den Trip anlaufen lassen, wenn alles so einfach über die Bühne ging, oder?

Natürlich nur, um ihn an genau diesem Vorhaben zu hindern, erwies sich das *Berger-Hotel*, das von hoch oben in den Hügeln einen fantastischen Ausblick auf den Ozean bot, schon erheblich problematischer. Hier kehrten eine Menge wohlhabender und prominenter Leute ein, die ein Zimmer buchten, in dem sie mit ihrer Begleitung intim werden konnten. Auch die Hotelbar war dunkel und still. Wenn man Menschen zu Gast hatte, die nicht nur reich waren, sondern auch noch über einen gewissen Bekanntheitsgrad verfügten, musste man auch so clever sein, ein wenig mehr Geld für deren Sicherheit auszugeben, und bereit, die Gewähr dafür zu übernehmen, dass die Reichen und Schönen nicht ausgeraubt wurden. So etwas war außerordentlich schlecht fürs Geschäft.

Folglich wurden im *Berger* die Aufzeichnungen auf Videodisks mit superlanger Aufzeichnungsdauer, so genannten SDVDs, grundsätzlich ein Jahr lang aufbewahrt. Natürlich handelte es sich bei diesen Aufzeichnungen nicht um hochwertige Filme mit vierundzwanzig Bildern pro Sekunde und voller Bildgröße, doch auch die Ausführung mit Standbildkameras, die alle paar Sekunden ein Bild schossen, brachten ausreichend gute Ergebnisse. Auf diese Weise bekam man zwar keinen richtigen Film, konnte jedoch erheblich mehr Zeit auf spürbar weniger Speicherplatz unterbringen. Andererseits war die Bildfolge der Kameras aber so eingestellt, dass es unmöglich war, die Lobby zu passieren, ohne von ihnen erfasst worden zu sein. Ein Standfoto, das Gesichter klar und deutlich zeigte, reichte für eine Identifizierung völlig aus.

Tad spulte dem stellvertretenden Hoteldirektor gegenüber wieder seine Schwägerinnen-Story ab. Der Mann machte den Eindruck, als wäre er frisch und mit einem guten Abschluss von der Hotelfachschule gekommen. Er zeigte Verständnis für Tads Situation, aber das war dann auch schon alles, was sein Entgegenkommen anging.

Der blasse, grünäugige und aschblonde Jüngling im schwarzen Anzug mit gleichfarbiger Krawatte meinte nur: »Tut mir Leid, Sir, aber es widerspricht den Gepflogenheiten unseres Hotels, irgendjemandem Zugang zu unseren Sicherheitsaufzeichnungen zu gewähren.«

»Selbst wenn es sich dabei um Polizisten handelt?«

»Wenn es sich um kriminelle Delikte handelt, kooperieren wir selbstverständlich mit den Polizeikräften.«

»Heißt das, wenn mein Bruder hier auftaucht und mit seiner Marke herumwedelt, wird man ihm die SDVDs aushändigen? Heißt das, meine Schwägerin und ich werden damit zwangsläufig aus der Familie verbannt? Ganz zu schweigen davon, dass mein Bruder mir die Seele aus dem Leib prügeln wird und mir dabei gleich noch einen Arm oder sogar beide bricht?«

»Ich … ich wünschte, ich könnte Ihnen helfen, wirklich.«

»Sehen Sie mal. Wenn ich das genaue Datum wüsste, an dem wir hier waren, könnten sie dann nicht die SDVD herausholen und später sagen wir einmal … äh, falsch ablegen? So was passiert doch immer wieder, oder? Irgendjemand könnte sie doch in eine falsche Hülle gesteckt haben oder so etwas in der Art. Es ist ja auch schon über einen Monat her. Wenn an diesem speziellen Tag etwas Wichtiges passiert wäre, hätten sich die Cops doch schon längst hier blicken lassen, oder?«

Der Junge war eindeutig verunsichert und schwankte.

Jetzt ließ Tad die schwere Artillerie auffahren. »Kommen Sie schon, Mann. Ich gebe ja zu, einen schweren Fehler gemacht zu haben. Aber es ist nun mal passiert. Niemand ist verletzt worden, und so lange nichts herauskommt, wird das auch so bleiben. Ich liebe meinen Bruder nämlich wirklich. Aber was er nicht weiß, kann ihn auch nicht verletzen. Oder mich. Versetzen Sie sich doch bitte einmal in meine Lage.«

Der Junge schien ihm helfen zu wollen, war aber hochgradig nervös.

Tad senkte die Stimme. »Tun Sie mir den Gefallen … niemand wird jemals etwas davon erfahren. Ich bin ganz sicher der Letzte, der etwas sagt, und schließlich tun Sie ja nichts Kriminelles. Es wäre mir auch eine Menge wert, wenn ich verhindern könnte, dass mein Bruder etwas herausbekommt. Sehen Sie, ich habe gerade mein Auto verkauft und dabei genug herausgeschlagen, um die Anzahlung auf einen neuen Wagen aufzubringen, wobei immer noch rund tausend Bucks übrig bleiben. Machen wir doch einen Deal: Sie geben mir die SDVD, und die tausend gehören Ihnen. So hat jeder was davon. Mein Bruder erfährt nicht, dass ich ihm Hörner aufgesetzt habe, seine Frau und er können glücklich bis ans Ende ihrer Tage weiterleben, und selbst wenn mal irgendjemand kommen sollte, um sich die Aufzeichnungen anzusehen – was mit einiger Wahrscheinlichkeit sowieso nie der Fall sein wird –, wird man nur glauben, dass die Scheibe falsch abgelegt wurde. Zum Teufel, Sie könnten sogar einfach hingehen und einen Rohling in die Hülle stecken, und jeder würde zu dem Schluss kommen, dass die Kamera an diesem Tag einen Kurzschluss gehabt haben muss … Falls sich überhaupt jemand die Mühe macht, sich die Scheiben anzusehen. Helfen Sie mir aus der Klemme … bitte.«

Alles, was Tad sagte, machte auf gewisse Weise Sinn. Die Kernfrage dabei blieb, wer es überhaupt jemals erfahren oder herausfinden würde. Ganz zu schweigen von den tausend steuerfreien Dollar in bar, mit Sicherheit mehr, als dieser Junge in einer Woche verdiente. Ein Wochenlohn, und den auch noch für etwas, das ohnehin nie jemand vermissen würde! Ganz schön verführerisch, oder?

Der Junge fuhr sich mit der Zungenspitze über die Lippen. »Wie war doch gleich das Datum?«, fragte er.

Tad zwang sich, weiterhin ein ernstes Gesicht zu machen, obwohl ihm weit mehr nach einem breiten Grinsen gewesen wäre. Jede Minute wurde ein neuer Trottel geboren.

Als er zurück zu seinem Dodge kam und ihn aufschloss, hatte er die SDVD. Eine kleine silberne Scheibe, kaum größer als ein halber Dollar. Er zerbrach sie in zwei Hälften und steckte sie in den Aschenbecher. Dann zündete er sich mit dem Einwegfeuerzeug eine Zigarette an, drehte die Flamme ganz auf und fackelte die Stücke der Datenscheibe an. Sie rauchten zwar, fingen aber kein Feuer. Nach kaum einer Minute waren sie nur noch ein kleiner Klumpen geschmolzenen Kunststoffs. Der fettige Rauch, den der eingeschmolzene Datenträger produziert hatte, verbreitete einen ziemlich heftigen Gestank im Innenraum des Wagens, weshalb Tad die Fenster herunterkurbelte, um ihn abziehen zu lassen.

So viel dazu.

Jetzt standen noch zwei Adressen auf Bobbys Liste, und keine von beiden sollte seiner Ansicht nach so hart werden wie dieses Hotel. Eine war ein Kino, das der Zeester normalerweise gemietet hatte, wenn er etwa hundert der augenblicklich engsten Freunden seinen neusten Film vorführen ließ. Das andere war ein Fitnessstudio, in dem Bobby ein paarmal zusammen mit dem Filmstar trainiert hatte. Aller Wahrscheinlichkeit nach hatten weder das Kino noch das Studio Überwachungskameras. Wenn doch, gab es immer noch die Alternative zwischen seiner Schwägerinnen-Story und einer Tasche voller Bargeld, um die Sache zu bereinigen. Große Probleme erwartete er jedenfalls nicht. Menschen neigten nun einmal zur Hilfsbereitschaft, wenn eine Story richtig gut war, und wenn sie sich zierten, half fast immer ein mehr oder weniger dickes Bündel grüner Scheine, die Dinge in die richtige Richtung in Bewegung zu versetzen. Jeder Mensch hatte seinen Preis, man musste nur genug Geld haben, um ihn herauszufinden.

Also gab es keinen Grund, weshalb er sich jetzt nicht den Hammer genehmigen sollte.

Er schluckte die dicke violette Kapsel und spülte sie mit einem Schluck aus der Mineralwasserflasche hinunter. Dann machte er sich auf den Weg zu dem Kino.

April 1992
Washington, D.C.

Der Ballsaal des Hotels war überfüllt. Bei den meisten Anwesenden handelte es sich um gut gekleidete Teenager, während Lehrer und Hotelangestellte eher wie einzelne Farbtupfer aus der Masse hervorstachen. Jay lief durch das zwanzig Jahre alte Szenario und beobachtete die Studenten auf dem Weg zu ihren Plätzen.

Es war die Viertelfinalrunde der Debattierausscheidung. Deren diesjähriges Thema lautete »Entschlossenheit – Drohende Gefahren für die Nationale Sicherheit sollten die Habeas-Corpus-Akte ablösen«.

Junge, hörte sich das nicht aufregend an?

Jay hatte bei seinen Recherchen herausgefunden, dass

die Debattierteams zu Beginn eines Jahres landesweit gleich lautende Aufgaben gestellt bekamen. Die Teams – jeweils zwei auf jeder Seite – mussten in der Lage sein, sowohl das Pro wie auch das Kontra zu einem Thema zu vertreten. Der Grund dafür war, dass sie bisweilen bis zur letzten Minute im Unklaren gelassen wurden, welche Seite sie bei der Ausscheidung zu vertreten hatten. Dieses Thema befasste sich augenscheinlich mit der Vorstellung im Bereich des gesetzlichen Schutzes, wobei Habeas Corpus die verkürzte Version des Gesamttitels war, der in seiner lateinischen Formulierung Habeas corpus ad subjiciendum lautete. Technisch gesehen ließ sich das, wie er inzwischen herausbekommen hatte, umgangssprachlich etwa auf diese Aussage reduzieren: »Den Körper kannst du für dich beanspruchen, aber du musst dich mit ihm den Auswirkungen des Gesetzes unterwerfen …« Oder so ähnlich wenigstens. Jay wusste, dass die Bedeutung von Habeas Corpus darin lag, dass niemand ohne einen gesetzeskonformen Prozess ins Gefängnis gesteckt werden durfte. Wenn man in den Verdacht geriet, eine strafbare Handlung begangen zu haben, musste man festgenommen und über seine Rechte aufgeklärt werden, wobei einem die Möglichkeit der Kontaktaufnahme zu einem Rechtsanwalt eingeräumt werden musste. Anschließend war es vorgeschrieben, einem Haftrichter vorgeführt und gegebenenfalls unter Anklage und vor Gericht gestellt zu werden. Die Behörden konnten einen also nicht einfach in eine Gefängniszelle stecken und dort versauern lassen, ohne gleichzeitig einen rechtlichen Hintergrund dafür vorzuweisen. Im Grunde genommen war Habeas Corpus also so etwas wie einer der Grundpfeiler, auf dem das gesamte britische und US-amerikanische Rechtssystem ruhte.

Für Jay war eine solche Debatte ein großer Gähner und etwa so interessant wie der Verzehr einer Schüssel kalten

Haferschleims, während man darauf wartete, dass die Farbe trocknete. Hier im Raum herrschte jedoch eine geradezu enthusiastische Stimmung.

Der einzige Grund für Jays Anwesenheit war der, dass sowohl DEA-Agent Brett Lee als auch NSA-Agent Zachary George als Teenager an dieser Konferenz teilgenommen hatten. Es mochte vielleicht ein Zufall gewesen sein – schließlich waren damals hunderte Studenten hier gewesen, da selbst die kleinen Bundesstaaten ein Team geschickt hatten, während es bei den größeren sogar mehrere Teams waren. Aber vielleicht war dies auch gerade die Gelegenheit gewesen, bei der sich die beiden Männer in die Haare geraten waren.

Zumindest würde das einen Sinn ergeben, überlegte Jay. Wenn man sich auf den unterschiedlichen Seiten einer Debatte befand, bedeutete dies zwangsläufig, dass eine Seite gewinnen und die andere verlieren würde, und möglicherweise war die Argumentation im Laufe der Debatte immer hitziger geworden und hatte schließlich einen Punkt erreicht, an dem der Zorn persönlich geworden war.

Gleichwohl hatte seine Überprüfung der Protokolle ergeben, dass Lee und George zu keinem Zeitpunkt Mitglieder in Teams waren, die gegeneinander antreten mussten. Tatsächlich hatte es weder das Team des einen noch das des anderen bis ins Finale geschafft. Georgia war sogar schon in der ersten Runde hinausgeflogen, während Vermont es zumindest bis ins Viertelfinale gebracht hatte. In dieser Runde musste es die Pro-Seite gegen Nebraska vertreten, was letzten Endes zu seinem Ausscheiden führte. Für Georgia und Vermont waren nicht einmal Zimmer auf derselben Etage des Hotels gebucht gewesen.

Jays Szenario baute auf altem Filmmaterial, Hotelbuchungen, Bändern, die mit privaten Videokameras aufgenommen worden waren, und Bildern aus dieser Zeit auf, die zur Erinnerung sowohl von Lehrern als auch Schülern gemacht worden waren. Darüber hinaus hatte er sich auch bei den Gesellschaftsnachrichten bedient, die gesammelt und kommerziell genutzt wurden. Zu Beginn der Neunzigerjahre steckte das Internet immer noch in den Kinderschuhen, doch Jay hatte in den WWW-Archiven einige der alten Debattier-Websites und auch noch BTX-Unterlagen gefunden. Er hatte seine Suchroutinen und Rechercheprogramme konfiguriert, anschließend die Ergebnisse durch Filter laufen lassen und danach in ein einfaches WYSIWYG-Betrachtungsprogramm eingegeben. Natürlich hatte er nachher noch die eine oder andere Verbesserung oder Verzierung hinzugefügt.

Und jetzt saß er hier zusammen mit den Leuten aus Nebraska und den Vermontern – oder Vermontianern? Vermontinern? – und harrte der Dinge, die da kommen sollten.

Zachary George war der Leiter seiner Gruppe und Eröffnungsredner für diese Runde.

Er stand auf, definierte die Fachbegriffe und begann seine Argumentation mit einführenden Worten: »In Kriegszeiten oder nationalen Notstandssituationen muss das Land als Ganzes über das Individuum gestellt werden. Obwohl eine der Grundfesten unserer Nation die Freiheit für alle ist, kann die Zerstörung nationaler Strukturen sehr leicht dazu führen, dass daraus eine Freiheit für niemanden mehr resultiert.

Hat ein Mensch einen Finger, der vom Krebs befallen ist, wäre es dann nicht klüger, diesen Finger zu amputieren, als zuzulassen, dass sich der Krebs ausbreitet und den ganzen Menschen zerstört? Ist denn der Erhalt eines einzelnen Fingers wirklich ein Menschenleben wert? Die Antwort ist: Nein, natürlich nicht. Gleiches gilt, wenn das Leben einer ganzen Nation bedroht ist. Auch hier zählt, dass es einem Einzelnen oder einigen wenigen Individuen nicht gestattet werden darf, Verheerungen des Staatsgefüges auszulösen. Wie der große römische General Iphicrates schon vor über zweitausend Jahren sagte: ›Die Bedürfnisse der Gemeinschaft müssen größeres Gewicht haben als die Bedürfnisse einer kleinen Gruppe.‹«

Herrje. Jay hatte fast den Eindruck, es mit einem Zitat des Vulkaniers Spock aus den Filmen der *Star-Trek*-Serie zu tun zu haben, die in den Achtziger- und Neunzigerjahren in den Kinos gelaufen waren.

George redete weiter, doch Jay wandte sich der Aufgabe zu, Lee unter den Anwesenden zu entdecken. Er brauchte nicht lange zu suchen. Der junge Brett Lee, der nicht wesentlich anders aussah als in Jays vorausgegangenem Szenario an der Stonewall Jackson High, beobachtete George von einem Platz in der dritten Reihe aus. Er hatte sich gespannt nach vorn gebeugt und hing dem Redner an den Lippen.

Jay stand auf, um Lee besser sehen zu können.

Währenddessen tönte George weiter: »… und hat nicht schon Plato gesagt: ›Kein menschliches Bedürfnis ist von schwer wiegender Bedeutung‹? Wie kann da die zeitweilige Aussetzung der Freiheit eines Einzelnen oder sogar einer kleinen Gruppe von Menschen mit der Freiheit von Millionen gleichgestellt werden?«

Jay bewegte sich weiter, bis er eine Position erreicht hatte, von der aus er Lees Gesicht sehen konnte.

Hm. Lees Miene entsprach ganz und gar nicht der eines jungen Mannes, der dem Gehörten ausschließlich Verachtung entgegenbrachte. Viel eher vermittelte er den Eindruck eines Gläubigen, der aufmerksam der Predigt seines Lieblingspriesters folgte. Oder anders formuliert, er verhielt sich wie ein junger Mann, der den Worten seiner Geliebten lauschte. War es möglich, dass die beiden damals Freunde gewesen waren, die sich später zerstritten hatten?

Dieser Sache sollte ich doch einmal intensiver nachgehen, entschied Jay.

Ein Szenario hatte allerdings seine Grenzen, was dererlei Kriterien anging. Während die Rede ihren Fortgang nahm, spürte Jay eine wachsende Frustration in sich aufsteigen, was die durch die Fakten – beziehungsweise deren Mangel – gewonnenen Erkenntnisse anging. Ganz gleich, ob in einem Szenario oder der wirklichen Welt, wenn etwas nicht da war, blieb jede Spekulation über ein Ereignis das, was sie war, nämlich eine Spekulation. Das Programm verschaffte Jay die Möglichkeit, in der virtuellen Realität alles geschehen zu lassen, wonach ihm der Sinn stand, doch war dies nicht automatisch gleichbedeutend damit, dass es auch *tatsächlich* passiert war.

Auch wenn sich Jay noch so sehr bemühte, blieb es ihm verwehrt, die beiden Jungs bei der Konferenz zur Debatte zusammenzubringen, die parallel zum Ablauf des Viertelfinales stattfand. Natürlich war es sehr wahrscheinlich, dass Lee und George sowohl bei der Halbfinal- wie auch bei der Finaldebatte anwesend waren. Beide Teams – das aus Georgia und das aus Vermont – hatten sich, was die Aufzeichnungen belegten, definitiv bis zum Ende der Konferenz vor Ort aufgehalten. Ebenso stand außer Zweifel, dass sie sich dabei unter den Zuhörern befunden hatten. Folglich war es durchaus vorstellbar, dass sie sich irgendwann davor oder danach getroffen haben mussten.

Über beide Jungs gab es Aufzeichnungen, die aus der Zeit nach dem Viertelfinale stammten, doch keine einzige davon brachte sie näher zusammen, als sie sich in Jays Szenario gewesen waren.

Gleichwohl hatte Jay das sichere Gefühl, dass es nun an ihm lag, ans Licht zu bringen, was hier möglicherweise verborgen war.

Das Problem war nur, wie?

20

Washington, D.C.

Als Toni die Küche betrat, entdeckte sie das Mikroskop. Es stand mit einer dicken roten Schleife verziert auf dem Tisch. Sie war wie vom Donner gerührt. Die totale Überraschung. »Alex! Wo steckst du?«

Einen Augenblick später kam er, von einem Ohr zum anderen grinsend, ebenfalls in die Küche.

»Das war doch nicht nötig«, sagte sie mit einem Wink in Richtung Mikroskop.

»O doch. Das war nötig. Ich habe meine Pflichten als Ehemann sträflich vernachlässigt.«

»Ist mir gar nicht aufgefallen.«

»Nicht *diese* Pflichten. Die eines … äh … werdenden Vaters meine ich.«

»Ein wunderschönes Stück«, sagte sie und strich über den Sockel des Geräts. »Aber wir können es uns doch gar nicht leisten.«

»Konnten wir schon. Es war noch genug auf dem Auto-Konto, um es zu bezahlen. Du hast es dir verdient.«

»Es war ein Wunsch, aber doch keine Notwendigkeit«, wehrte sie ab.

»Quatsch, du hast es *gebraucht*, das kann ich beurteilen.«

Sie lächelte und stellte dabei fest, dass sie in der letzten Zeit viel zu selten gelächelt hatte. »Danke, mein Liebling.«

»Was denn, du willst mir nicht klar machen, dass ich es zurückbringen soll?«

Jetzt musste sie wirklich lachen und wusste im selben

Augenblick auch schon, dass er das ausschließlich deshalb gesagt hatte, um sie zum Lachen zu bringen.

»Ich habe auch noch zwei Zusatzlinsen gekauft, mit denen du so ziemlich alle deine Arbeiten unter dem Mikroskop erledigen kannst.« erklärte er. »Angeblich verschaffen sie dir einen Arbeitsabstand von rund dreißig Zentimetern zwischen Objektiv und Arbeitsbühne. Ich hoffe nur, das reicht.«

»Aber sicher. Mein Schaft ist noch nicht einmal fünfzehn Zentimeter lang.«

»Yeah, meiner aber«, meinte und wackelte mit den Augenbrauen, was sie erneut zum Lachen brachte. »Vielleicht sollte ich dir jeden Tag eins von den Dingern kaufen. Jetzt mach schon, bau es auf und schau dir an, wie es funktioniert.«

»Später«, widersprach sie. »Jetzt habe ich erst mal etwas anderes im Sinn.«

»Was könnte denn noch wichtiger sein?«, fragte er, als könnte er kein Wässerchen trüben.

»Komm mit. Ich zeig's dir.«

Jetzt war er es, der schallend lachte. Aber selbst, wenn sie schwanger war, waren sie doch immer noch frisch verheiratet, oder?

Toni nahm Kurs auf das Schlafzimmer, und Alex folgte ihr mit kaum mehr als fünfzehn Zentimeter Abstand.

Jay steckte tief im Cyberspace und arbeitete gerade an einem Szenario, bei dem es darum ging, etwas Großes und Böses mit einem Rudel Hunde zu jagen, als eine körperlose Stimme meldete: »Ich bin zu Hause, Schatz!«

Er verließ die VR, blinzelte und nahm Saji in die Arme.

Eine splitternackte Saji.

»Wow!«, entfuhr es ihm.

»Na klar. Jetzt nimmst du mich wahr. Ich bin schon über eine halbe Stunde zurück. Wenn ich ein Dieb wäre, hätte ich mit der gesamten Einrichtung auf und davon sein können, dich nicht ausgeschlossen, und du hättest es nicht einmal mitbekommen.«

»Äh …«

»Was ist los mit dir, Dummchen? Hat eine Muschi deine Zunge verschluckt?«

»Will ich doch hoffen«, antwortete er mit breitem Grinsen.

John Howard wollte gerade zusammen mit seiner Frau unter die Dusche. Das war etwas, auf das sie in den letzten zehn bis zwölf Jahren mit einem kleinen Sohn, der überall im Haus herumlief, hatten verzichten müssen. Aber jetzt war er in Kanada und, na ja, Heu musste man eben einfahren, solange die Sonne schien.

»Ich bin fett und hässlich«, jammerte Nadine. »Ich weiß überhaupt nicht, wie du mich noch ertragen kannst.«

»Na ja, du kochst eben ziemlich gut«, räumte er ein.

Im gleichen Augenblick flog ein Schuh in seine Richtung, doch da er mit einer derartigen Reaktion gerechnet hatte, schaffte er es, dem Geschoss auszuweichen.

»Und außerdem bis du lausig schlecht, was das Zielen angeht.«

Sie langte gerade nach dem anderen Schuh, als das Telefon klingelte.

»Lass den Anrufbeantworter den Job übernehmen«, schlug er vor.

»Und dieser Vorschlag kommt vom Altmeister des Pflichtbewusstseins? Schließlich könnte es ja auch Tyrone sein, der da anruft.«

Nadine nahm den Hörer ab. Die Nebenstelle im Bad war der Nachbau eines fast schon antiken Telefons mit Wählscheibe, das natürlich über kein Display verfügte, auf dem die Anrufernummer angezeigt wurde. »Hallo? Oh, hi, Baby!«

Yep. Tyrone.

Howard stand dem Anruf mit gemischten Gefühlen gegenüber. Natürlich war er froh, etwas von seinem Sohn zu hören. Allerdings wäre er schon ein wenig glücklicher gewesen, wenn der Junge nicht ein derart unterentwickeltes Gefühl fürs Timing gehabt hätte. Eine halbe Stunde vor oder nachher wäre jedenfalls erheblich passender gewesen. Menschen, die keine Kinder hatten, fehlte die Vorstellung davon, was mit ihrem Sexualleben passierte, wenn die süßen Kleinen groß genug waren, um durch den Flur zu marschieren und urplötzlich in der Tür des Schlafzimmers zu stehen, nur weil sie einmal schauen wollten, was Mama und Papa da trieben.

»Ja, Männlein, er steht direkt neben mir. Ich geb ihn dir mal.«

Howard übernahm den Hörer. Dummerweise ließ er Nadine von dem Augenblick an, als Tyrone »Hallo« sagte, aus den Augen, was sich als folgenschwerer Fehler herausstellte.

Im gleichen Augenblick traf ihn nämlich der zweite Schuh am Gesäß.

»He, aua!«

»Dad?«

»Nichts, mein Sohn. Deine Mutter ist nur gerissener, als ich dachte.«

Santa Monica, Kalifornien

Als Tad das Kino verließ, begann der Hammer zu wirken. Wie er schon vermutet hatte, gab es im Kino selbst keinerlei Überwachungssysteme. Lediglich in der Lobby, in der einige Spielautomaten aufgestellt waren, war eine Kamera installiert, doch weder Bobby noch er hatte an den Automaten gespielt, als der Zee-ster seine Privatvorstellung abgehalten hatte, und nötig gewesen wäre es ohnehin nicht, weil Zeigler bei seinen Veranstaltungen sämtliche Kosten trug.

Etwa um die Zeit, als Tad am Fitnessstudio eintraf, hatte der Hammer die volle Wirkung entfaltet. Allerdings war sie diesmal schneller als je zuvor eingetreten. Das war möglicherweise darauf zurückzuführen, dass er nach relativ kurzer Zeit – und ohne vorher richtig wiederhergestellt gewesen zu sein – auf einen neuen Trip gegangen war. Allerdings war es auch nicht auszuschließen, dass es irgendwelche Wechselwirkungen mit den Drogen gab, die er sich verabreicht hatte, um auf den Beinen zu bleiben. Was auch immer. Thor rollte an und drängte Tad, mit ihm eine heiße Nacht zu verbringen. Tad musste jetzt nur aufpassen, dass er nicht die Kontrolle verlor.

Steves Gym, ein Studio der besseren Kategorie, lag in unmittelbarer Nähe des Pacific Coastal Highway. Hier hatte man sich darauf eingerichtet, eingeschworenen Fitnessjüngern der gehobenen Gesellschaft etwas bieten zu können. Tad stieß die Eingangstür auf und wurde von einem Schwall kalter Luft aus der Klimaanlage begrüßt, der ihn direkt ins Gesicht traf und unter der Wirkung des Hammers fast zu einem Orgasmus geführt hätte.

Gewichte zu stemmen war nie Tads Ding gewesen. Schon als Kind waren seine Lungen viel zu schlecht entwickelt gewesen, als dass er körperliche Aktivitäten hätte entwickeln können. Zunächst war es eine Bronchitis und später Asthma gewesen, aus dem schließlich eine offene Tuberkulose wurde. Außerdem schaffte er es bei seinem schwachen Körperbau auch nie, richtig Muskeln anzusetzen, selbst wenn er gewollt hätte, was jedoch nie der Fall war.

Jetzt hatte er allerdings den Hammer im Kreislauf, und der hatte seine volle Wirkung entfaltet. Wahrscheinlich wäre er ohne weiteres in der Lage gewesen, eine der riesigen Hanteln herumzuwirbeln wie eine Tambourmajorette ihr Stöckchen. Aber wozu? Er hatte nicht die Absicht, hier bei irgendjemandem Eindruck zu schinden.

»Kann ich Ihnen helfen?«, erschallte eine tiefe Stimme von rechts aus dem Hintergrund.

Er blickte sich um. Da stand eine Frau, die aussah, als wäre sie die leibliche Schwester von Hulk. Kurz: Sie war groß, sie war schwergewichtig, sie war hässlich, und sie sah aus, als bräuchte sie dringend eine Rasur. Aber sie hatte Brüste – natürlich falsche –, und der rote Bikini im Leopardenmuster ließ in seinem Unterteil auch keinerlei Zweifel aufkommen, dass hier wesentliche männliche Ausrüstungsteile fehlten. Also, definitiv eine Frau, welcher Art auch immer.

Tad lächelte und genoss dabei den eigentümlichen Rausch, den irgendein Bestandteil in Bobbys chemischem Cocktail im Augenblick bei ihm bewirkte. »Steve da?«

Nach Bobbys Aussage hieß der Eigentümer des Fitnessstudios tatsächlich Steve. Er war früher wohl einmal Mr. America, Mr. Universum und Mr.-was-auch-immer-noch-danach-kam gewesen. Zwar hatte er seine Glanzzeiten längst hinter sich, war aber immer noch groß wie ein Rhinozeros und mit Muskeln bepackt, die in dieser Fülle ohne die Hilfe von Steroiden unmöglich gewesen wären. Mit seiner Größe, die irgendwo zwischen einsachtzig und zwei Metern lag, brachte er vielleicht zehn bis fünfzehn Kilogramm mehr auf die Waage als in der Zeit, da er noch an Wettbewerben teilnahm. Seine Oberarme waren aber immer noch dicker als die Oberschenkel der meisten Männer in seiner Umgebung. Bobby gehörte nicht der Klasse von Bodybuildern an, die hierher kamen, um Berge von Stahlplatten zu stemmen, doch er war muskulös genug, hier niemanden in Gelächter ausbrechen zu lassen, wenn er das Hemd auszog. Auf jeden Fall war er besser in Form als die meisten der Berühmtheiten, die nur hierherkamen, um gesehen zu werden. Zu denen hatte auch der Zee-ster gehört, der sich eigene Trainer leistete, wie andere Leute Zahnbürsten. Doch auch er hatte immer nur kurz hereingeschaut, ein paar Übungen durchgezogen, bis er ins Schwitzen geriet, und sich dann von seinen Publicity-Typen beim Verlassen des Studios fotografieren lassen. Alles furchtbar aufgeblasen und macho-mäßig.

Aber wie auch immer. Bobby hatte ihm aufgetragen, sich mit Steve persönlich zu unterhalten, der sich bestimmt freuen würde, einem Freund von Bobby behilflich sein zu können. Schließlich hatte Bobby hier eine Menge Geld ausgegeben, indem er sich private Übungstermine geben ließ, T-Shirts, Vitamine und all den Kram hier gekauft hatte.

»Er hat im Augenblick Kundschaft«, beschied ihn die Amazone. »Vielleicht kann ich Ihnen helfen?« Ihr Gesichtsausdruck, als sie seine jämmerliche Figur in den schwarzen Klamotten erblickte, ließ jedoch keinen Zweifel daran aufkommen, dass sie nicht wirklich glaubte, ihm helfen zu können, und dass wahrscheinlich sogar der liebe Gott höchstpersönlich seine Schwierigkeiten haben würde, diesem Hänfling noch zu helfen.

Tad lächelte, während sein Verstand mit wahnsinniger Geschwindigkeit arbeitete, Zusammenhänge herstellte und Schlüsse zog, die weit jenseits dessen lagen, wozu er normalerweise in der Lage gewesen wäre. Der Hammer machte einen schließlich nicht nur so stark wie Superman, sondern verschaffte einem darüber hinaus auch noch das Superhirn eines Lex Luthor. Was ihn anging, war das nicht nur ein subjektiver Eindruck, sondern einige Sachen, die er unter dem Einfluss des Hammers gebracht hatte, ließen keinen Zweifel mehr zu, dass die Steigerung der Leistungsfähigkeit durchaus real war.

»Nee«, sagte er, »ist 'ne persönliche Sache.«

»Er wird wahrscheinlich eine Stunde nicht zu sprechen

sein«, schätzte die Frau. »Wenn Sie wollen, können Sie so lange warten.«

Normalerweise wäre Tad darauf eingegangen. Eine Stunde bedeutete ihm nichts, wenn er clean war – nun ja, mehr oder weniger clean zumindest. Aber wenn einem der Hammer im Gehirn schwang und man sich in der Phase der Hyperaktivität befand, war eine Stunde der Untätigkeit gleichbedeutend mit Unmöglichkeit.

Da durchströmte Tad ein weiterer Rausch der Körperlichkeit, und im gleichen Augenblick bekam er auch schon eine Erektion. Einen Steifen, der sich so schnell aufrichtete wie ein Schnappmesser nach dem Druck auf den Auslöser. Einfach so, *boing!*

Er warf einen Blick auf den weiblichen Bodybuilder. Sie war mit einiger Sicherheit fünfzehn bis zwanzig Kilo schwerer als er und entsprach in nichts seiner Vorstellung von einem weiblichen Wesen, aber sie war eine Frau und gerade verfügbar. »Wie wär's mit einer Nummer? Ich wette, dass ich dich in einer Stunde fertig gemacht habe.«

Die Frau lachte tief und kehlig. »Oh, wow, das ist doch mal richtig lustig. Sie und ich? Ha!«

Tad lächelte freundlich.

»Selbst wenn ich was mit Männern hätte, was nicht der Fall ist, würdest du Hirnverbrannter der Letzte sein, mit dem ich mich einließe. Ich würde jemanden haben wollen, der mich hochheben und wieder absetzen kann, ohne sich dabei anstrengen zu müssen. Du dagegen siehst mir nicht aus, als könntest du auch nur eine leere Bierflasche ohne Hilfe vom Boden hoch bekommen.«

Tad lächelte immer noch, während er im nächsten Augenblick schon vor ihr stand, sie packte und die völlig verdutzte Bodybuilderin eine Sekunde später wie ein Baby in den Armen wiegte. »Meinst du etwa so? Damit dürfte ich den Test wohl bestanden haben, oder?«

Damit verlagerte er ihr ganzes Gewicht auf seinen linken Arm, griff mit der rechten Hand über ihren Körper hinweg zwischen ihren Brüsten nach dem winzigen Büstenhalter im Leopardenmuster und riss ihn bis zum Schritt hinunter. Das Kleidungsstück fiel wie ein gebrauchtes Papiertaschentuch zu Boden und enthüllte die bislang unter ihm verborgene, muskulöse Nacktheit.

Mit aufgerissenem Mund erstarrte die Frau. Sie konnte offensichtlich immer noch nicht begreifen, was er getan hatte. Wahrscheinlich suchte sie auch immer noch vergeblich nach einer Erklärung, wie er es überhaupt geschafft hatte.

»Nette Möpse«, meinte Tad. »Hast du wenigstens einen guten Preis dafür ausgehandelt?«

Damit schob er die Hand zwischen ihre Beine, und ungeachtet der Verblüffung, die sie immer noch nicht völlig bewältigt hatte, schaffte sie es nun doch endlich, gleichzeitig zu kreischen und nach ihm zu schlagen.

Tad ignorierte den laschen Faustschlag, der wirkungslos an seinem Wangenknochen abprallte, und fuhr unbeirrt damit fort, das Gebiet zu erkunden, das seine Hand gefunden hatte. Jetzt begann die Frau auszutreten und schrie währenddessen in voller Lautstärke, was dazu führte, dass Tad, trotz der Wirkung des Hammers, Probleme bekam, sie festzuhalten.

Im gleichen Augenblick traf auch schon die Kavallerie in Form von drei Typen ein, die zusammen wahrscheinlich das gleiche Gewicht auf die Waage brachten wie ein Kleinwagen.

»Heh! Was treibst du da, verdammt noch mal!?«, fragte einer der drei. »Setz Belinda wieder ab, du Arschloch!«

»Habt Ihr hier eine Überwachungskamera laufen?«, fragte Tad, als hätte er die Aufforderung gar nicht gehört.

»Da kannst du einen drauf lassen, du beschissener Hirni!«

»Wo ist sie?«

»Charlie, ruf die Cops. Und wenn du schon dabei bist, am besten auch gleich einen Krankenwagen für diesen Schwachsinnigen hier!«, wies der Typ einen seiner Kumpel an.

»Du musst Steve sein, richtig?«

»Stimmt genau, du Mistkerl, und du bist so gut wie tot. Jetzt setz das Mädchen endlich ab!«

Tad grinste. Wie schon einige Male zuvor, wenn er sich aufregte, entfalteten die im Hammer vorhandenen Drogen im gleichen Augenblick eine Art Turbo-Wirkung, die in ihm aufröhrte wie ein Tornado.

»Bitte sehr«, sagte er nur und schleuderte Belinda in derselben Sekunde auf die drei. Charlie hatte gerade auf dem Weg zum Telefon einen Schritt zur Seite getan, doch Belinda traf Steve und den Neandertaler neben ihm so hart, dass alle drei nach hinten gestoßen wurden, stolperten und zu Boden gingen.

Mit einem Satz war Tad über Charlie, griff ihm unter die Achseln und hob ihn so hoch, dass seine Füße den Boden nicht mehr berührten. Charlie wog gut zweieinhalb Zentner, vielleicht sogar noch ein wenig mehr. Eine ganz hübsche Ladung also. »Wo ist der Kontrollraum für die Überwaschungskamera?«

Charlie hing da wie eine Kodderpuppe. »D-d-d-da!«, stotterte er und versuchte, in die entsprechende Richtung zu zeigen.

Da Steve es in der Zwischenzeit beinahe geschafft hatte, wieder auf die Füße zu kommen, drehte sich Tad um die eigene Achse und warf ihm Charlie entgegen. Die Kollision der beiden Fleischberge fiel ziemlich hart aus.

Tad rannte auf die unmarkierte Tür zu, kümmerte sich nicht darum, ob sie eine Klinke hatte oder nicht und trat sie einfach auf. Sofort entdeckte er den Videomonitor und eine Computeranlage, in der eine offenbar ziemlich große Festplatte arbeitete.

Er blickte sich um. Nirgends waren Disketten oder CDs zu sehen, und es lagen auch keine Wechseldatenträger in den Regalen. Er trat näher heran und brauchte kein Hellseher zu sein, um zu erkennen, dass diese Sicherheitseinrichtung nicht mehr war, als sie zu sein schien, nämlich ein Kurzzeitrekorder, der im Endlosbetrieb lief. Das hieß, dass er die gespeicherten Daten immer wieder neu überschrieb und dabei stets auf dasselbe Speichermedium zugriff.

Er griff nach dem Ding, knallte es auf den Boden und zertrat es in kleine Stücke. Die eigentliche Festplatte sprang aus ihrem Gehäuse, und Tad sammelte sie auf, zerbrach sie in zwei Hälften und steckte sie anschließend in die Gesäßtasche seiner Hose. Man konnte schließlich nie wissen, was unter Umständen an Daten wiederherstellbar war, selbst wenn man mit einer Platte Fußball gespielt hatte.

Alles erledigt.

Er setzte sich in Richtung Tür in Bewegung.

Steve, der einfach zu dumm war zu erkennen, wann er aufgeben musste, stürmte, eine Stahlstange schwingend, auf ihn zu. Selbst ohne die dazugehörigen Gewichte wog eine solche Stange gut acht Kilo und hätte Tad sicherlich überall dort die Knochen gebrochen, wo sie auftraf.

Tad wich zur Seite aus und duckte sich. Die Stange pfiff über seinen Kopf hinweg, krachte gegen die Wand und riss ein langes Loch in die Steinplatten. Steve hatte die Stange mit solcher Macht geschwungen, dass sie bis fast zur Hälfte in der Wand stecken blieb.

Tad trieb ihm das Knie in die Nieren, worauf der große Mann zu Boden ging, als hätten sich seine Beine urplötzlich in Luft aufgelöst.

Jetzt stellte sich Tad niemand mehr in den Weg, als er das Gebäude verließ.

Er ging zurück zu seinem Wagen.

Niemand lief ihm nach. Auch nicht schlecht. Andererseits hatte ihm die Rangelei mit den Leuten im Studio richtig Spaß gemacht, und wenn sie ihm nach draußen gefolgt wären, wäre er ihnen gerne noch einmal gefällig gewesen.

Egal. Auch diese Sache war erledigt. Jetzt konnte er sich entspannen und den Hammer die Regie übernehmen lassen.

Würde 'ne tolle Nacht werden. Yessir, das kann ich dir flüstern.

Dann mal los, Thor!

21

Newport Beach, Kalifornien

Die Kirche der presbyterianischen Kirchengemeinde von Newport Beach war nicht so prunkvoll wie zum Beispiel der Crystal Palace, aber sie gehörte zu L.A., was bedeutete, dass sie an den meisten anderen Orten kaum noch als Kirche angesehen worden wäre. Philosophisch betrachtet, neigten Gottes tiefgefrorene Kinder dazu, politisch konservative Ansichten zu vertreten, soziale Aspekte konservativ zu betrachten und natürlich auch religiös konservativ aufzutreten. Allerdings zeigten sie sich sehr liberal bei der Bekehrung von Heiden und verpassten keine Gelegenheit, wenn es darum ging, in Übersee Missionen einzurichten. Ein uralter, nicht tot zu bekommender Witz in der Kirche war der, dass die Presbyterianer angeblich angeboten hatten, das Rote Kreuz und die Hilfsorganisation CARE komplett zu finanzieren, wenn sie dafür von diesen Organisationen das Recht zugesprochen bekamen, jeder größeren Lieferung von Blutkonserven oder Nahrungsmitteln einen gefriergetrockneten Missionar beilegen zu dürfen. Die meisten von ihnen waren, wie Drayne herausgefunden hatte, als er noch zur Kirche ging, Republikaner. Und die wiederum waren zum überwiegenden Teil alt und weiß. Seine Familie war durch Großvater Drayne zur Gemeinde gekommen, der selbst zuvor als Diakon seiner Heimatgemeinde in Atlanta tätig gewesen war, bevor er vor achtzig Jahren mit seiner Familie nach hier übersiedelt war. Die Synoden unterschieden sich voneinander, doch Kalifornien und Georgia waren weniger weit voneinander entfernt, als man eigentlich hätte annehmen können.

Das Gebäude selbst bestand zu einem nicht unwesentlichen Teil aus Glas, wodurch es einen leichten und luftigen Eindruck vermittelte. Die Klimaanlage, die draußen hinter der Kirche röhrte und die Größe eines Kleinlasters hatte, verstärkte diesen Eindruck noch, indem sie die versammelten Gemeindemitglieder kühl hielt. Drayne konnte gut nachvollziehen, weshalb sich die Baptisten und die Kirchen des Südens, die meist über keine Klimaanlage verfügten, fast immer Predigten über das Höllenfeuer anhören mussten. Bei den dort herrschenden Temperaturen fiel es einer Gemeinde erheblich leichter, diese Art von Predigten nachzuvollziehen. Wenn dagegen aber schon im Laufe einer milden Frühlingswärme die Klimaanlage in einer presbyterianischen Kirche ausfiel, setzte man den Gottesdienst dort sofort ab, weil man nicht das Risiko eingehen wollte, dass die versammelte Gemeinde durch einen kollektiven Hitzeschlag dahinschied.

Ganz sicher war dieser Ort aber nicht düster genug für eine Beerdigung, weshalb die meisten der Trauergäste Kleidung in fast allen Farben, nur nicht im traditionellen Schwarz trugen. All diese Pastellfarben erzeugten eher den Eindruck, man wäre in einen Schwarm Sittiche geraten. Aber was konnte man schon erwarten? Schließlich war man ja in L.A., oder etwa nicht?

Draynes Vater war einmal eine Zeit lang selbst Diakon gewesen, obwohl sein Job beim FBI dieser Tätigkeit bald ein Ende bereitet hatte. Draynes letzte Information war, dass sein alter Herr auch in Arizona nach wie vor jeden Sonntagmorgen zur Messe ging. Wenn er auch kein wirklich gläubiger Mann war, so verschaffte er sich dadurch zumindest das Image eines solchen.

Was Drayne selbst anging, so hatte er sich stets den Kirchgang geschenkt, wenn sein Vater nicht in der Nähe war und ihn hinschickte. Seit er von zu Hause fort und aufs College gegangen war, hatte er, außer zu ein paar Hochzeiten, überhaupt keine Kirche mehr von innen gesehen. Doch, dachte er. Da war noch das eine Mal, als er einen größeren Drogendeal mit jemandem durchgezogen hatte, der die Ansicht vertrat, die katholische Kirche in Berkley sei der sicherste Ort, das Geschäft abzuwickeln. Es hatte sich herausgestellt, dass der Kunde mit dieser Ansicht falsch lag. Er war geschnappt worden, nachdem er beim Ausparken auf dem Parkplatz der Kirche mit der Stoßstange seines Wagens den Kotflügel eines anderen Autos gestreift hatte und einfach weitergefahren war.

Drayne hatte es immerhin geschafft, noch einen schwarzen Anzug, ein weißes Oberhemd und eine einfarbige Krawatte aus den Tiefen seines Kleiderschranks zu graben. Die Klamotten waren schon fünf bis sechs Jahre alt und immer noch fast wie neu, weil er sie in dieser Zeit kein einziges Mal getragen hatte. Andererseits wusste er genau, dass sein Vater, wenn er hier in T-Shirts und Shorts erschienen wäre, wahrscheinlich seine Kanone gezogen und ihn kurzerhand erschossen hätte. Selbst heute, da er längst im Ruhestand lebte, trug der alte Herr stets eine Waffe, wenn er ausging. Eine Angewohnheit, die abzulegen er nicht bereit war. Wahrscheinlich würde er immer noch den Staat schützen wollen, wenn er längst im Rollstuhl saß und völlig erblindet war.

Ungeachtet der Tatsache, dass er stramm auf die siebzig zuging, sah der alte Mann immer noch verblüffend gesund aus. Sein Haar war schlohweiß, und die glatte Haut, die fast sein ganzes Leben lang bleich gewesen war, hatte jetzt eine rötliche, fast schon gebräunte Tönung angenommen, was wahrscheinlich darauf zurückzuführen war, dass er jetzt wesentlich mehr Zeit draußen im Sonnenschein von Arizona zubrachte. Drayne wusste, dass er aussah wie die jüngere Ausgabe seines Vaters. Die Ähnlichkeit innerhalb der Familie war immer schon sehr ausgeprägt gewesen, obwohl er sich lange Zeit dagegen gewehrt hatte, dies einzugestehen. Aber dann, eines Tages, als er sich gerade in einer Toilette die Hände wusch und einen Blick in den Spiegel warf, da starrte ihn doch tatsächlich das Gesicht seines Vaters an. Wenn man davon ausging, dass er überhaupt so alt wurde wie sein Vater, konnte Drayne damit rechnen, dann genauso auszusehen wie sein alter Herr am heutigen Tage.

Schon ziemlich erstaunlich, das Ganze.

Sein Vater stand, den Blick auf die Uhr gerichtet, vor der Kirche und erwartete ihn. Auch er hatte einen schwarzen Anzug angezogen, der allerdings einer von gut einem Dutzend schwarzer oder dunkelgrauer Anzüge sein dürfte, die er besaß. Doch da er seit seiner Pensionierung nicht zugenommen hatte, passten sie ihm immer noch. Auf jeden Fall saßen sie besser als der, den Drayne trug.

»Robert«, grüßte der Vater.

»Dad.«

»Lass uns reingehen. Wir sitzen neben Edwina.«

Es kamen laufend weitere Menschen an. Die eigentliche Messe würde frühestens in zwanzig Minuten beginnen. Drayne hatte gewusst, dass sein Vater frühzeitig da sein würde und wie selbstverständlich davon ausging, dass auch der Rest der Familie vor der Zeit da sein würde, was auch der Fall war.

Drayne kondolierte seiner Tante, seinem Onkel und seiner Cousine. Irene, mit der er im Alter von neun Jahren Doktor gespielt hatte, war inzwischen erwachsen und zu einer gut aussehenden Frau gereift. Obwohl sie inzwischen verheiratet war und drei Kinder hatte, war sie nur ein wenig breiter um die Hüften geworden. Sheila, die mittlere Tochter, trug eine Brille mit dunkler Fassung, ein schwarzes Jackett, einen langen Rock und war auch ein wenig stämmig geworden. Aber Maggie, die jüngste, die er noch als kleines Gänschen mit dicken Brillengläsern in Erinnerung hatte, war inzwischen zu einer rothaarigen, fünfundzwanzigjährigen Schönheit geworden, die irgendwo im Valley Aerobic-Unterricht gab, wie er gehört hatte. Jedenfalls war sie schlank und fit wie eine Violinensaite.

»Hi, Maggie. Ich habe immer gedacht, du würdest eine Brille tragen. Ich kann auch keine Kontaktlinsen entdecken. Hast du dir die Augen lasern lassen?«

»Nein, ich nehme am NightMove-System teil. Dabei setzt du harte Kontaktlinsen ein, wenn du zu Bett gehst, und wenn du morgens aufstehst, kommst du den ganzen Tag ohne Brille und Kontaktlinsen aus.«

»Du nimmst mich auf den Arm?«

»Nein. Das Ganze läuft unter der Bezeichnung Ortho-K. Das gibt es schon seit einiger Zeit, aber es ist erst vor kurzem perfektioniert worden. Du kommst sechzehn bis achtzehn, in meinem Fall sogar zwanzig Stunden ohne Sehhilfe aus.«

»Klasse. Heh, tut mir Leid, das mit Creepy.«

»Danke. Es ist ein echter Schock. Ich kann immer noch nicht glauben, dass er wirklich tot ist.« Damit lehnte sie sich zu ihm hinüber und küsste ihn auf den Mundwinkel.

Definitiv eine Cousine, von der man sich gern küssen ließ, diese Maggie. Wenn es nicht gerade die Beerdigung ihres Bruders gewesen wäre, wäre es schon einen Gedanken wert gewesen, wie er sie flachlegen konnte, obwohl die ganze Familie darüber in Heulen und Zähneknirschen ausgebrochen wäre. So ein Blödsinn. Schließlich hatte er weder vor, sie zu heiraten noch Kinder mit ihr zu haben. Also was spielte es für eine Rolle, dass sie Vetter und Cousine waren? Er hatte mitbekommen, wie sie ihn angesehen hatte, und deutlich gespürt, dass sie keineswegs abgeneigt gewesen wäre.

»Wie läuft es im Job, Robert?«, fragte sein Vater.

Er verließ seine sexuell angehauchten Tagträume. »Prima. Ich stehe kurz vor einer Beförderung. Sie denken darüber nach, ob ich die Geschäftsführung von Polymers übernehmen soll. Der Job würde mir pro Jahr zehntausend mehr einbringen.«

»Meinen Glückwunsch.«

»Und wie läuft's in Arizona? Geht's dem Hund gut?«

»Prima. Dem Hund geht es ausgezeichnet.«

Damit war der Gesprächsstoff zwischen Vater und Sohn in den meisten Fällen erschöpft. Aber hier nur herumzusitzen und darauf zu warten, dass ein Priester kam, der Creepy bestenfalls zehn Jahre lang nicht mehr zu Gesicht bekommen hatte, nur um dann darüber zu reden, welch wundervoller Junge er gewesen war, aber dass Gott eben andere Pläne mit ihm gehabt hätte, trieb Drayne dazu, seinen Vater ein wenig zu reizen. »Hast du gehört, was im HQ in L.A. passiert ist?« Es war nicht notwendig, näher zu definieren, von welchem Hauptquartier er sprach, weil diese Abkürzung in der ganzen Familie nur für das des FBI verwendet wurde.

»Habe ich.«

Drayne verspürte den Drang zu grinsen, was aber in Anbetracht des Ortes und der Zeit nicht angemessen gewesen wäre.

»Hört sich fast so an, als hättest du deine Finger im Spiel gehabt«, fuhr sein Vater fort.

Für eine Sekunde erstarrte Drayne unter dem eiskalten Guss nackter Angst. »Wie bitte?«

»Glaubst du, ich hätte das Vorkommnis in deiner Englischklasse vergessen?« Sein Tonfall war streng und missbilligend.

Drayne spürte ein Gefühl der Erleichterung, gleichzeitig aber auch der Verwirrung in sich aufsteigen. *Herr im Himmel! War der Alte denn immer noch sauer wegen dieser Sache?* Drayne hatte schon seit Jahren nicht mehr daran gedacht.

Im Grunde war der Vorfall damals eine Nichtigkeit gewesen. Er hatte aus einem langen Zündholz und einem billigen Kugelschreiber eine kleine Stinkbombe gebastelt. Eben Kinderkram, den Kinder nun einmal veranstalten. Man zieht die Kugelschreibermine heraus, steckt stattdessen das Zündholz so hinein, dass der Reibekopf so weit heraussteht, wie zuvor die Spitze der Mine. Dann braucht man nur noch oben auf den Betätigungsknopf zu drücken, und der Kopf des Streichholzes entflammt beim Zurückschnellen durch die dabei entstehende Reibung. Da sich die Flamme aber im Inneren des Kugelschreibers nicht ausbreiten kann, verdampft sie ein wenig des billigen Plastikmaterials, bevor sie erlischt. Das Resultat ist nicht mehr als eine kurze Verpuffung und ein fürchterlich stinkendes Rauchwölkchen.

Drayne war damals vierzehn Jahre alt gewesen und in die achte Klasse gegangen, als er eine solche Stinkbombe in einen der Mülleimer geworfen hatte, die in unmittelbarer Nähe des Schreibtischs des Englischlehrers standen. Er hatte dazu einen Augenblick abgepasst, in dem der Lehrer gerade einmal in eine andere Richtung blickte. Sie hatten sich kaputtgelacht, als der stinkende Rauch aus dem Müll aufstieg, aber einer der Streber hatte gesehen, dass Drayne die Bombe geworfen hatte, und ihn verpetzt. Daraufhin gab es zwei Tage Hausarrest, damit er in Ruhe über die

Ruchlosigkeit seines Verbrechens nachdenken konnte. Außerdem hatte der Alte den Gürtel herausgezogen und ihm eine Tracht Prügel verabreicht, als er davon erfuhr, und ihn die Sache nie vergessen lassen.

»Ich bin keine vierzehn mehr, Dad. Das liegt alles schon sehr lange zurück.«

»Ich habe auch nicht gesagt, dass du es gewesen bist. Ich habe nur gesagt, dass es stark nach einem kindischen Streich der Art aussah, die auch du gern durchgezogen hast.«

Drayne schwieg, ärgerte sich aber im Stillen darüber, dass ihm sein alter Herr immer noch diese alten Geschichten vorhielt. Ungeachtet dessen, dass er *tatsächlich* für den Streich beim FBI verantwortlich war, hätte das einfach nicht die erste Reaktion seines Alten sein dürfen.

»Ist doch niemand verletzt worden, oder?«, versuchte Drayne die Sache abzuschließen.

Sein Vater dachte kurz darüber nach und ließ mit der Antwort nicht lange auf sich warten. »Hätte aber leicht sein können. Menschen, die ohne ihr Zutun unter Drogeneinfluss geraten, sind Risiken ausgesetzt. Selbstverständlich hätte jemand verletzt werden können. Was wäre denn beispielsweise gewesen, wenn einige der Beamten oder Verwaltungsangestellten allergisch auf diese Droge reagiert hätten? Oder wenn sie Medikamente einnehmen mussten, die in Wechselwirkung mit der Droge getreten wären? Was, wenn ein Notfall eingetreten wäre, der eine umgehende Reaktion erforderlich gemacht hätte? Stell dir nur vor, es wäre ein Brand ausgebrochen oder es hätte einen Banküberfall oder einen Fall von Kidnapping gegeben, und sie wären nicht in der Lage gewesen, schnell und richtig darauf zu reagieren? Der Idiot, der es so unglaublich lustig fand, eine Niederlassung der Bundesbeamten zu überfallen, hat nichts dergleichen bedacht, da kannst du sicher sein. Es war ein unverantwortlicher, krimineller

Akt, und der Kerl sollte geschnappt werden und seine gerechte Strafe dafür bekommen. Ich hoffe nur, dass sie ihn schnappen, einlochen und anschließend den Schlüssel wegwerfen.«

Drayne biss die Zähne zusammen. Ganz gleich, was er jetzt auch sagte, es wäre das Falsche gewesen. Also war es besser, es dabei bewenden zu lassen. *Was hast du denn erwartet? Dass der Alte die Cleverness bewundert, mit der dieser Job durchgezogen wurde? Komm schon, Bobby, doch weißt doch, wie er ist. Jetzt ist die Zeit für alle guten Männer gekommen, dem Scheiß ein Ende zu bereiten, und so weiter …*

Aber dann konnte er sich doch nicht zurückhalten. »Vielleicht aber auch nicht. Die Berichte, die darüber gebracht wurden, hörten sich aber nicht so an, als hätten sie irgendeine Spur. Vielleicht war der Typ einfach zu clever für sie.«

Der alte Mann drehte sich ein wenig um, damit er Drayne in die Augen sehen konnte, und warf ihm einen Blick der Art zu, als hätte er einen Hund dabei erwischt, wie er ins Weihwasserbecken der Kirche pinkelte. »Wenn er wirklich *clever* gewesen wäre, hätte er sich etwas Besseres einfallen lassen, als FBI-Beamte anzugreifen. Die kriegen ihn nämlich.« Er legte eine kurze Pause ein. »*Bewunderst* du diesen Kriminellen etwa, Robert? Ist es das, was du damit zum Ausdruck bringen wolltest? Hat dich deine Erziehung denn überhaupt nichts gelehrt?«

Drayne errötete, erkannte aber gerade noch rechtzeitig, dass es jetzt besser war, den Mund zu halten, und schüttelte deshalb nur den Kopf.

Yeah, Dad. Ich habe eine Menge gelernt. Viel mehr, als du jemals erfahren wirst.

Doch in diesem Augenblick traf der Geistliche ein, der aussah, als wäre er schon über hundert Jahre alt, und es wurde Zeit, sich Creepys Beerdigung zu widmen.

Tad war zwar noch auf den Beinen, stand aber kurz vor dem Zusammenbruch. Er beobachtete die jungen Frauen und Männer, die am Strand entlangjoggten. Der Frühnebel hatte sich jetzt, gegen neun Uhr vormittags, fast vollständig gehoben und ließ einen ersten Blick auf das strahlende Blau zu, das sich hinter seinem Grau verborgen hatte.

Mann, war er fertig. Als ihn die Chemikalien des Hammers langsam aus ihren Fängen ließen, fühlte er, wie eine tief greifende Erschöpfung Besitz von ihm ergriff. Diesmal würde es hart werden, sich von dem Trip zu erholen. Das wusste er, und der beste Weg dürfte noch der sein, sich einen Haufen Beruhigungsmittel einzuverleiben und dann so lange zu schlafen, wie er konnte. Vierundzwanzig bis sechsunddreißig Stunden sollten reichen, seinem Körper die dringend erforderliche Ruhepause zu gönnen. Zwei Phenobarbital-Zäpfchen mit Langzeitwirkung und ein wenig Triavil, vielleicht in Kombination mit Valium, sollten helfen, die Muskeln zu entspannen. Etwas Butazolidin für die Gelenke, ein wenig Decadron gegen Entzündungen, Codein und eine Prise Heroin gegen die Schmerzen, Zantic, um den Magen zu beruhigen, und zum Abschluss etwas Haldol, nur um die Sache rund zu machen.

Bobby, der im Moment noch auf der Beerdigung seines Vetters war, würde nicht allzu erbaut sein, wenn er bei seiner Rückkehr herausfand, dass Tad das Fitnessstudio aufgemischt hatte. Wahrscheinlich würde er es für besser halten, wenn sie jetzt eine Zeitlang nicht zusammen gesehen wurden. Nur für den Fall, dass Steve, der alte Bodybuilder, sie zufällig einmal zusammen antraf und daraus seine Schlüsse zog. Tad glaubte allerdings nicht, dass die Fitnessratten wussten, wie eng er mit Bobby befreundet war. Genau genommen war er sich sogar ziemlich sicher, dass sie keine Ahnung hatten. Aber wie auch immer, nach der letzten Nacht würden sie ihn wohl kaum wieder vergessen.

Die Wahrscheinlichkeit, dass der Vorfall im Studio durch die Medien lief, war groß. Tad war in den Nachrichten jedoch nicht erwähnt worden, was zumindest für die Sender galt, die er abgehört hatte, als er noch im Auto saß. Möglicherweise hatte er ja Glück, und Bobby erfuhr überhaupt nichts davon, bis Tad die Gelegenheit hatte, es ihm selbst zu erzählen. Dann hätte er wenigstens die Chance, der Sache ein wenig die Spitze zu nehmen.

Er schaffte es tatsächlich, ein schiefes Grinsen zustande zu bringen, obwohl sich sein Gesicht nach all den Drogen, die er im Laufe der Nacht zu sich genommen hatte, ganz wund anfühlte. War das ein Wirbel. Ein Studio in Kleinholz zu verwandeln und Leute zusammenzuschlagen, bloß weil man plötzlich geil geworden war, bedeutete schon einiges an Unruhe. Noch mehr Aufruhr war eigentlich kaum vorstellbar, oder?

Nun ja, wenigstens war jetzt sichergestellt, dass es in der Öffentlichkeit keinerlei Aufzeichnungen von Bobby und dem Zee-ster mehr gab. Dessen konnte Tad sicher sein. Und das war schließlich das Wichtigste. Vielleicht hatte Bobby Recht. Vielleicht sollten sie tatsächlich auf die Inseln düsen, für ein paar Wochen untertauchen und erst zurückkommen, wenn sich der ganze Staub gelegt hatte. So, wie er sich im Augenblick fühlte, war die Vorstellung nicht gerade attraktiv, den Hammer überhaupt noch einmal zu schwingen. Natürlich war ihm klar, dass dieser Wunsch jedoch sehr schnell wieder wach werden würde, sobald er die Erholungsphase überstanden hatte und sich wieder etwas besser fühlte. Das war immer so.

Noch einmal das zu tun, was er in der vergangenen Nacht zustande gebracht hatte, als er ausgesehen hatte wie die männliche Ausgabe von Olive Oyl? Wäre schon eine irre Sache.

Zum Teufel. Als er das Sportstudio verließ, hatte er jegliche Lust auf Sex verloren. Er war hinaus zum HOLLYWOOD-Schriftzug gefahren, über den Zaun gesprungen und auf die Spitze des riesigen »H« geklettert. Dort hatte er eine Weile gesessen und die Stadt betrachtet. Anschließend war er hinuntergestiegen und zum Griffith-Park gefahren, wo er stundenlang herumgestreift war und den Rasen genossen hatte. Er war nicht nach Hause gefahren, bevor er sicher sein konnte, dass Bobby bereits losgefahren war. Wahrscheinlich hätte er ihm nämlich, so unvorsichtig, wie er zu diesem Zeitpunkt noch war, sofort von der Sache im Fitnessstudio erzählt.

Nein, es ist schon besser, wenn er erst in zwei oder drei Tagen davon erfährt. Dann bin ich wieder auf dem Damm, und alles ist Schnee von gestern. Bobby konnte schließlich ins World oder Gold oder eines der anderen Studios der gehobenen Kategorie gehen, wenn er trainieren wollte. Für ihn würde es keinen großen Verlust bedeuten, woanders hinzugehen.

»Tad, mein Lieber, es wird langsam Zeit, den transportablen Doktor auszupacken«, sagte er laut, »und sich zu einem längeren Schläfchen auszustrecken.«

22

Quantico, Virginia

Michaels zog zwei Dollarmünzen hervor und warf sie in den Soft-Drink-Automaten. Dann betätigte er die mit »Coke« gekennzeichnete Taste. Während die angewählte Flasche in den Schacht polterte und nach vorn rollte, rasselte das Wechselgeld in die Rückgabeschale. Es hatte es sich fast völlig abgewöhnt, dieses kohlensäurehaltige Zuckerzeug zu trinken, aber hin und wieder erlag er doch den Verlockungen. Sein Vater hatte es auch geliebt und meist drei oder vier Flaschen pro Tag getrunken.

Für ihn brachte es schöne alte Erinnerungen an seine Kinderzeit zurück, wenn er sich hinsetzen und an einer Flasche Cola nuckeln konnte.

Er zog die Coke heraus und steckte das Wechselgeld wieder in den Automaten. Anschließend warf er noch einen Dollar nach und blickte Jay Gridley an.

»Klub Soda«, beantwortete Jay die unausgesprochene Frage.

Michaels drückte auf den entsprechenden Knopf. Drei Dollar für zwei Soft-Drinks. Glatter Wucher.

»Also können wir mit keiner anderen Story über Max und Moritz aufwarten als der, dass die beiden als Teenager vor zwanzig Jahren an der gleichen Konferenz teilgenommen haben?«

Jay nahm seine Flasche in Empfang, hebelte den Kronkorken ab und trank erst einmal, bevor er antwortete.

»Nee. Ich weiß, dass es da etwas geben muss, ich kann nur noch nicht den Finger drauf legen.«

»Na ja. Umbringen brauchen Sie sich deswegen nicht gleich. Wahrscheinlich hat das alles sowieso nichts zu bedeuten. Wir sollten uns vielleicht besser auf diese Drogenangelegenheit konzentrieren. Wenn wir gefunden haben, wonach die suchen, haben wir sie von der Pelle. Hat es in dieser Richtung denn irgendwelche neuen Erkenntnisse gegeben?«

»Nichts, was der Erwähnung wert gewesen wäre. Die örtliche Polizei bevölkert derzeit zusammen mit den Leuten von der DEA Zeiglers Anwesen. Schließlich muss er die Droge ja irgendwo herbekommen haben. Jetzt haben sie sich darauf versteift, dass sie in punkto Zeigler nur weit genug zurück recherchieren müssen, um auf etwas zu stoßen.«

»Und Sie sind nicht dieser Ansicht?«, fragte Michaels

und nahm einen Schluck Cola. Okay, das Zeug mochte zwar schlecht für einen sein, aber manchmal war es eben unerlässlich, auch einmal sündigen zu dürfen. Schließlich rauchte er nicht, und bis auf ein gelegentliches Glas Bier oder Wein trank er auch keinen Alkohol. Er ernährte sich im Großen und Ganzen ausgewogen und absolvierte seine täglichen Übungen. Also würde ihn eine Flasche Coke hier und da schon nicht umbringen.

Berühmte letzte Worte.

»Kann sein«, räumte Jay ein, »aber wetten würde ich nicht darauf. Ein Typ wie der wird mit ziemlicher Sicherheit als angesagter Filmstar nicht mit seinen Verbindungen hausieren gegangen sein. Mich jedenfalls würde es mehr als nur überraschen, wenn er in seinem Adressbuch tatsächlich einen Eintrag unter dem Suchwort ›Drogendealer‹ hätte.«

Michaels zuckte die Achseln. »Wie können wir dem Dealer denn sonst auf die Spur kommen? Sollen wir etwa so lange warten, bis der Nächste durchdreht, und dann dessen Lebenslauf zurückverfolgen?«

»Darauf brauchen wir nicht erst zu warten«, verkündete Jay. »Offenbar ist gestern Abend jemand in ein Sportstudio in Santa Monica spaziert und hat es total verwüstet. Dabei hat er drei Typen, von denen jeder Einzelne größer als Herkules war, herumgeschleudert wie die Kodderpuppen, als sie ihn daran hindern wollten, die Empfangsdame zu begrapschen. Dabei war diese Dame selbst auch alles andere als schmächtig, wie man hört. Anschließend hat er noch ein paar Türen eingetreten, Löcher in die Wände gehauen und all so etwas.«

»Hat die Polizei ihn geschnappt?«

»Nee. Hat sich absetzen können. Aber wir haben eine Personenbeschreibung – er soll sich laut Zeugenaussage wie ein Beatnik angehört haben – und eine von der Polizei angefertigte Phantomzeichnung.«

Jay grinste, und auch Michaels musste unwillkürlich schmunzeln. Phantomzeichnungen der Polizei sahen eine aus wie die andere und hatten in den seltensten Fällen irgendwelche Ähnlichkeiten mit den Typen, die sie darstellen sollten.

»In den Berichten wird erwähnt, dass sich der Typ, nachdem er alles aufgemischt hatte, auch die Überwachungsanlage vorgenommen haben soll. Er hat das Aufzeichnungsgerät der Kamera herausgerissen und sich anschließend mit der Festplatte aus dem Staub gemacht.«

Michaels dachte ein paar Sekunden über diesen Tatbestand nach. »Also war er zumindest nicht so high, dass er vergessen hätte, sich den Rücken frei zu halten?«

»Möglicherweise. Allerdings ist auch die Möglichkeit nicht auszuschließen, dass sich etwas auf der Festplatte befand, woran er ein besonderes Interesse hatte. Dabei dürfte es sich jedoch wahrscheinlich weniger um ihn selbst gehandelt haben. Der polizeilichen Anzeige nach beschwören nämlich sämtliche in diese Sache verwickelten Personen übereinstimmend, dass sie sich an den Typ erinnert hätten, wenn er zuvor schon einmal dort gewesen wäre. Der Kerl war dürr wie ein Zahnstocher. So etwas merken sich Bodybuilder. Dass dieser Schwächling von kaum fünfzig Kilo eine solche Randale veranstaltet hat, macht die Sache nur umso interessanter. Die Bodybuilder mochten es einfach nicht glauben. Ich denke, hier zeichnet unser Freund Mr. Violette Kapsel verantwortlich … oder es handelt sich um einen schier unglaublich großen Haufen von Zufälligkeiten.«

»Na gut. Aber wie bringt uns das weiter?«

»Nun, wir wissen jetzt jedenfalls schon einmal so viel wie sicher, dass drei der Kunden des Dealers in oder um L.A. leben. Das reiche Mädchen, der tote Filmstar und die Wiedergeburt eines Beatnik. Ich vermute demnach, dass unser Dealer viel für ein Leben im Sonnenschein übrig hat.

Die Verfallszeit dieser Designerdroge ist verdammt kurz. Die Kapsel ist schon nach einem Tag etwa hinüber. Damit hatte der Zee-ster sehr wenig Zeit, sich das Zeugs selbst zu beschaffen und dann auch noch an das reiche Mädchen weiterzureichen. Anschließend wäre den beiden kaum noch genug Zeit genug geblieben, selbst eine Kapsel zu nehmen. Je weiter der Dealer also entfernt ist, desto kleiner wird das Zeitfenster, in dem die Droge wirksam ist.«

Michaels nickte. »Okay. Jetzt bleiben wir einmal bei der Hypothese, dass der Kerl möglicherweise im Dunstkreis von Los Angeles lebt. Wie sollte uns dieses Wissen dann weiterbringen?«

»Zumindest grenzt es die Suche ein wenig ein. Ich kann sämtliche Chemiefabriken und Geschäfte für Labor- und Chemikalienbedarf überprüfen, ich kann mir die Listen vorbestrafter Drogendealer ausdrucken und so etwas in dieser Art. Vielleicht finden die Cops auch etwas über die Reisen des verblichenen Mr. Zeigler heraus.«

»Ich denke«, sagte Michaels, »jetzt ist jede Richtung, in der wir suchen, so gut oder schlecht wie eine andere.«

Jay nahm einen weiteren Schluck aus der Flasche Klub Soda. »Gibt es denn irgendwelche Neuigkeiten über die Droge selbst? Hat die Analyse der sichergestellten Kapsel etwas gebracht?«

Michaels runzelte die Stirn. *Scheiße!* Er hatte das Ding einfach in die Tasche gesteckt und anschließend völlig vergessen. Sie steckte immer noch in der Tasche der Hose, die jetzt mit einem großen Haufen Kleidung auf dem Boden seines Wäscheschranks lag. Nun konnte er nur hoffen, dass Toni die Sachen noch nicht in die Wäscherei gegeben hatte.

Bei diesem Gedanken musste er lächeln. Der einzige Weg, Toni zu motivieren, sich um seine Wäsche zu kümmern, war der, sie ausdrücklich darum zu bitten, und genau das hatte er nicht getan. Die Hose würde also immer noch da sein, wenn er nach Hause kam. Sie hatte schließlich keinen Vertrag als Hausmädchen unterschrieben, was sie ihm kurz nach der Hochzeit auch recht unmissverständlich klar gemacht hatte. Aber es war auch nicht so, dass er etwas anderes von ihr erwartet hätte.

»Boss?«

»Nichts. Ich meine, mit der Kapsel ist nichts herausgekommen, weil ich bislang noch keine Gelegenheit hatte, sie ins Labor zu bringen.«

Jetzt war es an Jay, mit den Schultern zu zucken. »Ich habe die Auflistung der DEA über die enthaltenen Drogen, die sie noch identifizieren konnten. Die werde ich jedenfalls als Ausgangspunkt nehmen. Wenn der Typ clever ist, wird er die Substanzen so weit wie möglich von seinem Wohnsitz entfernt einkaufen und bar bezahlen. Aber mit letzter Sicherheit kann man so etwas ja nie wissen. Manchmal sind es eben die ganz kleinen Fehler, die einem den Hals brechen. Erinnern Sie sich noch an Morrison, den HAARP-Typ?«

Michaels nickte. Wie hätte er ihn auch jemals vergessen können? »O ja. Ich erinnere mich noch gut an ihn.«

»Er hatte alles von Wichtigkeit bis ins Detail ausgearbeitet und ist dann über so etwas Simples wie einen Nachtwächter zu Fall gekommen. Er und die ganze Watergate-Clique.«

»Nun gut, Jay. Tun Sie alles in ihrer Macht Stehende, und halten Sie mich bitte auf dem Laufenden.«

»Versteht sich von selbst, Boss.«

Michaels warf einen Blick auf die Uhr. Kurz vor Mittag. Vielleicht sollte er jetzt erst einmal hinunter in den Gymnastikraum gehen und ein wenig trainieren. Auf diese Weise konnte er die Mittagspause nutzen und brauchte alles nicht noch einmal durchzuziehen, wenn er nach Hause kam und Toni ihn aufforderte, als Erstes seine Silat-Übungen zu absolvieren. Sie nahm ihn nämlich härter ran als er sich selbst, doch wenn er ihr sagte, dass er seine *djurus* für diesen Tag bereits erledigt hatte, würde sie ihn in Ruhe lassen.

Newport Beach, Kalifornien

Drayne verließ die Beerdigung ziemlich deprimiert.

Die Messe war genauso zuckersüß gewesen, wie er es erwartet hatte. Der alte Priester, wenn er sich überhaupt noch an Creepy erinnern konnte, schaffte es lediglich, sich in Banalitäten und Allgemeinplätzen zu ergießen, und ließ selbst dabei keinerlei Gelegenheit aus, Seelenrettung zu betreiben. Weder Edwina noch ihr Mann Pat schafften es aufzustehen, vor die Versammelten zu treten und etwas zu sagen, doch Creepys Schwestern und seine Exfrau trugen einige sehr persönliche Dinge vor, die zugleich rührend und überraschend waren. Drayne hatte beispielsweise keine Ahnung davon gehabt, dass Creepy über eine beachtliche Sammlung von Star-Wars-Karten verfügt und eine Fußball-Jugendmannschaft in Utah trainiert hatte.

Die anschließende Prozession zum Friedhof und die Beisetzung in der Familiengruft waren auch alles andere als erbaulich gewesen. Als er vor dem offenen Grab stand, hatte Drayne ganz plötzlich ein Déjà-vu-Erlebnis. Blitzartig hatte er eine andere Beerdigung vor dem geistigen Auge, zu der er mit zehn oder elf Jahren gegangen war und die er völlig verdrängt hatte.

Ein Junge namens Rowland, der rund ein Jahr jünger als Drayne gewesen war und ein paar Häuser weiter auf der gegenüberliegenden Straßenseite gewohnt hatte, war bei einem grauenhaften Unglück ums Leben gekommen. Rowlies Vater arbeitete damals auf einem kleinen Privatflugplatz ganz in der Nähe. Eines Sonntags hatten Rowland und seine beiden Brüder den Vater zum Flugplatz begleitet und zwischen den Hangars Nachlaufen gespielt.

Irgendwie war Rowland einem kleinen Motorflugzeug, das sich auf dem Weg zum Start befand, in den Weg gelaufen. Der Propeller der Maschine hatte ihn erfasst und auf der Stelle getötet. Der Sarg war geschlossen geblieben, weil er fast enthauptet und in kleine Stücke zerfetzt worden war. Wenigstens war das der Grund, den man Drayne genannt hatte.

Herrgott! An einen anderen Todesfall erinnert zu werden war so ziemlich das Letzte, was er gebrauchen konnte, während Creepy auf den Boden des Grabes gesenkt wurde.

Es war keine offizielle Totenfeier angesetzt worden, doch waren Familienmitglieder und Freunde eingeladen worden, bei Edwina und Pat einzukehren, was Drayne schlecht ablehnen konnte. Was sagte man in solchen Situationen eigentlich? Da standen die Leute herum, tranken Kaffee oder Tee und sprachen über den Verstorbenen, als wäre er lediglich auf eine Art Reise gegangen.

Drayne verabschiedete sich so früh, wie es der Anstand zuließ. Sein Vater war beschäftigt. Er hatte die Organisation in die Hand genommen und sorgte dafür, dass alles glatt lief. Sie hatten einander nicht mehr viel zu sagen, er und sein alter Herr. Genau genommen war das immer schon so gewesen. Der Alte hat nie viel von seinem einzigen Sohn gehalten und schien nie auch nur das geringste Interesse an dem gehabt zu haben, was er tat. Stets hatte er nur eines erwartet, nämlich Perfektion. Einmal hatte Drayne ein Zeugnis mit fünf Einsen und einer Zwei nach Hause gebracht. Doch wie war der Kommentar seines Vaters ausgefallen? Nicht etwa: »He, toll gemacht! Gratuliere!« Nein. »Warum die Zwei?«, hatte er gefragt. »Du musst dir mehr Mühe geben.«

Einmal, als er etwa zwölf Jahre alt gewesen war, hatten sie seine Großmutter im Valley besucht. Bei der Gelegenheit war er über einige alte Fotoalben gestolpert und hatte sie durchgeblättert. In einem davon hatte er ganz hinten einen Umschlag mit den Zeugnissen seines alten Herrn gefunden. Der Mistkerl hatte wirklich in der gesamten Zeit auf der Highschool ausschließlich Einsen gehabt! Er war der Examensredner seiner Abschlussklasse gewesen, bevor er aufs College und von dort auf die Justizakademie und später zum FBI gegangen war. Lieber Himmel. Jetzt konnte Drayne dem alten Bastard noch nicht einmal vorhalten, dass er ihm gegenüber höhere Anforderungen stellte, als er selbst erfüllt hatte.

O ja. Drayne war ein Hexenmeister der Chemie gewesen. Sie hatte sich praktisch als seine naturgegebene Begabung erwiesen. Darüber hinaus hatte er jedoch genügend Intelligenz vorzuweisen gehabt, auch in den anderen Fächern gut abzuschneiden, ohne großartig büffeln zu müssen. Andererseits hatte er nie eingesehen, weshalb er sich abrackern sollte, um Dinge wie Gedichte auswendig zu lernen, wenn er von vornherein wusste, dass so etwas nie zu einem Bestandteil seines späteren Lebens werden würde. Wer gab denn schon einen Pfifferling dafür, wenn man wusste, was ein Gerundium oder ein erweiterter Infinitiv war? Gleiches galt für griechische Geschichte oder die genauen Namen der einzelnen afrikanischen Staaten. Drayne wollte Chemiker werden und hatte vor, ein Vermögen damit zu verdienen, indem er mit genau den Sachen herumzuspielen gedachte, mit denen er auch wirklich herumspielen wollte, und dann zum Teufel mit dem ganzen Rest.

Nein, sein Vater und er hatten sich nie verstanden, so lange er zurückdenken konnte. Dennoch konnte er sich nicht gegen das perverse Gefühl zur Wehr setzen, ihm immer wieder aufs Neue beweisen zu müssen, wie kompetent er war. Genau das war aber alles andere als einfach. Das Gebiet, auf dem er die größte Kompetenz besaß, war die Rezeptur illegaler Designerdrogen, und sein Vater hielt sich für einen Eckpfeiler eben jener Gesetzesdurchführungsorgane, deren Bestreben es war, solche Typen wie ihn hinter Gitter zu bringen.

Die Fahrt zurück nach Malibu war angenehm und sonnig. Der Nebel hatte sich längst verzogen, und die Verkehrsdichte hielt sich in erträglichen Grenzen. Doch weder das Wetter noch der ruhige Verkehr schafften es, seine Stimmung zu heben.

Tad hatte er weder im Laufe der Nacht noch am Morgen zu Gesicht bekommen, was den Schluss nahe legte, dass er auf einen neuen Hammer-Trip gegangen war, obwohl Drayne ihm dringend davon abgeraten hatte. Im Grunde war der Hammer der Hauptgrund für Tad, morgens überhaupt aufzustehen. Der Mann war ein Vollzeitsüchtiger und besser als jeder andere, den Drayne kennen gelernt hatte, in der Lage, seine Arzneimittel zu mischen und aufeinander abzustimmen, sodass sie genau seinen Bedürfnissen gerecht wurden. Für Tad war Thor der ultimative Party-Kumpel, ja praktisch so etwas wie der Freund, nach dem er ein Leben lang gesucht hatte. Aber Thor würde auch der Kerl sein, der ihn letzten Endes umbrachte.

Andererseits war Tad ziemlich zuverlässig, wenn auch auf seine Weise. Sollte er also tatsächlich wieder eine der Kapseln geschluckt haben, so würde er das erst getan haben, nachdem er die Aufgaben abgehakt hatte, zu deren Erledigung Bobby ihn losgeschickt hatte. Es war nur sehr selten vorgekommen, dass Tad nach Hause kam und nicht genau das getan hatte, was Drayne ihm aufgetragen hatte. In den eher seltenen Fällen, in denen es doch passierte, geschah es stets aus Gründen, auf die Tad keinen Einfluss gehabt hatte.

Im Grunde hatte er keine Ahnung, weshalb Tad eine solche Bedeutung für ihn besaß. Irgendwann waren sie sich einmal auf geschäftlicher Ebene begegnet, und etwas an diesem dünnen Kerl in seinen schwarzen Klamotten hatte in Drayne eine Saite zum Klingen gebracht. Ganz bestimmt war das nichts auf sexueller Ebene gewesen, denn sie waren beide Heteros. Allerdings war Tad jederzeit bereit, eine Muschi für einen Drogentrip sausen zu lassen, zumindest in den meisten Fällen. Man konnte auch nicht gerade sagen, dass er der richtige Partner für eine prickelnde Unterhaltung gewesen wäre oder über einen brillanten Intellekt verfügt hätte. Aber er war loyal und hielt Drayne für ein Genie. Außerdem brachte er die Jobs, die man ihm gab, zu Ende. Wenn er also durch den Hammer im Schein einer dionysischen Glorie hinausgehen wollte, war das schon in Ordnung, denn im Grunde war Tad so ziemlich der einzige wirkliche Freund, den Drayne hatte. Wenn man illegale Drogen herstellte und in den Verkehr brachte, öffnete einem diese Tätigkeit nicht gerade Tür und Tor zu engen Freundschaften mit rechtschaffenen Leuten. Wenn Tad abkratzte, würde sein Tod ein tiefes Loch in die Liste der Menschen reißen, in deren Gegenwart Drayne sich entspannen konnte.

Natürlich hatte er andererseits genug Geld beisammen, dass ihn so etwas, wenn er es richtig anlegte, für den Rest seines Lebens nicht mehr zu interessieren brauchte. Sollte das mit den Tausend-Dollar-pro-Stück-Verkäufen noch ein Jahr weitergehen, wäre er ein gemachter Mann. Dann konnte er praktisch in Rente gehen, wann immer ihm der Sinn danach stand. Ebenso bestand für ihn die Möglichkeit, sich einer besseren Gesellschaftsschicht anzuschließen und Freundschaften mit Menschen zu suchen, die davon ausgehen würden, dass es sich bei ihm um einen Millionär handelte, der sein Geld mit Dotcom-Internetfirmen gemacht, einen Hit auf dem Aktienmarkt gelandet oder sonst etwas geschafft hatte, das ihm ihre Wertschätzung einbrachte. Kurz, er würde völlig legal, und ohne dauernd über die Schulter blicken zu müssen, ein Leben in der Öffentlichkeit führen können.

Dieser Gedanke ließ ihn grinsen. Yeah, das könnte er durchaus. Aber würde er es auch wollen?

Nein. Eher würde ein Eiswürfel in einer Supernova überleben, als dass er Spaß an einem solchen Leben fände. Es war nämlich nicht das Geld allein, sondern weit mehr das Spiel, dessen Reiz er so sehr genoss. Die Möglichkeit, genau das zu tun, was er im Moment tat, und dies auch noch weit besser als jeder andere, und dabei ungeschoren davonzukommen, das zählte. Zum Teufel, wenn er tatsächlich Lust auf ein derartiges Leben hätte, bräuchte er nur seine Formeln und Rezepturen zu nehmen und damit bei Pharmaunternehmen vorstellig zu werden. Die würden sich gegenseitig überbieten, um ihn mit Geld überhäufen zu dürfen.

Eine Menge dessen, was Drayne entdeckt und entwickelt hatte, gehörte zu den Dingen, nach denen selbst die Pharmagiganten teilweise schon seit Jahren forschten. Was machte man beispielsweise mit einem Patienten, der unter Muskelschwund litt, ans Bett gebunden war und dem es von Tag zu Tag schlechter ging? Was würde es ihm wert sein, in seinen letzten Tage ein gewisses Maß seiner früheren Mobilität zurückzugewinnen? Oder was wäre mit einem Typ, der ihn nicht mehr hoch bekam und bei dem Viagra nicht eingesetzt werden durfte? Wie viel würde der wohl für eine Erektion hinblättern, die so stark wäre, dass sein bestes Stück in der Brise zu summen begänne? Was, wenn einem der Eignungstest für eine Hochschule bevorstünde? Wäre es dann nicht schön, wenn man für ein paar Stunden einen um fünfzehn Punkte höheren IQ zur Verfügung hätte? Das Zeugs, mit dem Drayne arbeitete, schaffte das alles und sogar noch ein bisschen mehr.

Er hätte schon vor langer Zeit für solche Typen arbeiten können, wobei es ausreichend gewesen wäre, ihnen auch nur einen kleinen Teil dessen anzubieten, wozu er fähig war. Schon dann hätten sie ihm die Füße geküsst und einen Blankoscheck angeboten, nur um es zu bekommen. Aber bei so etwas fehlte ihm die Herausforderung, die es mit sich brachte, eben nicht den geraden Weg zu gehen.

Oder anders ausgedrückt: eben nicht so zu sein wie sein Vater.

Er seufzte. Er war klug genug, sich selbst gegenüber zuzugeben, dass er ein wenig verdreht war, wenn es um dererlei Dinge ging. Er hatte auch einige Bücher über Psychologie gelesen und wusste so ziemlich alles über den Ödipuskomplex und solchen Mist. Aber er war nun einmal der, der er war. Wie er es auch bis hierhin geschafft haben mochte, er war seinen Weg gegangen und hatte vor, ihn auch weiterzubeschreiten. Auf Teufel komm raus.

Herrgott noch mal, stand er unter Dampf. Er fühlte sich wie eine aufs äußerste gespannte Feder. Vielleicht sollte er auf dem Weg nach Hause kurz im Sportstudio Halt machen, ein paar Gewichte stemmen und die Spannung abbauen. Er würde sich anschließend ganz sicher erheblich besser fühlen. Ein gutes, hartes Training war die beste Medizin gegen eine Menge Dinge, die mit Stress und Verspannung zu tun hatten, und würde ihn ähnlich sanftmütig stimmen wie ein guter Champagner.

Yeah. Genau das sollte er tun. Es würde ihm die Entspannung verschaffen, die er brauchte.

23

Malibu, Kalifornien

Drayne konnte sich nicht erinnern, wann er zum letzten Mal so sauer gewesen war. Er packte das Steuer seines Mercedes mit einer Gewalt, die ausgereicht hätte, es zu zerbrechen, und wünschte sich dabei, es wäre Tads verfluchter Schädel.

Herr im Himmel!

Als er zu Hause ankam, war er wieder ein wenig ruhiger. Zumindest hatte er etwas Abstand gewonnen und, noch während er in die Garagenauffahrt einbog und den Motor abstellte, zu einer fast fatalistischen Einstellung zurückgefunden. Im Grunde hatte er immer damit gerechnet, dass eine solche Möglichkeit bestand. Allerdings hatte er nicht damit gerechnet, dass diese Situation jemals wirklich eintreten würde. Er war bislang viel zu clever gewesen, als dass die Plattfüße ihn hätten schnappen können. Er hatte ihnen sogar Hinweise geliefert, und selbst damit hatten sie es nicht geschafft. Leider besaß Tad diese Cleverness nicht. Und diesmal war er wirklich ins Fettnäpfchen getreten.

Er fand Tad wie tot auf der Couch liegend vor, und selbst nachdem Bobby einen Krug Eiswasser über ihm ausgeleert hatte, kam er nicht auf die Beine. Das einzige Lebenszeichen bestand darin, dass er irgendetwas murmelte.

Drayne fing an, ihm Ohrfeigen zu versetzen. Erst als ihm schon langsam die Hand müde wurde und zu schmerzen begann, wurde Tad halbwegs wach.

»Was ist los?«

»Du Idiot! Du hast *keine* Ahnung, was du da angestellt hast, oder?«

»Was denn?«

»Das Sportstudio! Du hast den ganzen Fitnessladen zertrümmert! Ich habe auf dem Rückweg dort angehalten, um ein bisschen zu trainieren, und niemanden getroffen, der nicht über diese Sache geredet hätte! Selbst wenn ich dich nicht selbst hingeschickt hätte, wäre es für mich kaum mehr als eine Fingerübung, dich nach den Beschreibungen, die sie abgegeben haben, zu identifizieren! Du Volltrottel!«

Noch völlig groggy richtete Tad sich auf und rieb sich übers Gesicht. »Ich bin ja klatschnass!«

»Wenigstens das hast du begriffen. Gott sei es gepriesen.«

»Ich versteh das alles nicht, Bobby. Ich habe die Festplatte aus dem Sicherheitscomputer. Der Job ist erledigt. Wir sind frei und unbehelligt. Niemand kann jetzt zwischen uns und Zeigler eine Querverbindung herstellen. Es gibt nichts mehr, das beweisbar wäre.«

»Du blickst wirklich nicht durch, stimmt's?« Drayne ließ sich neben seinen Partner auf die Couch fallen. Von einem Augenblick zum anderen tat Tad ihm Leid. Er vergaß immer wieder, dass die meisten Menschen nicht über seine Power verfügten, wenn es darum ging, die grauen Zellen auf Trab zu bringen. »Allem Anschein nach hatten die bewusstseinserweiternden Komponenten noch nicht ihre volle Wirkung entfaltet, als du Atlas' Schwester befummelt hast. Jetzt denk doch mal nach.«

Tad schüttelte den Kopf. Er konnte immer noch nicht folgen.

»Pass auf. Ich weiß, dass du müde und noch high bist. Normalerweise würde ich dich auch weiterschlafen lassen. Aber der Zeitfaktor hat sich leider zu einem Problem ausgewachsen. Du hast einen Fehler gemacht.«

»Versteh ich nicht. Die wissen doch gar nicht, wer ich bin. Können die auch nicht wissen.«

»Okay. Dann werde ich es dir erklären.« Er blickte Tad an. Der leibhaftige Tod hätte neben ihm ausgesehen wie das blühende Leben. Er erkannte, dass er ganz langsam vorgehen musste, wollte er sicherstellen, dass Tad ihm folgen konnte. »Ich will dir mal eine Geschichte erzählen. Lehn dich ganz entspannt zurück und hör gut zu.«

Tad nickte.

»Als ich in der Mittelstufe war, mussten wir an einem Kunst-und-Werken-Kurs teilnehmen. Drei Monate lang hat man versucht, uns im Schnelldurchgang alles über Musik, Kunst und Sprache beizubringen. Dann folgte ein ebenfalls drei Monate dauernder Kurs, in dem wir Malen, Werken und Musikunterricht hatten.

Also, am ersten Tag, an dem ich in die Musikgruppe ging, sagte die niedliche alte Mrs Greentree, die bestimmt schon hundertfünfzig Jahre alt war, wir sollten uns setzen, und fragte: ›Was ist die Universalsprache?‹ Natürlich hatte keiner von uns eine Ahnung. Also gab sie die Antwort selbst: ›Musik. Musik ist die universelle Ausdrucksform. Noten in Deutschland sind dieselben wie in Frankreich und Amerika.‹ So weit, so gut. Das hatten wir begriffen. Musik ist also die Universalsprache. Später hatten wir dann die erste Stunde des zweiten Blocks, der sich als Kunstunterricht herausstellte. Den gab ein Coach. Damals wurde noch jeder männliche Lehrer an dieser Schule als Coach bezeichnet.

Also, wir saßen da, und der Coach fragte: ›Okay. Was ist die universelle Sprache?‹

Da ich nun einmal so bin, wie ich bin, gerade etwas Neues gelernt hatte und ihn beeindrucken wollte, ließ ich meine Hand nach oben schnellen, und der Coach grinste mich an. ›Ja?‹

›Musik, Coach‹, sagte ich. ›Musik ist die universelle Sprache!‹

Der Coach bekam daraufhin fast einen Lachkrampf. ›Musik?! Hah! Musik ist ganz sicher nicht die universelle Ausdrucksform, du Gimpel, sondern *Bilder* sind es. Stell dir mal vor, du bist in China und willst einen Chinesen fragen, wo die Toilette ist. Was machst du dann? Willst du ihm die Frage vor*singen*? Etwas in der Art von: Oh, du Chinesenmann, zeig mir, wo ich pinkeln kann, la, la, la, la …? Mensch, Sohnemann, werd doch endlich wach! Du zeichnest ihm ein *Bild* vom Örtchen, das du suchst! Musik! Hah!‹

Ein paar Jahre später wurde bei einem Mathematik-Kurs dieselbe Frage gestellt, und was glaubst du, das passierte? Diesmal hielt ich wohlweislich die Klappe und meine Hand unten. Das Gleiche geschah noch einmal, als wir in den Computer-Grundkurs kamen. Musik, Bilder, Mathematik, binäre Systeme, alle nahmen für sich in Anspruch, die universelle Ausdrucksform beziehungsweise Sprache zu sein.«

Drayne schwieg und blickte auf Tad, der nur den Kopf schüttelte.

»Na gut. Und worauf willst du hinaus?«

»Auf den *Kontext*, Tad. Der Kontext, oder anders formuliert der Zusammenhang ist das, was hier zählt.« Er sprach ganz langsam, so als unterhielte er sich mit einem zurückgebliebenen Kind. »Nicht das, was gesagt oder getan wird, sondern *wo* und *wann* etwas geschieht, ist von entscheidender Bedeutung.«

Tad runzelte die Stirn, und Drayne erkannte, dass er es immer noch nicht begriffen hatte.

»Dann werde ich dir noch eine Geschichte erzählen.«

»Lieber Himmel, Bobby. Okay, ich kann ja verstehen, dass du sauer bist ...«

»Halt den Rand, Tad. Es war einmal ein Typ, der als Rausschmeißer in einem Striptease-Lokal arbeitete. Eines Nachts ging er zusammen mit ein paar Freunden zu einem Heavy-Metal-Rockkonzert. Du weißt schon, welche Art: Schlägertypen, primitive Rockmusik, eine Unmenge Menschen, die dicht bei dicht stehen und von denen die Hälfte entweder high oder besoffen ist. So um die Mitte des Konzerts kommt ein Mädchen, das auf den Schultern ihres Freundes hockt, plötzlich auf die Idee, ihr Top auszuziehen und sich der Menge, der Band oder wem auch immer oben ohne zu präsentieren.«

»Hab ich schon ein paarmal selbst gesehen«, warf Tad ein, um zu zeigen, dass er Bobbys Geschichte folgte.

»Na prima. So ist es auch unserem Freund, dem Rausschmeißer, gegangen. Keine große Sache also. Normalerweise läuft so eine Einlage auch immer nach dem gleichen Muster ab: Das Mädchen lässt die Möpse tanzen, zieht sich dann das Top wieder über den Kopf, und alle Beteiligten fanden es eine tolle Einlage. Aber das war's dann auch. Diesmal langte ihr Freund jedoch hoch, während sie oben ohne war, griff nach ihren Brüsten und begann, sie zu massieren. Nein, sie hat seine Hände nicht etwa weggestoßen, sondern angefangen zu lachen. Bevor sie sich's versah, war sie von ihrem Ross heruntergezogen und von dreißig Heavy-Metal-Fans umringt. Wir reden hier von Mob-Mentalität, und die Atmosphäre stank enorm nach Ärger. Mein Freund, der Rausschmeißer, war zu sehr eingekeilt, als dass er noch hätte helfen können, und die Menge stand so dicht gedrängt, dass auch die Leute vom Sicherheitsdienst keine Chance hatten, an den Ort des Geschehens durchzukommen. Das Mädchen verschwand also einfach in der Menge.

Glücklicherweise nahm sie keinen größeren Schaden, sah man einmal davon ab, dass sie herumgereicht und befummelt wurde und ihre Brustwarzen am Ende ganz wund waren. Schließlich ließ man sie laufen, gab ihr die Kleider zurück, und Ende der Geschichte.

Was meinst du, Tad, wer war schuld daran, dass sie betatscht wurde?«

»Na sie. Hätte sie halt ihr Top anbehalten.«

»Ja. Aber es wäre auch nicht dazu gekommen, wenn die Leute sich nicht betrunken oder Drogen genommen hätten oder zu einem Rockkonzert gegangen wären. Man sollte immer in beide Richtungen blicken, wenn man eine Straße überquert. Nein, Tad. Schuld war vor allem ihr Freund, weil er das Mädchen in Verlegenheit gebracht hat, und erst an zweiter Stelle das Mädchen, das alles nur noch schlimmer machte, weil sie sich nicht dagegen wehrte.

Schau mal. Sobald er die Hände auf ihre Brüste legte, hätte sie ihn treten sollen. Die Botschaft, die impliziert wird, wenn sich jemand auf solche Art und Weise exhibitionistisch verhält, ist eindeutig: ›Hinsehen erwünscht, Berühren verboten!‹ Als der Freund diese Regel brach, gingen alle anderen automatisch davon aus, dass ein Mädchen, das so etwas in aller Öffentlichkeit zuließ, auch willens war, über das Hinsehen hinaus das Berühren zuzulassen. Da sie offenbar nichts dagegen hatte, dass andere außer ihr selbst an ihren Brüsten herumspielten, bediente man sich eben selbst.«

»Das war aber nicht richtig.«

»Nee, das war's auch nicht. Berücksichtigt man aber die Begleitumstände mit einem Haufen aus dem Mund stinkender, unter Drogen stehender Schlägertypen, kannst du wohl nachvollziehen, wie es dazu oder zu sogar noch Schlimmerem kommen konnte. Da hast du es: Wie Dinge sein *sollten* und wie sie sich dann *tatsächlich* ergeben. Egal, ob es dir gefällt oder nicht, aber du hast dich in Gefahr begeben, als du ignoriert hast, wie die Dinge wirklich standen.«

»Willst du mir damit klar machen, dass ich Scheiße gebaut habe, obwohl ich das Beweisstück verschwinden ließ, und dass ich durch mein Verhalten etwas Neues losgetreten habe?«

»Das ist genau das, was ich dir klar machen wollte. Sieh zu, dass du hier bei mir untertauchst. Die Polizei und die Feds werden längst *wissen*, dass du den Hammer intus hattest. Anders ist es nämlich gar nicht zu erklären, dass du abgebranntes Streichholz es geschafft hast, einem ausgewachsenen Steroidfresser so in den Arsch zu treten, wie du es getan hast. Außerdem war auch die Razzia bei Zeigler eine große Sache. Zumindest in den Köpfen der Cops. Jetzt brauchen die nur noch ein bisschen tiefer zu graben, und schon stolpern sie darüber, dass Zeigler bei Steve trainiert hat – und *zack!* wird denen die große Leuchte aufgehen. Ich kann mir den Gedankengang schon plastisch vorstellen: ›Hm. Großer Filmstar liefert sich eine Schießerei mit der DEA, und dabei finden die Fahnder auch noch die Superman-Droge in seinem Haus. Dann, nur ganz kurze Zeit später, verwüstet jemand genau das Sportstudio, in dem der Filmstar trainiert hat, und der Typ, der das veranstaltet, stand fraglos unter dem Einfluss genau derselben Superman-Droge. Also, wenn *das* kein merkwürdiger Zufall ist?‹ Als Nächstes wird dann jemand … jemand beim FBI oder der hiesigen Polizei … sich die Preisfrage stellen: Warum? Warum ist der Typ – die Rede ist von dir, mein Lieber –, also, warum ist dieser Typ da rein marschiert und hat das Aufzeichnungsgerät der Überwachungskamera geklaut? Das gibt der Sache einen ganz anderen Hintergrund, als wärst du nur dort hineinspaziert, hättest Brunhilde befummelt und ein paar Bodybuilder verprügelt. Als Nächstes werden sie auf den Gedanken kommen: ›Heh, vielleicht befand sich etwas auf der Festplatte, von dem der Typ nicht wollte, dass wir es zu Gesicht bekommen. Was das wohl sein könnte?‹ Dann wird es bestimmt jemanden geben, der die Sache noch einen Schritt weiter treibt und die nächsten Vermutungen anstellt, weil sie wissen, dass der Zee-ster dort trainiert hat. Irgendjemand wird spekulieren: ›Hm. Vielleicht war der große Filmstar mit jemandem in diesem Sportstudio, der nicht gesehen werden wollte?‹«

»Aber die Aufzeichnungen sind doch beim Teufel …«, setzte Tad an.

Drayne schnitt ihm das Wort ab, obwohl seine Stimme dabei ganz ruhig blieb. »Das ist richtig. Gleiches gilt aber nicht für die Leute, die dort arbeiten. Ich kenne Steve, den Besitzer, und er könnte sich durchaus daran erinnern, dass Zeigler bei etlichen seiner Besuche zusammen mit mir dort eintraf und wir auch gemeinsam wieder gegangen sind. Und wenn Steve, Tom, Dick, Harry oder sonst einer von denen, die da arbeiten, sich daran erinnert, wird mein Namen fast zwangsläufig bei einer Unterhaltung mit den Cops oder Feds fallen. Selbst wenn Steve sich *nicht* mehr entsinnen kann, werden die Cops eine Mitgliederliste bekommen und sie auf Querverbindungen hin überprüfen. Zur polizeilichen Grundausbildung, die ich schon auf den Knien meines Vaters gelernt habe, gehört folgender Satz: Wenn du nichts hast, überprüfe *alles*. Früher oder später werden sie anfangen, Leute loszuschicken, die jeden Einzelnen auf der Liste befragen. Pure Routine zwar, aber sie werden irgendwann auch an unsere Tür klopfen, und ich habe einen hübschen Tarnjob, den ich glücklicherweise nicht im Aufnahmeantrag des Sportstudios erwähnt habe. Einen Job, der ganz prima elektronisch aufgebaut und nachvollziehbar ist. Sie werden also nur ein wenig herumstochern müssen, und schon haben sie was Stichhaltiges in der Hand, denn … *Um was für einen Scheißjob handelt es sich dabei, Tad?*«

»Verdammt.«

»Verdammt. Yeah. Ich bin *Pharmazeut*. Wenn du das alles einmal zusammenrechnest, gehen bei dir da nicht alle roten Lampen an und schrillen sämtliche Glocken? Illegale Drogen und ein Pharmazeut? Es gibt auf der Welt sicherlich Abermillionen von Pillendrehern, die in der Forschung tätig sind, aber wie viele von uns trainieren wohl im selben Fitnessstudio wie der tote Kerl, dessentwegen im Augenblick wie wild ermittelt wird? Selbst der dusseligste Cop, der je seine Marke bekommen hat, wird damit etwas anfangen können.

Die Feds gehören bestimmt nicht zu der Organisation, deren Mühlen am schnellsten mahlen, aber diese Mühlen mahlen extrem fein. Mag sein, dass die meisten von ihnen nur Plattfüße sind, aber sie laufen eben überall hin, und wenn die erst einmal so weit gediehen sind, haben sie uns am Arsch. Selbst wenn dieses Haus so sauber sein sollte wie ein frisch gewaschener Operationskittel. Auch wenn sie nicht alles *beweisen* können, werden sie wissen, wer ich bin, und können mir verdammt groben Sand ins Getriebe streuen. Ich werde nicht einmal mehr in der Lage sein, pinkeln zu gehen, ohne dass mir aus der Kloschüssel die Linse einer Unterwasserkamera entgegenblickt.«

Tad schüttelte den Kopf. »Tut mir echt Leid, Mann.«

Drayne schüttelte den Kopf. »Weiß ich doch, Tad, weiß ich. Aber es ist halt passiert. Jetzt bleibt uns nichts anderes mehr übrig, als zu sehen, wie wir Schadensbegrenzung betreiben können.«

»Wie denn?«

Drayne sah ihn an. »Du kennst doch diesen Typ in Texas, unten in Austin, oder?«

»Der Programmierer, der alle zwei bis drei Wochen zwei Kapseln für sich und seine Freundin kauft?«

»Ja, genau den. Ich habe einen Artikel über ihn im *Time Magazine* gelesen. Man hält ihn für ein Genie der Güteklasse, der man zutraut, einen Computer dazu zu bringen, Männchen zu machen und zu bellen wie ein Hund. Alles hat damit angefangen, dass er sich aus lauter Spaß in Sicherheitssysteme gehackt hat.«

»Ja und?«

»Pass auf. Wir werden ihm ein Geschäft vorschlagen. Er tut uns einen Gefallen, und wir versorgen ihn jedes Mal, wenn er anruft, kostenlos.«

»Der Kerl ist doch reicher als König Midas. Der ist der Letzte, der einen finanziellen Anreiz braucht.«

»Aber ich weiß, wie Genies denken«, widersprach Drayne. »Speziell geächtete Genies. Er wird es machen, damit wir in seiner Schuld stehen, und während er es tut, kann er nebenbei auch noch beweisen, dass er seine Fertigkeiten, mit denen alles einmal angefangen hat, immer noch drauf hat. Er wird die alten Muskeln noch einmal spielen lassen und sich noch mal wie ein Bandit fühlen wollen.«

»Und was soll uns das alles bringen?«

»Er wird dafür sorgen, dass wir unsichtbar werden. Also, nimm Kontakt mit ihm auf.«

»Jetzt?«

»Sofort.«

Je länger er darüber nachdachte, desto besser gefiel ihm die Idee. Es könnte klappen. Wenn sie sich nur schnell genug bewegten, würde es sogar definitiv funktionieren.

24

Bagdad, Irak

Der Schweiß rann John Howard in Strömen über das Gesicht.

In der Hitze des Gefechts schafften es die aus Polypropylen und Seide bestehenden Lagen des SIPE-Anzugs nicht, die Ausdünstung des Körpers schnell genug durchzulassen, um den Träger des Anzugs trocken zu halten. Das Gewicht der Keramikplättchen der Panzerung war noch nicht einmal groß, doch sie taten das ihre dazu, eine Kühlung zu erschweren. Selbst in einer lauen Nacht wie dieser war das Schweißband des Helms binnen kürzester Zeit völlig durchnässt, und man sah sich ständig gezwungen zu blinzeln, um den Feuchtigkeitsfilm loszuwerden, der einem immer wieder in die Augen triefte. Die Klarsichtscheibe des Gesichtsschutzes zu öffnen, um ein wenig frische Luft eintreten zu lassen, verbot sich aber von selbst, weil sonst das integrierte Heads-up-Display nicht mehr funktioniert hätte und das Nachtsichtgerät der siebten Generation, das in das Panzerplastikmaterial eingebaut war, ebenfalls nicht.

Das Gute daran war allerdings, dass die Zeit vorbei war, in der die Nacht den bösen Jungs noch Schutz geboten hatte. Die neuste Version des Restlichtverstärkers war so stark, dass man selbst im verschwindend geringen Lichtschimmer einer Stadt am Horizont noch gut sehen konnte und der Fehlfarbencomputer des Anzugs außerdem statt der früheren, verwaschenen, fahlgrünen Darstellung jetzt Farbbilder lieferte. Auch die Explosions-Schutzunterbrecher waren verbessert worden. Sollte heute irgendein Chaot eine Fackel oder eine Blitz-Knall-Granate werfen, würden die Filter innerhalb einer Hundertstelsekunde reagieren und einen vor dem urplötzlichen Licht einer Supernova schützen, das den Träger sonst in weniger als der Dauer eines Herzschlags völlig geblendet hätte. Der Anzug war ein Segen mit Schattenseiten.

»Du kannst rennen, Abdul, aber du kannst dich nicht verstecken«, sagte Howard.

Über den LOSIR-Kopfhörer kam Sergeant Pikes Stimme mit der Frage: »Sir?«

»Vergessen Sie das«, antwortete Howard. Er wechselte den Griff, mit dem er die Tommy-Gun hielt. Sein alter Engelmacher hatte noch den Pistolengriff vorn und eine fünfzig Schuss fassende Trommel. Die scheinbar eine Tonne wiegende Waffe erforderte einige Übung, wollte man sie wirksam einsetzen. Das galt ganz besonders dann, wenn man, wie es bei Howard der Fall war, vor etlichen Jahren von der Army darauf gedrillt worden war, eine Handwaffe stets in einer bestimmten Handstellung zu halten.

»Sir, ich erfasse neun Gegner, die durch die Allee auf Ihrer linken Seite kommen.«

Howards Heads-up-Display bestätigte diese Feststellung. »Verstanden, Sergeant. Also sind hier noch je zwei und einer auf der linken Seite übrig. Warnen Sie die Schützen vor, und erinnern Sie die Soldaten noch einmal daran, dass sie auf ihre Schussfelder Acht geben sollen.«

Die drei anderen Männer bei Howard antworteten nicht. Sie wussten, was sie zu tun hatten.

Howard legte den Sicherungshebel seiner Waffe auf vollautomatisches Dauerfeuer und hob den gerippten Lauf mit seinem Cutts-Dämpfer über den Rand des rostigen Ölfasses, das er sich als Deckung ausgesucht hatte. Das alte Fass machte den Eindruck, als wäre es randvoll mit Ziegelsteinen und Betonbruchstücken, wodurch es mehr als nur eine Deckung war, nämlich ein richtiger Schutz. Es würde ihm eine ausgezeichnete Überlebenschance verschaffen, wenn der Feind ihn ausmachte und unter direkten Beschuss nahm.

Der erste der neun Soldaten erschien am Ende der Allee, und der ganze Trupp blieb sofort stehen, als der Führer die Hand hob und sein Zeichen nach hinten weitergegeben wurde. Er blickte sich um, konnte aber weder Howard noch den Rest seiner Gruppe entdecken und gab anschließend mit der Hand das Zeichen, weiter vorzurücken.

Howard berührte die im Helm eingelassene Steuerung, um das Nachtsichtgerät abzuschalten. Die eben noch wie zur Mittagszeit beleuchtete Szene wurde schlagartig dämmrig, doch es stand noch genügend Umgebungshelligkeit zur Verfügung, um aus den schattenhaften Konturen eindeutig zu identifizierende, feindliche Soldaten werden zu lassen. Er senkte die Augenlider, um die Szene, die sich ihm bot, noch ein wenig dunkler werden zu lassen und seine Pupillen zu zwingen, sich weiter zu öffnen.

Als der neunte Soldat auftauchte, zündete einer der Soldaten aus Howards Trupp eine fünf Sekunden brennende Fotonen-Fackel. Grelles, blendend weißes Licht blitzte auf und ließ die Körper der völlig überraschten Soldaten harte Schatten werfen.

Howard wartete noch einen Augenblick, bevor er die Augen weiter aufmachte.

Seine Männer eröffneten das Feuer aus ihren automatischen Waffen, und unter großem Geschrei und Getöse schossen die feindlichen Soldaten zurück.

Howard registrierte, dass zwei der Feinde in das ihm zugewiesene Schussfeld kamen, und gab zwei Feuerstöße zu je drei Schuss auf sie ab.

Im Licht der immer noch brennenden Fotonen-Fackel fielen die neun wie Kegel auf der Bowlingbahn. Dann war alles wieder ruhig. Die fünf Sekunden brennende Fackel war ausgebrannt, und es wurde wieder dunkel. Dunkler als zuvor, wie es schien. Obwohl er Vollmantelmunition mit einer Pulverfüllung verwendete, wodurch das Mündungsfeuer reduziert wurde, tanzten immer noch die Bilder der eigenen Abschüsse vor Howards Augen. Er berührte die Steuerung des Nachtsichtgeräts, und vor ihm wurde die Nacht wieder zum Tage. Die Wärmebilder der niedergeschossenen Soldaten zeigten keine Bewegung. Gut so. Ein perfekter Hinterhalt.

»Simulation Ende«, befahl Howard.

Das Bagdad-Szenario verschwand, John Howard setzte das VR-Headset ab und lehnte sich in seinem Bürosessel zurück. Diese Übung war entworfen worden, um mit dem Nachtsichtgerät zu trainieren, und alles war genau so gelaufen wie geplant. Die Fähigkeit, bei fast vollständiger Dunkelheit noch etwas sehen zu können, war eine große Hilfe, aber man musste dazu auch einige Nachteile in Kauf nehmen. Da jetzt automatische Filter in die Nachtsichtgeräte eingebaut waren, machte jedes Szenario, bei dem mehrfaches, zufälliges Feuer aus Waffen eine Rolle spielte, die Geräte ziemlich nutzlos. Etwa wie das Tragen von Ohrstöpseln, was das Hören anging.

Bereits bei einem einzigen Lichtblitz reagierten die Filter schon ausreichend lange, um das Licht auf ein sicheres Maß zu reduzieren, und öffneten sich anschließend wieder. Bei einer Explosion war das eine ausgezeichnete Sache. Blitzte aber vielfaches, hell orangefarbenes Mündungsfeuer rund um einen herum auf, sprangen die Filter mit einer solchen Geschwindigkeit an und aus, dass der ständige und blitzschnelle Wechsel zwischen Helligkeit und Dunkelheit äußerst desorientierend wirken konnte. Der Effekt war etwa dem vergleichbar, den man erlebte, wenn man von sämtlichen Seiten von Stroboskoplampen umgeben war, die alle in unterschiedlichen Intervallen blitzten. Erste Simulationen hatten gezeigt, dass die Trefferquote von Soldaten, die unter solchen Bedingungen schossen, dramatisch schlechter wurde.

Folglich hatte man damit begonnen, die unterschiedlichsten Vorgehensweisen zu entwickeln, um mit diesem Problem fertig zu werden.

Zuerst hatten die Wissenschaftstypen versucht, die Scopes so einzustellen, dass sich die Filter schlossen und fünf bis zehn Sekunden in dieser Einstellung verharrten. Unglücklicherweise wurde die Szene dadurch aber so stark abgedunkelt, dass man kaum mehr als gedämpftes Mündungsfeuer erkennen konnte, was sowohl für das eigene wie auch für das feindliche galt. Spritzen und Beten war aber ein ziemlich bescheidenes Spiel.

Dann versuchten sie, diese Sache in den Griff zu bekommen. Da jedoch Feuergefechte nicht selten länger als fünf Sekunden dauern – manchmal sogar erheblich länger –, waren die Resultate alles andere als zufrieden stellend.

Nun versuchten sie, den Reaktionsschwellwert anzuheben, was bedeutete, dass anschließend ein stärkerer Lichteinfall erforderlich war, um die Filter reagieren zu lassen. Doch jetzt reichte schon das Aufflammen eines etwas stärkeren Küchenstreichholzes aus, um einen Soldaten vorübergehend zu blenden.

Die Wissenschaftler kratzten sich die Köpfe und kehrten zu ihren CAD-Programmen zurück.

Wie üblich fiel es dann einem Mann und einer Frau im Feldeinsatz zu, einen besseren, aus der Praxis abgeleiteten Weg zu finden. Sie setzten die Geräte nur ein, um einen Feind zu erfassen und zu verfolgen, und wechselten anschließend zu den althergebrachten Methoden. Das schien, zumindest näherungsweise, die beste Lösung zu sein. Wenigstens funktionierte es so in den VR-Szenarios und auf dem Schießplatz. Wie sich die Sache allerdings in der wirklichen Welt bewähren würde, blieb abzuwarten. Zumindest was General Howards Einheit anging.

Er seufzte. In den vergangenen Wochen hatte er Kriegsspielszenarien gleich zu Dutzenden ablaufen lassen, weil es im Grunde nichts anderes für ihn zu tun gab. Natürlich hatte es im Laufe der Zeit, in der er Kommandeur der militärischen Abteilung der Net Force war, immer wieder einmal Zeitabschnitte gegeben, in denen es ruhig gewesen war. Niemals zuvor war es aber so langweilig gewesen wie in den letzten Wochen. Er wusste, dass er sich deswegen eigentlich glücklich schätzen sollte. Schließlich war der Frieden immer dem Krieg vorzuziehen, was voll und ganz seiner Ansicht entsprach, aber einfach nur hier herumzusitzen und nichts zu tun zu haben, außer Skulpturen aus Büroklammern zu kreieren, war eben stinklangweilig.

Gerade noch rechtzeitig kam ihm in den Sinn, dass es ihm natürlich ebenso wenig am Herzen liegen konnte, erschossen zu werden, statt hier herumzusitzen.

Washington, D.C.

Toni versuchte, ihre *djurus* zu absolvieren, während sie auf der Couch saß. Sie hatte vor, dabei lediglich ihren

Oberkörper zu trainieren. Genau wie es ihr die Meisterin empfohlen hatte. Ja, das war machbar, und es war auch besser als gar nichts. Aber irgendwie war es für sie, als würde sie im Regenmantel duschen. Man fühlte das Wasser dabei nicht.

Sie stand auf, schob den Couchtisch ein Stück zur Seite und begann mit ein paar leichten Streckübungen. Nichts Großartiges, nur ein bisschen, um ihren Rücken und die Hüften zu lockern. Der Doktor hatte ihr schließlich nicht verboten, sich zu strecken, sondern nur abgeraten, schwierigere Sache zu machen, oder etwa nicht?

Das Gummiband ihrer Stretchhose schnitt ihr in den Bauch, als sie sich vorbeugte, um die Zehen mit den Fingerspitzen zu berühren. Verflucht. Wie sie es hasste, so fett zu sein!

Nachdem sie etwa fünf Minuten mit Lockerungsübungen verbracht hatte, fühlte sie sich schon besser. Also gut, dann konnte sie sicherlich auch ein paar *djurus* der Beinarbeit, die so genannten *langkas,* schaffen, wenn sie es nur langsam genug angehen ließ. Nur keine plötzlichen Bewegungen, keine Anstrengungen. Das würde kaum anstrengender sein als ein Spaziergang, wenn sie nur vorsichtig genug war, richtig?

Zehn Minuten lang führte sie die ersten acht *djurus* durch, wobei sie sich langsam und ohne Krafteinsatz bewegte. Natürlich ließ sie dabei die Abschnitte fünf und sieben aus, bei denen man abrupt in die Hocke ging. Sie fühlte sich gut.

Dann war es schon wieder so weit. Ihre Blase forderte Erleichterung. Inzwischen war das etwa fünfmal pro Stunde fällig.

Als sie fertig war und kurz davor stand, das Bad zu verlassen, warf sie einen Blick in die Toilette.

In der Schüssel waren Blutspuren, ebenso auf dem Toilettenpapier, das sie benutzt hatte.

Die Angst griff mit eisiger Hand nach ihrem Herzen. Sie rannte zum Telefon, um den Arzt anzurufen.

Austin, Texas

Tad fuhr einen Mietwagen, während Bobby den Navigator spielte und ihm sagte, wohin er zu fahren hatte.

»Okay. Du bleibst auf der I-35 in Richtung Süden, bis wir den Lake Whatchamacallit hinter uns haben. Danach halten wir Ausschau nach dem Schild zur Staatlichen Gehörlosenschule von Texas. Wir müssen den Big-Stacy-Park finden, der liegt direkt gegenüber dem Little-Stacy-Park, ein Stück weiter die Straße hinauf. Dann hinaus auf die Sunset Lane, wo wir auf die … du verdammtes Stück Chinesenscheiße!«

Der letzte Teil von Bobbys Satz wurde von seinen Schlägen auf das GPS-System begleitet, das im Armaturenbrett des Wagens eingebaut war.

»Was ist los?«

»Das Mistding hat Aussetzer. Die Karte ist weg!« Bobby prügelte weiter auf den gestörten GPS-Empfänger ein. »Nun mach schon!«

»Ich versteh immer noch nicht, weshalb wir persönlich hierher kommen mussten«, sagte Tad. »Wir hätten die Sache auch übers Telefon oder per E-Mail erledigen können.«

»Nein, das konnten wir nicht. Die Feds können Telefone und E-Mails überwachen, und zwar einschließlich des verschlüsselten Zeugs. Dazu waren die schon vor Jahren in der Lage, als die Öffentlichkeit noch nicht einmal mitbekommen hatte, dass sie nicht nur über entsprechende Möglichkeiten verfügten, sondern diese auch nutzten. Außerdem will der Typ eine Art Versicherung haben und unsere Gesichter sehen. Er wird anschließend auch unsere Namen kennen und kann dieses Wissen gegen uns verwenden. Allerdings bleibt uns immer noch die Option, unsere Identität zu wechseln.«

»Und unsere Gesichter.«

Bobby schlug wieder auf den GPS-Empfänger. »Aha, da ist er ja. Ich hab wieder eine Karte.« Er warf Tad einen Blick zu. »Yeah, auch das könnten wir, was er aber ebenso weiß. Tatsächlich läuft alles darauf hinaus, dass er will, dass wir zu ihm kommen und Bitte-Bitte sagen. Dann hat er vor, uns mit seiner Techno-Hexerei zu beeindrucken, und wir stehen auf ewig in seiner Schuld. Alles eine Sache des Egos. Nebenbei bemerkt wird er, so lange wir im Geschäft sind, immer etwas gegen uns in der Hand haben, ganz gleich, wie wir heißen oder aussehen. Wir beherrschen schließlich den Markt, was Thors Hammer angeht. Schon vergessen? Wie auch immer derjenige heißen mag, der ihn verkauft, letzten Endes werden es immer wieder wir sein, ganz gleich, wie wir uns nennen.«

»Yeah, Mann. Aber kommen wir so nicht vom Regen in die Traufe? Selbst wenn alles klappt, tauschen wir doch bloß ein Problem gegen das andere aus.«

»Denke ich nicht.«

»Da ist der See«, unterbrach Tad, »direkt vor uns.«

»Okay, dann halt jetzt nach dem Schild zur Gehörlosenschule Ausschau. Es sollte eigentlich kommen, wenn wir hier vorbei sind.«

»Ich pass schon auf. Aber jetzt zurück zum Vielleicht-Geschäft. Der Typ will also etwas haben, mit dem er handeln kann, sollte er einmal geschnappt werden. Du glaubst also, dass er uns verpfeifen wird, um den eigenen Arsch zu retten?«

»Daran solltest du nicht einmal eine Sekunde lang denken. Ganz im Gegenteil werde ich es sein, der ihn hochgehen lässt.«

»Jesus, Bobby …«

»Jetzt komm schon, Tad. Denk wenigstens einmal über

deine Nasenspitze hinaus. Bei den Cops tickt die Uhr. Dieser Computerfreak kann sich in den Rechner des Sportstudios und der Polizei einhacken und dafür sorgen, dass mein Name verschwindet wie Nebel in der Sonne. Wenn er es schafft, bevor sie über mich stolpern, haben wir gewonnen.«

»Wenn sich die Cops nicht bereits eine Hardcopy angefertigt haben.«

»Haben sie nicht. Steve hat mir mal erzählt, dass sie ihre Mitgliederdaten per Kabel herunterladen. Niemand verwendet heute noch Hardcopys für so etwas. Ich habe noch nicht einmal ein Formular ausgefüllt, als ich mich damals angemeldet habe, sondern sämtliche Daten über eine Tastatur im Sportstudio eingegeben.

Um unser *augenblickliches* Problem, das Gesetz, wird sich Mr. Computerfreak kümmern, während er selbst ein *potenzielles* Problem darstellt, um das wir uns später kümmern werden. Er wird bestimmt nicht zu den Bullen rennen und uns verpfeifen. Nicht jetzt, wo er sich die Hilfe des mächtigen Thor für sich und seine Freundin verspricht. Verstehst du, was ich damit sagen will?«

»Yeah, aber …«

Bobby fiel ihm wieder ins Wort. »Kennst du die Sache mit Occams Rasierapparat?«

»Nein. Jetzt sag nicht, du willst mir schon wieder eine deiner beschissenen Geschichten auftischen!«

Bobby lachte. »Es ist nur eine Art und Weise, mit Problemen umzugehen. Es handelt sich um eine Regel, die im Grunde nichts anderes besagt, als dass man nichts kompliziert machen soll, was auch einfach zu lösen ist. Die einfache Sache ist hier die, dass die Cops nicht nach mir fahnden können, wenn sie nicht wissen, dass es mich gibt.«

»Okay. Das sehe ich ein. Du erkaufst dir so die notwendige Zeit, der unmittelbaren Bedrohung zu entgehen, wodurch die potenzielle Gefahr aber immer noch bestehen bleibt.«

»Stimmt. Aber nur, wenn du es dabei bewenden lässt. Andererseits könnte dieser Computertyp ja auch einen Unfall haben, wie beispielsweise im Badezimmer ausrutschen und sich dabei einen Hirnschaden zuziehen. Oder er kann von einem Bus angefahren werden, während er die Straße überquert. Oder er bekommt eine allergische Reaktion auf Schellfisch, fällt einfach um und ist tot. Es gibt eine ganze Reihe von Wirkstoffen, die jemanden umbringen können, wobei das Ganze dann aussieht, als hätte es sich um einen ganz normalen anaphyllaktischen Schock gehandelt. Und hallo, solche Sachen passieren tagtäglich, richtig? Natürlich werden die Cops in einem solchen Fall Ermittlungen anstellen, aber wenn es ein *Unfall* war, werden sie sie schnell wieder einstellen, und das war's dann, verstehst du?« Bobby grinste sein Ich-zeig-dir-alle-meine-strahlend-schönen-Zähne-Lächeln, das immer dann seine Gesichtszüge beherrschte, wenn er sich wirklich amüsierte.

Tad hatte verstanden. Endlich. Er nickte. »Oh. Ich verstehe, was du meinst.«

»Na, dann besteht vielleicht doch noch Hoffnung für dich, Tad, mein Junge … Da ist übrigens das Schild. Fahr an der nächsten Ausfahrt ab.«

Tad nickte. Bobby befand sich den anderen fast immer einen Schritt voraus, und das sogar dann noch, wenn in einer Sache schon der Wurm steckte. Ihn konnte man aus dem Fenster stoßen, nur um anschließend verblüfft feststellen zu müssen, dass er es irgendwie geschafft hatte, doch wieder auf den Füßen zu landen. Er hatte alles unter Kontrolle, und es war beruhigend, das zu wissen.

25

Washington, D.C.

Jay saß in *seiza*-Stellung und versuchte, wie in dem alten Witz über den Hot-Dog-Verkäufer und den Zen-Meister, eins mit der Welt zu werden.

Allerdings hatte er damit so seine Probleme, was zu allererst die Stellung selbst anging. Auf den Fersen zu hocken mochte ja alles Mögliche sein, bequem war es jedenfalls nicht. In Japan, wo jeder daran gewöhnt war, so zu sitzen, war das ja durchaus in Ordnung. Aber in Amerika saß man eben anders. Das Gleiche galt natürlich auch, wenn man sich zu einer Lotusstellung zurechtknotete oder einfach auf dem blanken Boden niederließ. Ein Kissen zum Unterlegen, auf das man sich fallen lassen konnte, sollte es eigentlich schon sein, fand er.

Zum Zweiten sollte er sich auf seine Atmung konzentrieren. Dazu brauchte er sich lediglich zu entspannen und zu beobachten, wie die Luft ein- und ausströmte. Allerdings durfte er dabei nicht den Versuch unternehmen, das zu beeinflussen, indem er die Atemzüge zählte oder sonstige Aktivitäten entwickelte. Für ihn schien genau das aber schier unmöglich. Sobald er sich seiner Atmung bewusst wurde, versuchte er nämlich sofort, sie zu verlangsamen und gleichmäßig zu halten. Genau das war es aber, was er *nicht* tun sollte. Dazu die Atemzüge zu zählen schien ihm das Natürlichste auf der Welt, fast eine Art Automatismus. Folglich musste er sich ganz erheblich anstrengen, *nicht* zu zählen, was ebenfalls zu den Sachen zählte, die er *nicht* tun sollte. Nicht zählen, aber auch nicht daran denken, nicht zu zählen.

Drittens war es untersagt, an irgendetwas zu denken, und sollte doch einmal ein Gedanke hochkommen, musste man ihn sanft beiseite drängen und zum ausschließlichen Atmen zurückkehren. Gedanken seien die Produkte des Affenhirns, hatte Saji ihm erklärt, und er müsse ruhiger werden, um in Frieden und Harmonie mit seinem inneren Selbst leben zu können.

Yeah. Nun, in seinem speziellen Fall hatte er eher den Eindruck, dass sein Gehirn aus einer ganzen *Kompanie* heulender Affen bestand, die sich kreischend und tanzend durch die Bäume schwangen. Diese johlende Meute zur Ruhe zu bringen war eine gewaltige Aufgabe.

Seine Knie schmerzten. Das letzte Einatmen endete in einem Seufzer. Gedanken über die Arbeit, das Abendessen, Saji und darüber, wie dämlich er sich dabei fühlte, nur hier zu sitzen und zu *atmen*, strömten auf ihn ein wie eine Sturmflut, die fast so unaufhaltsam war, als hätte er sich an den Strand gestellt und dem Ozean, mit den Armen winkend, klar machen wollen, er solle da bleiben, wo er war.

Krieg's in den Griff, Jay. Millionen Menschen schaffen das Tag für Tag!

Wie hätte er aber auch wissen sollen, dass Meditieren so schwer ist? Hier zu sitzen und nichts zu tun war schwerer als alles, was Jay jemals getan, in seinem Fall eher *nicht* getan hatte.

In einem Hinterstübchen seines Verstandes nagte darüber hinaus auch noch etwas, das mit seinem Job zu tun hatte. Da gab es etwas, das immer wieder wie eine kleine Motte im Licht kurz aufflatterte. Etwas, das er einfach nicht festhalten konnte. Er wusste, dass es mit der Drogensache zu tun hatte, und mit den DEA- und NSA-Agents Lee und George …

Nein. Schieb es beiseite. Komm später darauf zurück. Für den Augenblick *sei* …

Lee und George. Viel war es nicht, was er über sie wusste. Sie waren fast im selben Alter und beide Karrieremenschen, die auch in derselben Gegend lebten. Beide waren nur kurze Zeit verheiratet gewesen, hatten sich bald scheiden lassen. Wie es aussah, hatten sie derzeit auch keine festen Freundinnen. Eine Menge Gemeinsamkeiten …

Nicht denken, Jay, du sollst meditieren!

Oh, ja. Richtig. Einatmen. Ausatmen. Einatmen …

Lees Exfrau stammte aus Florida und war jetzt in Atlanta als Rechtsanwältin tätig. Außerdem lehrte sie Rechtswissenschaften an einem örtlichen College. Sie und Lee hatten sich während des Jurastudiums kennen gelernt. Jay hatte sie überprüft, und obwohl sie als Lehrerin einen ausgezeichneten Ruf genoss, galt sie in ihren Ansichten als etwas radikal. Jedenfalls war sie Mitglied in einer Organisation, die sich Lesbische Lehrervereinigung oder so ähnlich nannte. Auf jeden Fall war sie stark in Richtung Frauenrechte orientiert. Die Scheidung selbst war lupenrein über die Bühne gegangen. Das heißt, ohne jegliche Schlammschlacht, zumindest soweit es sich den offiziellen Aufzeichnungen und Protokollen entnehmen ließ. Gleichwohl musste die Scheidung ein bizarres Gefühl in Lee hinterlassen haben. Da lässt er sich scheiden, und gleich darauf wechselt seine Exfrau das sexuelle Lager. So etwas kann schon einige Zweifel an der eigenen Männlichkeit aufkommen lassen.

Georges Ex war Börsenmaklerin. Auch sie war Absolventin der juristischen Fakultät, hatte sich dann aber entschieden, nicht in ihrem Beruf zu arbeiten, sondern für eine der großen Handelsgesellschaften an der Wall Street tätig zu werden. Dass sie das mit einigem Erfolg betrieb, war offensichtlich, denn sie besaß eine Eigentumswohnung mit Blick auf den Central Park, die einen Wert von zwei Millionen Dollar hatte. Sie war Single und hatte jetzt, fünf Jahre nach der Scheidung, immer noch keine nen-

nenswerten Männerbeziehungen vorzuweisen. Zumindest keine, die Jay bei seinen Recherchen hätte zu Tage fördern können. Genau wie Lee mit seiner Exfrau, so schien auch George mit der seinen hervorragend klar zu kommen.

Wir sind ja schließlich zivilisierte Menschen …

Gedanken, Jay, gib Acht!

Okay, okay! Einatmen, ausatmen, einatmen …

Was einen natürlich schon stutzig machen konnte, war die Frage, wieso die Kerle bei einer Frau, die reich genug war, sich eine Wohnung in dieser Preisklasse leisten zu können, nicht Schlange standen, um sich ihre Gunst zu erwerben. Eine gut aussehende Frau mit kurz geschnittenen Haaren und dem Körper einer Tänzerin.

Nun, das alles spielte nicht wirklich eine Rolle. Oder vielleicht doch?

Ausatmen, einatmen, ausatmen …

Der nächste Gedanke, der vom Affenbaum auf Jay herabfiel, verblüffte ihn derart, dass er die Augen aufriss. »Oh, Scheiße!«, entfuhr es ihm.

Saji, die ihm gegenüber ebenfalls in *seiza*-Stellung auf dem Boden hockte, unterbrach ihre Meditation. »Was ist los? Brennt es irgendwo?«

»Nein, nein. Mir ist nur gerade ein Gedanke gekommen …«

»Das macht doch nichts. So etwas gehört zum normalen Ablauf …«

»Nein. Ich meine, ich hatte eine Idee, was die Drogensache angeht!«

»Lass sie warten. Sie wird bleiben.«

»Nein. Kann ich nicht machen. Ich muss an meinen Computer, und zwar *jetzt gleich*!«

»Jay, das ist nicht die richtige Art zu meditieren.«

»Ich weiß, ich weiß. Aber ich muss das dringend überprüfen.«

Saji seufzte. »Na gut. Dann tu, was du nicht lassen kannst.« Sie schloss die Augen und kehrte in die Meditation zurück. Jay war längst aufgestanden und auf dem Weg an sein Terminal im Schlafzimmer.

Michaels hatte sich diesen Tag frei genommen, weil er ihn mit Toni verbringen wollte. Sie hütete immer noch das Bett, schlief viel, und er hatte vor, ihr so viel Ruhe wie möglich zu gönnen. Die Schmierblutung vom Tag zuvor war nicht zwingend ein Zeichen dafür, dass die Schwangerschaft gefährdet war, hatte der Arzt ihnen erklärt. Gleichwohl hatte sie Michaels mehr als nur einen trockenen Mund und einige Nervosität beschert. Als er endlich in der Klinik eintraf, war Toni bereits komplett untersucht worden und wartete auf die Ergebnisse der Bluttests. Der Arzt hatte ihn abgefangen, zur Seite genommen und mit ihm geredet.

Der Gynäkologe, ein großer, spindeldürrer, sehr dunkelhäutiger, grauhaariger Mann in den Sechzigern mit dem ungewöhnlichen Namen Florid, kam unverblümt zur Sache. »Jetzt hören Sie mir einmal gut zu, Mr. Michaels. Wenn sich Ihre Frau nicht endlich dazu bereit findet, sitzen zu bleiben und die Füße hochzulegen und sich in den kommenden vier Monaten nicht in erster Linie damit beschäftigt, nichts zu tun, hat sie die besten Chancen auf eine Früh-, eventuell sogar auf eine Fehlgeburt.«

»Himmel. Haben Sie ihr das gesagt?«

»Allerdings. Sie ist relativ jung und gesund, und dem Baby scheint es so weit auch ganz gut zu gehen. Aber ihr Blutdruck ist etwas zu hoch. Normalerweise liegt er bei 120 zu 74. Heute waren wir bei 130 zu 86. Technisch gesehen ist das noch kein Bluthochdruck, aber wir sind stets auf der Hut, besonders bei einer Primagravida … das ist der Fachausdruck für eine Erstschwangerschaft.«

»Wieso?«

»Es gibt da einen Zustand, der als Pre-Eklampsie bezeichnet wird. So etwas passiert in etwa fünf Prozent aller Schwangerschaften. Normalerweise verläuft die Sache wenig dramatisch, und das Symptom selbst ruft auch keine großartigen Probleme hervor. In einigen Fällen kann die Pre-Eklampsie jedoch zu etwas führen, das wir *abruptio placentae* nennen. Verständlich formuliert bedeutet das einen Abriss des Mutterkuchens von der Gebärmutterwandung, und das ist alles andere als eine schöne Sache. Normalerweise kann so etwas im letzten Drittel der Schwangerschaft, manchmal aber auch noch unter der Entbindung geschehen. Aber wir sind in der Lage, damit fertig zu werden. Allerdings macht es die ganze Angelegenheit ziemlich haarig. Weit schlimmer ist die Tatsache zu bewerten, dass sich eine Pre-Eklampsie zu einer vollen Eklampsie ausweiten kann. Diese wiederum führt, wenn auch relativ selten, zu Anfällen, Koma und manchmal sogar zu schicksalsschweren Ereignissen.«

Schicksalsschweren Ereignissen.

Michaels hatte schlucken müssen. Sein Mund war jetzt *wirklich* trocken gewesen.

»Ist das bei Toni passiert?«

»Mit einiger Wahrscheinlichkeit nicht. In der Harnprobe haben wir keine Spuren von Albumin gefunden, und auch ihre Ödeme halten sich in Grenzen. Beides würde normalerweise zusammen mit einem steigenden Blutdruck auftreten. Aber wir sind der Ansicht, dass es immer besser ist, auf der sicheren Seite zu bleiben.«

»Toni ist die stärkste, härteste und gesündeste Frau, die ich kenne.«

Dr. Florid lächelte. »Ja. Ich gehe davon aus, dass sie in der Lage ist, Stahl mit bloßen Händen zu biegen. Normalerweise ist eine Schwangerschaft auch kein medizinisches Problem, und die Frauen können weiter ihrer beruflichen Tätigkeit nachgehen. Dabei können sie auch weiterhin so ziemlich alles tun, was sie vor dem Zeitpunkt getan haben, an dem sie schwanger wurden. Das gilt zumindest für die meisten Frauen. Aber das Gefäßsystem ist nun mal nicht mit der willentlich beeinflussbaren Muskulatur zu vergleichen. Es spielt also überhaupt keine Rolle, über welch starken Willen man verfügt, denn selbst der stärkste Wille ist nicht in der Lage, die Innenseite einer Gebärmutter zu kräftigen. Tatsächlich ist Toni nämlich ziemlich zerbrechlich. Wahrscheinlich ist sie das sogar schon von Geburt an. Sie kann auch weiterhin einen problemlosen Schwangerschaftsverlauf haben, und ich würde mich um einiges glücklicher schätzen, wenn es so ausgehen würde. Nur müsste sie dazu alles etwas lockerer angehen lassen. Sie müssen Ihren Einfluss auf sie geltend machen und ihr klar machen, wie wichtig es für sie ist, sich mehr zu entspannen. Wenn das Baby erst einmal da ist, kann sie sich wieder – vorausgesetzt, dass sie dann überhaupt noch die Zeit dazu hat – wie Sheena, die Königin des Dschungels, von Liane zu Liane schwingen und Löwen wie Rhinozerossen nach Herzenslust die Seele aus dem Leib prügeln. Aber nicht jetzt! *Keine anstrengenden Übungen mehr!* Mag sein, dass es einen erheblichen Unterschied zwischen dem gibt, was sie für anstrengend hält, und wie ich es sehe. Also werde ich es einmal ganz deutlich formulieren: keine schweren Lasten tragen, kein Joggen, kein Reiten und vor allem keine tiefen Kniebeugen, ohne die sie scheinbar glaubt, nicht leben zu können. Sie kann das Bett hüten. Sie kann im Sessel, auf der Couch oder auf dem Stuhl sitzen, und sie kann in die Küche spazieren, um ihre Vitamine zu nehmen. Das war's dann aber auch schon. Ist das klar?«

Michaels nickte. »Verstanden.«

»Wenn es bei ihr während des zweiten Schwangerschaftsdrittels noch einmal zu Blutungen kommt, werde ich sie für den Rest der Zeit ins Bett sperren, und ich bin mir ganz sicher, dass sie eine solche Entscheidung überhaupt nicht mögen wird.«

Jetzt musste Michaels doch schmunzeln. »Nein, Doktor. Das wird sie ganz sicher nicht.«

Er hatte noch eine weitere Frage und schon zum Sprechen angesetzt, als ihm sein Anliegen plötzlich doch zu egoistisch erschien.

Doch der Doktor musste wohl seine Gedanken gelesen haben. »Sex ist gestattet, allerdings unter der Voraussetzung, dass Sie Ihre Frau dabei nicht wie ein Trampolin behandeln.«

Michaels wurde puterrot, weil er sich ertappt fühlte.

Jetzt war es an dem Arzt zu lachen. »Nun hören Sie mir mal gut zu. Ich weiß, dass sich das alles sehr dramatisch und beunruhigend anhört. Aber denken Sie bitte immer daran, dass wir in der Medizin gezwungen sind, stets auf den schlimmsten aller Fälle vorbereitet zu sein. Tatsächlich stehen die Chancen aber sehr gut, dass für Ihre Frau und Ihren ungeborenen Sohn alles glatt verläuft. Aber wir müssen Sie auch über die anderen Möglichkeiten aufklären, ganz gleich, wie unwahrscheinlich deren Eintreten auch sein mag. Wir sind verpflichtet, auf alle Eventualitäten vorbereitet zu sein.

»Damit Sie nicht verklagt werden können«, sagte Michaels.

»Himmel noch mal, mein Sohn. Ich kann meinen Patientinnen und deren Familien Filme, Tonbänder, Broschüren und meine Promotion als Mediziner bieten. Ich kann sie auch dazu veranlassen, ein Dokument zu unterschreiben, in dem sie bestätigen, dass sie alles verstanden haben, und so versuchen, den Rechtsweg auszuschließen. Aber wenn irgendetwas schief läuft, sehen wir uns *dennoch* vor Gericht wieder. Wenn etwas daneben geht, werden wir nämlich grundsätzlich verklagt.«

»Muss ziemlich scheußlich sein.«

»Babys zur Welt bringen zu dürfen macht das alles wieder wett. Den Gesichtsausdruck der jungen Mutter sehen zu dürfen, wenn sie ihr Kind zum ersten Mal erblickt, ist einfach unbezahlbar. Es ist die pure Freude. Also werde ich damit weitermachen, so lange meine Berufs-Haftpflichtversicherung und meine Hände mitspielen.«

Mit diesen Worten klopfte er Michaels auf die Schulter. »Meiner ganz persönlichen Ansicht nach verläuft die Schwangerschaft ausgezeichnet, und das wird auch so bleiben, wenn Ihre Frau endlich den Entschluss fasst, sich zurückzulehnen und den Ball rollen zu lassen.«

»Danke, Doktor«, nickte Michaels, »ich weiß Ihre Worte zu schätzen.«

Nun, da Toni schlief und Michaels im Haus herumlief, hoffte er stark, dass der Arzt mit seiner Einschätzung richtig lag. Toni wünschte sich das Baby ebenso sehr wie er selbst. Es würde der Angelpunkt ihrer jungen Familie und ihres gemeinsamen Lebens werden, und es wäre verheerend, wenn sie es verlieren würden.

Ihn, nicht es.

Im Wohnzimmer kam er an der Schatulle mit den beiden *kerambit*-Messern vorbei. Er nahm sie heraus, legte eines in jede Hand und versuchte, ein Gefühl dafür zu bekommen, wie man mit ihnen arbeitete. Schon sehr merkwürdig, schoss es ihm durch den Kopf, wenn ich hier mit Messern herumspiele und dabei über unser Baby nachdenke.

Na ja, vielleicht doch nicht so ganz, wenn man die Eltern kannte.

Er bewegte die Messer langsam und vorsichtig. Es wäre weder Tonis Grad an Belastbarkeit noch der eigenen Gesundheit zuträglich gewesen, wenn er sich jetzt versehentlich die Handgelenke aufschnitt. Die kleinen Klingen fühlten sich in seinen Händen irgendwie vertraut und bequem an, und die Bewegungen des dazugehörigen *djuru* schienen nicht angetan, ihn in Gefahr zu bringen, Selbstverstümmelung zu betreiben. Allerdings konnte eine zu hastig ausgeführte Bewegung diesen Eindruck sehr schnell Lügen strafen.

Er legte die Messer zurück und schlich auf Zehenspitzen zurück ins Schlafzimmer, um nach Toni zu sehen.

26

Irgendwo über New Mexico

Auf dem Flug nach Hause fühlte Drayne sich ausgezeichnet. Der Computertyp hatte sich tatsächlich als so gut herausgestellt wie der ihm vorauseilende Ruf. Weder die Polizei in Kalifornien noch Steves Sportstudio verfügten jetzt noch über einen einzigen Querverweis in ihren Systemen, der auf einen gewissen Robert Drayne zielte. Der Technohexer hatte sogar noch einiges darüber hinaus geschafft. So war jetzt auch niemand mehr in der Lage festzustellen, dass sie überhaupt in die Systeme eingedrungen waren. Selbst wenn in dem Bestreben, den genauen Zeitpunkt festzustellen, wann sich die Daten auf magische Art und Weise in Luft aufgelöst hatten, weiter in die Vergangenheit zurück ermittelt wurde, würden alle Bemühungen in einer Sackgasse enden. Außerdem konnte er jetzt auch sicher sein, dass sich niemand eine Hardcopy gezogen hatte. Die Listen waren neu durchnummeriert worden, und so lange niemand wusste, *dass* jemand gelöscht worden war und wo und vor allen Dingen *wie* er danach suchen sollte, würde auch kein Mensch in der Lage sein, die Manipulation als solche zu erkennen. Selbst wenn es jemandem gelänge, würde er immer noch nicht wissen, wer da gelöscht worden war.

Wieder einmal Glück gehabt. Und alles, was es ihn gekostet hatte, war das Versprechen gewesen, den Typ zeitlebens kostenfrei mit Drogen zu beliefern. Über alle Maße preiswert, selbst wenn er die Absicht gehabt hätte, diesen Preis zu zahlen.

Drayne lächelte, als die Flugbegleiterin durch den Gang in der Ersten Klasse kam und jeden Gast fragte, ob sie ihm noch etwas vom kostenlos angebotenen Champagner nachschenken solle. Wahrscheinlich handelte es sich bei dem Zeugs um Korbel oder bestenfalls um einen der kalifornischen Schaumweine, die von Weingütern kamen, die sich im Besitz von Franzosen befanden. Nicht ganz schlecht, wenn man keine Erfahrung mit den wirklich guten Sachen hatte. Doch soweit es Drayne anging, hätte er dieses Gesöff allenfalls zum Putzen der Chromstoßstangen seines Autos verwendet. Aber wie dem auch sei, die Stewardess war hübsch, trug keinen Ehering, und es würde noch Stunden dauern, bis der Flug von Dallas-Fort Worth nach LAX zur Landung ansetzte. Er konnte ja mal versuchen, eine Unterhaltung mit ihr anzufangen und ihr dabei vielleicht die Telefonnummer abzuschwätzen. *Sagen Sie, haben Sie jemals in Erwägung gezogen, zum Film zu gehen? Sie haben einen ausgezeichneten Körperbau …*

Die Flugbegleiterin blieb stehen, um sich mit einer Frau zu unterhalten, von der Drayne glaubte, sie irgendwo schon einmal gesehen zu haben. Wahrscheinlich war es eine Lokalpolitikerin aus L.A. oder vielleicht auch die Pressesprecherin der Stadtverwaltung. Drayne warf einen Blick auf die Uhr.

Etwa jetzt sollte Tad den Computerfreak zum Abendessen in ein großartiges, etwas abseits gelegenes, kleines italienisches Restaurant einladen, das für die Frische seiner Speisen bekannt war. Vordergründig war diese Einladung erfolgt, um Absprachen zu treffen, wie die Lieferung des nächsten Dutzends Hammer-Kapseln erfolgen sollte, die quasi als erste Rate der lebenslangen Versorgung vereinbart worden war. Das Lokal war vom Computerhexer als überzeugtem Gesundheitsfanatiker persönlich vorgeschlagen worden. Der Salat, den sie dort zu den Speisen servierten, hatte er geschwärmt, bestand angeblich aus frischem, wild gewachsenem Grünzeugs, Pilzen und verschiedenen einheimischen Kräutern, die schlechthin superb schmeckten.

Drayne hatte nur gelächelt und bedauernd abgelehnt, weil er zu diesem Zeitpunkt schon wieder in L.A. sein müsse, aber behauptet, dass Tad geradezu vernarrt in Salat sei.

Das letzte Mal, dass Tad einen Salat oder auch nur etwas annähernd Gesundes zu sich genommen hatte, lag tatsächlich aber schon um die zwanzig Jahre zurück. Jeder, der ihn einigermaßen kritisch betrachtete, hätte ihm das auch sehr schnell angesehen. Aber ein Typ, der so von sich selbst überzeugt war wie dieser Computerfreak, rauschte selbst an etwas so Offensichtlichem vorbei, ohne auch nur einmal zu blinzeln. Menschen pflegten nun einmal nur das zu sehen, was sie sehen wollten, und nicht das, was sich tatsächlich vor ihren Augen abspielte.

Damit hatte der Typ seinen eigenen Abgang vorbereitet und es ihnen leicht gemacht, ihm die Tür dazu etwas weiter aufzuhalten.

Wenn alles ablief wie geplant, würde genau in dem Moment das Handy des Computerfreaks klingeln, in dem der damit begann, sich seinem Grünzeug zu widmen. Tad hatte die Nummer des Mannes bereits in sein Handy programmiert, und ein kurzer Druck auf die entsprechende Taste würde die Sache ins Rollen bringen. Während Mr. Computerhexer abgelenkt war, sollte Tad einige verschiedene Pilzsorten, die nicht auf der Speisekarte standen, auf den Teller des Mannes schmuggeln. So heiß und feucht, wie Austin um diese Jahreszeit war, wuchsen diese Pilze wild an den unterschiedlichsten Stellen. Sie zu finden war lediglich eine Fingerübung für jemanden, der wusste, wo er suchen musste. Waren sie erst in kleine Scheiben geschnitten, konnte man sie kaum noch von irgendwelchen anderen kleinen Pilzen mit weißem Fleisch unterscheiden.

Die erste Art dieser speziellen Pilzsorten enthielt hohe Konzentrationen an Amatoxinen und Phallotoxinen, die beide lebensbedrohliche Wirkungen hervorriefen. Beide Gifte führten in ihrem Zusammenwirken jedoch ganz sicher zu einer Zerstörung des Lebergewebes und zu einem Zusammenbruch der Nierenfunktion. Dies wiederum führte in achtzig Prozent der Fälle unvermeidlich binnen einer Woche, allenfalls zehn Tagen zum Tod des Patienten.

Die zweite Art enthielt Gyromitatoxine, die zwar nicht ganz so garstig in ihrer Wirkung waren, aber ebenfalls Leber und Nieren angriffen. Darüber hinaus schädigten diese Toxine das Kreislaufsystem und riefen in extremen Fällen sogar Herzrhythmusstörungen hervor. Gyromitavergiftungen waren in den Vereinigten Staaten fast unbekannt, da die Toxine gewöhnlich beim Kochen der Pilze abgebaut wurden. Hübsch knackige, rohe Pilze dieser Art aber, in einem Salat verarbeitet, konnten ihre ziemlich hässliche Wirkung voll entfalten.

Mr. Computerhexer würde seine Mahlzeit genießen. Er und Tad würden sich anschließend in bestem Einvernehmen voneinander verabschieden. Einen oder zwei Tage später würde Mr. Hexer jedoch unter den Symptomen eines grippalen Infekts zu leiden beginnen: Übelkeit, Erbrechen, Durchfall und Krämpfe. Sein behandelnder Arzt würde zunächst sicherlich die falsche Diagnose stellen, doch selbst wenn er auf Anhieb richtig lag, konnte er seinen Patienten allenfalls durch eine Leber- und Nierentransplantation retten. Selbst dann bestünde noch ein erhebliches Restrisiko für den Vergifteten.

Natürlich gab es nie eine Garantie, aber die Chancen standen acht zu zwei dafür, dass er den Löffel abgeben würde, und das war doch nicht schlecht, oder? Und falls er alles überstand, würde er eine lange Zeit brauchen, um sich davon zu erholen, während der er immunsuppresive Medikamente schlucken musste, wenn man überhaupt eine neue Leber für ihn fand. Mit all der Chemie im Körper wäre er ganz sicherlich nicht in der Lage, auch nur an Sex zu denken. Außerdem konnte man ihm ja immer noch einen weiteren Besuch abstatten, oder?

Falls er starb, würde sein Tod die Folge einer Pilzvergiftung sein. Eine furchtbare Tragödie, ein schrecklicher Unfall. Ganz schlecht jedenfalls für das Restaurant und die Versicherungsgesellschaft. Aber, heh, so kann's halt gehen im Leben. Wenn man ein Omelett zubereiten wollte, mussten eben ein paar Eier zerschlagen werden.

Die Stewardess trat näher. »Noch etwas Champagner, Sir?«

»Danke. Das wäre nett. Ach, übrigens, ich möchte nicht aufdringlich erscheinen, aber ich bin Filmproduzent und würde Sie gerne fragen, ob Sie schon einmal in Erwägung gezogen haben, Schauspielerin zu werden?«

Damit zog er lächelnd seine Visitenkarte, die ihn als Produzenten auswies.

Sie nahm die Karte, warf einen Blick darauf und lächelte zurück. »Ich habe tatsächlich schon einmal mit dem Gedanken gespielt. Ich hatte sogar die Hauptrolle in der Theatergruppe an meiner Highschool.«

Das Leben war einfach toll.

Das Leben ist Scheiße, dachte Toni. Niemand hatte ihr erzählt, was alles passieren konnte, wenn sie schwanger wurde. Niemand hatte sie darüber aufgeklärt, dass sie auf die Mobilität und Muskulatur einer Nacktschnecke reduziert werden würde. Oh, wie sie das alles hasste.

Alex hatte hier herumgehangen, um für sie zu sorgen, doch sie hatte es geschafft, dass er sich verzog. Natürlich war es süß von ihm, aber sie hielt sich selbst für alles, nur nicht für eine nette Gesellschaft, und sie wollte auf jeden Fall vermeiden, dass er den Eindruck gewann, sie wäre jetzt nur noch zickig. Da war es schon besser, ihn lächeln zu sehen und ihm wenigstens einen Vorwand zu liefern, sich hin und wieder glücklich zu fühlen.

»Bist du ganz sicher?«, fragte er, nachdem sie es zum dritten Mal angesprochen hatte.

»Ja, völlig sicher. Nun geh schon.«

Und er war tatsächlich gegangen, worüber sie anschließend sauer war. Natürlich hatte sie ihm selbst nahe gelegt zu gehen. Ja, genau genommen hatte sie sogar darauf bestanden. Gewollt hatte sie es im Grunde aber nicht. Wieso hatte er das denn nicht erkannt? Wie konnte er sie nur … nur so genau beim Wort nehmen? Warum waren Männer bloß so vernagelt?

Ja, ja, natürlich stimmte es. Sie war unlogisch, aber so fühlte sie sich eben.

Jetzt, nachdem Alex gegangen war, hatte sie keine Ahnung, was sie mit sich selbst anfangen sollte. Der Arzt hatte ihr kristallklar dargelegt, dass sie von jetzt an nur noch die leichtesten Aufgaben erledigen durfte, und da sie seit jeher stark physisch orientiert war, erwies sich diese Anweisung als zunehmend unerträglich. Wenn sie sich nicht bewegen durfte, konnte sie sich doch gleich eintopfen und in eine beschissene Hauspflanze verwandeln. Sie hasste diesen Zustand *wirklich*.

Sie hatte auch keine Lust, die Arbeit an ihrer Scrimshaw-Schnitzerei wieder aufzunehmen. Ebenso wenig stand ihr der Sinn nach fernsehen, Musik hören oder lesen. Worauf sie wirklich Lust hatte, war ein Acht-Kilometer-Lauf, um den Kopf klar zu bekommen. Oder alternativ eine halbe Stunde Stretch- und Silat-Übungen. Oder irgendetwas anderes. Hauptsache, man kam dabei ins Schwitzen und hatte anschließend Muskelkater.

Aber über so etwas durfte sie noch nicht einmal nachdenken. Es würde nur dazu führen, dass sie sich anschließend noch schlechter fühlte als zuvor.

Andere Frauen müssen Ähnliches durchgemacht haben. Wenn die es geschafft haben, schaffe ich es auch, betete sie sich immer wieder vor. Viel half das aber auch nicht.

Das Haus war sauber. Erst kürzlich hatte sie viel zu viel Zeit damit verbracht, diesen Zustand herbeizuführen. Sie hatte die Tische und den Boden geschrubbt und sämtliche Regale neu eingeräumt. Jetzt konnte sie sprichwörtlich vom Boden essen – wenn es ihr gestattet gewesen wäre, dieses Risiko einzugehen, weil sie sich dazu hätte vorbeugen müssen.

Sie wanderte ins Schlafzimmer. Das Bett war gemacht. Das Badezimmer war blitzsauber.

Auf dem Boden von Alex' Schrank lag neben dem Schuhständer ein Stapel Kleidungsstücke, der in die Reinigung gebracht werden musste. Nun, das konnte sie erledigen, was auch eine richtige Überraschung für ihn wäre, weil sie sich normalerweise nicht mit derartigen Hausarbeiten abgab.

Sie hob einen Anzug, ein Sportsakko, ein paar Krawatten und zwei gute Seidenhemden auf. Der Wäschesack der Reinigung stand in der Garage, wo Alex es normalerweise mitbekam, wenn er voll war. Dann stopfte er den Sack mit den schmutzigen Sachen einfach ins Auto und gab sie bei der Reinigung ab, die auf dem Weg zur Arbeit lag und von einer koreanischen Familie betrieben wurde. Während sie die Kleidungsstücke in die Deckeltonne stopfte, fuhr sie ganz automatisch in sämtliche Taschen. Sie war in einer Familie voller Brüder groß geworden, was ihr sehr schnell die Notwendigkeit eines solchen Vorgehens hatte klar werden lassen. Jungs ließen allen möglichen Kram in den Taschen, und eine Hand voll Münzen, die in der Waschmaschine oder im Trockner herumrasselte, konnte einen in den Wahnsinn treiben. Ganz zu schweigen davon, dass das Innere der Maschinen beschädigt wurde. Vergessene Kugelschreiber wiederum konnten eine ganze Maschine weißer Wäsche ruinieren, und es war alles andere als lustig, die Fusseln eines mitgewaschenen, zerfetzten und anschließend getrockneten Papiertaschentuchs von einer Ladung dunkler Hemden zupfen zu müssen.

In einer Hosentasche stieß Toni auf eine Pappschachtel, in der eine Kapsel lag.

Durch Alex' Beschreibung identifizierte sie sie sofort. Die Kapsel war groß, violett und so weiter, doch es stellte sich die ziemlich verblüffende Frage, wie eine solche Kapsel ausgerechnet in Alex' Hosentasche gekommen sein mochte. Aber vielleicht war die Antwort darauf auch gar nicht so wichtig. Sie erinnerte sich noch dunkel daran, dass diese Kapsel irgendwelche Chemikalien enthielt, die etwa nach Ablauf eines Tages unwirksam wurden. Alex hatte den Anzug gestern doch gar nicht getragen, oder?

Sie griff nach dem Telefon auf der Werkbank, während sie weiterhin versonnen die Kapsel betrachtete. Als sie sie neben der Scrimshaw, an der sie arbeitete, abgelegt hatte, erklang Alex' Stimme.

»Hi, Liebes, was ist los? Geht's dir gut?«

»Ja, danke. Ich habe nur gerade deine Sachen für die Reinigung hinuntergebracht ...«

»Du hast *was*?«

»Jetzt tu doch nicht so erstaunt.«

»Entschuldigung. Sprich weiter.«

»Ist ja auch egal. Ich habe jedenfalls diese violette Kapsel in deiner Hosentasche gefunden.«

»Verdammt. Ich habe das Ding immer wieder vergessen. Eigentlich wollte ich sie ins FBI-Labor bringen, damit sich dort einmal jemand damit befasst. Das ist die Kapsel, die John bei der Razzia erbeutet hat, von der ich dir erzählt habe.«

»Das könnte ich doch übernehmen. Die Kapsel ins Labor bringen, meine ich.«

»Nein, das lass besser bleiben. Du sollst doch nicht Auto fahren. Schon vergessen? Leg sie mir nur beiseite. Ich kümmere mich dann morgen selbst darum.«

»In Ordnung.«

»Ach, und danke, dass du mich deshalb angerufen hast.«

»Bist du schon im Büro?«

»Bin fast da.«

»Gut, dann bis später.«

Nachdem sie aufgelegt hatte, starrte Toni Löcher in die Luft. Sie hoffte doch sehr, dass das Baby all diesen Zirkus wirklich wert war. Es wäre jedenfalls besser für ihren Herrn Sohn.

Sie ging zurück ins Haus. Von einer Sekunde zur anderen fühlte sie sich sehr müde. Vielleicht sollte sie sich erst einmal hinlegen und ein Nickerchen machen. Es war sowieso egal, was sie tat, denn viele Alternativen hatte sie ohnehin nicht.

Jay schüttelte den Kopf und kam sich irgendwie dumm vor. Da hatte er alles die ganze Zeit direkt vor der Nase gehabt und schlicht übersehen. Er hatte seinen Blickwinkel einfach zu stark eingeschränkt und die Querverbindung nicht erkannt.

Mochte ja sein, dass sich diese Sache mit der Konzentration auf den eigenen Nabel auf lange Sicht auszahlte, weil man so lernen konnte, die eigenen Gedanken transparenter werden zu lassen. Mochte sein, dass auch der Verstand dadurch entspannt wurde, aber dem *alten* Jay Gridley wäre so etwas niemals entgangen.

Vielleicht war es für seinen Job doch keine so gute Idee, ihn mental entspannt angehen zu wollen.

Er forstete alles noch einmal durch. Das wichtigste Bruchstück brauchte eine Weile, aber schließlich hatte er es geschafft. Natürlich war alles noch nicht ganz wasserdicht, aber ganz sicher war dies ein solcher Haufen von Verquickungen, die auch einen Elefanten erstickt hätten.

Herrgott noch mal.

Er musste die Informationen so schnell wie möglich an seinen Boss weiterleiten, damit der sich der Sache annehmen konnte. Jay war sich jedenfalls sicher, dass sich das, was er da entdeckt hatte, als von ziemlicher Bedeutung entpuppen dürfte. Er hatte schon nach dem Telefon gegriffen, um Michaels anzurufen, sich dann aber im letzten Augenblick dagegen entschieden, weil ihm die Sache zu heikel erschien. So etwas sollte nicht per Telefon oder über das Internet weitergegeben werden. Natürlich waren die Kommunikationseinrichtungen der Net Force verschlüsselt, was ganz besonders für die Virgils galt. Dabei wurden die Signale in komplexe Binärzahlen gewandelt, die angeblich von Normalsterblichen nicht geknackt werden konnten. Doch die kleine Episode in England mit dem Quantencomputer hatte Jays Vertrauen in die Unknackbarkeit von Binärcodes ein für alle Mal erschüttert. Und wenn er daran dachte, mit welchen Leuten sie es im Augenblick zu tun hatten, erschien es ihm auf jeden Fall angezeigt, die Informationen von Angesicht zu Angesicht weiterzugeben.

»Ich muss ins Hauptquartier«, rief er Saji rasch auf dem Weg zur Tür zu.

»So spät noch?« Sie öffnete die Augen und starrte ihn an, während sie weiter in ihrer Meditationsstellung verharrte.

»Ist wichtig. Ich liebe dich. Bis später.«

»Fahr vorsichtig«, sagte sie nur.

Die gesamte Fahrt zum HQ dachte er über seine Entdeckung nach. Junge, würde der Boss platt sein, wenn er von dieser Wendung erfuhr.

27

Internationaler Flughafen Dallas-Fort Worth

Tad lümmelte in einem Sessel in der Nähe des Flugsteigs und wartete auf seinen Anschlussflug nach LAX, dem internationalen Flughafen von Los Angeles. Selbst bis an die Haarspitzen abgefüllt mit Schmerzmitteln und Steroiden, war das alles, was er noch zuwege brachte. Jeder einzelne Muskel, jedes Gelenk, jeder einzelne Teil von ihm, dessen er sich bewusst war, tat weh, und ein abgrundtiefes, mahlendes Pochen erfüllte ihn bei jedem Herzschlag. Die beste Droge, die er bekommen konnte, schaffte es gerade noch, die Schmerzen ein wenig zu betäuben, war aber auch nicht nur annähernd in der Lage, sie zu beseitigen. Er war so müde, dass er kaum noch geradeaus blicken konnte, und jedes Mal, wenn er niesen musste, hatte er das Gefühl, ihm würde dabei der Schädel von den Schultern getrennt. Aber der Mist, den er gebaut hatte, war endlich ausgeräumt, auch wenn dafür ein armer Dummkopf ins Gras beißen musste. Wenigstens war Bobby jetzt nicht mehr sauer auf ihn. Er hasste es, Bobby zu enttäuschen, der ihm schon so viel verziehen hatte, ohne ihn vor die Tür zu setzen. Er war der einzige Freund, den er jemals gehabt hatte, und gleichzeitig der einzige Mensch auf Erden, der sich nicht daran störte, wie er war. Menschen, die zu einem hielten, ließ man nicht im Stich.

Ein ziemlich ausgeflipptes Mädchen zwischen achtzehn und neunzehn ging vorbei, setzte sich auf einen

Stuhl in der Reihe Tad gegenüber und starrte ihn an. Unter einer abgewetzten schwarzen Lederjacke, an der die Ärmel abgeschnitten waren, trug sie ein ebenfalls schwarzes abgetragenes T-Shirt. Dazu hatte sie schwarze Jogginghosen und pinkfarbene Tennisschuhe angezogen. Das kurze Haar war violett gefärbt, und sie hatte Ringpiercings in Nase, Lippe und Augenbrauen. Die Ohren waren mit insgesamt neun Nieten verziert. Tad hätte sich gewundert, wenn sie nicht noch mehr Gold und Stahl in ihrem Bauchnabel, den Brustwarzen und den Schamlippen stecken hätte. Sie schenkte ihm eine schiefes Lächeln und ... jawohl, da war auch das Zungenpiercing. Er schaffte es gerade noch, zur Antwort die Lippen zu kräuseln. Wahrscheinlich sah sie in ihm so etwas wie einen Seelenverwandten, was er wahrscheinlich auch war. Einige der Kids, die sich so herausputzten, waren Möchtegern-, einige wirkliche Nihilisten und ein paar von ihnen vielleicht sogar echte Anarchisten. Normalerweise konnte man bereits nach einer Unterhaltung von zwanzig bis dreißig Sekunden ziemlich genau erkennen, zu welcher der Gruppe sie zählten. Aber im Augenblick war er sogar zu fertig, sie mit einem Wink aufzufordern, sich zu ihm zu setzen, damit er das herausfinden konnte. Nicht, dass es im Grunde etwas ausgemacht hätte, wenn sie tatsächlich zu ihm herübergekommen wäre. Er war einfach nicht in der Verfassung, Koks zu schnupfen, einen Joint zu rauchen oder zu bumsen, wenn ihr Lächeln die Einladung dazu gewesen sein sollte. In Wahrheit stand er auf den Typ Frau, den auch Bobby bevorzugte: scheinbar mit Pressluft gefüllt Bunnys, die einem den Schwanz zuritten, als wäre der aus Eisen. Was aber auch nicht heißen sollte, dass er im Augenblick auf diesem Gebiet besonders interessiert gewesen wäre. Na ja, vielleicht mit Ausnahme der königlichen Sauerei mit Wonder Woman im Sportstudio.

Die Durchsagetante meldete sich und brabbelte irgendetwas. Tad hatte keinen Schimmer, was sie gesagt hatte, doch die Leute begannen sich zu erheben, ihr Handgepäck zu schultern oder kleine Bordkoffer hinter sich her zu ziehen, als würden sie von Samsonite gebaute Hunde an der Leine führen, die keine Lust hatten, Gassi zu gehen. Tad hatte keinerlei Gepäck. Wenn er frische Wäsche brauchte, kaufte er welche, und das schmutzige Zeugs warf er einfach weg, ganz gleich ob es sich dabei um Hemden, Hosen, Unterwäsche oder Socken handelte. Das war ein Trick, den er vor scheinbar tausend Jahren, praktisch als Kind der Straße, in Phoenix, Arizona, gelernt hatte: Wenn man auf Reisen ging, sollte man dies stets mit leichtem Gepäck tun. Wenn man nichts bei sich hatte, konnte einem auch nichts geklaut werden. Man brauchte an nichts zu denken, und wenn man sich trennte, gab es auch keinen Grund für einen Blick zurück. Sein gesamtes Gepäck bestand aus dem Ausdruck seines elektronischen Tickets und der Brieftasche, in der rund fünfhundert Dollar, ein paar Kreditkarten und sein Personalausweis steckten. Das alles befand sich in seiner mit einem Reißverschluss gesicherten Gesäßtasche. So lange also niemand kam, ihm einem Klaps auf den Hintern versetzte und dabei ausraubte, würde er sie auch nicht verlieren. Und wenn doch? Scheiß drauf. Das spielte auch keine Rolle, oder? Es gab noch mehr Brieftaschen, Kreditkarten und Geld. Nichts davon war wirklich wichtig.

Das Mädchen war auch aufgestanden und hatte sich hinter Tad eingereiht, als sie auf die Stewardess zugingen, die die Bordkarten in Empfang nahm. »Ich hab ein bisschen Koks«, flüsterte sie. »Wenn du was abhaben willst, dann komm mir zur Toilette nach, wenn du siehst, dass ich in die Richtung gehe.«

Tad quälte sich ein halbherziges Grinsen ab. »Cool«, meinte er, obwohl er sich ziemlich sicher war, dass er gar nicht mitbekommen würde, wenn sie sich tatsächlich auf den Weg machte. Er flog Erster und sie in der Touristen-Klasse, wenn sie sich hier nicht nur unters gemeine Volk gemischt hatte, was er allerdings nicht glaubte. Darüber hinaus hatte er sein eigenes Kokain und wusste ganz genau, wie rein es war. Straßendrogen bargen immer ein Risiko. Sollte er sich in absehbarer Zeit besser fühlen, konnte er seinen Stoff ja immer noch mit ihr teilen. Dabei ließe sich eventuell auch herausfinden, was sie alles mit ihrem Zungenpiercing veranstalten konnte.

Er hatte jedenfalls vor, sich, sobald er in Malibu angekommen war, erst einmal seinen Zusammenbruch zu gönnen und eine Woche ohne Unterbrechung zu schlafen. Vielleicht hatte er sich anschließend wieder so weit erholt, dass er den Hammer wieder kreisen lassen konnte. Jetzt, nachdem alles um Bobby wieder in ruhige Bahnen gelenkt war, gab es auch keinen Grund mehr, nach Hawaii zu fliegen oder gar das Geschäft auf Sparflamme zu betreiben. Das Leben ging wieder seinen gewohnten Gang, und er konnte erneut seinen persönlichen Weg in die Hölle beschreiten, sobald er sich dazu in der Lage fühlte.

Quantico, Virginia

Jay wäre vor Ungeduld beinahe herumgehüpft, weil er es kaum erwarten konnte, seine Neuigkeiten loszuwerden.

Michaels lächelte nur und deutete auf einen der Sessel. Jay setzte sich in die angegebene Richtung in Bewegung, blieb dann aber stehen.

»Also, gut. Dann legen Sie mal los. Sie haben unseren Dope-Dealer geschnappt?«

Jay runzelte die Stirn, als wäre dies die letzte Sache, die ihn interessierte. »Was? Oh, nein. Wenn wir einen Film drehen würden, wäre das die A-Story. Was ich zu bieten habe, ist eine B-Story. Na ja, zumindest ein Teil davon.«

»Und jetzt wollen Sie mich raten lassen, worum es dabei geht?«

»Okay, okay. Passen Sie auf. Ich habe mich mit diesen Typen Lee von der DEA und George von der NSA befasst. Nichts. Keine Verbindungen. Aber dann habe ich die Suchfilter erweitert und bin über Lyn Davies Lee und Jackie McNally George gestolpert.«

»Und dabei handelt es sich um …?«

»Die Exfrauen der beiden. Lee und George haben ihre Frauen in der juristischen Fakultät kennen gelernt. Nach der Hochzeit trennten sich ihre Wege für ein paar Jahre. Beide sind inzwischen wieder geschieden.«

»So ist es mir auch ergangen, Jay. Gleiches gilt darüber hinaus auch für rund fünfzehn Prozent sämtlicher Ehepaare, die in den letzten zwanzig Jahren geheiratet haben.«

Der junge Mann grinste breit. »Yeah. Aber Lynn Davis und Jackie McNally waren Zimmergenossinnen in der Uni.«

»Tatsächlich. Das ist wirklich ein merkwürdiger Zufall.«

»Es wird sogar noch besser, Boss. Lynn Davis – sie hat nach der Scheidung wieder ihren Mädchennamen angenommen – ist heute Rechtsanwältin und arbeitet als Teilzeitdozentin in Atlanta. Soweit ich herausbekommen konnte, zieht sie … äh … Frauen männlicher Gesellschaft vor.«

»Wie schockierend. Na und?«

»Gleiches gilt auch für Jackie McNally. Sie hängt es nicht an die große Glocke, aber offensichtlich ist sie auch eine Lesbe.«

Michaels dachte eine Sekunde über diese Information nach. »Hm.«

»Ja. Sehen Sie jetzt auch, weshalb ich so schnell wie möglich herkommen musste? Haben Sie nicht auch den

Eindruck, dass es, nun, etwas *sonderbar* ist, wenn zwei Jungs College-Zimmergenossinnen heiraten, die heute Lesben sind?«

»Zumindest ist es ein ziemliches Armutszeugnis für die Jungs, was ihre Qualitäten als Liebhaber angeht. Aber es beweist gar nichts, oder?«

»Nein. Aber was wäre, wenn Miss Davis und Miss McNally bereits diese sexuellen Neigungen hatten, *bevor* sie heirateten? Soweit ich es beurteilen kann, war das nämlich der Fall.«

Michaels kaute einen Augenblick auf dem letzten Satz herum. »Aha«, meinte er dann und begann langsam zu verstehen.

»Es macht Sinn«, fuhr Jay fort. »Es gibt nämlich immer noch etliche Bereiche – ungeachtet der Gesetzgebung –, in denen Homosexualität nach wie vor noch ein Problem ist. Bundesbehörden dürfen diesbezüglich keine Diskriminierungen zulassen, aber Sie wissen ja selbst, wie der Hase läuft. Sobald man sich als Schwuler outet, setzt man sich selbst unter eine Käseglocke.«

Michaels nickte. Das stimmte tatsächlich, ob es einem nun passte oder nicht, und es galt tatsächlich ganz besonders bei den Sicherheitsbehörden. Rein theoretisch war ein bekennender Schwuler kein Problem für eine Einsatzverwendung, doch wenn sich jemand nicht dazu bekannte, war er automatisch ein potenzielles Erpressungsopfer, weil er oder sie nicht geoutet werden wollte. Jetzt hatte er auch eine recht gute Vorstellung davon, worauf Jay hinauswollte, zog es jedoch vor, zu schweigen und ihm mit einem Handzeichen zu bedeuten fortzufahren.

»Also, gehen wir doch einmal von folgender Situation aus. Lee und George sind ... wie soll ich sagen ... Männer, die Männer mögen. Beiden ist klar, dass ihnen diese Neigung bei einer Reihe von Behörden den Weg nach oben auf der Karriereleiter versperren würde. Und sie wissen, dass Lesben mit den gleichen Problemen zu kämpfen haben.«

»Also nehmen Sie an, dass hier zwei schwule Männer zwei lesbische Frauen geheiratet haben, um auf diese Weise sämtlichen Beteiligten einen sicheren heterosexuellen Hintergrund zu verschaffen?«

»Auf den ersten Blick eigentlich weniger«, sagte Jay. »Auf dem Papier eine Exfrau beziehungsweise einen Exmann vorweisen zu können reicht möglicherweise schon, Flüstern hinter vorgehaltener Hand zu unterbinden, besonders dann, wenn man sich nach der Scheidung sehr diskret verhält. Inzwischen scheint es aber so, als wären Lee und George nicht mehr die besten Freunde, vielleicht sind sie sogar regelrecht verfeindet. Das würde manch eine Sache verständlicher machen.«

Michaels nickte wieder. »Könnte sein. Gut gemacht, Jay. Danke schön.«

Nachdem Jay den Raum verlassen hatte, durchdachte Michaels alles noch einmal in Ruhe und griff dann zum Telefon. Er musste die Sache mit John Howard besprechen. Ihm war ein ganz böser Gedanke gekommen, und obwohl er hoffte, dass sich die Dinge nicht in diese Richtung entwickeln würden, durfte er keinesfalls darüber hinweggehen.

Howard nickte zustimmend in Michaels' Richtung. Er hatte im wahrsten Sinne des Wortes gerade Büroklammern verbogen, als der Commander anrief. Jeder Grund, den Schreibtisch verlassen zu können, war ihm willkommen gewesen.

»Keinerlei Zweifel im Hinterkopf?«, fragte Michaels.

»Nein, Sir. Lee hat den Mann einfach abgeknallt. Zeigler stand ohne Zweifel und völlig offensichtlich unmittelbar davor, das Messer fallen zu lassen. Er war gerade dabei, von der Geisel zurückzutreten, und als Lee zu feuern begann, stand der weniger als drei Meter von ihm entfernt. Außerdem war mein Funkgerät die ganze Zeit über auf Senden geschaltet. Lee hat also genau gehört, dass Zeigler sich ergeben hat. Nein, Sir. Dieser Typ ist schon seit Jahren Einsatzagent der DEA und hat unzählige Razzien hinter sich. Bei einigen davon ist es auch zu Feuergefechten gekommen, wie ich bei einer Überprüfung der entsprechenden Berichte erfahren habe. Als er den Abzug betätigte, wusste er ganz genau, dass die Situation bereits unter Kontrolle war.«

»In Ordnung. Gehen wir doch einmal rein hypothetisch davon aus, dass er nicht in Panik gehandelt hat, seine Schüsse kein Unfall waren und er den Mann vorsätzlich umgebracht hat. Das wirft eine gewichtige Frage auf, nicht wahr?«

»Allerdings, Sir. Nämlich die, warum er das getan haben sollte.«

»Richtig. Haben Sie irgendwelche Theorien in diese Richtung?«

»Ich habe schon einmal darüber nachgedacht. Unterstellt, dass keinerlei persönliche Hassgefühle zwischen den beiden Männern bestanden, bin ich immer wieder zu dem einen Schluss gekommen, dass er verhindern wollte, dass Zeigler seinen Dealer preisgibt.«

»Das macht aber keinen Sinn«, warf Michaels ein, »schließlich war es doch Sinn und Zweck der ganzen Razzia, das herauszufinden. Der Typ sollte anschließend genau deshalb unter Druck gesetzt werden.«

»Stimmt schon, Sir. Tatsache ist jedoch, dass Zeigler in Panik war und kurz davor stand, alles auszuquatschen, als Lee ihn zweimal durchlöcherte.«

Wenn man dem Commander Zeit ließ, konnte man sicher sein, dass er die richtigen Schlüsse zog. »Und das an einer Stelle, wo auch noch ein anderer alles mitbekommen hätte, nämlich Sie.«

»Genau, Sir. Ich. Und natürlich das Hausmädchen.«

Michaels schüttelte den Kopf. »Gefällt mir überhaupt nicht, John. Irgendetwas stinkt hier zum Himmel.«

»Der Ansicht bin ich auch.«

Der Commander presste die Fingerspitzen zusammen und lehnte sich im Schreibtischsessel zurück. »Wenn Lee also allein dort gewesen wäre, hätte er jederzeit behaupten können, Zeigler erschossen zu haben, um das Mädchen zu retten.«

»... das ohnehin gerade mal fünf Worte Englisch spricht und so verängstigt war, dass es nicht einmal mehr wusste, wo oben und unten war«, fügte Howard hinzu. »Sie hätte alles andere als eine verwertbare Zeugin abgegeben.«

»Wenn es also zur Untersuchung über den Todesschuss kommt, oder wie auch immer das bei der DEA bezeichnet wird, wird alles, was Sie auszusagen haben, Lee ausgesprochen schlecht dastehen lassen. Er wird längst wissen, dass ihn seine Handlungsweise die Karriere kosten wird.«

»Das sehe ich auch so, Sir. Wenn man mir Glauben schenkt, wird es ihn den Job kosten. Wenn er einer von meinen Männern wäre, würde ich ihn hochkant feuern und außerdem den zuständigen Bezirksstaatsanwalt bitten, Anklage zu erheben, wobei Totschlag noch das Mindeste wäre, eine Anklage wegen Mordes der Sache aber weit mehr gerecht würde.«

»Aber er war sich dessen doch ebenso bewusst und dennoch bereit, jemanden vor Zeugen umzulegen.«

»Vielleicht hat er sich ja eingebildet, er könnte genug Staub aufwirbeln, um damit durchzukommen.«

»Jetzt sollten Sie aber Ihr Licht nicht zu sehr unter den Scheffel stellen, John. Sie sind schließlich der militärische Leiter der Net Force und stehen immerhin im Range eines Generals. Sie können ihn schon in ziemlich grellem Licht dastehen lassen.«

»Ja, Sir. Aber das bringt uns zur großen Frage zurück: Warum hat er es getan? Was war denn hier so wichtig, dass er für den Fall, dass wir darüber gestolpert wären, bereit war, seinen Job aufs Spiel zu setzen?«

»Keine Ahnung. Aber ich habe das Gefühl, dass wir es unbedingt herausfinden sollten.«

»Ja. Sir. Ich glaube, das ist richtig.«

»Aber, John, es gibt da noch ein dickes Ding, über das wir uns Gedanken machen sollten.«

»Und das wäre, Sir?«

»Es ist nicht auszuschließen, dass Lee seinen Job liebt und gegebenenfalls alles zu tun bereit ist, ihn zu behalten.« Er hob eine Augenbraue, während er das sagte.

Nun, auch Mutter Howard hatte ganz bestimmt keines ihrer Kinder als Dummchen aufwachsen lassen. »Das weitet die Sache ein wenig aus, nicht wahr?«

»Er hat einen weltberühmten Filmstar erschossen, und das vor den Augen eines Zeugen, der mit seiner Aussage bewirken kann, dass er gefeuert, vielleicht darüber hinaus auch noch eines Kapitalverbrechens angeklagt wird. Es ist schließlich immer möglich, dass einem solchen Augenzeugen etwas passiert. Wenn ein derartiger Unglücksfall einträte, bräuchte er sich keine so großen Sorgen mehr zu machen, oder?«

Howard nickte. »Ich verstehe, was Sie meinen. Ich werde jedenfalls von jetzt an immer erst prüfen, ob die Bremsen meines Autos funktionieren, bevor ich losfahre.«

»Und sehen Sie auch zu, John, dass nichts an der Zündung Ihres Autos angeschlossen ist. Ich habe keine große Lust, mich mit einem neuen militärischen Leiter zusammenraufen zu müssen.«

»Jawohl, Sir. Mir ist es auch gründlich zuwider, Ihnen Unannehmlichkeiten zu bereiten.«

Die beiden lächelten einander an.

Doch als Howard das Büro verlassen hatte, überdachte

er noch einmal alles, was Michaels gesagt hatte. Lee schien tatsächlich eine außer Kontrolle geratene Kanone zu sein. Er hatte wahrlich keine Lust, vor deren Mündung zu stehen, wenn sie losging.

28

Los Angeles, Kalifornien

Drayne gehörte nicht zu den Menschen, die den gleichen Fehler zweimal begingen. Das galt ganz besonders für solche Fehler, die ihn zumindest theoretisch die Freiheit kosten konnten. Kaum war er in L.A. gelandet, griff er daher noch während der Fahrt nach Hause nach dem Telefon und rief eine Immobilienmaklerin an, der er nie zuvor im Leben begegnet war. Er hatte ihre Nummer aus dem Telefonverzeichnis und sich für sie lediglich aufgrund ihres schön klingenden Namens entschieden.

»Silverman Realty«, meldete sich die Frau, »Sie sprechen mit Shawanda.«

Shawanda Silverman. Welche Art von Mischehe mochte diesen großartigen Namen zuwege gebracht haben? Er gefiel ihm sofort.

»Ja, Ma'am. Hier spricht Lazlo Meade. Ich werde wegen eines anstehenden Projekts für voraussichtlich ein Jahr nach Los Angeles ziehen müssen.«

»Was kann ich für Sie tun, Mr. Meade?«

»Also, was ich suche, ist ein vollständig möbliertes Haus mit drei bis vier Schlafzimmern. Es sollte einerseits nicht allzu weit von den Zentren entfernt sein, andererseits aber trotzdem eine hübsche Lage haben. Vielleicht in einem der kleinen Canyons vor der Stadt, hatte ich mir gedacht.«

»Ich bin mir sicher, dass ich Ihnen da helfen kann. Über welche … äh … Preislage sprechen wir?«

»Nun, die Firma trägt die Kosten … ich bin im Bereich Flugzeugersatzteile und Wartung tätig. Ich denke, dass Sie sicherlich etwas Passendes finden können, bei dem der Mietzins zwischen acht- und zehntausend Dollar pro Monat liegt?«

Jetzt konnte er die Registrierkasse in ihrer Stimme fast klingeln hören. »Das wird überhaupt kein Problem sein«, versicherte sie viel zu schnell. »Ich kann Ihnen gern eine Liste von in Frage kommenden Objekten erstellen, die wir uns dann zusammen ansehen können.«

»Also, ehrlich gesagt stehe ich im Moment etwas unter Zeitdruck und bin bis an die Augenbrauen mit Arbeit zugeschüttet worden. Ich weiß nicht mehr genau, wer, aber jemand, für den Sie schon einmal eine ähnliche Sache erledigt haben, hat mir Ihren Namen gegeben. Vielleicht wäre es möglich, dass Sie, wie soll ich sagen, selbst ein Objekt auswählen, von dem Sie meinen, dass es für mich und meine Frau passt, und in unserem Auftrag schon mal alle Formalitäten erledigen? Ich werde auch gleich eine elektronische Anweisung fertig machen. Für den ersten Monat, die Kaution, Rücklage für die Hausreinigung, Sicherheitsabgaben und so weiter sollten, sagen wir vierzigtausend Dollar, eigentlich reichen, oder? Außerdem werde ich natürlich per elektronischer Unterschrift alles abzeichnen, was erforderlich ist, um den Ball ins Rollen zu bringen. Wir können uns ja dann immer noch zu einem späteren Zeitpunkt kennen lernen. Je eher ich aus diesem Hotel herauskomme und richtige Räumlichkeiten beziehen kann, desto besser.«

»Das kann ich gut verstehen, Mr. Mead. Ich bin mir ganz sicher, dass ich ein Haus finden werde, das Ihren Vorstellungen entspricht. Haben Sie noch irgendwelche Vorgaben, was Möblierung, Schulen oder so etwas angeht?«

»Nun, meine Frau mag dieses moderne Zeugs, und ich möchte, dass sie sich wohl fühlt. Also keine Möbel aus der Gründerzeit bitte. Da wir keine Kinder haben, spielen Schulen keine Rolle.«

»Ich werde sehen, was ich für Sie tun kann. Ist es Ihnen recht, wenn ich Ihnen ein paar Fotos maile?«

»Ja, das ist eine gute Idee.« Er gab ihr eine der Remail-Adressen, die er benutzte. Wahrscheinlich hatte sie längst die ID-Nummer des sauberen Handys notiert, das er für solche Transaktionen zu benutzen pflegte und auf eine Firma namens Projects Inc. hatte registrieren lassen. Ein ausgezeichneter Firmenname, unter dessen Dach sich so ziemlich alles unterbringen ließ, denn was besagte er wirklich? Nichts. Er gab ihr seine Nummer. Sobald sie etwas gefunden hatte, würde sie sich bei ihm melden. Er versprach, die Überweisung gleich am kommenden Morgen zu erledigen.

Nachdem er die Verbindung getrennt hatte, fühlte er sich um Klassen besser. In ein bis zwei Tagen würde er über einen Schlupfwinkel verfügen. Sollte er dann noch gezwungen sein, Malibu überstürzt verlassen zu müssen, hätte er bereits einen Ort, an den er sich zurückziehen und die Dinge zur Ruhe kommen lassen konnte. Er hatte einen dicken, großen, bombensicheren, fest mit dem Betonboden verbolzten Tresor bei einem U-Store-It Lagerhaus-Unternehmen am Ende des Ventura Boulevard angemietet. Heute würde er gegen Abend über den Hügel fahren und den größten Teil des Bargeldes aus dem Haus am Strand dort deponieren. Vielleicht auch ein paar Flaschen des besten Champagners. Der Tresor hatte die Größe von zweieinhalb mal drei Meter und war voll klimatisiert. Darauf hatte er Wert gelegt. Waren erst einmal sein Geld in Sicherheit und der Schlupfwinkel bezugsfertig, hatte er schon die halbe Ernte eingefahren.

Außerdem würde sich bis dahin auch Lazlo Mead zu

einer ausgewachsenen Identität gemausert haben. Drayne nannte nämlich eine ganz wunderbare Software und Kartenvorräte – natürlich alles illegal – sein Eigen, mit denen man hervorragende Ausweise herstellen konnte. Nur ein paar Stunden Arbeit, ein guter Farblaserdrucker, hier ein Wasserzeichen, da ein Hologramm und – voilà! Schon hatte Mr. Lazlo Mead einen Führerschein aus, na sagen wir einmal Iowa. Darüber hinaus eine Sozialversicherungskarte, vielleicht noch die Kundenkarte einer Leihbücherei und ein paar Kreditkarten, die perfekt aussahen, obwohl sie natürlich nicht freigeschaltet waren. Außerdem konnte man mit diesem Programm Fotomontagen erstellen, mit denen er eine Ehefrau und Schwiegereltern zum Leben erwecken konnte.

Das würde jedenfalls die Grundlagen absichern. Sobald Tad wieder zu Hause war, konnte er sich um den anderen Teil kümmern und die Mietmuskelmänner anheuern. Ein paar bewaffnete Leibwächter sollten in der Lage sein, ihnen die notwendige Zeit zu verschaffen, sich in Sicherheit zu bringen, falls jemand anfing, unangenehme Fragen zu stellen. Für die Bodyguards musste er sich jetzt nur noch eine ausreichend plausible Story einfallen lassen. »Wenn jemand ›Aufmachen, Polizei!‹, schreit«, würde er ihnen erzählen, »glaubt ihnen nicht. Das sind dann Typen, die versuchen, uns die Kehle durchzuschneiden und auszurauben.« Tad kannte Leute, die sich einen Dreck darum scherten, ob es sich bei dem, der sie anstellte, nun um Drogen- oder Waffenhändler handelte, so lange sie nur entsprechend bezahlt wurden. Wenn das Honorar fürstlich genug ausfiel, würden diese Typen auch keine Skrupel haben, sich eine Schießerei mit den Cops zu liefern.

Vielleicht sollte er sich auch selbst eine Kanone zulegen. Bislang hatte er noch nie eine Notwendigkeit dafür gesehen, aber nachdem der Zee-ster ins Gras gebissen hatte, war ihm der Gedanke gekommen, dass es vielleicht doch nicht so schlecht wäre. Er hatte keinerlei Übung im Umgang mit Waffen, aber schließlich brauchte man ja dazu auch kein Raketentechniker zu sein, oder? Jeder bescheuerte Ganove in East Los Angeles konnte mit einer Kanone umgehen, also dürfte das wohl keine allzu große Kunst sein. Zielen und den Abzug betätigen, und schon machte es *Peng*! Wenn man ein wenig damit herumwedelte, war eine Pistole fast eine Art Zauberstab: Die Leute erschreckten sich und wurden aufmerksam. Auf jeden Fall sollte es eine Waffe sein, die cool aussah. Eine aus Edelstahl, wie sie die Filmstars in den Abenteuerfilmen benutzten. Vielleicht auch mit Griffschalen aus Perlmutt oder etwas in dieser Art.

Natürlich würden diese Schutzmaßnahmen ein gehöriges Loch in seine Barschaft reißen. Vierzig Riesen für das Haus und wahrscheinlich noch einmal fünfzig bis sechzig für die Bodyguards. Und das wäre erst der Anfang. Aber es war nun mal notwendig. Er war bis jetzt eben etwas zu lasch gewesen. Doch diese Zeiten waren nun vorbei. Die Vorgänge der letzten Zeit hatten so etwas wie ein Alarmschrillen bei ihm ausgelöst, und er hatte nicht die Absicht, sich überraschen zu lassen. Bislang war alles im Grunde nicht mehr als ein wirklich großartiges Spiel gewesen. Wenn aber die ersten Abnehmer von den Feds hochgenommen wurden, stieg der Grad, mit dem die Sache ernst wurde, dramatisch an. Er hatte eigentlich nie daran gedacht, einmal geschnappt zu werden. Na ja, zumindest nicht ernsthaft. Doch der Gedanke daran, Jahre in einem Bundesgefängnis verbringen und sich irgendeinen großen, geilen Kerl namens Bubba vom Leib halten zu müssen, fand er alles andere als attraktiv. Folglich musste er jetzt den Preis dafür zahlen, dass es nicht dazu kam. Geld war noch der am leichtesten zu bewältigende Posten des Deals. Wenn er die entsprechende Nachricht durchsickern ließ, konnte er problemlos fünfzig bis sechzig Hammer pro Woche absetzen. Zog er das zwei bis drei Monate lang und dann jede Woche oder alle vierzehn Tage durch, würde es die Kosten mehr als decken. Also, das wäre damit schon mal geregelt. Sagen wir eine halbe Million innerhalb der nächsten paar Monate, und dann erst mal Pause machen.

Man musste eben über eine bestimmte Brücke gehen, wenn man keine andere Wahl mehr hatte. Die Sache mit dem Zee-ster war schon verdammt knapp gewesen. Er würde sich jedenfalls nie wieder derart eng mit einem Abnehmer einlassen. Schließlich war er doch intelligenter als die meisten anderen Menschen und sich dieser Tatsache auch durchaus bewusst. Außerdem blickte er auch besser durch. Doch wenn die Dinge anfingen, hektisch zu werden, musste man genau darauf achten, wohin man trat. Fast alles da draußen konnte einen straucheln lassen.

Die »Büro«-Nummer klingelte. Verwundert runzelte Drayne die Stirn, als er entdeckte, dass die Nummer des Anrufers unterdrückt war. Er hatte allerdings so eine Ahnung, wer da anrief.

»Polymers, Drayne.«

»Robert. Hier spricht dein Vater.«

Jesus. Glaubte der Alte eigentlich immer noch, er wäre nach all den Jahren nicht in der Lage, seine Stimme am Telefon zu erkennen? »Hi, Dad. Was gibt's?«

»Ich werde morgen von deiner Tante aus nach Hause fahren und habe mir gedacht, wir könnten vielleicht noch zusammen frühstücken, bevor ich mich endgültig auf den Weg mache.«

Drayne hatte das Gefühl, als kratzte ihm ein eiskalter Finger die Wirbelsäule entlang. Sein Vater wollte sich mit ihm treffen? Das war nun wirklich äußerst merkwürdig. »Na klar. Ich kenne etliche Lokale in der Nähe von Edwinas Haus, wo man gut frühstücken kann.«

»Dann nenn mir eines, und ich lasse mir von Edwina erklären, wie ich da hinkomme.«

»Mache ich.«

»Wir treffen uns um sieben Uhr früh«, bestimmte sein Vater. Keine Frage etwa.

»Punkt sieben«, bestätigte Drayne, was eigentlich überflüssig war, wenn er mit seinem Vater sprach. Er nannte ihm den Namen eines guten Frühstücksrestaurants in der Nähe der Küstenautobahn.

Als er die Verbindung trennte, runzelte Drayne ein weiteres Mal die Stirn. Sei's drum. Sein Vater verließ die Stadt, und es war nicht auszuschließen, dass ein bis zwei Jahre vergehen konnten, bis sie einander wiedersahen. Außerdem war ein gemeinsames Frühstück schließlich keine große Sache, sah man einmal von der Tatsache ab, dass das seit zehn Jahren die erste Einladung dieser Art seitens seines alten Herrn war.

Vielleicht will er nur, dass ich mich etwas mehr um Edwina kümmere, überlegte Drayne. *Vielleicht hat er aber auch, während wir in der Kirche saßen, gefühlt, wie sich langsam die kalte Hand des Todes nach ihm ausstreckt, und will mir seinen letzten Willen mitteilen?*

Bei diesem Gedanken musste Drayne laut lachen. *Das wäre dann wirklich der Tag der Tage.*

Washington, D.C.

Toni fühlte sich besser, nachdem sie heute fast den kompletten Nachmittag verschlafen hatte, und ließ sich nun von Alex dessen Tagesablauf erzählen. Wenigstens schien er der Ansicht zu sein, dass ihr Gehirn noch gut genug funktionierte, um sie nach ihrer Ansicht über die anliegenden Fälle zu fragen. Andererseits war sie lange genug seine Assistentin gewesen, um zu wissen, in welche Richtung es ging.

»Also, das ist alles, was wir bis jetzt über unsere Freunde bei DEA und NSA haben«, beendete er seinen Bericht. »Was hältst du davon?«

Sie überdachte noch einmal, was er gesagt hatte. »Na ja. Du kennst ja selbst die klassischen Motive für die meisten Verbrechen: Leidenschaft, Nervenkitzel, Rachsucht, Psychosen und persönliche Vorteile. Führt man sich diese Faktoren vor Augen, sehe ich keinen besonderen Grund, weshalb er Zeigler aus persönlichen Vendettamotiven hätte umbringen sollen, es sei denn, er hat seine Filme *wirklich* gehasst. Aber ich bin eigentlich nicht der Ansicht, dass er ein so grottenschlechter Schauspieler war. Aus deinen Schilderungen kann ich aber ebenso wenig ableiten, dass er es aus Gründen des Nervenkitzels getan hat oder psychisch gestört ist. Bleibt eigentlich nur noch der persönliche Vorteil, oder?«

»Selbst da sehe ich keinen Zusammenhang«, wandte er ein. »Einen berühmten Filmstar umzubringen ist nicht unbedingt die Tat, die einem neue Freunde oder finanzielle Vorteile einbringt.«

»Erinnerst du dich noch an die Telefonate, in denen man dich mit Job-Angeboten in der pharmazeutischen Industrie ködern wollte?«, fragte sie.

Er schmunzelte. »Allerdings.«

»Pass auf. Aus dem, was du mir erzählt hast, konnte ich unschwer ableiten, dass ein reges Interesse an dieser Droge besteht. Wir reden vom ganz großen Geld. Vielleicht hat jemand Mr. Lee davon überzeugt, dass er einen nicht unerheblichen Teil dieses Kuchens abbekommen könnte, wenn er den Dealer – oder dessen Formel – der richtigen Partei zuspielt. Folglich war ihm sicherlich nicht daran gelegen, dass die Net Force den Typ als Erste in die Finger bekommt. Ebenso logischerweise musste er natürlich verhindern, dass John den Namen des Dealers erfährt. Habe ich Recht?«

Er konnte sie nur noch anstarren. »Wow!«

»Untersteh dich, so erstaunt zu tun, Alex Michaels«, sagte sie. »Von Zeit zu Zeit funktioniert mein Verstand auch noch dann, wenn die Hormone gerade wieder einmal versuchen, ihn in seine Einzelteile zu zerlegen.«

»Das hast du gesagt, nicht ich«, wehrte er grinsend ab.

Sie tat so, als würde sie ihn herausfordernd anstarren, konnte dann aber doch nicht mehr an sich halten und erwiderte sein Lächeln.

»Wie dem auch sei. Diese Theorie hat etwas für sich. Vielleicht schafft Jay es, eine Verbindung herzustellen, den Bericht über einen entsprechenden Kontakt oder etwas in dieser Art auszugraben.«

»Diese Typen werden sicherlich sehr gut sein, wenn es darum geht, Spuren zu verwischen«, wandte sie ein. »Besonders, wenn sie, wie Jay glaubt, eine jahrelange Übung darin haben.«

»Egal. Es ist auf jeden Fall ein Punkt, den wir genauer ins Auge fassen sollten, selbst wenn die Frage, ob wir den Dealer überhaupt in die Finger bekommen, offen bleibt.«

»Du wirst ihn finden«, sagte sie. »Ich vertraue voll und ganz in deine Fähigkeiten.«

»Könnte sein, dass du da die Einzige bist.«

»Wie viele brauchst du denn?«

Er lächelte wieder. »Warum, gnädige Frau, bin ich mir eigentlich so sicher, dass eine mehr als genug ist?«

29

Quantico, Virginia

Howard war es satt, dauernd Szenarien durchzuspielen, und noch mehr war er es satt, tatenlos herumzusitzen. Es juckte ihn in den Fingern, etwas zu unternehmen, und er spielte bereits mit dem Gedanken, einige Einsatzübungen in der realen Welt anzusetzen, nur um die Spinnweben aus dem Hirn zu vertreiben. Man musste die Männer auf Zack halten, selbst wenn es im Augenblick nichts gab, dessentwegen sie hätten auf Zack sein müssen, und auch wahrscheinlich nichts Derartiges bevorstand. Zumindest hoffte er das.

»Ich freue mich immer, wenn ich einen Mann hart arbeiten sehe.«

Howard blickte auf und entdeckte Julio, der in der Tür zu seinem Büro stand. »Lieutenant Fernandez. Was führt Sie zu mir?«

»Ich denke, meine Kampfstiefel, Größe 45.«

»Und? Gibt es einen besonderen Grund für diesen Besuch?«

»Allerdings. Gute Neuigkeiten, General Howard, Sir.«

»Dann treten Sie ein. Gute Neuigkeiten kann ich immer gebrauchen. Genau genommen bedeuten alle Neuigkeiten, ganz gleich, ob nun gut oder schlecht, wenigstens eine Abwechslung.«

»Ich denke, an der werden Sie Ihre Freude haben.«

Howard blickte auf den flachen, schwarzen Hartschalenkoffer in Julios Hand. Er war etwa neunzig Zentimeter lang und halb so breit. »Sie können meiner gespannten Aufmerksamkeit gewiss sein, Lieutenant.«

»Sie erinnern sich vielleicht noch an dieses spezielle Wettschießen über tausend Meter unter verschärften Bedingungen, das für Angehörige aller Teilstreitkräfte des amerikanischen Militärs ausgeschrieben wird und jeden November in Camp Perry stattfindet?«

»Oh, ja. Und wie ich mich daran erinnere. Ist das nicht das Wettschießen, bei dem die Schützen der Net Force mit schöner Regelmäßigkeit den letzten Platz belegt haben … hinter den Marines, der Army und sogar der *Navy*?«

»Aber doch nur, weil Sie sich geweigert haben, Gunny

die Teilnahme zu befehlen. Er hätte sie alle geschlagen. Außerdem haben wir letztes Jahr die Navy geschlagen.«

»Nur, weil deren Schütze durch einen blöden Zufall seinen Gehörschutz verloren hat und ihm deswegen das Trommelfell geplatzt ist.«

»Jedenfalls haben wir sie geschlagen. Egal, warum und wieso.«

Howard nickte in Richtung des Koffers. »Eine Geheimwaffe?«

»Na ja. Eine Waffe, das stimmt, aber geheim ist sie nicht. Nur neu. Sehen Sie mal.«

Julio stellte den Koffer auf dem alten Kartentisch ab, der Howards Schreibtisch gegenüber stand, ließ die Schlösser aufschnappen und klappte den Deckel hoch.

Howard schritt hinüber und nahm die im Koffer liegenden Komponenten in Augenschein.

»Nicht möglich. Tatsächlich ein Gewehr. Sieht aus wie ein BMG, Kaliber 50, mit Zylinderverschluss«, meinte er dann.

»Richtig, Sir. Aber nicht *irgendein* Karabiner, Kaliber 50. Das hier ist ein Prototyp des künftigen EMD Arms Modell XM-109A Windrunner, den Bill Ritchie persönlich konstruiert hat. Dritte Generation. Davon gibt es nur zwei Stück.«

Julio griff in den Koffer und nahm den Schaft mit dem darin eingebauten Verschluss heraus. »Dieser Verschluss wurde aus 17-4 PH Edelstahl hergestellt, thermisch behandelt und ist jetzt härter als Rockwell 45, und das ist schon ein sehr hoher Härtegrad. Gewicht: knapp acht Kilo. Der Lauf ist computergefräst, wodurch unglaublich knappe Toleranzen möglich wurden. Mit voll eingeklapptem Schaft ist die Waffe schlappe fünfzig Zentimeter lang. Vorn hat der Schaft eine kohlefaserverstärkte Kappe, und die Schaftbacke hat eine verrottungsfreie Bio-Gel-Füllung.«

»Allerdings wird man sich nach dem Schießen wohl intensiv um die eigene Schulter kümmern müssen, oder?«

»Nein, Sir. Der Rückstoß ist nicht stärker als bei einer 12er Magnum-Flinte. Natürlich wird es Sie knapp einen halben Meter zurückwerfen, wenn Sie stehend freihändig feuern, weshalb Sie sich schon besser hinter die Waffe legen und diese fest einziehen sollten.«

»Darauf möchte ich wetten.«

»Ich weiß, Sie sprechen aus Erfahrung, Sir. Darf ich Ihre Aufmerksamkeit nun auf das M-14-Stativ und die vormontierte Zieloptik lenken? Bei der letztgenannten handelt es sich um eine variable U.S. Optics mit 3,8 bis 22-facher Vergrößerung, die auf eine Entfernung von tausend Metern vorjustiert ist. Und hier haben wir noch einen pfiffigen kleinen Schalter für den roten Leuchtpunkt, der automatisch die Parallaxe ausgleicht, um den Nahbereich abzudecken. Allerdings will Nahbereich hier als Distanzen zwischen hundert und dreihundert Meter verstanden werden. Bringen Sie den Punkt auf das Ziel, und Sie haben genau den Punkt, auf den die Kugel auftrifft, fixiert. Na ja, vielleicht mit ein paar Zentimetern Abweichung.

Das neue Modell Son of Windrunner verfügt über das gleiche fünfschüssige Magazin wie die älteren Ausführungen. Der Abzug ist von Remington und justierbar. Im Augenblick steht er auf 1,4 Kilopond. Verwendet wird in erster Linie die MK211-Multipurpose-Standardmunition Kaliber .50. Aber die Eintrittskarte für die Ausscheidungen in Camp Perry sind die von Hand geladenen Matschgeschosse«, meinte Julio, wobei er eine Schachtel Munition hoch hielt. »Wie diese hier.«

Er klappte das zweibeinige Stativ auseinander und baute Verschlussstück und Kolben auf dem Tisch auf. Dann griff er noch einmal in den Koffer und brachte den Lauf zum Vorschein.

»Der Lauf ist einundsiebzig Zentimeter lang, gezogen und bei K&P wettbewerbstauglich grafitgehärtet worden. Der aufschraubbare Mündungsdämpfer, bei dem die acht Ports jeweils um dreißig Grad gegeneinander versetzt sind. Lauf und Verschluss werden bei der Uzi, so« – Julio führte die entsprechenden Griffe aus – »mit einem Schnappverschluss verbunden.«

Mit diesen Worten vervollständigte er den Zusammenbau des Gewehres. Es hatte nicht allzu viel Zeit in Anspruch genommen.

»Das Gesamtgewicht der Waffe liegt bei sechzehn Kilogramm. Jetzt braucht man nur noch das Magazin einzuführen, und schon kann der Rock 'n' Roll beginnen.«

»Sehr hübsch«, räumte Howard ein.

»Das ursprüngliche XM 107 ist für die Verwendung bei der Army konstruiert worden und sollte dort in erster Linie an die Joint Special Operation Forces und die Explosive Ordnance Disposal Teams ausgegeben werden. Natürlich sollte auch, rein theoretisch zumindest, die Infanterie damit ausgerüstet werden. Tatsächlich haben die Stoppelhopser aber nicht eben viele davon in die Finger bekommen. Die SOF setzen sie bis zu einer Entfernung von 1.700 Metern sowohl gegen weiche wie mittelharte Ziele ein, und die EOD-Teams verwenden sie, um Blindgänger aus einer Distanz hochzujagen, die außerhalb der Bereiche der Näherungszünder liegt.«

»Wie ich schon sagte: ein hübsches Spielzeug. Und was kostet es?«

»Die Dinger sind so selten wie Zähne bei einem Huhn, Sir. Die Warteliste ist kilometerlang, und wie soll eine solche Qualität in Dollar und Cent auszudrücken sein?« Dabei tätschelte er mit einer Hand den Lauf der Waffe. »Auf der ganzen Welt existieren nur zwei von genau diesem Modell.«

»Versuchen wir es noch einmal, ja? Also, wie viel?«

»Na ja, mit unserem speziellen Rabatt kommen wir, würde ich sagen, auf einen Stückpreis, der einen Hauch über fünftausend Dollar liegen dürfte.«

»Na, das hört sich doch durchaus bemerkenswert an.« Da er Julio jedoch schon ein paar Jahre länger kannte, setzte er noch einmal nach. »Einen ›Hauch über‹ haben Sie gesagt. Jetzt würde ich gerne noch erfahren, wie stark dieser Hauch wohl sein mag.«

»Sagen wir mal dreitausend und ein bisschen Kleingeld«, antwortete Julio mit breitem Grinsen.

»Wie bitte? Für achttausend Dollar sollte das Biest aber wenigstens auch noch tanzen und Dixieland spielen können, Lieutenant.«

»Irgendwie habe ich mir gleich gedacht, das Sie so was sagen würden, Sir. Aber EDM-Arms garantiert immerhin eine Genauigkeit auf einen Kilometer, die im Bereich von einer Bogenminute liegt.«

Jetzt hob Howard doch erstaunt eine Augenbraue. »Einer Bogenminute? Garantiert?«

»Können Sie nachlesen. Ich hab mir gleich gedacht, dass ich damit Ihre Aufmerksamkeit gewinnen werde. Aber diese Sache ist nur, um die Anwälte glücklich zu machen. Tatsächlich hat EDM-Arms Fünf-Schuss-Serien auf tausend Meter verifiziert, die bei einer halben Bogenminute lagen. Darüber hinaus sagen sie, dass sie auch ein paar Serien über siebzehnhundert Meter vorzuweisen haben, die nur geringfügig schlechter lagen.«

Howard warf nun doch noch einen genaueren Blick auf die Waffe. »Lieber Himmel, ist das ein Bolzenschießer.«

»Jawohl, Sir. Und Bowens, unser kürzlich von der Army rekrutierter Schütze, hat genau das gestern mit dieser Waffe hingekriegt. Er ist so heiß auf das Teil, dass er es mir nur sehr widerwillig kurz überlassen wollte, damit ich es Ihnen zeigen kann.«

Howard grinste.

»Dann kann der nächste Monat ja kommen, und dieses kleine Stück Nationalgarde für die Net Force wird der Navy, den Marines *und* der Army die Ärsche abschießen.«

»Aber nur, wenn es bis dahin keiner von denen schafft, das zweite Exemplar in die Finger zu bekommen«, versuchte Howard Julios Begeisterung abzuwiegeln.

Doch der grinste von einem Ohr zum anderen.

Howard starrte ihn an. »Sagen Sie mir nicht, dass Sie das ...«

»Nun, Sir, doch, Sir, ich habe. Könnte ja sein, dass an dieser Waffe hier etwas kaputtgeht. Das ist bei der überragenden Qualität zwar zugegebenermaßen äußerst unwahrscheinlich, aber *sollte* sich ein Defekt ergeben, wollen wir doch auf eine gleichwertige Reserve zurückgreifen können, oder etwa nicht?«

Howard schüttelte den Kopf. »Um diese Ausgabe unterbringen zu können, muss ich das Budget gehörig strapazieren.«

»Aber nicht, wenn es so läuft, wie ich es mir vorstelle. Wenn wir es richtig anstellen, können wir unsere Kosten mehr als nur wieder einspielen, indem wir geschickte Wetten abschließen. Ich schaffe es leicht, eine Quote von drei zu eins gegen uns zu bekommen. Dabei dürften dann sogar noch ein paar Dollar für uns hängen bleiben.«

Jetzt grinsten beide.

»Aber wie dem auch sei. Ich habe mir gedacht, Sie würden die Waffe gern mit hinaus zum Außenschießstand nehmen und selbst ein paar Schuss abgeben. Nur, wenn Sie hier nicht zu viel zu tun haben, versteht sich.« Wobei er einen anzüglichen Blick in die Runde warf.

»Sie haben den Beruf verfehlt, Lieutenant. Sie hätten Komiker werden sollen.«

»Jawohl, Sir. Ich bin überzeugt, dass ich es in diesem Beruf zu einigem Erfolg hätte bringen können.«

Versonnen blickte Howard auf die Waffe. Warum eigentlich nicht? Er hatte ohnehin nichts Besseres zu tun.

»Haben Sie Lust mitzukommen?«

»Leider nicht, Sir. Ich habe Pampers-Dienst, der in« – ein Blick auf die Uhr – »genau sechsundvierzig Minuten beginnt. Ich denke, es ist besser für mich, wenn ich pünktlich bin.«

Howard schmunzelte. »Ja. Ich denke, das sollten Sie sein, und ich habe vollstes Verständnis dafür. Ist zwar schon eine Weile her, seit ich selbst solchen Dienstverpflichtungen nachkommen musste, dennoch kann ich die Wichtigkeit nicht genug betonen.«

»Wenn man einen Lieutenant Joanna Winthrop Fernandez zur Ehefrau hat, kann diese Betonung sogar gar nicht stark, nachdrücklich und oft genug wiederholt werden«, pflichtete Julio bei. »Soll ich Ihnen eben noch zeigen, wie man die Waffe auseinander nimmt? Oder wo die Patronen eingeführt werden?«

»Ich denke, das werde ich gerade noch selbst hinbekommen. Danke schön.«

»Na dann, viel Spaß.«

»Oh, danke. Ihnen auch.«

»Ach ja, richtig. Danke bestens.«

Nachdem Julio gegangen war, betrachtete Howard die Waffe. Warum nicht? Immerhin war er der Kommandeur der militärischen Abteilung der Net Force, und als solcher musste er schließlich wissen, wie die verwendete Hardware funktionierte, oder etwa nicht? Es war eine gute Übung. Damit ließ es sich auf jeden Fall rechtfertigen.

Nebenbei bemerkt war die Tätigkeit, Löcher in ein Ziel zu stanzen, das fast einen Kilometer von einem entfernt war, allemal besser, als herumzusitzen und Löcher in die Luft zu starren.

Im Texas Panhandle, nördlich von Amarillo

Jay verfolgte die Spur und suchte nach Zeichen. Das war eine Übung, die Saji ihm in der Zeit beigebracht hatte, als er sich von dem elektronisch herbeigeführten Hirnschlag erholte und bei der er gelernt hatte, wie man Spuren richtig las. Ein verbogener Zweig hier und ein Grashalm, der an einer Stelle lag, wo er eigentlich nichts zu suchen hatte. Zeichen gab es genug, man musste sie nur zu interpretieren wissen.

Auf die reale Welt übertragen bedeutete diese Tätigkeit, dass er elektronische Signaturen, Festnetz- und Satelliten-Telefonverbindungen verfolgte. In seinem Szenario jedoch verfolgte er den bösen Hans, einen notorischen Drogendealer, zu Fuß.

Es war heiß, und Jay legte eine Pause ein, um einen Schluck lauwarmen Wassers aus seiner Feldflasche zu trinken. Den Textilbezug der Flasche hatte er angefeuchtet, damit ihr Inhalt durch die Verdunstungskälte wenigstens etwas kühl gehalten wurde. Er fand, dass das ein nettes Detail war, obwohl er dieses Szenario im Augenblick mit niemandem teilte. Das waren die kleinen Dinge, die für ihn zählten. Ein vorgefertigtes Szenario mit entsprechenden visuellen und gefühlsspezifischen Kriterien konnte sich schließlich jeder in seinen Computer laden, um in der virtuellen Realität spazieren zu gehen. Ein Profi legte da doch schon andere Standards an.

Er nahm den breitkrempigen Pflanzerhut ab und wischte sich mit einer roten Bandanna den Schweiß von der Stirn. Dann setzte er den Hut wieder auf und steckte das Tuch zurück in die Hosentasche.

Da, direkt vor ihm, war doch etwas. Oder besser gesagt *fehlte* etwas. Er beugte sich nach vorn und nahm den heißen Boden aus wenigen Zentimetern Abstand in Augenschein. Es gab eigentlich keine wirklichen Spuren, aber der trockene Boden war zu weich. Hans hatte hier seine Spuren verwischt und eine andere Richtung eingeschlagen.

Jay bewegte sich vorwärts. In seiner Richtung, etwas abseits der direkten Route, lag eine kleine Baumwollpflanzung, in deren Mitte ein Baum stand, der wie eine Weide aussah. Dort musste es Wasser geben. Einen Tümpel oder einen unterirdischen Fluss, der hier an die Oberfläche kommt, überlegte er. Fast konnte er die Feuchtigkeit schon riechen.

Wie sich herausstellte, handelte es sich tatsächlich um einen Bach, der kaum breiter war als Jay groß, und dessen klares Wasser über den felsigen Grund gurgelte. Der Bach wand sich weiter, und Jay trat ins Wasser, um seinem Lauf zu folgen. Ein Mann, der bemüht war, seine Spuren zu verwischen, würde sich eine solche Möglichkeit nicht entgehen lassen und ebenfalls ins Wasser steigen, um dem Bach zu folgen, bis er ausreichend felsigen Boden fand, auf dem er keine Fußspuren mehr hinterließ. Dort würde er das Wasser wieder verlassen.

Während er langsam voranschritt, genoss Jay das Gefühl des kühlen Wassers, das um seine Knöchel sprudelte. Knapp einen Kilometer später legte er eine weitere Pause ein. Da drüben, auf der rechten Seite, gab es sechs oder acht große Felsen, die zu einem Geröllfeld führten. Das wäre genau die Stelle, an der er das Wasser verlassen würde, wenn er die Absicht hätte, seine ursprüngliche Richtung wieder aufzunehmen.

Doch dann musste er noch mehr als hundert Meter weitersuchen, bis er schließlich etwas entdeckte. Ein weiterer Fleck am Boden, der einfach zu glatt war. Hier fehlte wieder alles: die typischen Riffelungen des Windes, die Muster, die Regentropfen hinterließen, und auch sämtliche anderen, von der Witterung auf natürliche Weise hinterlassenen Zeichen, die eigentlich hätten da sein sollen.

Der böse Hans war hier entlanggekommen, da war sich Jay völlig sicher.

In einiger Entfernung entdeckte er ein kleines Dorf. Da es einen etwas germanischen Eindruck machte, passte es eigentlich nicht besonders ins Texas Panhandle, aber für Jay war es durchaus in Ordnung, wenn er in ein Szenario ab und zu fremde Komponenten einstreute. Es schützte einen davor, zu sehr in einen eingefahrenen Trott zu verfallen.

Er wäre bereit gewesen, Diamanten gegen Hundedreck zu wetten, dass sich Hans in diesem Dorf aufhielt und sich jetzt gerade in dem Bewusstsein sonnte, dass niemand ihm bis hierher folgen konnte.

Warum lernten diese Blödmänner eigentlich nicht, dass sie es niemals mit Lonesome Jay Gridley aufnehmen konnten? Musste wohl so eine Art genetischer Defekt im Hirn der bösen Jungs sein.

Er beschleunigte seine Schritte ein wenig, denn nun, da er wusste, wo Hans war, brauchte er sich nicht mehr darum zu sorgen, dass er etwaige Spuren übersah. Jetzt brauchte er nur noch dorthin zu gehen und den Mann zu identifizieren. Sobald er das erledigt hatte, war das Spiel vorüber.

30

Washington, D.C.

Toni fühlte sich fantastisch. Sie und Alex hatten eine tolle Nacht miteinander verbracht, und als sie am Morgen aufwachte, fühlte sie sich ausgeruht und erfrischt. Außerdem trug das Bewusstsein, ihm bei dem Fall, an dem er gerade arbeitete, geholfen zu haben, natürlich auch mit zu ihrem guten Gefühl bei. Gestern hatte sie sich für eine Weile nicht so nutzlos gefühlt. Ihr war klar geworden, dass sie offensichtlich doch nicht all ihre Fähigkeiten eingebüßt hatte. Vielleicht war das ein gutes Zeichen.

Nachdem Alex ins Büro gefahren war, fühlte sie sich irgendwie kreativ und fand, dass es eine gute Idee wäre, eine Zeit lang mit ihrer Scrimshaw-Arbeit weiterzumachen.

An der Werkbank angekommen, schaltete sie zunächst einmal die Schwanenhalslampe ein, sortierte das Werkzeug und wollte gerade mit der Arbeit beginnen, als ihr die violette Kapsel ins Auge fiel. Sie hatte sie auf der Arbeitsplatte liegen lassen und anschließend vergessen.

Sie griff nach der Kapsel, betrachtete sie näher und sagte sich, dass es zum Teufel noch mal sicherlich keine Rolle spielte, wenn sie das Ding sowieso gerade in der Hand hatte …

Damit legte sie die Kapsel in den von der Lampe ausgeleuchteten Arbeitsbereich des Stereomikroskops und stellte das Gerät scharf.

Aha. Da hätten wir also die unglaubliche Entdeckung: eine violette Hartgelatinekapsel mit irgendeinem blassen Pulver darin. *Oh, Mann. Da hast du aber noch einiges vor dir, Sherlock Holmes.*

Vielleicht war das Innenleben ja etwas interessanter. Wenn sie die Kapsel ganz, ganz vorsichtig öffnete ….

»Scheiße!«, entfuhr es ihr, als das Pulver, das etwa die rosarote Farbe von Kaugummi hatte, über den ganzen Tisch staubte. Sie legte die beiden Hälften der Kapsel nieder und griff nach dem kleinen Haarpinsel, den sie benutzte, um den Schnitzstaub von ihrer Elfenbeinarbeit zu entfernen. Damit kehrte sie das Pulver zu einem Häufchen zusammen und anschließend auf ein Blatt Papier. Das war also das Pulver.

Als sie das Steckteil der jetzt fast leeren Kapsel in die

Hand nahm, um es wieder zu füllen, bemerkte sie einen merkwürdigen Farbstreifen an dessen einem Ende, der gerade unter dem Rand zum Vorschein gekommen war. Hm. Was war das denn?

Sie schob das untere Teil der Hartgelatinekapsel unter das Mikroskop, konnte die Markierung aber in dieser Einstellung nicht richtig erkennen. Irgendwie sah das wie eine Art Muster aus. *Nun, dann wollen wir doch einmal sehen.* Sie nahm den Teil der Kapsel wieder herunter und entfernte die Hilfslinse, was die Vergrößerung des Mikroskops auf zehnfach brachte.

Himmel! Was war das denn? Sie spielte mit der Lichteinstellung, drehte die Kapsel in die eine und dann wieder in die andere Richtung und regulierte die Schattierungen so lange, bis sie etwas erkennen konnte.

In das Material der Kapsel waren winzig kleine Worte eingeprägt. »Hallo ihr Bullen! Ihr wollt mich finden? Dann fragt doch einfach die Enkel von Frankie und Annette. Die wissen, wo ich bin. Mit freundlichen Grüßen, Euer Thor!«

Aber hallo!

Sie griff nach dem Telefon, das am gegenüberliegenden Ende der Bank stand. Das musste sie Alex erzählen. Mit Sicherheit würde es ihn interessieren.

Newport Beach, Kalifornien

Das Restaurant Claudia's Grill lag etwas abseits des Highway ein wenig den Hügel hinauf und bot einen hübschen Blick aufs Wasser. Drayne fuhr seinen Mercedes auf den Parkplatz, übergab dem Wächter den Schlüssel und erhielt dafür eine Marke. Dann betrat er das Restaurant. Es war drei Minuten vor sieben, und das Lokal war stark besucht. Hier wurde eben ein ausgezeichnetes Frühstück serviert, vom schönen Blick ganz zu schweigen.

Sein Vater saß allein in einer Nische und starrte durch die Glaswand hinaus auf den Pazifik, der seine Farbe langsam von Grau nach Blau zu ändern begann, während es die Sonne allmählich schaffte, den Morgennebel zu vertilgen.

»Hallo, Dad.«

»Robert.«

Drayne glitt in die Nische. »Was gibt's?«

»Wir wollen erst einmal bestellen.«

Die Serviererin trat heran. Drayne bestellte pochierte Eier, Würstchen und Vollkorn-Pfannkuchen. Sein Vater nahm weißen Toast, Cornflakes und koffeinfreien Kaffee.

Als sie gegangen war, um die Bestellung aufzugeben, räusperte sich sein Vater und sagte: »Ich bin nur froh, dass deine Mutter nicht mehr lebt und miterleben muss, was aus dir geworden ist.«

Drayne starrte seinen Vater an, als wären diesem gerade Reißzähne und ein Pelz gewachsen. Fast erwartete er, dass der alte Mann gleich wie ein Werwolf zu bellen anfing. »Wie bitte?«

»Für wie dumm hältst du mich eigentlich, Robert? Ist dir niemals in den Sinn gekommen, dass dreißig Jahre Arbeit beim FBI gewisse Spuren bei einem Mann hinterlassen?«

»Wovon, verdammt noch mal, *redest* du eigentlich?«

»Polymers Products«, sagte sein Vater nur.

Drayne fühlte, wie sich ein Knoten in seinem Magen bildete, als hätte er gerade einen riesigen Sprung auf der Achterbahn hinter sich gebracht. »Was soll damit sein?«

Sein Vater blickte ihn angewidert an. »Es gibt kein ›damit‹. Es ist eine Firma, die nur auf dem Papier existiert. Eine Phantomgesellschaft. Die Bankvorgänge, die Firmengeschichte und alles sonst – das ist nicht dicker als der Stempel auf einer Briefmarke. Du hast dir sicherlich gedacht, dass ich einen Blick darauf werfen würde, aber nicht, wie intensiv dieser Blick ausfallen würde, oder? *Du* bist Polymers Products.«

Drayne war wie gelähmt und schaffte es nicht zu antworten. Ihm war so kalt, als hätte man ihn kopfüber in eine Tiefkühltruhe geschoben. Das war das Letzte, womit er je gerechnet hätte.

Der alte Mann wandte den Blick von ihm ab und starrte wieder hinaus auf den Ozean. Nach einer Weile sprach er wieder. »Ich habe Freunde, Junge. Menschen, die mir Gefallen schuldig sind. Ich weiß, wo du lebst, und ich weiß auch, dass du recht gut lebst. Aber ich weiß ebenso gut, dass es keinen nachvollziehbaren Weg gibt, wie du dein Geld verdienst. Folglich musst du in irgendetwas Illegales oder Unmoralisches verstrickt sein. Wahrscheinlich sogar in beides. Wenn ich an die Art und Weise denke, wie du diesen Kriminellen bewundert hast, der die Agents und den Mitarbeiterstab im HQ überfallen hat, liegt für mich der Schluss nahe, dass es wahrscheinlich etwas mit Drogen zu tun hat.«

»Dad ...«

Sein alter Herr wandte sich wieder zu ihm um und hob die Hand, um ihn zum Schweigen zu bringen. In diesem Augenblick war er wieder voll und ganz der Special Agent in Charge Rickover Drayne, mit dem alten, stählernen Blick und der unbeugsamen Entschlossenheit, mit der er und seinesgleichen den Staat vor Schaden bewahrten. »Sag jetzt besser nichts. Ich will kein Wort hören, geschweige denn, etwas darüber *wissen*. Du bist erwachsen. Du kannst tun und lassen, was du willst. Ich habe lediglich etwas Besseres von dir erwartet. Das ist alles.«

Jetzt knallte bei Drayne die Sicherung durch. »Du hast doch bloß erwartet, dass auch ich mich in so einen beschissenen Roboter ohne jegliche Gefühle verwandle, der genau so ist wie du.« Er war selbst erstaunt über die Gehässigkeit, die in seiner Stimme mitschwang. »Du wolltest nichts anderes als eine Fotokopie deiner selbst, die du weiterreichen konntest. Ein erwachsen gewordener Pfadfinder, vertrauenswürdig, loyal, freundlich und fügsam, ein Rädchen im Getriebe des Systems, das lächelnd seine Pflicht erfüllt, bis es verbraucht ist, genau wie du. Du hast mich doch nicht ein einziges Mal gefragt, was ich werden wollte, wenn ich einmal erwachsen sein würde, und es hat dich einen Dreck gekümmert, welche Ansichten ich zu welchen Dingen auch immer hatte.«

Der alte Mann blinzelte. »Ich habe immer nur das Beste für dich gewollt …«

»Das, was für *dich* das Beste war! Was *du* gedacht hast, dass das Beste wäre! Wach auf, Dad. Du warst immer viel zu sehr damit beschäftigt, das Land vor den Mächten des Bösen zu schützen, um auch nur einen Scheißdreck darauf zu geben, was ich tat, so lange ich nur gute Noten mit nach Hause brachte, mein Zimmer aufgeräumt war und ich dich nicht gestört habe.«

»Robert …«

»Herrgott, verdammte Scheiße, hör dich doch bloß einmal selbst reden! Jeder Mensch auf der Welt nennt mich Bobby, nur du nicht! Tausende und Abertausende von Malen habe ich dich darum gebeten! Du hast es nicht gehört. Du hast mir *niemals* zugehört.«

Beide schwiegen für lange Zeit. Schließlich ergriff Drayne wieder das Wort. »Also, was sollen wir tun? Meinen Namen an deine Freunde weitergeben, die dir einen Gefallen schulden? Ermittlungen gegen mich einleiten?«

Der alte Mann schüttelte den Kopf. »Nein.«

»Nein? Warum denn nicht? Nur weil ich dein Sohn bin und weil du mich liebst? Oder weil deine alten Kumpel beim FBI nicht erfahren sollen, dass *dein* Sohn weniger sein könnte als eine tragende Säule der Respektabilität?«

Dem alten Mann blieb es erspart, eine wie auch immer geartete Antwort zu geben, da in diesem Augenblick die

Serviererin mit dem bestellten Frühstück zurückkehrte. Drayne war noch nie in seinem Leben weniger nach Essen zumute gewesen als in diesem Augenblick, und dennoch lächelten er und sein alter Herr dem Mädchen zu.

Als sie wieder gegangen war, nahm sein Vater den Faden wieder auf. »Du kannst denken, was du willst. Du ... du bist ein brillanter Mann, mein Sohn. Du bist cleverer, als ich es jemals war. Das habe ich schon immer gewusst. Du hättest in jedem legalen Geschäft ein Vermögen machen können. Du hättest jemand von Bedeutung werden können.«

»Und was macht dich so sicher, dass ich diese Möglichkeiten nicht immer noch habe?«

»Oh, natürlich könntest du sie haben. Aber ich glaube nicht, dass du sie auch ergreifen willst. Du warst nämlich immer mehr als an allem anderen daran interessiert, mich und meine Einstellung abzulehnen, oder etwa nicht?«

Und das gilt auch noch heute, gestand Drayne vor sich selbst ein. Aber er hatte nicht die geringste Lust, den alten Mann mit einem wie auch immer gearteten Sieg in der Tasche ziehen zu lassen. Auf keinen Fall. »Nein«, sagte er deshalb. »Das Einzige, was ich immer wollte, war deine Aufmerksamkeit. Ganz gleich, welche Art von Aufmerksamkeit, sei sie nun gut oder schlecht. Alles wäre besser gewesen als die Gleichgültigkeit, die ich von dir zeitlebens erfahren habe. *Gleichgültigkeit*. Das war alles, was du mir gegeben hast, Dad. Gleichgültigkeit. Und jetzt, wo du endlich einmal Notiz von mir nimmst, ist es nur, um mir in die Eier zu treten. Schönen Dank dafür. Du willst mich als Kriminellen im Loch sehen? Bitte tu dir keinen Zwang an, mir ist das so was von egal.« *Und wenn du mich tatsächlich in den Knast bringst, habe ich trotzdem gewonnen,* dachte er.

Drayne stand auf und ließ einen Fünfziger auf den Tisch fallen. »Mir hat es den Appetit verschlagen, aber du bist herzlich eingeladen, dein Frühstück zu genießen. Ist schließlich ein langer Weg zurück nach Arizona. Meine besten Grüße an deinen Hund.«

Damit drehte Drayne sich auf dem Absatz herum und stolzierte hinaus. Ziemlich dramatischer Abgang, dachte er, aber ich habe schon schlechtere gehabt. Darauf sollte der alte Bastard ruhig eine Weile herumkauen.

Als er aber im Wagen saß, stellte er fest, wie erschüttert er tatsächlich war. Selbst nach all den Jahren, in denen er lagenweise Pflaster über die Wunden geklebt hatte, aus denen dann Narben geworden waren, musste er feststellen, dass es ihm immer noch eine Menge ausmachte, was sein alter Herr von ihm hielt. Eine erstaunliche Feststellung.

Tad konnte nicht schlafen. Er war bis zur Halskrause voll mit Drogen, die ausgereicht hätten, ein mit Footballfans randvolles Stadion in Trance zu versetzen, doch sein Verstand wollte einfach keine Ruhe geben.

Er hatte heiß geduscht. Er hatte versucht, an nichts zu denken und den Verstand ins Leere laufen zu lassen. Dann war er wieder aufgestanden und hatte eine weitere Phenobarbital-Tablette geschluckt. Doch obwohl er völlig high war und sich kaum noch bewegen konnte, war es ihm unmöglich, Schlaf zu finden. Und Schlaf war das, was er jetzt am dringendsten brauchte. Das wusste er.

Bobby hatte ihn in den neuen Operationsplan eingeweiht und alles über das sichere Haus und die Verlagerung der Barschaft erzählt. Er hatte ihm auch erklärt, dass es an der Zeit war, ein paar schießfreudige Muskelmänner anzustellen. Tad hatte dafür nur ein Schulterzucken übrig gehabt. Was immer Bobby wollte, es war in Ordnung. Tad hatte lediglich ein paar Telefonate zu führen brauchen, und ein paar Typen waren sofort bereit gewesen, später vorbeizuschauen, um Bobby kennen zu lernen. Alles Revolverhelden, denen egal war, was sie mit wem ausschießen sollten, Hauptsache die Kohle stimmte. Hier würde es deshalb jedenfalls nicht beengt zugehen. Schließlich hatte das Haus fünf Schlafzimmer und bot damit mehr als genug Platz. Bobby stellte sich vor, dass er einen von denen als Ausguck einsetzen konnte. Der sollte die Straße im Auge behalten, den Polizeifunk abhören und all so einen Mist. Sollte tatsächlich jemand kommen, hätten sie dann Zeit genug, den Strand zu erreichen, bevor die Besucher auch nur an der Haustür klingelten. Von dort aus konnten sie den kurzen Weg hinüber zum Parkplatz joggen, wo er seinen Wagen bereits startbereit abgestellt hatte. Natürlich bestand auch die Möglichkeit, die andere Richtung zu dem Hotel garni einzuschlagen und dem Besitzer ein paar Dollar in die Hand zu drücken. Darüber hinaus konnten sie sich auch Jet-Skis oder etwas in der Art schnappen und sich auf dem Ozean aus dem Staub machen. Vielleicht wäre es nicht schlecht, wenn sie eine kleine Bombe an der Haustür befestigten.

Bobby konnte bei solchen Details vom Hölzchen aufs Stöckchen kommen, und wenn er einmal in Fahrt war, machte er das auch ganz ausgezeichnet.

Tad glaubte nicht wirklich, dass es dazu kommen würde, doch dieses letzte Geschäft hatte Bobby wieder ein wenig Gottesfurcht eingehaucht. Folglich ging er die Sache wohl etwas cooler an.

Tad ging hinaus auf die Terrasse, streckte sich auf der Liege aus, zündete eine Zigarette an und blies den Rauch in Richtung Ozean. Der Wind blies ihn zurück in sein Gesicht, und er lächelte darüber. Häschen in Tangabikinis joggten vorbei und Jungs, die von der Sonne so braun wie Walnüsse gebrannt worden waren. Alle voll und ganz damit beschäftigt, ihr langweiliges Leben zu leben. Tad winkte ihnen zu, und einige winkten sogar zurück. Lieber Himmel.

In ein paar hundert Fuß Höhe zischte ein Hubschrauber vorbei. Wahrscheinlich war er auf der Jagd nach Typen, die anderen am Strand die Sachen gestohlen hatten, während sie draußen beim Surfen waren. Willkommen im Gelobten Land, Freunde. Sonne, Wasser, schöne Menschen und sogar fliegende Leibwächter, die sicherstellen sollten, dass man sich nicht zu weit aus dem Paradies entfernte.

Tad drückte die Zigarette auf der Armlehne der Liege aus und schnippte die Kippe zwischen Mittelfinger und Daumen hinaus zum Ozean. Das war es, worauf sich sein Leben reduziert hatte: Er schwang den Hammer, dann kam das Warten auf die Gelegenheit, den Hammer erneut kreisen lassen zu können. So einfach war das.

Sah man von der Wartezeit ab, war es ganz in Ordnung.

Er lehnte sich zurück und beobachtete die Möwen, wie sie in den wechselhaften Luftströmungen über dem Strand kreisten und ihre Sturzflüge vollzogen, in der Luft rollten und manchmal fast bewegungslos an einer Stelle verharrten. Alles nur durch die Kraft des Windes. Ganz schön verschlungen, manche ihrer Kurse.

Die luftakrobatischen Tänze der Möwen schafften es dann schließlich doch noch, ihn einzulullen.

31

Net Force Hauptquartier, Quantico, Virginia

»Sagt Ihnen das irgendetwas?«, fragte Michaels.

Jay schüttelte den Kopf. »Nee. Nicht wirklich. Aber ich habe die Suchmaschinen weiter ohne spezielle Filter darauf belassen, und sie sollten mir in Kürze eine Liste mit Ersttreffern ausgeben.«

Howard betrat den Konferenzraum. »Tut mir Leid, dass ich mich verspätet habe. Ich musste meinen Wagen im abgesicherten Gelände parken, weil ich noch … äh … Hardware zum Testen in meinem Kofferraum habe. Leider fehlte mir bislang die Gelegenheit, sie zurückzubringen. Wie Sie sich vorstellen können, bin ich nicht scharf darauf, dass sie ausgerechnet mir abhanden kommt.«

»Macht nichts. Sagen Ihnen vielleicht die Namen Frankie und Annette etwas?«

»Nein, Sir.«

Michaels ließ einen Ausdruck über den Konferenztisch in Howards Richtung segeln, der ihn auffing und einen Blick darauf warf.

Howard schüttelte den Kopf. »Woher stammt das denn?«

Michaels erklärte, wie Toni die versteckte Nachricht in der Kapsel gefunden hatte, und empfand dabei ein gewisses Gefühl des Stolzes auf seine Frau.

»Richten Sie Toni bitte aus, dass sie das toll hingekriegt hat«, bat Jay. »Den Berichten nach scheint bei der DEA nämlich noch niemand darauf gestoßen zu sein. Es sei denn, dass man dort mauert. Halten Sie das für möglich?«

»Offen gestanden, ist mir der Gedanke auch schon gekommen«, nickte Michaels. »Ich habe die Direktorin deshalb bereits gebeten, sie möge doch einmal an verschiedenen Fäden ziehen. Daraufhin hat man ihr die Originalberichte aus den DEA-Labors überlassen. Aus denen ging so viel hervor, dass sie die Kapseln, die wir beschlagnahmt haben, mit äußerster Akribie untersucht haben. Keine davon wies jedoch dieses kleine Rätsel für irgendwelche Urenkel auf, das sich in unserem Exemplar befand.«

»Wir gehen also jetzt von der Vermutung aus, dass die DEA uns gegenüber Erkenntnisse zurückhält?«, fragte Howard.

Michaels nickte und brachte ihn auf den neuesten Stand der Dinge, was die Erkenntnisse anging, die Jay gewonnen hatte.

»Und dann wäre da noch eine kleine Neuigkeit«, ergänzte Jay, nachdem Michaels fertig war. »Mir liegt ein Bericht über ein Telefonat vor, das vor drei Monaten zwischen Hans Brocken und unserem Mr. Brett Lee von der DEA stattfand. Mr. Brocken ist Leiter der Sicherheitsabteilung bei Brocken Pharma Berlin in Deutschland.«

»Sehr unvorsichtig«, meinte Michaels.

»Ich habe vor, dieser Sache nachzugehen, weil es sich dabei um etwas handeln muss, über das man nicht rein zufällig stolpert. Die beiden haben sich nämlich ziemlich viel Mühe gegeben, dieses Telefonat zu tarnen.«

»Glauben Sie wirklich, dass Lee mit einem Pharmakonzern ins Bett gestiegen ist?«, fragte Howard. »Und dass er die Absicht haben könnte, die Formel und dieses Zeugs zu verkaufen?«

»In gewisser Weise würde das sogar Sinn machen«, meinte Michaels. »Denken Sie doch einmal daran, dass wir schon nach Gründen gesucht haben, weshalb er den Filmstar erschossen haben könnte.«

»Und Sie denken, dass Lee gemeinsame Sache mit der NSA macht?«

»Nein, sondern nur mit einer ganz bestimmten Person dort. Es gibt keinerlei Anhaltspunkte dafür, dass die gesamte Dienststelle Dreck am Stecken hat«, wiegelte Michaels ab. »Es sieht so aus, als hätten Mr. Lee und Mr. George eine gemeinsame Vergangenheit, die sie nicht an die große Glocke gehängt haben, obwohl sich das nur aus umständebedingten Anzeichen ableiten lässt.«

»Wahrscheinlich werden mir bald solidere Informationen zur Verfügung stehen«, sagte Jay. »Ups, wenn man vom Teufel spricht …« Er tippte etwas auf der Tastatur seines Flatscreen. »Also gut. Hier hätten wir schon einmal das, was die Suchmaschine Sherlock zu meiner Anfrage ausspuckt ...«

Jay verstummte und betrachtete den Flachbildschirm mit gerunzelter Stirn.

»Würden Sie uns vielleicht an Ihren Erkenntnissen teilhaben lassen, Jay?«

»Häh? Oh, Entschuldigung.« Jay tippte einige Befehle über die Tastatur ein, und schon begann die Sprachausgabe des Flatscreen mit rauchiger weiblicher Stimme und einem Timbre, das man eindeutig als sexy bezeichnen konnte, zu arbeiten.

»Bei den Angefragten handelte es sich um Frankie Avalon und Annette Funicello. Beide waren Teenie-Gesangs- und Fernsehidole der Fünfziger- und frühen Sechzigerjahre. Ihr erster gemeinsamer Auftritt fand in einer Billig-Filmproduktion von American International Pictures unter dem Titel *Beach Party* statt. In weiteren Rollen: Robert Cummings, Dorothy Malone und Harvey Lembeck. Darüber hinaus gab es in diesem Film Musikeinlagen von Dick Dale, den Del-Tones und Brian Wilson mit den Beach Boys. Dieser Film war der erste eines ganzen Genres von ziemlich einfachen Surf-and-Sand-Produktionen, die in den darauf folgenden Jahren recht erfolgreich und beliebt waren.

Auch in etlichen der nachfolgenden Surfer-Filmen standen Avalon und Funicello gemeinsam vor der Kamera, wozu auch eine wesentlich spätere, von Paramount produzierte Folge gehörte, die 1987 unter dem Titel *Back to the Beach* über die Leinwände flimmerte. In weiteren Rollen dieses Films spielten Lori Loughlin, Tommy Hinkley und Connie Stevens.«

Die Computerstimme verstummte, und die drei Männer blickten einander an.

»Stars aus fünfzig Jahre alten Teeny-Filmchen?«, fragte Michaels. »Na toll. Und wer sind deren Enkel?«

Auch Jay schüttelte den Kopf. »Ich bin gerade dabei, mögliche Querverbindungen prüfen zu lassen. Wie es aussieht, hatten die zwei aber keinerlei Beziehungen hinter der Leinwand, aus der gemeinsame Kinder hervorgegangen wären. Beide waren mit anderen Partnern verheiratet.«

»Nun, keine Kinder zu haben schließt das Vorhandensein von Enkeln logischerweise aus, oder nicht?«, bemerkte Howard.

»Vielleicht reden wir hier ja gar nicht von leiblichen Enkelkindern«, warf Michaels ein, »sondern filmischen?«

Jay begann wieder, auf die Tastatur einzuhämmern. Ein Augenblick verging … »Nee. Nichts, was irgendwie passen könnte. Niemand, der einen Film gedreht hätte, in dem die Kinder dieser beiden Schauspieler aus dem Film von 1987 aufgetreten wären.«

»Dann ist die Botschaft in der Kapsel vielleicht bildlich zu verstehen«, schlug Howard vor.

Jay warf ihm einen fragenden Blick zu.

»Ich meine, hat vielleicht irgendjemand erst kürzlich einen Film ähnlicher Art gedreht«, erklärte Howard. »Also die Zelluloidkinder dieser Filme, wenn man so will?«

Jay lächelte. »Zunächst einmal werden heute keine Filme mehr aus Zelluloid gemacht. Aber andererseits ist Ihr Gedanke gar nicht so schlecht, General. Dann woll'n wir doch mal sehen … Okay, da wären wir schon. In der Rubrik Strandfilme gibt es einiges … hmm … Ah, ich glaube, ich hab's gefunden!«

Wieder vergingen ein paar Sekunden, in denen Jay gedankenverloren las.

»Jay?«

»Tut mir Leid, Boss.«

Dann meldete sich auch schon die Sprachausgabe des Flatscreen. »*Surf Daze,* eine Huldigung an die ersten Surfer-Filme aus den frühen Sechzigerjahren. Produziert bei Fox Pictures im Jahre 2004, mit Larry Wright, Mae Jean Kent und George Harris Zeigler. Mit einem Set, das Malibu im Jahre 1965 darstellt, schildert der Film *Surf Daze* die Abenteuer von …«

»Augenblick!«, unterbrach Michaels.

Jay drückte auf den Pause-Knopf der Wiedergabe. »Was ist denn?«

Howard stieß ihn praktisch mit der Nase darauf. »George Harris Zeigler«, sagte er mit Nachdruck.

»Au ja, richtig«, nickte Jay, »der Zee-ster.«

»Der kürzlich verstorbene Zee-ster«, korrigierte Michaels.

»Das war«, sagte Jay, »vor sieben Jahren. Bevor er ganz groß herauskam. Er war damals wie alt? Vierundzwanzig oder fünfundzwanzig ungefähr. Tatsache ist aber, dass er uns, bedingt durch sein Ableben, leider auch nicht mehr mit sachdienlichen Informationen weiterhelfen kann.«

»Aber diese Zufälligkeit ist mir einfach zu groß. Dieser Dope-Dealer nimmt uns auf den Arm. Wir müssen uns unbedingt mit den anderen Schauspielern unterhalten.«

»Wollen Sie die Sache den regulären Feebs übergeben?«

Michaels atmete tief ein und ließ die Luft dann mit einem Seufzer entweichen. »Nein. Ich denke, wir sollten uns daranmachen, die Sache selbst zu klären.«

»Das steht allerdings nicht in unserer Aufgabenbeschreibung«, warnte Howard.

»Nun, das Wasser, in dem wir augenblicklich fischen, ist außerordentlich trübe«, hielt Michaels dagegen. »Wenn ich an die Fähigkeiten von NSA und DEA denke, bin ich mir nicht mehr sicher, wem wir überhaupt noch trauen können. Klar, die Jungs vom FBI gehören zu unserer Mannschaft und können uns gut leiden … zumindest theoretisch. Aber auch wir sind nicht in der Lage, sämtliche Lecks bei denen abzudichten. Schließlich haben wir ja auch nicht die Absicht, stets nur zweiter Sieger zu sein, oder irre ich da?«

»Mich brauchen Sie nicht zu überzeugen, Commander«, winkte Howard mit einem Lächeln ab, »denn ich gehe in meinem Büro sowieso schon bald ein vor Langeweile. Diese Drogensache war der interessanteste Fall, den wir in den letzten drei Monaten überhaupt hatten. Auf mich können Sie zählen.«

»Auf mich auch«, pflichtete Jay bei.

»Eigentlich hatte ich gedacht, dass Sie nach Ihren letzten Abenteuern im Feldeinsatz eher einen Rückzieher machen würden«, wandte Michaels ein.

»Damals war ich völlig auf mich allein gestellt«, widersprach Jay, »und hatte es immerhin mit einem militanten Waffenhändler zu tun. Mit Ihnen und dem General an meiner Seite fühle ich mich allerdings sicher genug, auch einen sagenhaft attraktiven Filmstar zu befragen. Haben Sie vielleicht Mae Jean in *Scream, Baby Scream* gesehen?«

»Ich fürchte, den Film habe ich verpasst«, bekannte Michaels.

»Ich auch«, sekundierte Howard.

»Ich sage Ihnen, diese Frau hat Lungen, mit denen sie Tote wieder zum Leben erwecken kann, sowohl akustisch, wie äh … auch optisch. Sie hat den irrsten Leinwandschrei aller Zeiten in einem Film hingelegt, den sie zusammen mit Jamie Lee gedreht hat. Ach so, habe ich eigentlich erwähnt, dass sie umwerfend schön ist?«

»Hoppla. Ich dachte, Sie stecken in einer ziemlich intensiven Beziehung, Jay?«

»Stimmt schon, Boss. Das ist aber keineswegs automatisch gleichbedeutend damit, dass ich mir alles verkneifen muss. Ein bisschen kucken ist doch wohl erlaubt, oder?«

Howard und Michaels grinsten einander viel sagend an.

Howard kehrte nur kurz ins Büro zurück, um sich anschließend auf den Weg zu machen, seinen Dienstwagen zu holen, mit dem er nach Hause fahren wollte. Er hatte keinen Nerv, das Gewehr jetzt noch zurückzubringen, weil er der Ansicht war, das gute Stück auch bei sich zu Hause sicher genug unterbringen zu können. Auf jeden Fall wäre es dort bei weitem sicherer aufgehoben als auf einem für fast jeden zugänglichen Parkplatz in Quantico. Da sie nicht die Absicht hatten, alles stehen und liegen zu lassen, um innerhalb der nächsten Minuten schon ins La-La-Land zu starten, würde ihm noch Zeit genug bleiben, zu Hause einige Sachen zusammenzupacken und sich von Nadine zu verabschieden.

Sie würden einen normalen Linienflug nehmen – da Commander Michaels nicht die geringste Lust verspürte, unnötige Aufmerksamkeit zu erregen, indem er einen der Net-Force-Jets anforderte – und inkognito einchecken. Mit den so genannten Open-End-Tickets ihrer Dienststelle war das problemlos möglich, da man bei dieser Art von Tickets erst die Namen einsetzen musste, wenn man tatsächlich an Bord ging. Und dann stellte es auch keine Schwierigkeit mehr dar, Decknamen zu verwenden.

Da er selbst gerade eben erst von der linken Küste zurückgekommen war, war dieser Flug für ihn bestimmt kein so großes Erlebnis wie für Jay Gridley. Gleichwohl bot sich ihm eine willkommene Gelegenheit, wieder einmal raus zu kommen und in Bewegung zu bleiben. Das war auf jeden Fall besser, als einen weiteren Tag mit Arbeitsbeschaffungsmaßnahmen im Büro zu verbringen.

Er bog in Richtung Freeway ab und fuhr dann aufs Stadtzentrum zu.

Normalweise führte ihn die Heimfahrt stets die I-95 entlang bis ans Stadtgebiet, wo er auf den Umgehungsring wechselte und ihm bis zum Nordende der Stadt folgte, wo er lebte.

Nachdem er jedoch einige Kilometer gefahren war, entdeckte er etwas in seinem Rückspiegel, das in ihm den Verdacht aufkeimen ließ, verfolgt zu werden.

Natürlich benutzten jede Menge Leute diesen Straßenabschnitt, und es gab zahllose Personenfahrzeuge und Laster, die in die gleiche Richtung fuhren. Folglich gab es eigentlich keinen erfindlichen Grund, weshalb er sich seines Verdachts hätte sicher sein können. Aber er hatte genau diesen Wagen schon einmal gesehen, als er vorhin beim Überholen die Spuren gewechselt hatte. Als er dann später zurück auf die rechte Spur gezogen war, hatte dieser Wagen das gleiche Manöver vollführt.

Na toll. Wohl kaum etwas, das man als schlüssigen Beweis bezeichnen könnte. Aber auch er hatte den Standardkurs in Personenüberwachung absolviert, als er damals der Net Force beigetreten war, und einer der vom FBI gestellten Ausbilder hatte seine Gruppe unterrichtet. Eines hatte der Mann ihnen immer und immer wieder eingebläut, was er bis heute nicht vergessen hatte: »Wenn Sie zu dem Schluss kommen, dass Sie verfolgt werden, können Sie ganz einfach feststellen, ob dies tatsächlich so ist, und es stellt für Sie mit Sicherheit die billigste aller Versicherungen dar. Sollten Sie sich geirrt haben, werden Sie sich anschließend ein bisschen blöd vorkommen. Wenn Sie aber Recht behalten, kann es Sie davor bewahren, unter Umständen später bis zum Hals in der Scheiße zu stecken.«

Vielleicht war er wirklich übervorsichtig, aber als Berufssoldat hatte er schon vor langer, langer Zeit gelernt, dass vorbereitet zu sein nicht gleichbedeutend damit war, unter Verfolgungswahn zu leiden. Und wie hatte der Ausbilder doch immer wieder gesagt: Es zu überprüfen, war noch die leichteste Übung.

Nicht weit vor ihm zweigte eine kleine Bundesstraße ab, die in nordöstlicher Richtung nach Manassas führte.

Howard ordnete sich nach rechts in die Verzögerungsspur der Ausfahrt ein. Sollte der Wagen hinter ihm – der wie ein weißer Chrysler Neon aussah – weiterfahren, würde er an der nächsten Anschlussstelle wieder auffahren und seinen Weg nach Hause fortsetzen.

Sechs Fahrzeuge hinter ihm ging auch der Neon auf die Verzögerungsspur und verließ die Interstate ein paar hundert Meter nach ihm.

Auch das bewies im Grunde noch nichts mit absoluter Sicherheit. Zwei- bis dreimal, so hatte der Typ vom FBI erläutert, konnte so etwas tatsächlich ganz einfach purer Zufall sein. »Überlegen Sie doch einmal. Was wäre denn, wenn einer Ihrer Nachbarn zufällig gleichzeitig mit Ihnen auf dem Weg nach Hause ist und auf dem Freeway hinter Ihnen herfährt? Der würde dann doch ganz sicher die gleiche Strecke nehmen wie Sie, oder? Die Sache wäre also völlig harmlos. Deshalb: Ziehen Sie keine voreiligen Schlüsse, bevor Sie sich Ihrer Sache nicht wirklich sicher sind.«

Und jetzt fielen Howard auch wieder einige ausgesprochen einfache Wege ein, wie man sich seiner Sache wirklich sicher werden konnte.

Er fuhr ohne Hast die Bundesstraße entlang, die zwar bretteben war, aber landschaftlich sehr schön lag, und bewegte sich so immer weiter aus den Vororten hinaus in ländliche Gebiete. Da tauchte vor ihm eine Kreuzung auf, an der es links zum Occoquan Reservoir ging. *Prima, dann fahren wir hier doch mal links ab.*

Er war schon einen halben Kilometer weit gefahren, hatte bislang aber noch nicht feststellen können, ob der weiße Neon ebenfalls abgebogen war.

Na gut. Dann litt er eben unter Verfolgungswahn. Jetzt musste er nur noch eine Stelle finden, an der er wenden konnte, um nach Hause zu fahren. Irgendwie war er aber doch erleichtert.

Einen knappen Kilometer weiter tauchte eine Tankstelle mit einem angeschlossenen Minimarkt auf, und Howard entschied, dort abzufahren. Als er die Abfahrt erreicht hatte, legte er einen kurzen Stopp ein, weil er die Gelegenheit nutzen wollte, zur Toilette zu gehen. Danach betrat er den Minimarkt und kaufte ein Päckchen Corn Nuts und eine Dose Malzbier, bevor er sich auf den Weg zurück zu seinem Wagen machte. Wenn ihm tatsächlich irgendjemand gefolgt sein sollte, hatte er jetzt wenigstens eine plausible Erklärung für diesen Zwischenstopp. Den Grundgedanken für dieses Vorgehen hatten ihm auch die Jungs von der Personenüberwachung beigebracht: »Wenn Sie Ihre Verfolger nicht wissen lassen wollen, dass Sie sie entdeckt haben, müssen Ihre Handlungen plausibel sein. Ein erkannter Verfolger ist immer besser als einer, von dem man keine Ahnung hat.«

Also fuhr er den Weg zurück, den er gekommen war, und tat so, als hätte er vor, auf die Hauptstraße und anschließend vielleicht auch wieder auf den Freeway zurückzukehren.

Kaum einen halben Kilometer später tauchte urplötzlich ein weißer Neon in seinem Rückspiegel auf. Der Wagen hielt großen Abstand, schätzungsweise einen Kilometer. Howard war sich ziemlich sicher, dass es sich um das Fahrzeug von vorhin handelte.

Hm. Er war eigentlich schon ziemlich überzeugt, aber ein paar Tests mehr würden die Sache sicherlich noch etwas interessanter gestalten.

Er bog mehrfach ab, als er ein paar kleine Nebenstraßen erreicht hatte. Zuerst nach rechts, dann nach links, dann wieder rechts und noch einmal links. So fuhr er etliche Kilometer weiter, bis er schließlich eine hübsche, kleine Landstraße erreicht – und völlig die Orientierung verloren hatte. Von hier aus würde er ganz sicher auf seinen GPS-Empfänger zurückgreifen müssen, wollte er den

Weg nach Hause wiederfinden. Er hatte nämlich wirklich keinen Schimmer, wo er war.

Schließlich fand er sich auf einer Straße wieder, die laut Verkehrsschild zu den Schlachtfeldern des Bürgerkrieges bei Manassas führte. Dabei fiel ihm ein, dass die beiden großen Schlachten, die hier stattgefunden hatten, ursprünglich nach dem kleinen Fluss Bull Run benannt worden waren, der durch diese Gegend fließt.

Der Neon war inzwischen etliche Male aus seinem Blickfeld verschwunden. Manchmal sogar für zwei bis drei Minuten. Howard drängte sich das dumpfe Gefühl auf, dass der Typ, der ihn verfolgte, über die geradezu unheimliche Gabe verfügen musste, immer schon im Voraus zu wissen, wann und wo er abzubiegen hatte.

Dann jedoch dämmerte ihm etwas. Es war keineswegs auszuschließen, dass man einen Peilsender an seinem Wagen angebracht hatte und der Kerl nur dem von diesem Sender ausgestrahlten Signal zu folgen brauchte.

Verdammt! Darauf hätte er auch schon früher kommen können.

Nachdem er ein weiteres halbes Dutzend Mal willkürlich abgebogen war, gab es für ihn keinen Zweifel mehr. Der Neon verfolgte ihn. Nun standen zwei Fragen zur Klärung an: Wer verfolgte ihn? Und: Warum verfolgte man ihn?

Natürlich hätte er jetzt die Highway-Patrol herbeirufen können, und ein paar muskulöse Polizisten hätten dem Fahrer des Neon dann ganz höflich und freundlich genau diese Fragen gestellt. Wenn sich bei dieser Gelegenheit allerdings herausgestellt hätte, dass es sich bei dem Verfolger um Lee handelte, wäre es nicht gerade angebracht gewesen, unmittelbar vor der Polizeibehörde von Virginia schmutzige Wäsche zu waschen. Nein, es war auf jeden Fall besser, die Sache innerhalb der Familie zu regeln. Ebenso bestand die Möglichkeit, die militärischen Kräfte der Net Force zu mobilisieren, die sich dann des Fahrers angenommen hätten. Aber wer war er denn, dass er so etwas nicht selbst in den Griff bekommen konnte? Er hatte seine Seitenwaffe dabei, und es bestand wirklich keine Notwendigkeit, die Kavallerie zu rufen – besonders dann nicht, wenn sich am Ende doch noch herausstellen sollte, dass alles eine unglaubliche Verquickung von Zufällen war. Und schließlich könnte ja auch jemand bei dem Versuch, ihn hier draußen zu finden, verloren gehen.

Er hatte noch zu gut im Kopf, was Michaels über den DEA-Agent Brett Lee gesagt hatte. Nach der Schießerei in L.A. konnte Howards Aussage diesen Agent den Job kosten, möglicherweise sogar eine strafrechtliche Verfolgung gegen ihn in Gang setzen. Da dieser Mann außerdem in irgendeine illegale Angelegenheit verwickelt schien, würde es ihm nur zu gelegen kommen, wenn Howard jetzt mit seinem Wagen irgendwo gegen einen Baum fuhr und diesen Unfall praktischerweise nicht überlebte.

Natürlich war es eine weit hergeholte Verbindung von einer Verfolgung bis zu einem vorsätzlichen Mord, und möglicherweise steckte auch etwas gänzlich anderes dahinter. Vielleicht war es ja auch jemand völlig anderer, der hinter ihm her war. Jemand, dem Howard einmal auf die Hühneraugen getreten war, den er längst vergessen hatte und der ihn jetzt aus vollkommen anders gelagerten Gründen verfolgte.

Gleichwohl wurde es jetzt Zeit herauszufinden, wer ihm an den Hacken klebte, zu dessen Wagen zu schlendern und ein paar klärende Worte mit ihm zu wechseln.

Hier draußen auf dem Lande, wo es jede Menge Bäume, Felder und Wiesen gab, sollte es doch eigentlich kein Problem darstellen, einen passenden Ort zu finden.

Er begann nach einem solchen Ausschau zu halten.

32

Malibu, Kalifornien

Drayne war nicht sonderlich überrascht, als sich Shawanda Silverman bereits einen Tag später wieder bei ihm meldete. Sie hätte ein hübsches Objekt, berichtete sie, bei dem alles stimmte, und wann immer er es einrichten könnte, würde sie sich frei machen, um es mit ihm zu besichtigen.

Harte Zeiten im Immobiliengeschäft, dachte er.

Sie nannte ihm die Anschrift, gab ihm noch weitere Informationen, und er versprach, sobald wie möglich die Schlüssel abzuholen. Der gesamte Rechtskram, einschließlich der elektronischen Unterschriften und des Geldtransfers von einem seiner Sackgassenkonten war über das Internet abgewickelt worden. Dieser Deal war über die Bühne.

Es verstand sich von selbst, dass er nicht persönlich zum Termin erscheinen würde. Schließlich war er nicht daran interessiert, dass sie sich später an sein Gesicht erinnern konnte. Normalerweise hätte er Tad mit dieser Aufgabe betraut, doch der lag immer noch weltentrückt auf der Terrasse. Drayne hatte ihn in eine Decke gehüllt, als es dunkel und kühl wurde, und einen Sonnenschirm über ihm aufgespannt, als es wieder Tag wurde. Der alte Tad würde sich wahrscheinlich noch weitere ein bis zwei Tage nicht bewegen können – wenn er sich in diesem Leben überhaupt noch einmal bewegte.

Glücklicherweise waren inzwischen die Leibwächter eingetroffen, und obwohl zwei der insgesamt vier Bodyguards, die er eingestellt hatte, nicht gerade die hellsten Leuchten zu sein schienen, machten die anderen beiden einen ausgezeichneten Eindruck. Alle waren mit Pistolen oder Revolvern ausgerüstet und hatten in einer großen Kiste noch etliche Repetier-Schrotflinten mitgebracht. Darüber hinaus behauptete jeder Einzelne von sich, in der einen oder anderen asiatischen Kampfsportart erfahren zu sein. Der Längste von ihnen war sicherlich um die zwei Meter groß und hatte ein Gesicht, das danach aussah, als hätte es schon in etlichen Schlägereien etwas abbekommen. Einer der Intelligenteren hieß Adam. Ein hoch gewachsener, aschblonder Endzwanziger, der aussah, als hätte er eine ziemliche Zeit seines Lebens mit Surfen zugebracht.

Drayne entschied, dass dieser Adam der Richtige für den Termin mit Ms. Silverman war, bei dem die Schlüsselübergabe für sein neues Domizil stattfinden sollte.

»Dein Name ist Lazlo Mead, M-e-a-d geschrieben, und du arbeitest für die Firm Projects Inc.«, erklärte er Adam. »Sollte sie irgendeine Bemerkung darüber fallen lassen, dass deine Stimme anders klingt als am Telefon, dann sagst du ihr einfach, du hättest eine Erkältung gehabt, als du mir ihr telefoniert hast.«

»Sollte kein Problem sein«, meinte Adam. Er atmete tief ein und ließ die Luft dann bis zur Hälfte entweichen. »Tag auch, Miz Silverman. Ich bin Lazlo Mead.«

Drayne hatte die eigene Stimme schon oft genug auf Tonbandaufnahmen gehört, um zu wissen, dass Adams Imitation täuschend echt war.

»Wow, das ist klasse.«

»Ich hab ein bisschen Schauspielerei betrieben«, erklärte Adam. »Hat sich aber leider nicht so toll ausgezahlt. Zumindest bis jetzt noch nicht.«

Nachdem Adam gegangen war, überdachte Drayne die Angelegenheit mit den Leibwächtern noch einmal intensiver. Er hatte keineswegs vor, einem von ihnen die Anschrift des sicheren Hauses zu nennen. Nur für den Fall, dass sie in die Bredouille gerieten und sie zurücklassen mussten, um sich abzusetzen. Adam war intelligent genug, es herauszubekommen, und wenn er es darauf anlegte, würde es ihm auch keinerlei Schwierigkeiten bereiten, alles aus der Silverman herauszukitzeln. Letzten Endes spielte er ja Laslo, oder nicht? Das könnte sich zu einem Problem auswachsen. Wenn also alles den Bach hinunterging, würde es unumgänglich sein, dass sich auch Adam mit aus dem Staub machen konnte, oder es musste sichergestellt werden, dass er niemandem mehr erzählen konnte, wo sich der Schlupfwinkel befand.

Wahrscheinlich ist jetzt der richtige Zeitpunkt gekommen, die Waffe zu beschaffen, überlegte Drayne.

Aber wenigstens waren die Dinge in Gang gebracht, seine Rückversicherung stand, und er fühlte sich um Klassen besser.

Er hatte seine Kunden unterrichtet, dass der Hammer in Kürze wieder verfügbar sein und dessen Timer in achtundvierzig Stunden zu ticken beginnen würde. Binnen weniger Minuten lagen ihm bereits zwanzig Bestellungen vor und eine Stunde später weitere fünfundzwanzig. Das bedeutete fünfundvierzig Kapseln mit der Droge, zuzüglich einer für Tad, wenn er bis dahin wieder auf den Beinen sein sollte. Da Tad derzeit noch außer Gefecht war, würde Drayne die Auftragsabwicklung selbst übernehmen müssen. Doch das war im Grunde kein Problem, da alles ausschließlich übers Internet und mit FedEx-24-Stunden-Express-Zustellungen ablief. Persönliche Übergaben, wie beim Zee-ster, über die man sich hätte Gedanken machen müssen, gab es nicht mehr. Jetzt waren die Wirkstoffe alles, was er noch brauchte.

Mit den Leibwächtern wollte er die Sache nicht zu wild angehen lassen, weshalb er es für besser hielt, die Produktion im Wohnmobil durchzuführen, wenn es so weit war. Es war nicht erforderlich, dass sie ihn begleiteten, denn er hatte sie in erster Linie eingestellt, damit sie die Burg schützten und seine Flucht deckten, sollte diese sich als erforderlich erweisen. Niemand, vielleicht mit Ausnahme von Adam, würde ihn näher kennen, und von dem Wohnmobil draußen in der Wüste hatte ohnehin keiner eine Ahnung.

Er grinste. Yeah. So langsam liefen die Dinge wieder in der Spur … abgesehen von dem Mist mit seinem Alten. Aber darum konnte er sich irgendwann später kümmern. Ihm würde schon noch eine Story einfallen, die bewirkte, dass sich der alte Mann schlecht fühlen würde. Ihm schwebte da etwas von Spionagetätigkeit, einem verdeckt ermittelnden Polizisten oder etwas in dieser Art vor. Jawohl. Wäre das nicht geradezu poetische Gerechtigkeit? Seinen Vater denken zu lassen, dass sein Sohn dem Vaterland diente, während er ihm vorwarf, er triebe etwas Illegales und Unmoralisches? Das wäre wirklich der Hammer.

Aber jetzt war es erst einmal an der Zeit, einen Korken knallen zu lassen und ein perlendes Vergnügen zu genießen. Anschließend würde er einen der neuen Leibwächter rufen und bitten, ihm den Gebrauch von Handwaffen zu erklären.

Washington, D.C.

»Du lässt mich einfach hier sitzen und reist *wohin*?«, fragte Toni aufgebracht.

»He, du bist es doch gewesen, die den entscheidenden Anhaltspunkt gefunden hat«, wiegelte Alex ab, »und jetzt müssen wir der Sache schließlich auch nachgehen.«

»*Wir*? Die Net Force leistet keine Feldarbeit dieser Art. Das ist Aufgabe der regulären FBI-Kräfte.«

»Ja. Stimmt schon. Aber leider habe ich keine Ahnung, wie solide der Laden im Augenblick ist. Sollte sich Jays

Vermutung nämlich als zutreffend erweisen, gibt es womöglich zwei Typen, die in der Lage sind, an Informationen zu kommen, die ihnen unter normalen Umständen nicht zugänglich wären. Die NSA hat ihre Ohren überall.«

»Tu bitte nicht so, als wärest du nicht in der Lage, so etwas zu unterlaufen. Besteht denn keine Möglichkeit, die Informationen persönlich an die richtigen Stellen zu leiten und zu veranlassen, dass sie überprüft werden, ohne dass irgendwelche Ohren von draußen davon etwas zu hören bekommen?«

Alex fuhr fort, seinen Übernachtungskoffer zu packen, und warf seinen Kulturbeutel oben auf. »Wenn wir wüssten, wem wir trauen können und wem nicht, hättest du völlig Recht. Die Direktorin hält sich in dieser Angelegenheit bedeckt. Wenn die Sache schief läuft, weißt du doch genau, wer den schwarzen Peter zugespielt bekommt, selbst wenn es gar nicht unsere Schuld war. Schließlich ist es viel einfacher, die Net Force als Sündenbock dastehen zu lassen, als Probleme in ihrer eigenen Behörde zugeben zu müssen. Noch schlimmer wäre es nur noch, wenn sie gezwungen wäre, Anschuldigungen gegen eine Schwesterbehörde zu erheben, die alles andere als hieb- und stichfest sind. Du bist doch selbst lange genug dabei gewesen, um noch zu wissen, woher der Wind weht.«

»Irgendwie klingt das alles für mich stark nach einer reinen Rationalisierung«, maulte sie weiter, »oder wie eine willkommene Entschuldigung, aus dem Büro herauszukommen. Und weg von hier.«

Er unterbrach das Packen und blickte sie an.

»Ich bin fett, habe Hormonschwankungen, bin blass und schwanger«, jammerte sie, »und ich treibe dich an den Rand des Wahnsinns damit.«

Er trat zu ihr und legte ihr die Hände auf die Schultern. »Nein. Du trägst unser Kind unter dem Herzen, und ich liebe dich. Du bist die schönste Frau der ganzen Welt, und das jetzt sogar mehr denn je.«

»Da sagst du doch nur, damit ich mich besser fühle.«

»Na ja, da könntest du Recht haben«, antwortete er mit einem Grinsen.

»Du bist ein echter Bastard«, sagte sie, grinste dabei aber schon zurück.

»Sag das mal meiner Mutter. Sie hat mir nie verraten, dass ich einer bin, und ich bin mir absolut sicher, dass mein Vater ziemlich überrascht sein dürfte, diese Neuigkeit zu erfahren.«

»Ein ausgekochter Bastard sogar.«

Aber ihr Grinsen war bei diesen Worten nur noch breiter geworden.

»Ich treffe mich in etwa drei Stunden mit Jay und John Howard am Flughafen. Also bleibt uns noch genug Zeit für eine Dusche und einen gescheiten Abschied, oder?«

»Ein ausgekochter, geiler Bastard obendrein.«

Jetzt mussten beide herzlich lachen.

Das Gebiet von Manassas bestand, wie viele dieser Art im nördlichen Virginia, aus hügeligen Landschaften, Kleinstädten mit Mini-Einkaufszentren und Straßen, die in den Stoßzeiten völlig verstopft waren. Dennoch gab es immer noch Gegenden, in denen es nichts gab außer Nadelbäumen und Eichen und in denen sich nur einige wenige Steinzäune und alte Häuser noch gegen das Wetter behaupteten.

Howard war fast eine halbe Stunde herumgefahren, bis er schließlich eine verlassene Allee gefunden hatte, die für sein Vorhaben schmal genug war. Er fuhr noch weiter, bis er den Abstand zum Neon auf etwa einen Kilometer vergrößert hatte, und bog dann nach rechts in einen schmalen Feldweg ein, der vor dem Tor zu einer mit Stacheldraht eingezäunten Kuhweide endete. Dort stellte er den Motor ab. Nirgendwo in der Nähe waren Häuser zu sehen, und nur ein paar braun-weiße Kühe zogen gemächlich wiederkäuend über die Weide.

Sein Plan bestand darin, auszusteigen und sich dann über die Wiese zu einer Lichtung auf der gegenüberliegenden Seite zu bewegen. Von dort aus wollte er in den Rücken des Neon schleichen, von dem er annahm, dass er anhalten würde, weil sein Fahrer erst einmal beobachten wollte, was vor sich ging. Sobald er im Rücken seines Verfolgers wäre, wollte er sich mit dem Revolver in der Hand anschleichen und endlich herausfinden, mit wem er es zu tun hatte und was man von ihm wollte. Zugegeben, ein recht einfacher Plan, der aber eigentlich aufgehen sollte.

Hinter ihm bog der weiße Neon in etwa vierhundert Metern Entfernung von der Straße ab und wurde mit der Beifahrerseite in seine Richtung quer gestellt und angehalten.

Howard gab noch ein paar Sekunden zu, bevor er selbst ausstieg. Er war gerade dabei, die Fahrertür hinter sich zu schließen, als die Seitenscheiben auf Fahrer- und Beifahrerseite seines Wagens in tausend Scherben zersplitterten. Dem charakteristischen Klirren folgte nur Bruchteile von Sekunden später das Krachen eines Gewehrschusses. Die Kugel, die sich schneller als der Schall bewegt hatte, verfehlte ihn lediglich um wenige Zentimeter.

Scheiße!

Mit zwei Schritten war Howard in Höhe des Vorderreifens, ging dahinter in die Hocke und zog den Revolver. Der Motor war die beste Deckung, und die schwere Stahlfelge war wahrscheinlich solide genug, eine tiefer gezielte Kugel des Heckenschützen ablenken zu können.

Da fiel ein weiterer Schuss, und die Kugel durchlöcherte die Türen seines Wagens auf beiden Seiten. Wenn er dort geblieben wäre, hätte sie ihn mit Sicherheit erwischt.

Das war übel.

In unmittelbarer Nähe gab es keinerlei andere Deckungsmöglichkeit. Bis zur Baumgrenze waren es gut fünfzig Meter über das offene Gelände der Weide, und den Versuch zu unternehmen, auf der anderen Seite die Straße zu überqueren, wäre gleichermaßen dumm, weil er dort ebenfalls nahezu keine Deckung hatte. Ein erfahrener Schütze würde ihn auf jeden Fall erwischen, und sein Revolver, obwohl bestimmt eine ausgezeichnete Waffe, war auf eine Distanz von vierhundert Metern nicht zu gebrauchen, selbst wenn Gott selbst zu seinen Gunsten eingreifen würde.

Er riskierte einen schnellen Blick.

Sofort warf ein weiterer Schuss sein Echo über das Weideland, und die Kugel knallte in das Blech im oberen Teil des Kotflügels, wurde jedoch vom Motorblock gestoppt, wobei sie einen Lärm machte, als schlüge der Klöppel gegen eine Glocke.

Wenn sich der Kerl näherte, würde er für weitere dreihundert bis dreihundertfünfzig Meter im Vorteil sein, und wenn er sich dazu entschied, ihn zu umgehen, steckte Howard bis zum Hals in der Scheiße.

Natürlich konnte er Hilfe herbeirufen, doch die würde jetzt niemals mehr rechtzeitig eintreffen. Was zum Teufel sollte er also unternehmen?

Mit dem Gedächtnis eines Menschen ist es manchmal schon eine ziemlich komische Sache. Bis zu diesem Augenblick hatte er nämlich völlig vergessen, was sich im Kofferraum seines Wagens befand. Doch als es ihm einfiel, fühlte er plötzlich wieder so etwas wie Hoffnung in sich aufkeimen, und fast hätte ihn ein Strom neuer Möglichkeiten überschwemmt.

Mit einem Satz war Howard am Heck des Wagens.

Ein weiterer Schuss traf sein Fahrzeug etwa in Höhe der Mitte und musste wohl eine Rahmenversteifung oder den Seitenaufprallschutz in einer Tür gestreift haben, denn die Kugel schaffte es nicht, auf seiner Seite wieder auszutreten.

Er erreichte das Hinterrad. Glücklicherweise war der Fahrzeugschlüssel seines PKW gleichzeitig auch Fernbedienung für Alarmanlage, Zentral- und Kofferraumverriegelung. Er atmete tief ein, hielt den Revolver über den Kofferraumdeckel, zielte in Richtung des Neon und gab, so schnell er konnte, drei Schüsse in Folge ab.

Gleichzeitig drückte er auf den Öffner der Kofferklappe, griff, noch während der Deckel hochschwang, darunter und schnappte sich den Hartschalenkoffer auf dem Fahrzeugboden. Mit einem Ruck hatte er ihn herausgezerrt und ließ sich hinter dem Hinterrad in Deckung fallen.

Der nächste Schuss des Heckenschützen war unglaublich. Er traf den Reifen auf der Beifahrerseite, durchbohrte den Stahlgürtel der Karkasse, traf den Reifen auf der Fahrerseite, durchdrang auch diesen und stanzte schließlich ein Loch in eine Ecke des Hartschalenkoffers, der Howard dadurch beinahe aus der Hand gerissen worden wäre.

Der Wagen sackte auf die Felgen, und Howard wusste, dass er mit diesem Fahrzeug auf absehbare Zeit wohl kaum noch irgendwo hinfahren würde.

Der General ließ die Kofferschlösser aufschnappen und breitete die Teile des BMG-Gewehrs Kaliber .50 auf dem Boden aus. Glücklicherweise hatte die Kugel keine wichtigen Teile getroffen. Er legte seinen Revolver nieder und setzte die Waffe in rekordverdächtiger Zeit zusammen, wofür sicherlich sein hochgeputschter Adrenalinspiegel nicht unerheblich mit verantwortlich zeichnete. Dann lud er das Magazin mit der Wettbewerbsmunition, lud eine Patrone in die Kammer und schaltete die Visiereinrichtung mit dem roten Laserpunkt ein. Er erinnerte sich, dass das Gerät auf dreihundert Meter voreingestellt war, und wusste, dass er es nur geringfügig nachjustieren brauchte. Vielleicht aber auch gar nicht. Dieses Ding schoss schließlich auch noch über eine gewaltige Entfernung vergleichsweise flach.

Jetzt wurde es Zeit, einige Kalkulationen anzustellen. Der Heckenschütze würde aller Wahrscheinlichkeit nach ein Jagd- oder Scharfschützengewehr haben. Wahrscheinlich ein 30-6er oder ein Kaliber .308. Wenn es irgendetwas in dieser Art war, dürfte es sich mit ziemlicher Sicherheit um einen Karabiner handeln, was bedeutete, dass der Schütze nach jedem Schuss von Hand durchladen musste. Schnell hatte Howard überschlagen, dass ihm so eine halbe, allenfalls eine Dreiviertelsekunde Zeit zwischen den Schüssen blieb.

Nicht gerade eine Ewigkeit, ein Ziel aufzufassen und zu feuern. Wenn es sich bei der Waffe seines Gegners allerdings um eine Halbautomatik handelte, hatte er ganz schlechte Karten. Aber mehr konnte er im Augenblick nun mal nicht ins Feld führen.

Howard zog die schwere Waffe in die Schulter ein und streckte dann den Kopf für die qualvoll lange Zeit von etwa einer halben Sekunde hoch, bevor er sich wieder duckte.

Der erwartete Schuss fiel. Das Projektil traf den Kofferraum, zischte hindurch, verfehlte ihn aber um fast zwanzig Zentimeter.

Dann war Howard hoch, ließ das Zweibein auf den Kofferraumdeckel fallen, den er dabei gleichzeitig zuschlug und brachte den roten Zielpunkt etwa auf die Mitte der Karosserie des Neon. Er betätigte den Abzug einen Hauch zu hastig, und der Rückstoß der Waffe hätte ihn daraufhin beinahe von den Füßen geholt. Das Losbrechen des Schusses hatte etwas eindeutig Explosionsartiges an sich und machte ihn in Sekundenschnelle völlig taub. Doch er schaffte es irgendwie, obwohl er selbst noch ums Gleichgewicht kämpfte, eine neue Patrone in die Kammer zu laden, während die verbrauchte zur Seite ausgeworfen wurde.

Das würde dem Hurensohn auf jeden Fall zu denken geben! *Gar nicht mehr so lustig, wenn das Opfer urplötzlich anfängt, zurückzuschießen, nicht wahr?*

Howard blickte durchs Zielfernrohr. In hoher Vergrößerungseinstellung konnte er das Loch klar erkennen, das die Kugel in die Seite des Neon gestanzt hatte. Sie hatte einen handtellergroßen Krater hinterlassen, in dem jegliche Farbe einfach verschwunden war. Vom Schützen war jedoch nichts zu sehen. Wenn der Typ seine sieben Sinne zusammen hatte, war er hinter dem Motorblock in Deckung gegangen. Wenn ein Kaliber .50 losbrach, hörte es sich wie der leibhaftig gewordene Zorn Gottes an, und dem Meuchelmörder würde schnell klar sein, dass sich die Chancen dramatisch zu Howards Gunsten verschoben hatten.

Howards Ohren klingelten immer noch, und er war nicht in der Lage, irgendwelche anderen Geräusche wahrzunehmen. Er warf einen Blick nach unten, entdeckte die Ohrenstöpsel, die zusammen mit dem Gewehr ausgeliefert worden waren, und riskierte die Sekunde, die es dauerte, sie aufzuheben. Sofort steckte er sie sich in die Gehörgänge.

Immer noch kein Zeichen vom Heckenschützen.

Na prima. Dann wollen wir doch mal sehen, wie es dir gefällt, wenn *du* auf der Speisekarte fürs Abendessen stehst, Arschloch.

Er brachte den roten Punkt auf den obersten Rand des Vorderreifens und löste einen Schuss. Diesmal allerdings erheblich vorsichtiger.

Die Kugel hatte wohl ein paar Zentimeter zu hoch gelegen und musste in den Motorraum geschmettert und dort quer geschlagen sein. Jedenfalls stieg Wasserdampf aus den Ritzen der Motorhaube, der entweder aus dem zerfetzten Kühler oder dem Kühlaggregat der Klimaanlage stammte. Er hätte jede Wette gehalten, dass dieser Wagen nirgendwo mehr hinfahren würde.

Jetzt war es an der Zeit, die Kavallerie herbeizurufen. Er fischte sein Virgil aus der Tasche und drückte auf die Kurzwahltaste für Notrufe.

»Sir?«, meldete sich eine Stimme.

Howard lächelte. *Jetzt hab ich dich, du Wichser.*

»Bleiben Sie eine Sekunde dran.« Howard schoss erneut auf den Neon. Diesmal traf er den Vorderreifen, und der Wagen ging in die Knie.

»Ich möchte, dass in spätestens fünfzehn Minuten ein Hubschrauber mit einer gefechtsbereiten Schützengruppe maximal zwanzig Meter von der GPS-Position landet, die Sie der Position meines Virgil entnehmen können. Dies ist keine Übung!«

»Jawohl, Sir!«

»Und jetzt der Lagebericht …«

Als der Hubschrauber dann aber endlich aus Quantico eintraf und ein Dutzend Männer der Net-Force-Elite heraussprangen, ausschwärmten und den tödlich getroffenen Neon umzingelten, war der Heckenschütze spurlos verschwunden. Der Wagen stand erheblich näher an der Baumgrenze als Howards, und irgendwie hatte es der Kerl geschafft, sich aus dem Staub zu machen, ohne dass Howard ihn entdeckt hatte.

Verdammt!

33

Washington, D.C.

Jay hob den Blick vom Flatscreen und musterte seinen Chef und den General. »Das Fahrzeug des Heckenschützen war als gestohlen gemeldet«, verkündete er.

Sie saßen am Flughafen in einer der VIP-Lounges, zu denen der Boss freien Zugang hatte, und warteten darauf, dass ihr Flug nach L.A. aufgerufen wurde. Wenn John Howard auf irgendeine Art und Weise erschüttert darüber war, dass man da draußen auf den Schlachtfeldern, auf denen sich Stonewall Jackson seinen Kriegsnamen erworben hatte, versucht hatte, ihn zu erschießen, so sah man ihm dies äußerlich nicht an.

Der Boss hatte durchgesetzt, dass Howard als vereidigter Bundesagent von seinem Recht Gebrauch machen konnte, mit einer Waffe an Bord eines Flugzeugs zu gehen. Sowohl Jay als auch Michaels selbst begnügten sich dagegen mit ihren Teasern, obwohl Jay das Ding bislang nur bei den vorgeschriebenen und halbjährlich stattfindenden Qualifikationsübungen betätigt hatte, von denen die letzte allerdings auch schon wieder fast vier Monate zurück lag. Er hätte auch gar nicht erst den Versuch unternommen, sich einzubilden, er wäre der Nachkomme eines der großen Revolverhelden, selbst wenn er lediglich die nichttödlichen »Schock-und-k.o.«-Teaser benutzte, die an die meisten Net-Force-Mitarbeiter ausgegeben wurden, die nicht zur militärischen Abteilung der Net Force gehörten.

»Ein gestohlenes Auto. Nicht gerade die große Überraschung, würde ich sagen«, kommentierte Howard. »Es wäre wohl auch reichlich überspannt gewesen, wenn ich mich der Hoffnung hingegeben hätte, dass er seinen eigenen Wagen benutzte. Ich gehe allerdings genauso wenig davon aus, dass die Laborratten es geschafft haben, irgendwelche Fingerabdrücke oder DNA-Signaturen sicherzustellen, oder liege ich da falsch?«

»Nicht ganz, Sir«, bestätigte Jay.

»Abermals keine besonders große Überraschung«, meinte Michaels. »Zumindest nicht, wenn derjenige im Wagen gesessen hat, von dem wir annehmen, dass er der Fahrer des Neon war. Wie ist es denn um Lees Alibi bestellt?«

»Nun, das ist ein bisschen komplizierter«, berichtete

Jay. »Wir konnten ihm nicht einfach das FBI auf den Hals hetzen, ohne das Risiko einzugehen, uns dabei gehörig die Finger zu verbrennen. Aber wenn man dem halboffiziellen Kontakt Glauben schenkt, den wir bei der DEA haben, dann hatte Mr. Lee sich den heutigen Tag frei genommen, um einige persönliche Dinge zu erledigen. Er war in Maryland, um seine Großmutter väterlicherseits zu besuchen, die in einem Altersheim außerhalb von Baltimore lebt. Soweit ich Online-Zugang zu den Besuchsberichten des Altersheims der Schwestern der heiligen Mutter Gottes bekommen konnte, scheint es so, als hätte sich Mr. Lee gut eine Stunde vor Beginn des Angriffs auf General Howard als Besucher eingetragen und zehn Minuten nach dessen Ende wieder abgemeldet. Allerdings ist niemand dorthin gefahren, um die Sache persönlich mit den Angestellten vor Ort gegenzuchecken.«

»Wie schwer wäre es denn, die Ein- und Ausgangseintragungen beziehungsweise die entsprechenden Berichte zu fälschen?«, fragte Howard.

»Also, ich würde das sogar dann noch schaffen, wenn Sie mir beide Hände auf den Rücken binden würden und ich so schlimm erkältet wäre, dass selbst der Stimmenanalysator nur noch jedes siebzehnte Wort verstehen würde«, behauptete Jay, »und das alles natürlich mit verbundenen Augen im Tiefschlaf.«

»Ganz schön schwer, was?«

»Blödsinn, Boss, das würden sogar *Sie* schaffen.«

»Also gut, dann müssen wir einen Ermittler hinschicken, der sich davon überzeugt, ob Lee tatsächlich seine alte Großmutter besucht hat.«

»Wenn sich herausstellt, dass er wirklich dort war, ist es logischerweise unmöglich, dass er mit der Person des Heckenschützen identisch ist«, stellte Jay fest.

»Warten wir erst einmal ab, bevor wir anfangen, Schlüsse zu ziehen.«

»Ich wäre allerdings ziemlich überrascht, wenn sich eine Schwester oder ein Pfleger finden ließe, der sich noch daran erinnert, ob Lee heute da gewesen ist oder nicht«, wandte Howard ein.

»Irgendwelche forensischen Erkenntnisse vom Tatort?«, fragte Michaels.

»Nichts, was für einen Brief nach Hause reichen würde«, antwortete Jay. »Keine Patronenhülsen, die auf dem Boden gelegen hätten, kein Blut, keine Haare, keine Werbestreichholzschachteln, Personalpapiere oder Karten, auf denen der Weg zum Haus des Übeltäters eingezeichnet gewesen wäre. Die Abdrücke der Schuhsohlen weisen auf Turnschuhe einer Billigmarke hin. Stoffgewebepartikel von der Stelle, wo sich der Schütze niedergekniet hat, scheinen auf leichte graue Baumwolle zu deuten. Wahrscheinlich von einer Freizeithose.«

»Und die Kleidung wird wahrscheinlich längst zusammen mit den Schuhen und möglichen Handschuhen in einer Mülltonne gelandet oder verbrannt worden sein«, vermutete Michaels.

»Das war auf jeden Fall ein Profi«, resümierte Howard. »Wenn ich nicht diese tragbare Kanone dabei gehabt hätte, fürchte ich, dass er mich wahrscheinlich ausgeschaltet hätte.«

»Haben Sie Ihrer Frau erzählt, was passiert ist?«, fragte Michaels.

Howard blickte ihn an. »Hätten Sie es Ihrer erzählt?«

Der Boss blickte ob dieser Rückfrage recht unbehaglich drein. »Möglicherweise. Toni war Einsatzagent der Net Force und weiß deshalb, wie sich die Dinge bisweilen entwickeln können. Doch da sie schwanger ist, würde ich es wahrscheinlich vermeiden, sie mit einer Sache aufzuregen, die längst vorbei ist.«

»Die lokalen Polizeikräfte wurden nicht hinzugezogen, die Medien haben nichts mitbekommen, und wir behalten es für uns«, sagte Howard. »Ich habe auch keine Lust darauf, meiner Frau unnötige Sorgen zu bereiten. Ich werde die Sache später einmal am Rande erwähnen, und zwar nachdem wir den Hurensohn geschnappt haben, der es auf mich abgesehen hatte.«

Jay enthielt sich jeglicher Kommentare. Er hätte es Saji ganz sicher erzählt, aber sie war schließlich Buddhistin, und das war in der realen Welt passiert. Er warf einen Blick in die Runde. Technisch gesehen lag es nicht in ihrem Kompetenzbereich, so zu handeln wie im Augenblick, weil solche Aktionen nicht Bestandteil ihres Einsatzprofils waren. Hinzu kam, dass es gerade ihnen dreien nicht gestattet war, im selben Flugzeug zu fliegen. Wenn der Flieger abstürzen sollte, würden dabei gleichzeitig der Dienststellenleiter, der militärische und der Abteilungsleiter für die Computeroperationen der Net Force ums Leben kommen, was für ihre Behörde eine ziemliche Katastrophe bedeuten würde. Die Direktorin wäre mit Sicherheit stinksauer. Andererseits konnte es Jay dann auch ziemlich gleichgültig sein, weil er ohnehin nicht mehr lebte …

Jay hatte keine Angst vor dem Fliegen. Hin und wieder stürzten Flugzeuge ab. Das war schrecklich, aber, was ihn persönlich anging, etwa gleichbedeutend damit, vom Blitz getroffen zu werden. Wenn es passierte, dann passierte es eben. Was sollte man auch dagegen machen? Das ganze Leben nur zu Hause hocken?

Er freute sich darauf, Hollywood zu sehen. Von seinen virtuellen Besuchen einmal abgesehen, war er bislang erst ein einziges Mal während seiner Zeit auf der Highschool dort gewesen. Damals war er Mitglied der Computer-Leistungsgruppe und hatte zusammen mit seinen Mitschülern an einem internationalen Wettbewerb teilgenommen. Sie waren nur Zweite geworden, hätten aber eigentlich als Sieger aus dem Wettbewerb hervorgehen müssen, wäre da nicht dieser Trottel in seinem Team gewesen, der ein Programm versiebt hatte, das sogar ein Drittklässler noch locker hinbekommen hätte. Bei der Unmenge an Zeit, die Jay damit verbrachte, VR-Szenarien zu entwerfen, würde er sich unter den Filmemachern irgendwie heimisch fühlen. Mitternacht sollte längst vorüber sein, wenn sie auf dem Zielflughafen landeten, und wahrscheinlich machten sie sich anschließend sofort auf den Weg ins Hotel. Aber der morgige Tag würde ohne Zweifel sonnig und wunderbar werden.

Er fuhr den Flatscreen hoch, klickte auf den Zugangsbutton für das drahtlose Airnet und loggte sich ein weiteres Mal mit seinem verschlüsselten Zugangscode in den Hauptrechner der Net Force ein. Selbstverständlich hatte er auch seine VR-Ausrüstung dabei, doch er mochte es nicht besonders, wenn man in aller Öffentlichkeit im VR-Modus arbeitete. Es waren einfach zu viele Leute um einen herum, ganz zu schweigen davon, dass jemand auf den Gedanken kommen konnte, einem das Gepäck zu stehlen, während man durch die angeschlossenen Sensoren behindert war und tief in einem Szenario steckte. Wahrscheinlich wäre es hier in dieser VIP-Lounge sogar gegangen, aber man sollte eben erst gar nicht mit schlechten Angewohnheiten anfangen. Folglich musste er es auf die althergebrachte, langweilige Weise erledigen, indem er die Sprachsteuerung benutzte und die Finger über die Tastatur tanzen ließ. Schmerzhaft zwar, aber nun mal nicht zu ändern.

Banning, Kalifornien

Nachdem Ma und Pa den Kleinwagen vom Hänger hinter dem Wohnmobil geholt hatten und in die nächste Stadt gefahren waren, um einen Bummel durch die Bars oder was auch immer zu machen, hatte Drayne die Klimaanlage im Wohnmobil auf volle Leistung geschaltet und mischte nun eine neue Charge des Hammers. Er würde die Rezeptur beenden, bevor es Zeit war, den letzten Katalysator zuzusetzen. Den würde er erst nach seiner Rückkehr in die Stadt hinzufügen, was gleichzeitig auch eine gute Gelegenheit bot, das neue sichere Haus zu checken, weil ihm dort bei der abschließenden Mischung niemand über die Schulter blicken konnte. Sobald anschließend der Count-down zu ticken begann, würde er einen der Bodyguards mit den Päckchen zu FedEx schicken, und das wär's dann wieder einmal. Weitere 45.000 auf das abgesicherte E-Konto. War das Leben nicht schön?

Beverly Hills, Kalifornien

Mae Jean Kent war eine beeindruckende Frau, wie Michaels im Geiste registrierte. Sie strahlte eine nicht zu verkennende Sexualität aus, und wie kraftvoll ihre Lungen auch immer sein mochten, so wurde ihre Wirkung noch durch einen gewaltigen Vorbau verstärkt, der wenigstens Körbchengröße DD für sich beanspruchte. Toni hatte sich beeilt, ihm zu versichern, dass sie künstlich waren, aber wie dem auch sein mochte …

Sie war hübsch, blond, braun gebrannt, fit und trug ein Mieder-Top, Hot-Pants, die knapp auf den Hüften hingen, und Sandalen an den Füßen. Ihr Outfit wurde durch eine riesige Sonnenbrille abgerundet. Sie hatte sich einverstanden erklärt, sie in einem einheimischen Restaurant zu treffen, das sich dann als *das* Lokal entpuppte, in dem sich die Szene traf. Jetzt war sie praktisch ununterbrochen damit beschäftigt, Leuten zuzuwinken, die an dem draußen stehenden Tisch vorbeigingen, an dem sie, Michaels, Jay und John Platz genommen hatten.

»Hi, Muffy! Heh, Brad! Tut mir Leid, Alex, was haben Sie gerade gesagt?«

»Miss Kent …«

»Oh, bitte nennen Sie mich doch MJ, wie es jeder hier tut!«

Michaels schätzte ihr Alter auf dreißig, wobei er sich bei dieser Schätzung an ihren Händen orientiert hatte. Sie benahm sich allerdings eher wie eine Achtzehnjährige. Wahrscheinlich gehörte das zu dem Jugendkult hier, wo man schon mit fünfundzwanzig zum alten Eisen gehörte.

»Also gut, MJ, erzählen Sie uns bitte etwas über diesen Beach-Film.«

»O Mann, war das ein fürchterlicher Streifen. Zunächst einmal hatte Todd – ich meine Todd Atchinson, den Regisseur – eine schlimme Krise, und ihm ging das Paxil aus, ohne das er einfach nicht arbeiten konnte. Er hat jeden Einzelnen praktisch ununterbrochen angeschrien. Dann hatte Larry – Larry Wright – einen Riesenkrach mit seinem Freund, er ist nämlich schwul, wissen Sie ... so eine Verschwendung eines perfekten Körpers. Können Sie sich das vorstellen? Na ja, wie auch immer, Larry war jedenfalls so deprimiert, dass er nur noch Trübsal blies, wie ein alter Jagdhund. Und George ... ich war so traurig, als ich erfuhr, dass er gestorben ist, so unendlich traurig, aber er war nun mal stark drogenabhängig, sehr stark sogar ... Er kriegte jedes Mal, wenn wir eine Szene zusammen drehten ... wie soll ich sagen ... na, sie wissen schon ... äh ... na ja, er bekam eben einen *Steifen*. Das ging so weit, dass sie ständig mit der Kamera woanders hinhalten mussten, weil sich seine Badehose praktisch ununterbrochen ausgebeult hat!« Sie kicherte und atmete tief ein, wodurch sie ihnen recht eindrucksvoll die Resultate sicherlich ausgesprochen kostspieliger plastischer Chirurgie präsentierte.

Michaels wünschte, Toni wäre hier. Dann hätte sie mit eigenen Augen feststellen können, wie geistlos und unattraktiv diese Frau trotz ihres Aussehens und aller Versuche war, das zu produzieren, was wohl nur sie selbst für eine ausgeklügelte Anmache hielt.

Michaels warf Howard einen Blick zu, der aber nur geradeaus starrte und nicht bereit schien, irgendwelche Hilfestellung zu leisten. Jay hingegen schien völlig hypnotisiert vom ständigen Auf und Ab der Brüste unter MJ's stark beanspruchtem Mieder.

»Gibt es vielleicht irgendetwas, was Ihrer Ansicht nach mit dem Begriff Thors Hammer in Verbindung gebracht werden könnte?«

Sie drehte sich um und winkte jemandem zu, der gerade an den Tischen vorbeiging.

»Heh, Tom, Baby! Wie *geht* es denn?«, wobei sie einen Kussmund in Tom-Babys Richtung machte.

Michaels erhaschte ein flüchtiges Grinsen auf Howards Gesichtszügen, aber als er etwas genauer hinschaute, war es schon wieder verschwunden.

»MJ?«

»Was? O nein. Ich kann mich nicht daran erinnern, dass es was mit einem Torhammer gegeben hätte.«

»Wo wurde dieser Film eigentlich gedreht?«, fragte Jay. Offensichtlich war dessen brustbedingte Trance doch nicht ganz so tief gewesen, wie Michaels angenommen hatte.

»Wo?«

»Ja. Ich glaube, man nennt es die Location.«

Sie richtete den Blick nach oben, als erwartete sie, dass die Antwort auf diese Frage auf der Unterseite des großen Schirms erscheinen würde, der ihrem Tisch Schatten spendete. Dann sah sie Jay mit einem Tausend-Volt-Lächeln an. »Malibu«, sagte sie, »am Strand.«

Michaels erfasste sofort den Hintergedanken der Frage, die Jay gestellt hatte, und hakte nun seinerseits nach. »War denn etwas ungewöhnlich an dieser Location?«

»Ungewöhnlich? Nein, ich glaube nicht. Es war einfach nur so eine Art Privatstrand, und Todd kannte einige der Eigentümer von Häusern, die in unmittelbarer Nähe standen. Also haben sie das Gelände für den Streifen angemietet. Damals sind Tag für Tag jede Menge Touristen vorbeigekommen und haben zwischen den Takes um Autogramme gebeten. Ich hab eine Menge Fans.«

»Ich habe einen Kritiker sagen hören, dass Ihre Leistung in *Scream, Baby, Scream* wirkliche Spitzenklasse gewesen sein soll«, warf Howard plötzlich ein und lächelte dabei.

Michaels blickte Howard an, der aussah, als könne er kein Wässerchen trüben.

»Ach, wirklich? Nun, ich habe hart daran gearbeitet, etwas Tiefe in die Sache zu bekommen, aber das Drehbuch, wissen Sie, das Drehbuch steckte voller Probleme. Diese Drehbuchautoren verstehen einfach nicht, wie eine richtige Hilfe für die Schauspieler geschrieben wird. Das sind alles nur blöde Schreiberlinge, mehr nicht.«

Wahrscheinlich haben sie viel zu viele Worte verwendet, die für dich einfach zu schwer waren, dachte Michaels. *Diese drei- und viersilbigen Dinger müssen ja richtige Killer für dich gewesen sein.*

Nein, Alex, das war jetzt nicht nett. Schließlich sind wir hier in Hollywood. Schon vergessen? Hier zählt nur das gute Aussehen. Schließlich kannst du es ihr nicht zum Vorwurf machen, dass das so ist.

»Nun, dann bedanke ich mich ganz herzlich für die Zeit, die Sie uns gewährt haben, MJ«, sagte Michaels. »Sie waren uns wirklich eine große Hilfe.«

»Hey, kein Problem. Ich bin immer froh, wenn ich der Regierung auf welche Weise auch immer helfen kann. Wenn Sie einmal die Gelegenheit haben, mit dem Finanzamt zu sprechen, könnten Sie denen vielleicht einmal sagen, dass sie doch bitte damit aufhören sollen, mich dauernd zu prüfen, okay?« Sie ließ ihr Lächeln wieder erstrahlen, atmete tief ein und drehte sich um, weil sie mit dem Winken weitermachen musste. »Barry! Wie geht's?!«

Während sie darauf warteten, dass der Parkplatzwächter ihren Mietwagen vorfuhr, meinte Howard: »Finden Sie nicht auch, dass uns das gewaltig weitergeholfen hat?«

»Mich würde interessieren, wann Sie *Scream, Baby, Scream* gesehen haben, John«, fragte Michaels. »Haben Sie sich den Film vielleicht letzte Nacht als Video aufs Zimmer bestellt?«

»Das war doch bloß mein Beitrag, mit dem ich versucht habe, die Unterhaltung im Fluss zu halten«, war die Antwort. »Aber ganz am Rande vermerkt. Ich habe nie behauptet, den Film *gesehen* zu haben. Meine Worte waren: Nach Aussage eines Kritikers ... Und das bezog sich auf unseren Kritiker vom Dienst hier. Ich habe lediglich Gridleys Worte wiederholt.«

»Also gut, dann wollen wir einmal versuchen, diesen Larry ausfindig zu machen«, meinte Michaels, »und hoffen, dass er sich nach *Surf Daze* wieder mit seinem Freund versöhnt hat.«

»Wir haben auch noch Todd«, warf Howard ein. »Vielleicht hat der es ja zwischenzeitlich geschafft, seinen Vorrat an Paxil wieder aufzufüllen.«

»Vielleicht brauchen wir weder den einen noch den anderen«, ließ sich Jay vernehmen.

Michaels und Howard blickten ihn gleichzeitig an.

»Die Inschrift in der Kapsel lautete, dass die Enkel wissen würden, wo wir ihn finden. Ich denke, MJ hat uns möglicherweise genau das gesagt.«

»Der Strand in Malibu«, entfuhr es Michaels und Howard im Chor.

»Drogendealer, die bestens im Geschäft sind, können es sich problemlos leisten, dort zu leben.«

»Es ist aber ein verdammt langer Küstenstreifen«, wandte Howard ein. »Da müssen Hunderte von Häusern stehen.«

»Ja, aber für Filmaufnahmen in Städten braucht man

Unmengen an Genehmigungen«, insistierte Jay. »Ich kann mir Zugang zu den Berichten über diesen Surfer-Film verschaffen und herausfinden, wo genau sich die spezielle Location befand. Damit würde die Zahl der möglichen Häuser schlagartig auf gerade eine Handvoll reduziert. Dann brauche ich lediglich noch die Grundbucheintragungen dieser Häuser einzusehen und kann die Zahl anschließend wahrscheinlich noch weiter einengen.«

»Gut mitgedacht, Jay«, lobte Michaels.

»Dabei habe ich die ganze Zeit eigentlich nicht geglaubt, dass Sie unserer Arbeit vorhin besonders große Aufmerksamkeit geschenkt hätten«, hänselte Howard.

»Silikon ist nicht mein Ding«, wehrte Jay ab. »Nebenbei bemerkt wirkt sie in ihren Filmen erheblich intelligenter, was offensichtlich aber nicht viel zu bedeuten hat.«

»Okay, gehen Sie online, und sehen Sie zu, was Sie herausbekommen.«

»Da wäre noch eine Sache«, bemerkte Jay. »Ich habe während des Gesprächs hier etwas aufblinken sehen.« Er wedelte mit dem Flatscreen in Howards Richtung. »Es gibt etliche Augenzeugen, von denen einige Nonnen sind, die bestätigen, dass Brett Lee gestern um die fragliche Zeit, in der auf Sie geschossen wurde, im Altersheim war. Er kann's also schon mal nicht gewesen sein.«

»Verdammt«, fluchte Howard, »wer denn dann?«

»Vielleicht hat Ihr Hund in den Vorgarten von jemandem geschissen«, bot Jay als Möglichkeit an.

»Glaube ich eher nicht«, widersprach Howard, »wir haben nämlich keinen Hund.«

»Dann sollten Sie sich vielleicht einen zulegen. Aber einen mit ganz großen Zähnen.«

Der Parkplatzwächter erschien und brachte den Mietwagen vor ihnen zum Stehen. Michaels zückte eine Fünfdollarnote aus der Brieftasche und gab sie dem Mann, der sie anblickte, als handelte es sich dabei um ein Stück gebrauchtes Toilettenpapier. Lieber Himmel, wie hoch waren denn die Trinkgelder, die hier normalerweise gegeben wurden?

Als sie im Wagen saßen, drehte sich Michaels zu Jay um. »Finden Sie uns ein Ziel, Jay.«

»Ich bin am Ball, Boss.«

34

Malibu, Kalifornien

Als Tad aufwachte, fielen ihm verschiedene Dinge ins Auge: Erstens, er befand sich auf der Terrasse, wo der Sonnenschirm sein Bestes gab, ihm Schatten zu spenden, sich aber auf dem besten Wege befand, dieses Gefecht zu verlieren.

Zweitens geisterten Männer mit Waffen durchs Haus. Glücklicherweise erkannte er einen der Revolverhelden und schloss daraus, dass die Leibwächter eingetroffen waren und Bobby sich offensichtlich dazu entschieden hatte, sie einzustellen.

Es passiert eben immer dann, wenn man sich zum Winterschlaf zurückzieht, aber auch daran kann man sich gewöhnen.

Er warf einen Blick auf die Uhr und erkannte an der Datumsanzeige, dass er zwei Tage aus dem Rennen gewesen sein musste. Gar nicht so schlecht.

Sein Kopf fühlte sich an, als hätte ihn jemand mit einem stumpfen Spaten geöffnet und anschließend den halben Strand hineingekippt. Zumindest fühlte sich alles ausgesprochen grobkörnig an. Der Rest seines Körpers schmerzte … und zwar ziemlich heftig.

Irgendwie schaffte er es, auf die Füße zu kommen, wobei er sich des Sonnenschirms als Stütze bediente. Dann machte er sich auf den Weg ins Badezimmer. Einmal, nachdem er zwei Tage durchgeschlafen hatte, stand er mehr als eine Minute vor der Toilettenschüssel und musste ununterbrochen pinkeln. Ihm war es vorgekommen, als hätte er es dabei auf mehr als zweieinhalb Liter gebracht. Aus ihm unerfindlichen Gründen hatte seine Blase bislang noch nie Anzeichen von Schwäche gezeigt, was er als Segen betrachtete.

Der Typ mit der Pistole, den Tad bemerkt hatte, nickte ihm zu. »Hi, Tad.«

Tad nickte zurück. Dann fiel ihm auch der Name wieder ein. Es hatte zwar gedauert, aber immerhin. »Adam. Wie läuft's denn?«

»Ganz gut. Bobby ist weg. Er wird wohl erst in einiger Zeit zurück sein, meinte er.«

»Cool.«

Er torkelte ins Bad, drehte die Dusche auf und zog sich aus. Dann wartete er einige Sekunden, bis sich das Wasser auf die richtige Temperatur aufgeheizt hatte, und betrat die Duschkabine. Er stank und fand, dass er eigentlich genauso gut auch unter der Dusche stehend Wasser lassen konnte.

Er musste unbedingt an sein Arzneimittellager kommen, weil er wusste, dass er nur dann in den kommenden beiden Tagen einigermaßen funktionieren würde. Allerdings ganz sicher alles andere als einwandfrei.

Er öffnete den Mund und ließ den nadelscharfen Wasserstrahl den Geschmack von Teer und Schimmel aus dem Mund spülen. Drei- oder viermal spuckte er aus, bevor er ein paar Mund voll des heißen Wassers hinunterschluckte. Er wusste, dass er dehydriert war, und auch, dass für den Fall, dass dieser Zustand bedenklich weit fortgeschritten war, die Konzentration der Elektrolyte in seinem Kreislauf verrückt spielen und einen Herzstillstand herbeiführen konnte. Er kannte Typen, die auf Speed gewesen waren, deswegen einige Tage weder etwas gegessen oder getrunken hatten und auf diese Weise gestorben waren. Ihr Herz hatte ganz einfach aufgehört zu schlagen.

Er blieb zehn Minuten unter der Dusche stehen und ließ sich von den Wasserstrahlen durchmassieren. Als er schließlich aus der Kabine auf die kalten Bodenfliesen trat, fühlte er sich ein wenig besser und frottierte sich mit einem riesigen, flauschigen Badetuch ab. Aber »ein wenig besser« reichte natürlich bei weitem nicht aus.

Tads Drogenversteck befand sich im Radhaus des Kofferraums seines Wagens, den er auf dem Parkplatz des Sandwich-Lokals zwei Straßen weiter abgestellt hatte. Wenn sich Bobby im Paranoiamodus befand, was fast immer der Fall war, verbot er es Bobby grundsätzlich, irgendetwas im Haus aufzubewahren, was belastend sein könnte. Selbst das Auto war ein verbotener Lagerort, wenn er es in der Auffahrt, der Garage oder auch nur irgendwo innerhalb des abgezäunten Bereiches auf dem Grundstück abstellte. Bobbys Anweisung lautete darüber hinaus, dass er nie mehr Stoff bei sich haben durfte, als er auf einmal schlucken konnte, damit es keine Probleme gab, sollte sich jemand gewaltsam Zugang zum Grundstück verschaffen.

Tad versuchte meist, sich daran zu halten. Eine Zeitlang vergrub er die Drogen am Strand. Dazu hatte er sie alle in einen Krug aus Steingut gestopft und den dann mit einem Deckel aus Plastik verschlossen, damit er weder von Münzensuchern noch von Drogenschnüfflern mit Metalldetektoren aufgespürt werden konnte. Dann war er im Laufe der Nacht hinausgeschlichen und hatte den Krug im Sand vergraben. Leider musste er einen dieser Krüge schon recht bald abschreiben, weil er in der entsprechenden Nacht völlig von der Rolle gewesen war und sich nachher nicht mehr an die Stelle erinnern konnte, wo er ihn vergraben hatte. Ein anderes Mal wäre es beinahe schief gelaufen, weil irgendein Hund einen der Krüge ausgebuddelt hatte. Danach ließ er diese Methode wieder fallen. Der Weg zum Auto war mit gerade einmal einem Block wenigstens nicht allzu weit. Andererseits erschien ihm schon diese wirklich kurze Strecke mehr als tausend Kilometer lang zu sein, wenn er eine Runde mit dem Hammer hinter sich hatte.

Nun, daran war aber nichts zu ändern. Gleichwohl schied es für ihn völlig aus, Adam oder einen seiner Muskelprotze loszuschicken und die sein Dope holen zu lassen. Im Grunde gab es mit Ausnahme von Bobby keinen Menschen, dem er traute. Bobby würde aber ganz sicher nicht gehen.

Tad schlüpfte in ein paar ausgebeulte schwarze Sweatpants, ein schwarzes T-Shirt und schwarze Riemchensandalen. Das sollte erst einmal reichen.

»Ich gehe kurz zu meinem Wagen«, informierte er Adam. »Knallt mich also gefälligst nicht ab, wenn ich zurückkomme.«

»Warum eine Kugel verschwenden«, hänselte Adam. »Du siehst doch sowieso schon aus wie einer, den bereits ein scharfer Blick umbringen würde. Himmel, genau genommen siehst du aus, als wärst du längst tot und wüsstest es nur noch nicht.«

»Das habe ich alles schon mal besser vorgetragen gehört, Adam.«

»Und nicht nur einmal, möchte ich wetten.«

Tad überdachte eine Minute lang den Weg. Nach vorne durch den Haupteingang wäre die Strecke länger. Wenn er allerdings die kürzere Strecke über den Strand wählte, musste er durch den Sand laufen, und das wäre erheblich anstrengender. Auf der Straße würde es dagegen einigen Lärm durch den Verkehr geben. Dafür würde es am Strand wiederum heißer sein. Andererseits musste er all den Autos ausweichen, die auf der Straße abgestellt waren, und auf noch mehr Hindernisse konnte er im Moment eigentlich gut verzichten. Solange er nicht seine Arzneimittel zusammengestellt und eingenommen hatte, bedeutete schon das Atmen eine enorme Anstrengung.

Okay, also am Strand entlang. Er nahm Kurs auf die Terrassenstufen.

»Eines dieser drei oder vier Häuser also«, konstatierte Michaels.

Howard fuhr, Michaels spielte den Navigator, und Jay hatte es sich auf dem Rücksitz bequem gemacht. So fuhren sie gemütlich den Highway entlang und blickten dabei in Richtung Strand. »Ja, das sollten sie sein«, meinte Jay, »die Dreherlaubnis bezog sich nämlich auf genau diesen Strandabschnitt, und der Sandwich-Shop da drüben war auch in dem Film zu sehen. Ich hab ihn mir noch einmal angesehen und dabei besonders auf die Bebauung der Location geachtet. Das Haus da drüben wurde erst vor vier Jahren gebaut, also hat es zur Zeit des Films noch nicht existiert.«

»Haben wir denn irgendwelche Angaben über die Eigentümer?«

»Ja. Das rosarote gehört der Schauspielerin Lorrie DeVivio. Sie hat es bei der Scheidung von ihrem fünften Ehemann, dem Filmproduzenten Jessel Tammens, überschrieben bekommen.«

»Die DeVivio muss doch so ... um die sechzig und ziemlich reich sein, oder? Schwer vorstellbar, dass sie Drogen herstellen und vertreiben soll«, meinte Howard.

»Aha, die alten Filmstars kennen Sie wohl gut, was, General?«

»Immerhin hat sie einen Oscar bekommen«, entgegnete Howard, »und den hat sie ganz sicher nicht für ihr Aussehen erhalten.«

»Was ist mit den anderen Häusern?«

»Das zweite gehört dem Vorstandsvorsitzenden der Yokohama-USA Bank. Er ist ebenfalls gut in den Sechzigern und reicher als Gott persönlich. Das dritte, das hellblau mit Weiß gestrichene, gehört einer Firma namens Projects Inc. Wird wahrscheinlich von einem leitenden Angestellten bewohnt, der in Rente gegangen ist. Ich bin die Informationen über die Gesellschaft durchgegangen. Der Firmensitz ist in Delaware.

Das vierte Haus gehört Saul Horowitz. Ich habe keine Ahnung, bei wem es sich um diesen Solly handelt, und auch die Suchmaschinen haben bislang noch kein verwertbares Material ausgespuckt.«

»Na, das hört sich alles recht viel versprechend an. Biegen Sie doch mal da drüben auf den Parkplatz des Restaurants ab. Wir wollen uns die Sache eine Minute durch den Kopf gehen lassen«, wies Michaels Howard an.

Alle vier Häuser verfügten, zumindest was ihre Straßenseite anging, über Sicherheitstore und Zäune. Gerade als Howard den Wagen einparkte, traf ein Mercedes-Cabriolet vor dem dritten Haus ein und rollte auf das Tor zu. Das Verdeck des SL war offen. Der tief gebräunte Fahrer mit von der Sonne gebleichten blonden Haaren sah in seinem Hawaii-Hemd wie der typische Surfer aus. Er hielt eine Funkfernbedienung in Richtung des schweren Stahltores, das kurz darauf nach innen zu schwingen begann, damit das Cabrio passieren konnte. Kaum war der Wagen durch und befand sich in der Auffahrt zum Haus, begann das Tor sich auch schon wieder zu schließen.

»Jo, Surfer-Boy!«, meinte Jay und imitierte dabei den Tonfall der Beach Boys. »Wellenreiten ist angesagt!« Dabei hielt er eine Hand hoch, bei der er den Zeige-, Mittel- und Ringfinger abgewinkelt und den Daumen und kleinen Finger gleichzeitig abgespreizt hatte. Wie zum Gruß begann er mit der Hand zu wedeln. »Mahalo!«

»Vielen Dank für die Einlage, Brian Wilson. Haben Sie

sich wenigstens das Nummernschild notiert?«, fragte Michaels.

»Mist! Tut mir Leid, Boss …«

»Gelobt sei die Eitelkeit«, meinte Howard. »P-R-O-J-E-C-T-S war die Nummer.«

»Überprüfen Sie das«, befahl Michaels.

Jay, der ziemlich beschämt war, weil er es verpasst hatte, das Kennzeichen zu notieren, wählte sich in die Zulassungsstelle von Kalifornien ein, indem er den Zugangscode der Net Force verwendete.

Ein paar Sekunden später konnte er schon mit einer Information aufwarten. »Der Wagen ist auf Projects Inc. zugelassen«, meldete er. »Na, das ist doch mal eine richtige Überraschung, häh? Scheint so, als bekäme man zusammen mit dem Haus auch gleich ein Auto gestellt. Nette Vergünstigungen haben die.«

»Also, was halten Sie davon?«, fragte Michaels.

»Auf jeden Fall eher das Haus hier als das von Horowitz«, meinte Howard. »Reiche Banker und reiche Filmstars mögen vielleicht Drogen konsumieren, aber für sie besteht ganz sicher keine Notwendigkeit, auch damit handeln zu müssen.«

»Nur zu Ihrer Information, General«, meldete sich Jay zu Wort, und deutete dabei auf seinen Flatscreen. »Habe ich gerade hereinbekommen. Man hat eine Wanze an Ihrem Wagen gefunden. Außerdem sieht es so aus, als hätte sich Mr. Lee, der, wie wir alle wissen, nicht der Heckenschütze gewesen sein kann, heute krankgemeldet.«

»Irgendeine lebensbedrohliche Krankheit, hoffe ich doch«, ließ dich Howard vernehmen.

»Und nur um die Dinge noch etwas interessanter zu gestalten, sehe ich hier, dass Mr. George diese und die kommende Woche in Urlaub ist.«

»Sind schon irgendwelche Resultate der Suchmaschinen über Mr. Horowitz zu verzeichnen?«, fragte Michaels.

»Nee«, schüttelte Jay den Kopf. »Ich glaube aber auch nicht mehr, dass wir sie wirklich brauchen werden.«

»Und wieso nicht, wenn ich fragen darf?«

»Wenn Sie bitte einmal Ihre Aufmerksamkeit auf diesen scheinbar wieder von den Toten auferstandenen Hungerhaken in Schwarz konzentrieren würden, der da drüben gerade aus dem Sandwich-Lokal kommt«, sagte Jay.

»Wo denn?«

»Sehen Sie noch mal genau hin, Boss.«

Michaels befolgte die Aufforderung und runzelte die Stirn.

»Yeah«, nickte Jay. »Wirklich kaum vorstellbar, dass der einen ganzen Raum voller Bodybuilder aufgemischt und ein Sportstudio verwüstet haben soll, nicht?«

Michaels nickte. »Aber das ist der Kerl.«

»Ich hätte nie gedacht, dass es mir einmal vergönnt sein würde, die Übereinstimmung einer Phantomzeichnung der Polizei mit der Wirklichkeit zu erleben«, spottete Jay. »Jetzt brauchen wir nur noch abzuwarten und zu beobachten, ob er Vorhang A oder B wählt. Aber für welchen er sich auch entscheiden mag, uns wird es zeigen, dass wir das Haus unseres Rauschgifthändlers gefunden haben. Darauf setze ich mein nächstes Monatsgehalt gegen eine verbogene Dollarmünze.«

Die drei behielten den Mann im Auge, der die Straße entlangtorkelte und dabei den Eindruck erweckte, als stünde er jede Sekunde davor umzufallen. Es kostete ihn einige Zeit, sein Ziel zu erreichen, doch schließlich hatte er es geschafft.

»Und wir haben einen Gewinner«, posaunte Jay. »Das Haus unseres Surfer-Schönlings. Die Net Force hat's geschafft!« Er warf Michaels einen Blick zu. »Also was ist, Boss? Gehen wir rüber, treten denen in den Hintern und nehmen die Personalien auf?« Dabei hielt er die Hand hoch und wedelte aufmunternd mit seinem Teaser.

Howard und Michaels lachten schallend.

»Wie ich sehe«, stellte Michaels dann fest, »haben Sie aus den Erfahrungen, die Sie im Feldeinsatz gemacht haben, nichts gelernt. Wir werden nirgendwo hingehen. Wir verständigen das FBI, und das wird sich dort Zutritt verschaffen.«

Drayne stellte den Wagen ab und ging ins Haus. Er entdeckte einen der Leibwächter, der zwischen den Bananenstauden und den kleinen Palmen in Stellung gegangen war, und winkte ihm zu. Ein gutes Gefühl zu wissen, dass sie das Grundstück bewachten, wie er es von ihnen erwartete.

Vom Haus aus betrat Drayne die Terrasse, wo er auf Adam traf, der hinaus auf den Ozean blickte. »Wo ist Tad?«

»Er ist weg. Wollte zu seinem Wagen, hat er gesagt«, berichtete Adam. »Er hatte vor, in ein paar Minuten zurück zu sein.«

Drayne nickte. Er wusste, dass Tad eine Selbstmedikation durchziehen würde, sobald er wieder auf den Beinen war, und seine Apotheke befand sich, wie ihm ebenfalls bekannt war, in seinem Wagen, den er in einiger Entfernung vom Haus abgestellt hatte. Das war auch besser so.

In diesem Augenblick trat Tad durch die Haustür, als hätte man vom Teufel gesprochen.

»Hi, Bobby.«

»Tad. Bist du okay?«

»Noch nicht ganz, aber in einer halben Stunde, denke ich«, antwortete er, schon auf dem Weg in die Küche.

Drayne folgte ihm und sah zu, wie Tad zehn oder zwölf Pillen, Tabletten, Kapseln, Dragees und Pillen abzählte, ein Glas aus der Leitung mit dem gefilterten Wasser füllte und sämtliche Arzneimittel mit einem großen Schluck hinunterspülte.

»Während du dein Nickerchen gemacht hast, habe ich einige Dinge ins Laufen gebracht«, berichtete Bobby. »Zuerst hatte ich vor, einen der Leibwächter loszuschicken. Aber jetzt, da du von den Toten auferstanden bist, kannst du die Sache auch selbst übernehmen und die FedEx-Tour machen.«

»Okay.«

»Wir haben fünfundvierzig Hammer-Kapseln zu verschicken.«

Tad hob eine Augenbraue.

»Es ist immer gut, Heu zu machen, so lange die Sonne scheint«, erklärte Drayne.

»Du hast sie schon fertig gemischt?«

»Jep. Die letzte Sequenz habe ich im neuen Haus gemacht, womit das Zeugs jetzt noch nicht einmal eine Stunde alt ist.«

»Hast du auch an eine für mich gedacht?«

»Es ist noch zu früh für dich, Tad. Du solltest diese Charge besser auslassen. In der kommenden Woche werde ich einen neuen Ansatz fahren.«

Tad schwieg viel sagend, und Bobby schüttelte den Kopf.

»Es ist dein Arsch.«

»Yeah. Allerdings«, nickte Tad. »Gib mir noch eine halbe Stunde, bis der Kick eingesetzt hat. Dann mache ich mich auf den Weg.«

Drayne schüttelte erneut den Kopf.

»Ist schließlich deine Beerdigung.«

»Himmel noch mal, Boss. Glauben Sie nicht, dass wir drei mit einem Surfer-Boy und einem Zombie fertig werden?«

Michaels hatte bereits die Direktorin verständigt, und die hatte dann ihrerseits die hiesige Dienststelle des FBI angerufen, und den Ball ins Rollen gebracht. »War es nicht genau dieser Zombie«, hielt er dagegen, »der in einem

Sportstudio den Boden mit Typen aufgewischt hat, die stark genug gewesen wären, einen Lastwagenauflieger zu stemmen? Schon vergessen?«

»Ja, aber ...«

»Und können Sie sich nicht mehr an die Berichte über den weißhaarigen alten Mann erinnern, der für Pfeffergas nur ein Schulterzucken übrig hatte und auf Teaser nicht stärker reagierte, als hätte es sich um Mückenstiche gehandelt? Schon vergessen, dass er die Wachen im Kasino herumgeworfen hat, als wären es Zinnsoldaten? Oder was war mit der Frau, die den Bargeldautomaten mit bloßen Händen auseinander gerissen hat?«

»Ja, stimmt schon. Aber im Augenblick macht er den Eindruck, als wäre er froh, sich überhaupt bewegen zu können. Ich halte es für ausgeschlossen, dass er derzeit unter der Einwirkung dieser Droge steht.«

»Jay«, sagte Howard. »Hier gibt es im Augenblick einfach zu viele Dinge, von denen wir keine Ahnung haben. Denken Sie doch einmal darüber nach. Wie sieht der Grundriss des Hauses aus? Können die sich nach hinten aus dem Staub machen, während wir durch die Vordertür kommen? Sind sie bewaffnet? Wer befindet sich außer den beiden sonst noch im Haus? Ich bin der Einzige von uns, der eine Pistole hat. Wollen Sie und der Commander vielleicht allen Ernstes ums Haus herumrennen und mit Ihren Teasern dafür sorgen, dass die Kerle nicht abhauen, während ich eine Tür einzutreten versuche, die möglicherweise über eine Stahlpanzerung verfügt? Ich möchte Ihre Qualitäten als Schütze sicher nicht in Frage stellen, aber selbst wenn Sie irgendetwas treffen sollten, haben Sie nur einen einzigen Schuss, bevor Sie wieder nachladen müssen, und das schnellste Nachladen eines AT, das ich je beobachtet habe, hat fast zwei Sekunden gedauert. Ich schätze mal, dass Sie wahrscheinlich eher bei fünf bis sechs Sekunden liegen dürften. Allein in zwei Sekunden kann ein Mann aber schon sechs bis zehn Meter weiter gelaufen sein, Sie niedergeschlagen haben und auf und davon sein. In sechs Sekunden ist er bereits die Straße hinunter und hat ein Bier getrunken … natürlich bildlich gesprochen. Und all das immer unter der Voraussetzung, dass er unbewaffnet ist. Wenn der Surfer und der Zombie dagegen Waffen haben, dann überlegen Sie doch einmal, was wohl mit Ihnen geschieht, wenn Sie vorbeischießen? Oder wenn Sie ›Halt! Stehen bleiben!‹ brüllen, und die schießen zuerst? Die könnten da drinnen ohne weiteres auch eine Maschinenpistole haben und Sie zusammen mit zwanzig Zivilisten am Strand umnieten. Das alles könnte auch immer noch passieren, nachdem sie Sie erschossen haben.«

»Hm«, machte Jay. »Das wäre aber nichts, worüber unsere PR-Abteilung sich freuen würde, von meinem persönlichen Liebesleben einmal ganz zu schweigen. Aber warum fordern wir dann nicht die Soldaten der Net Force an? Denen können wir doch vertrauen.«

»So wäre meine Entscheidung auch ausgefallen«, räumte Howard ein. »Aber der Commander hat natürlich vollkommen Recht. Wir haben die Typen zwar ausfindig gemacht, aber es ist nicht unser Einsatz. Normalerweise hätten wir hier überhaupt nichts zu suchen, weil wir uns außerhalb unseres Kompetenzbereiches befinden. Wenn wir mit einem Dutzend Net-Force-Soldaten die Tür eines Strandhauses von Malibu eintreten, können wir uns demnächst alle Mann nach einem neuen Job umsehen. Aber das alles würde ohnehin nur unter der Voraussetzung funktionieren, dass wir unsere Leute in den nächsten zwei Stunden hierher schaffen könnten, was aber ein Ding der Unmöglichkeit ist.«

»Rechtlich gesehen«, ergänzte Michaels, »ist dies ein DEA-Einsatz. Selbst wenn die Direktorin jetzt die Entscheidung getroffen hat, die FBI-Agents die erforderlichen Festnahmen durchführen zu lassen, ist und bleibt das Ganze dennoch eine ziemlich heiße politische Kartoffel. Aber die Direktorin kann es sich vielleicht noch erlauben, eine Schwesterbehörde zu verärgern, wir hingegen ganz bestimmt nicht. Wir würden nicht einmal einen Hausdurchsuchungsbefehl bekommen. Folglich wäre die ganze Festnahmeaktion illegal, selbst wenn wir das Risiko auf uns nähmen, gefeuert zu werden. Sogar ein gehirnamputierter Rechtsanwalt, der seinen Abschluss im Fernstudium so gerade eben geschafft hat, würde diese Typen wieder frei bekommen, weil die Festnahmen nicht gesetzeskonform abgelaufen wären.«

»Ja, ist schon gut. Das sehe ich ein«, gab Jay zu, wobei seine Stimme jedoch einen eindeutig unwirschen Klang hatte.

Michaels warf einen Blick auf die Uhr. »Wenn wir Glück haben, sollten die Agents eigentlich innerhalb der nächsten halben bis Dreiviertelstunde hier eintreffen. Wir halten uns an die Vorschriften und streichen unseren Teil der Lorbeeren ein. Was das Wichtigste von allem ist: Wir haben unseren Teil dazu beigetragen, dass wieder ein Drogendealer von der Straße verschwunden ist. Das Endresultat bleibt schließlich das Gleiche, egal, wer sie hochgenommen hat.«

»Für wie lange denken Sie denn, dass er aus dem Verkehr gezogen wird?«, fragte Jay.

»Wie bitte?«

»Na ja. Dieser Typ trägt ein Geheimnis mit sich herum, das einige Millionen Dollar wert sein dürfte, wie Sie selbst gesagt haben. Werden sich dann nicht die Pharmakonzerne gegenseitig auf die Füße treten, wenn es darum geht, ihm das beste Verteidigerteam der Welt zu stellen? Wie hoch denken Sie, dass die Kaution wohl angesetzt wird, die er wird stellen müssen?«

Michaels nickte. Er wusste, dass Jay Recht hatte.

»Wahrscheinlich liegen Sie richtig. Aber das soll nichts

mehr sein, über das wir uns den Kopf zerbrechen müssen. Wir haben ihn ausfindig gemacht. Wir haben unseren Teil erfüllt. Was mit ihm geschieht, nachdem sie ihn geschnappt haben, braucht uns allein schon deshalb nicht mehr zu interessieren, weil wir ohnehin keinen Einfluss mehr darauf haben. Wir sind lediglich ein kleines Rädchen im Getriebe, Jay. Wir tun unseren Job und können nur hoffen, dass auch der Rest des Systems seinen Job tut. Schließlich können wir nicht überall gleichzeitig sein.«

»Das kann einen aber ganz schön deprimieren.«

»Willkommen in der wirklichen Welt, mein Sohn«, war Howards Kommentar.

35

Malibu, Kalifornien

Drayne übergab Tad die Minipäckchen mit den Hammer-Kapseln zusammen mit der Adressenliste und brachte ihn dann zur Tür. Zu diesem Zeitpunkt würden die meisten Zahlungen bereits elektronisch auf den sicheren Konten gutgeschrieben sein. Bevor Tad eines der Päckchen in die Hände eines FedEx-Angestellten übergab, musste er sich noch einmal vergewissern, ob der Zahlungseingang bestätigt war.

Gerade als die Tür hinter Tad ins Schloss fiel, klingelte das Telefon. Es kam ein Gespräch auf der Geschäftsleitung herein.

»Polymers, Drayne ...«

»Wenn du einen Rechtsanwalt hast, solltest du ihn jetzt anrufen«, klang die Stimme seines Vaters aus dem Hörer, »weil du ihn nämlich sehr bald brauchen wirst.«

Dann hatte sein Vater auch schon wieder aufgelegt,

ohne sich zu erkennen zu geben, und Drayne fühlte, wie ihn ein kalter Schauer durchfuhr, als habe ihn jemand mit flüssigem Stickstoff übergossen.

»Du da!«, sagte er und zeigte auf den ihm am nächsten stehenden Bodyguard. »Los mit dir. Fang Tad ab! Lass ihn nicht durch das Tor!«

Der Leibwächter spurtete los.

Die Angst, die Drayne zunächst wie eine Kältewelle erfasst hatte, überschwemmte ihn nun plötzlich mit einer unangenehmen Hitze, die seinen gesamten Körper durchströmte.

Sein eigener Alter hatte ihn verpfiffen!

Nein. Wenn es sein Vater gewesen wäre, hätte der sich anschließend keine weiteren Gedanken gemacht. Der alte Mann hatte sich noch nie für etwas entschuldigt, nachdem er die Entscheidung gefällt hatte, dass das, was er vorhatte, gut und richtig war. Und obwohl er nichts Spezifisches von sich gegeben hatte, brauchte man kein Raketenwissenschaftler zu sein, um bei diesem Anruf zwischen den Zeilen lesen zu können.

Drayne stand unmittelbar davor, hochgenommen zu werden. Irgendwie hatte der alte Mann Wind davon bekommen und angerufen, um ihn zu warnen.

Verdammter Hurensohn.

Was fast noch wichtiger als die Aussicht darauf war, verhaftet zu werden, war die Tatsache, dass sein Vater mit diesem Anruf gegen dreißig Jahre Pflichterfüllung verstoßen hatte, indem er seinen Sohn darüber informiert hatte, dass er in Schwierigkeiten steckte. Natürlich bedeutete das nicht, dass er alles über den Haufen geworfen hatte. Aber selbst das Wenige, das er von sich gegeben hatte, und sein Wissen darüber zu nutzen, wie clever Drayne war und wie schnell dieser sich alles zusammenreimen konnte, war schon fast so etwas wie ein Wunder.

Drayne trat an die Überwachungskonsole in der Küche

und blickte auf den Monitor der Kamera, die das Tor in der Einfahrt überwachte. Nichts zu sehen. Er betätigte die Fernsteuerung. Die Kamera war auf einem Schwenkarm montiert, wodurch sie praktisch in jede beliebige Richtung blicken konnte. Er ließ die Kamera einen langsamen 360-Grad-Schwenk machen.

Auf der gegenüberliegenden Straßenseite stand vor dem Blue Gull ein Fahrzeug in einer Parktasche, in dem ein Mann auf dem Beifahrersitz saß, das Seitenfenster heruntergekurbelt hatte und in die Richtung von Draynes Haus blickte.

Drayne stoppte den Schwenk und fokussierte die Kamera auf dieses Fahrzeug.

Okay, das konnte auch jemand sein, der nur darauf wartete, dass seine Frau aus dem Bad kam oder etwas in dieser Art.

Er drückte auf den Zoomauslöser. Die Spiegelung auf der Windschutzscheibe hätte normalerweise verhindert, dass er ins Wageninnere sehen konnte, doch den Jungs von der Sicherheitsfirma war das Problem mit den Spiegelungen bekannt, und so brauchte er lediglich eine Polarisationslinse für die Kamera anzuwählen, und schon verschwand die Spiegelung der Windschutzscheibe. Er erkannte einen weiteren Mann auf dem Fahrersitz und einen dritten, der auf der Rücksitzbank saß.

Scheiße! Die waren tatsächlich schon da!

Tad trat in die Küche. »Was ist los?«

»Wir haben Gesellschaft bekommen«, erklärte Bobby, »schau mal!«

Tad blickte auf den Bildschirm. »Na und? Ein paar Typen, die im Auto sitzen. Hat doch nichts zu sagen.«

»Yeah, wenn man dabei außer Acht lässt, dass gerade eben mein Vater angerufen und mir nahe gelegt hat, meinen Rechtsanwalt anzurufen.«

»Dein Vater? Oh, Scheiße.«

»Genau das.« Drayne atmete tief durch und wandte sich an Adam.

»Geh los und schau mal nach, ob irgendjemand auf der Rückseite des Grundstücks herumlungert.«

Dreißig Sekunden später war Adam schon wieder da. »Nichts. Nur ein paar Mädels, die gleich nebenan ohne Bikinioberteil mit dem Gesicht nach unten auf ihren Badetüchern liegen. Das ist alles.«

»Okay. Bislang haben sie also noch nicht die Rückseite des Hauses abgedeckt. Tad, Adam, wir werden einen kleinen Spaziergang machen. Der Rest von euch bleibt hier. Sollte hier innerhalb der nächsten fünf Minuten jemand herein wollen, seht zu, dass er es nicht schafft. Danach spielt es keine Rolle mehr. Ihr wisst von nichts. Ihr wisst nicht, wer ich bin, geschweige denn, wohin ich gegangen bin. Verstanden?«

Es folgte ein zustimmendes Gemurmel seitens der Bodyguards, die bereits ihre Pistolen zogen.

»Hast du noch eine in Reserve?«, fragte Bobby Adam und deutete auf dessen Waffe.

»Klar.«

»Gib sie mir.«

Adam befolgte die Anweisung. Die Waffe war kantig, schwarz und schien aus irgendeiner Polymersubstanz zu bestehen. »Wie gehe ich damit um?«, fragte Bobby.

»Das ist eine Glock, Kaliber .40«, erklärte Adam. »Du brauchst damit nur wie mit dem Zeigefinger auf jemanden zu zielen und den Abzug zu betätigen. Die Waffe ist durchgeladen und entsichert. Du hast elf Schuss.«

Drayne wog die schwarze Plastikpistole in der Hand, steckte sie dann am Rücken in den Bund seiner Hose und ließ das Hawaiihemd darüber fallen.

»Dann los«, befahl er.

»Da kommt die Kavallerie«, sagte Howard.

Langsam fuhren drei nicht gekennzeichnete Limousinen der aktuellen Baureihe aus Süden den Highway hinauf, bogen dann auf den Parkplatz ab und hielten an.

»Hinter uns kommen noch mehr«, bemerkte Jay.

Howard blickte sich um und entdeckte drei weitere PKWs und einen Van, die im Konvoi auf den Parkplatz fuhren.

Ein hoch gewachsener Mann im grauen Trainingsanzug entstieg dem Führungsfahrzeug und kam zur Beifahrerseite ihres Wagens. »Commander Michaels? Mein Name ist Delorme. Ich bin der Special Agent in Charge.«

Michaels wies auf Howard und Gridley. »Das sind General Howard und Jay Gridley.«

»Bitte verstehen Sie mich nicht falsch, Sir, aber ist der Aufgabenbereich der Net Force nicht auf reine Computerermittlungen beschränkt?«

»Das ist korrekt.«

»Nun, Sir, bei allem schuldigen Respekt, aber sobald Sie die Verdächtigen lokalisiert hatten, wären Sie dann nicht verpflichtet gewesen, die zuständige Dienststelle zu informieren, damit diese aktiv werden konnte, statt sich selbst hierher zu begeben?«

Das war zu viel für Jay Gridley. »Ja, ja«, legte er los und beugte sich dabei nach vorn. »Das letzte Mal, als wir die zuständige Dienststelle informiert haben, kamen ihre Leute wie eine Horde Büffel angestürmt und haben den Verdächtigen erschossen. Wir hatten nicht mehr vor, als eine Wiederholung eines solchen Debakels bei diesem Einsatz zu vermeiden.«

Howard konnte sich ein dünnes Grinsen nicht verkneifen. Der Junge war zwar vorlaut, hatte aber eindeutig die Gabe, von Zeit zu Zeit den Finger auf die richtige Stelle zu legen.

»Danke schön, Jay«, sagte Michaels und wandte sich

dann Delorme zu. »Machen Sie sich keine Gedanken, was uns angeht. Wir werden hier ganz ruhig sitzen bleiben und Ihnen nicht im Weg herumstehen, während Sie Ihren Job erledigen.«

»Sir«, sagte Delorme nur, richtete sich wieder auf und beschrieb mit der Hand einen Kreis, wobei er den Zeigefinger gen Himmel reckte. Drei der Fahrzeuge setzten sich daraufhin in Bewegung, verließen den Parkplatz und überquerten die Schnellstraße, um kurze Zeit später mit quietschenden Reifen vor dem Zielgebäude wieder zum Stehen gebracht zu werden. Die Türen sprangen auf, und heraus quollen Agents mit kugelsicheren Westen, auf denen in großen, das Tageslicht reflektierenden gelben Lettern »FBI« stand. Alle waren mit Sturmgewehren und LOSIR-Headsets ausgerüstet. Auch Delorme stülpte sich ein Headset über und schnappte sich eine kugelsichere Weste, die ihm von jemandem hingehalten wurde. Dann rannte er über den Highway.

Weitere Agents verließen die Wagen, die noch auf dem Parkplatz abgestellt waren, und stürmten über die Straße.

Zwei andere Fahrzeuge rollten auf Stellen zu, über die man den Strand direkt von der Straße aus erreichen konnte, und blieben dort stehen. Als auch sie ihre Insassen ausgespuckt hatten, rannten diese los, um das Anwesen von der Rückseite zu umzingeln.

»Keine schlechte Einsatztaktik«, kommentierte Howard, nachdem er fachmännisch begutachtet hatte, wie die Männer außerhalb des Tores in Stellung gegangen waren. »Ein bisschen langsam, ein bisschen schlampig das Ganze, aber eben nicht schlecht für Zivilisten.« Trotz aller Hi-Tec-Ausrüstung waren es letzten Endes doch immer wieder die Bodentruppen, die ein Gelände sichern mussten.

»Dann sollten wir uns zurücklehnen und die Show genießen«, schlug Michaels vor, nur um schon im nächsten Augenblick, »Scheiße!«, zu schreien.

»Was ist los?«, fragten Howard und Jay wie aus einem Munde.

Michaels streckte wortlos den Finger aus. Ein mächtiger Dodge rollte in diesem Augenblick vom Parkplatz des Sandwich-Shops und röhrte in Richtung Norden davon.

»Sir?«, fragte Howard.

»Der Zombie saß am Steuer dieses Wagens!«

Howard zögerte keine Sekunde. Er ließ den Motor des Mietwagens an und bog auf den Highway ein.

»Warum fahren Sie nicht dichter auf, General?«, fragte Jay. »Wir verlieren sie sonst noch!«

»Wenn die uns hinter sich entdecken«, erklärte Howard geduldig, »werden wir sie mit tödlicher Sicherheit verlieren. Dieses saft- und kraftlose Stück Dreck von einem Mietwagen kann nur davon träumen, mit diesem Donnerbolzen mitzuhalten, in dem die sitzen. Im Augenblick halten sie sich noch an die Geschwindigkeitsbegrenzung, aber wenn die uns entdecken und abhauen, haben wir nicht die geringste Chance, an ihnen dran zu bleiben.«

Michaels hatte sein Virgil herausgezogen und versuchte eine Verbindung zum SAC zu bekommen, der die Razzia leitete.

Aber der Mann antwortete nicht.

»Nun komm schon! Heb ab!«

»Wahrscheinlich hat er abgeschaltet, weil der gesamte taktische Sprechfunkverkehr über die LOSIR-Geräte abgewickelt wird«, vermutete Howard. »Sie hätten bestimmt auch etwas dagegen, mitten in einem Feuergefecht angerufen zu werden, oder?«

Der Boss fluchte wie ein Rohrspatz.

»Versuchen Sie es doch mal im FBI-HQ«, schlug Jay vor.

Michaels schüttelte den Kopf. »Wahrscheinlich haben

die bereits mehr als die Hälfte ihrer Jungs bei dieser Razzia, und ich denke, dass es sie wahrscheinlich genau so viel Zeit kosten würde, die restlichen Leute hierher zu schicken, wie die anderen für den Weg zum Strand gebraucht haben. Vielleicht sogar noch länger.«

»Wie sieht es mit der Ortspolizei aus?«

»Wer *ist* denn hier die Ortspolizei? Wo befinden wir uns genau? Folglich wissen wir auch nicht, in wessen Zuständigkeitsbereich wir gerade herumfahren, oder?«

»Dann rufen Sie doch einfach die Zentrale der Autobahnpolizei an«, schlug Howard vor. »Die CHP kann wenigstens ein paar Straßensperren errichten. Das wäre allemal besser als gar nichts.«

Michaels nickte. Er drückte einen Knopf auf seinem Virgil, wartete ein paar Sekunden und begann dann zu sprechen. Die Stimme der Frau am anderen Ende klang ausgesprochen ruhig, doch ihre Neuigkeiten waren denkbar schlecht: »Es tut mir Leid, Sir. Aber im Augenblick haben wir mit einem ziemlich großen Verkehrsunfall auf dem Ventura zu tun. Zehn Fahrzeuge und ein Sattelschlepper mit gefährlichen Chemikalien im Tank haben Feuer gefangen. Sämtliche verfügbaren Beamten sind dort im Einsatz oder auf dem Weg zur Unglücksstelle. Aber ich kann Sie gern mit der Streife des County Sheriffs verbinden, Sir.«

»Verdammt noch mal!«, fluchte Michaels und schaltete das Virgil ab.

»Macht nichts«, beruhigte Howard. »Wir bleiben einfach weiter an denen dran, und früher oder später werden die auch wieder anhalten. Wenn das der Fall ist, verständigen wir die Polizei, ganz gleich, wer gerade zuständig sein mag.«

»Immer vorausgesetzt, wir verlieren sie nicht«, orakelte Michaels.

»Immer vorausgesetzt, wir verlieren sie nicht«, pflichtete Howard bei.

»Das war knapp«, meinte Adam. »Sah ganz nach einem Einsatztrupp des FBI aus. Was habt ihr Jungs eigentlich ausgefressen?«

»Mach dir darum mal keine Gedanken«, sagte Bobby vom Rücksitz aus. »Knapp spielt nur bei Hufeisen und Handgranaten eine Rolle. Sie haben uns nicht verfolgt, Tad, oder?«

Tad warf einen Blick in den Rückspiegel, aber für ihn bestand sowie alles, was weiter als ein paar Meter entfernt war, aus kaum mehr als schemenhaften Schatten. Er musste wohl die Kombination der Arzneimittel nicht richtig getroffen haben, denn er hatte immer noch einige Probleme damit, Dinge scharf fokussieren zu können. Auf jeden Fall befand sich niemand in ihrer unmittelbaren Nähe, und wenn ihnen die Feds tatsächlich auf den Fersen gewesen wären, hätten sie längst aufgeschlossen und versucht, sie von der Straße zu drängen, oder etwa nicht? Hier draußen auf einer Straße in den Hügeln, wo kaum jemand sonst war, konnten sie so etwas durchziehen. Knapp einen halben Kilometer voraus kam eine Kurve, und wenn Tad die Augen zusammenkniff, konnte er erkennen, dass die Straße zumindest bis zu dieser Stelle frei war.

»Nein«, sagte Tad. »Niemand verfolgt uns.«

Adam, der auf dem Beifahrersitz saß, drehte sich um und blickte nach hinten. »Sieht aus, als wäre alles klar.« Er kurbelte das Fenster hinunter und steckte den Kopf nach draußen, um einen Blick in die Runde zu werfen. Dann lehnte er sich wieder zurück. »Keine Hubschrauber. Wohin fahren wir eigentlich? Zum sicheren Haus?«

»Yeah. Zumindest fürs Erste. Anschließend, denke ich, werden wir eine nette, lange Reise nach irgendwohin außerhalb des Landes antreten.«

»Wir alle?«

»Nein. Für dich besteht dazu kein Anlass«, sagte Bobby. »Niemand weiß, wer du bist. Du bekommst einen hübschen Bonus und kannst in dein normales Leben zurückkehren.«

So benebelt sein Hirn auch sein mochte, wusste Tad doch sofort, dass das keine gute Idee war, hielt aber den Mund. Bobby wusste, was zu tun war. Bobby wusste immer, was er tat.

»Soll mir recht sein«, sagte Adam und drehte sich wieder nach vorn, um die Straße im Auge zu behalten.

»Lautes Geräusch, Tad!«, sagte Bobby wie beiläufig.

Tad blieb noch nicht einmal die Zeit, sich über diese merkwürdige Ankündigung zu wundern, als auch schon zwei Bomben im Wagen zu explodieren schienen ... *Wumm! ... Wumm!* ... und zwar so schnell hintereinander, dass die Windschutzscheibe auf der Beifahrerseite praktisch im gleichen Augenblick Spinnwebenmuster aufwies.

»Scheiße!«, kreischte Tad. Er verriss den Wagen, kam auf den Randstreifen, streifte ein paar Felsen und schleuderte heftig. Tad kämpfte mit dem Lenkrad und schaffte es schließlich irgendwie, doch wieder zurück auf den Asphalt zu kommen.

Er blickte in den Rückspiegel, sah jedoch nur, wie Bobby sich mit der schwarzen Pistole in der Hand zurück in die Polster lehnte. Dann warf er einen Blick hinüber zu Adam. Da war ein blutiger Fleck auf seiner Brust, und Blut strömte aus einem Loch direkt über dem Herzen. Sein linkes Auge und ein Teil der Nase fehlten völlig, waren völlig zersplittert, und Blut rann über das ganze Gesicht. Er war zusammengesackt und wurde nur noch vom Sicherheitsgurt aufrechtgehalten.

Es dauerte eine weitere Sekunde, bis Tad begriffen hatte, was passiert war.

Bobby hatte gerade auf Adam geschossen. Zweimal. In den Rücken und in den Hinterkopf. Eine der beiden Kugeln hatte ihn glatt durchschlagen und war dann durch die Windschutzscheibe hinausgeflogen, durch die nun der

Fahrtwind hereinpfiff. Das schrille Geräusch konnte er hören, obwohl ihm die Ohren immer noch von den beiden Schüssen klingelten.

»Herr im Himmel, Bobby!«

»Er war ein Sicherheitsrisiko«, meinte Bobby. »Er wusste, wo das sichere Haus ist. Er kannte dich persönlich. Wir müssen einen sauberen Schnitt machen und dürfen keine losen Enden herumhängen lassen.«

Tad nickte. »Yeah, okay. Wie du meinst.«

»Was war das denn?«, fragte Jay. »Hörte sich fast wie ein Silvesterkracher an … sehen Sie mal, der Wagen!«

Howard nahm sofort den Fuß vom Gas, und der Mietwagen wurde augenblicklich langsamer. Der kleine Vierzylindermotor, der mit einem Benzin-Alkohol-Gemisch betrieben und von einem Batterieantrieb unterstützt wurde, schaffte es anschließend kaum noch die Steigung hinauf.

Der Dodge kam von der Straße ab, stieß mit irgendetwas zusammen, prallte ab und schlitterte zurück auf den Asphalt.

»Das waren Schüsse«, stellte Howard fest. »Zwei. Pistolenkaliber.«

»Haben die auf uns geschossen?«

»Nein, nicht auf uns«, beruhigte Michaels. »Aber auf jemanden im Wagen.«

»Warum das denn?«

Michaels warf Jay einen Blick über die Schulter zu. »War ich vielleicht schon vor Ihnen hier? Was sollte ich wohl mehr als Sie gesehen haben? Ich hab keine Ahnung.«

Die drei Männer starrten dem Wagen nach, der jetzt die nächste Kurve nahm und auf der gewundenen Straße entschwand.

Howard trat wieder aufs Gaspedal. Der kleine Wagen heulte auf, aber das war's dann schon. Die Tachometernadel kletterte nur ganz, ganz langsam höher. Howard trommelte aufs Lenkrad. »Nun mach schon, du verdammte japanische Reisschüssel! Fahr!«

Michaels griff nach dem ins Armaturenbrett eingebauten GPS-Empfänger, überlegte es sich dann aber anders und zog sein Virgil heraus. Dessen integrierter GPS-Empfänger war wahrscheinlich um einiges genauer. Vielleicht schaffte er es, von irgendwoher einen Hubschrauber anzufordern.

Die DEA-Niederlassung in Los Angeles hatte doch einen, oder? Bei sämtlichen Drogenrazzien, die sie durchzogen, mussten sie zwangsläufig Deckung aus der Luft haben.

Aber konnte er es wirklich riskieren, die DEA herbeizurufen?

Na ja, warum eigentlich nicht? Lee war jedenfalls nicht der Kerl, der auf Howard geschossen hatte, nachdem Augenzeugen sein Alibi bestätigt hatten. Außerdem brauchte er Lee ja auch nicht im Hauptquartier von D.C. anzurufen, sondern konnte sich einfach an die nächstgelegene Zentrale wenden.

Aber im Grunde hatte er auch dazu keine große Lust. Doch was war im Augenblick wichtiger? Die DEA alle Lorbeeren einheimsen zu lassen? Oder dass der Drogendealer sämtlichen Beteiligten durch die Maschen schlüpfte?

Mist ...

Seine Entscheidungsfindung wurde durch das Zwitschern des Virgil unterbrochen. Michaels zog es vom Gürtel. Die Anruferidentifikation sagte ihm, dass die Direktorin ihn sprechen wollte. Er drückte nacheinander erst die Verbindungstaste und dann diejenige für die Videosteuerung. Anschließend hielt er sein Gerät mit der Aufnahmeoptik in Augenhöhe, damit die Chefin sein Gesicht erkennen konnte.

»Ja, Ma'am?«

»Mein SAC hat mir mitgeteilt, dass sich der Drogendealer nicht in dem Haus aufhielt, in dem sie die Razzia durchgeführt haben, und dass auch von dem anderen Mann jegliche Spur fehlt. Wie ist denn jetzt da draußen bei Ihnen die Lage, Commander?«

»Drei Männer haben es geschafft, gerade in dem Augenblick, als die Razzia anlief, in einem Auto zu entkommen. Die Agents haben sie nicht entdeckt. General Howard, Jay Gridley und ich haben die Verfolgung aufgenommen. Im Augenblick bewegen wir uns in östlicher Richtung über die Berge. Leider war es uns nicht möglich, mit dem Team von SAC Delorme Kontakt aufzunehmen.«

»Ich werde veranlassen, dass sie Ihr GPS-Signal einpeilen«, versprach sie.

»Ich habe schon überlegt, ob wir nicht die DEA hinzuziehen sollten«, fuhr Michaels fort. »Die könnte uns Unterstützung aus der Luft liefern.«

»Ist bereits erledigt, Commander. Eigentlich sollten Sie gerade in dieser Sekunde den Hubschrauber über sich ausmachen können. Der hat Ihr GPS-Signal ebenfalls die ganze Zeit über verfolgt.«

Howard nickte. »Ich sehe ihn.«

»Wir müssen sie mit ins Boot nehmen, Commander. Wir haben keine großen Auswahlmöglichkeiten, verstehen Sie?«

Er verstand sehr wohl, was sie meinte. »Jawohl, Ma'am.«

»Versuchen Sie, die Überwachung fortzusetzen. Ich gehe davon aus, dass es nicht mehr lange dauern wird, bis Sie Kräfte der DEA auftauchen sehen. Rufen Sie mich an, wenn es etwas zu berichten gibt.«

»Jawohl, Ma'am.«

Michaels beendete die Verbindung, und Howard blickte zu ihm herüber.

»Sie haben gehört, was die Direktorin gesagt hat. Versuchen Sie, dran zu bleiben. Die DEA ist in der Luft.«

Aber das war, wie Michaels bereits ein paar Sekunden später feststellen musste, nicht ganz korrekt formuliert. Die DEA hatte tatsächlich einen Hubschrauber, und den entdeckte er in weniger als hundert Meter Entfernung, als sie um die nächste Kurve bogen. Allerdings war der nicht mehr in der Luft, sondern quer auf der Straße gelandet und blockierte diese.

36

Kalifornien

Auch Drayne entdeckte den Hubschrauber, der die Straße von einer Seite zur anderen blockierte, gut zwei Sekunden, bevor Tads drogentrunkener Verstand endlich schaltete und ihn in die Bremsen treten ließ. Die breiten Reifen des Dodge blockierten, und der Wagen kam in einer Wolke aus qualmendem Gummi zum Stillstand.

Adams Körper drehte sich aus dem Schulterteil des Sicherheitsgurtes und schlug gegen das Armaturenbrett, um gleich darauf zur Seite abzurutschen, wobei er die ganze Windschutzscheibe einschließlich der A-Säule von innen mit Blut besudelte.

»Scheiße!«, brüllte Tad.

»Dreh um, dreh um!«

Aber noch während er die Worte aussprach, blickte er über die Schulter und erkannte ein anders Fahrzeug, das in kaum dreißig Metern Abstand gerade schlitternd stehen blieb und sich dann querstellte, um die Straße hinter ihnen zu sperren.

Auch Tad hatte diesen Wagen inzwischen entdeckt und trat erneut auf die Bremse.

Auf ihrer linken Seite türmte sich das Gebirge in einer

Felswand auf, und auf der rechten führte ein steiler, mit Eukalyptusbäumen und trockenen braunen Büschen bestandener Abhang in ein felsiges Tal.

Um den Hubschrauber herum waren rund ein Dutzend Männer in Stellung gegangen, die alle Gewehre in den Händen hielten und ihre Waffen ausnahmslos auf den Dodge gerichtet hatten. Drayne drehte sich gerade noch rechtzeitig um. So bekam er mit, dass drei Männer aus dem hinter ihnen stehenden Fahrzeug auf der ihm abgewandten Seite ausstiegen. Kurz darauf tauchten sie hinter Motorhaube und Kofferraum wieder auf und richteten ebenfalls ihre Waffen auf sie.

Na ja. *Scheiße.*

»Verdammt! Und was machen wir jetzt?«

Draynes Gehirn arbeitete auf Höchstdrehzahl. Da lag der Körper eines Toten auf dem Beifahrersitz ihres Wagens. Tad hat hatte genug Drogen dabei, um eine ganze Militärparade high zu machen, wobei er die Hammer-Kapseln noch nicht einmal mitgerechnet hatte. Das war ganz übel.

Drayne lehnte sich nach vorn und gab Tad seine Pistole. »Hier, nimm die mal.«

»Die werden uns abschlachten«, jammerte Tad.

Drayne langte hinüber und zog dem toten Adam die Pistole aus dem Halfter. »Vielleicht auch nicht. Ich hab da eine Idee. Halt die Pistole aus dem Fenster und gib einen Schuss ab.«

»Warum das denn?«

»Tu's einfach.«

Tad tat, wie ihm befohlen, und der Schuss klang überlaut durch die Stille des Nachmittags.

Die Männer hinter dem Hubschrauber gingen in Deckung, schossen aber nicht zurück.

Fast hätte Drayne gelächelt. Gut. Das war sogar ausgezeichnet. Sie wollten ihn lebend. Lebend deshalb, weil er wertvoll war. Tot war er wertlos für sie.

Und außerdem hatte Tad jetzt, Gott sei Dank, Pulverschmauch an den Händen, der beweisen würde, dass *er* die Waffe abgefeuert hatte.

»Okay, okay. Jetzt lass uns erst mal überlegen. Wir haben deren volle Aufmerksamkeit, aber wir sind umzingelt. Also werden wir die Sache mit Rechtsanwälten austragen müssen. Wir haben Geld, und wir haben Macht. Die Pharmakonzerne lecken sich die Finger nach dem, was ich habe. Also werden wir jetzt aussteigen und uns ergeben.«

»Bist du sicher?«

»Vertrau mir. Ich weiß genau, was ich tue. Es kostet mich nur einen Anruf, und schon werden etliche sehr wichtige Leute Schlange stehen, um uns helfen zu dürfen.«

»Okay, Mann.«

Natürlich würde es Tad sein, der den Mord an Adam ausbaden musste. Und wenn sich Tad nicht gerade der Verhaftung widersetzte oder einen Fluchtversuch unternahm, würde er auch nichts anderes aussagen. Aber Drayne konnte die Sache schon in seinem Sinne schaukeln. Er brauchte nur im richtigen Augenblick zu brüllen: »Hey, nicht schießen, Tad! Nimm die Waffe runter!«, und die Feds würden Tad sofort in Stücke schießen. Die Einsatzvorschriften bei der DEA würden sich kaum von denen beim FBI unterscheiden, wenn die Agents einem Verbrecher gegenüberstanden, der eine Waffe in der Hand hielt. Zu schade aber auch. Andererseits stand Tad aber ohnehin schon mit einem Bein im Grab. Er mochte ihn wirklich, doch vielleicht würde sein Tod so doch noch für etwas gut sein.

Drayne kletterte über den Sitz.

»Was treibst du da?«

»Ich möchte direkt hinter dir sein, wenn wir aussteigen. Wir wollen auf jeden Fall den Eindruck vermeiden, dass du nach irgendetwas greifst, wenn du dich wieder in den Wagen zurückbeugst, um die Verriegelung der Rückenlehne zu lösen und mich herauszulassen.«

»Oh, ja.«

»Steck die Pistole in den Gürtel und heb die Hände hoch in die Luft, wenn du aussteigst.«

»Okay.«

»Dann los. Bleib nur ganz ruhig. Wir kommen aus dieser Sache wieder raus, glaub mir. Sobald eine Kaution festgelegt ist, werden wir denen vom Haken rutschen und für alle Zeiten untertauchen.« Nicht, dass sie mit dem Körper des Ermordeten auf dem Beifahrersitz tatsächlich auch nur die leiseste Chance gehabt hätten, auf Kaution frei zu kommen. Richter hatten für derartige Anträge nur ein müdes Stirnrunzeln übrig.

Tad nickte. »Okay.«

Howard bremste und ließ den Wagen so zum Stehen kommen, dass er die Straße blockierte. Dann sprangen die drei zur Fahrertür hinaus, die sich jetzt auf der dem Dodge abgewandten Seite befand.

»Ziehen Sie Ihre Teaser. Für den Augenblick sollten sie reichen«, sagte Howard. Dabei zog er die Pistole unter der Jacke hervor, ging neben dem Vorderrad in Deckung und richtete die Waffe über die Motorhaube hinweg auf den Dodge. »Sehen Sie zu, dass Sie die DEA da drüben über die Notruffrequenz an Ihr Virgil bekommen, und sagen Sie denen, dass Sie nicht auf uns schießen sollen.«

Michaels nickte. Er war zwar der Leiter der Net Force, hatte aber kein Problem damit, dem General in einer solchen Situation als Fachmann das Kommando zu überlassen. Er hatte nicht vor, wegen eines verletzten Egos an ihrer aller Tod schuld zu sein.

Er drückte den Notruf-Knopf, wurde mit dem Operator der Net Force verbunden und wies diesen an, ihn zum

DEA-Team vor Ort durchzustellen. Die Direktorin kenne die Nummer, sagte er.

Hinter dem Kofferraum hockend, den Teaser auf den Dodge gerichtet und mit beiden Händen umklammernd, meldete sich Jay zu Wort. »Ich glaube … ich glaube, ich muss kotzen. Und ich muss pinkeln. Ganz dringend.«

»Schon in Ordnung«, beruhigte ihn Howard, »das geht uns nicht anders.«

Merkwürdig genug, dachte Michaels, dass das nicht für mich gilt. Er fühlte sich relativ ruhig, fast so, als wäre er nur Zuschauer und nicht Beteiligter. Allerdings hatte er ein unglaublich trockenes Gefühl im Mund.

Hinter ihnen näherte sich ein Fahrzeug. Howard drehte sich um und begann wie wild zu winken. »Stopp!«

Das Fahrzeug, ein dunkler Minivan, blieb tatsächlich stehen. Die Beifahrertür ging auf, ein Mann sprang heraus und spurtete sofort in ihre Richtung.

Er hielt ein Gewehr in der Hand.

Howard schwang mit dem Revolver herum und hätte den Typ beinahe erschossen … doch dann erkannten sie ihn.

Brett Lee von der DEA.

Lee ging in die Hocke und legte die letzten Schritte im Entengang zurück.

»Wie ist die Lage?«, fragte er.

Sie starrten ihn an.

»Okay«, sagte er. »Sehen Sie, ich hab's bei der Razzia im Haus des Filmstars versaut, okay? Ich stehe kurz davor, meinen Job zu verlieren, und das ist noch das Mindeste, was mich erwartet. Ich muss ganz einfach dabei mithelfen, diesen Typ zu schnappen, damit ich nicht völlig in Schimpf und Schande davongejagt werde. Ich brauche einen kleinen Sieg.«

Was er sagte, machte Sinn. Doch bevor irgendjemand etwas sagen konnte, meldete sich Michaels' Virgil mit der typischen Melodie. Keine Anruferidentifikation. Das verdammte Ding war praktisch unbrauchbar. Er drückte auf den Knopf für die Rufannahme. Die Kamera war immer noch eingeschaltet, doch der Bildschirm blieb schwarz. Also fand auch keine Bildübertragung von der anderen Seite statt.

»Commander Michaels? Hier spricht Riley Clark von der DEA. Sind Sie das da hinter dem Fahrzeug der Verdächtigen?«

»Ja, und Brett Lee ist bei mir.«

»Halten Sie die Stellung, und schießen Sie bitte nicht, so lange nicht auf Sie geschossen wird …«

Wie auf Stichwort krachte in diesem Augenblick ein Schuss. Instinktiv duckte Michaels sich tiefer.

Da klang auch schon Clarks aufgeregte Stimme aus dem Lautsprecher des Virgil. »Negativ, negativ. Feuer *nicht* erwidern. Die Waffe war in den Himmel gerichtet. Ich wiederhole: nicht schießen!«

Michaels kam aus der Hocke hoch und blickte sich um. Die Fahrertür des Dodge sprang auf, und zwei Männer schoben sich mit hoch erhobenen Händen heraus. Der Zombie und der Surfer. Was gaben die beiden doch für ein merkwürdiges Paar ab.

»Wer von den beiden ist der Chemiker?«, fragte Lee.

»Sollte eigentlich der Surfer sein«, meinte Jay.

Drayne fühlte sich bei all den Waffen, die er auf sich gerichtet sah, doch etwas beklommen. Aber er wusste, er war die Gans, die goldene Eier legte, und mochten die Einsatzkräfte der DEA ihm auch liebend gern den Hintern rösten wollen, so wussten deren Vorgesetzte sehr wohl, woher der politische Wind wehte. Klar, er würde irgendwo eine gewisse Zeit in einer der Rehabilitations-Farmen verbringen müssen, die im Stil eines Country-Klubs geführt wurden und auf denen er nichts anderes zu tun hatte, als an seiner Sonnenbräune zu arbeiten und Tischtennis zu spielen. Gleichwohl würde alles auf einen Deal hinauslaufen, und letzten Endes würde er als reicher Mann aus der Sache hervorgehen. Typen, die zig Millionen Dollar wert waren, landeten eher selten im Gefängnis. Genau genommen sogar fast nie. Er hatte jedenfalls vor, sich ausgesprochen kooperativ zu zeigen. Die Feds würden einen Handel mit ihm abschließen, denn er hatte etwas, das jeder haben wollte. Er konnte normale Menschen in Superwesen verwandeln. Zur Hölle noch mal, die Army würde als Erste in der Schlange stehen, wenn es Navy und Marines nicht schafften, schon vorher da zu sein.

Er war intelligenter als die Typen, die man ihm auf den Hals gehetzt hatte, und daran würde sich nie etwas ändern. Er konnte ihnen verstandesmäßig immer um Längen voraus sein. Das hier war lediglich ein vorübergehender Rückschlag, mehr nicht. Er war ein Genie und würde ihnen schon zeigen, wie clever er war.

Er lächelte. »Nicht schießen!«, schrie Drayne. »Wir ergeben uns!«

Irgendetwas stimmte hier nicht, das wusste Howard, konnte aber nicht den Finger darauf legen, was es war. Lee war hier, direkt neben ihm. Howard traute dem Kerl nicht über den Weg, und sollte Lee die Waffe heben, würde er sie sofort nach unten schlagen. Aber das war es nicht. Da war noch etwas anderes.

Im gleichen Augeblick ging ihm blitzartig ein Licht auf.

Lee war auf der Beifahrerseite ausgestiegen!

Er wirbelte herum, blickte auf den Van und … »Scheiße!«

Die Fahrertür stand offen, und dahinter verbarg sich ein Mann, der ein Gewehr im Rahmen des offenen Seitenfensters aufgelegt hatte. Aber dieses Gewehr war weder auf Howard, Michaels, Jay oder Lee gerichtet.

Howard schwang den Revolver herum. Da brach das Gewehr los.

Tad blickte Bobby gerade an, als dessen Schädel explodierte. Die Stirn verformte sich, als bestünde sie aus Plastikmaterial, dann spritzte alles in die Luft. Blut, Knochensplitter und Hirnmasse flogen in einer schleimigen Masse in alle Richtungen davon, als wäre ein Wasserballon geplatzt.

Scheiße. Die haben Bobby erschossen!

Tad überlegte nicht einmal, bevor er losspurtete und in die einzige Richtung rannte, aus der nicht haufenweise Gewehre auf ihn zielten: direkt über die Kante des Abgrundes hinweg. Er fiel fünf oder sechs Meter tief, bevor er aufschlug. Seine Beine gaben nach, und er rollte sich wie ein Ball zusammen, soweit es ging, während er immer wieder auf dem Boden aufschlug, in Kreosotbüsche und gegen Felsen krachte. Schließlich knallte er so hart mit etwas zusammen, dass er das Bewusstsein verlor.

Michaels sah Howards Revolverhand wie in Zeitlupe herumkommen, und wie sich der Finger des Generals um den Abzug krümmte. Dann traten orangefarbene Blitze aus der Mündung und etwas kleinere aus der Trommel. Doch das Geräusch war merkwürdigerweise eher leise, fast wie bei einer schallgedämpften Pistole.

Brett Lee schrie auf … Michaels sah, wie sich sein Mund öffnete … und er versuchte, die Pistole auf Howard zu richten.

Der will doch tatsächlich auf John schießen, erkannte Michaels in der gleichen Sekunde.

Michaels tat einen Satz nach vorn und rempelte Lee frontal. Beide Männer rollten über die Straße. Lee hatte bei dem Zusammenprall die Pistole fallen lassen, um den Sturz abzubremsen. Er kam auf, rollte ab und trat nach Michaels, als er wieder auf den Beinen war.

Ohne nachzudenken oder eine Sekunde zu zögern, ließ Michaels die rechte Hand nieder und im Bogen wieder nach oben sausen, fasste Lees Knöchel. Dabei ließ er sich gleichzeitig in die Hocke fallen und stieß mit der linken Hand gegen Lees Brust.

Lee stürzte nach hinten und fiel platt mit dem Rücken auf die Straße, wobei sein Kopf mit vernehmbarem Krachen aufs Pflaster schlug. Er war ausreichend benommen, um sich nicht mehr rühren zu können.

Michaels blinzelte und erkannte, dass er gerade, ohne zu überlegen, einen *angkat*, den Wurf gegen ein unbelastetes Bein, durchgeführt hatte. Wow.

Jay, der im Grunde keine Ahnung hatte, was hier vor sich ging, bis Michaels aktiv wurde, sprang heran und schoss seinen Teaser auf Lee ab. Kaum hatte die elektrische Ladung Lee getroffen, begann er auch schon mit verkrampften Muskeln auf dem staubigen Straßenbelag zu zittern und zu zappeln.

Michaels fuhr herum und blickte zu Howard hinüber, der aufgesprungen war und sich nun auf den Minivan zubewegte. Dabei hielt er auch weiterhin seine Waffe in Vorhalte. Michaels konnte den eigenen Teaser nirgends entdecken, machte sich aber dennoch auf, Howard so schnell wie möglich zu folgen.

Hinter der immer noch offen stehenden Fahrertür, die jetzt etliche Einschusslöcher aufwies, lag ein blutender Mann am Boden und in dessen Reichweite ein Gewehr. Die Brust des Mannes war zerfetzt. Dunkles Blut mischte sich mit dem helleren, arteriellen, und Michaels wusste sofort, dass dies das sichere Zeichen für einen Schuss ins Herz war. Der Mann würde sehr bald sterben, wenn er nicht sogar schon tot war.

Er konnte das Gesicht des Mannes nicht erkennen, bis Howard die Fahrertür zutrat, und dann war es auch keine allzu große Überraschung mehr für ihn.

Der ins Herz getroffene Mann war Zachary George von der NSA.

37

Kalifornien

Als Tad aufwachte, hatte er keine Ahnung, wo er sich befand. Irgendwo draußen jedenfalls, denn er lag wie begraben unter einem süß duftenden Busch. Er hatte Schnitte und blaue Flecken am ganzen Körper und keine Idee, wie er sie sich zugezogen hatte. Außerdem fühlte er sich beschissen, was allerdings nichts unbedingt Neues für ihn war. So etwas war auch schon früher einmal vorgekommen. Genau genommen sogar erheblich öfter als nur einmal.

Er versuchte, sich in eine sitzende Position zu bringen, fiel aber wieder zurück, und schnappte nach Luft.

Das war's dann wohl, Tad, alter Junge. Der letzte Aufgalopp.

Verdammt, wie war er überhaupt hierher gekommen? Und wo befand er sich? Das Bild von Bobbys auseinander platzendem Schädel beherrschte auf einmal sein Bewusstsein.

Scheiße, Scheiße, *Scheiße!*

Plötzlich fiel ihm alles wieder ein und löste einen wahren Rausch an Schmerzen und Gefühlen in ihm aus. Die Ermordung von Adam, der Hubschrauber auf der Straße und der Satz, den er gemacht hatte, um zu entkommen …

Bobbys explodierender Schädel in Zeitlupe und Technicolor.

Herrgott im Himmel!

Er blickte auf die Uhr, um festzustellen, wie lange er

weggetreten gewesen war, aber das Deckglas war zersplittert, der Minutenzeiger war dabei aufs Zifferblatt gedrückt worden und hatte die Uhr dadurch zum Stillstand gebracht. Der Stundenzeiger war überhaupt nicht mehr vorhanden. Die Feds würden inzwischen seine Verfolgung aufgenommen haben. Möglicherweise waren sie sogar schon da. Also musste er sehen, dass er so schnell wie möglich hochkam und sich in Bewegung setzte. Andernfalls würden sie ihn mit Sicherheit schnappen. Wahrscheinlich hatte sich keiner von denen getraut, so wie er von dieser beschissenen Klippe zu springen. Aber sie würden immer noch schnell genug einen anderen Weg finden, ihn am Hintern zu kriegen. Er hatte das sichere Gefühl, dass es zwar immer noch Nachmittag war, dieser sich jedoch inzwischen eindeutig dem Abend entgegen neigte. Folglich dürfte er kaum mehr als ein paar Minuten weggetreten gewesen sein.

In seiner derzeitigen Kondition würde er jedenfalls nicht weit kommen. Da gab er sich keinen Illusionen hin.

Er langte in die Jackentasche und zog eine der Hammer-Kapseln heraus, wobei zugleich einige der anderen Kapseln zu Boden fielen. Doch im Augenblick war es einfach zu schwer für ihn, sich jetzt danach zu bücken und nach ihnen zu suchen. Na ja, auf absehbare Zeit würde er ohnehin keine Auslieferungen mehr durchführen, und für diese Charge tickte bereits der Count-down. Er hatte nur noch bis Morgen um die Mittagszeit, bevor das Zeugs verfiel. Nimm sie oder lass sie sausen. Er konnte ohnehin nicht alle nehmen.

Er riss das Päckchen auf und würgte die Hammer-Kapsel trocken hinunter. Dann überlegte er ein paar Sekunden, riss ein weiteres Päckchen auf und schluckte auch noch die darin enthaltene Kapsel. Es würde eine Weile dauern, bis das Zeugs seine volle Wirksamkeit entfaltet hatte, und er konnte es sich im Augenblick nicht erlauben, hier nur herumzusitzen und darauf zu warten. Ganz gleich, wie groß die Schmerzen auch sein mochten.

Die Pistole, die er sich in den Gürtel gesteckt hatte, war weg. Sein Wagen stand Gott weiß wie weit entfernt, irgendwo oben am Berg, und war sicherlich von den Feds umringt. Er hatte die Arschkarte gezogen.

Und Bobby war tot. Im Grunde hatte er diese Tatsache noch gar nicht verinnerlicht. Sie schien ihm einfach zu irreal. Die hatten ihn umgebracht, nein, verdammte Scheiße, sie hatten ihn *exekutiert*. Schließlich hatte er die Hände oben gehabt. Trotzdem hatten sie ihm den Kopf von den Schultern geschossen!

Tad spürte, wie eine Welle des Zorns in ihm hochkochte. Er verspürte den fast unwiderstehlichen Wunsch, gleich den Berg hinaufzustürmen und sie mit bloßen Händen zu zerfetzen, ihnen die Arme und Beine abzureißen und dann auf ihren blutigen Rümpfen herumzutrampeln.

Dieser Zorn war gut, reichte jedoch kaum aus, ihn auf die Beine zu bringen und ihm die nötige Beweglichkeit zu verschaffen. Hauptsache war jetzt, dass er unbehelligt blieb, bis die Wirkung des Hammers eingesetzt hatte. Dann war wieder alles klar für ihn. Sobald die Droge gegriffen hatte, konnte er richtig Gas geben.

Und wohin sollte er sich wenden?

Das sichere Haus. Sie hatten keine Ahnung von seiner Existenz. Bobby hatte es voll ausgestattet. Dort gab es auch eine verborgene Fluchtkasse, und Tad wusste, dass bei diesem Aufbewahrungsunternehmen noch mehr zu finden war.

Bobby war tot.

Tad konnte es einfach immer noch nicht glauben. Bobby war intelligent, reich, sah gut aus, und bei ihm war immer alles so gelaufen, wie er es sich vorgestellt hatte. Und jetzt hatten sie ihn umgelegt, *peng!* Einfach so.

Tad stolperte und fiel hin, schaffte es dann aber wieder, auf die Beine zu kommen.

Er würde dafür sorgen, dass sie die Rechnung bezahlten.

»Keine Spur von dem Zombie?«, fragte Jay.

»Die Typen von der DEA haben ihn noch nicht gefunden, aber die Leute von der örtlichen Polizeitruppe werden in Kürze die Suchtrupps verstärken«, antwortete Michaels. »General Howard ist mit ihnen hinuntergeklettert und hat das hier gefunden.« Mit diesen Worten hielt er eine violette Kapsel hoch. »Da unten lagen noch mehr davon unter einem Busch. Die DEA hat sich den Rest gesichert, und es sieht nicht so aus, als wären die Dinger schon abgelaufen. Wir haben es also mit einer aktiven Kapsel zu tun.«

Jay nickte und stieß einen tiefen Seufzer aus. Zu welchem Durcheinander hatte sich die Sache doch schlussendlich entwickelt.

»Ich möchte wetten, dass die Ballistiker feststellen werden, dass die Kugeln, die sie in meinem Dienstwagen gefunden haben, zu Georges Gewehr passen«, meinte Howard. »George war der Schütze. Das war auch der Grund dafür, weshalb Lee ein derart ausgezeichnetes Alibi vorweisen konnte.«

»So hat sich am Ende doch noch alles zusammengefügt. Aber die Frage, weshalb der Kerl Drayne erschossen hat, bleibt dennoch offen, oder?«

»Ich habe auch keine Ahnung«, bekannte Michaels.

Lee hatte sich von Sturz und Teaser-Schock erholt und saß jetzt in Handschellen auf dem Rücksitz eines der DEA-Dienstfahrzeuge, die schließlich doch noch eingetroffen waren. Er war mehr als nur ein bisschen in Tränen aufgelöst, als er mit ansehen musste, wir Georges Leiche zugedeckt wurde, um auf die Besichtigung durch den Gerichtsmediziner zu warten. Er hatte geschluchzt und schließlich geheult wie ein Schlosshund. Nicht gerade die Art von Reaktion, die man von einem Einsatzagent eines Nachrichtendienstes beim Tod eines anderen Agent erwartete, schon gar, wenn der Tote gleichen Geschlechtes gewesen war. Irgendetwas war da jedenfalls im Busch.

»Bastard«, giftete Lee Howard an. »Du hast ihn *gekillt*!«

»Verdammt richtig«, antwortete Howard. »Ich wünschte nur, ich hätte es ein paar Sekunden früher geschafft.«

»Du Bastard. Du bist ein toter Mann.«

»Aber bestimmt nicht durch Ihre Hand, mein Junge. Sie haben sich der Beihilfe zum Mord, des Mordversuchs, sieben Arten von Verschwörung und Gott weiß, was sonst noch alles, schuldig gemacht. Sie gehen in den Knast, und das für eine lange, lange Zeit.«

»Vielleicht auch nicht. Kann ja sein, dass ich etwas anzubieten habe, mit dem ich einen Handel abschließen kann.«

»Dann wäre es besser, wenn es sich dabei um eine erstklassige Sache handelt, ganz gleich, was es ist«, meinte Howard. »Und was die Sache zwischen Ihnen, mir und meinen Kollegen angeht, kann ich nur so viel sagen, dass ich in dem Augenblick, in dem ich Sie auch nur in der Nähe erwische, mit Ihnen die Straße aufwischen und mir erst im Anschluss daran Gedanken über die möglichen Konsequenzen machen werde.«

»Soll das etwa eine Drohung sein, General Howard?«

»Da müssen Sie sich verhört haben, Mr. Lee«, schaltete sich Michaels ein. »Ich habe nichts von einer Drohung gehört. Sie etwa, Jay?«

»Nee. Genau genommen habe ich überhaupt nichts gehört.«

Howard nickte Michaels und Jay zu.

Jay lächelte. Schließlich waren sie ein Team, oder etwa nicht?

Auf der Fahrt aus dem Gebirge rief Michaels Toni an.

»Hi«, sagte sie. »Wie ist der Glanz in der Lamettastadt?«

»Großartig, wenn man Verfolgungsjagden und Schießereien mag.«

»Wie bitte?«

»Wir haben den Drogendealer verfolgt. Er weilt allerdings leider nicht mehr unter uns.«

»Was ist passiert?«

Michaels brachte sie auf den neusten Stand, was den Einsatz anging.

»Gute Arbeit, Alex«, lobte sie, als er alles erzählt hatte. »Niemand außer dem bösen Jungen ist verletzt worden, und alles ist das Verdienst der Net Force. Wie haben die Beteiligten denn jetzt vor, mit den Medien umzugehen?«

»Offen und ehrlich, hoffe ich doch«, antwortete er. »Wetten würde ich allerdings nicht darauf. Kaum zehn Minuten, nachdem es passiert ist, schwirrten schon die ersten Kamerateams an, und die Hubschrauber der Nachrichtensender kreisen hier herum wie mechanische Geier. Ich habe Jay für uns sprechen lassen, und er hat sich insgesamt ziemlich vage ausgedrückt. Was die Typen von DEA und NSA allerdings von sich gegeben haben, weiß ich nicht. Brutale Einsatzagents sind nie ein gutes Aushängeschild. Das gilt für jede Behörde. Man kann sagen: ›Ja, wir hatten da ein Problem, aber wir haben es gelöst.‹ Aber die erste Frage von Reportern wird immer die sein: ›Wie konnte es vor allen Dingen überhaupt dazu kommen, dass sich die Sache zu einem Problem ausgeweitet hat?‹ Es ist einfach eine Situation, in der es keine Aussicht auf einen Gewinn gibt.«

»Das gilt aber doch wohl nicht für die Net Force.«

Er grinste dem kleinen Bild auf dem Monitor seines Virgil zu. »Na ja. Damit wirst du wohl Recht haben. Wir kommen mit Rosenduft aus der Sache heraus.«

»Na prima, und wann kommst du nach Hause?«

»Voraussichtlich morgen früh. Wir müssen noch mit den hiesigen FBI- und DEA-Niederlassungen Berichte erstellen, mit den entsprechenden Vorgesetzten sprechen und so weiter.«

»Kannst du deine Berichte nicht online von hier aus erstellen?«

»Du weißt doch, wie das ist. Die wollen uns persönlich vor sich sitzen haben, wenn wir die Sache schildern. Aber es wird nicht lange dauern. Allerdings fürchte ich, dass es wohl ziemlich spät wird, bevor alles erledigt ist, und auf unserem Weg zurück müssen wir außerdem drei Zeitzonen durchfliegen. Voraussichtlich werden wir deshalb bis morgen früh mit dem Rückflug warten.«

»Na, wenigstens ist die Sache endlich aufgerollt.«

»Leider noch nicht vollständig. Dieser Zombie konnte entkommen. Er heißt übrigens Thaddeus Bershaw. Den Namen haben wir von der Zulassungsstelle.«

»Aber das ist doch keine entscheidende Sache mehr, oder?«

»Zumindest nicht, soweit wir wissen. Allerdings fehlen uns noch gesicherte Informationen darüber, welche Rolle er bei der ganzen Angelegenheit gespielt hat. So viel steht jedenfalls fest, dass er nicht gerade die hellste Leuchte an der Kette war. Jay hat Bershaws Hintergrund ausgegraben, und es hat sich herausgestellt, dass es sich bei ihm um ein Straßenkind ohne Schulbildung handelt. Wahrscheinlich war er nicht mehr als ein Botenjunge. Der eigentliche Dealer war Robert Drayne. Der hatte ein Diplom in Chemie. Darüber hinaus lebt sein Vater, der übrigens rund dreißig Jahre fürs FBI tätig war, heute in Arizona im Ruhestand.«

»Na, wenn das nicht interessant ist.«

»DEA und FBI haben eine Ringfahndung nach Bershaw eingeleitet. Vielleicht schnappen sie ihn ja auf diese Weise.

Aber wie auch immer, das ist jetzt alles nicht mehr unser Problem.«

»Du fehlst mir«, flüsterte sie.

»Ja, ich vermisse dich auch. Bis morgen dann. Ich denke, dass wir sicherlich eine Möglichkeit finden werden, ein paar Tage frei zu bekommen, und dann können wir etwas unternehmen.«

»Fände ich toll.«

Michaels trennte die Verbindung und lehnte sich in den Sitz zurück. Es war ein langer Tag gewesen, und die Aussicht auf zwei Abschlussbesprechungen war auch alles andere als erhebend. Ihm wäre es wesentlich lieber gewesen, wenn man die Sache in einem Durchgang hätte erledigen können und die Jungs von der DEA und vom FBI gemeinsam zugehört hätten. Aber so lief die Sache natürlich nicht … leider. Diese Vorgehensweise wäre nämlich einfach zu sinnvoll.

Sie kamen den Abhang zu langsam herunter, um ihn noch erwischen zu können. Zu dem Zeitpunkt, als er hörte, wie sie sich gegenseitig mit Zurufen verständigten, war Tad bereits über einen halben Kilometer weit weg, und die doppelte Dosis der magischen violetten Kapseln begann eine wirklich *starke* Wirkung zu entfalten. Schon zehn Minuten nach der Einnahme fühlte er sich kräftig genug, mit dem Joggen zu beginnen, und noch einmal zehn Minuten später war er schon in der Lage, mit dem Wind um die Wette zu laufen. Er übersprang die im Weg liegenden Felsen und Büsche und legte in der hereinbrechenden Dunkelheit schneller größere Distanzen zurück, als jeder andere Mensch zu Fuß geschafft hätte. Er lief schneller, sah besser und traf seine Entscheidungen rascher. Seine Verfolger hätten keine Chance mehr gehabt, ihn zu fassen, selbst wenn sie eine Ahnung gehabt hätten, in welche Richtung er geflohen war. Wahrscheinlich suchten sie da hinten unter den Büschen immer noch nach seinem Körper.

Vier Kilometer weiter bog er ab und lief wieder in Richtung Straße, zu der er dann knapp einen Kilometer weit parallel weiter lief, bis er ein winziges Einkaufszentrum erreichte. Dort fand er ein Motorrad, das mit einer Kette an einem der Lichtmasten angeschlossen war. Es kostete ihn eine halbe Minute, bis er einen passenden Stein gefunden hatte, mit dem er das Schloss zertrümmern konnte. Der Eigentümer hatte sich voll und ganz auf die Sicherheit der Kette und des Schlosses verlassen und deshalb einen Reservezündschlüssel unter dem Sitz zwischen den Federn der Polsterung deponiert. Genau das war die Stelle, an der auch Tad und noch zehn andere seiner Kumpel stets ihre Motorradschlüssel versteckt hatten. Kurz darauf erwachte die Maschine, eine mittelgroße Honda, zum Leben.

Mit einiger Wahrscheinlichkeit hatten seine Verfolger inzwischen zu beiden Seiten des Berges Straßensperren errichtet, an denen sie nach ihm Ausschau hielten. Aber die konnte er umtanzen, oder er fuhr durchs Gelände, um ihnen auszuweichen. Inzwischen war es vollständig dunkel, was sich als Vorteil für ihn erwies, denn er brauchte das Abblendlicht nicht einzuschalten, weil der Schimmer über der Stadt ausreichende Helligkeit lieferte, um den Straßenverlauf erkennen zu können. Wenn sie ihn also kommen sahen, war es bereits zu spät, um reagieren zu können.

Die doppelte Hammer-Dosis hatte schon etwas für sich. Noch nie zuvor hatte er sich derart schnell, stark und gewitzt gefühlt. Sie hatten keinerlei Chance. Und wenn sie ihn anhielten? Na ja, dann würde er eben alle töten.

Tad raste in der Dunkelheit den Höhenzug hinunter in Richtung Osten, und das alles ohne Licht bei Geschwindigkeiten zwischen 160 und 180 Stundenkilometern. So zischte er an völlig verdatterten Autofahrern vorbei, die ihn zwar kommen gehört, nicht aber gesehen hatten, bis er vor ihnen im Strahl der Scheinwerfer des eigenen Fahrzeugs aufgetaucht war. Wahrscheinlich hatten sie sich vor Schreck in die Hose gemacht.

Wenn die Feds überhaupt noch Straßensperren errichtet hatten, so mussten die sich erheblich näher an dem Ort befunden haben, an dem der Hubschrauber gelandet war. Nur das machte überhaupt einen Sinn, denn sie rechneten schließlich ganz sicher nicht mit einem Typen, der fast vier Kilometer durch die Dunkelheit rennen konnte, bevor er zur Straße zurückkehrte. Sie verfügten eben nicht über den Hammer …

Sobald er die Ebene um die Woodland Hills erreicht hatte, schaltete er die Scheinwerfer ein. Jetzt hatte er es nicht mehr weit.

Er erreichte das sichere Haus ohne Vorkommnisse. Nachdem er eingetreten war, schaltete er sofort den Fernseher an und wählte CNN. Er verspürte keinerlei Hunger, wusste aber, dass er unbedingt etwas essen und auch Flüssigkeit zu sich nehmen musste. Also schnappte er sich eine große Packung mit Schinkenaufschnitt und ein Sechserpack Evian. Dann nahm er die Schinkenscheiben jeweils paarweise aus der Packung und spülte sie mit dem Wasser hinunter, während er die Nachrichten verfolgte. Jetzt waren Informationen für ihn ebenso wichtig geworden wie die Nahrungsaufnahme.

Und es dauerte auch nicht lange, bis die gewünschten Informationen über den Bildschirm flimmerten. Ein einheimisches Kamerateam hatte es geschafft, sich zum Schauplatz der Schießerei durchzuschlagen, und obwohl der überwiegende Teil dessen, was der Reporter sagte, wahrscheinlich kompletter Mist war, gab es doch einige Dinge, die sich davon abhoben: Der Drogendealer, der bei der Sache ums Leben gekommen war, war durch die Bemühungen der Computerabteilung des FBI, der so genannten Net Force, ausfindig gemacht worden. Der Leiter dieser Organisation, Commander Alex Michaels, war extra aus Washington D.C. angereist, um bei der Verhaftung dabei zu sein. Der Fernsehsender spielte Filmmaterial von Michaels ein, das da draußen auf der Straße aufgenommen worden war, während Michaels irgendeinen auf dem Boden liegenden Agent betrachtete, der beim Schusswechsel angeblich von den Drogendealern erschossen worden war.

Ja, ja. Ist schon klar. Wenn tatsächlich einer von denen tot war, dann waren die Feds ausschließlich selbst schuld. Bobby hatte es nicht getan, und mit Ausnahme des einen Schusses, den Tad in die Luft abgefeuert hatte, war auch von seiner Seite nicht gezielt geschossen worden. Diese verlogenen Scheißkerle.

Dann kamen noch Interviews mit den FBI- und DEA-Agents vor Ort und eines mit irgendeinem Computerhexer von der Net Force. Jetzt stellte sich heraus, dass es sich bei diesem Einsatz um eine konzertierte Aktion dieser drei Behörden gehandelt hatte, wobei offensichtlich der Bärenanteil des Schulterklopfens an die Adresse der Net Force ging. Sie war offensichtlich mit den entscheidenden Informationen herausgekommen, die letztendlich zu den verdächtigen Drogendealern geführt hatten. Einer der mutmaßlichen Drogenhändler konnte entkommen und befand sich nach wie vor auf freiem Fuß. Der Mann sei bewaffnet und gefährlich. Sie blendeten ein Bild von Tad ein, unter dem sein Name erschien. Das Foto aus seinem Führerschein. Also hatten sie ihn identifiziert. Na und?

Die Nachrichten wandten sich anderen Themen zu, und Tad schaltete ab.

Als er hinunter auf die Packung mit dem Schinken blickte, stellte er fest, dass diese bereits leer war. Er hatte zwei Pfund Schinken gegessen, dazu sechs Flaschen Wasser getrunken und fühlte sich noch nicht einmal gesättigt. Wahrscheinlich dürfte dies seine letzte Mahlzeit gewesen sein.

Tad dachte einige Sekunden nach. Commander Alex Michaels. Net Force. Washington D.C. Eine lange Reise für jemanden, der in seinen Schuhen steckte. Und nichts von dem, was er tat, würde ihm Bobby zurückbringen. Tot war tot. Also warum sollte er sich noch Sorgen machen?

Yeah, was soll's. Er hatte ohnehin fast das Ende seines Wegs erreicht.

Er ging ins Bad. Bobby hatte das Haus mit allem möglichen Mist ausgestattet, den sie möglicherweise im Fall einer Flucht gebraucht hätten. Er fand eine Schere und einen Elektrorasierer mit einem integrierten Langhaarschneider. Damit trimmte er sein ohnehin schon kurzes schwarzes Haar in einen Igelhaarschnitt um. Der Hammer ließ ihn vor Ungeduld beinahe auf und ab hüpfen, doch er riss sich mit aller Gewalt zusammen, damit das Ergebnis seiner Frisörtätigkeit nicht allzu schrecklich ausfiel. Dann rückte er seinem neuen Haarschnitt mit einer halben Flasche Haarfärbemittel zu Leibe und rasierte sich anschließend den Ziegenbart ab. Die Ohrringe zog er heraus und warf sie weg.

Nachdem die Färbung der Haare abgeschlossen war, die aus dem ehemaligen Schwarz ein ausgeblichenes Gelb hatte werden lassen, ging er unter die Dusche. Nach dem Abtrocknen rieb er sich von oben bis unten mit einem selbstbräunenden Gel ein, das er sorgfältig mit einem kleinen Schwamm auftrug.

Na gut, als Surfer würde er nicht gerade durchgehen, aber er war wenigstens nicht mehr der Beatnik auf dem Foto, der so weiß war wie der Bauch eines Fischs. Jetzt war er blond und sonnengebräunt. Er fand eine weite Hose, ein Oberhemd, Socken und Laufschuhe, die alle entweder grau oder weiß waren. Also das genaue Gegenteil der Art von Kleidung, die er stets bevorzugt hatte. Außerdem nahm er eine Brille, in deren Drahtfassung Fensterglas eingeschliffen war, und setzte sie auf. Jetzt konnte er fast schon als normaler Mensch durchgehen.

In der Tiefkühltruhe lagen, in Speiseverpackungen eingefroren, fast 50.000 Dollar. Davon zweigte er lediglich zehn Riesen ab, obwohl er nicht wirklich daran glaubte, überhaupt so viel Geld zu brauchen. Sollte er wider Erwarten doch noch einmal hierher zurückkehren – was allerdings eher unwahrscheinlich war –, konnte er ja den Rest mitnehmen.

In einer der Schreitischschubladen befanden sich einige Sätze gefälschter Ausweise – für ihn und Bobby je drei oder vier –, in die lediglich noch die Fotos eingefügt werden mussten. Tad nahm ein Set heraus, überzeugte sich davon, dass der Führerschein in Texas ausgestellt war, und erfuhr so, dass sein Name jetzt Raymond Selling lautete. Das war einer von Bobbys typischen kleinen Scherzen: Selling war der Vorjahressieger im Los-Angeles-Marathon gewesen. Er hatte auch einen Satz Ausweise in Anlehnung an die alte Fernsehserie *Der Mann mit dem Koffer* auf Richard Kimball ausgestellt. Der letzte Satz lief auf Meia Rasgada, was im Portugiesischen die Bedeutung von »verdrehte Socke« hatte und der Spitzname eines Läufers in einer anderen Disziplin war.

Bobby war ein unruhiger Geist.

War ein unruhiger Geist gewesen.

Tad musste langsam in Gang kommen. Er musste wirklich los. Aber vorher stand noch eine Sache zur Erledigung an. Er griff nach einem der Digitaltelefone, die in der Küche herumlagen, und tippte aus dem Gedächtnis eine Nummer ein. Im Augenblick war sein Erinnerungsvermögen ganz ausgezeichnet. Er konnte sich praktisch an alles erinnern, was er jemals gesehen, gerochen, geschmeckt, gehört oder getan hatte, wenn er wollte, und sich darauf verlassen, dass es aus der Vergessenheit wieder auftauchen würde.

»Yo«, erklang eine tiefe Stimme aus dem Hörer.

»Halley, hier ist Tad. Ich bräuchte da was.«

»Ja, ich auch. Dein Geld in meiner Tasche nämlich. Worum geht's?«

»Ich möchte die Anschrift eines Commander Alexander Michaels, M-i-c-h-a-e-l-s. Er ist der Leiter der Net Force.«

»Die kann ich dir geben, ohne auch nur ein einziges Elektron anheizen zu müssen. Das Hauptquartier der Net Force befindet sich in Quantico. Das ist in Virginia und Teil des neuen FBI-Komplexes neben dem der ...«

»Nein, ich brauche seine *Privat*anschrift.«

»Aha. Na, das kann ein bisschen dauern. So etwas pflegen die nämlich ziemlich tief zu vergraben.«

»Wie lange brauchst du?«

»Sagen wir vierzig Minuten bis eine Dreiviertelstunde.«

»Ruf mich unter dieser Nummer zurück, wenn du sie hast.«

»Das kostet dich fünfhundert.«

»Kein Problem.«

»Ich mach mich dran, Junge.«

Tad bewegte sein neues Selbst nach draußen. In der Garage standen zwei Autos. Ein Jahreswagen, bei dem es sich um einen Minivan handelte, der einen »Baby an Bord«-Sticker auf der Heckscheibe trug, und einen drei bis vier Jahre alten Dodge Dakota. Bei beiden Fahrzeugen steckte der Schlüssel im Zündschloss. Er nahm sich gerade lange genug Zeit, den Minivan am hinteren Kotflügel zu packen. Dann wuchtete er das Fahrzeug ein paarmal mit den Reifen vom Boden, nur um es anschließend wieder nach unten zu drücken. Er musste überschüssige Energie abbauen. Erst danach stieg er ein und ließ den Motor an.

Er fuhr aus der Einfahrt und machte sich auf den Weg zum Flughafen. Unterwegs buchte er einen Platz in der

Ersten Klasse für den Non-stop-Flug nach Washington D.C. Das Flugzeug sollte in etwa drei Stunden starten. Der Flug selbst würde um die fünf Stunden dauern. Dazu addierte er noch einmal rund zwei Stunden, bis er die Anschrift gefunden hatte. Alles in allem also gut zehn Stunden, was bedeutete, dass er allerspätestens gegen neun Uhr morgens eintreffen würde. Er hatte schon Hammer-Trips dieser Länge hinter sich, und sollte der Fall eintreten, dass die Wirkung ausgerechnet dann nachließ, konnte er auf einen ganzen Haufen Kapseln zum Nachlegen zurückgreifen. Allein eine weitere würde ihn auf jeden Fall bis zum Nachmittag unter Strom halten, und die nachfolgenden schafften es dann locker bis um Mitternacht des folgenden Tages.

Alles in allem mehr als genug Zeit, ein ausführliches Schwätzchen mit diesem Commander Michaels von der Net Force zu führen und diesem Scheißkerl klar zu machen, dass er einen großen Fehler begangen hatte, als er an der Tötung von Bobby Drayne mitwirkte.

Mehr als genug Zeit.

38

Los Angeles, Kalifornien

Michaels hatte sich gerade fertig rasiert und legte die letzten Kleidungsstücke an, als an die Tür des Hotelzimmers geklopft wurde.

Es war Jay. »Das FBI hat einen Hinweis auf Bershaw bekommen«, berichtete er.

Michaels winkte Jay herein, während er weiter die Knöpfe seines Oberhemdes schloss. »Ja?«

Jay hielt den Flatscreen so, dass Michaels das Bild auf

dem Monitor sehen konnte. Ein blonder Mann mit Brille in lockerer Sportkleidung.

»Und die sind ganz sicher, dass es sich um ihn handelt?«

»Sehen Sie sich mal diese Gegenüberstellung an.«

Eine Vergrößerung des Blonden erschien neben einem Passfoto gleicher Größe von Tad Bershaw. Dann erschienen Overlay-Raster, Zahlen begannen zu laufen, und gelb markierte Hervorhebungen pulsierten über den entsprechenden Gesichtszügen.

»Die Überwachungssoftware der Feebs kümmert sich nicht großartig um Haar-, Augen- und Hautfarbe, sondern vergleicht stattdessen die Größe der Ohren, die Form der Ohrläppchen, die Länge des Nasenrückens, die Weite der Nasenlöcher, den Augenabstand und den Winkel, den die Augenbrauen zueinander bilden. Hinzu kommen körperliche Charakteristika, die allerdings durch Schuheinlagen und Polster verändert werden können. Gleichwohl … das ist er.«

»Wo wurde das aufgenommen?«

»Auf dem LAX. Gestern gegen Abend. Die Bildvergleichskamera hatte ein Signal ans FBI-HQ geschickt, allerdings scheint der Prioritätsmarker defekt gewesen zu sein. Statt einer A-1 Kennung wurde das Bild zusammen mit den Routinesachen unter MVP, also ›mutmaßlich verdächtige Personen‹, geschickt. Demzufolge sollten sie es eigentlich schon letzte Nacht gesehen haben, aber offenbar ist erst vor ein paar Minuten jemand dazu gekommen, diese Akten zu sichten.«

»So viel also zur Unfehlbarkeit der Technologie«, sagte Michaels, während er sich aufs Bett setzte, um die Socken anzuziehen. »Und wo ist er hin?«

»Nach Aussage des Flugsteigpersonals von CrossCon Air nahm er den Red-Eye-Flug nach Washington D.C. Die Maschine ist heute, morgens um zwei Uhr Ostküstenzeit, gelandet. Das Vergleichssystem im Dulles International hat ihn noch einmal beim Verlassen des Flugzeugs erfasst. Aber das war das einzige Bild, auf dem sie ihn entdecken konnten. Das FBI hat bereits die Autovermietungen überprüft, doch wie es aussieht, hat er kein Fahrzeug ausgeliehen. Im Moment befragen sie Bus-, Limousinen- und Taxifahrer. Bislang allerdings auch hier noch ohne Erfolg. Aus der Passagierliste wissen sie, dass er den Namen Raymond Selling verwendet.«

»Wie der Marathonläufer?«

»Wer?«

»Selling ist der schnellste Langstreckenläufer des Landes, möglicherweise sogar der ganzen Welt.«

»Ich bin nicht sonderlich an Sport interessiert. Allein die Vorstellung, rund fünfzig Kilometer rennen zu müssen, verschafft mir schon einen Muskelkater.«

»Aber warum gerade Washington?«

Jay zuckte mit den Schultern. »Warum nicht? Vielleicht hat er da eine alte Freundin oder sonst jemanden, mit dem er befreundet ist. Außerdem ist es in einer Großstadt immer leichter, von der Bildfläche zu verschwinden, als in einer kleinen.«

»Na ja, vielleicht stolpern wir über ihn, wenn wir nach Hause kommen.«

»Ich hoffe doch nicht«, meinte Jay, »denn wenn er noch was von diesem Drogenzeugs übrig hat, ist er nicht gerade jemand, dem ich von Angesicht zu Angesicht gegenüberstehen möchte.«

Michaels schnürte die Schuhe zu, stand auf und griff nach dem Regenmantel, der an der Badezimmertür hing. »Wann geht unser Flug?«

»In zwei Stunden. Landung in Washington gegen sieben Uhr abends. Ein Fünfstundenflug, auf dem wir drei Zeitzonen passieren.«

»Nun, dann wollen wir erst einmal frühstücken und

den Sonnenschein von Los Angeles genießen. Aller Wahrscheinlichkeit nach wird es doch nur regnen, wenn wir zurück an der Ostküste sind.«

Jay klappte den Flatscreen zu und setzte sich in Richtung Tür in Bewegung, wobei er einen ziemlich besorgten Gesichtsausdruck machte, was Michaels nicht entging.

»Gibt es sonst noch etwas, Jay?«

»Allerdings. Wir haben da noch ein größeres Problem. Unsere hausinterne Sicherheitsabteilung hat mir mitgeteilt, dass jemand in der vergangenen Nacht die Firewall der Net Force unterlaufen und sich in unseren Hauptrechner eingehackt hat.«

»Wie das denn? Ich dachte, das wäre ein Ding der Unmöglichkeit.«

»Ist es auch. Zumindest für die meisten Menschen. Aber ich würde es beispielsweise schaffen, und wenn ich, dann auch noch andere. Zumindest eine Hand voll.«

»Ist denn irgendetwas beschädigt oder gestohlen worden?«

»Glücklicherweise nicht. Die Dateienschutzprogramme machen so etwas zu einer sehr harten Nuss, wenn man nicht über die richtigen Entschlüsselungscodes verfügt. Selbst ich hätte da meine Schwierigkeiten, wenn ich vorhätte, den größeren Teil eines Systems von außerhalb lahm zu legen. Die Sicherheitsleute sagen, dass die Sonde über eine GAO-Leitung eingedrungen ist und es dann geschafft hat, in die persönlichen Daten einzudringen. Sie hat keine davon zerstört, weil sie ohnehin nur für General Administration Operators, die von Gesetz wegen Zugang haben müssen, freigegeben sind, wobei diese allerdings nur über eine Leseberechtigung verfügen.«

»Wer würde so etwas denn wissen?«

»Ehemalige Programmierer, vielleicht auch ein paar ehemalige Polizisten, das FBI, und eben die GAOs. Vielleicht sogar die Net Force.«

»Tatsächlich?«

»Auch bei uns hat es Kündigungen gegeben, und ein paar Leute sind sogar gefeuert worden. Programmierer haben die Angewohnheit, sich selbst immer irgendwo eine kleine Hintertür offen zu lassen, wenn sie Sicherheitssysteme erstellen. Wir haben unseres überprüft, und ich habe unsere Leute an die entsprechenden Test gesetzt. Aber der Typ, der das Programm geschrieben hat, kann es immer noch geschafft haben, ein paar Sachen zu verstecken. Schließlich sprechen wird hier von Abermillionen Lines-of-Code.«

»Also, was nun?«

»Wir werden sämtliche ehemaligen Angestellten überprüfen, die über ausreichende Kenntnisse verfügten, so etwas durchzuziehen. Ich persönlich hoffe ja immer noch, dass es sich dabei lediglich um einen Coup der Art handelte, mit dem sich Hacker zu brüsten pflegen. Aber so, wie die Sache gelaufen ist, spricht eigentlich eine Menge dagegen.«

»Hm. Bleiben Sie dran, Jay. Aber jetzt wollen wir General Howard nicht länger warten lassen.«

Auf dem Weg zum Fahrstuhl geisterte ihm irgendetwas von dem, was Jay eben gesagt hatte, im Kopf herum, und als sie den Aufzug bestiegen, konnte er immer noch nicht den Finger darauf legen, was es war. Jay drückte den Knopf für Parterre. Sie befanden sich im 16. Stock.

Während der Aufzug nach unten glitt, erklang jedes Mal, wenn sie ein Stockwerk passierten, ein Glöckchen. »Dieses Eindringen letzte Nacht, Jay. Wissen wir eigentlich, von wo der Versuch ausging?«

»Nicht wirklich«, räumte Jay ein. »Die Verbindung ist über verschiedene Satelliten gesprungen. Wir waren lediglich in der Lage, das Signal bis an die Westküste zurückzuverfolgen. Das war's dann aber auch schon.«

Michaels dachte eine Sekunde über diese Information nach. »Warum sollte jemand, der es schafft, in den Mainframe der Net Force einzudringen, dann lediglich ein Interesse daran haben, Einblick in unsere Personalakten zu nehmen?«

»Die Frage stellt sich anders, Boss. War es das, was sie von Anfang an vorhatten, oder sind sie rein zufällig über die Personaldateien gestolpert?«

»Gut. Dann lassen Sie uns nur mal rein hypothetisch davon ausgehen, dass genau das ihre Absicht war.«

Jay zuckte mit den Schultern. »Wer, wo, was, wann und warum?«, sagte er. »Im Klartext: Sie wollten herausfinden, ob jemand bei uns gearbeitet hat, womit derjenige genau beschäftigt war, und wie lange diese Tätigkeit gedauert hat … Vielleicht auch, wie viel er verdient hat.«

»Sie haben eine Sache ausgelassen«, wandte Michaels ein. »Nämlich die Frage, wo er wohnt.«

»Yeah, auch das ist nicht auszuschließen.«

Michaels fühlte plötzlich, wie ihm ein eisiger Schauer über den Rücken lief.

»Ich weiß, worauf Sie hinauswollen«, sagte Jay, »aber wahrscheinlich handelt es sich um einen puren Zufall.«

»Und was, wenn nicht? Was, wenn Bershaw dahintersteckt? Was wenn es ihm darum geht, den Tod seines Freundes zu rächen?«

»Das läge im Bereich des Möglichen, Boss. Aber der Typ, der den Abzug betätigt und auf Drayne geschossen hat, ist selber tot.«

»Wovon Bershaw aber wahrscheinlich überhaupt nichts weiß. Er ist über die Kante des Abhangs gesprungen, kaum dass die Schießerei richtig angefangen hatte.«

Der Fahrstuhl war inzwischen im Erdgeschoss angekommen, und die Türen glitten auf. Die beiden Männer stiegen aus und setzten sich in Richtung Frühstückszimmer des Hotels in Bewegung.

»Er könnte Nachrichtenmeldungen darüber gehört oder gesehen haben«, schlug Jay vor.

»Sie waren derjenige, der CNN das Interview gegeben hat. Vom FBI und der DEA kam nicht viel. Niemand hat ein Wort darüber verloren, wer Drayne erschossen hat. Es wurde lediglich die Tatsache erwähnt, dass er tot ist. Und jetzt denken Sie doch einmal daran, wer die meisten Lorbeeren geerntet hat, was das Aufspüren der Drogendealer angeht?«

»Ups. Das wären wir«, entfuhr es Jay.

»Richtig. Und von uns waren lediglich drei am Ort des Geschehens: Sie, ich und General Howard.«

»Es ist und bleibt aber eine reine Annahme«, beharrte Jay, »die nicht notwendigerweise zu dieser Schlussfolgerung führen muss.«

»Bershaw ist entkommen. Irgendjemand hackt sich nur wenige Stunden später von der Westküste aus in die Personalakten der Net Force. Bershaw taucht unter und später auf einem Flug nach Washington wieder auf. Das gefällt mir nicht. Jetzt stellen Sie sich einmal vor, Jay, Sie wären Bershaw, und Sie wären stinksauer, weil man eben Ihren Freund erschossen hat, während der mit erhobenen Händen dastand. Stellen Sie sich weiterhin vor, Sie wollten deswegen irgendetwas unternehmen, wie würden Sie so eine Sache angehen?«

Jay hüllte sich in Schweigen.

»Das ist genau das, was ich mir gedacht habe. Er ist auf der Suche nach demjenigen, der für alles verantwortlich war und der sich am Ort des Geschehens aufhielt. Sie bräuchten lediglich darauf zu warten, dass er irgendwann nach Hause kommt. Pech ist nur, dass Toni bereits dort ist.«

Er zog das Virgil heraus, tippte auf die Sprachwahltaste und sagte: »Zu Hause anrufen.«

Das Virgil stellte die Verbindung her.

Nach fünfmaligem Schellen sprang der Anrufbeantworter an. »Hallo. Sie haben den Anschluss zwei-null-zwei, drei-fünf-sieben gewählt …«

»Toni, wenn du da bist, nimm bitte ab oder ruf mich ganz, ganz dringend zurück, sobald du die Aufzeichnung abgehört hast.«

Michaels spürte die ersten Anzeichen von Panik in sich aufsteigen, als er den Anruf beendete. Dann drückte er auf den Knopf für die Parametereinstellung der Wahlwiederholung und entschied sich für Intervalle von fünf Minuten. Nun würde das Gerät immer weiter in den vorgegebenen Abständen versuchen, eine Verbindung herzustellen, bis diese zustande kam oder Michaels diese Option wieder ausschaltete.

»Sie hebt nicht ab.«

»Vielleicht schläft sie. Oder gießt die Pflanzen im Garten. Da gibt es doch Dutzende von Möglichkeiten«, versuchte Jay seinen Chef zu beruhigen.

John Howard stand am Kopf der Schlange von Menschen, die auf den Einlass ins Frühstückszimmer warteten. Er sah Jay und Michaels näher kommen und lächelte ihnen entgegen. Michaels war überhaupt nicht danach zurückzulächeln, was Howard sofort bemerkte.

»Was ist los, Commander?«

Michaels berichtete ihm alles und spürte dabei, wie er selbst immer nervöser wurde.

»Jay liegt mit seiner Einschätzung wahrscheinlich völlig richtig«, meinte Howard, »denn möglicherweise hat das alles gar nichts zu bedeuten. Aber was halten Sie davon, wenn wir, nur um auf der sicheren Seite zu bleiben, ein paar von meinen Leuten bei Ihnen zu Hause vorbeischicken, die dort nach dem Rechten sehen?«

»Das wäre mir sehr lieb.« Dass er gerade jetzt am anderen Ende des Landes war, verstärkte das Gefühl der Hilflosigkeit. Sobald er wusste, dass mit Toni alles in Ordnung war, würde er sich gleich um Welten besser fühlen.

Howards Blick verweilte noch ein wenig länger auf Michaels. »Da wäre noch etwas, Commander«, begann er.

»Jay war derjenige, auf den sich die ganze Aufmerksamkeit im Fernsehen konzentriert hat. Vielleicht wäre es keine ganz schlechte Idee, wenn er versuchen würde, Saji zu erreichen, und sie bittet, einen sicheren Ort aufzusuchen.«

Michaels nickte noch, als Jay auch schon sein Virgil herauszog. Ein paar Sekunden später hob Saji ab, und alle entspannten sich ein wenig.

Auch Howard kramte sein Virgil aus der Tasche und sprach ruhig hinein, wobei er allerdings die Freisprecheinrichtung abgeschaltet hatte und das Gerät wie ein ganz normales Mobiltelefon ans Ohr gedrückt hielt. So konnte er die Umgebungsgeräusche ausschließen und die Antworten seines Gesprächspartners besser verstehen. Als er fertig war, drehte er sich zu Michaels um. »In spätestens zwanzig Minuten wird jemand da sein. Man wird Sie dann zurückrufen, oder der Rückruf erfolgt direkt durch Toni.«

Michaels nickte. »Danke. Jetzt rufen Sie aber auch noch zu Hause an, John, nur um ganz sicher zu gehen. Dann werden wir erst einmal frühstücken.« Aber so lange Toni sich nicht gemeldet hatte, war ihm nach allem, nur nicht nach frühstücken.

Washington, D.C.

Es war fast Mittag, und Toni stand in der Küche, um sich etwas zu Essen zu machen, als es urplötzlich so gewaltig krachte, als hätte ein Laster das Haus gerammt.

Sie wusste im gleichen Augenblick, in dem er durch die Seitentür kam, um wen es sich bei dem Eindringling handelte. Er hatte die Tür geöffnet, indem er sie einfach eintrat. Dieser Tritt war so kraftvoll, dass die Zuhaltung gesprengt wurde und die ganze Tür fast aus den Angeln gesprengt worden wäre. Holzsplitter flogen überall herum, und das Türblatt knallte so hart gegen die Wand, dass die Klinke den Türstopper abbrach und ein Loch in den Putz schlug.

Nicht, dass sie ihn erkannt hätte, aber ihr war klar, dass es sich nur um den Drogentypen handeln konnte, der es geschafft hatte zu entkommen. Haar und Augenbrauen waren zwar gebleicht und die Haut sonnengebräunt, aber das war er.

Während sie in Nachthemd und Bademantel vor ihm stand, wusste sie gleichzeitig, dass sie lediglich einen Vorteil hatte: Was er zu Gesicht bekommen hatte, war eine kleine, schwangere Frau, die wohl kaum eine Gefahr für ihn darstellen würde.

Aber realistisch gesehen wäre sie auch so keine große Gefahr für ihn gewesen. Jede belastende Aktivität konnte dazu führen, dass sie ihr Baby verlor, und ein Kampf gehörte ganz sicher zu solchen Aktivitäten. Selbst wenn ihre Fähigkeiten im Silat ausreichten, die drogeninduzierte Kraft des Kerls zu überwinden, konnte sie das Risiko eines derartigen Kampfes nicht eingehen. Folglich blieb ihr nichts anderes übrig, als sich auf eines der ersten Prinzipien ihrer Kampfkunst zurückzuziehen: die Täuschung.

So spielte sie ihm also genau das vor, was er wohl erwartete. »Wer sind Sie? Was wollen Sie?«

»Alexander Michaels«, war die Antwort.

»Der ist nicht da.«

»Das habe ich auch schon mitbekommen. Er ist immer noch in Los Angeles, nicht wahr?«

Sie antwortete nicht, denn sie wollte es ihm nicht zu leicht machen.

Er grinste ein wahnsinniges Grinsen, das mehr als deutlich machte, dass er völlig durchgeknallt war.

Direkt neben der Tür stand ein Kleiderständer aus Holz. Er griff danach, drehte ihn zur Seite, riss ein Knie hoch und brach das schwere Möbelstück darüber entzwei, als handelte es sich um einen dürren Zweig. »Verscheißern Sie mich nicht, Lady«, fauchte er, während er die beiden Hälften fallen ließ, »ich bin nämlich nicht in der richtigen Stimmung dafür, okay?«

Es fiel ihr nicht allzu schwer, furchtsam zu erscheinen. Noch nie im Leben hatte sie einen Menschen auf diese Art und Weise agieren gesehen. Dieser Mann hatte wirklich nur die Statur einer Vogelscheuche, der auch noch die Hälfte ihrer Ausstopfung fehlte. Eigentlich gab es auch überhaupt keine vernünftige Erklärung für das, was er gerade eben getan hatte.

»Er … er wird wahrscheinlich nicht vor heute Abend zurück sein. Sein Flugzeug landet hier etwa um s-s-sieben Uhr.«

Bershaw – das war der Name, den Alex ihr genannt hatte – grinste wieder sein wahnsinnsträchtiges Lächeln.

»Aha. Gut. Das verschafft uns mehr als genug Zeit, einander besser kennen zu lernen. Wie heißen Sie?«

»Toni.«

»Frau oder Freundin?«

»F-F-Frau.«

»Na gut. Mach dir keine Sorgen, Toni. Ich habe nicht vor, dir etwas anzutun«, versprach er, wobei er sie gleichzeitig intensiv musterte. »Du hast ein Brot im Ofen, was? Wie weit bist du denn?«

»Im fünften Monat.«

»Glückwunsch. Wenn du tust, was ich dir sage, werden du und das Baby am Leben bleiben, und ihr werdet einander kennen lernen. Du kannst Tad zu mir sagen. Warum zeigst du mir nicht einfach mal das Haus? Wir müssen schließlich einige Stunden totschlagen, oder?«

»In Ordnung.«

Das Telefon zwitscherte.

»Nicht drangehen«, befahl er.

Tonis Gedanken rasten und schwirrten durcheinander,

so sehr sie sich auch bemühte, sie zu ordnen. Irgendwie musste sie es schaffen, Alex eine Nachricht zukommen zu lassen. Dieser Mann war hierher gekommen, um ihn zu töten. Daran hatte sie nicht den geringsten Zweifel. Ob er allerdings anschließend auch sie und das Baby umbringen würde, konnte sie nicht mit Sicherheit sagen. Vorläufig blieb ihr jedenfalls nichts anderes übrig, als alles zu tun, was er von ihr verlangte, bis sie vielleicht irgendeinen gangbaren Weg fand, ihn aufzuhalten.

Tad folgte Michaels' Frau, als diese ihn durch das Haus führte, wobei er sicherstellte, dass es keine Überraschungen gab, die eventuell auf ihn warten konnten. Es war ein durchschnittliches Anwesen ohne große Besonderheiten, in dem hier und dort einige Fotos von ihr und ihrem Mann hingen. Dann gab es noch einige Fotos der Familien, aus denen sich leicht die entsprechenden Ähnlichkeiten ableiten ließen.

Das Telefon klingelte jetzt regelmäßig alle fünf Minuten, und er hatte noch einmal viel sagend den Kopf in ihre Richtung geschüttelt. Tad hatte nicht vor, sie mit irgendjemandem sprechen zu lassen, und mit ihrem Mann schon gar nicht. Es war nämlich keineswegs auszuschließen, dass sie ihm dabei mit einem geheimen Code einen Hinweis lieferte.

In der Garage stand ein altes Chevrolet Cabriolet, bei dem die Motorhaube geöffnet war. Einige Teile der Maschine lagen auf der Werkbank ausgebreitet.

»Sehr hübsch«, meinte er, wobei er hinüber zum Wagen ging, eine Hand auf den Kotflügel legte und diesen sanft streichelte. »Dein Alter hat's also mit Autos, was?«

»Ja, er restauriert sie. Das ist sein Hobby.«

Bei Tad war es wieder so weit, dass er einen Teil der aufschäumenden und unbezähmbaren Energie des Hammers abbauen musste, und obwohl er wieder geil war, hatte er keine Lust auf eine schwangere Frau. Also blickte er sich nach einer Brechstange oder einem Hammer um. Es würde bestimmt Spaß machen, wenn er auf dem Chevy ein bisschen Schlagzeug spielte. Sicher genau so viel Freude würde es aber auch machen, Mr. Michaels dessen Restaurierungsprojekt in einem Zustand vorzuführen, der erheblich größere Anstrengungen erforderlich machte, es wieder in einen Top-Zustand zurückzuversetzen. Anschließend hatte er vor, *ihm* dann die gleiche zerstörerische Behandlung zukommen zu lassen.

Da entdeckte er einen großen Rundkopfhammer, der an Haken über der Werkbank aufgehängt war, und ging hinüber, um ihn zu holen. Mit dem Hammer im Blut mit einem Hammer arbeiten. Er mochte die diesem Satz innewohnende Symmetrie.

Als er aber die Werkbank erreicht hatte, entdeckte er noch etwas anderes. Kleine Stückchen Elfenbein, Nadeln und ein Mikroskop. Elfenbeinschnitzerei.

»Dein Mann scheint ja jede Menge Freizeit zu haben«, stellte er fest, wobei er in Richtung Werkbank nickte. »Autos und Kunsthandwerk. Das ist es also, was er treibt, wenn er nicht gerade damit beschäftigt ist, Jungs umzubringen.«

»Mein Mann hat noch nie irgendwelche Leute ermordet«, widersprach sie und starrte ihn dabei an.

Er lächelte. Schwanger oder nicht, diese Frau hatte Mut. Sie hatte mitbekommen, wozu er fähig war, und wusste auch, dass er sie aus dem Handgelenk töten konnte, und dennoch verteidigte sie ihren Alten. Tad hatte nie gehört, dass seine Mutter auch nur ein gutes Wort über seinen Vater gesagt hätte. »Dieses beschissene Arschloch«, war noch die mildeste aller Formulierungen gewesen. Ein Punkt für Toni, was ihre Loyalität anging.

»Erzähl das mal meinem Freund Bobby«, giftete er zurück. »Der stand nämlich mit erhobenen Händen mitten auf der Straße, als ihm die Feds eine Craniotomie verpasst haben. *Peng!* Hat ihm den Schädel in Stücke gerissen.«

»Mein Mann hat das ganz sicher nicht befohlen. Die Aufgabe der Net Force besteht aus Computerermittlungen. Sie hat keine Einsatzagents, die sich mit Drogenrazzien befassen. Und einen Gefangenen zu erschießen ist schon mal gar nicht ihre Art.«

Er ließ den großen Hammer zwischen den Fingern rotieren und wollte sich gerade dem Wagen zuwenden, als er die Kapsel entdeckte. Er sah genauer hin und erkannte, dass sie auseinander genommen war und ohne ihren Pulverinhalt unter dem Mikroskop lag. Er legte den Rundkopfhammer nieder und trat näher, um sich die Sache genauer anzusehen.

Dann schüttelte er den Kopf. »Bobby, dieser Blödmann. Manchmal war er cleverer, als gut für ihn war.« Er drehte sich um und sah sie an. »Du wusstest also davon? Dein Alter hat dir von seiner Arbeit erzählt?«

»Ja. Manchmal.«

»Bobby war ein Genie, weißt du. Hatte ein echtes MENSA-Diplom mit höchster Bewertung. Er war intelligenter als fast alle anderen. Selbst wenn ich den Hammer intus hatte und in allen Bereichen top drauf war, konnte er immer noch in Kringeln um mich herumdenken. Für die Feds hatte er wegen seines Vaters nur Verachtung übrig. Das ist etwas, wovon du wahrscheinlich keine Ahnung hast. Aber sein Vater war hundert Jahre lang beim FBI. Er und Bobby haben sich nie verstanden. Also hat Bobby in jeder fünften Kapsel einen Hinweis hinterlassen: kleine Rätsel, die sich immer ein bisschen voneinander unterschieden haben.« Er deutete auf die Kapsel. »So haben sie ihn also gefunden, was? Irgend so ein Freak in der Computerfarm deines Mannes hat seine Maschinen von der Leine gelassen und es herausbekommen, stimmt's?«

Sie sagte kein Wort.

»Nun mach schon. Kannst es mir ruhig erzählen. Ich kann ihn schließlich nur einmal umbringen, oder?«

»Bitte bringen Sie ihn nicht um.«

»Bobby ist wahrscheinlich nur deswegen geschnappt worden, weil er seine Gegner unterschätzt hat. Dazu neigt man, wenn man sich immer wieder als intelligenter erweist als die anderen. Aber er sollte noch am Leben sein. Einer muss dafür bezahlen, dass er es nicht mehr ist.«

Jetzt war er wirklich so weit, auf den Chevrolet einzudreschen, und bückte sich gerade nach dem Werkzeug, als die Türglocke anschlug.

»Nicht reagieren«, befahl Bershaw. »Die werden schon wieder verschwinden.« Doch dann überlegte er eine Sekunde. »Nein. Vielleicht ist es besser, wenn wir erst einmal nachsehen, wer es ist.«

Die Überwachungskamera, die Alex installiert hatte, zeigte auf dem Monitor zwei Männer in Uniform, die Pistolen in den Halftern stecken hatten. Soldaten der Net Force.

»Cops?«

»Net-Force-Sicherheitsdienst.«

»Ach, und ich dachte, dein Mann wäre ein Schreibtischhengst.«

»Ist er auch, aber die haben spezielle Teams für Sondereinsätze.«

»Ja, wie zum Beispiel die Exekution von Drogendealern.«

Die beiden Männer an der Tür klingelten erneut. Dann noch einmal. Sie würden nicht weggehen, und Toni fragte sich, warum sie wohl hier waren. Vielleicht waren die nicht beantworteten Telefonanrufe der Grund dafür.

Toni fühle eine Welle der Hoffnung in sich aufsteigen, unterdrückte dieses Gefühl aber wieder, so schnell es ihr möglich war. Die beiden Männer, die da vor ihrer Tür standen, schwebten in akuter Gefahr. Bershaw war ein Killer, und er befand sich in einem drogenbedingten Zustand der Raserei, in dem er kaum aufzuhalten war. Nur ein falsches Wort, und er konnte hochgehen wie eine Bombe.

»Sieh zu, dass du sie loswirst, und lass dir einen guten Grund dafür einfallen. Außerdem solltest du besser gar nicht erst versuchen, ihnen einen Hinweis zu geben«, befahl Bershaw. »Tust du es doch, werden sie sterben, du wirst sterben und dein Baby auch, und mir wird es unglaublich langweilig werden, während ich auf den Herrn des Hauses warte. Genau so wird es laufen und nicht anders. Alles klar?«

»Ja, ich hab verstanden.«

Etwas seitlich versetzt und außer Sicht baute sich Bershaw hinter Toni auf, als diese endlich die Tür öffnete. Er trug keine Waffe – zumindest keine, die sie sehen konnte. Aber im Grunde brauchte er auch keine.

»Ja, bitte?«

»Mrs. Michaels. Tut uns Leid, dass wir Sie stören müssen, aber Commander Michaels hat vergeblich versucht, Sie zu erreichen.«

»Oh … Oh, ja. Tut mir Leid. Ich habe etwas trainiert und meine Aerobic-Übungen gemacht. Danach habe ich ein ausgiebiges, heißes Bad genommen, um mich ein wenig zu entspannen. Deshalb habe ich die Telefonschelle abgestellt und den Computer die Gespräche annehmen lassen.«

»Ja, Ma'am. Wenn Sie dann bitte Commander Michaels zurückrufen würden, sobald es Ihnen passt, wäre das hilfreich.«

»Mache ich. Ich wollte mich gerade zu einem Nickerchen hinlegen und werde ihn sofort anrufen, wenn ich wieder auf bin. Entschuldigen Sie bitte, wenn ich Ihnen Unannehmlichkeiten bereitet haben sollte.«

»Ganz und gar nicht, Ma'am. Schönen Tag noch.«

»Das war in Ordnung«, sagte Bershaw, als sie fort waren, »mit Ausnahme des Teils, wo es um den Rückruf deines Mannes ging. Jetzt musst du es tun. Aber ich werde dir ein Skript dafür machen. Du wirst anrufen und dabei genau das sagen, was ich dir aufgeschrieben habe. Kein Wort mehr oder weniger. Hast du verstanden?«

»Hab ich.«

»Gut. Wir haben ein wenig Zeit, die Sache auszuarbeiten, weil du ja erst noch dein Schläfchen machen musst und so. Erzähl mir alles über eure Familie, Brüder, Schwestern und so weiter. Ich habe einige der Bilder gesehen, also dürfte es besser sein, du versuchst erst gar nicht, mich anzulügen. Sollte ich den Eindruck haben, dass du es versuchst, werde ich dich töten. Alles klar?«

Toni spürte, dass ihr Herz härter als gewöhnlich klopfte. Er war außerordentlich vorsichtig, und wahrscheinlich würde sie keine zweite Gelegenheit mehr bekommen, Alex eine Warnung zuzuspielen. Also blieb ihr nur die Hoffnung, dass er die Botschaft verstand, die sie ihm senden konnte.

Los Angeles, Kalifornien

Sie waren fast mit dem Frühstück fertig, als Michaels' Virgil einen ankommenden Anruf signalisierte. In weniger als zwei Sekunden hatte er das Gerät vom Gürtel gerissen und den Knopf für die Annahme der Verbindung gedrückt. »Ja?«

»Sir, hier spricht Chris Carol von den militärischen Einsatzkräften. Wir haben gerade vor Ihrem Haus mit Ihrer Gattin gesprochen. Es sah so aus, als ginge es ihr gut, Sir.«

Michaels stieß einen Seufzer aus. Gott sei Dank!

»Hat sie gesagt, warum sie nicht ans Telefon gegangen ist?«

»Jawohl, Sir. Sie hatte ein Bad genommen, Sir, und die Telefonschelle abgestellt.«

Er schüttelte den Kopf. Natürlich. Ein eigentlich lächerlich einfach nachzuvollziehender Grund.

»Wir werden, wie von General Howard befohlen, noch ein wenig bleiben, um die Gegend zu beobachten, Sir.«

»Danke«, sagte er. »Richten Sie Toni bitte aus, sie möchte mich so schnell wie möglich zurückrufen.«

»Das haben wir schon, Sir. Sie sagte, dass sie Sie anrufen wird, sobald sie etwas geschlafen hat. Sie wird nach dem Training wohl erschöpft gewesen sein.«

»Wie bitte? Was haben Sie da gerade gesagt?«

»Sir?«

»Weshalb ist sie müde?«

»Ich habe es nur angenommen, Sir, dass sie müde ist. Sie sagte, sie hätte ihre Aerobic-Übungen gemacht, bevor sie ins Bad stieg, Sir.«

Michaels hatte das Gefühl, als würde ihm jemand einen großen Eiszapfen direkt ins Gedärm stoßen. Er warf John Howard einen Blick zu. »Er ist da«, sagte er, »und er hat Toni in seiner Gewalt.«

39

Washington, D.C.

Der General hatte blitzartig an einigen Fäden gezogen und ihnen schnelle Rückflüge verschafft. Die Kampfjets der Air National Guard waren von Los Angeles aus zur Ostküste gezischt und hatten den größten Teil des Fluges mit mehr als doppelter Schallgeschwindigkeit zurückgelegt. Als sie wieder auf festem Boden standen, hatte der Flug nur ein wenig länger als zwei Stunden gedauert.

Dennoch wurde es fast 14:30 Uhr, bis die Eskorte Michaels, Howard und Jay am Stützpunkt abgeholt hatte und mit flackerndem Blaulicht und heulenden Sirenen wieder losgerast war. Sie schalteten alles erst ab, als sie in der Nähe von Michaels' Haus ankamen. Howard hatte knapp einen Kilometer vom Haus entfernt einen Befehlstand einrichten lassen. Inzwischen waren weitere Angehörige der Net Force vor Ort eingetroffen, die weit genug, um im Verborgenen zu bleiben, in Stellung gegangen waren, aber doch nah genug, um mitzubekommen, wenn sich jemand zu entfernen versuchte.

Nach einer Stunde Flug hatte Toni angerufen, und es hätte Michaels beinahe den Magen umgedreht, als er sie Worte sagen hörte, die ihr nur Bershaw vorgegeben haben konnte.

Sie hatten sich begrüßt, und er hatte sie gefragt, wie es ihr gehe, worauf sie antwortete, es gehe ihr gut, und dann hinzufügte: »Tut mir Leid, dass ich deine früheren Anrufe verpasst habe. Ich wollte damit ganz sicher nicht bewirken, dass du dir Sorgen machst. Pass auf, ich kann jetzt nicht weiter sprechen, weil ich meine Mutter auf der anderen Leitung habe. Es gibt wohl irgendeinen Krach mit meiner Schwägerin, den sie schlichten will. Ruf mich doch wieder an, wenn du heute Abend am Flughafen eintriffst, okay? Bye.«

Er rief sofort bei Tonis Mutter in der Bronx an, nur um zu erfahren, dass diese bass erstaunt war, von ihm zu hören. Also gab er vor, sich nur nach Tonis Silat-Lehrerin erkundigen zu wollen. Dabei erfuhr er von seiner Schwiegermutter, dass es der Meisterin blendend ging, und musste ihr noch versprechen, Toni zu grüßen, wenn er sie sah. Dann sollte er ihr noch die Bitte übermitteln, doch wieder einmal anzurufen und sie zu besuchen.

Wenn er bis dahin noch irgendeine Sicherheit gebraucht hätte, jetzt hatte er sie. Toni telefonierte nicht mit ihrer Mutter, sondern war von einem psychotischen Drogenabhängigen als Geisel genommen worden, der Michaels mit einiger Sicherheit für den Tod seines Kumpels verantwortlich machte. Es war ein Alptraum.

»Wie wollen Sie die Sache durchgezogen haben?«, fragte Howard, während die Fahrzeuge der Net Force auf das Stadtzentrum zurasten. »Möchten Sie die speziellen Kidnapper-Teams des FBI hinzuziehen?«

»Würden Sie die anfordern, wenn es Ihre Frau wäre?«

»Nein, Sir.«

»Wir haben eigene Scharfschützen, oder nicht?«

»Doch, haben wir, Sir. Ein paar von ihnen sind sogar ausgesprochen gut.«

»Veranlassen Sie, dass sie sich mit uns am Tatort treffen. Ich werde versuchen, ihn vor eines der Fenster zu locken. Sagen Sie Ihren Leuten, sie sollen sofort schießen, wenn sich ihnen eine Gelegenheit dazu bietet. Der Mann muss aber entweder in den Kopf oder ins Rückgrat getroffen werden, wenn wir ganz sicher gehen wollen, dass er durch den Treffer auch tatsächlich ausgeschaltet wird.«

»Jawohl, Sir«, Howard verlor kein Wort über mögliche Kompetenzen oder Einsatzregeln. Er zog nur sein Virgil hervor und tätigte einen Anruf.

»Sie haben doch nicht etwa vor, da allein hineinzugehen, Boss, oder?«

»Toni ist meine Frau. Das ist mein Haus, und beide kenne ich besser, als irgendjemand sonst. Ja, Sie haben verdammt Recht, Jay, ich werde allein dort hineingehen.«

»Herr im Himmel. Sie haben doch gesehen, wozu der Kerl fähig ist. Selbst wenn Sie auf ihn schießen, können Sie nicht sicher sein, dass Sie ihn aufhalten.«

»Das weiß ich auch. Aber welche Wahl bleibt mir denn? Ich habe jedenfalls das Überraschungsmoment auf meiner Seite. Vielleicht reicht das ja schon aus.«

»Wir könnten das Anwesen stürmen, es mit fünfzig Jungs angreifen …«

»Und er könnte Toni den Hals brechen, bevor sie auch nur durch die Tür wären. Nein, ich bin es, auf den er scharf ist. Wenn er mich also entdeckt und sieht, dass ich allein bin, hat er das erreicht, was er wollte. Wenn er mich im Auge behalten muss, hat Toni vielleicht eine Chance zu entkommen.«

»Und Sie könnten dabei umgebracht werden.«

»So liegen die Dinge nun einmal. Besser ich als sie.«

Was er nicht erwähnt hatte, war die Tatsache, dass er immer noch die Kapsel in der Tasche hatte, die Howard an der Stelle gefunden hatte, wo die Schießerei stattfand. Für den Fall, dass er sich entschied, sie zu nehmen, bevor er hineinging, dürfte er dem Zombie mehr als nur gewachsen sein, denn er war besser in Form, hatte eine gewisse Ausbildung als Kämpfer und war hoch motiviert. Die Droge würde Bershaws Vorteil zunichte machen.

Aber es gab ein großes Problem dabei. Die Sache war riskant. Er hatte keine Lust, sich selbst in Gefahr zu bringen. Was wäre beispielsweise, wenn die Droge bei ihm nicht die gleiche Wirkung entfaltete wie bei Bershaw? Was, wenn er genau so durchdrehte wie einige der anderen Junkies, die sie genommen hatten? Wenn er anfing, Schlangen zu sehen, die aus den Wänden hervorquollen, oder glaubte, von Dämonen verfolgt zu werden, oder was auch immer die Leute gesehen haben mochten, die durchgedreht und Selbstmord begangen hatten?

Durfte er auf diese Weise Tonis und das Leben des Babys aufs Spiel setzen?

Michaels fuhr mit der Hand in die Tasche und fingerte an der Kapsel herum.

Alles oder nichts, Alex, sagte eine innere Stimme. *Und du solltest diese Entscheidung möglichst bald treffen. Wenn du dich für die Einnahme entscheidest, hast du nämlich keine Ah-*

nung, wie lange das Zeugs braucht, bis es seine volle Wirkung entfaltet hat. Vielleicht hilft es dann gar nicht mehr rechtzeitig, selbst wenn du es genommen hast.

Scheiße.

»Zehn Minuten bis zum Tatort«, sagte Howard. »Meine Scharfschützen werden schon da sein. Wenn sie ihn sehen können, schaffen sie es auch, ihn einzusargen.«

Michaels nickte nur und befingerte weiter die Kapsel.

Toni war sicher, dass Alex ihre Warnung verstanden hatte. Sie konnte es an seiner Stimmlage erkennen, als sie anrief, und sie war sich fast ebenso sicher, dass das grollende Geräusch im Hintergrund sich aus einem Strahltriebwerk und dem Heulen des Fahrt- beziehungsweise Flugwindes zusammensetzte. Das wiederum bedeutete nichts anderes, als dass er sich bereits auf dem Weg nach Hause befinden musste und erheblich früher hier eintreffen würde, als Bershaw dachte.

Was würde er unternehmen, wenn er gelandet war? Würde er die Geiselbefreiungsteams der regulären Einsatzkräfte des FBI heranführen? Sie versuchte, sich in seine Lage zu versetzen, und sofort kam die Antwort auf diese Frage in Form eines unverbrüchlichen Nein. Er würde wissen, dass sich Bershaw in einer verzweifelten Lage befand, und wahrscheinlich war ihm auch bekannt, dass er eine bewusstseinsverändernde Droge genommen hatte, die ihn schnell, clever und stark machte. Alex würde keinesfalls das Risiko eingehen, dass Bershaw ihr oder dem Baby etwas antat.

Was würde er machen?

Die größte Angst hatte sie davor, dass er sich ins Haus zu schleichen und Bershaw auf eigene Faust auszuschalten versuchen würde. Das war zwar nicht unbedingt eine Macho-Angelegenheit, aber so war Alex nun einmal. Er würde sich für sie verantwortlich fühlen. Allein zu kommen würde er als beste Chance einstufen, die Aufmerksamkeit des Killers von ihr abzulenken.

Wäre sie nicht schwanger gewesen, hätte sie längst selbst versucht, Bershaw unschädlich zu machen. Er war zwar schnell und stark, aber sie konnte auf mehr als fünfzehn Jahre Pentjak-Silat-Ausbildung und -Praxis zurückgreifen, und sie wäre das Risiko eingegangen, ihre Fähigkeiten gegen die drogeninduzierte Kraft dieses Mannes in die Waagschale zu werfen.

Silat war ein Kampfsport, der sich auf die Verwendung von Waffen stützte. Folglich war Toni bestens mit dem Gebrauch eines Messers, Stocks, Schwertes, oder was auch immer ihr als potenzielle Waffe in die Hände fiel, vertraut. Ein Fleischermesser aus dem Ständer in der Küche zu ziehen war noch nicht einmal die Sache einer Sekunde. Ganz gleich, wie unempfindlich er gegen Schmerzen oder wie stark er auch sein mochte, kein Mensch war mehr in der Lage zu laufen, wenn der Blutkreislauf unterbrochen oder die Sehnen zerschnitten waren, die seine Füße oder Beine kontrollierten, oder wenn das Rückenmark verletzt war.

Aber in ihrer Situation würde schon der geringste Fehler schlimme Folgen haben. Sie war nicht bereit, das Leben ihres Babys aufs Spiel zu setzen, es sei denn, es käme zum Äußersten. Sollte es aber dazu kommen, würde sie keinesfalls zulassen, dass dieser Psychopath Alex umbrachte, selbst wenn das zur Folge hätte, dass sie und das Baby diese Aktion nicht überleben würden. Man sah eben nicht einfach tatenlos zu, wie jemand den Mann, den man liebte, umbrachte, sondern tat das seine dazu, es zu verhindern, koste es, was es wolle.

Im Geiste hatte sie bereits Dutzende von Malen den Griff nach dem Messer durchgespielt, wobei sie sich stets hütete, auch nur in die entsprechende Richtung zu blicken. Dennoch hatte sie jeden einzelnen Schritt geplant und auch überlegt, was sie werfen sollte, um ihn abzulenken, und welche Ziele dafür in Frage kamen.

Sie konnte damit rechnen, dass Alex schon Stunden vor dem angenommenen Zeitpunkt auftauchen würde, also musste sie vorbereitet sein.

Ausgerechnet jetzt überkam sie wieder einmal der Drang, die Blase zu erleichtern. Allerdings verspürte sie nicht die geringste Lust, Bershaw dabei zusehen zu lassen. Doch wenn es sich nicht vermeiden ließ, war es immer noch besser, als sich in die Hose zu machen.

»Tad?«

»Was ist?«

»Ich müsste mal ins Bad.«

»Dann gehen wir eben.«

Er folgte ihr durch die Diele. »Geh weiter.«

»Darf ich die Tür zumachen?«

»Nein. Pinkel einfach los. Ich werd schon wegsehen.«

»Danke.«

Vielleicht, dachte sie, kann ich das irgendwie zu meinem Vorteil nutzen, wenn ich nach einer Möglichkeit suche.

Während die Frau auf der Toilette saß, drehte Tad sich um und würgte zwei weitere Hammer-Kapseln trocken hinunter. Er spürte, wie die ersten bereits begannen, in ihrer Wirksamkeit nachzulassen. Nach ein paar Sekunden schluckte er sicherheitshalber auch noch eine dritte. Inzwischen hatte er eine gewisse Resistenz gegen die Wirkstoffe aufgebaut, was aber auch keine Rolle mehr spielte, weil sich die restlichen Kapseln ohnehin in Kürze selbst deaktivieren würden. Egal, auch das würde keine Rolle mehr spielen, denn es war so oder so der letzte Hammer-Trip seines Lebens. Sobald Ma und Pa im mobilen Labor erfuhren, dass Bobby nicht mehr lebte, würden sie sich so schnell wie möglich des Wohnmobils entledigen und unabhängig voneinander aus dem Staub machen. Der Plan, sich das fahrbare Labor unter den Nagel zu reißen und dann selbst die Kapseln herzustellen, war damit automatisch hinfällig geworden. Er war zwar durchaus in der Lage, das Zeugs zu mischen, doch einige der Wirkstoffe von Grund auf zu synthetisieren lag außerhalb seiner Fähigkeiten. Bobby hatte nie irgendwelche Formeln zu Papier gebracht, weil er in der ständigen Angst lebte, die Cops könnten ihn doch einmal schnappen. In einem solchen Fall hätte er nämlich nichts in Händen gehabt, womit er noch einen Handel abschließen konnte.

Er hörte, wie die Toilettenspülung betätigt wurde, drehte sich um und sah, wie die Frau aufstand und den Saum des Bademantels hinabfallen ließ, um das kurze Nachthemd zu bedecken. Unter dem schwangeren, aufgeblähten Bauch entdeckte er ansehnliche Beine und erhaschte auch einen kurzen Blick auf ihre Schambehaarung. Vielleicht wäre sie es doch wert, einmal näher erkundet zu werden, obwohl das eigentlich sonst nicht sein Ding gewesen wäre. Schließlich ist einem im Sturm auch jeder Hafen recht.

Aber es gab etwas, das er zuerst erledigt haben wollte. Da stand immer noch dieser Wagen in der Garage. Die Frau sollte ihm dabei zusehen, wie er das Spielzeug ihres Mannes verschrottete.

»Jetzt mach schon«, fuhr er sie an, »wir haben noch etwas in der Garage zu erledigen.«

Mit diesen Worten begann er, sie durch die Diele zu zerren.

»Drei Scharfschützen sind in Stellung gegangen, Sir. Zwei haben wir vorn und einen auf der Rückseite postiert. Sie wissen, wie unser Mann aussieht. Sobald die ihn sehen, ist er auch schon Geschichte.«

»Danke, John.«

Howard reichte Michaels seinen Revolver. »Zielen Sie

damit nur auf seinen Kopf, so als würden Sie mit dem Finger auf seine Nase zeigen, und betätigen dann den Abzug. Die Waffe hat einen gewissen Rückschlag und wird auch hoch rucken. Halten Sie sie deshalb besser mit beiden Händen fest, wenn Sie können. Ein Kopfschuss ist aber der einzig wirksame Weg, ihn sicher zu stoppen.«

Michaels nahm die schwere schwarze Waffe und wog sie in der Hand.

»Ist Ihr Ring auf dem neuesten Stand?«

»Ja.«

»Sie haben sechs Schuss. Wenn er danach immer noch auf Sie zukommt, hat Nachladen keinen Sinn mehr. Zielen Sie auf jeden Fall auf den Kopf. Sagen Sie kein Wort, zögern Sie nicht, und wenn Sie die Möglichkeit haben zu schießen, dann nehmen Sie sie wahr. Wenn nicht, wird er es sein, der Sie tötet.«

»Verstehe.«

»Lassen Sie Ihr Virgil an, und schalten Sie es auf Senden. Wir werden nicht versuchen, Sie anzurufen, aber wir wollen Sie überwachen können. Sobald wir Toni sehen oder ein Zeichen von Ihnen bekommen, dass keine Gefahr mehr für sie besteht, kommen wir rein.«

Michaels nickte. Seine Mundhöhle war trocken, und sein Magen flatterte.

»Was auch immer geschieht, wir bleiben auf jeden Fall in der Nähe.«

Michaels blickte Howard an und erkannte, was er mit dem letzten Satz zum Ausdruck bringen wollte. »Danke.«

»Viel Glück, Alex.«

Michaels konnte nur nicken. Er atmete einige Male tief ein und ließ die Luft langsam wieder entweichen. Dann rieb er sich noch einmal über die Augen und setzte sich in Richtung Haus in Bewegung, um seine Frau zu retten.

Er hatte schon einen halben Block zwischen sich und die Stelle gebracht, an der er Howard und Jay zurückgelassen hatte, als er erkannte, dass er endlich zu einer Entscheidung kommen musste, ob er die Hammer-Kapsel nun nehmen sollte oder nicht. Nein. Sein Verstand war sein bestes Werkzeug, und er hatte nicht die Absicht, Tonis und sein Leben aufs Spiel zu setzen, nur weil sein Verstand benebelt war. Selbst wenn er im Gegenzug dafür die Kraft eines Herkules eintauschte.

Also blieb ihm nur der harte Weg.

Toni beobachtete mit einem seltsam entrückten Gefühl, wie Bershaw die Brechstange schwang und damit ein längliches Loch in die Windschutzscheibe aus Sicherheitsglas schlug. Winzige, quadratische Stückchen des Glases flogen wie Juwelen unter der Garagenbeleuchtung hindurch, als er die Brechstange zurückzog und stattdessen mit dem Rundkopfhammer ausholte, den er in der anderen Hand hielt. Er brauchte nur vier oder fünf Schläge, und die Windschutzscheibe hatte auch schon aufgehört zu existieren.

Zuvor hatte er das Gleiche mit den Scheinwerfern und Schlussleuchten praktiziert.

Als er mit der Windschutzscheibe fertig war, bewegte er sich um den Wagen herum, zertrümmerte alles, was an Seiten und Heck noch an Glasflächen übrig war, und ließ die Scherben in alle Richtungen fliegen.

Dann nahm er sich die Frontstoßstange vor, auf die er immer abwechselnd mit dem Hammer und der Brechstange einschlug, wobei er den Eindruck eines Schlagzeugers entwickelte, der als Einziger die Melodie hören konnte, der er folgte.

Bis er mit der Zerstörung der Metallteile begonnen hatte, war Toni überhaupt nicht richtig klar gewesen, über welch titanische Kräfte er tatsächlich verfügte. Jetzt aber beulte sich der dickwandige Stahl der Stoßstangen und Motorhaube nicht nur ein, als wäre es Aluminiumfolie, sondern Tad schlug einige Male tatsächlich richtige Löcher hinein, in denen seine Werkzeuge so tief stecken blieben, dass er sie mit Gewalt herausreißen musste. Die Schläge waren laut, und das *Kriiietsch!* der aus der Motorhaube gerissenen Brechstange hörte sich für Toni an, als öffneten sich die Tore zur Hölle.

Es war fürchterlich, diesem Zerstörungswerk zuzusehen. Aber noch fürchterlicher war Bershaws Ausdruck dabei. Er lachte, als genösse er gerade den Spaß seines Lebens.

Diese Anstrengungen hätten ihn eigentlich völlig fertig machen, seine Sehnen und Muskeln reißen und sprichwörtlich jeden Knochen im Körper brechen lassen müssen. Doch er lachte nur und drosch weiter mit solcher Kraft auf die Teile des Wagens ein, dass der Fiberglasstil des Hammers letzten Endes splitterte und abbrach, während die runde Nase des Hammerkopfes tief in der Beifahrertür stecken blieb und der geschwungene Teil der Brechstange beinahe zugebogen war.

Toni erkannte, dass ein physischer Angriff auf diesen Mann einem Selbstmord gleichkäme, wenn sie sich auch nur den kleinsten Fehler leistete. Selbst mit Hilfe eines Messers.

Nachdem diese Zerstörung, die schier endlos lange gedauert zu haben schien, endlich ein Ende gefunden hatte, ließ er die verbogene Brechstange fallen, rollte kurz mit den Schultern, drehte sich um und sah sie einige Sekunden mit starrem Blick an, ohne auch nur ein einziges Mal zu blinzeln.

Er wirkte wie ein Raptor, der kurz davor stand, auf seine Beute niederzustoßen.

»Was würdest du tun, um das Leben deines Mannes zu retten?«, fragte er schließlich.

»Alles.«

»Gut«, grinste er. »Ich hab da nämlich was Spezielles im Sinn. Gehen wir doch mal ins Schlafzimmer.«

Toni fühlte einen kleinen Hoffnungsschimmer in sich aufkeimen. Wenn ihm der Sinn nach Sex stand, würde ihm nichts anderes übrig bleiben, als sich selbst in etwas verwundbarere Positionen zu bringen. Auf jeden Fall musste er zulassen, dass sie in Körperkontakt zu ihm kam. Silat war eine Kampfsportart, bei der genau das eine der Grundvoraussetzungen darstellte. Wenn er sie nahe genug an sich heran ließ, würde sie vielleicht ihre Chance bekommen, mochte sie auch noch so klein sein.

War sie erst einmal am Drücker, könnte sie es vielleicht schaffen, ihn auszuschalten.

Michaels schob die Pistole in die Gesäßtasche, als er das Garagenfenster aufschob. Er hatte den Lärm schon einen halben Block vorher gehört, und zu dem Zeitpunkt, als er die Garage endlich erreicht hatte, meinte er schon ziemlich gut auf das vorbereitet zu sein, was er zu Gesicht bekommen würde.

Doch er hatte sich geirrt. Was er sah, war noch bei weitem schlimmer, als er erwartet hatte. Herr im Himmel, wie konnte ein Mann von Bershaws Statur mit nur einer Brechstange und einem Hammer eine solche Zerstörung anrichten? Der Chevy sah aus, als hätte man ihn von einer Klippe fallen lassen.

Er bemerkte, dass die Verbindungstür zum Haus offen stand. Also stieg er ganz durch das Fenster, zog den Revolver hervor und schlich vorsichtig über den Boden. Dabei achtete er sorgfältig darauf, nicht auf die verstreut herumliegenden Glassplitter zu treten. Ein Kopfschuss also. *Zielen Sie mit der Pistole wie mit dem Finger, und ziehen Sie den Abzug durch. Treffen Sie mit der Kugel nur den Kopf, und alles ist vorbei.*

Michaels schob sich in den Eingang und dann weiter ins Haus.

»Auf Hände und Knie mit dir«, befahl Tad, als sie im Schlafzimmer angekommen waren.

Toni kletterte aufs Bett und tat, wie er es von ihr gefordert hatte. Er bewegte sich, um unmittelbar hinter ihr zu stehen. »Ein bisschen weiter zurück.«

Dann griff er mit beiden Händen nach vorn, packte die Mitte des Bademantels und riss ihn entzwei, wodurch ihr nacktes Gesäß bloßgelegt wurde. Gleich darauf griff er nach dem Reißverschluss seiner Hose.

Toni sammelte sich, als sie das Geräusch des hinabgleitenden Reißverschlusses hörte. Eine schnelle Drehung, ein harter Schlag in die Hoden, dabei zupacken und sie abreißen, dann zurück zur Seite, und vom Bett auf den Boden abrollen …

Michaels betrat das Schlafzimmer und sah Bershaw, der ihm den Rücken zuwandte, und Toni, die vor dem Kerl auf dem Bett kniete. Jahre der Ausbildung und Tätigkeit für Recht und Gesetz versuchten sich durchzusetzen. Vielleicht sollte er dem Typ wirklich die Chance einräumen, sich zu ergeben.

Zum Teufel damit. Der Bastard stand kurz davor, seine Frau zu vergewaltigen, und er war bis zur Halskrause vollgedröhnt mit Drogen, die ihn zum gefährlichsten Menschen machten, der Michaels je begegnet war. Er richtete die Waffe auf die Rückseite von Bershaws Schädel und begann, den Abzug durchzudrücken.

Tad hatte etwas gehört. Vielleicht hatte er aber auch nur irgendwie wahrgenommen, dass sich der Luftdruck im Raum verändert hatte, und wusste im gleichen Augenblick, dass sie nicht mehr allein waren. Er wirbelte herum. Da stand der Ehemann mit einem Revolver in der Hand.

Gott! Tad sprang.

Michaels sah Bershaw mit unglaublicher Geschwindigkeit herumwirbeln und auf ihn zuspringen. Er hatte den Abzug erst zur Hälfte durchgedrückt, doch so schnell Bershaw auch sein mochte, Michaels hatte dennoch einen Vorsprung. Der Revolver krachte.

Bershaw versuchte, sich weg zu ducken, doch die Kugel traf ihn. Michaels sah, wie sie unmittelbar unter dem Haaransatz eine Furche in die Stirn riss. Doch dann zersplitterte der Spiegel in der Tür von Tonis Kleiderschrank.

Bershaw kam weiter auf ihn zu, wobei die Kugel ihn jedoch ein wenig nach links gedrückt hatte. Michaels wich seinerseits nach rechts aus, wodurch Bershaw ihn beinahe verfehlt hätte.

Aber eben nur beinahe. Seine wild herumfuchtelnde Hand traf auf den Revolver, der Michaels dadurch aus der Hand geschlagen wurde. Die Waffe flog davon, und Bershaw krachte in den Garderobenschrank, wo er auf Händen und Knien landete. Aber dann blickte er Michaels an und lächelte – er lächelte! –, während das Blut aus seiner Kopfwunde strömte.

Die Kugel hat ihn wahrscheinlich in einem Winkel getroffen, aus dem sie abprallen konnte, dachte Michaels.

Er musste diesen Wahnsinnigen von Toni ablenken, die inzwischen unmittelbar neben dem Bett auf dem Boden kauerte.

Michaels packte den kleinen Fernseher auf der Etagere neben der Tür und warf ihn auf Bershaw. Doch der langte nur nach oben und schlug ihn zur Seite, als handelte es sich lediglich um ein Kopfkissen. Das Fernsehgerät schlug auf dem Boden auf und zerbrach in drei Teile.

Er musste ihn hier raus bekommen! Weg von Toni!

Michaels zog sich rückwärts durch die Tür zurück.

Bershaw kam wieder auf die Füße, wischte sich das Blut aus den Augen, steckte einen Finger in die blutige

Furche in der Stirn und betrachtete dann den mit Blut besudelten Finger. »Knapp vorbei ist auch daneben.«

Michaels drehte sich um und rannte in Richtung Wohnzimmer. »Komm schon und fang mich, du Arschloch!«

Michaels riskierte einen kurzen Blick auf sein Virgil. Sobald Bershaw ihm folgte, würde Toni in Sicherheit sein. Die Männer des Generals würden bereit sein, die Tür einzutreten, sobald sie hörten, dass Michaels nach ihnen schrie.

Oh, Scheiße! Das Virgil war weg! Wo hatte er es verloren? Schon am Fenster?

Jetzt blieb ihm aber keine Zeit mehr, sich weitere Gedanken darüber zu machen.

Er schaffte es bis ins Wohnzimmer und sah sich dort verzweifelt nach etwas um, das er als Waffe einsetzen konnte. Irgendetwas, mit dem er werfen konnte. Egal was!

Da fiel sein Blick auf die kleine Holzschatulle mit den *kerambit*-Messern. Er griff danach und riss genau in dem Augenblick den Deckel hoch, als Bershaw den Raum betrat. Der Mann bewegte sich jetzt ein wenig langsamer und schien auch ein wenig unsicher auf den Beinen. Also musste die Kugel, die ihn am Kopf getroffen hatte, doch eine gewisse Wirkung gehabt haben.

Bershaw griff nach dem einen Ende der Couch, als Michaels gerade versuchte, dahinter zu verschwinden, um sich die Ringe der kleinen gebogenen Messer über die Zeigefinger zu streifen. Bershaw hob das Möbelstück an, stemmte es hoch über den Boden, drehte es herum und ließ es dann gut anderthalb Meter weit fliegen, wo es mit donnerndem Krachen verkehrt herum aufschlug.

»Du kannst vielleicht abhauen. Verstecken kannst du dich aber nicht vor mir. Hat Joe Lewis gesagt, weißt du?«

Halt ihn hin! »Was wollen Sie?«

»Du hast Bobby gekillt, und jetzt kille ich dich. Ein fairer Handel.«

»Ich habe ihn nicht getötet. Er ist von einem kriminellen NSA-Agent erschossen worden, der für Pharmakonzerne arbeitet! Aber dieser Mann ist ebenfalls tot!«

»Macht nichts. Du hast den Schützen zu ihm geführt, also wirst du auch die Zeche dafür zahlen.«

Bershaw trat mit griffbereit ausgestreckten Händen näher. Inzwischen hatte Michaels es geschafft, die kleinen Messer sicher anzulegen und in den geschlossenen Händen hinter den Unterarmen zu verbergen, wobei nur noch die Ringe an den Zeigefingern zu sehen waren. Aber selbst wenn Bershaw diese bemerkt haben sollte, zeigte er es nicht, sondern tappte weiter auf ihn zu wie Frankensteins Monster, das auch nicht aufzuhalten gewesen war.

Michaels atmete tief ein und hielt die Luft an.

Vielleicht hatte er gerade eben seinen letzten Atemzug getan.

40

Washington, D.C.

Toni lief in die Diele. Sie hielt den *kris* in der Hand, den die Meisterin ihr geschenkt hatte. Dieser javaische Dolch mit der geschwungenen Klinge hatte sich seit Jahrzehnten im Besitz der alten Dame befunden. Eigentlich besaßen Dolche dieser Art einen eher zeremoniellen Sinn und waren weniger für den praktischen Dauergebrauch bestimmt. Aber wie dem auch sein mochte, es war immerhin ein Messer, und es war die einzige Waffe, die sie im Schlafzimmer gefunden hatte.

Sie hörte einen ziemlichen Lärm aus dem Wohnzimmer und spürte fast im gleichen Augenblick, in dem sie den

Raum betrat, den Boden unter ihren Füßen erzittern. Dann sah sie die beiden Männer.

Bershaw griff Alex an.

Alex hatte die *djuru*-Grundstellung eingenommen, und Toni erkannte sofort, dass er die *kerambits* angelegt hatte, obwohl er sie gut verborgen hielt.

Selbst mit der Kopfwunde war dieser Mann noch übernatürlich schnell. Er schlug mit einer Hand zu, und bevor Alex auch nur ansatzweise eine Abwehrbewegung machen konnte, hatte er ihn mit einem Hieb erwischt, der ihn rückwärts ins Bücherregal fliegen ließ, wo er mit Büchern überschüttet wurde.

»Heh!«, brüllte Toni aus vollem Hals.

Bershaw drehte sich um und lächelte sie an. »Um dich kümmere ich mich später, und lass das Messer besser fallen, bevor du dich damit noch schneidest, Schätzchen.«

Diese kurze Ablenkung reichte Alex, sich wieder ein wenig zu erholen. Sofort schnappte er sich aus dem Regal hinter ihm etliche Bücher und warf sie auf Bershaw.

Tad drehte sich wieder zurück, um Michaels den Rest zu geben. Wie in Zeitlupe sah er im gleichen Augenblick drei Bücher auf sich zufliegen: ein rotes, eins mit einem dunklen Schutzumschlag und ein drittes, das sich während des Fluges geöffnet hatte und jetzt mit flatternden Seiten auf ihn zukam. Das mit dem Schutzumschlag schlug er zur Seite, versetzte dem roten einen Schlag mit der Rückhand und ließ das flatternde einfach gegen seinen Brustkorb prallen. Peanuts.

Aber Michaels kam gleich hinter den Büchern her und war sogar schnell genug, Tad einen Schlag zu verpassen, bevor dieser ihn abblocken konnte. Keine große Sache, dachte er, den würde er locker wegstecken und den Scheißkerl endlich alle machen.

Doch plötzlich konnte er auf dem linken Auge nichts mehr sehen. Nur ein kurzer, roter Blitz und … aus.

Tad runzelte die Stirn und traf Michaels so stark mit dem Handrücken, dass dieser der Länge nach über die umgestürzte Couch flog. Dann erst hob er die Hand zum Gesicht, und als er sie anschließend betrachtete, musste er feststellen, dass sich außer jeder Menge Blut auch eine gelartige Flüssigkeit darauf befand. Sein Gehirn stellte sofort die richtigen Querverbindungen her.

Dieser Hurensohn hatte ihm ein Auge ausgerissen!

Aber wie?

Michaels richtete sich wieder auf, und jetzt erkannte Tad auch, wie er es bewerkstelligt hatte. Er hielt ein kleines Messer in der Hand, das fast ein wenig an eine Kralle erinnerte.

Raffinierte Scheiße, es einfach zu verstecken.

Na schön. Er brauchte nur näher heranzutreten und würde ihm einfach den beschissenen Arm brechen und anschließend diesen Zahnstocher in den Arsch schieben oder so …

Tad trat näher.

Da traf ihn etwas im Rücken, und er spürte den Stich eines eher geringfügigen Schmerzes.

Er griff nach hinten und stellte fest, dass die Frau dieses beschissene Messer mit der geschwungenen Klinge geworfen hatte, das ihm jetzt genau in der Mitte des Rückens steckte. Er fasste das Ding am Schaft, zog es heraus und schwang es nach vorn. Die Klinge war mit merkwürdigen kleinen Mustern verziert. Er winkte mit dem *kris* in Tonis Richtung. »Danke. Das ist genau das, was ich im Moment gut gebrauchen kann.«

Er drehte sich gerade noch rechtzeitig zurück, um Michaels mit dem vorgestreckten kleinen Messer über die Couch klettern zu sehen.

Tad grinste. Er hielt das geschwungene Messer an der Klinge, von der nur wenige Zentimeter aus der Hand hervorschauten, doch er trieb dieses etwas stumpfe Teil tief in

Michaels Unterarm, weiter in die Muskeln. Er spürte, wie es den Knochen streifte und hörte erst auf, als sein Handballen auf Michaels Arm aufsetzte.

Michaels Hand öffnete sich im Krampf. So viel zu diesem kleinen Messer.

Aber das Messer fiel verblüffenderweise nicht hinunter, sondern blieb an Ort und Stelle, als wäre es an der beschissenen Hand festgeklebt.

Prima, prima. Du willst also ein Spielchen? Tad riss die eigene Waffe wieder heraus, wechselte den Griff und rechnete damit, dass er genug Schwung holen konnte, um mit diesem Hieb seinem Gegner den kompletten Arm abzutrennen. *Das* würde dann auf jeden Fall reichen, um dieses kleine Messer verdammt schnell und endgültig loszuwerden. Anschließend würde er den Bastard einfach in kleine Stücke schneiden.

Michaels spürte, wie ihm der *kris* in den rechten Unterarm fuhr. Er fühlte auch, wie die Spitze den Speichenknochen berührte, daran abglitt und auf der anderen Seite des Arms bald zwei Zentimeter weit wieder herauskam.

Seine Hand öffnete sich völlig ohne sein Zutun.

Bershaw riss den *kris* heraus und hob ihn wie eine Axt bis hinter das Ohr hoch. Michaels wusste sofort, dass der Mann ihm jetzt den Arm wie einen Ast abhacken wollte. Angesichts der unglaublichen Kräfte des Wahnsinnigen war nicht auszuschließen, dass sich dieser Hieb durch sämtliche Muskeln und Knochen schneiden und Michaels die Hand vollständig amputieren würde.

Aber er hatte noch ein zweites *kerambit*. Und jetzt war er seinem Gegner ganz nahe. Genau so nahe, wie es sich ein Silat-*serak*-Kämpfer wünschte, wenn es darauf ankam. Er hatte nur eine Chance, und auch die nur vielleicht. Aber er war fest entschlossen, sie zu ergreifen. Er holte zu einem Hieb auf Bershaws Hals aus. Ein kurzer linker Haken, bei dem er die Faust noch im Schlag drehte.

Die kleine Klinge des *kermabit* biss sich einige Zentimeter unter dem Kiefer in Bershaws rechte Halsseite und schnitt von dort einen Wundkanal bis zu seinem Adamsapfel.

Der Mann runzelte die Stirn und unterbrach die Abwärtsbewegung seines Hiebs.

Michaels sackte zusammen und ließ einfach die Beine unter sich wegknicken. Dies war mit Sicherheit der schnellste und einfachste Weg, frei zu kommen, und er verschaffte ihm die Möglichkeit, noch im Fallen einen weiteren Stich mit dem Messer zu landen. Das *kerambit* fuhr knapp unterhalb der Leiste durch Bershaws Oberschenkel.

Bershaw holte mit dem unverletzten Bein aus und trat zu. Sein Fuß traf Michaels direkt unter der Achselhöhle in die Seite, und er konnte nicht nur fühlen, sondern auch hören, wie dabei seine Rippen mit einem feuchten *knack-knack* zu Bruch gingen, was ihm sofort den Atem raubte.

Währenddessen sprudelte Bershaw das Blut mit jedem Pulsschlag aus dem Hals. Da sein Puls mit der Geschwindigkeit eines Presslufthammers schlug, sah es aus, als würde ein undichter, unter Druck stehender Gartenschlauch aus einer Leckage Wasser versprühen.

Bershaw trat erneut auf ihn ein, doch diesmal eindeutig nicht mehr so hart wie zuvor. Michaels schaffte es, sich ein wenig zur Seite zu drehen, wodurch diesmal nur seine Schulter getroffen wurde. Ganz sicher hatte ihm dieser Tritt eine Muskelzerrung eingebracht, aber er glaubte eigentlich nicht, dass der Arm gebrochen war, obwohl die Gewalt, mit der er ihn traf, immer noch ausgereicht hatte, ihn 180 Grad um die eigene Achse wirbeln zu lassen.

Michaels hakte den rechten Fuß hinter Bershaws rechten Knöchel und trat dann mit der linken Hacke gegen den blutenden Schnitt in Bershaws Oberschenkel.

Bershaw verlor das Gleichgewicht und fiel krachend nach hinten auf die Couch.

Michaels rollte zur Seite und stand auf. Er hielt das *kerambit* in der linken Hand, und dessen Spitze zeigte nach oben in Richtung Bershaw.

Bershaws gesamte rechte Körperseite war blutüberströmt, weil Michaels ihm die Halsschlagader durchtrennt hatte. Immer noch trat das Blut mit pulsierendem Strahl aus, doch jetzt schon erheblich langsamer und mit sichtbar geringerer Kraft.

Bershaw kam wieder auf die Beine, grinste und machte zwei Schritte auf Michaels zu. Doch seine Bewegungen liefen nur noch in Zeitlupe ab.

Michaels stach auf ihn ein. Bershaw hob einen Arm, und die Klinge riss ihm sofort eine Furche vom Handgelenk bis fast hinauf zum Ellbogen. Doch diese Wunde blutete schon kaum noch.

Ganz plötzlich fühlte Tad sich müde. Sehr müde sogar. Yeah, er musste diesen Kerl umbringen. Für Bobby. Sobald er das erledigt hatte, konnte er sich endlich hinsetzen. Der Hammer schwang langsamer, das spürte er. Aber er verstand es nicht. Eigentlich war es dafür doch noch viel zu früh. Er brauchte nur noch diese eine Sache zu Ende zu bringen. Dann konnte er sich ausruhen. Konnte sich mit Bobby treffen.

Bobby?

Da war doch etwas mit Bobby gewesen …

Scheiß drauf. Bring den Kerl um und mach dir keine Gedanken mehr darüber.

Bershaw griff mit beiden Händen nach Michaels Messerarm und quetschte ihn zusammen.

Michaels spürte, wie sein Handgelenk brach. In seiner Verzweiflung ließ er den anderen Ellbogen direkt vor ihm vorbei blitzartig horizontal vorschießen, wie in *djuru* eins. Als würde Graf Dracula sein Cape schwingen. Nur dass er jetzt sein ganzes Gewicht in die Bewegung legte und Bershaw vierkant an der Schläfe traf.

Mann! Wer hätte gedacht, dass dieser Typ so kraftvoll zuschlagen konnte? Das musste er unbedingt Bobby erzählen.

Aber er war doch so müde. So schwach. Es war doch schon so schwierig, überhaupt nur hier zu stehen. Und warum sollte er sich eigentlich noch um irgendetwas Sorgen machen?

Der Hammer verließ ihn. Ließ ihn hier einfach mit diesem Fremden allein, der auf ihn einschlug. Langsam wurde alles dunkel um ihn.

Bobby? Bist du das, Mann?

Das Leben in Bershaws linkem Auge begann flackernd zu schwinden, als er Michaels Arm freigab und einen Schritt zurückstolperte.

Dann gingen alle Lichter aus, und Bershaw sackte wie eine Marionette in sich zusammen, der man die Fäden durchtrennt hatte.

Michaels drehte sich um und erblickte Toni, die eines der Bücher ergriffen hatte und auf die beiden Männer zukam. In einem dieser merkwürdigen Momente, wie sie manchmal in schaurigen Situationen geschehen, registrierte er den Titel des Buches und brach in schallendes Gelächter aus.

Toni blieb abrupt stehen. »Alex? Geht's dir gut?«

Er deutete auf das Buch. »Du wolltest ihn wirklich damit schlagen?«

Toni warf ebenfalls einen Blick auf den Buchrücken.

Der Titel lautete: *Wie man Freunde gewinnt und Menschen beeinflussen kann.*

Epilog

Washington, D.C.

Michaels' Arm juckte, und er wünschte sich nichts mehr, als den fleischfarbenen Druckverband aus Kunststoff abreißen und an der Narbe kratzen zu können. Der chirurgische Klebstoff hielt die Wunde ausgezeichnet geschlossen. Er hatte genug Schmerzmittel für das dumpf schmerzende, gebrochene Handgelenk und auch für die gebrochenen Rippen, die bei jedem Atemzug wehtaten, aber es schien kein wirksames Mittel gegen diesen Juckreiz zu geben. Es saß am Tisch in der Küchenecke und sah Toni an, die gerade mit einer für ihn bestimmten Flasche Bier in der Hand vom Kühlschrank zurückkam.

»Danke«, sagte er, »aber das hätte ich auch selbst holen können.«

»Ich bin besser in Form als du, wenn man die Schwangerschaft mal nicht berücksichtigt.«

Er nahm einen Schluck und setzte die Flasche dann auf der Tischplatte ab.

»Also, was gibt es Neues aus dem Büro?«

»Nun, es hat sich herausgestellt, dass wir mit unserer Vermutung richtig lagen. Sowohl Lee als auch George haben tatsächlich für ein Pharmaunternehmen gearbeitet. Lee ist zurzeit mit den Ansätzen zu dem Versuch beschäftigt, einen Deal auszuhandeln. Ich glaube allerdings kaum, dass er sich in einer besonders guten Ausgangsposition befindet.«

»Aber warum haben sie dann den Chemiker getötet?«

»Das ist ja der ganze Schwindel. Das Pharmaunternehmen, mit dem sie unter einer Decke steckten …«

»Hast du gerade gesagt: ›unter einer Decke steckten‹?«

»Willst du nun, dass ich dir die ganze Story erzähle, oder nicht?«, fragte er, wobei er allerdings schmunzelte.

»Red weiter.«

»Es hat sich herausgestellt, dass dieses Pharmaunternehmen schon Unsummen in eine Forschungsreihe investiert hatte, die ziemlich weit fortgeschritten war und in die man dort sehr großes Vertrauen setzte. Man hatte sich zwar nicht exakt dasselbe zum Ziel gesetzt wie Drayne, bewegte sich aber grundsätzlich in die gleiche Richtung. Allerdings war diese Firma schon weit genug vorangekommen, um bereits die ersten Testserien ansetzen zu können. Darüber hinaus hatte man dort auch einige Genehmigungen von der Regierungskommission für die Neuzulassung von Arzneimitteln erwirkt und natürlich keinerlei Interesse daran, dass ihnen jetzt noch jemand den Rang ablief.«

»Also haben sie versucht, Draynes Zeug zu *unterdrücken*?«

»Yeah. George und Lee haben mit allen Mitteln zu verhindern versucht, dass Draynes Formeln auf dem Schreibtisch von irgendjemand anderem auftauchten. Wenn nämlich die Firma, für die sie arbeiteten, als Erste damit auf den Markt gekommen wäre, hätte sie mit dieser Neueinführung Milliarden scheffeln können.«

Sie schüttelte den Kopf. »Ach. An so eine Möglichkeit habe ich nie gedacht.«

»Damit stehst du nicht allein.«

»Was ist mit John Howard?«

Michaels nahm noch einen Schluck Bier. »Er sagt, dass

er sich in den Ruhestand versetzen lassen will, und meint, das Leben wäre viel zu kurz. Er will dabei sein, wenn sein Sohn den Schulabschluss macht und in eine eigene Welt hinauszieht.«

»Ich kann ihm deswegen keinen Vorwurf machen.«

»Ich auch nicht.«

»Und ist Jay immer noch ein Anhänger des Buddhismus?«

»Mehr oder weniger … wenn so etwas möglich ist. Er vertritt die Ansicht, dass er unmöglich dasitzen und seinen Nabel von innen betrachten und gleichzeitig konzentriert genug sein kann, um den bösen Jungs im Netz Paroli zu bieten. Er wird sich wohl noch etwas eingehender damit befassen müssen. Aber unabhängig davon sieht es so aus, als würden er und das Mädchen über kurz oder lang heiraten.«

»Toll.«

»Er hat uns wissen lassen, dass sie ihre Flitterwochen auf Bali verbringen werden.«

»Und was ist mit uns?«

»Mit uns? Uns geht's doch gut, oder? Ich denke, dass ich nicht mehr viel Zeit in der Garage verbringen werde, bevor der Chevy aus der Werkstatt zurück ist. Es ist unglaublich, welche Zerstörungen der Typ angerichtet hat.«

»Allerdings kann ich jetzt erheblich besser verstehen, weshalb so viele Leute diese Droge in die Finger bekommen wollten. Wäre er als durchtrainierter Typ mit dieser Droge im Kreislauf hier aufgetaucht, hätte er das ganze Haus bis auf die Grundmauern abreißen können.«

Er nickte. »Weißt du was? Wenn ich mich auch nur noch ein einziges Mal darüber beklagen sollte, dass es mir im Dienst zu langweilig zugeht, dann gib mir eins auf die Nuss. Einverstanden?«

»Es wird mir ein Vergnügen sein.«

Sie lächelten einander an, und trotz aller Schmerzen und des Juckreizes war Michaels froh, dies tun zu können.

Keine der möglichen Alternativen wäre auch nur annähernd vergleichbar gewesen.